U0878297

〔波兰〕亨利克 · 显克微支◎著
柴翠　周玲◎译

你往何处去

（上）

海峡出版发行集团 THE STRAITS PUBLISHING & DISTRIBUTING GROUP | 海峡文艺出版社 Haixia Literature & Art Publishing House

图书在版编目(CIP)数据

你往何处去(全2册)/(波)亨利克·显克微支著;柴翠,周玲译. —福州:海峡文艺出版社,2017.8(2023.9重印)
(诺贝尔文学奖大系)
ISBN 978-7-5550-1159-0

Ⅰ.①你… Ⅱ.①亨…②柴…③周… Ⅲ.①长篇小说—波兰—近代 Ⅳ.①I513.44

中国版本图书馆CIP数据核字(2017)第144461号

诺贝尔文学奖大系
你往何处去(全2册)

[波兰]亨利克·显克微支 著 柴翠 周玲 译

责任编辑	任心宇
出版发行	海峡文艺出版社
经　　销	福建新华发行(集团)有限责任公司
社　　址	福州市东水路76号14层
发 行 部	0591—87536797
印　　刷	福州俊丰彩印有限公司
地　　址	福州市晋安区鼓山镇鼓一村福光路189号
开　　本	889毫米×1194毫米 1/32
字　　数	500千字
印　　张	22.25
版　　次	2017年8月第1版
印　　次	2023年9月第3次印刷
书　　号	ISBN 978-7-5550-1159-0
定　　价	126.00元

如发现印装质量问题,请寄承印厂调换

颁奖辞

瑞典文学院常任秘书 C.D.威尔逊

茂盛而绚丽的文明之花，是难以在贫瘠的精神土壤上绽放的，唯有从一个民族生生不息的精神世界中汲取力量，才能美丽永恒。正因如此，能产生灿烂与充沛文学果实的民族，必然拥有着生活得惬意并且不乏创作激情的人民，而且还会出现一些致力于将民族精神特质淋漓尽致地展现并推向辉煌世界舞台的天才——尽管是极少数的，但谁也无法轻易磨灭他们对世界文明的影响。他们将对民族历史的那一份深深的眷念与珍爱寄托于笔尖，以独特而感性的方式增强人民对于未来的希冀。他们的才思如同生根的树，深深地扎根于历史的沃壤，正如深深植根于立陶宛的巴伯利橡树。立陶宛静静地等待在波罗的海旁边，即使经历了独立王国的覆灭与沙俄强势的兼并，那一份古朴而深蕴的民族传统文化依然被人们牢牢地坚守住，以欧洲现存最古老的语言来向世人低低吟唱，就像植根于荒凉中的一棵孤独而倔强的树木，在风雨中，依然将它浸透了历史润泽与洗礼的枝丫坚强地摇曳在今日的时光中。本年度[①]的诺贝尔文学奖将颁给这样一位象征着民族文化最闪耀结晶的代表人物，他就是亨利克·显克微支先生，他的出席让我们感到无比荣幸。

1846年，显克微支来到这个世界。青年时代的显克微支已经初步显现出他在文学艺术方面的傲人天赋，《炭画》作为他的早期代表作，显现出他对社会黑暗面的理性认识，更流露出他对惨遭剥削压迫的人民的深深同情和悲天悯人的人性关怀。正是这样一种人性的力量，让他早期的文字至今也未曾褪去光泽，《音乐家杨科》延续了这样一份感动，而《灯塔看守人》优美精致的用词和描写，将他对语言文字优异的掌控力体现得更加彻底；除此之外，《鞑靼的奴役》这篇短篇小说已经让他在历史小说方面杰出的创作力初现端倪，只是细节上还稍显稚嫩。直到他著名的三部曲问世，才真正让世人看到他超凡的创作天赋和能力。显克微支给三部曲命名为《火与剑》《洪流》《伏沃迪约夫斯基先生》，三部作品分别描述了1648—1649年鞑靼人支援哥萨克人起兵的复杂历史，波兰对抗卡尔·古斯塔夫的一场烽烟四起的大战，以及波兰对土耳其之战中，波兰士兵英勇守卫康明尼克要塞却不幸失陷。以斯巴拉兹包围战而展开的故事是第一部曲《火与剑》，不屈的雅里梅·维什涅维茨基内心的交战到达了最高潮：维什涅维茨基尽管足智多谋，可是他内心却始终在怀疑自己是否有篡夺统帅权的资格，幸而他最终战胜了自己夺权的野心。值得一提的是，三部曲虽然描述了斯巴拉兹、钦斯托霍瓦以及卡明尼茨三次包围战，但丰富多变的表现手法，使行文毫无重复与赘余。

《洪流》中有许多感人肺腑的情节，令人久久难以忘怀。克密奇

①1905年。

茨在故事的开头不过是一名与王权作对、目无法纪又自视甚高的流氓，然而他却在他深爱的一位贵妇的熏陶下改过自新，不仅重新赢回了别人的尊敬，而且以身维法，在他的名字后面写满了荣耀的功勋。奥兰卡，以她深切笃定的宗教信仰、坚毅不屈的性格和忠贞爱国的品质，成为显克微支笔下塑造的美丽与智慧并存、才德与修养并重的美好女性之一。《火与剑》中即使是反派角色，也让人难以讨厌他们，甚至让人觉得可爱。拉齐维尔公爵就是一个很好的例子：他虽然为人阴郁又自视甚高，甚至率众叛国，可是显克微支却用生动的描绘，将他在宴席上教唆军官背叛波兰时那种口若悬河、慷慨激昂的情景表现了出来，甚至给人一种美的感觉。一位英国评论家曾说：显克微支精妙无双的心理描写，让人们真切地感受到那位王子心中强烈的交战，以及他如何狡诈无耻地欺骗自己，让自己相信叛国是为了波兰的正义。后来由于良心不堪这种长期的蓄意自我蒙骗，王子终究死于无尽的悔恨当中。即使在最放荡不羁、不可信赖的保加斯拉夫公爵身上，读者也能依稀看到勇敢、文雅以及无忧的气质。显克微支对人性了解得太透彻，因而绝不会生硬僵化地将人简单划分成两种：正派和反派。

绝不漠视或隐瞒自己同胞的缺点，而是选择毫无保留地将其指出来，这是显克微支作品的另一重要特点，而且他对敌人的能力与勇气往往能做出公正的评价。他就如同一位以色列古代的先哲，透彻地将真理呈现在国人面前。在历史小说的恢宏场面上，他借主要人物之口，对波兰人过度要求个人自由进行了有力的谴责。他认为，绝对的个人自由会让人放荡不羁，不愿牺牲自我的利益来成就大众的公利。他强烈谴责上位者只顾争权夺利，对国家的迫切需求却置若罔闻。显克微支始终是一位坚定的爱国分子，波兰民族的骑士精神在他笔下熠熠生辉。波兰自古以来就是基督教国家对抗鞑靼人的坚固堡垒，显克微支所要强调的恰恰就是这样一种对抗的精神。显克微支笔下非常客观的描写充分显示了他的智慧，也很好地展现了他的历史观。身为一名优秀的波兰人，他对卡尔·古斯塔夫侵犯波兰的行径是激烈反对的，但他仍然能极为客观甚至生动详尽地描绘出查尔斯王个人非凡的勇气与力量，并且对瑞典军队严守军纪和团结一致的精神也不吝美辞。

在大众心中，《伏沃迪约夫斯基先生》相比于三部曲中的其他两部要显得略逊一筹，这种观点，实在与我们的评价标准背道而驰。单单是伏沃迪约夫斯基的妻子巴希雅从兼具蛇、虎双重性格的凶残鞑靼人阿兹雅手中逃脱这一精彩动人的故事情节，以及这位军人之妻身上所流露出的美与智慧并存的气质，就已经足以打动我们。尤其是后来准备以生命代价毁灭堡垒的伏沃迪约夫斯基，他与自己最爱的人诀别的一幕，把凄美深深印在了人的心上。在三部曲最后的这一部曲中，这类纯洁高尚的人将自己的生命充分展现在故事的各个角落。当土耳其军队吹响胜利的号角，将卡明尼茨堡垒重重包围时，堡垒的救援物资全部用尽，命运也开始慢慢走向悲剧的结局。他们终于相会于 8 月的一个夜晚，就在用门壁围成的壁龛里，他温柔地安慰并提醒她回忆着过去他们在一起的快乐时光，说死亡不过是从一个世界到另一个世界，如果他们之中有一个先离去，那只是为了等待另一个人的到来。这段情节感人至深，让人如临其境。作者的笔触虽不会为情绪所操纵，但流露出的真诚与纯爱，细细读来，却让人由衷感动，情难自禁。

作者用了另一种手法来将伏沃迪约夫斯基葬礼场面的庄严肃穆表现了出来。巴希雅带着深重的伤痛环绕灵柩，静静地跪在教堂的石板上。牧师小心地敲着法器，似乎是在试图与逝去的英雄交流，希冀英雄能从棺柩中重新站起，奋勇杀敌，一如往昔。随即，他将苦楚与泪水深深压在心底，开始歌颂亡者的英雄气概与懿德，并虔诚地祈祷着，希望能有真正的领导者崛起于国家危难的绝境中，来拯救这个王国。就在这时，索别斯基缓缓地走进教堂，所有目光立刻都聚焦在他身上。牧师如同狂热的先知一般高声呼喊："伟大的领袖！"索别斯基随着呼喊声立刻屈下双膝，谦卑地跪在了伏沃迪约夫斯基的灵柩旁。

这些描写最大限度地还原着历史的真实，将故事所发生的那一个时代充分展现在我们眼前。显克微支笔下人物的言行举止与时代有一种难得的契合，这不仅得益于他对历史资料的广泛涉猎收集，还与其敏锐的历史感息息相关。显然，在提名显克微支角逐诺贝尔奖时，有不少著名的历史学者成为其坚定的支持者。

三部曲中向来不乏对自然景物的勾勒与描绘，最令人称道的是清新脱俗的意象。《火与剑》中简洁而令人难以忘怀的佳句多似繁星，俯拾皆是："春风轻轻拂过，一望无际的草原在温柔的风中苏醒，花儿悄悄地从土地中抬起了头，虫子兴奋地嗡嗡振翅作响，无拘无束的野鹅从空中掠过，鸟儿的歌声中溢满欢快的音符，野马面对着士兵们的逼近，立刻紧张地耸立起背上的鬃毛，鼻孔翕张，飞驰而去的身影如旋风一般洒脱……"

幽默是这宏大的三部曲的另一个鲜明特色。五短身材的骑士伏沃迪约夫斯基被描写得活灵活现、跃然纸上，而让人又好气又好笑的贵族查格沃巴却在我们脑海中留下了更难以磨灭的印象。他自吹自擂、大腹便便的模样以及嗜酒如命的性格，让人不禁联想起福斯泰夫[①]，不过他们也只有这三点相似而已，其他方面却是截然不同。福斯泰夫喜欢挥霍，工于猜忌，而查格沃巴则是古道热肠，危难之际为朋友两肋插刀也在所不辞。查格沃巴虽然生来是副好牧师的样子，却也难以掩盖他深入骨子里的嗜酒本性。由于对酒的痴迷，他断言只有叛国不忠之人才不爱酒，这是因为他们担心自己醉酒后会将心中的秘密暴露在阳光之下。他特别憎恶土耳其人的原因，竟然是他们不喝酒。查格沃巴也是个令人头疼的饶舌鬼——他觉得冬天若不多言，舌头是会僵硬麻痹的。他漫无边际地吹嘘着自己威武的军容，吹嘘自己如何身先士卒立下了许多汗马功劳，但实际上，他连士兵都未曾当过。他的确有勇气——一种格外与众不同的勇气——每当与敌人相遇，他都会被吓得不住地颤抖，就如同最令人不齿的懦夫一般。然而当真正的战斗打响，他内心最深处又会升起一股对于破坏了他安定生活的敌人的怒火，激起潜藏在他身体里的真正的勇气与无畏，令他勇敢地冲上去。他就是凭借这样的方式击败了凶残恐怖的哥萨克人布尔拉伊的。查格沃巴拥有的机智与计谋丝毫不逊色于奥德修斯，当别人被逼上绝境、穷途末路时，他却能柳暗花明。他豪爽的个性中还伴随着敏感而脆弱的一面，甚至会为了朋友的不幸而潸然泪下。他是一名对皇帝绝对忠贞的优秀的爱国青年。有一种猜测说查格沃巴的性格前后具有分裂性与不连贯性，是因为三部曲中最后一部更加奇异、更加耸人听闻，因此需要将更多的社会因

①莎士比亚的戏剧《温莎的风流娘儿们》中的一个人物，是一个荒淫无耻的酒徒、爱吹牛撒谎的懦夫和寄生虫。

素考虑其中。这种猜测明显欠缺考虑。显克微支要我们真切地参与查格沃巴的成长体验：看到他在环境的熏陶下逐渐沾染了高贵的气息，但他对自己的那些老毛病却依然执迷难改。若是撇开那些不完美的缺憾来看，他的改变其实如行云流水一般自然，因为他依然有着孩童般善良纯真的本性。查格沃巴这类人物在世界文学史上注定要作为喜剧典型而永恒不朽，他完完全全是作者创造力与想象力的结晶。

显克微支的才华从来不单单体现在一个方面，比如1890年，他将三部曲中塑造战士英魂的天才表现力转移到现代心理小说的创作上，于是他深受评论家青睐的著作《毫无准则》诞生了。这本小说大胆采用日记体写成，却毫无一般日记体小说常见的沉闷与模式化。显克微支运用他无与伦比的文字掌控力，将一个典型的世俗人完完整整地呈现在我们面前。小说的主人公普沃索夫斯基极度病态与无能，他怀疑宗教，怀疑道德，甚至从不停下对自我的质疑与分析。他的过分猜忌，不仅招致自身的不幸，还将他人也推进了无底的深渊，最终迎接他的只能是通向死亡的路。普沃索夫斯基的道德勇气完全无法与他令人赞叹的天赋将相匹配，简单来说，他极度缺乏原则性。即使他是那样崇尚美，有着高贵的教养，也还是无法弥补他信仰上的缺失，没有主动精神所造成的人格缺憾。安妮涅尔卡，一个洒脱的女子，虽然普沃索夫斯基的自私险恶将她一生最美好的梦毁灭，但她仍然坚信人应当负起应尽的责任，一直到生命的尽头。显克微支用内心观照的方式，让我们感知与洞悉到曾一度身为基督徒的普沃索夫斯基最深处的隐秘灵魂：他几近痴狂地追逐着美，然而这远远不足以填满他失去了宗教信仰而无比空虚与彷徨的心灵。显克微支把那种存在于各处的人勾勒出来，他们是一种聪明又有能力、却被精神与心灵的空虚折磨得可悲的所谓的优秀者。《毫无准则》不仅以它深刻严肃的思想性发人深省，同时，它也是一件精雕细琢的优美艺术品，字字珠玑，才思满溢的言语间交织着深沉厚重的哀思，有时候会让人品味出一种冷漠之意。不过这也是许多典雅精致的文学作品所常有的，比如歌德的作品就给人一种精致的冷漠感。

1894年，《波瓦涅茨基一家》紧随其后问世，这本书虽不及《毫无准则》那般才思满溢，但它胜在传神地述说出充实朴素的乡村生活与空洞虚华的世界主义之间无法逾越的分野。在这里，我们又遇见了一位优雅与美貌并重、热情而纯真的女人——玛丽妮娅。评论家对波瓦涅茨基所犯下的情欲之罪不屑一顾，然而创作者并不是站在为波瓦涅茨基辩护的立场，他只是单纯地将他真实的生活展现在笔下。波瓦涅茨基为人处世一张一弛皆有气度，丝毫不逊色于他人，只是一时被情欲迷惑心灵，才会误入歧途进而酿下大错。好在他很快从罪恶中清醒过来，毫不掩饰地表达出自己内心的虔诚忏悔。最终，波瓦涅茨基与玛丽妮娅重归旧好，甚至亲密更胜从前。这本小说的主旨在于向家庭道德与健康有益的社会生活高唱赞歌，书中最美丽的情节在于描绘女孩李特卡如何挣扎着决定牺牲自己对波瓦涅茨基如百合花般纯洁干净的爱意，只希望能成全玛丽妮娅与他的姻缘，这段情节洋溢着纯美如花般清新动人的诗意。

那些评论家们先是抱怨三部曲过于冗长拖沓，之后又吹毛求疵地苛责显克微支另一短篇故事节奏太过紧凑。例如《让我们跟随他》，这个故事简洁地叙述了罹患忧郁和幻想症的女伯爵如何被重生的救世主所治愈拯救，节奏紧而不乱，言辞优美隽永，却遭受了“故事节奏太过紧凑”的激烈质疑与批评。上述批评家的不满很显然不够中肯，因为不同的艺术手法适用于不同的写作题材。《让我们跟随他》就如同艺术大师在纸上洒脱的几笔速写，但那份随性背后有着深刻的内涵和充沛的情感，更重要的是其人物塑造丝毫不逊色于那些精雕细琢的工笔作品，这是用最虔诚的信念铸就的艺术品，也是一朵从十字架的圣洁下静静生长、浸透了救世主一滴炽热的鲜血然后碎骨般剧烈绽放的花儿。

在宗教题材的驱使下，显克微支那部使他赢得国际认可的著作《你往何处去》终于在1895—1896年，向世人揭开了它的神秘面纱。这部将尼禄残酷专制统治完整记录下来的历史小说，获得了空前的反响与罕见的成功。单单英美两国英文译本的发行量就高达八十万册。1901年，柏林专门研究波兰史的专家布鲁克纳教授曾做出估计，这本书在英美两地的销售量高达两百万册。

迄今为止，《你往何处去》已经被译成三十多种文字，广为流传。虽然这方面的成功不必特别强调——有些内容差劲的书靠着蛊惑人心的手段照样能卖得火热，不过《你往何处去》的盛行至少反映了一点：那些主题高尚而且表现手法新颖的好书，即使不依赖对读者感官的刺激，也照样能受到读者的认可与欢迎。显克微支洗练精到的笔触，将尼禄统治下的种种矛盾、剑拔弩张的紧张对立场面刻画得淋漓尽致：狡诈堕落的异教徒与谦虚自信的基督徒，那是自私的丑恶与博爱之美间的对立，骄奢华丽的王室宫廷与死寂阴森的地下墓穴也形成了强烈的对比。而罗马圆形大剧场那火光冲天的流血场面更是惊心动魄、无与伦比。显克微支在刻画尼禄这一形象时显得格外谨慎，不让他抢了主角的风头。但即使只是简单几笔的勾勒，也使这位帝王附庸风雅、好大喜功、趾高气扬又低级趣味、个性多变而残酷无情的形象跃然纸上。

作者对裴特洛纽斯不吝笔墨的描绘使人物的个性更加突出。这个角色是参照古代著名史学家塔西佗的《编年史》创作的。显克微支以《编年史》上简短的两章为基础，加之自身深刻的观察与身临其境的体会，终于把这个人物复杂的心理变化成功地展现在我们面前。他笔下的裴特洛纽斯，是矛盾的综合体，既有世故老练的一面，又被人们称作“风雅大师”；他是一名享乐主义者，但更是一名怀疑论者，他认为生命不过是虚幻的海市蜃楼，享乐令人变得懦弱无能，所幸的是他仍然还具有大丈夫的勇气。成见不是一日能消除的，他偶尔还是会陷入迷信的泥潭；他没有强烈的善恶感，但他所具备的美感却是令人惊讶的。他是个实事求是的人，即使处于极为不利的境地，他依然能用泰然自若的态度和各种手段来武装自己，将自己的尊严保护得完璧无瑕。怀疑论者皮雍和安那克里翁的诗歌，比道德论更能带给他乐趣；他并不了解也瞧不起基督徒，在他眼中基督教义所推崇的以德报怨不过是无足轻重的东西，毫无价值与意义。他完全无法理解基督徒祈求来生的行为，觉得那如同有人宣称一天从夜晚开始一样奇怪难解。裴特洛纽斯最终在蒂杰里奴斯的陷害下平静地离开了人世间，这是他自找的，怨不得任何人。通篇洋溢着作者独具特色的才思，给人一种难得的新鲜之感。

《你往何处去》中有许多十分精彩的片段，最美的一段是这样描绘的：在夕阳的斜斜余晖中，带着为信仰而死之心的使徒保罗，不断地喃喃自语，似乎想把这句话深深地刻在心上一般：“我曾经那样英勇、那样坚持，我已经完成主的任务，现在，我将会得到一顶光荣的桂冠。”

这本重要著作收尾之后，显克微支又回过头来创作以祖国波兰为蓝本的小说，于 1901 年完成了《十字军骑士》的写作。在当时历史资料极度缺乏的条件下，从事这方面的创作并不会比写三部曲来得容易，但他依然坚持将困难一一克服，完成了这部充溢着浓厚中世纪色彩的小说。小说主要描述和刻画了波兰以及立陶宛各国对抗条顿骑士团的英勇事迹。条顿骑士团的骑士们在完成了他们最初的使命之后，变得只会压迫与榨取人民——他们想得到的已不仅仅是十字勋章，被欲望充斥的内心渴求的是那些权力与现世的金钱报酬。终于，这些骑士被后来波兰王弗拉迪斯拉夫二世一一击败。这个波兰王虽然是小说中的重要角色，却有一个粗略的轮廓——这十分符合显克微支的写作惯例，即不给予历史人物在小说中过于重要的地位。而书中另外一些生动的角色，都是作者凭着丰富的想象力创造出来的，这些人物是中世纪文明的代表与象征，强烈而极富魅力，深深地吸引了我们的注意力。

中世纪依然被迷信的思想统治着，虽然波兰已经基督化了很久，但人们还是对鬼魂有着发自内心的敬畏，在晚上都会将食物放在户外供孤魂野鬼飨用。专司牙疼的是阿波罗尼亚，专司结石病的是李伯里尔斯……诸如此类，每位圣徒都各司其职。人们相信：上帝统治着宇宙，但他没有足够的时间去管人间那些不重要的琐事，因此派圣徒去执行种种任务。这是一个极其迷信而又充满活力的时代，巨大而坚不可摧的骑士团城堡庄重地耸立在马里安伯格的土地上。而那些骑士的对手——波兰及立陶宛的士兵也是个个精力充沛，锐不可当。书中人物极为繁多，包括：只顾家族利益、无比贪婪却英勇的马茨科。满脑子被骑士冒险故事充斥着的贵族兹皮什科。还有骁勇善战的尤伦德，他力大无穷而且有着花岗石一般硬朗伟岸的身躯。他从心底憎恨条顿骑士团骑士，以至于最后沦为一场可怕报复的牺牲品。他严于律己、宽以待人的胸怀使他即使在被羞辱之际，依然保持着人格的尊严，崇高无比。他是显克微支笔下最具高尚情操的战士，柔美与刚毅勾画出无比和谐的图景。雅德薇嘉皇后温柔似水，不过姿色显得非常平庸。在穷人葬礼上，伤心欲绝、恸哭不止的达努莎凄美如诗，圣洁如那一首在耶稣受难仪式上所唱的圣诗。而另一方面，雅金卡拥有着春天般清新生动的健康与活泼。

作者笔下的每一个人物都充满着蓬勃的生命力。在次要角色中，有不少鲜明而突出的人物吸引着读者的注意力。比如那个脾气暴躁、好战、不容异己的大修道院院长，还有贩卖免罪符的德鲁斯，无论是耶稣的族人出埃及时骑的驴子的驴蹄、雅各的天梯，还是埃及女人圣玛丽的泪珠，甚至是圣彼得的钥匙上的铁屑，他通通都出售过。文章的终篇以一段动人文字叙述了1410年格伦瓦尔德之战，而条顿骑士团骑士在一场战争后终于覆亡了，恰似一出悲壮歌剧终曲那令人心碎的悲伤与遗憾!

显克微支被公认为是从古代波兰文学吸取灵感精华的第一人。亚当·密茨凯维奇开启了丰富波兰文学历史的扉页，正如他的名字一样，他是波兰文学的开宗祖师，以与自然水乳交融又充满自然风味的诗篇以及伟大高贵的史诗举世闻名。而想象力十分丰富的斯沃瓦茨基及哲学家克拉辛斯基则是闪亮在波兰文学苍穹里的星辰。史诗创作成就卓越的还有科热尼奥夫斯基、克拉舍夫斯基以及热乌斯基等人。而等到显克微支出现，他的创作为史诗之花的绚丽绽放提供了阳光雨露般的滋养，使波兰史诗以最直观的形式呈现在人们眼前。

纵观显克微支的文学成就，其写作有着取材广泛、思想崇高以及文字驾驭能力超强等特点。至于他的史诗，已臻于完美之境。显克微支的史诗性小说结局富有力量，情节分而不散，朴实无华却能直切主题，有着“隐喻”的特色。正如杰勒所言，荷马是一位十分善用隐喻的大师，能以单纯朴实的事物点出复杂的感情，譬如：他将战士比喻成聚集在牛奶桶边的苍蝇群，又用拉着母亲的裙角哭泣、渴求母亲抱抚的小女孩来比喻流泪哀求阿喀琉斯让他上战场杀敌的帕特洛克罗斯。一位瑞典籍评论家曾声称显克微支的“直喻”体现着荷马式意象阐述的写作特质，譬如：用退潮后在沙滩上留下贝壳来比喻军队撤退时的情状；炮火轰鸣伊始，就如同村子里的狗，一旦有了第一声犬吠，很快其他的狗也会狂吠起来一般，响起连绵不断的爆炸之声；战斗之时，将军队的前锋及后卫都围困起来，再从两翼进攻，正如收割稻谷时，分组从稻田两边割起以便在中央会合。《十字军骑士》中，有时母德人从犁沟中一跃而起对日耳曼骑士发起猛烈攻击的情节，被喻为：一群黄蜂为报复自己的巢穴被一时大意的过路人捅毁的仇恨，疯狂地叮蜇他们。在《伏沃迪约夫斯基先生》里，也出现了一些新颖的意象。显克微支的作品中出现的一对互喻的词句，通常将不重要的意象模糊化来突显主要的意象。这也是荷马一贯的风格与特质，譬如：伏沃迪约夫斯基持剑迅捷地将他身边的敌人一个个杀死，就如同弥撒过后圣诗班的小男孩拿着灭烛器将圣坛上的蜡烛一支接一支地按熄那样果断而自然。土耳其军统帅侯赛因·巴夏在通往雅西的大门处受阻，无法逃出，便又退回营帐去等待时机寻找另一条出路的样子，恰似公园中被追捕而四处逃窜、企图潜逃的偷猎者。而《你往何处去》中那位殉教的基督徒的身体被从地面移开，就如同准备出海离开码头的水手把桅锚抛下一样。这类具有荷马特质的、自生自发的例子，实在是繁多得如同夏夜繁星，难以尽数。比如《十字军骑士》中，雅金卡无意中瞥见面貌与年轻王子酷似的兹皮什科时，惊呆得怔怔地站在门口，连手中握着的酒壶都在颤抖着，几乎要溅出酒来。

这篇简短的演讲稿远远不够将亨利克·显克微支文学上的成就一一述说。最近他正将心力放在一套新的三部曲《在光荣的战场上》之上，并亲身参与出版事宜的洽谈，据说这三部曲所叙述的故事是发生在索别斯基时代的。

显克微支个人创作的荣耀生涯可以说已臻完美之境。他被国人敬若神祇，更值得一提的是他对自己国家那份坚定不移的忠贞。在他文学创作二十五周年的纪念庆典上，波兰人民自发地为他举行规模宏大的全国预售活动，并用售书所得买下他家乡旧居的地产，当作礼物送给他。除此之外，各地代表团都纷纷向他致敬，贺电纷至沓来，华沙电台还特地以他之名播映了一个特别专集节目。

瑞典文学院于 1905 年将诺贝尔文学奖颁给显克微支，这是北欧各国向他的文学成就表示的最为崇高的敬意。

致答辞

显克微支

参与诺贝尔奖公开而激烈的角逐的诗人和作家们，他们身后站着的是他们的整个国家，因此，诺贝尔奖不仅是授予作家个人的荣耀光环，而且代表着对养育这位作家的国家的认可与肯定。获得诺贝尔文学奖，一方面代表着这个国家的影响渗透到了世界文化的发展轨迹中，它的国民所付出的心血终于结出了丰硕的果实;另一方面，这个国家有着无可推卸的责任以及权利，去为了全人类的利益继续奋斗。

诺贝尔奖的荣耀被所有国家都视若珍宝，这一份珍贵在波兰人身上显得尤为明显。曾有波兰覆灭的谣传，说其国力衰竭，人民被耻辱地奴役了，但如今的事实证明了波兰依然坚定地存在着，甚至获得了无上光荣的胜利。此刻瑞典文学院在全世界的注视下，将这项荣誉颁给了波兰，表达出对这个国家以及作家的崇敬之情，我不禁想到伽利略的名言 :“地球从不会停止转动。”

这项殊荣不是颁给我个人的——因为在波兰广阔的沃壤上，完全不乏比我更优秀的作家——所以说，这是颁给波兰伟大的成就以及波兰天才们的。为此，我诚愿以一个普通波兰人的身份向各位瑞典文学院的先生们致以我最真挚、最恳切的谢意。最后，我谨借用著名的罗马诗人贺拉斯的诗句来结束我的发言，“赢得高明之士的赞赏，绝不是无足重轻的褒奖。”

目 录

你往何处去

（上）

1

裴特洛纽斯直到中午时分才逐渐苏醒，与平常一样他觉得浑身没劲。昨天尼禄的聚会持续到深夜才结束，所以他休息得非常晚。近期他的身体状况越来越差了，这使他有一种力不从心之感。每天一睁眼，他就感到周身麻木、无精打采，但是沐浴之后，仆人们会帮他进行全身的按摩舒展，使他的血液流动得更加快速，身体舒爽不少，让他重新充满活力，精神百倍。等到他完成了沐浴的最后一个环节——涂油之后，就会全身光彩焕发，眼神中透露的满是睿智和开心，整个人显得特别有精神。举手投足的高贵气质，就算是十分注重穿衣打扮的奥托也不能和他相提并论，这时的他真配得上“风雅大师”这个称谓。

如果不是出现一位众人纷纷称赞的能言善辩的演讲家，或是在青年比赛场上将会举行非常出色的演出的话，他是很少去公共澡堂沐浴的。而且，他自己家中有独立的浴室，它出自和塞威路斯同一时期的名师切莱尔之手，其特殊的装潢和布局，甚至尼禄看见都要赞不绝口，认为它完全超越了美轮美奂的皇室浴池。

昨天的聚会上，瓦蒂纽斯的诙谐让他觉得很烦躁。聚会结束后，他又和尼禄、卢卡奴斯还有塞内乔一起聊着女人究竟有无灵魂这个话题。因此，他今天早上起得特别晚，苏醒后，他和平常一样先沐浴。

两个身强力壮的下人将他抬到一张柏木桌上，桌上垫着一层洁白的埃及麻纱。下人们涂了橄榄油的双手开始在他健美的身体上来回按摩。他将眼睛闭了起来，享受着热腾腾的热气和下人的按摩，疲惫感渐渐消失了。

可是没多长时间，他又把眼睛睁开，问天气怎么样，然后又问询了珠宝商人伊多梅诺斯今天送珠宝来让他鉴赏的事情。天气看起来不错，晴空万里，从远处吹来一袭舒适的凉风，可是珠宝却一直没有送到。裴特洛纽斯继续闭上眼睛，吩咐下人把他移到温水浴室。这时，有个仆人在帘子后面通报，说从小亚细亚回来的年轻男子马库斯·维尼裘斯前来拜访。

裴特洛纽斯让他把来者带到温水浴室去，并说自己马上就会过去。维尼裘斯是自己大姐的孩子，大姐在早年嫁给了蒂贝留斯帝时期的执政官马库斯。他如今在柯布罗将军下面做事，以前和帕提亚人一起打过仗，战争结束之后，又回到了罗马。裴特洛纽斯特别喜爱他，原因就是这个年轻人长相俊美，全身有一股贵族气质。

“向裴特洛纽斯敬礼，”青年男子踏着稳健的步伐朝温水浴室走来，“但愿众神保佑您，尤其是医神阿斯克勒庇俄斯和爱神齐普里斯。得到这两位的保佑，您一定会万事顺利的。”

“欢迎你胜利归来，希望你在战争结束后可以好好休息。”裴特洛纽斯说道，从裹在身上的亚麻布袍子里伸出手，“亚美尼亚有什么好玩的事？你到了亚细亚，是不是也去了比西尼亚？”

当裴特洛纽斯还是比西尼亚总督的时候，他非常努力，办事很出色，政绩优秀。那段时期，他的表现和以往胆怯而且喜欢奢华的性子完全不符，所以，他特别爱说起那时候的往事，来证明自己过去是个敢作敢当之人。

“我去了一次赫拉克莱亚城，”维尼裘斯说道，“执行去那儿求援的命令。”

“什么，赫拉克莱亚！我就是在那里遇见了一个科尔奇斯的女孩，我可以用这里一切离异的女人换她一个人，就算是波佩雅也可以。可是这已经是很久以前的事情了。你还是和我说说帕提亚发生的事吧。沃罗杰修斯、蒂里达台斯、蒂戈拉涅斯[1]这些人，都非常让人厌恶，就像小阿茹拉奴斯讲的那样，那些粗鲁的人在屋里面都是靠四条腿爬行的，只有面对我们，才会装模作样起来。然而如今，这里都在流传他们那些事，唯一的理由，是此刻谈论其他的事会有危险吧。”

“这场仗打得很艰难，假如没有柯布罗，一定会惨败的。”

“噢，朝巴克斯[2]发誓，那才是货真价实的战神啊！和马尔斯[3]一样，是一位了不起的将军，尽管脾气不是很好，人又有些木讷，可就算是尼禄都很敬畏他，我也挺喜欢他的。”

“我倒不觉得柯布罗为人木讷。”

“可能吧，木讷和智慧相比，都是差不多的，皮浪以前说过，

---

①他们都是古亚美尼亚和帕提亚的君主。

②古罗马的酒神。

③古罗马神话中的战神。

这两种性格没什么差别。”

维尼裘斯继续说着有关战争的事情，然而裴特洛纽斯却紧闭起双眼来。年轻人看到舅父满脸的疲倦之色，于是关心地询问他的身体近况如何。

听到外甥的关切，裴特洛纽斯又缓缓睁开眼睛。

他不是很健康，有时会感觉有些不适应。当然，他还没有糟糕到和小西塞纳一样的程度：小西塞纳一大早被抬到了沐浴室里，居然还问下人：“我现在究竟身处何地？”好歹，裴特洛纽斯的脑子不迷糊。维尼裘斯提议，让他向阿斯克勒庇俄斯和齐普里斯祷告，请求他们的庇佑。只是裴特洛纽斯并不认同，他不信奉他们，人们一直都没弄明白阿斯克勒庇俄斯是阿尔西诺伊的儿子，还是柯洛尼斯的儿子，况且阿斯克勒庇俄斯自己也不清楚——一个对自己出身都不明不白的人，又如何使人信任他呢？

这时候，裴特洛纽斯笑着说道：

“那倒是，前年，我在埃皮道鲁斯[①]供奉了三打活的山鸡和一个金杯。然而，你明白我为什么要这样做吗？我安慰自己道：无论这样做对我有没有帮助，至少不会有什么坏处。尽管人人都乐此不疲地供奉神灵，但我觉得他们都会和我有一样的想法。或许那些在卡丕那门赶马和招待旅客的人不这么觉得。去年，我的膀胱出了一些问题，我一直希望可以得到阿斯克勒庇俄斯的保佑。除此之外，我还向他的儿子们祈求过。这些人在我的宫殿里面待了好几天，尽管我知道他们都是骗子，但是我还是安慰自己说道：没什么不好的，这个世界本来就充满谎言，人生就是虚幻的，灵魂同样也是如此。

①古希腊的一座城市，那里有医神的神殿。

可是，做人要懂得分辨出哪些是好的幻境、哪些是不好的。我吩咐下人在暖炉里面放了有龙涎香味的杉木，我不了解其他人是不是喜欢这种气味，反正我是一直喜欢香味。至于齐普里斯，我真的不想认同，更别提祈求她降福于我，我曾经也这样做过，可是弄伤了腿——不管怎样说，她还算得上是悲怀悯人的女神。凭你如此信奉她，我知道你肯定会去她的神殿，放一些白鸽子给她。”

“的确如此，帕提亚人没有伤到我，可让人意想不到的是，爱神却看中了我，我心里受伤得很。”维尼裘斯说道。

“还有这样的事吗？得空的话，必须跟我说说是怎么回事。”

“我很高兴向您请教。”维尼裘斯说道。

下人们这时来到浴室，帮裴特洛纽斯剪指甲。维尼裘斯也脱下衣服，走向温水的澡堂，因为裴特洛纽斯请他一起洗澡。

“你的身材简直和海格力斯有得一比。”裴特洛纽望着维尼裘斯强壮而健美的身体说，“如果李西波斯[①]见到你，一定会把你当作年轻时候的海格力斯，把你的雕像刻在帕拉修姆宫门前。”

年轻人听后非常高兴，他走到浴池里面，水花四溅，落到了镶嵌板的装饰木雕上。木雕上的图像是赫拉[②]正在向索莫诺斯[③]祷告，希望可以让宙斯[④]入睡。裴特洛纽斯像一位艺术家一样赞赏地望着他。

维尼裘斯沐浴完之后也让下人替他修剪指甲。就在这时，来了一位朗诵诗歌的人，诗稿本装在一个青铜筒子里，挂在他的脖子上。

---

①古希腊著名的雕塑家。

②古希腊神话中的天后。

③古希腊神话中的睡神。

④古希腊神话中的主神。

“有听诗歌的意愿吗？”裴特洛纽斯问。

“如果是您写的诗，我非常乐意听。诗如其人嘛！”维尼裘斯说道，“假如不是您写的，还不如聊聊天，现在大街上到处是自诩为诗人的人。”

“说得没错，无论你是去会议礼堂、沐浴场，还是图书馆，都会遇见一些装作诗人的家伙。以至于从前阿戈里帕[①]刚到这里的时候，认为这些人的精神不太正常。可是，如今竟成了这样子，皇帝喜欢写诗，所以大部分的人都在跟风，而且不能比皇帝写得精彩，就是这个原因，所以我担心卢卡奴斯会有危险……我虽然爱写写文章，却从来不会让人读出来。这个朗诵家要朗诵的，是悲惨的法布里裘斯·魏印托[②]的《遗嘱附录》。”

“您怎么会觉得他悲惨啊？”

“他被流放到敖德萨，如果没有赦令是不可以回来的。相较于荷马的《奥德赛》，他写的奥德修斯要简单得多，原因就在于，主要人物的妻子并非圣女珀涅罗。这就可以看出他所做的事情非常不聪明，但这只是表面罢了。事实上，他写的是一本低俗且无趣的小说。这类书籍，只有作者被流放之后，才会受人关注。现在所有的人都异口同声地认为这本书胡编乱造，也许魏印托的描述有点失实，我非常了解这座城市，也懂这里的人们，即便他有些夸大其词，也绝非像看上去那样令人厌恶至极。就算如此，人们还是想在这本书当中找到一点什么，一方面不愿看到自己的影子，而另一方面，又非常开心看到有熟人在里面。阿维尔奴斯书店里，有近百

①古罗马著名将军。

②古罗马执政官。

个速记员在别人的朗诵下记录这本书的内容，可见它的受欢迎程度。”

“那里面提到您了吗？”

“有一点，不过并不切实，我本人不像他写的那样善良和庸俗。说实在的，我觉得高贵和庸俗没有什么不一样。但是，包括塞内加[①]、穆索纽斯[②]和特拉塞阿[③]在内的很多人，都故意装作自己知道是非曲直，我觉得他们连自己如何都没弄明白。向海格力斯发誓，我想到就会说出来。不过，有一点毫无疑问——我仍然崇拜品格高尚的人，懂得如何分辨美丽与丑陋，然而，我们那位诗人、歌者、战车手兼表演家的红胡子[④]却不知道。”

“无论如何，我都觉得法布里袭斯很不值，他为人高尚。”

“都是爱慕虚荣在作怪，他控制不了，喜欢见到人就说自己内心的想法，这导致再也没有人肯相信他了。你耳闻过卢菲奴斯的事情吗？”

“没有。”

“我们去有冷水的洗澡间，然后我一点点告诉你。”

冷水洗澡间的环境设施雅致馨香。一座映着粉红灯光的喷泉徐徐喷洒出水来，空气中飘着一股紫罗兰的幽香。墙壁上的雕像是一个牧神，在草地上和神女谈情说爱。维尼袭斯一脸深思的表情，说道：

“人生最美丽的事情就是如此吧。美到极致了！”

①古罗马斯多亚派哲学家，尼禄的老师，后来被刺死。

②古罗马的哲学家，他的学说被尼禄抵制。后被流放到吉安洛斯岛。

③古罗马元老院议员和斯多亚派哲学家，因为惹怒了尼禄，被下令自杀。

④尼禄的外号。

“也许吧，然而除此之外，你还喜欢打仗，我可不怎么喜欢，因为只要一在部队里面，指甲就不会是好看的粉色了。人人都有自己喜欢的东西，红胡子喜欢诗歌，诗歌是他显摆的低廉的玩意儿，但是老斯柯鲁斯却喜欢花瓶，晚上要亲一下放在床边的花瓶才会睡着。花瓶的棱角都已经被磨平了。你是不是有写诗歌的癖好？”

“没有，没有写过，就算是一首六韵诗都没有完成过。”

“那会弹琴唱歌吗？”

“不会。”

“你的战车技术怎么样？”

“我只在安提阿城经历过一次比赛，但是结果并不怎么样。”

“那倒没关系，这样我便不需要担心你。比赛骑马的时候，你是哪一方的？”

“属于绿色那方。”

“那我就完全不用为你担心了，特别是你的万贯家财。可你必须明白，现在和我们在一起的人，最多就是写写诗句、弹琴唱歌，夸夸其谈、竞技赛马这些，可是如果不做这些的话，肯定更好，更妥当一些。最重要的就是，只要是红胡子干的事情，你都要懂得称赞。你非常英俊，波佩雅可能会喜欢上你，所以，这件事对你非常不利。她经历过很多段情感，也许对你与众不同。在她看来，爱情已经完全没什么热乎劲儿了，她在从前两任丈夫身上早过足了爱情的瘾。说起第三个来，她醉翁之意不在酒，你有所耳闻吗？奥托那个白痴，还傻呵呵地喜欢着她呢。他多次在西班牙的悬崖边徘徊，感慨不已。如今，他连自己的相貌举止都不怎么注重了，而且梳洗都不会超过三个小时，这种事发生在以风雅著称的奥托身上，真是出人意料。”

“太可怜了，若我是他，肯定不会这么做。”维尼衮斯说道。

“那你会怎么做呢？讲讲吧。”

“我会把本土民众组织成一支非常强大、不可战胜的队伍，因为伊贝里亚的人民都是很英勇的。”

“维尼衮斯！我可以告诉你，你一定不会成功。知道原因吗？那就是这种事情肯定有人会做，但是就算万事俱备也不会讲出来的。如果我是他，我肯定会看不起波佩雅、红胡子。同样，我也会组织一支军队，但是士兵不会是伊贝里亚男人，而是伊贝里亚女人。最多，我就只会写一些嘲讽的诗歌短剧，但是肯定不会像愚蠢的卢菲奴斯一样，到处念给别人听。”

“您说过要和我聊聊他的事情的。”

“去涂油室再和你说吧。”

但是刚被抬进涂油室，维尼衮斯的心思就转移了，他把注意力全放在了那美艳动人的女仆身上。其中有两个是来自非洲的黑人，就像是用黑色檀木做成的雕塑一样。她们替主人擦拭着身子，用的是产自阿拉伯的好闻香水；而另外来自弗里几亚的仆人，很会梳头；还有来自希腊可斯的两位青年女子，专职整理服饰，她们在一旁等候着为主人更衣。

“向主神宙斯发誓，您选的仆人真的很完美。”马库斯·维尼衮斯说道。

“我看中的是本质。在罗马这个家中，我所有的仆人不到两百个。我觉得，那些家中奴仆云集的都是爱炫耀的庸俗的人。”裴特洛纽斯回答道。

“就算是红胡子都不会拥有这么多美女啊。”维尼裘斯说道。

裴特洛纽斯平静地说道：“你是我最宠爱的外甥，我才会跟你讲这件事。我和巴尔苏斯不一样，不会那么偏激，和奥鲁斯·普劳修斯那种庸俗的人也不相同。”

维尼裘斯一听到他说的最后那个人，立刻不再沉溺在希腊女孩的温柔乡里，精神抖擞地说道：“奥鲁斯·普劳修斯？太巧了吧！您不知道，我在郊外胳膊断了的时候，就是在他那里疗养了一段日子——奥鲁斯驾着马车经过时，碰巧看到我特别痛苦，所以就把我带到了他的住处，让他的一个医生兼仆人梅利奥帮我疗伤。我在他家待了十来天，伤口才痊愈。我正准备跟您讲这事呢。”

“不是吧，亲爱的外甥，莫非你喜欢上了庞波尼雅？如果真的是这样，我非常同情你。她可不年轻了，又非常注重品行，我觉得你和她不是很般配。”

“我说的并不是庞波尼雅。”维尼裘斯赶紧说。

“那究竟是谁呢？”

“要是我知道她是谁就好了，我连她的名字都搞不清楚，好像是黎吉亚，或者是叫卡丽娜。这家人有的称呼她黎吉亚，因为她属于黎吉亚族，但她肯定有自己的名字啊，叫卡丽娜。奥鲁斯这一大家子让人有些匪夷所思：家族有很多人，但是像苏比亚柯的森林一样安静。我住了一段时间，也没弄明白他们究竟信奉的是哪一位神灵。一天早上，天边才浮现出一抹光晕，我看到她正在花园的喷泉那边游泳。我对阿弗洛狄忒[①]发誓，晨曦照着她光滑的身体，我似乎觉得，只要太阳升起，她简直就会跟那晨曦一样消失不

①古希腊神话中的美神。

见。后来，我只见过她两回。之后，我的心再也不能平静了，对别的东西完全失去了兴趣。在这座繁华的城市，无论是美女、金子、青铜还是其他的金银珠宝，再大的盛宴我都不再需要，我只想要黎吉亚。向您说心里话吧，裴特洛纽斯，就像那浴室雕像里的睡神想得到帕西蒂亚一样，她占据了我整个心灵，我无时无刻不在想念着她。”

“如果她是一个奴隶，买来就行了啊。”

“可她并不是。”

“那她是什么身份呢？是奥鲁斯的女仆吗？”

“不是，也许是公主吧，或是与此差不多的身份。”

“这倒让我有兴趣了，维尼裘斯。”

“如果您想听，我马上就讲给您听，她的事挺简短的。也许，您和苏埃维的皇帝凡纽斯有些交情，他被自己的国家驱逐之后，在罗马住了很长一段时间。他特别擅长玩骰子，驾战车的技术也非常不错，还因为这个出了名。德鲁苏斯皇帝又让他重新回到了王位。凡纽斯是一位非常有能力的皇帝，将国家治理得非常出色，打过很多胜仗，但是后来他开始实施虐政，不仅侵占邻国，还搜刮本国，所以，他的两个外甥凡吉欧和西多，加上黑尔蒙杜利皇帝维比留斯的儿子们再次做出决议，又把他赶到了罗马……让他继续去玩骰子了。”

“我记起来了，这些发生在克劳鸠斯时期吧？”

“没错。战争开始了，凡纽斯号召亚齐基人来帮助他，但是他颇具魅力的外甥们同样召集了黎吉亚人作为援军。黎吉亚人听说凡纽斯家产丰厚，于是为了那些金银珠宝，出动了非常多的军队，就连皇帝克劳鸠斯，都有点担心自己国家的边境是否安全。克劳鸠斯开始不想被牵扯进他们之间的争斗，所以就给多瑙地区军团的将军阿台留斯 · 希斯台尔写了封信，让他多留心边境的战事，不要让那些人破坏了自己国家的安宁。然后，希斯台尔就告诉黎吉亚人：‘不能扰乱我们国家的边境。’没想到他们不但没有反对，还送来人质作为保证。这些人质里面，竟然有他们统帅的家人——他们在战时都是将家人带在身边的，这你也明白——而我所说的黎吉亚，就是他们统帅的女儿。”

“你又是怎么知道这事的？”

“是奥鲁斯 · 普劳修斯跟我说的。黎吉亚人信守诺言，没有扰乱我们国家的边境，他们就像狂风骤雨一样，来得快去得也快。那些头上戴着野牛犄角的黎吉亚人，忽然间就消失不见了。他们战胜了凡纽斯所带领的苏埃维人和亚齐基人组成的联军，可是他们的君主也因为这场战争丢失了性命。他们获得了金银珠宝就溜掉了，可是人质却还在希斯台尔那里。没过多久，她的母亲也死了，希斯台尔不知道该如何对待这个女孩，所以就把她送给了全日耳曼的首领庞波纽斯。战胜卡蒂人之后，庞波纽斯回到了罗马，克劳鸠斯替他办了一场非常隆重的凯旋仪式。这您也知道。那时候，那位女孩走在军队的最后面，因为不能把人质和俘虏混淆，所以庞波纽斯也不知道该拿她怎么办才好，只好把她交给了自己的妹妹，也就是奥鲁斯的妻子庞波尼雅 · 戈莱齐娜。遗憾的是，他们一家都非常看重品行。那女孩一看就知道，长大了以后会像戈莱齐娜那样品行高尚。她非常漂亮，就算是波佩雅站在她身旁，也会和秋天结的无花果一样黯然无光，她简直像赫斯佩丽德[①]手里的金苹果那样耀眼。

“我跟您讲，那天早晨，从看到那耀眼的光芒透过喷泉的水滴照在她身上的那一刻起，我就疯狂地喜欢上了她。”

“她是不是和鳗鱼或者粉嫩的沙丁鱼一样晶莹透亮？”

“裴特洛纽斯，您不要再取笑我了，即便我内心强烈的渴望让您觉得幼稚，您也应该理解，在华贵的外表下，通常都会埋藏着一颗受伤的心灵。那之后，在返回亚细亚的途中，我在冒普苏斯[②]的神庙中度过了一夜，我祈求他可以给我一个预言的梦。果然，冒普苏斯就真的在我的梦里面出现了。他告诉我，因为爱情，我的生活将会变得非常不一样。”

“我只知道，普林尼[③]说过，他虽然不相信有神存在，但是他信梦。也许他是对的。有时候我在想，也许真的只有一位神灵存在吧，就是那永恒的、悠久的、无所不能的女神维纳斯[④]。她让灵魂倾心彼此，让万物互相结合。正是爱神厄洛斯[⑤]，使得世界从混沌中升华出来。这件事是好是坏，另当别论，但既然已经发生了，我们也就知道了她的威严所在，就算我们无须为此感谢她……”

“哎，裴特洛纽斯，比起为他人出谋划策，大谈其中的道理真的是简单多了。”

“那你究竟有什么想法，准备怎么做？”

“我一定要和黎吉亚在一起，如今我的怀抱空空如也，我想抱着黎吉亚，将她死死地拥在怀里。我想和她一起呼吸，就算她是一

---

①古希腊神话中看守金苹果的仙女。

②古希腊神话中的预言家。

③古罗马作家，著有哲学、历史、修辞学等多方面的文学作品。

④古罗马神话中的美神，即古希腊神话中的阿弗洛狄忒。

⑤古希腊神话中的爱神。

个奴隶，我也可以用一百个女人来跟奥鲁斯交换她——这一百个女人脚上都涂着石灰，都是头一次被交易。我要把她留在身边，直到我的头发变得像索拉克屠姆冬天的山顶那样雪白。”

“像你说的，她又不是奴隶，只是奥鲁斯家族收养的女孩，只要奥鲁斯答应，他们会将她送给你的。”

“看来，您对庞波尼雅·戈莱齐娜并不太熟悉，他们两位对她，可谓百般爱护，完全把她当成了自己的亲生女儿。”

“我知道庞波尼雅，她简直就是一根柏木；如果她没有嫁给奥鲁斯，肯定会被人请去帮忙哭丧。自从尤丽雅去世之后，她就一直穿着丧服。她走路的样子，就像是活人走在日光兰[1]丛中。而且，她不会再嫁。与那些有过四五次离婚经历的名流女人相比，她就像是一只永生鸟……你听说过诞生于埃及那边的永生鸟吗？这鸟儿，要五百年才会见到一次啊。”

“裴特洛纽斯，裴特洛纽斯，我们还是以后再说永生鸟吧。”

“马库斯，我的外甥，你想让我跟你说什么呢？我和奥鲁斯·普劳修斯有些交情，就算他不怎么喜欢我的生活方式，但还算是比较喜欢我的为人，而且比一般人更尊重我，因为他觉得我跟多米修斯·阿费尔、蒂杰里奴斯等红胡子所宠信的那些爱打小报告的坏家伙不一样。我也无须装成禁欲派，但是有很多次，尼禄做的那些事真的让我看着很不舒服，而塞内加和布尔卢斯则像是没看到一样。如果你希望我出面去为你和奥鲁斯谈谈，就跟我明说吧。”

“我相信凭您的权威和智慧肯定有用，他非常听您的话，您只要抓住机会，跟奥鲁斯说这件事……”

①欧洲古代传说中一种生长在亡魂的乐土上的植物。

“你也太高估我了。但就这件简单的事来讲，只要奥鲁斯一回来，我就会跟他谈。”

“他们在两天前就回城了。”

“那吃完早餐便去。”

“您对我一直都非常好，但现在看来，我还是必须让人在家里的神堂为您雕刻一尊美丽的雕像了，每天给您上供。”维尼裘斯开心地说。

他转身，望着香气弥漫的房子里嵌在墙壁上的那一尊尊美丽的雕像，指着裴特洛纽斯说道：“向太阳神赫利俄斯发誓，如果亚历山大①和您有几分相似的话，我便不奇怪海伦为什么会那样做了。”

维尼裘斯说这话，只是想称赞裴特洛纽斯，但这真的是事实。尽管裴特洛纽斯年长一些，而且不怎么运动，却比维尼裘斯更加英俊。罗马女人不仅称赞他温柔体贴、兴趣爱好多，给了他“风雅大师”这个名号，还对他的身材大加称赞。这种爱慕的表情，从那两位服侍他更衣的可斯城年轻女子的脸上就可以看得见。两人中叫欧妮姬的那个，正偷偷爱慕着他，看他的时候所流露出的都是爱恋和欢喜的眼神。

然而他却不了解，仅仅笑着引用了一句塞内加的话来评价那个女人：“不知廉耻的东西……”

之后，他便搭着维尼裘斯的肩膀，带他去餐厅吃饭。

等到他们离开涂油室之后，那几个女仆开始收拾物件。这时候，从浴室的帷幕后面伸出几个仆人的脑袋，小声说了句“嘘”。那些女仆们被这突如其来的声音吓了一跳，立刻奔了过去，没多久

①特洛伊王子，他诱拐海伦，因而引发特洛伊战争。

便看不见人影了。之后，浴室的水池里面便传出来淫乱的嬉戏声。对此，管家竟然没有加以约束，原因在于他自己时常也会去和她们嬉戏。裴特洛纽斯早就猜到了这种事，但他非常温和，不想处罚下人们，也就当作没看见一样。

这样，涂油室就只剩下欧妮姬一个人了。等到浴室里面那些嬉笑声慢慢消失，她才把刚刚主人坐过的用琥珀和象牙装饰的椅凳小心翼翼地摆放在裴特洛纽斯的雕塑前。

灿烂的阳光和大理石多彩的反光，充斥着涂油室。

欧妮姬站在凳子上，与雕像差不多高，然后猛地伸出胳膊抱住雕像的脖子，甩动一头金发，将自己玫瑰色的身体紧靠在白色的大理石上，像着魔似的，用她温热的嘴唇亲吻着裴特洛纽斯那冰冷的双唇。

2

当一般人都吃过午饭之后，他们才开始吃早餐。吃完之后，裴特洛纽斯说先午睡一小会儿，因为现在去拜访的话，为时太早。这倒是对的，有的人觉得，当太阳升起的时候去拜访好友才有礼貌，符合罗马的传统，但是裴特洛纽斯却觉得这样非常没有礼貌。只有中午之后拜访，才是妥当的，无论如何，都不能早于太阳越过卡皮托山朱庇特[①]神殿而开始照着城市的时间。虽说是秋天，天气却还很炎热，让人在用完餐之后想休息一会儿。此时，伴随着那涓涓细流，走了不可或缺的一千步之后拜访，在半开着的紫色遮阳伞投射

①古罗马神话中的主神。

下的淡紫色光晕中休息一小会儿，真的让人心旷神怡。

维尼裘斯很认同这种习惯，于是他们便去散步，讨论着帕拉修姆宫和罗马发生的事情，也讲了一些人生哲理。之后，裴特洛纽斯便回到卧室，但是没有休息多长时间。半个钟头过后，他从里面走了出来，让下人去拿来了马鞭草，闻着手里的草香，将它们涂抹在自己的手上和太阳穴那里。

“你肯定不知道，这种植物闻起来沁人心脾，让人感到精神抖擞，我已经收拾妥当了。”

轿子在外面等候已久。他们坐上去之后，让人直接把他们抬到帕特里裘斯街的奥鲁斯家中。裴特洛纽斯居住的地方，位于帕拉修姆宫南面的山坡，离卡里内郊区比较近，因此最便捷的一条路就是直接从住的地方下山。可是，裴特洛纽斯因为中途还要去拜访宝石商人伊多梅诺斯，就让仆人抬着轿子往斯切莱拉屠斯街走，这样便途经阿波里尼斯街以及市公所。

高大健硕的黑奴轿夫走在前面，最前面则是一些被称为“跟班”的带路人。裴特洛纽斯没有说话，只是闻着手上马鞭草的香气，在想什么心事。过了一段时间，他说道：

“我忽然想到，如果你那位阳光女神并非奴隶，那她就会从奥鲁斯那里离开，搬到你的住所。你便可以用爱情之绳绑住她，用自己的财富和荣耀将她包围，就像我被克丽索台米斯吸引那样——提到那个女人，我跟你说句真心话，我真的非常讨厌她，就像她讨厌我一样。”

维尼裘斯摇了摇头。

“难道不对吗？”裴特洛纽斯问，“从最糟糕的方面来说，让皇帝去帮你完成，你就不用费心了，就算看在我的分儿上，他也一定会帮你。”

“您对黎吉亚不是很了解，她和您想的不一样。”维尼裘斯说道。

“那我有话问你，你见过她那一次以后，还和她见过面吗？你与她说过什么话没有？你跟她说了你喜欢她吗？”

“除了那次在喷泉见过，之后我还见过她两次。您不要忘了，我在奥鲁斯家休养的时候，是一个人住在客房的，由于我胳膊受了伤，没有和他们一起用餐。等到我要走的前天晚上，我才在餐桌上看到了黎吉亚，可是我和她什么话都没有说，一直在听奥鲁斯夸耀自己在大不列颠打胜仗的故事，以及李齐纽斯·斯托罗以前是如何避免使意大利的财主破产的事情。反正，除了说这些，奥鲁斯就谈论国家如今的状况如何不济。他们养了一些野鸡，但是并不会吃掉它们，因为他们深信只要吃掉一只，罗马灭亡的日子就会越近一天。然后，就是在花园里的喷泉那里，我见到了她，那时她正用刚摘下的芦苇蘸满水，洒在旁边的鸢尾草上面。您瞧我的膝盖——向海格力斯的盾牌发誓，我要告诉您，当一大群帕提亚军队朝我们那一小队扑来的时候，它都没有哆嗦过，但是，它却在那喷泉边一直颤抖不已。我就像是戴着项圈的孩子一样，用可怜巴巴的眼神望着她，过了很长时间都讲不出一句话。”

“你真的很幸运啊，就算这个世界糟糕透顶，总会遇到让自己觉得美好的人或事，那就是年轻啊。”裴特洛纽斯说。

一会儿，他又继续问道：“你和她说话了吗？”

维尼裘斯继续描述他当时的情况：“说了。等到我冷静下来之后，才告诉她，我来自亚细亚，因为胳膊受伤在这里疗伤，伤得非常重，现在就要离开了。我说，自己就算是在这里吃苦也不想去其他地方享乐，就算在这里生着病，也比在其他的地方健健康康幸福得多。她听后觉得有点害怕，不敢抬起头望我，用手中的芦苇在地上画画，然后才慢慢抬起头来，又看向自己的画，之后再看了我一下，像是想跟我说什么似的，然而又像是兔子遇到了猎人，毫无预兆地跑掉了。”

“她肯定有一双动人的眼睛，对不对？”

“没错，像大海一样，将我淹没。片刻之后，奥鲁斯的宝贝儿子过来跟我说话，可是我没听懂他究竟说了什么。”

“我的智慧女神雅典娜啊，厄洛斯①啊，您把蒙蔽这年轻人双眼的布条扯下来吧，否则，他肯定会撞倒神殿里的雕像。”裴特洛纽斯大声喊道。

说完，他又转过来对维尼裘斯说：

“你就像是树梢上的花骨朵，葡萄枝的嫩芽儿，我带你去拜访奥鲁斯，还不如去找杰罗裘斯。他正准备传授一些经验，给没有恋爱过的年轻人呢。”

“您这话到底是什么意思？”

“你有没有看到她究竟画的是什么？是不是爱神的名字或者图像，抑或是一箭穿心的符号之类的东西？那样的话，我们就知道那个贪恋美色的森林之神有没有向那位美丽的少女吐露过人生秘密了。你为什么不看一下她画的是什么呢？”

“您不要以为我还只是一个刚学会穿外套的小孩子。”维尼裘

①爱神。

斯说道，“等她走开，我就认真钻研那些符号。我早就知道希腊或者罗马的女孩喜欢把自己的心声画在沙石上面，不过，我终究是没弄清楚她的画的意思。”

“那她画的是什么呢？”

“画的是条鱼。”

“一条鱼？真是非同一般啊。”

“这是为什么啊，难道她的血没有温度吗？我就搞不懂了。您说我就像是树上面的花骨朵，既然这样，那您肯定可以告诉我原因吧。”

“我最爱的外甥啊，关于这种事你还是去问普林尼吧，他对鱼很有研究。如果老阿皮裘斯①还活着的话，他也肯定会告诉你这里面的含义的，因为他一生中吃过的鱼比在那不勒斯海湾捕捞到的还要多。”

但是他们的对话到这里就结束了，因为他们来到了吵吵闹闹的大街上，这里人们讲话的声音太大了，影响到他们的对话。经由阿波里尼斯大街，他们朝市公所走去。这一段路，都是晴空万里，天气很好。夕阳西下之前，悠闲的人们来来往往，或者是在圆柱周围散一会儿步，聊聊最近发生的趣事，望望坐在轿子里面拥有显赫身份的人走过去。之后，他们便到了珠宝店、书店、钱币兑换的地方以及买卖丝绸、青铜器材和其他物品的店铺那里。这些店铺一般都集中在毗邻朱庇特殿堂的广场上。临着神殿山崖的市公所的那一边，早就被阴影遮住了，而耸立在更高位置的庙堂的圆柱子，因为

---

①罗马有三个名叫阿皮裘斯的人，这里是指最有名的第二个。他对吃非常有研究，最后因此花光了所有的家产，导致自杀身亡，于是他的名字便被借来暗指喜欢食物的人。

阳光的照耀，在湛蓝的天空的映衬之下，闪闪发光。另外一些在大理石上较低的柱子，映下长长的斜影。这个地方到处都是圆柱子，望过去就像茂密的森林。建筑物和柱子就像是紧紧地挨在一起一样，一排比一排高，朝两边伸展开来。有的耸立在坡上面，有的靠着神庙的墙壁周围，有的相互支撑，就像是大小不一、形状不同、有白色也有金色的树木一样。有的柱子下端绽放着花朵，有的是爱奥尼亚式的形状，有的最高处就是很普通的多利亚式[①]的四边形。在森林的上方，有一些彩色的竖纹形状的东西闪闪发亮，三角形的柱子上雕刻着各种神像。在柱子的最上方，四匹有翅膀的黄金战马拉着战车，好像跃跃欲试，准备飞向蔚蓝的天空。在广场中间和周围，是一条缓缓前行的人河：人们在尤留斯·恺撒会议厅的大门下面进进出出，有的坐在卡斯脱和披卢克斯[②]两个神殿的楼梯上面，有的在维斯太殿堂的附近闲逛，就像是一群多彩的蝴蝶或昆虫，影子落在大理石铺成的地面上。从很高的地方朝下面的阶梯望去，供奉着“最伟大的朱庇特”神殿的一边拱门那儿，又来了许多朝拜的人。讲坛那里，人们都在听演讲者演讲，四周满是摆摊的小商贩在叫卖的声音，有卖水果的、卖葡萄酒的、卖加了水的果汁饮料的，还有变魔术的、卖神奇药物的、看病卜卦的，到处都可以听得到吵吵闹闹的熙攘声，其中还混杂着埃及的摇琴、亚细亚的竖琴以及希腊的竖笛的响声。周围，有看病的人，有前来祈祷上供的悲伤之人。大理石铺成的地面上，有很多飞翔的鸽子，好心的人们丢一些稻谷给它们吃，就像是来回移动的彩色点缀，有时

---

①爱奥尼亚式和多利亚式都是古希腊古典建筑的式样。

②古希腊神话中的女灶神。

候这些鸽子拍打着翅膀飞起来，有时候又朝人多的地方飞去。每有轿子抬过来，人群都会自动让出一条道路，这时候就可以看到坐在轿子里面那些女人虚伪的姿态，或是元老院议员和骑士①的面容，都是一副难以言喻的神情。持着种种土语的人们，不断地喊着他们的名字，有时候会加上一些赞扬的词语。在这乱糟糟的人群里面，到处都有禁卫军或者是巡逻人员，他们踏着有序的步子在人群里穿梭，负责保护城市的安全。到处都可以听到希腊语，就和拉丁语一样声声入耳。

维尼裘斯很久没有回这座城市了，所以看到这么多人和罗马市的市公所，非常好奇。这里不仅是统治世界的海洋，同样也是被洪水所侵蚀的地方，所以，裴特洛纽斯早就明白了他的伙伴在想什么，于是就又替它取了一个名字，叫作“没有罗马公民的罗马公民的巢窟”。其实，这个地方的人是由世界各地的人民组成的，早就没有了当地的色彩。这里居住着的有来自埃塞俄比亚的人，有体型魁梧、头发黄色、来自很遥远的北方的人民，还有不列颠人、高卢人、日耳曼人，有眼睛歪斜的塞尔维亚人，有将胡须染成了棕色的欧夫拉底人和印度人，有天生一副温顺黑色眼睛的来自俄隆提斯河岸的叙利亚人，有身体特别瘦的来自阿拉伯沙漠的人，有胸部平坦的犹太人，也有经常带着一副冷笑面孔的埃及人，有努米底亚人和非洲人，也有在希腊土生土长的本地人。他们和本地的罗马人一起平等地管理着这座城市，然而他们却是通过科学、艺术、机智聪明以及狡黠来管理着这个地方。还有来自

①古罗马奴隶主集团中的一个阶层，源自塞尔岛斯·屠留斯进行革命时产生的骑兵队。

每个小岛以及从小亚细亚、埃及、意大利甚至那旁高卢人地区到来的希腊人。除了很多神情麻木的奴隶之外，同样有一群解放了的人，他们没什么事情做，全靠皇帝的俸禄养活自己。皇帝无聊的时候就从他们身上找乐子，还会给他们一些穿戴用品。有的是从外地到来的自由人，来到这里是因为希望可以在这里过上快乐自由的日子，带着一丝沾沾自喜的情绪。这儿到处都是叫卖着的小商贩以及拿着橄榄枝、属于塞拉皮斯教派和艾西斯教派的僧侣，上供给他们的人远远多于为朱庇特上供的。也有来自齐贝勒派的僧侣，他们拿着的却是金色的谷穗。有供奉游牧民族神祇的僧人，有戴着七彩方巾来自东方的舞蹈老师，也有卖平安符的小商贩，还有玩蛇的、占卜的迦勒底人。除这些人以外，也有一群什么都不做的人。他们总会去台伯河岸边乞讨，在竞技场因为彩票大声嚷嚷，在外台伯河区周围的烂房子里面睡觉。只要是有阳光或者天气比较好，温度适宜，他们都会去圆柱子那边的拱门，或者到苏布拉区破旧的小饭馆、米尔乌斯桥周围，又或者是去大人物的公馆门前乞讨。在那里，会有一些仆人把吃完的剩菜倒给他们。

这里的人们都知道裴特洛纽斯。维尼裘斯经常听到周围人在喊："他就在这里！"人们之所以这么惊喜就是由于他内心仁慈，每个人都非常尊重他。当人们听到这人在皇帝跟前为地方长官裴达纽斯求情的时候，他的名声就更好了。这件事最初是这样的：一个奴隶由于产生了绝望的心情，一怒之下杀死了残酷对待他的主人，其他的奴隶都受到牵连，要被集体处死。裴特洛纽斯总是在公众面前说他一点儿也不关心这一类的事情，他之所以会向皇帝求情，是因为自己身负“风雅大师”这一称号，对于这种只适合西徐亚人而不适合罗马的残酷杀害的行为无法忍受，这与他的品行非常不符。就算是这样，愤怒的各族人民也开始喜欢上裴特洛纽斯。

但是，他对这些喜爱之情都装作视而不见。他知道以前这些人也喜欢过布列塔尼库斯[①]，但是这个人却被尼禄杀死了；阿戈丽皮娜[②]也被皇帝下令处死；奥克塔维雅[③]先被割断了血管，然后在盘达塔利亚被蒸气闷死；鲁贝留斯·普劳屠斯[④]被放逐到荒漠之地；还有特拉塞阿，也说不定哪天就会被杀。人们喜欢谁就好像是一种预兆一样，这个人不久就会遭遇不测。裴特洛纽斯支持怀疑论，所以非常相信这些迷信说法，对待这些群众也就更加轻蔑。那群口袋里面有发霉的豆子的人，那群经常爱乱喊乱叫最后喉咙都嘶哑的人，那群喜欢在大街上和柱子周围聚众赌博、连衣服都被汗浸湿的人，他觉得根本都不配称得上是人。

所以，无论那些人怎么呐喊、怎么向他传递爱慕之情，他都装作视而不见。他一边和维尼裘斯说着关于裴达纽斯的事情，一边在心里暗暗骂这些人喜怒无常。那些人在那件事发生的第二天，看到尼禄去参拜朱庇特神殿的时候，就开始在路上高喊他的名字。走到阿维尔奴斯的书店门口时，他让下人停下轿子，走了下来，选了一个非常华丽漂亮的手写本，送给维尼裘斯。

他说道：“这是我买给你的，当作是礼物吧。”

---

①布列塔尼库斯，公元42—55年，克劳狄乌斯帝的儿子，尼禄的异父兄弟。
②阿戈丽皮娜，公元前15—公元59年，尼禄的亲生母亲。
③奥克塔维雅，约公元42—62年，尼禄的妻子。
④古罗马皇帝蒂贝留斯的曾孙。

“谢谢!”维尼裘斯说道，然后看了一下这书的名字，“作者是谁呢？”

“是我自己写的。可是我却不想和卢菲奴斯一样，我忘了和你说他的事情，也不想和法布里裘斯·魏印托那样，因此没有任何人知道这是我写的，所以你也不要和其他人讲。”

“你不是说自己不写诗吗？但是这里面我看到有许多诗歌啊。”维尼裘斯一边翻着手上的册子一边说道。

“你读这本册子的时候一定要看看里面的《特里马尔空的宴会》。说到诗歌这件事，自从尼禄写了诗歌之后，我就特别讨厌诗歌。你看，维太留斯清洗自己的胃部的时候，就将大象的牙齿塞到嗓子里面；有的人是用红鹤毛蘸橄榄油或者是蘸野生的麝香草熬成的汤汁；但是再看看我，只要一念尼禄的诗歌，马上就起效果了。接着我又可以赞美那些诗歌了。尽管我自己的心灵并不是很纯洁，但我觉得自己的胃还是比较干净的。”

刚刚说完，仆人就把轿子停在商人伊多梅诺斯的珠宝店门口。裴特洛纽斯处理完珠宝的事情，便让抬轿子的人出发去奥鲁斯居住的地方。

“我要跟你说关于卢菲奴斯的那些事情，这足以显示虚荣心对于作家来说是多么的重要。”

但是还没等他说什么，轿子就到了帕特里裘斯街，接着在奥鲁斯门口停了下来。一位身材高大的年轻人把大门打开。大门的上面挂着一个鸟笼子，里面是一只会说话的八哥，它对着他们叫着：“欢迎，欢迎。”

走在去客厅的路上，维尼裘斯问道：

“您看到没有？刚才那个门卫的脚上竟然没有脚链！”

“这家人还真是奇怪啊，”裴特洛纽斯压低声音道，“我想你肯定清楚，克丽斯皮尼拉控诉庞波尼雅·戈莱齐娜信奉东方的一个神，好像是叫基督。这件事貌似是克丽斯皮尼拉揭露的，她始终无法接受庞波尼雅永远只爱她的丈夫……终生只爱一个丈夫——而现在的罗马，这种女人稀缺，真是比在诺利库姆省找出一点儿新鲜的蘑菇都还要困难，家庭法院都为此审问过她呢。”

“没错，这家人真的非常怪异。回家以后我要把这里看到的、听到的都告诉你。”

说完，他们已经来到了前厅。这里管事的下人叫作“前厅管家”，他让一个下人去通报来访客人的名字，然后又让其他的下人去收拾桌椅板凳。裴特洛纽斯是第一次来这个地方，起先他以为这户人家家教这么严厉，氛围肯定很阴暗，然而现在看了一下周围，好像不是想象中的样子，这让人感觉身心愉悦。院子里的喷泉，在明媚阳光的照耀下，形成许多零零散散的小水花。正方形的池塘是蓄雨池，有雨水从屋顶滴落下来的话，就会被储藏在这个水槽里面，池塘周围是一些白头翁和百合花。从这满院子各个角落的百合花就可以看得出来，这户人家特别喜欢百合，瞧那一大片一大片的百合花，红白相间，还有淡绿色的鸢尾花，叶子上面沾了一些水滴，闪闪发光，就算是在一些湿漉漉的青苔周围，都还有一些用盆栽种植的百合花。大片的百合花丛里面，是用青铜材质雕塑而成的小孩子和小鸟的雕塑。墙边是青铜制成的梅花鹿，侧着头，好像正准备喝水，不过其外表由于潮湿变成了灰色。前厅的地面铺的是木质地板，周围的墙面，有的是用赤色的大理石做成的，有的是木制的，上面还有一些飞虫走兽，颜色特别显眼。门框周围是用海龟的壳或者大象的牙齿做的装饰，在每个门的墙角周围，摆放的都是奥鲁斯祖先的雕塑。这里看起来让人觉得十分静谧美好，尽管不是特别富丽堂皇，却富有气质而又不失华丽。

裴特洛纽斯的生活一直都非常奢侈、高贵，但是在这里，他却没有一丁点儿不舒服的感觉。他和维尼裘斯正聊着，看见有一个下人正把客厅和露台的帷幕拉开，奥鲁斯·普劳修斯大步朝这边走过来。

他看起来有点儿老了，头顶有一些白发，但是仍然富有活力，脸庞英气逼人。奥鲁斯一见来人是尼禄最宠信的大臣，感到非常惊讶，甚至有一丝害怕和慌张。

裴特洛纽斯阅人无数，又非常聪明，早就将他的表情看在眼里。因此，裴特洛纽斯先说了一些普通的客套话，然后才用无人能比的口才向他说明，因为他前段日子帮忙照顾了自己的外甥，让他在这里养伤，所以自己前来表示感谢以及顺便看望老友。

奥鲁斯答道："非常欢迎，要说感谢的话，还得是我先向您致谢。不过呢，您大概都不曾在意我感谢所为何事。"

裴特洛纽斯真的不知道，于是他睁大榛子形状的眼睛，仔细想着自己做了什么事情对奥鲁斯或和他相关的人有所帮助，可是想了好久，真的就没想到——即便是真有过，也肯定是无意中发生的。

"说心里话，我同样非常尊敬韦斯巴芗①，您曾经救了他一命。"奥鲁斯继续说道，"那次尼禄正在读诗歌，谁知他竟然在打瞌睡。"

"但是那也是他的幸福，因为他没有听这些诗歌。不过，这件

①原为尼禄的将军，公元69年被军队拥立为帝。

事肯定会给人带来厄运的。本来尼禄是想派一个百夫长去让韦斯巴芗自尽的。”裴特洛纽斯中途打断。

“但就是因为有您在啊，裴特洛纽斯，只用简单的笑话就让他改变了想法。”

“可以这样说吧，但我只是告诉尼禄，假如俄耳甫斯[①]的歌声可以使怪兽睡着的话，陛下也让韦斯巴芗入眠了，这足以媲美。只要加上一点儿批评和大部分赞扬的话语，尼禄也听得进去的。那宽容的皇后波佩雅明白这个道理，不就是这样做的吗？”

“啊，原来如此啊。”奥鲁斯笑着说道，“我被不列颠人用石子打掉了两颗门牙，因此我一讲话就会漏风。但是我最开心的也是在不列颠的那段时光……”

“那是获胜的原因。”维尼裘斯在一边说道。

裴特洛纽斯并不乐意谈论过往的战事，于是赶紧转移了谈话的内容。

“据传在普莱奈斯特周围，有农户看见有一只幼狼死了，那幼狼竟然有两个头。在此之前的一个风雨交加的晚上，雷电还把月神神殿的边角击碎了一块，在这深秋的晚上，这是从来没有发生过的啊！这是柯塔跟我讲的，而且，他还跟我说，那神殿的祭师曾经预言，这里马上就会被毁灭，起码一个很庞大的家族会被毁灭。想要平安度过，只有供奉与众不同的祭品才可以。”

奥鲁斯听了之后，说道：“那一定要重视预言才行啊。如果干了太多的坏事，肯定会被神灵惩罚的，像这样的事情根本不奇怪，尽管祭品肯定是必不可少的。”

①古希腊神话中的音乐天才，弹奏时能够感动万物。

“奥鲁斯，你的家里面因为居住了像你这样了不起的人才会觉得不是特别大，但是像我这样没什么作为的人住在我的房子里面，真的是太空荡了，但也可以说是很小的。如果是有了问题的人家里，就好像皇宫那样大，难道也值得用不寻常的贡品来拯救吗？”

奥鲁斯没有答复，这种唯唯诺诺的性格让裴特洛纽斯很不喜欢，不过因为奥鲁斯虽然不爱去分辨什么是善什么是恶，却也不会去打小报告，所以和他说这些事根本不需要担心。于是，裴特洛纽斯又转移话题，说起其他的事情：夸奖奥鲁斯的房子的精美装饰，以及这家人高尚的情操。

“这座房子已经很老了。”奥鲁斯说道，“传到我这一代的时候就从来没有改变过。”

前厅和露台之间的帘子被撩起来之后，一眼就能望到屋内的情况，穿过露台则可以看到里面的院子。由于相距比较远，那里看起来就像是被黑色画框装饰起来的画一样。孩子们的欢声笑语从里面传出来，隐约可以听到。

“对了，将军，”裴特洛纽斯说道，“不如我们去听听这美妙动听的笑声吧，现在这样纯真的笑声很少听见了。”

“请吧，”奥鲁斯站了起来，说道，“这是我家的小儿子奥鲁斯在跟黎吉亚玩抛球。对了，说到笑声，裴特洛纽斯，我想你肯定一直这样笑着生活吧？”

“不过这里的笑声很不一样啊。”裴特洛纽斯答道。

“舅父白天通常不苟言笑，”维尼裘斯说，“不过夜里却会开怀一整夜。”

他们一路边走边聊，来到了院子里面。黎吉亚和奥鲁斯的儿子奥鲁斯在抛球玩，周边站着的是一些伺候他们的仆人，专门把掉下的球拾起来给他们。裴特洛纽斯快速瞅了一眼黎吉亚。奥鲁斯的儿子一见维尼裘斯来了，赶紧跑来问好。可是维尼裘斯却先一步走到黎吉亚跟前。那位漂亮的女孩拿着刚才玩的球，低垂着脑袋，微微喘着粗气，脸上有一些红晕。

庞波尼雅·戈莱齐娜坐在常春藤、葡萄架和叶子遮盖下的花园里，两人便过去问候她。裴特洛纽斯尽管从来没来过奥鲁斯家，但和庞波尼雅·戈莱齐娜是关系亲密的朋友。他以前在鲁贝留斯·普劳屠斯的女儿安蒂斯霞那里见过她，在塞内加和波利奥的家里也见过她。她安静祥和的脸庞、高贵的气质以及言行举止，都让他忍不住想要赞美她。这个固执、骄傲的罗马男人中的佼佼者，不仅敬重她，而且在她面前似乎失去了自身一向的骄傲。庞波尼雅让他重新定义了“女人”这一名词。如今，他因为维尼裘斯在这里得到了关照而向她表示感谢，说话中带着“夫人”这一尊敬的词语，这可是他在和卡尔维雅·克丽斯皮尼拉、斯克丽勃尼雅、瓦莱丽雅、索丽娜，还有其他上层社会的妇女们说话聊天的时候从来没有用过的。他对庞波尼雅·戈莱齐娜表达完感激之情后，又接着说道，很少有机会见到她，无论是在赛场还是剧院，都没有机会看到她。庞波尼雅把手放在丈夫的手上，安静地开口说道：

“我们已经不是年轻人了，只想安静地过平淡的生活。”

裴特洛纽斯正想说不同意她的看法，奥鲁斯·普劳修斯却在一边说道：

“现在大部分的人称呼神明都使用希腊语，而不使用罗马语，这就让我们自行疏远了。”

“用不了多长时间，神明就只是一种修饰用语了，”裴特洛纽斯说道，“我们是向希腊人学习这些用语的，因此就算是我自己，现在说起赫拉[①]都比朱诺[②]感觉顺口一点儿。”

说完之后，他注视着庞波尼雅，似乎在说明自己非常重视她，不会考虑其他神，之后，便对她刚才说的他们已经老了的话题表示不赞同：

“每个人确实都会老去，但是人们所经历的生活是不一样的，并且萨图尔努斯[③]早就忘记有些人的容颜了。”

裴特洛纽斯说这话的时候非常真挚，尽管庞波尼雅·戈莱齐娜已经年过中旬，但风韵犹存。她面容精致、身材完美，即便身穿一袭黑衣，就算满脸严肃、哀伤，也会让人觉得她非常年轻。

在维尼裘斯疗养期间，奥鲁斯的小儿子和他关系非常好，于是邀请他和自己一起去玩抛球。黎吉亚也跟着这个孩子一起来到了庭院的餐厅里面。常春藤缓缓落下，缕缕阳光照耀着，裴特洛纽斯觉得她好像比自己刚才看到时更漂亮一些，就像是天使一样。直到现在他都没有和她说过一句话，所以站起来和她打着招呼，没有用一般的官腔，而是借用奥德修斯向诺西卡[④]问好的那句话：

你就像是仙女或者天使下凡一样，

---

①古希腊主神宙斯之妻。

②古罗马神话主神朱庇特之妻。

③古罗马神话中掌管四季变化的农业之神。

④《奥德赛》中因为单纯、谦逊、文雅而出名的女孩。

假如你一直住在凡间，
你的父母、兄弟姐妹
一定会被反复祝福……

没想到身份如此高贵的人竟然说出了这样一番赞美的话，庞波尼雅听了之后觉得非常开心，而一边的黎吉亚听了之后有些慌张，满脸红扑扑的，害羞得连眼睑都没有抬起来。但是隐隐有一股玩味的笑容浮现在她的嘴角，从她的表情可以看出，她想回答这一番话，但是女孩特有的羞涩又让她矛盾地低着头。终于勇气战胜了胆怯，她还是抬起头，望着裴特洛纽斯，也引用诺西卡的原话回答他。她说这话的时候非常流利，就像是背出来一样：

陌生人啊，你好像不是坏人，也不是白痴……

说完之后，她就像是受了惊的小鸟一样赶紧离开了。

裴特洛纽斯见到这副情景非常惊讶，他没有想到眼前这女孩竟然会背诵荷马的诗歌，维尼裘斯说过她是野蛮民族生出的女孩，所以他一脸疑惑地望着庞波尼雅。但是她却没有看到，因为这时她正笑着看奥鲁斯，只见他的脸上带着得意的神情。

奥鲁斯丝毫都没有遮掩自己的得意之情。一是因为他喜欢黎吉亚，就像对待自己的孩子一样；二是因为就算他还是和普通罗马人一样带着偏见，不喜欢希腊语言流传，但是在如今这样文明的社会，毕竟需要这种社交手段。他曾为自己对此一窍不通而痛苦不堪，但是现在自己的女孩竟然可以说出荷马的诗歌，这让他非常开心。不然的话，说不定裴特洛纽斯会觉得自己家族野蛮呢。

“我请了一个家教，是位希腊人，他专门教导我的儿子念书学习，有时候那女孩也会在一边听一些内容。她非常聪明，我们夫妻两个都特别喜欢她。”

裴特洛纽斯穿过常春藤的枝叶看向正在玩着球的三个人。维尼裘斯把外面的衣服脱了下来，穿的是一件贴身衬衣，正在准备发球。黎吉亚就在他的对面，伸出双手接住了球。刚开始见这女孩时，并不觉得非常特别，他总觉得那女孩看起来好像太单薄了。然而等到仔细打量之后，觉得她就像是黎明女神。他一般都爱批评人，但是在她这里却发现了一些不一样的东西。他打量了一番，这样评价：脸庞就像是玫瑰那样粉嫩，嘴唇鲜艳欲滴，一双蓝宝石般的眼睛就像大海一样，额头像雪花那样白皙，黑色的头发就像是琥珀一样乌黑发亮，颈部也非常柔和，整体看起来就像是5月开出的花朵，非常靓丽，又很有活力。因此，他内心深处带着的那股艺术气息都被她给刺激出来了。他觉得如果要是将她铸成雕塑，应该在女孩的头像下面用“春天”这个词形容。这不禁让他联想到了克丽索台米斯，自己便忍不住笑了一下。克丽索台米斯喜欢在头发上面撒一些金粉，还喜欢用黑眉笔描眉。她已经老了，就像是已经凋零的玫瑰花。但是罗马的很多人还是因为克丽索台米斯而羡慕着他。于是他转而又想起了波佩雅，她是罗马最有名气的女人，但是他觉得，那女人就像是戴着虚伪面具的蜡像一样。而眼前这位婀娜多姿的女孩，就像春天一样温暖，光芒四射的神采，照在那玫瑰般粉嫩的肌肤上，好像是可以发光的灯火。

他在心里想着：维尼裘斯真有眼光。可惜我的克丽索台米斯已经苍老了，哎，就像是特洛伊城[①]，已经有了年代感。

①小亚细亚古老的城市。

他转了过来，指着院子对庞波尼雅·戈莱齐娜说：

“这样的话，我想我已经明白你们选择不去体育场或者不去参加帕拉修姆宫举办的晚宴反而选择待在家中的原因了。”

“没错。”她望着在一边玩耍的小儿子和黎吉亚说道。

老将军又说了一些有关这女孩的事情，还有他以前在阿台留斯·希斯台尔那里听到的黎吉亚人在北方生活的故事。

他们三个不再玩球了，在庭院的沙场边散步，在柏树树荫的遮盖下，就像是三尊白色的雕塑。黎吉亚牵着小奥鲁斯，散步了一段时间之后，就坐在院子里金鱼池塘边的长椅上休息。这时，小奥鲁斯站起身来，试图逗弄池塘里的鱼，而一边的维尼裘斯、黎吉亚两人还是聊着刚才的话题。

“没错，”维尼裘斯的声音很小，带着一丝紧张说道，“我还没有脱下紫白装饰的长袍①就已经被送到亚细亚参军了。那时候我对这座城市一点儿都不熟悉，不知道什么是生活，更不明白什么才叫爱情。我只是学习了一点点阿那克里翁②以及贺拉斯③的诗歌。但是每当我想用什么样的词语来表明自己内心的想法的时候，仍然做不到像裴特洛纽斯那样出口成章。在很小的时候，我在穆索纽斯开的学校上课，他总是告诉我，幸福就像是神明所想的那样，只要你意志坚定，一定会得到。但是，我觉得还存在一种更了不起、更值得

①罗马儿童的镶紫边的白袍，此句意在说明他还没有成年。

②古希腊的爱情诗人，留下来的诗歌只有小部分，大部分都是赞美好酒以及爱情的诗歌。因此在欧洲文学里面歌颂爱情、青春和生活快乐事情的短篇诗歌都被叫作“阿那克里翁体”。

③古罗马的诗人。他年轻的时候从政的方向是共和派，后来致力于为罗马帝国的政策辩护，写诗歌巩固奥古斯都大帝的政权。他崇尚伊壁鸠鲁学派的享乐哲学。

珍惜的幸福，那并不是因为意志的存在，那是因为爱情。神明自己都想获得这种幸福。所以，黎吉亚，我到现在都还没有得到过爱情这种幸福，所以我一直在寻找，希望可以遇到那么一个能够让我觉得爱情是多么美好的人……”

他停下了，好长时间都没有再说一个字，只听得见潺潺的流水声和小奥鲁斯在一边为逗弄鱼而捡起石头往池塘扔的溅水的声音。过了几分钟，维尼裘斯继续用那温和又沉稳的语气说道：

“你知不知道蒂屠斯，就是那个韦斯巴芗的儿子？据说，他还很小的时候就爱上了贝莱尼姬，爱到心力交瘁……黎吉亚，我会和他一样，无论是金银珠宝还是有权有势，那些都是虚渺的，有钱的人会发现有的人比他更富有，有名气的人会找到比他更有名的人，了不起的人总会遇到其他更厉害的人……但是如果一个很普通的人可以抱着自己最心爱的人，一起呼吸，或者和自己心爱的人接吻，就算是当今皇帝，就算是神明，都没有他那么开心、幸福……因此，爱情就让我们变得和神明一样，黎吉亚。”

黎吉亚听到他的这一番话感到非常震惊、害怕，但是又觉得这是希腊的竖笛和扬琴发出的好听音乐。她觉得，维尼裘斯的声音就和美妙的音乐一样，缓缓传到自己的耳边，让她全身血液沸腾，有一种飘飘然、不真实的、无法言喻的开心感觉……维尼裘斯的这一番话她以前好像在哪里听到过，但是又好像没有。她不知道用什么词来形容自己现在的心情。她觉得自己内心深处已经睡了好久的某种情感被击醒了，就在这时候，那缥缈的梦境好像越来越清晰明了地呈现在眼前。

太阳早就移到了台伯河那边，从亚尼库鲁姆山那儿往下降落。红色的夕阳照在桃金娘上，四周围都染上了那种颜色。黎吉亚好像才苏醒过来，那双宝蓝色的眸子望向维尼裘斯。他眼神里全是渴望，身子偏向她那边的瞬间，在这夕阳余晖的照耀下，黎吉亚猛地觉得眼前这个男人好像比全世界的人，甚至是在神殿里看到的所有神明的雕塑都要帅气。他缓缓地牵起她的手腕，问道：

“你明不明白我说这句话是什么原因？”

“嗯。”她的声音非常小，小到维尼裘斯都不知道她听清楚了没有。

但是他还是怀疑她的回答，他想将她的手臂往自己身边拽，让她靠在自己的怀中，贴近心脏——他的心因被眼前这位漂亮女孩点燃而激烈地跳动着；他想赤裸裸表白内心情感。然而就在这时，普劳修斯从花园那边走过来，嘴上还在说着：

“都到傍晚时分了，小心感冒，不然李比蒂娜[①]就会找上你们的……”

“没事，我都没穿外套，一点儿都不冷啊。”维尼裘斯说道。

“但是你看看，太阳就只有一点点挂在天边了，几乎看不见了。要是在西西里的话，气温真的很舒适。夕阳西下时，人们都会在广场上一起唱着赞歌欢送正渐渐离去的菲伯斯[②]。”老将军继续道。

他早就不记得自己刚说过让这些孩子小心李比蒂娜，转移话题说到了西西里，就是在那里，他得到了很多土地。他还说到自己特别想搬到西西里去安度自己的晚年。

“人一旦经历过太多的寒冷冬天，老了之后就会对寒冷的天气感到厌恶。树叶还没有枯萎就掉落下来，天空还在上方对这座城

---

①古罗马神话中的掌管丧葬的女神。

②古罗马神话中的太阳神。

市露出笑容，然而葡萄藤已经枯萎了，阿尔巴诺山也早已落满了白雪，坎巴尼亚草原上刮起了寒冷的风，到了那时候，我就想把全家搬到静谧的土地那边呢。”

“难道您想离开这里吗？”维尼裘斯惊讶地问道。

“我很早就这样打算了，西西里更安全一些，相对来说也更安静。”奥鲁斯说道。

接着他继续夸赞着自己的庭院、自己养的牛羊，以及那树荫下的房子，还有种满了薄荷与麝香草、草丛里有蜜蜂忙着采蜜的山坡。维尼裘斯早已没有心思去听这些美好的景物，他只是在想能不能拥有黎吉亚，于是望向一边的裴特洛纽斯，希望他可以有办法帮助自己。

而此刻裴特洛纽斯正在和庞波尼雅观赏那美丽的夕阳西下，看着那美丽的庭院以及池塘边的人们。他们穿着白色的衣服，身影映在一边种植的桃金娘上，金色的光彩闪闪发亮。天边，晚霞渐渐地变成了赤红色，混合着淡紫色，就像是猫眼石一样，时刻变幻着自己的颜色。天空也染上了紫色，桃金娘的树影比白天的时候更惹人注目，黄昏的幽静气氛笼罩着所有的人、树木和整个庭院。

幽静的气氛让裴特洛纽斯觉得感慨颇深。从庞波尼雅、老奥鲁斯、小奥鲁斯还有黎吉亚的脸上，他看到了一种令人诧异的沉静，那是不论白天还是夜晚在自己身边的那些人的脸上从来都没有看到过的。有一种安静、明晰的特征在上面，似乎直接从这里所有人的生命中流溢出来一样。他对自己产生这样的想法感到很奇怪：自己一直都想要追寻这种美好事物，却没有发现这种美好的东西就在自己身边。他实在是不想把这些憋在自己心里面，于是对庞波尼雅说道：

“我其实觉得，你们生活的地方和尼禄领导的地方真的很不一样啊。”

余晖照耀着她的脸庞，她抬起头，坦白地开口说道：

“领导我们的并不是尼禄，而是神明。”

接着又没有了说话的声音。餐厅附近的小路边上，老奥鲁斯、维尼裘斯、黎吉亚还有小奥鲁斯走了过来。见他们还没有到，裴特洛纽斯接着问道：

“庞波尼雅，那你相信神明吗？”

“我只相信独一无二的、公平的、万能的神明。”庞波尼雅回答道。

3

“她相信的是独一无二的、公平的、万能的神明，”裴特洛纽斯坐在轿子上，在回来的途中对维尼裘斯说道，“假如她信仰的神是万能的，便可以掌握生死；假如他是公平的，那么他想让谁死也是公平的。但是，既然这样，庞波尼雅又为什么要帮尤丽雅披孝服呢？替尤丽雅守丧，就是在怪罪自己信奉的神明啊。我回去了要将这个道理告诉红胡子，这就是我所推崇的对立论，我都可以赶得上苏格拉底了。说到女性，我知道，她们也许每个人都会有几个灵魂，但是不会有一个能说得出这种对立的学说。从庞波尼雅身上，或者是塞内加和柯努屠斯所讲的学说就可以明白了。无论是色诺芬尼、巴门尼德、芝诺还是柏拉图[①]，如果灵魂一直被困在其梅利[②]里

①这些都是古希腊伟大的哲学家。

②古希腊神话中住在黑暗里的其梅利一族。

面的话，就像是被关在笼子里的小鸟一样……我要对她和奥鲁斯说的并不是这件事。向艾西斯[①]的腹部发誓，假如我直接说出这次前去拜访的真正意图，我想她们一定会因为道德理论的问题直接拿起棒子大声嚷嚷。因此我没有胆子说出来。你要相信我，维尼裘斯，我真的没有胆子！孔雀尽管非常漂亮，但是它们的叫声非常尖锐，我担心它们会发出很怪的喊声。不过你的眼光真的很不错，她就像是'有着玫瑰肤色手指头的奥维拉'。你知道她还让我想到了什么词吗——春天！并不是我们这里的春天，只能看见苹果花还有橄榄树，其余的都是灰色；她就像是我以前在赫尔维霞看见的春天，有活力、有朝气、明媚……向塞勒涅[②]发誓——我和你的想法一样，维尼裘斯，只不过你喜欢的是狄安娜[③]，而奥鲁斯和庞波尼雅夫妇会将你咬得粉身碎骨，就像是狗咬死了阿克台昂[④]那样。"

维尼裘斯低着头，没有说话，但是后来他实在是忍不住，用激昂的嗓音断断续续地说道：

"曾经我非常想得到她，如今这种感觉越来越强烈了。我牵着她的手的时候，就像是有熊熊烈火在我的周围燃烧……我一定要得到她。如果我是宙斯，我就要和他一样，变成金雨落在达那厄[⑤]的身上。我要拼命地和她接吻，直到她嘴唇感到疼痛才会停止。她哭的时候我要将她抱在怀里。我真想杀死奥鲁斯和庞波尼雅夫妇，把她带到我的房子里面。我想今天夜里自己肯定会失眠，我只好让下人

①掌握繁殖的女神。

②月神。

③古罗马神话中月亮和狩猎女神。

④古希腊神话中的著名猎人。

⑤阿耳戈斯之女，宙斯变成金雨和她见面。

去鞭打我的奴隶，听他们的哭喊声。”

“别太疯狂了，只有住在苏布拉区[①]的木匠才和你有一样的想法。”

“我不管您怎么说，反正我就是要得到她，我跟您商量是想让您帮我的，假如您不想帮我，那我自己想办法……如果奥鲁斯将黎吉亚视为自己的亲生女儿，我也不会将她当作是奴隶，再者也没有什么好地位，我只能让她做我的妻子，安排她到厨房帮忙，装饰门户，为门槛涂抹狼膏。”

“冷静些吧，你真是执政官的儿子啊，如此狂热。我们把那些野蛮人抓来当胜利品，目的不是想让他们的女儿成为我们的妻子。你别太冲动了。你要把一切可以实施的方法认真思考一下，我们好好规划规划。当初我觉得克丽索台米斯如同朱庇特的亲生女儿一样，但是我还不是没有娶她？就像尼禄没有和阿克台结婚一样，就算人人都说她的父亲是阿塔鲁斯王。小点儿声吧，你仔细考虑看看，如果她自己肯从奥鲁斯那里来你家，他就没有再留下她的理由了。而且，燃起这种熊熊烈火的并不只有你啊，她的身体里也有那一团烈火在燃烧着……我一看就知道了。你一定要相信我，再等等吧，无论发生了什么，都会有解决的方法。今天实在是想了太多事情，我有点儿困了。但是我还要明确地告诉你，明天我会将你的事情仔细想一想，只要我裴特洛纽斯还在这个世界上，就一定会有办法的。”

接着又是一阵沉默，之后，维尼裘斯才开口说道：

“非常感谢您，愿好运笼罩您。”

“坚持几天吧。”

---

①当时罗马城的贫民窟。

“我们现在是要去哪儿？”

“去克丽索台米斯那里……”

“您真的很幸运，可以和自己喜欢的人在一起。”

“你是说我吗？你觉得我还爱着克丽索台米斯？她和我的一个奴隶，就是会弹琴的泰奥克雷斯偷情，还认为我应该不可能知道这件事。我以前很爱她，但是如今，她满口的谎言还有那愚昧无知让我觉得特别可笑。你和我一同去她那里，即便她看上了你，用指尖沾着酒在桌子上写字，告诉你，我都不会嫉妒。”

然后他便让下人把他们抬到克丽索台米斯住的地方。

来到门口的时候，裴特洛纽斯搂着维尼裘斯的肩膀。

“对了，我有一个很好的想法。”

“希望神明保佑您……”

“当然，我认为这个方法肯定能行。想不想知道是什么方法，维尼裘斯？”

“我可要听仔细了……我的雅典娜啊。”

“过几天，黎吉亚就会和你一起走进婚姻的殿堂。”

“您真的比皇帝还了不起。”维尼裘斯兴奋地喊了起来。

4

裴特洛纽斯是个很有信用的人，说到做到。

他去了克丽索台米斯那里，回来后休息了一天的时间，到了晚上的时候，他便去了帕拉修姆宫，和尼禄促膝长谈了一番。到了第三天，一个百夫长就带了十几个士兵来到了普劳修斯家里。

这不是一个和平的年代。只要是这种人一出现，那就意味着厄运要降临了。因此，听到带头的侍卫长让人不断拍打大门的声音，前院的管家去通报的时候，担惊受怕的心情就笼罩了整座宅院。大家围着奥鲁斯，不管是哪一位，都清楚厄运降临了。庞波尼雅伸出手紧紧箍着他的头颈，嘴唇没有任何血色，小声说着含混不清的话。黎吉亚的脸同样非常苍白，亲吻着他的掌心。小奥鲁斯拽着他的衣角。走廊里，侧面的房间里，卫浴场里，低矮的门房里，全家的奴隶们三五成群地跑来跑去，都惊慌地说道："啊，怎么办？真是倒了大霉了！"女仆们都在哭泣，有的还在拍打着脸庞，有的则用丝巾将自己的脸遮住。

只有视死如归、身经百战的奥鲁斯非常镇定，他冷峭的脸庞就像是雕塑一样。片刻之后，他让那些人停止哭泣，然后又让他们散开，对夫人说道：

"庞波尼雅，我自己来吧，就算我已经到了大难临头的那一天，还是有机会向你告别的。"

然后他推开了她的双手。庞波尼雅听了之后，说道：

"奥鲁斯，希望上帝不要让我们分隔两地，一定要让我们共同进退。"

说完，她就跪了下去，虔诚地为自己心爱的丈夫做起祷告来。

奥鲁斯去了前厅。带头的侍卫长就在那儿恭候着——是凯尤斯·哈斯塔。他以前是奥鲁斯手下的将领，在不列颠的战争场上跟奥鲁斯一起打过仗。

"长官，好久不见，这是皇帝陛下让我带给您的命令，还向您问好，这是印章和通告。"哈斯塔说道。

“请向陛下传达我的感激之情，我一定会遵从他的旨意。哈斯塔，热烈欢迎你的到来！请问，皇帝陛下有什么事找我？”奥鲁斯说道。

“奥鲁斯 · 普劳修斯，陛下听闻你的家中有一位黎吉亚家族的女孩，那位皇帝是在克劳鸠斯时期把自己的女儿当作人质，放在罗马军队这边的，以保证他们不会打扰我们的国境。因此，伟大的尼禄皇帝向您表示感谢，毕竟您已经收养了她这么长时间。现在，皇帝陛下不想劳烦您再这样做，而且这位女孩作为其他民族的人质，本来就该由皇帝陛下和国家元老大臣照顾，因此，希望您将她交出来，让我带回去。”

奥鲁斯是个非常遵守军规的人，性格非常强硬，听到这样的命令，他断然不会让自己流露出什么懊恼的神情，或者说一些毫无用处的话。但是，他的额头上那些因为气愤而鼓起的脉络却清晰可见。平常见到他这副神情的时候，就算不列颠的军队都会害怕，而且就算是现在，都可以从哈斯塔脸上看到害怕的表情。但是，奥鲁斯 · 普劳修斯听到了这样的话，又能怎样呢？他望着那些文字和印章，看了好久才抬起头，对带头的老侍卫长说：

“哈斯塔，你先在这里等等吧，我去把她带出来。”

说完之后，奥鲁斯便去了正厅，庞波尼雅、黎吉亚还有小奥鲁斯都在那里，全都一脸惊慌地看着他。

“这次不是谁被判了死罪或是被放逐到荒野之地。然而皇帝陛下派人前来，肯定也不是什么好事，这次的目标是你，黎吉亚。”

“是为黎吉亚？”庞波尼雅担心地问道。

“没错。”奥鲁斯回答。

他转了过来，对那位女孩说：

“黎吉亚，你就像是我的亲生女儿，我和庞波尼雅都非常喜欢你。但是你也清楚，你不是我们的亲生女儿。你只是自己的族人送到我们这里作为人质的，你应该由皇帝陛下看管。而今天，皇帝陛下就要把你接回去。”

奥鲁斯说这话的时候非常平静，但是从他的语气中，还是听得出一丝焦虑。黎吉亚淡淡地听着他说话，大眼睛忽闪忽闪的，好像还没有听清楚这话究竟是什么意思。庞波尼雅却早就脸色苍白，没有一丝血色；站在通道或者是房门旁边的下人们向里张望着，听了之后，也都是一脸担忧的表情。

“我们一定要遵循皇帝陛下的命令。”奥鲁斯说道。

庞波尼雅听了之后，一把抱住那女孩，像是要留住她，哭喊着说：“奥鲁斯，就算是她死了也比这样幸运啊。”

黎吉亚贴在她的怀里，不停地喊着“妈妈”，哭泣得难以言语。

奥鲁斯的脸上也是恼怒以及伤心的神色。

“如果只有我独自一人在这里，我肯定不会让她离开的。但是，目前我不能让自己的整个家族都作为‘解放者朱庇特’的供奉品，而我又不能眼睁睁地看你死去，你还可以有更好的未来。我一定要去找皇帝陛下，向他求情。如果他不答应，我就真的想不出别的办法了，只好暂时分别了。黎吉亚，你一定不能忘了，我和你妈妈会一直为你祈祷。”

说完之后，他便抚摸着她的头，努力让自己冷静下来。黎吉亚抬起饱含泪水的双眼看着他，将他的双手拿起来吻了吻。奥鲁斯像慈爱的父亲一样，伤心地说道：

“别了，我的快乐，我眼里的光芒。”

然后他便急匆匆地去了前厅。他不想让自己流露出悲伤的表情，毕竟这与自己作为一位罗马军人的身份不太符合。

庞波尼雅把黎吉亚带到了卧室，耐心地开导她，不停地讲一些安慰的话语。这些话，对这个家族的信仰来说，好像有一些怪异。毕竟在不远的房间里面，就供奉着他们家族的神明，虔诚的奥鲁斯·普劳修斯让整个家族都要对之献上贡品。“现在我们要受到考验了。以前维尔吉纽斯[①]亲手杀死了自己的女儿，才从阿普斯那儿救了她。还有卢克莱霞[②]，用生命替自己洗刷了冤屈。皇宫是非常肮脏的、丑陋的。然而黎吉亚，我们信奉的是更神圣的神明和律法。为了不让自己蒙受那可耻的侮辱，就算是我们丢失性命或者遭受痛苦也不要紧。从满是污秽的皇宫逃离出来还能保持身体的纯洁，那肯定更加伟大。这就是人生。但是幸运的是，人生非常短暂，只有进去过坟墓才会重生，那里并不为尼禄所辖治，那里是幸福、是慈悲、是快乐，没有伤心、没有泪水。”

之后，她便说起了一些和自己有关的事情。没错，她表面非常冷静，但是内心饱受煎熬。奥鲁斯就像是她眼里的那层雾霾，那道光芒还没有照耀他。而且，也还没有用那些真理来对她的孩子进行指导。因此，她在自己的生命终结之前，时常感到担心的，并不是这一种时间的离别，而是比这更悲痛的另外一种离别。因为在天国里面，要是见不到自己的丈夫和孩子，她不知道那样是不是幸福。

①古罗马的一位侍卫长，他有个美丽的女儿名叫维尔吉尼雅。因为行政官阿普斯贪图她的美貌，宣布她成为自己的女奴，维尔吉纽斯为了挽救女儿的名声，亲手将她杀死。

②古罗马传说中妇女的典型。

每次在夜里，她都会为此难过流泪，只好靠着内心的祈祷度过那些日子。所以，她将内心的伤痛告诉给神明，靠着自己内心的信念活下去。而如今，命运却再次让她承受苦难，那个可恶的皇帝要抢走她最在乎的孩子——奥鲁斯将黎吉亚称为他们夫妇俩眼中的光芒。但她还是坚信，一定会有比尼禄更厉害的力量存在，恩赐的力量会比尼禄更伟大。

然后，她又紧紧地将自己的孩子贴在胸前。黎吉亚靠在她的怀里，用衣角盖住了自己的双眼，好久都没有说一句话，然后非常镇静地站起身来。

"妈妈，我明白自己的离开会使父母和弟弟痛苦，而且抵抗是无用的，那样只会让我们全家都遭殃。但是，我答应您，就算在皇宫我也一定会记住您讲的这些。"

说完，她又抱了一下庞波尼雅的脖子。然后，她们便向前厅走去。她跟弟弟、自己的老师—— 一位希腊老人、过去的奶妈、照顾她穿衣打扮的下人、家里所有的仆人一一道别。

这里面，有一位身材高大的黎吉亚人。他们都称呼他为乌尔苏斯[①]，是曾经和其他奴隶一起陪着黎吉亚还有她的妈妈到罗马人这边做人质的。就在此刻，他向黎吉亚跪下，之后又对庞波尼雅跪下，恳求道：

"主人啊，您就让我和小姐一起前往皇宫吧，还可以侍奉、守护她。"

"你本来就是属于黎吉亚的奴隶，即使允许你到皇宫，你又怎样守护黎吉亚呢？"庞波尼雅说道。

---

①拉丁文，意思是熊。

“我不确定，主人，我的本领就是手臂可以削铁如泥……”

听到他的话，奥鲁斯·普劳修斯走了过来。他不仅同意了，还告诉乌尔苏斯，他有离开的自由。既然要将黎吉亚送到皇帝陛下那里，那么，就要将她的仆人一起交上去，一起生活在皇帝陛下的监视之下。让黎吉亚带几个合适的仆人，侍卫长应该会同意的。

这就可以让黎吉亚安心一些了。仆人都是庞波尼雅亲手选出来的，她为自己能够这样做感到很欣慰。除了乌尔苏斯，她还让整理衣服的老仆人、专门负责梳洗的两位塞浦路斯女孩和两位负责沐浴的日耳曼女孩跟着黎吉亚。她选的都是信奉新宗教的人，乌尔苏斯也是有经验的新宗教信徒，所以庞波尼雅对他们几个非常放心。在心里她也这样想：用不了多久，真理便会在宫殿里萌芽。这样想着，她心里又感到一丝安慰。

她又写信给尼禄的解放奴隶阿克台，让她帮忙照看黎吉亚。没错，庞波尼雅在做祷告的时候虽然没有和阿克台会过面，不过人人都说只要开口找她帮忙，她一定会答应的。还说她喜欢看塔尔苏斯的保罗所写的书简。庞波尼雅还听说，她和皇宫里面其他的人不一样，依据宫里的标准，她是一个仁慈的女人。

哈斯塔答应庞波尼雅，将她写的信件带给阿克台。他觉得，作为一个公主带上自己的仆人一同前往是非常正常的，因此答应了让他们一起去皇宫，甚至还认为带的仆人数量也许有点儿少。但是他必须要马上出发了，不然就会有人说自己办事不麻利，这样就太恐怖了。

离别的时间来临了，庞波尼雅和黎吉亚又流下泪来，奥鲁斯将手放在她的头发上面。没多久，侍卫就带着黎吉亚前往宫殿了。奥鲁斯的小儿子跟在后面一个劲儿地哭着，他要保护自己的姐姐，将自己的小手握成拳头，想吓唬侍卫长。

奥鲁斯让人备好轿子之后，就带着庞波尼雅来到放艺术品的房间，把门关紧，说道：

“我跟你说，庞波尼雅，我要去求见陛下，我要去求助于塞内加。尽管我知道自己这样做是没有用的，也许皇帝根本不会听塞内加说的，但我还是要试试看。现在，只有裴特洛纽斯讲的才会有用，这件事肯定是有人教唆的。至于是谁在背后搞鬼，自然是显而易见的。”

庞波尼雅突然抬起眼看着自己的丈夫。

“是不是裴特洛纽斯？”

“没错。”

接下来又是一阵缄默，然后奥鲁斯接着说：

“这就是让那些没安好心又不要脸的人来到家里的可悲后果。该受诅咒的，是维尼裘斯在我们这里疗养的日子，是他将裴特洛纽斯带到我们家的。黎吉亚真是不幸，他们要的肯定不是人质，而是个女人。”

说这话的时候，他为自己女儿的遭遇感到担心，同时又满含着愤恨和悲伤，心在剧烈地挣扎着。这从他那紧紧握着、不停打战的双拳就可以看出来。

“在今天以前我非常尊敬神明，但是从现在开始，我不再信任他们了，现在我只知道统治世界的是那个狠心、狂躁如怪物一样的尼禄。”

“奥鲁斯，在上帝面前，尼禄就像龌龊不堪的泥巴一样。”庞波尼雅说道。

奥鲁斯在放着艺术品的房间的木地板上走来走去。他想自己这一辈子没干过多少了不起的事情，也没有什么难过的经历，但是遇到了这样的事，真是想不明白。他没有想到自己原来是这样疼爱黎吉亚，只要一想起她要离开自己，就非常难过。而且，他觉得自己被侮辱了——他一直蔑视的那个力量正压着自己，而自己却无能为力。

等到渐渐将心里的愤懑压抑之后，他说道：

“我觉得裴特洛纽斯带走黎吉亚并不是因为尼禄，他不会和波佩雅过不去的，有可能是为了自己本身或者是维尼裘斯，我马上就去调查清楚。”

不一会儿，他便让抬轿子的人把自己抬到帕拉修姆宫，只剩下庞波尼雅在家，于是她便去看自己的小儿子。小奥鲁斯因为要与姐姐分离，仍然在一旁哭泣，还不停地咒骂皇帝。

5

果然跟奥鲁斯想的那样，尼禄没有见他。仆人告诉他说：皇帝陛下正在和琴技师台尔普诺斯一起演奏。未经他传唤，谁都不会见。也就是说，奥普斯以后也没有来求见的必要了。而刚好相反的是，塞内加尽管得了感冒，仍然郑重地接见了奥鲁斯。但在听他说完来此的意图之后，塞内加一脸无奈地说道：

“尊敬的普劳修斯，我唯一可以帮助你的就是无论发生什么事情，都不会在皇帝陛下面前表露我和你关系匪浅或者有想要帮你的意思。你是知道的，假如被陛下知道的话，就算没有任何借口，他都会因为看我不顺眼，一直扣押黎吉亚的。”

同样，他也不建议奥鲁斯去求蒂杰里奴斯、瓦蒂纽斯或维太留斯帮忙。如果用钱收买他们，或许有一些帮助，而且他们跟裴特洛纽斯势不两立，如果能损伤到裴特洛纽斯，使他痛苦不堪，他们一定会乐意之至。但是他们肯定会告诉皇帝陛下黎吉亚在普劳修斯心中的分量有多重，那样的话，皇帝陛下就更加不会放过黎吉亚了。然后，这位老圣人便用自己特有的嘲讽语气说：

“奥鲁斯，你一直都不爱说话，这么多年来你一直都是这样，而陛下很讨厌没有夸奖过他的人。你为什么不奉承他的英俊面容、高尚品质或是优美歌声，为什么不奉承他的阅读、驱动战车以及作诗的能力呢？你为什么不歌颂布列塔尼库斯如何被处死呢？你不为杀死母亲的人歌功颂德，也没有在奥克塔维雅被处死之后前来叫好。奥鲁斯，你太没有远见了，像我们这种可以在皇宫里面幸存下来的，都是具备这种能力的。”

然后，他拿起自己的水杯在池塘舀了一些清水，滋润了一下干瘪的嘴唇，继续说道：

“哎，可是尼禄还是知道感恩的，毕竟你为罗马做出过贡献，为其增添荣耀，所以他还是很喜欢你的。我是他年少的老师，因此受到尊敬。你看，我了解这水里面没有有害的东西，所以很放心地喝了。但是，我自己屋里的酒浆却是最不可靠的，如果你觉得喉咙干渴，可以喝这些水。这里的水是从阿尔巴诺山上流下来的，没有谁会在这里面投毒——这样做的话，整个罗马的水都不能喝。所以，还是有能够安享晚年的人的。其实，我生病了，但准确地说，和身体生病比起来，应该是灵魂出现了问题。”

的确如此，塞内加不像柯努屠斯或特拉塞阿那样强硬，所以对罪恶的事情感到胆怯。他明白这一点，一个信奉芝诺学说的人便不会走上这样的道路。就因为这样，与死亡相比，烦闷让他更害怕。

然而，老将军却打断了这满是伤悲的回忆。

“尊敬的安诺斯，在皇帝还是青年的时候，您对他那样呵护有加，然而我清楚他是怎么回报您的。是裴特洛纽斯要带走我的女儿，希望您可以告诉我怎么应对他、如何才能让他感动。我们都是这么多年的朋友了，希望您可以用自己的能言善辩打动他。”

“我们两个是敌对关系。我不懂怎么才能让他屈服，他不是一个能被打动的人。就算他很邪恶，但是与那些整天围着尼禄的小人相比，还是不错的。然而，如果要说他做了错事，他肯定不会承认，他已经没有好与坏的辨别力了。如果要让他为自己做的丑事感到羞耻，我想是不可能的。再跟他见面，我就会告诉他：你的行为真像是解放奴隶干的事。这样还没有用的话，我就真的无能为力了。”

“尽管如此，我还是非常感谢您。”奥鲁斯说道。

接着，他就让人把轿子抬到维尼裘斯家里。维尼裘斯正在家里面练习剑道。奥鲁斯看到眼前这人害惨了黎吉亚，居然还可以这样心平气和地练习剑道，便非常生气，所以，没等剑道教师退到帘子后面，他就冲上去破口大骂。然而，维尼裘斯知道黎吉亚已经被召见之后，脸上毫无血色。奥鲁斯看到这副情景，突然明白他应该还不知道这件事。年轻人的额头布满了汗水，身体里面的血液瞬间就像是熊熊烈火一样烧到了眼睛里面，嘴上还时不时地发出疑问。妒忌和愤懑，就像是狂风骤雨一样扑面而来。他觉得，只要黎吉亚一进宫殿，自己就不可能和她在一起了。当奥鲁斯告诉他这是裴特洛纽斯干的时，疑问就像是闪电一样划过他的脑海。他觉得裴特洛纽斯应该是在跟自己玩游戏：难道是要将黎吉亚献给皇帝，以此重新博得皇帝的赏识？还是想留着给自己呢？

他想不出有谁可以看到黎吉亚而不为她动心。跟他家族的所有人一样，他的脾气也非常急躁，就是因为这种性格，维尼裘斯都快要失去理智了。

“将军，您先回去。我跟您保证：就算裴特洛纽斯是我的父亲，他这样对待黎吉亚，我也一定会报复的。您就在家等我的消息。无论是裴特洛纽斯还是皇帝陛下，我都不会让他们如愿以偿的。”他说道。

接着，他便走到了客厅供奉祖先神像的位置，紧握双拳，大声吼道：“我向祖先发誓，我要亲手杀掉他，再自我了断！”

说完之后，他又对奥鲁斯说道：“请等着我的消息。”接着就像着了魔似的冲出前厅，推开迎面的路人，直奔裴特洛纽斯家。

奥鲁斯满怀希望地回到家中。他觉得，倘若裴特洛纽斯让皇帝带走黎吉亚的原因，是想将她送给维尼裘斯，这样的话，维尼裘斯肯定会把黎吉亚还给自己。这样他心里就舒服多了：就算黎吉亚没有被救出来，那少年也是会报复的，就算是死也不会让她受玷污。他知道维尼裘斯一直言出必行，从他刚才生气的模样，还有他家族遗传的脾气，就明白了。自己虽然对待黎吉亚就像是对亲生女儿一样，但是就算让她死，都不愿让她成为皇帝的女伴。如果自己没有孩子，她是自己唯一的后代，那么，他肯定会亲手杀死她。奥鲁斯当过兵，尽管不是禁欲主义者，但是在性格上跟维尼裘斯没什么差别。他们的想法一样，都认为宁可死也要维护自己的尊严。

回去之后，他安慰着庞波尼雅，将他的想法告诉了她。然后，这对夫妻就开始等候维尼裘斯的消息。只要听到客厅里面有人走过去，就觉得肯定是维尼裘斯把自己的女儿带回来了。他们在心里祈祷着，然而时间慢慢过去，还是毫无音讯，直到黄昏才有人来敲门。

不久，仆人拿着一封信走了过来，将信交给他。尽管将军表面很平静，但拿起信封的时候，手还是不自觉地在颤抖。然后，他开始快速阅读起来，好像事关所有人一样，他的脸色立刻变得难看起来，像乌云笼罩在上面。

"还是你来读吧。"他将信封递给了庞波尼雅。

庞波尼雅拿起信，读了起来：

马库斯·维尼裘斯致奥鲁斯·普劳修斯：

此事乃皇帝陛下旨意，我和裴特洛纽斯只好遵命。

然后就是沉默。

6

裴特洛纽斯刚好在家，维尼裘斯就像是暴风雨一样直接冲进客厅，门卫都拦不住他。听到裴特洛纽斯在书房的声音后，维尼裘斯又急匆匆朝书房跑去。他看到裴特洛纽斯刚好在写什么，便一把夺过来撕个稀烂，用脚踩了几下，又把手按在他的双肩上面，凑近他的脸，高声怒吼着：

"您到底把她怎么了？她在什么地方？"

就在这时，可怕的一幕出现了。一贯温和儒雅的裴特洛纽斯，先是抓着按在自己肩上的那只有力的右手，之后又按住那只左手，直接将两只手一起固定在自己的手里面，说着：

“我只是早上精神不振，傍晚我就和以前一样有力了。你挣扎一下试试？我看，你是向纺织工人学的武术、向打铁匠学的礼数吧？”

他竟然一点儿都不生气，双眼透露着一股刺眼的光芒。过了片刻，他放开了维尼裘斯。维尼裘斯觉得很没有面子，有点儿不好意思，但又带着一股怒气站到他跟前。

“就算您的手像镔铁一样硬，如果您背叛了我，我向地狱的恶魔发誓，我一定会用刀杀了您，就算是在皇宫也一样。”

“和我好好聊聊吧，镔铁与刀子相比可硬多了，因此，和你较量，我也不会害怕。而且，你刚才那没有礼貌的行为，真的让我很难过，假如还有什么不知感恩的事让我惊讶的话，我看就只有你了。”

“黎吉亚在什么地方？”

“在妓院里面，换而言之，就是皇帝住的地方。”

“裴特洛纽斯！”

“你先冷静一下，坐着吧。我向皇帝提出了两个要求，都被允许了：一是把黎吉亚从奥鲁斯那里宣召过来，二是将她交到你手里。你衣服里面是不是有把刀？是不是准备刺杀我？但是我要告诉你，你还是先耐心等等，你如果因为杀死我而去坐牢，那样，黎吉亚独守空房，肯定很寂寞。”

接着是一阵沉寂。维尼袭斯睁开震惊的双眼，看了裴特洛纽斯好一会儿，才继续说：

“请饶恕我。我喜欢她，是爱慕让我不知所措。”

“听着，维尼袭斯，那天我是这样跟皇帝陛下说的：我的外甥维尼袭斯喜欢上了一位单薄的女孩，她是奥鲁斯的养女，那个女孩的叹息会令他的居所像蒸气室一样。皇帝陛下，我们都知道如何才叫美貌，尽管那个姑娘一钱不值，我们肯定不会看上她的，但是我那少不更事的外甥，就像是三脚架一样毫无知觉，已经被爱情弄晕了。”

“裴特洛纽斯！”

“假如，你不明白我这样做是替黎吉亚着想，那就应验了我上面的话。我跟皇帝是这样讲的，我夸赞他，说他的眼光很高，肯定不觉得那女孩有多漂亮。到现在为止，只要是我说的，他都会和我保持一致，所以他一定不会认为她很漂亮，同样，也就不可能想将她占为已有。要提防那只猴子，最好的办法便是先绑住他。尼禄对黎吉亚并不构成威胁，反而要担心波佩雅，她肯定会尽快将黎吉亚逐出宫殿。届时，我就会建议红胡子把黎吉亚赐给你。她只是个俘虏罢了，皇帝肯定可以处理的。他如果这样做的话，也达到了警告奥鲁斯的作用，所以便会赞成我的建议。他肯定会答应的，我又达到了捉弄他的效果。马上，你就会成为她的合法保护人了，既是黎吉亚勇猛的朋友，也是皇帝忠实的臣子，你不仅要慎重地对待她，还要让她变得更有价值。皇帝要是想再维持一点儿尊严，就会让她多留一段时间，但之后，一定会把她送到你家里。真是好运的家伙啊！”

“你说的是真的吗？她在宫里不会遇到危险？”

“如果待久了，波佩雅肯定会让罗库斯塔[1]杀了她，但如果只是短暂的一段时间，她应该不会有什么不测。宫里面那么多人，尼禄肯定没机会和她见面，而且他将这事全部交到我手里。侍卫长刚刚告诉我，他将那女孩带到宫里了，让阿克台看管。阿克台很善良，我才让黎吉亚在她那儿。庞波尼雅·戈莱齐娜与我的想法一样，还带信给她。改天尼禄举办晚宴，我会安排你和黎吉亚坐在一起。”

“请不要将我的鲁莽放在心上，裴特洛纽斯，我开始还觉得，您把她带到宫里面，不是自己想得到她，就是想将她献给皇帝陛下。”维尼裘斯说道。

“你的急性子我不会放在心上，然而你刚才粗俗的态度、野蛮的喊声，我实在是不能忍受，你呐喊的声音，就像是赌徒在嘶叫一样。我讨厌这样的态度，维尼裘斯，你要记住。你得明白，皇帝的狗奴才是蒂杰里奴斯。就算我想要得到那个女孩，也会当着你的面直接告诉你：维尼裘斯，我看上了黎吉亚，我要得到她，直到我厌烦了她才肯罢休。”

说完之后，他看向维尼裘斯的眼神傲慢中夹杂着冷漠。这让年轻人心里很慌张。

“是我做得不对，您如此温和又那么真诚，我真的非常感激您。您能告诉我一件事吗？您怎么不直接让人将黎吉亚接到我的家里呢？”

“皇帝很在乎尊严。要知道，黎吉亚可是作为人质在罗马的，如果我们将她接过来，城里的人肯定会流言四起。而先把她送到宫殿里，然后再悄悄地接到你家里，则万事大吉。红胡子的胆子就像狗那么小，他滥用自己至高的权力，但是还要装出合法的样子。你

①皇宫里的婢女。

现在明白了吧？和我说说有道理的事情吧。我总是在想，皇帝陛下有无上的权力，就算是做了什么穷凶极恶的事情也不会受到任何惩罚，那么，他又何苦假装自己是个公正、高尚的人呢？何必多此一举呢？我觉得弑亲这种事情，卑贱的亚细亚君王也许能做得出来，他作为罗马皇帝却干出这等勾当。假如我是他的话，肯定不会向元老院写为自己脱罪的信，然而他却写了。他很在乎尊严，因为他本身就是个胆小的人。然而，他每次都会为自己做的事辩解。这又是何原因？邪恶向贤德致敬，这真让人惊讶啊。怎么会发生这种情况？邪恶本身就是丑陋的，贤德肯定是美好的，所以只有贤德的人才会有欣赏美好的眼光。那我就是一个有贤德的人了。我一定要向普罗塔哥拉、普洛狄克斯还有高尔吉亚[1]斟酒，他们在特定的条件下还是有用的。我还没有讲完，我因为要将黎吉亚送给你，才把她从奥鲁斯家里接走的。如果李西波斯还在的话，肯定会为你们做雕像的。你们两人真的很俊美。因此我干的事同样是美好的，所以就不会邪恶。你瞧，维尼裘斯，在你对面的我，不正是贤德的化身吗？假如阿里斯蒂德[2]还在世的话，肯定会为了我的德行来看我，还会奉上一百个米那[3]。"

然而，与歌功颂德比起来，维尼裘斯更想知道现实的问题如何解决，于是问道：

"那么，我明天就可以看见黎吉亚了，之后我就要让她一直在我身边，直到死都是这样。"

---

①他们都是古希腊的诡辩学说的哲学家。

②古希腊诡辩学说的哲学家，也是著名演讲家。

③古希腊的货币流通形式。

“你是和黎吉亚在一起了，但是奥鲁斯肯定恨透我了。他肯定在想，如何才能让地狱的魔鬼来找我报仇？如果那个粗鲁的人也学了一点点诡辩之术，该怎么办呢？他肯定会跟曾经斥责过来找我办事的人的那个守门人一样，站在门外呵斥我，尽管我已经把那个守门人关进郊外的牢里面了。”

“奥鲁斯去找过我，我还承诺会把黎吉亚的事告诉他。”

“那你给他写封信吧，就写：皇帝陛下在上，下旨让你俩的长子就叫奥鲁斯，至少让他宽心一下吧。我刚好想请皇帝参加晚宴，那就也叫上他吧，让他见见和你坐在一起的黎吉亚。”

“千万别那样，我已经觉得很亏欠那对夫妇了，特别是庞波尼雅。”

他便坐下写信。就是这一封信，把老将军的希望彻底毁灭了。

7

曾经，尼禄最宠爱的就是阿克台，就算是罗马最有权势的长官，都得给她面子。即便如此，她也不曾干预朝政，就算有那么几次对年轻的君王有所请托，也是为那些冒犯了尼禄的人求情。而且，阿克台低调又谦顺，因此大部分人对她都心怀感恩，没有任何一个人会与她为敌。就连奥克塔维雅，都对她没有什么憎恨。即使对她心怀嫉妒的人，也认为她与人无害。每个人都觉得，她尽管对尼禄感到极度失望与伤心，但仍然喜欢着他。这样的感情，并不是在于对未来有什么憧憬，而是因为曾经那段记忆——那时候的尼禄，还是一个善良的少年。每个人都明白她陷在那段记忆里面，无力自拔，她现在对生活没有什么憧憬了，因为尼禄再也不可能回到她的身边，而且她早已成为那个无关轻重的人，正因为这样，她才能够平静地度过余生。波佩雅也把她当作一个不会害人但又像个老好人一样的婢女，没有想过要迫害她，或者赶她离开。

因为皇帝从前喜欢过她，没有对她翻脸，反而，他们很平淡地，或者说是很友善地分开了，所以到现在还有很多人非常尊敬她。以前尼禄解放她的时候，给她在宫殿里安排了一个房间，还配了一些下人照顾她。就像以前，帕拉斯和那西修斯尽管是克劳鸠斯所解放的奴隶，但不仅可以参加他的晚宴，还拥有举足轻重的地位；有时候，皇帝也会请阿克台参加晚宴。皇帝这样做的原因，也许是阿克台姣好的容颜能够成为晚宴耀眼的装饰。尽管他在挑选来宾的时候根本不会考虑很多，无论身处何种阶级，从事什么样的工作，乱七八糟的人都会和他一起共进晚餐。有元老院的官员们，主要是一些逗他开心的臣子们：有贵族，都是些贪婪、淫荡、贪图享受的人；也有女人，都是些为寻求刺激，到了黄昏甚至会毫不犹豫地戴着金色的发套到大街上寻欢作乐的冒险女人；还有一些拥有很高权势的官员，以及看到美酒斟满了杯子，就算是嘲笑自己信仰的神明都无所谓的祭司。这里面什么样的人都有：歌唱家、小丑、演奏家、男女舞者，还有一些诗人，他们一边念着自己写的诗歌向皇帝拍马屁，一边在想这次可以赚多少金子；还有一些紧盯着那美味的菜肴垂涎不已的哲学家；还有一些出名的马车驭手、做滑稽表演的、讲故事的、说笑话的。另外，还有各种各样的骗子，在他们的身上，那些滑稽的把戏及一些调调得以流行几天。在他们之中，还混着一些人，他们留着长头发，企图挡住自己耳朵上那象征奴隶的开耳洞的记号。

有名的人肯定先入席，其他的人要在吃饭的时候表演娱乐节目，热情地等候，只有在仆役们答应之后，那些人才会涌进来享受残羹。这些人一般是杰里奴斯、瓦蒂纽斯还有维太留斯喊来的，他们还要为这些人准备适合在宫廷出入的衣服。皇帝很喜欢和这些人打交道，因为和他们在一起的时候，不用受什么规矩的限制。皇宫里面的装饰闪闪发亮。有名的贵族后裔、衣着褴褛的乞丐们、了不起的表演家，还有一些有点才气却跟不上时代的人，都陆陆续续地来到皇宫里面，想亲眼瞧瞧这金碧辉煌的宫殿，想离这富贵的施舍者更近一些。他只要轻轻地用那喜怒不定的眼睛瞥你一眼，就能让你瞬间毁灭，也能让你得到荣华富贵。

这次，黎吉亚迫不得已也要来参加晚宴。在环境变了之后，她感到非常害怕，没有安全感又感到绝望，还有内心那无法控制的愿望在不断地抗争着。她恐惧这里的人，恐惧这个吵闹不休的宫殿，恐惧这从奥鲁斯、庞波尼雅·戈莱齐娜，还有其他熟悉的人那里有过了解的晚宴。尽管年龄不是很大，但对于一些事情，她还是知道一些的，这个乱伦的、亵行的时代，甚至是小孩子都肯定听过。因此，在宫殿里，她觉得自己正面临很大的挑战，况且，庞波尼雅在道别的时候就仔细地警告过她。但是她的灵魂仍然非常纯洁，再加上养母一直告诉自己要保持高尚的品质，她暗暗发誓，一定要坚守这种信念。她不仅对自己的母亲、自己本身，还有那不可玷污的信仰发誓，更是向那温和、有教养、悲痛地死亡又光荣重生、被孩童的心爱戴的主发誓。

她明白，眼前无论是奥鲁斯还是庞波尼雅·戈莱齐娜，都没有办法再为自己的所作所为承担责任，所以她觉得还是不要参加这种晚宴为好。但是自己本身的害怕与安全感的缺失在灵魂深处呼喊，另外，她那想展现自己可以承受这一切苦难的愿望也觉醒起来。主以前告诉过她要忍受这些，而且他自己以身作则地示范过。庞波尼雅也曾告诉过她，最虔诚的信徒一定会为能经受这样的试探做祷告。而且，在奥鲁斯家时，黎吉亚就有这样的想法了。她想象着自己成为一名殉教者，带着肢体的伤痕，与洁白的天使一起飞往蓝色的苍穹；幻想和虚境有一点儿不成熟，有一些庞波尼雅虽然也不赞同，然而黎吉亚自己却很开心。如今，假设违抗皇帝的旨意，她不清楚会受到怎样严酷的刑罚。以前存在于幻想的殉教者的情形，如今即将成为现实，期待炫美幻境的喜悦和对受哪一种刑罚的好奇同时出现。她不成熟的心思，还在两者之间犹豫不决。但是，等到知道她的决定的时候，阿克台非常惊异地看着她，这女孩似乎只有在神志不清的时候才会讲这种话。难道她要违抗皇帝的旨意吗？一开始就惹怒他，做这样的决定肯定是因为她还年轻，不知道自己究竟在说什么。就像是黎吉亚说的，她根本不是罗马人，而是自己民族中的女孩子。因此，法律对她没有帮助，就算是有法律可以帮助她，只要皇帝一生气同样可以无视法律。皇帝把她宣召进来，肯定会有所安排，所以只有遵守，无法逃脱。

阿克台接着说道："正是如此，我看过塔尔苏斯的保罗所著的书简，因此我明白这个世界上有主，也有他的子民，他死亡后成为神明，然而，在这块土地上，却只有皇帝。你要明白这个道理啊，黎吉亚。我也懂你的信仰，它不会让你重蹈覆辙，和以前的那个我一样，如果让你在尊严受挫和面对死神两者中选一个，你肯定像禁欲主义者那样——埃皮克台屠斯[1]以前告诉过我，在这两者之间无法抉择的时候，应当选择死去。然而，你又怎么能知道未知的只有死亡，而尊严不会受损呢？你听过塞亚努斯[2]的女儿的故事吗？尽管她年纪轻轻，却因轻视禁止将处女判处死刑的法律而被处死。在实施死刑之前，即便有皇帝的旨意，还是没能逃脱被糟蹋的厄运。黎吉亚，一定不要太冲动，如果一定要在丧失尊严和面对死神两者间做出选择，那就等事到临头，再听从自己的信仰吧！可要记住，千万别自我牺牲，别因为那些不重要的事情，让这个现实生活中如此残暴的神明发火。”

阿克台讲这话的时候，带着怜悯以及诚挚的感情。但是因为她看不太清楚，所以将那美丽的脸庞抬了起来，靠近黎吉亚，仔细去瞧自己说的话有没有什么作用。

黎吉亚怀着自己孩子般诚实的心，伸出双臂抱住阿克台的脖子，说道：

“阿克台，您真的很善良。”

阿克台因为这样的夸奖以及信赖非常开心，于是紧紧地抱着她，又从女孩的怀抱抽出自己的手，笑着说道：

“我的幸福和快乐都终结了，但是我并不是一个坏女人。”

说完，她就急匆匆地在屋里踱步，仿佛失望至极地自语：

“皇帝也不是坏心肠的人，那时候他觉得自己是善良的人，还一直想做好事。只有我最了解这件事，之后才发生了变化……他也

---

①希腊哲学家。很长一段时间在罗马生活，在尼禄的宠臣埃帕夫罗狄屠斯家当奴隶。后来被释放，于公元94年离开罗马。

②蒂贝留斯帝的宠臣，刺杀皇帝没有成功，被处死。这里说的是他的女儿的事情，但有待考证。

没有再喜欢我……他之所以成为如今这副模样，是其他人的错——是其他人——特别是波佩雅！”

此刻，她的眼眶溢满了泪水。黎吉亚用那双宝蓝色的眼睛望着她，片刻之后开口说道：

“您为皇帝陛下感到悲伤吗，阿克台？”

“我为他感到悲伤。”那位在希腊出生的女子小声说。

之后，她又继续踱来踱去，仿佛因为悲伤过度握紧了双拳，脸上流露出失落的神情。

黎吉亚有些害怕地继续问：

“您是不是还喜欢着他，阿克台？”

“是的，我还喜欢着他……”

片刻之后，她继续说道：

“除了我之外，没有一个人是真正爱他的……”

然后又是一片寂静，阿克台努力让自己那因为忆起往事而躁动不安的内心平复下来。渐渐地，她又恢复了之前那淡淡伤感的情绪，接着说道：

“黎吉亚，还是来说说你的事好了。我做梦也不敢和皇帝陛下过不去，和皇帝作对那就是自寻死路，我要冷静一点儿。皇宫里的事我很了解，我猜，皇帝肯定不可能做出让你恐惧的事情。就算是尼禄亲自派人把你接出来，也不可能让你进帕拉修姆宫的。那儿，只有波佩雅可以做主，从她生下小公主之后，尼禄什么都听她的……没错，是尼禄下旨让你一定要出席晚宴，但是他不会见到你，同样不会打听关于你的事，因此肯定不会把你放在心上。也许那是因为他不喜欢奥鲁斯和庞波尼雅夫妇俩，才会将你带离他们身边。裴特洛纽斯和庞波尼雅就像是约定好了一样，都给我写过信，让我好好关照你。有可能裴特洛纽斯是答应了庞波尼雅的恳求，才会写信给我。既然如此，裴特洛纽斯都答应了她的恳求，会关照你，你还担心什么啊？说不定，尼禄会听他的话将你又还给奥鲁斯。尽管我不了解尼禄是否重视他，但我肯定，他一定会有胆量反驳尼禄的看法。”

“哎，阿克台，士兵们将我接到这里之前，裴特洛纽斯就去过我们家，我妈妈还觉得就是因为他，尼禄才会派人接我来宫里的。”黎吉亚说道。

“如果是这样的话，情况就不妙了。”阿克台说道。

停顿一会儿之后，又接着说：

“有可能，只是裴特纽洛斯在吃饭时偶然跟尼禄讲过，自己在奥鲁斯那儿看见有黎吉亚家族的人质，所以尼禄因为要维护本身的尊严，才会派人接你出来，毕竟皇帝才有处理人质的权力。而且，他真的讨厌奥鲁斯和庞波尼雅，所以，我觉得，假若是裴特洛纽斯想让你离开奥鲁斯，肯定不会用那样的方式，尽管我不清楚与宫里面的那些人相比裴特洛纽斯是不是更善良一点儿，可是他和那些人真的不一样。有可能除了裴特洛纽斯，会有其他人乐意帮助你呢。在奥鲁斯那里的时候，有没有看到其他人也可以和皇帝陛下在一起呢？”

“我看到有韦斯巴芗和蒂屠斯。”

“皇帝不怎么器重他俩。”

“还知道塞内加。”

“假如他讲了自己的看法，皇帝肯定会和他唱反调。”

黎吉亚干净的脸上出现一抹红晕。

“还知道维尼裘斯……”

“这个我倒不认识。”

“他是裴特洛纽斯的外甥，才从亚美尼亚归来……”

“你觉得皇帝会不会很赏识他？”

“每个人都很中意维尼裘斯的。”

“你觉得他会帮你说情吗？”

“嗯，应该会。”

阿克台淡淡地笑了下，说：

“你绝对会在今天的晚宴和他见面的，所以你一定要去。觉得不去参加晚宴就没什么事了——也就只有你这个傻姑娘才这样想，而且，既然你想回家，就要想办法找裴特洛纽斯还有维尼裘斯帮忙，让他们帮助你回去。如果他们在这里，肯定会告诉你相同的话。抗旨是最错误的决定，会被砍头的。也许皇帝不会发现你没去参加宴会，但是只要被他发现，你竟然敢抗旨不遵，那就没有救你的方法了。去吧，黎吉亚。是不是已经听见皇宫里面那吵闹的叫喊声了？夕阳已经西下，赴宴的人们也快到了。”

“阿克台，你的话是对的，我会按你说的做。”黎吉亚说道。

在她的决心里面，想要去见维尼裘斯还有裴特洛纽斯的想法更强烈一些，再加上女孩特有的新奇想法，促使她想去瞧瞧这是什么样的晚宴以及宴会上的皇帝是什么模样，想去见见宫里面赫赫有名的波佩雅和其他美女，想去见见罗马人所谓的富丽堂皇是何等奢华，如此等等，就算是黎吉亚都不知道怎么表达。而且黎吉亚知道，阿克台讲得非常有道理。所以，她一定要参加，在一定要去的前提下，再加上那种暗暗的吸引力，她便没有再犹豫了。

阿克台把她带到更衣室，帮她梳洗打扮，换了衣服。尽管宫里面有很多仆人，而且伺候阿克台的人也很多，可是因为可怜这女孩，再加上这女孩的漂亮与善良让自己很动心，所以，她想亲手为黎吉亚梳洗打扮。这位年轻的希腊女子，虽然带着一些淡淡的忧伤，虽然读的是塔尔苏斯的保罗的书简，但是基本上还留着古希腊的精神——认为身体的美丽，是世界上最应该被尊重的。她帮黎吉亚褪去衣物，望着那好像是晶石与蔷薇制成的柔软又饱满的身体，不自觉地赞美了起来，向后移了移步子，用仰慕的眼光看着那独一无二的、像春天一样美丽的肌体。

“黎吉亚，你跟波佩雅比起来，不知道要美多少倍。”她喊道。

然而，这位女孩从小便受到庞波尼雅严厉的家教，在那种环境下，就算是只有女人在场，也应该懂得虚心的教导。现在她这样站着——好像是深处美丽的梦境，似乎是伯拉克西特列斯[①]手底下的雕像那样协调——心里有一点凌乱，害羞的脸上出现红晕，两条腿紧闭着，手臂把胸部盖住，闭着眼睛睫毛向下。然后，她突然伸手把绾头发的别针拿下来，将头微微一摆，那披散开来的秀发便像是袍子一样，盖住了她的身体。

阿克台走了过去，摸着那瀑布般的长发，说：“你的头发多漂亮，我都不用在这上面涂抹金粉，这头发自己就会闪闪发亮……或者只要涂上一点点，就像是阳光照射下来一样……黎吉亚的土地上，竟然出现了你这般美丽的女孩，肯定是个很特别的地方。”

“我记不清楚了，只知道乌尔苏斯告诉我那儿有大片的树林。”黎吉亚回答道。

①古希腊的雕塑家。

“也许那树木阴影下就是鲜花遍野呢。”说着，阿克台就将手上玻璃瓶中的马鞭草香膏倒出来，抹在黎吉亚的头发上。

完成之后，她又把来自阿拉伯的香水擦在她的肌肤上面，再为她披上一件舒适的没有袖子的金黄色长裙，还加了雪白的带有下摆的纱衣，在外面又穿上一件叫作“台西斯”的宽松外套。接着，就要梳理头发了，黎吉亚坐在椅子上，由两个女下人替她梳头，阿克台就在一边观望。下人又把带着淡紫花色的鞋子拿过来，让黎吉亚穿上，替她把白雪一样美丽的脚踝旁的十字脚扣扣上。梳洗完毕，阿克台替她戴上项链，又在她的发隙间涂上金粉，才让仆人为自己更衣，一边换着衣服，一边开心地望着眼前的黎吉亚。没多长时间，阿克台就梳洗完毕，轿子已经在门口等着了，两人来到走廊，从那里可以看到正门、里面的楼梯还有大理石筑成的庭院。

走过那扇很高的大门，来往的人也变多了。大门上面是李西亚斯的作品，四匹骏马拉着一辆马车，马车里面坐着的是阿波罗和狄安娜。这些美丽的景色，让黎吉亚目不暇接，她都不记得奥鲁斯家的事了。太阳刚好落山，晚霞照在金色的大理石柱上，它们在晚霞的照耀下闪闪发亮，也像抹上了红晕。圆柱之间，在达那厄及别的神明又或是伟人的雕塑旁边，男男女女走走停停，他们穿的都是宽松的衣服，有袍子，有礼服，也有法衣，柔软的双臂高贵而优美地下垂，配上在日光照射下的神情，仿佛也是雕塑一般。那海格力斯高大雕塑的头部还被阳光映照着，身子以下，都已经被柱子的阴影盖住了，它从高处俯视着这里的人们。阿克台给黎吉亚介绍着那些来来往往、穿着宽松外套或者是花边收腰衣服以及弯月形状鞋子的长老、骑士和一干知名艺术家的名号，还一一指出那些穿着罗马、希腊或者东方特色服装，发髻或盘得跟金字塔一样，或梳理得像神明一样平整，再加上一点花朵作为装饰的妇人们的名字。阿克台也简要讲了有关于他们那些骇人听闻的事情，黎吉亚听后觉得很惊恐。她觉得，这个地方美丽得让自己目不暇接，是如此吸引人，可是，她单纯的脑海中并不明白其中深长的意味。远远的天空仅留的一点亮光消失了，在这晚霞照耀的地方，安静地耸立着一列圆柱子，在这之间进出的人群像是雕塑一样，给人高不可攀的感觉。好像在这些古朴的石柱中间，人们都过得无忧无虑、平淡和谐。可是，阿克台又在此刻对她揭露着那些恐怖的私密之事。

瞧，在远一点儿的地方，石柱的上面，还有地面上，都能看到卡修斯·凯莱阿[①]的血迹，就在那边，他的老婆被判处死刑，他的儿子被乱石砸死；就在那边，在那栋建筑旁边的牢房里，德鲁苏斯饿得只能吃自己的指头；就在那边，蒂贝留斯皇帝的儿子被杀死；在那儿，杰梅鲁斯曾害怕得直打哆嗦，克劳鸠斯浑身颤抖；在那儿，日耳曼尼库斯饱受折磨。那些砖瓦，都记录着这些人临死之前的挣扎声和行将死去的咽气声，如今那些急着去赴宴的人们，虽说个个衣着华丽、珠光宝气，但很可能马上被判处死刑；可以看见，人们的笑脸上透露着害怕的神情，而且对未来毫不知情；那群能够预知未来的占卜者，看起来好像什么事都没有，但有可能就是这个时候，害怕、胆怯和未知占据着他们的心灵。黎吉亚大受刺激的心思，已经跟不上阿克台的话语，这个奇怪的地方散发的恐惧正吞噬

①罗马禁卫军的士兵，在公元41年行刺残忍的罗马皇帝卡里古拉，被判死刑。

着她的双眼、她的灵魂。就连她的心，也不自觉地跟着紧张起来，挣扎着。这时，她不自觉地想起那个有着庞波尼雅·戈莱齐娜还有奥鲁斯的温馨的家，对那儿有说不出的向往。在她的记忆中，那里只有美好，没有恐惧。

这时候，阿波利尼斯大街那边有更多的客人涌了过来。宫门外面，隐约可以听见百姓们因为看见达官贵人们而发出的呐喊声。广场和走廊上，到处都是皇帝的仆人、年轻的奴隶、大内侍卫。在那灰的、黑的面庞中，还有一些黑漆漆的纽密提阿人，戴着羽毛头盔，还挂着巨大的耳环。有的仆人背着笛子、琵琶等演奏乐器，拿着金银或青铜的灯罩，有的拿着扎好的花束——虽然已经到了秋天，但这些花都是仆人在温室中亲手种植的。在一片嘈杂中，隐约还可以听见喷泉的水流声，在夕阳余晖的照耀下，泉水漫过巨大的石块，流下的水滴都是玫瑰色的。

阿克台停止了说话，她看见黎吉亚盯着来往的人群，好像在找谁。忽然，黎吉亚的脸庞浮现一抹红晕：维尼裘斯和裴特洛纽斯一起，刚好穿过柱子朝餐厅走去。他们穿着白色的外套，满脸祥和，好像是雕塑一样。在那些陌生的面孔中，黎吉亚看到了这两位熟悉的人，尤其是她见到维尼裘斯的时候，心里的石头终于落了地。她觉得自己不再是一个人。而刚才，想起庞波尼雅和奥鲁斯时出现的情绪，这会儿也荡然无存了。想到可以和维尼裘斯见上一面，可以和他聊天，这心事早就盖过了四周所有的声音。她拼命回忆以前耳闻的宫里面那些邪恶的事情、阿克台告诉自己的事情，还有庞波尼雅的忠告，但似乎这些都没什么作用。就算想起来那些话，她仍然觉得，自己是心甘情愿来参加晚宴的；只要一想起过一会儿就可以和自己挂念的人说话，听他表白爱意的心声（那个向她说过情话的声音似乎跟神明赐予的快乐一样，如今都还回荡在自己的耳旁），她便不自觉地感到开心。她不能确定，这样会不会与那纯洁的教义相背离，那包括庞波尼雅和她自己都需要遵守的教义。反抗是一种情况，但是一定要这样做，就是另外的情况了。她感到内疚、耻辱和破灭。绝望像一块石头横在她的脚前，她很想流泪。如果只有自己一人，她绝对会跪下来自责："我错了，我有罪。"但就在此刻，阿克台拉着她走过内厅，请她到准备开餐的大餐厅。她心里乱七八糟的，双眼一阵昏暗，耳朵里也轰鸣不已，心跳仿佛停止了。像是在做梦一样，看着餐桌和墙壁耀眼的灯光，听着人们的呐喊声，她仰视着皇帝，叫好声充斥着她的耳朵，亮光刺得她睁不开眼，好闻的味道让她陶醉，她的全身已经失去了知觉。入座后，她连紧挨着自己坐下的阿克台都不认识了。

片刻之后，她便听见另外一侧有人在说话，声音很小，却又那么熟悉："您好，世上最漂亮的女孩，您就像是苍穹最美丽的星星，神圣的卡丽娜，您好！"

顿时，黎吉亚如梦方醒，原来是维尼裘斯坐在自己另一边。

他脱去外套，因为宴会上是不允许穿外套的。他只穿着一件没有袖子的、满是用银丝绣的椰子花的束腰衬衣。裸露的肩膀上，戴着金色的东方丝带的装饰品，胳膊上面没有一点儿毛发，很洁净，手臂肌肉的线条很明显，不愧是勇士的臂膀，跟刀剑和盾牌完全匹配。头上戴着蔷薇花环，眉间与鼻翼离得很近，眼睛炯炯有神，脸庞黝黑发亮，好像全身都充满了活力和力气。尽管黎吉亚之前的恐慌都已消散，但是望着眼前这个帅气的男子，她还是过了好长时间才张开口，说道："你好，维尼裘斯。"

维尼裘斯继续说道："能够看见你，真幸福呀！能够听到你说话，我更幸福，你讲话的声音比笛子、琵琶什么的都要动听。若让我在这晚宴中选一个人同席，那就只有你——黎吉亚，就算是和维纳斯相比，我还是会选你，崇高的人啊。"然后，他一直望着眼前这位女孩，好像永远看不够似的，那目光像火一样，要将她的双眼点燃。他将目光从她的脸蛋转移到颈部、光滑的胳膊上，欣赏那丰满的身材；想要夸赞她、抱紧她，除了这种想法，内心还夹杂着开心、仰慕和无穷的沉醉。

"我有预感，肯定会在这里和你见面，但是如今见到了，内心的幸福之感却好像根本不在我的意料之内。我的灵魂此刻激动不已。"维尼裘斯接着说道。

这时候，黎吉亚终于回过神来，感觉在这人群里、皇宫内，她只和维尼裘斯熟悉一些，于是便和他攀谈起来，打听着那些她不明白还害怕的事："你为什么肯定会在这里见到我？我又是为什么被带到皇宫？皇帝为什么要将我带离庞波尼雅身边？我很害怕这个地方，很想回到家里，如果不是因为裴特洛纽斯和你可以帮助我离开这里，恐怕我早就吓得自寻短见了。"

维尼裘斯回答道："是奥鲁斯告诉我你被皇帝召进皇宫的消息，至于将你带到这儿的原因，我不太清楚，皇帝是不会向别人解释自己为什么会下这种旨意的。但是你不必担心，因为我会永远陪着你。我宁愿眼睛瞎掉，也不想见不到你；我宁愿死掉，也不想抛弃你。你就像是我的灵魂，因此，我要像守护它一样来守护你。我要为你建造一个像专门供奉神明的香坛，春天来临的时候，我会献上番红花和无花果。如果你害怕留在这里，我允诺，一定帮你离开这里。”

他说话的时候很诚恳，虽然偶尔有一两句不实的话，但是至少内心是真诚的。因此，他的话语中透露着一丝真相的端倪。他的确有点儿可怜这女孩，所以，当她对自己表示谢意，说他人真不错，庞波尼雅会因此而喜欢他，自己同样会铭记他的恩典时，他觉得这些话简直进入了他的内心深处，他情不自禁地感动了，而且，他认为她的要求简直是不可拒绝的。他的心沦陷了，他沉醉于那漂亮的脸庞，他渴望得到她。另外，他就像是尊敬神明那样尊敬她。说到她那漂亮的脸蛋，他便觉得自己无法将其埋在心里，忍不住想要说出来，但因为晚宴上人声鼎沸，所以只好向前移了一点儿距离，将自己内心的想法小声地告诉她，听起来就像是悦耳的曲子，又好似美酒那样让人沉醉。

黎吉亚也因为他陶醉，周围都是不熟悉的面孔，她发现自己和他越来越亲密了，她觉得，他是真心实意爱着自己的。他安抚她，一定会把她带离皇宫，一定不会抛弃她，更会好好对待她。而且，他进一步阐明了以前在奥鲁斯家里所讲的那些情话以及幸福感。他是真的很珍惜自己，而且视自己为最可宝贵的。黎吉亚还是初次从男人口中听到这样感人的话，她心中似乎有什么东西被唤醒了，某种带有开心又不无担忧的情绪紧紧包裹着她。于是，她脸上泛起了红晕，心不停地狂跳，嘴巴因为太吃惊而难以闭上。尽管这些听起来让她不安，但是无论如何她都不会让自己错过的。她时而低头，时而用那有神的双眼羞涩又疑惑地望着维尼裘斯，似乎在说“你继续吧”。喧闹的喊声、美妙的乐曲、淡淡的芳香，这一切让她感觉晕眩。罗马人喜欢在参加晚宴的时候歪着身体，可是，黎吉亚在奥鲁斯那儿的时候，一般都是偎依着庞波尼雅和小奥鲁斯的，如今她就只好贴着维尼裘斯，他就像是燃烧的火堆将自己包围，黎吉亚感觉自己既开心又害羞。她体会到那甜甜的柔软，那昏昏沉沉的感觉好像要使她睡着了一样。

当黎吉亚贴着维尼裘斯的时候，他也产生了一些变化，急促的呼吸使得他的鼻子就像来自阿拉伯的马匹的鼻子一样张着。束身衣跟着异乎寻常的心跳一起颤动，说起话来都结结巴巴的。这是第一次与她如此亲密接触，他觉得自己无法思考，血液像是要沸腾了一样，真想用酒将它浇灭，却毫无办法。让他沉醉其中的不是那诱人的美酒，而是动人的美貌，是那光滑的胳膊，是金色束身衣下包裹的胸部，是雪白外套下丰腴的身体。终于，他抓起她的手，和那次在奥鲁斯住宅的时候一样，让她离自己近一点儿，紧张而战栗地说道："卡丽娜，我喜欢你，我神圣的女孩……"

"维尼裘斯，请放开我。"黎吉亚说道。

维尼裘斯的双眼好像蒙上了一层雾气，接着说道："我神圣的女孩，请你爱上我，好吗？"

就在这时候，一旁的阿克台对黎吉亚说道："皇帝刚好看着你们呢！"

这时候，维尼裘斯对皇帝还有阿克台感到非常恼火。她的声音将他拉回了现实，就算这是善意的提醒，这少年还是觉得恼火，他想这肯定是阿克台有意破坏他们之间的对话。所以，他仰起头，越过黎吉亚的双肩看着那位被释放的女子，凶狠地说道："阿克台，你早就不可能再坐到皇帝的身边了，据说你都快要失明了，你竟然还看得见他？”

阿克台好像很受伤地说道：“我仍然可以看见他，他也正用绿晶石看你们呢。”对于尼禄的每一个动作，就算是离他最近的那些人都会小心谨慎地对待，所以，维尼裘斯听了有一点儿慌乱，然后很快便镇静了下来，偷偷地看向皇帝。刚开始的时候，黎吉亚心里很慌张，看见尼禄就像是隔着雾气似的；之后，便让维尼裘斯搂到了一边，沉溺在两个人的谈话中，看都没看皇帝，所以，现在她用惊惧的神情快速地望向他。

阿克台没有骗人。皇帝正靠着桌台，闭着一只眼，拿起圆润光滑的绿晶石镜片靠近另外的一只眼，望着他们。有那么一瞬间，他的视线和黎吉亚相撞，黎吉亚吓得心跳都漏了一拍。她在童年的时候，那时还是在奥鲁斯的西西里农场里，有个埃及的老仆人，告诉她有龙躲在洞里面，此时，她就觉得是那个野兽正在用绿色的眼睛虎视眈眈地看着自己。她像一个内心充满惊恐的孩子，抓紧了维尼裘斯，瞬间一些破碎的、忙乱的幻影闪过自己的脑海：他就是那个万能又恐怖的人吗？到现在，她都没有见过他，可是眼前这个人和自己预想的一点儿也不同。她幻想他是灾难的代言人，有恐怖的脸庞，面露凶狠，等到看清时，却发现，那是个大脑袋上顶着一头短发的人（也可以说很搞笑），从远处望去好像婴儿一样。他身穿镶满紫色水钻的束身衣，这种颜色将他扁宽的脸庞映成了蓝色。他黑色的头发被编成俄托式的四个卷条状的发髻。他没有胡须，据说是刚把胡须献给朱庇特了，但是百姓们都在议论，他将胡须供奉出来的原因是受了祖先的遗传，胡须是赤色的，虽说如此，罗马人还是因为他这样做而对他心存感激。他的前额向外突起，很有高贵的气势。眉心紧锁，一眼便可以看出此人拥有无限的权力，然而在额头下面，却是像猴子一样丑陋的面容。他虽然看上去年纪不大，但是神情却轻浮而满是欲望，胖得像是生病了似的，一副蔫巴巴的样子。黎吉亚觉得，他令人厌恶。

片刻之后，尼禄把绿晶石放在一边，没有再看她。黎吉亚这才看见他亮亮的双眼，亮得有些奇怪，没什么想法，简直像死人一样。

“维尼裘斯喜欢的就是她吗？”

“没错。”裴特洛纽斯说道。

“她是哪个部落的？”

“属于黎吉亚族。”

“维尼裘斯觉得她很漂亮吗？”

“让干瘪的橄榄树穿上女孩的衣服稍微装饰一下，维尼裘斯便会觉得很漂亮。可是，在您这位无与伦比的鉴赏家面前，您不用讲出来，我就已经知道答案了。没错，太瘦了，就像是枯瘦的花儿一样，像您这样有眼光的行家所认为的美女肯定要比这丰腴得多。光看脸蛋是没有用的。我在您这儿学到了非常多的内容，然而直到如今，我的眼光都不怎么完美，我可以用屠留斯·塞内乔的情人打赌：在这个晚宴上，人人都是歪着坐在椅子上的，身材很难看出来，但是您早就默默说道：‘那女人的屁股不够大。’”

“屁股真的不够大。”尼禄说道。

裴特洛纽斯的嘴角隐约浮出一丝讽刺的笑容，然而屠留斯·塞内乔猛地转身对着裴特洛纽斯，他一直在认真地听蒂杰里奴斯夸夸其谈，对蒂杰里奴斯深信不疑的梦骂骂咧咧，因此他完全没有听明白尼禄和裴特洛纽斯的谈话，不过，他还是张嘴说：“你不对，我同意皇帝陛下的看法。”

“行啊，我才说你挺聪明的，可是皇帝陛下说你真的是个笨蛋啊。”裴特洛纽斯说道。

“真是太棒了。”皇帝笑着讲道，将拇指伸出来，就跟击剑比赛中剑客被击中，早就判定了这局是谁获胜一样。

然而，蒂杰里奴斯却还觉得是在说关于做梦的那件事，于是喊道：

“可是我深信不疑啊，塞内卡曾经告诉过我，他同样相信有这回事。”

“昨晚，我还梦见自己成了维斯太[①]的圣女呢。”卡尔维雅·克丽斯皮尼娜靠着桌子说道。

听到这话，尼禄拍手叫好，来宾们跟着一起拍手，瞬间，整个大厅都是喝彩声，由于克丽斯皮尼娜不知道结了几次婚，所有的人都知道她是个恬不知耻的荡妇。

可是，她镇定地讲道：

“但是呢，维斯太的妇女们，都是一些老迈又丑陋的人，能看得过去的仅有鲁布丽雅和我，但是她一到天气热的时候就会长斑。”

“等等，纯真无瑕的卡尔维雅，只有在梦里，你才有可能是维斯太的圣女。”裴特洛纽斯说道。

“但如果这是皇帝陛下的旨意——我就让你认识一下纯正的圣女！”

---

①女灶神。

“假设你能做一个圣女，那我觉得，就算是再荒诞无稽的梦也会变成现实的。”

“梦境肯定会变成现实，有的人不信神明或可以解释得通，不过，怀疑梦，简直就是一派胡言。”蒂杰里奴斯说道。

“那征兆怎么样啊？”尼禄说，“我过去听你预言，说罗马会消失，我将成为整个东方的主人。”

“征兆与梦境有关系，以前有位统帅，一点儿都不信这种事，他让仆人带了一封所有人都不能看的信，前往冒普苏斯[1]神坛。他之所以这样做，是想试探神明能不能回答信里面的问题。仆人为了在梦里得到预言的解答，就在神坛休息了一晚上，回来报告说：‘我梦到了一位少年，像阳光那样明媚，但是只讲了黑这一个字。’统帅听了之后，脸色都青了，然后告诉一旁同样不信梦境的人，问他们：‘你们觉得那里面的内容是什么？’”讲到这儿的时候，蒂杰里奴斯停顿了一下，拿着酒杯，喝起酒来。

“我写的问题是：‘我要选择黑牛还是白牛作为祭品呢？’”

说到这里，维太留斯打断了话题，他参加晚宴的时候就已经喝得有点儿醉了，现在还时不时地笑了几下。

“干吗笑？”尼禄问。

“人类和野兽有区别，就因为人类会笑，所以他只有这样才能说明自己不是野猪。”裴特洛纽斯回答道。

维太留斯没有再继续笑了，撇了撇肥嘟嘟的嘴巴，他惊讶地看着参加聚会的客人，似乎以前没有看见过那些人。接着，他抬起像枕头一样的手臂，用嘶哑的声音说着：“我的骑士指环不见了，那可

①希腊传说中的预言家。

是我爸爸留给我的。”

“是那个裁缝吗？”尼禄问。

然而，维太留斯又出人意料地哈哈大笑，并且在卡尔维雅·克丽斯皮尼娜的外套口袋里找自己的指环。

然后，维斯蒂纽斯又装成受到惊吓的女人，发出尖锐的喊声。卡尔维雅的好友叫尼吉甲，没多大年纪就成了寡妇，却有一副娃娃脸，眼神很淫荡，她尖叫着：“他根本没丢东西，徒劳无功！”

“就算找到也是白费力气，那个根本毫无作用。”诗人卢卡奴斯一句话收尾。

晚宴气氛越来越活跃。仆人们来来往往，将美味佳肴呈上来；从装着大片常春树叶的酒缸里面，舀出各类不同的美酒装进酒壶里面。客人们喝得非常愉快。蔷薇花瓣从天窗上洋洋洒洒地飘落在来宾的身边。

裴特洛纽斯向尼禄祈求，希望在人们喝倒之前，来一首皇帝陛下写的诗歌为晚宴助兴。然而，尼禄推辞说状态不行。事实是，他不仅是今天状态不行，他时常耗费精力，为的就是在朗诵时看上去完美无缺。但是，他也不会退缩，既然是艺术就要有牺牲，况且，既然阿波罗赐予他完美的歌喉，就不该浪费这个天分。他充分了解，好好利用这个长处就是对自己国家尽责的表现。可惜，现在他的喉咙是真的嘶哑了，半夜他放了一个砖块在胸前压着，但是毫无作用，他准备去安修姆那边，呼吸一下新鲜的大海的空气。

可是，当卢卡奴斯用艺术和人类的双重理由向他祈求的时候，人们都明白尼禄早就完成了赞美女神的诗歌，跟这首诗歌相比，卢克莱修斯[1]的诗歌就像是才出生的小狼在吼叫：“就让这场晚宴更加神圣吧。您这位仁慈的皇帝，是绝不会让自己的子民失望的，皇帝

①罗马诗人，写过哲理诗《物性吟》。

陛下啊，请不要这么无情啊！”

“是啊，不要无情啊！”坐着的客人一齐说道。

尼禄摊开手，他无奈地答应下来。那些人都装作非常感激的样子，全部望向他。然后，他先是让仆人去告诉波佩雅自己要开始唱歌了——他跟来宾说波佩雅因为身体不适没有来参加晚宴，但是药物不可能和自己的歌声一样能够帮她减轻苦难，因此，他不想让她失去这次聆听的机会。

波佩雅真的马上出现了。就算现在她可以把尼禄指使得跟自己的儿子一样，但她还是明白，尼禄非常要面子，想成为一位歌手、一位驾驶战车的勇士，抑或一位诗人。若是惹得他发起脾气来，那就不妙了。所以她来了，像是一位漂亮的神明，和尼禄相同，都身穿紫色的外套，戴着很长的珍珠链子，链子是从以前的马西尼萨那儿抢来的。她金色的头发披散下来，十分甜美。就算她结过两次婚，还是有和圣女一样的面貌和气质。

来宾们都向她呐喊，称她是“圣皇后”。黎吉亚第一次看到这么漂亮的女人，她觉得眼前见到的一切都不真实，只知道，波佩雅·萨比娜是最无耻的女人。庞波尼雅告诉过她，皇帝听从了波佩雅的挑拨，亲手杀死了自己的母亲和妻子。奥鲁斯的朋友和仆人也跟她讲过一些关于她的事情，说有人弄倒了波佩雅在城内的雕塑，还有人写了关于她的尖刻话语，但即使这些人惨遭严惩，第二天清早在城墙上还是能够看到这些字眼。然而，等到亲自看到了这个臭名远扬的波佩雅——这位被圣徒们说成是红颜祸水的女人时，黎吉亚竟然以为，自己见到的是一位天使。她无法转移视线，不禁脱口问道：“维尼裘斯，这是真的吗？”

维尼裘斯喝多了酒，很是兴奋。因为黎吉亚没有集中注意力，没有倾听他说话的内容，他于是觉得有点儿烦躁，不觉说道："的确，她很漂亮，可是她没有你漂亮。你都不明白，你就像是那喀索斯[1]，美丽得连自己都会为之着迷。她沐浴的时候用的是马奶，你却令爱神用自己的奶为你沐浴。你都不明白你有多美，啊，我的眼睛会不由自主地望着你，你要看着我。来，你亲一下酒杯，之后，我也会用自己的嘴唇去亲吻它……"

维尼裘斯离她越来越近，黎吉亚只好向阿克台那边靠。可是这时候，皇帝站起身来，要求每个人都要保持安静。歌唱家狄奥多鲁斯为他献上琵琶，另一位歌手替他伴奏，拿的乐器是"那不利阿姆"，尼禄将琵琶放在桌子上面，仰视天上，大厅瞬间没有了声音，只听得蔷薇花瓣簌簌地往下落。

在乐器的伴奏下，尼禄吟诵着自己所写的歌颂爱神的诗篇，调子像唱歌一样。他的声音有点儿嘶哑，但是诗篇和音色都还不错，黎吉亚因此觉得自责而烦闷——尽管这首诗歌赞扬的是其他国家的神明，但是黎吉亚却觉得动听极了。她望向那位皇帝陛下：他戴着皇冠，傲视着人们，与晚宴刚开始的时候相比，现在更加高傲。她好像不觉得他有多恐怖或多讨厌了。

来宾们都拍手叫好。整个大厅都可以听到："噢，天籁！"有的女人高举着双手，以示开心，就算是诗歌演奏完毕了，都还保持着原来的动作。有的人还在擦拭脸上的泪水。大厅就像是炸开的马蜂窝一样热闹。波佩雅歪着头，牵起尼禄，贴着他的手吻了好长时间，一位叫皮塔戈拉斯的少有的帅气少年，也就是尼禄处于半

①希腊神话中的美少年，在池塘边上整天自怨自艾，最后变成了水仙花。

疯癫状态时让祭司为他与之证婚的那个希腊人，如今也拜倒在他面前。

然而，尼禄却一直望着裴特洛纽斯，他最想听到的其实是他的意见。

裴特洛纽斯道：

“假如说到曲子，俄耳甫斯如果此刻在这里，肯定会和卢卡奴斯一样因欣羡而失色；说到诗词，我只能很抱歉，除非它变得差劲一点儿，那样我才可以有词语来形容它的美好。”

卢卡奴斯也没有因为被他作为例子而生气，他觉得裴特洛纽斯并非出于坏心；相反，他一脸感激地看着他，表面上还是假装很不安，小声抱怨说：“干吗要我与这种伟大的诗人出生在同一朝代？真是可悲啊！倘若在他世，即便我不会被世人铭记不忘，也会被供奉在帕那萨斯山[①]的。可如今，我就像是被太阳照射着的烛光，毫无光彩。”

裴特洛纽斯的记性很好，于是从刚才朗诵的诗句里面选了一部分，背了出来，用格外赞赏的口气，讲解着其中优美的辞藻。卢卡奴斯因为这动人的诗歌，早就没有了对裴特洛纽斯的记恨，而是附和着他，显得特别高兴。尼禄所表现出来的愉快，还有狂爱那份自尊的虚伪之心，更是蠢到家了。他将自己诗句中最优美的语句挑出来告诉他们，然后又安抚卢卡奴斯，让他不要灰心，原因是：人只是拥有上天赐予的一点儿才华而已。

之后，他站起来，将波佩雅搀扶着；波佩雅真的病了，想早点儿离开。可是，他还是让来宾们先坐在位置上，告诉他们自己待会

①位于希腊南部的山脉，传说古时候是太阳神和圣女们的圣地。

儿就过来。然而，没去多长时间他就返回来了，他还想亲自看看裴特洛纽斯和蒂杰里奴斯仍然没有告终的演出。

朗诵诗词和谈话的声音又可以听见了，不过与其将那归为智慧，还不如归为唐突的行为。之后，有名的小丑扮演者帕里斯，演出了伊那克斯①的姑娘伊欧②的所作所为。来宾们，特别是从来没看过这些表演的黎吉亚，就像在看着神奇的魔法一样。帕里斯通过奇妙的方法和身手，完成了一个个舞蹈上根本不可能实现的表演。她的双手耀眼且灵动地抖动着，制造出弥漫着低级趣味的雾气，迷惑了围观的人们，将一位半醉半醒的女孩笼罩。那并不是表演，就像是画一样，充斥着不知廉耻、蛊惑和赤裸裸的情欲色彩，神秘而吸引人。然后，科利班提斯飞奔进来，在六弦琴、琵琶、皮鼓、铙钹的伴奏下，叙利亚的女孩们开始跳酒神舞，唱着下流的歌。黎吉亚的周围，像是有火在燃烧着，她觉得会有闪电出现，将这里劈毁，或者房顶马上就要倒下来，砸在那些人的头顶。

如今，喝醉了的维尼裘斯对黎吉亚说道：

“在奥鲁斯家的池塘旁看到你的时候，天才微微泛起一点儿亮光，你觉得那时候应该没有人，但是我却见到了。当然，现在我也如此看着你，但是这衣服真扫兴，与克丽斯皮尼娜的一样。你把外面的衣服脱了吧，瞧，神明和凡人都拥有爱情的权利。除此之外，世上再没有任何东西存在了。你靠在我的胸前吧，闭紧双眼。”

---

①古希腊神话中第一个阿耳格斯戈皇帝。

②古希腊神话中的美女，宙斯特别喜欢她，天后赫拉因为嫉妒她，将她变成了一头小母牛，百般折磨。

黎吉亚的额头和双手的脉搏加速跳着。她觉得自己就像是掉进了一个无底的黑洞，之前自己眼中亲密可靠的维尼裘斯非但没有将她从里面救起来，相反却让她落得更深。她为他感到悲伤。她又开始恐惧这个晚宴，恐惧他，甚至是自己。庞波尼雅好像在身边轻声告诉她："黎吉亚啊，你一定要自救。"然而，又有一个声音在告诫她："这太迟了，那火已经把你包围了。"看着晚宴上的一切，听到了维尼裘斯讲的这些话，她的心脏快速跳动着。当那位青年男子离自己这么近的时候，她全身颤抖，感到自己几乎要晕厥过去，似乎马上就会有恐怖的事发生。她明白来宾们是担心皇帝生气才没有人敢先于皇帝离开座位，可就算不是这样，她早就全身无力没办法站立了。

而且，距离晚会结束还早得很。仆人们继续端上新的美味菜色，继续斟满酒。餐桌是半圆的形状，缺掉的那一半前面，来了两位壮士为来宾们表演摔跤。

他们开始交手。那两人的身上因为涂满橄榄油而闪闪发亮，他们抱在一起，骨头因为用力而咯吱作响，两人紧咬牙齿，从齿缝里蹦出的声音也让人恐怖。台上随处都撒着红色的花瓣，踩上去发出慌乱的脚步声，不过一会儿之后，两个人便鸦雀无声地静止了。看表演的人就像是成了雕像似的。这些人一直目不转睛地盯着那训练有素的后背、腿部还有肩膀。可是交手还没过去多长时间，开设了角斗学校的角斗名人克洛托——这个国家最有名的壮士，使他对手的呼吸渐渐变得急促起来，颈部也开始发出粗鲁的声音，脸色变得惨白……最后一口鲜血从嘴巴喷涌而出，对手摔倒在地。伴随着热烈的掌声，克洛托的脚踩在对手的胸口，两个臂膀相互交叉放在胸前，以获胜者的姿态望着周围的人。

然后出现的是扮作怪兽大喊大叫的演员，也有魔术师和滑稽小丑，但是观看的人却不多，来宾们早就喝醉了，双眼蒙眬。晚宴慢慢成为醉酒的胡闹剧。开始因为喝醉了跳起舞来的叙利亚女孩，也藏匿在来宾之中。而音乐也改成了胡乱编奏的曲子，其间夹杂着六弦琴、琵琶、亚美尼亚铙钹、埃及的西史特拉喇叭和角笛。因为有客人想聊一会儿天，所以就嚷嚷着让那些乐师离开这儿。空气中，夹杂着鲜花的芬芳以及英俊的少年洒在来宾脚边的香油的味道，掺和着番红花和人群的气味，让人感觉有点儿胸闷；室内的光有一点儿暧昧不清，来宾们头上戴着的花环都歪斜了，满脸惨白，热汗直冒。

维太留斯倒在了桌子底下。尼吉甲支起上身，将婴孩一般的醉脸靠在卢卡奴斯胸前，同样烂醉的卢卡奴斯吹弄着尼吉甲发丝上的金粉，开心地望着它们飘飞的方向。维斯蒂纽斯喝醉了之后，表现得很啰唆，将冒普苏斯和总督秘密往来的信件重复了起码十遍。屠留斯咒骂着神明，缓缓拉长声音说道：

“色诺芬尼[①]认为神是圆的，那么，如果这种神明被长着脚的神明碰上，肯定会被踢得像木桶那样到处乱滚。”

然而，这话被偷东西还爱打小报告的多米修斯·阿费尔听到了，他特别生气，一恼火，衣服上面全部被泼上了法莱尔奴斯的葡萄酒。他本着信奉已久的信仰说：“有的人觉得罗马不久就会消失，甚至觉得它正在消失，事实也的确如此。但是，如果真的

①古希腊唯心主义哲学家，不同意将神明和人比作是同一类，不同意有众多神明的说法，觉得只会有一个神明的存在，他在每个角落且不会离开。

会发生这样的事情，原因也许正在于青年人丧失了信奉神明的能力。没有信奉，也就不再有优秀品德的存在，百姓们也不再遵循严格的旧俗。他们做梦也不会想到，自己有一天竟然比不上那些蛮族。毋庸置疑，他觉得自己生活在这个朝代很悲哀，只有一直追寻着喜欢的事，才能暂时不再想起那些痛苦的事情，否则真是生不如死。”

说完，他让正在跳舞的叙利亚女孩坐在自己身边，早已没牙的嘴唇覆上女孩的颈部以及胳膊。见到这一幕，执政官梅慕斯·莱古鲁斯哈哈大笑了起来，歪斜着寸发不生、戴着花环的脑袋，说道：“谁那么蠢啊？说罗马正在灭亡？我们作为执政官是最了解的，‘非常机灵、敏捷的执政官’，还有三十多支军队在守卫着罗马呢！”

然后，他用手按住了自己的额头，用整个大厅都能够听到的声音大声吼道：

“有三十支军队啊，可以从不列颠一直排到帕提亚。”

然后停顿了一会儿，他猛拍着额头继续说道：

“等等，我似乎想到了，应该是三十二支……”

然后，他便倒在了餐桌下面，片刻之后，就把刚才吃的那些鸟类的舌尖、冷食菌类、蜜酿昆虫和肉类，一股脑地吐出来了。

然而，仅是守卫罗马的军队数量并没有让多米修斯得到安慰，他继续说：“不可能，罗马肯定会消失的，人们已经不再信奉神明了，也忘记了那些严格的旧俗。罗马肯定会消失的，真是令人惋惜，毕竟活着的日子还是很开心的，皇帝那么仁慈，这酒又香醇又美味，哎！真是惋惜啊！”

他说完，就把头埋在叙利亚舞女的手心哭起来。

“死了之后可如何是好？阿喀琉斯[①]讲得没错，就算是做仆人，生活在阳光的照耀下，也比到西密利阿成为一国之君要幸运。但是就因为不相信神明的存在，所以，这一代青年人注定要灭亡……”

这时候，卢卡奴斯早就吹完了尼吉甲发丝上的金粉，尼吉甲喝得有点儿多，沉沉地睡去。卢卡奴斯便拿起眼前花瓶中插着的常春藤花，摆在睡去的女人身上，然后，用一种明显要询问别人“如何”的神情，看着旁边的来宾们。过了一会儿，他又用常春藤装扮了自己，信心十足地重复说道：“我真不是普通人啊，我就是个神明！”

裴特洛纽斯没喝多少酒，而尼禄因为要照顾自己的嗓音，也没怎么喝酒，但是晚宴快要结束的时候，他喝了很多，因此还是醉了。他还想朗诵一些自己写的诗句，准备用希腊的语言念出来，但是实在记不住，只好朗诵阿那克里翁写的一首很短的诗歌。皮塔戈拉斯、狄奥多鲁斯、台尔普诺斯和他一起朗诵，但是跟不上节奏，索性闭了嘴。尼禄自认为是位欣赏家和观赏者，他被皮塔戈拉斯的美貌深深吸引住了，于是疯狂地亲吻着这位少年的双手：“多么漂亮的手啊，过去只看到过一次，究竟是哪位的手呢？”然后，他将手掌覆盖在自己淌着汗珠的额头，努力思考着，片刻之后，惊恐的表情浮现在自己的脸上。

“呀，原来是母亲的，是阿戈丽皮娜的手！”

顿时，他觉得黑暗将自己团团围住。

“听人讲，在有月色的晚上，她经常会去巴雅和拜艾周围的海滩闲逛，就只是来回游荡，似乎在寻找着什么。只要有一艘船靠

---

①古希腊神话中刀枪不入的英雄。

近，她就会走进去瞧一瞧，接着离开，只要是被她看过的渔人都会死去。”

“把这作为诗句创作的题材，倒是不错。”裴特洛纽斯讲道。

蒂杰里奴斯像天鹅一样伸出细长的脖子，难以置信地轻声说：

“我不信奉神明，但我相信灵魂……嗯。”

可是尼禄没有关心他们说了些什么，接着说道：

“我早就祭拜过莱姆利阿，而且我不愿意再见到母亲。都过去五年了，判她死刑我也很无奈，谁叫她要找人杀死我？如果我没有先出招，现在你们就无法听到我朗诵了。”

“以罗马还有整个世界之名，我要向您献上感谢。”多米修斯·阿费尔高声喊着。

“上酒，让他们开始打鼓吧。”

于是再度人声鼎沸。卢卡奴斯全身缠满了常春藤，喊叫的声音想盖过皇帝，于是便站起身来喊道：

“我不仅仅是凡人，我更是一位神明，隐居在树林里面，啊哈哈哈……”

皇帝喝醉了，所有的男男女女都喝醉了。维尼裘斯喝得也不少，内心不仅有欲望，还想跟别人大吵一架，只要一喝多，他就经常是这副样子。晒得黑黢黢的脸如今已变得惨白，讲话时，舌尖与牙齿搅在一起，他用高亢的带有命令语气的音量讲道：

“就让我吻你吧，现在，改天，无论什么时候都是一样的……我等不及了，皇帝将你从奥鲁斯那儿带走，本来就是准备送给我的，明白吗？明天傍晚，我来接你，懂了吗？在命令你到皇宫前，皇帝允诺你属于我。你必须是我的，赶紧让我亲一下吧！我不想再等到明天了，赶紧让我亲你。”

他刚准备抱紧黎吉亚的时候，阿克台却挡在了中间，黎吉亚凭着自己最后的力道想要紧紧保护好自己，她觉得心情像是被毁掉了一样。她试图推开维尼袭斯那光溜溜的手臂，然而没有用，她用充满伤感又颤抖的声音说道：“不要做出如此鲁莽的举止，莫非我不值得同情吗？”但仍然毫无作用。维尼袭斯的呼吸夹杂着浓烈的酒味，离她越来越近，就快要靠在她的脸上了。他早就不再是她爱着的那个温柔的维尼袭斯了，现在的他，就是一个喝醉酒的色鬼，让她无比讨厌和害怕。她实在是没有力气，已经支撑不下去了。她微微低下身体，把脸撇到一边，躲着他的热吻，可这还是没有效果。他直起身子，用胳膊将黎吉亚圈在自己胸前，靠着她的头，呼吸沉重，然后向她早已变得煞白的嘴唇吻去。

可是就在此时，突然有一股恐怖的力道，直接从他的肩膀里面将黎吉亚带走，就好像是拧着小孩子的胳膊一样，没费一点儿力气就把维尼袭斯搂着黎吉亚头颈的手掰开了，更好似清理枯枝上的叶子一样把他推到旁边。发生了什么事？维尼袭斯惊讶地揉揉眼睛，来人体形魁梧，原来是乌尔苏斯，他以前在奥鲁斯那儿看到过这家伙。

乌尔苏斯没有讲一句话，就这样站着，但是那双蓝色的眼睛打量着维尼袭斯，这让他莫名其妙地觉得全身的血液都停止了流动。之后，这个汉子抱起了自己的主人，迈着矫健的步伐离开了餐厅。

然后，阿克台也跟着离开了。

这一瞬间，维尼袭斯似乎被定住了一样坐在那里，然后迅速跳起来，冲向门口高声喊道：

“黎吉亚，黎吉亚……”

然而，爱恋、错愕、怒火还有醉酒，就像是拖住了他的双腿一样，让他站不稳，他便抓住一位正在斟酒的女仆，眨着眼睛，问她到底发生了什么事。她端起一杯酒给他。

“喝啊！”她说道。

维尼裘斯全喝光了，也醉倒在地上。

很多客人都倒在桌子下。当中，有的人步子不太稳，摇摇晃晃在大厅走着；有的人已经睡在桌子旁边长长的椅子上，打着呼噜；有的人吐了一大摊。此时，头顶上仍然有蔷薇花瓣缓缓地落下来，撒在那些喝醉了的臣民以及高官身上，撒在喝醉了的士兵、思想家还有诗人身上，撒在醉酒的人、跳舞的人和贵族女人身上，向着这掌控全世界而又已经风采不再的社会，落寞而又随意地飘落下来。

大厅外面，天微微泛起了白光。

8

没有人阻止乌尔苏斯，也没有人问他到底要干什么。那些还没醉倒在桌下的客人们也都离席了，那些仆人们，就算看见那位身材魁梧的仆人抱着一个女孩，也都觉得他应该是在护送自己喝醉了的主人吧。而且，阿克台还跟在他们后面，因为她的缘故，大家更不会产生疑问了。

他们走出餐厅，又穿过去阿克台所在寝宫的小道。

黎吉亚疲惫至极，乌尔苏斯抱着她，就像抱着一个毫无知觉的人似的。清晨吹起阵阵微风，黎吉亚苏醒过来。四周的光线越来越强烈，片刻之后，他们穿过一排有石柱子装饰的走廊，去了旁边的柱廊。松柏在阳光的照耀下，枝叶都染上了一层淡粉色，那边都是空荡荡的宫殿，乐器的声音和晚宴的嘈杂声差不多也消失了。黎吉亚觉得自己仿佛从地狱里面获救了一样，来到了神明所在的地方。这里完全不同于令人恐惧的晚宴，这里有天空、明媚、曙光、宁静。黎吉亚想到这些，忽然忍不住痛哭起来，趴在大力士的肩上，小声抽泣道：

“我们回去吧，乌尔苏斯，我要回家，去奥鲁斯家……”

“回家。”乌尔苏斯说道。

此时，他们已经来到了阿克台居住的院子里。乌尔苏斯将黎吉亚扶到水池边的大理石凳上面。阿克台努力劝她，让她先休息一会儿，告诉她现在应该安全了，喝醉了的客人们都会休息，晚上才会醒来。黎吉亚好久都没有平静，按着太阳穴，像孩子似的一个劲儿地说：

“我要回到奥鲁斯那儿……”

乌尔苏斯早就这样想了。宫门口有士兵在看守着，但他们能够自由出入，士兵不会阻挡出去的人。宫殿门口到处都是空着的轿子，客人们都准备回去。

黎吉亚反复说道：“嗯，我们离开这里吧，乌尔苏斯。”

但是，阿克台必须要让他们知道：想离开这儿当然可以，没有人会阻止他们，然而，从宫里面逃走是不被允许的；假如有人抗命，不论是谁，都会背负冒犯皇帝的罪名。如果他们现在离开了，等到傍晚，百夫长便会带着许多士兵去通知奥鲁斯还有庞波尼雅·戈莱齐娜，他们已经被判了死刑，同样也会将黎吉亚抓回来，这样的结局对他们一点儿好处都没有。

黎吉亚疲惫地松下双手：没有第三条路，不是让自己承受苦难，就是让奥鲁斯他们遭遇不幸。去参加晚宴之前，她认为维尼裘斯还有裴特洛纽斯会帮助自己，让皇帝陛下将自己送回庞波尼雅身边，但是，如今她明白了，让自己离开奥鲁斯一家的正是他们两个，没有其他路了。也许，只有奇迹才能将自己从深渊里救出去。

“阿克台，你没听见维尼裘斯说，他请求皇帝陛下将我送给他吗？今天夜里，他就会让下人接我去他的住所。”黎吉亚沮丧地说道。

“听到过。”阿克台回答道。说完，她便抬起双手没有再继续说什么了。黎吉亚说这话时脸上那痛苦的表情，对她并没有任何影响。毕竟她以前也是尼禄喜欢的女人，虽然她心地善良，但对这样的男女关系感到很害羞。她心想：黎吉亚只有成为维尼裘斯宠爱的侍妾，才可能平安无事。不然的话，不仅是她自己，还会连累奥鲁斯一家，因此，她不明白眼前这位女孩究竟在犹豫什么。

“你待在宫殿里和去维尼裘斯的住所，都不是很安全。”片刻之后，阿克台说道。

她讲的都是事实，即便黎吉亚自己都想到了，这还是在告诉她：“不要再挣扎了，认命吧，成为维尼裘斯的宠妾吧！”

但是，黎吉亚却还在想着维尼裘斯昨夜像猛兽一样狂吻自己的情欲，她的嘴唇还有那种火一样燃烧的感觉。再加上明白了阿克台话里的内涵，她非常害羞，脸上染了一层红晕。

“不，我不可能待在皇宫或是维尼裘斯的居所，不可能。”她斩钉截铁地说。

“那么，你是不是特别恨维尼裘斯？”阿克台问道。

黎吉亚没有说话，又要哭。阿克台搂着那女孩，尽力想让她静下心来。乌尔苏斯直叹气，紧握着自己的双拳，他对自己的女主人就像猎犬那样忠心，不愿意她流下一滴眼泪。用乌尔苏斯野蛮民族的想法，就是自己特别想回到餐厅，杀掉维尼裘斯，甚至说，杀死那个皇帝不在话下。但如果这样做连累了自己的主人便不好了，而且他也不清楚，这样做是不是违背了作为一名“十字架上的羔羊”的信徒的使命。

阿克台一边安慰黎吉亚，一边又继续问道：“那你究竟恨不恨他？”

“我信奉耶稣，我的主不允许我恨任何人，所以我不恨他。”黎吉亚回答道。

“我知道了，黎吉亚，我看过塔尔苏斯的保罗所写的著作，明白恐惧死亡甚于恐惧罪恶。但是，那你跟我说，你们的信仰就允许你们可以连累他人死掉吗？”

“当然不允许。”

“那么，你为什么要连累奥鲁斯他们，让他们遭受皇帝的惩戒呢？”

又是一阵沉默，那望不到头的黑洞好像在重新吞噬着黎吉亚。

年轻的解放女奴继续说道：

“我这样问，是因为我可怜你，同时也可怜善良的庞波尼雅和奥鲁斯一家。在这皇宫里，我住了好久了，我知道招惹皇帝陛下生气的后果，因此，你千万不要想就这样逃走。现在你唯一可以做的，就是找维尼裘斯帮忙，让他将你送到庞波尼雅身边。”

这时，黎吉亚跪了下来，好像在向谁祈祷一样。片刻之后，乌尔苏斯也跪下了，天刚刚亮，他们便开始跪在宫殿里面祈祷起来。

阿克台是第一次见到这样的祈祷，眼睛都没有眨一下，从旁边望着黎吉亚。看着她抬起头，举着双手，望着上方，似乎是在向上天说话一样。黎明的曙光照着她漆黑的长发，照在白色的外套上面，她的双眼透着光芒，整个人都像是包裹在光芒里面，好像她就是光芒的化身。她脸蛋惨白，嘴唇微张，手臂高高举起，让人觉得那远远不是一个凡人可以有的神采。此刻阿克台才明白，黎吉亚并不适合去当谁的宠妾。所以，这位尼禄曾经喜爱过的妾侍终于见到了那一幕，看到了跟以前截然不同的一个世界。这个宫殿是残忍的、不光彩的，可眼前的祷告却让她很惊讶。就在刚才，她还以为黎吉亚是肯定不可能获救的，但如今，她却觉得神奇的事情一定会发生，肯定会有一种强大的力量帮助她，而这种力量强大到连皇帝陛下都无法与之抗衡。要么天使会来搭救她，要么太阳会以自己的光芒将她接到身边。她以前听到过一些关于基督徒的神奇事迹，如今亲眼见到黎吉亚祈祷，便觉得从前听过的事情好像全是真的。

黎吉亚站了起来，仿佛重拾了信心。乌尔苏斯也站起身来，双手放在凳子上，看着自己的主人，等候她的吩咐。

然而她双眼中有阴影出现，不一会儿，两大滴眼泪慢慢从脸上滑落下来。

“希望主保佑庞波尼雅还有奥鲁斯，是我连累了他们，让他们遭受灾难，所以我永世不再和他们相见了。”黎吉亚说。

她说完又转过身来告诉乌尔苏斯——现在她只能依靠乌尔苏斯了，因此他要保护自己，充当父亲的角色。他们不可能再躲到奥鲁斯那儿，皇帝一定会大发雷霆惩罚他们的。但是她又不能继续待在皇宫或者是维尼裘斯那儿，因此只有让乌尔苏斯带自己离开，离开这个地方，躲在一个维尼裘斯等不法之徒都不知道的地方。不论哪里，她都不要和乌尔苏斯分开，任是天涯海角，去蛮族的国度都可以，只要不再有罗马人，皇帝也不能拿自己怎么样。她希望乌尔苏斯可以救自己，现在只有他为自己而活。

乌尔苏斯早就有这样的打算，他虔诚地摸着主人的脚，那是顺从的意思。然而，刚才觉得会有奇迹发生的阿克台现在却是一脸失落。祷告的力量，难道只是这样微弱吗？只要逃离宫殿，那就是对皇帝的不敬，肯定会遭受处罚，就算黎吉亚可以躲起来，皇帝陛下也绝对不会放过奥鲁斯他们的。就算是她想要逃跑，也应该到了维尼裘斯那里再逃跑，毕竟那样不会触犯皇帝陛下。但是黎吉亚却不这么想。

奥鲁斯和庞波尼雅哪怕在梦里都不会得知自己的下落。她之所以不想从维尼裘斯的住所逃跑，而选择在途中偷偷跑掉，是因为维尼裘斯昨晚喝醉时告诉过自己，今天晚上他会让仆人来接自己。他讲的确实都是真的。在晚宴前一天，他和裴特洛纽斯就拜见过皇帝，陛下也同意了，会在第二天晚上把自己送给他。就算他们不记得今天来，那明天早上肯定也会让人来接自己。然而，乌尔苏斯会帮自己，跟在晚宴上一样，把她从轿子里面带走，然后他们就自由了——没有人是乌尔苏斯的对手。就算是晚宴上的那个大力士，都不可能打败他。但是维尼裘斯一定会打发许多仆人来，所以乌尔苏斯必须马上去找主教黎努斯帮忙。主教一定会觉得自己很可怜，不可能让自己去维尼裘斯那儿，他肯定会让基督徒和乌尔苏斯一起来救自己。然后，他就会带自己离开这里，离开这座城市，躲在一个罗马势力无法企及的城市。

黎吉亚的脸上又浮现出笑容，她又有了希望，好像获救的愿望已经成为真实的一样。她不由自主地抱着阿克台，亲吻着阿克台的脸颊，凄惨地说道：

“你应该不可能去打小报告吧，阿克台，对吧？”

“我用死去母亲的名义发誓，我不可能讲出去的，你只要向你的主祷告，希望乌尔苏斯可以带你离开这里。”那个解放了的女奴说道。

那位大力士蓝色的眼睛，闪烁着婴孩般幸福的光芒。虽然他自己抓破脑袋都没有办法，但是如果已经有了计划，那对他来说实在是太简单了。无论是白天还是晚上行动，都可以。他要去见下主教，主教懂得观看天象，知道什么时候可以行动。而且，只有主教才能命令那些基督徒们。他还认识很多朋友，包括仆人、大力士和解放了的奴隶们，他可以召集大约两千人，因此能够救出自己的主人，将她带到街上，和她一起离开这里，一起去天涯海角，去一个没有罗马人的地方。

想到这儿的时候，乌尔苏斯望着远方，好像看到了以后发生的事情，然后开口说道：

“去森林里面吧，多么壮阔的森林啊，多么壮阔啊……”

没多长时间，乌尔苏斯便从幻想中清醒过来。

等着吧，只要自己找到主教，到了晚上就会恭候那些抬轿子的人。不管是仆人还是士兵，都不可能让他们将自己的主人带走。那些人最好不要靠近自己，否则就算他们都穿着盔甲，他也会狠狠出手，那些穿盔甲的人肯定挡不住自己的招数。

然而这时候，黎吉亚认真又单纯地举起手说道：

“不准杀死他们，乌尔苏斯。”

乌尔苏斯将自己棒子那么粗的胳膊放在脑袋后面，不好意思地摸着自己的脖子，小声喃喃：“不管怎样一定要救自己的主人，尽量注意一些吧。然而，出现了意外的情况怎么办？不管怎样，必须救出主人，万一出事，我也会悔过的，希望耶稣可以宽恕自己。他应该会饶恕自己这么悲惨的人吧，谁叫自己双手的力气这么大呢？”

乌尔苏斯的脸上闪过很多温情，但都一一被隐藏起来，然后他弯着身子说：

“那我马上就去找主教大人。”

阿克台这时候抱着黎吉亚，号啕大哭，这个自由了的女奴又体会到，有那么个地方，就算是身处困境都感觉很宽慰，这个地方与宫廷里的放纵、奢华是不能相比的，通往光明的大门又为自己打开了。但是她马上又体会到，自己不够资格跨过那扇通往光明的大门。

9

黎吉亚很爱庞波尼雅·戈莱齐娜，也为没能和奥鲁斯一家生活在一起而觉得非常悲伤，但是现在终于有所好转了。只要一想起自己是因为真理才做出这种牺牲，就算没有过上自己想要的那种安逸又自在的日子，她仍然觉得很安心。其中，有可能是因为单纯的好奇心理，想去很遥远的地方，跟动物和那里的人们一起生活，想知道那里究竟是一种什么样的日子；然而她更坚信的是自己内心无法放弃的信念，觉得自己的这种做法肯定是上帝的意思，所以神明一定会关照自己，就像保护那些顺从他的虔诚的信徒一样。既然如此，自己就不会受伤了。就算遭遇伤病，也要因为上帝继续坚持。假如自己很快死去，上帝也会带着她。到了庞波尼雅·戈莱齐娜逝世的日子，届时，她们就可以永远生活在一块儿了。还在奥鲁斯那儿寄居时，她单纯的脑袋便曾多次遭受困扰：她是一名信奉耶稣的信徒，无法解救那些被绑在十字架上遭受刑罚的人。可现在，终于轮到自己了。黎吉亚认为自己很幸运，并将这喜悦分享给阿克台。然而阿克台却无法了解她话中的意思：放弃了所有的东西，放弃了居住的地方、金银珠宝、花圃殿堂、亭台楼阁这一切，放弃了沐浴在阳光下的土地以及自己最敬爱的家人，到底是什么原因呢？难道就是为了躲开那个帅气的青年男子的爱恋吗？阿克台真的想不通。虽然她认为黎吉亚的这种行为是对的，而且里面一定带着很神奇的力量，但她却明白，黎吉亚现在是在做一件很危险的事情，这件事情的后果有可能让她死掉。阿克台本来就是个胆怯的人，她害怕今晚会有不好的事情发生，但又不能将自己的恐慌告诉黎吉亚。如今天色渐渐亮了，光线透过院子照耀进来，于是她对黎吉亚说："你整夜都没睡觉，赶紧歇息吧。"黎吉亚答应了，然后她俩便去了卧房。因为阿克台以前是皇帝的女人，所以卧室非常豪华，两人一起躺好。阿克台早就困了，却怎么也无法入睡。这段时间里，尽管自己闷闷不乐，觉得很困扰，但如今她却有种无法预料的感觉，非常恐惧。一直到现在，她都觉得自己的日子过得真是凄凉、没有未来，突然觉得这样很悲哀。

阿克台脑子里乱糟糟的，那光明之门时而紧闭，时而打开。她只知道，这里一定有幸福存在着，与此种幸福相比，其他任何东西都不再重要——就算是皇帝不再喜欢波佩雅而重新爱上阿克台，她也会觉得毫无价值。她忽然想起自己爱上的那位皇帝，她从前将他看作神明，现在却像是一个仆人般令人可悲，就算是用努米底亚大理石堆砌而成的宫殿，在她眼里，也仅仅不过是一堆石头罢了。然后，这些难以确定的思想使她备感困惑，她想，也许休息了便不会被这些恐慌惊扰，可她就是无法入眠。

只要想到黎吉亚的安危，再加上那遥不可及的未来，她就怎么也睡不着，于是便转过身来，想和她商量夜晚如何出逃的问题。

然而，黎吉亚早就睡安稳了。金色的阳光透过没有关紧的窗帘洒下来，照着漆黑的卧房。借着这一点儿光线，阿克台看着眼前靠着自己肩膀睡着了的黎吉亚，她的睡容是那么美丽，双眼紧闭，朱唇微张，呼吸平缓，跟普通人进入梦乡的模样相似。

“她已经睡着了啊，哎，毕竟还是没长大的女孩。”阿克台叹息道。

片刻之后，阿克台又在想：这女孩宁可亡命天涯都不愿当维尼裘斯的宠妾；宁可挨饿受冻都不愿意尊严受损；宁可四处流浪，都不愿待在富丽堂皇的别墅里面，身着华服，穿金戴银，享受晚宴，听那美妙的乐器演奏出动人的曲子。

“到底是什么原因呢？”

她望着黎吉亚，想从她沉睡的脸上找到答案。看着那白净的额头、弯弯的眼眉、乌黑的秀长发、微启的红唇，以及那因呼吸而起伏的少女胸脯，她又接着说：

“我们真的如此不同。”

在阿克台眼里，她觉得黎吉亚就像一位神话中的仙女，是一个神圣纯洁的形象，受到所有神明的喜欢，就连那御花园的花朵、宫殿里的雕塑，都不及她百分之一美丽。然而，这位希腊女奴并没有因此产生嫉妒之心。相反，她因为眼前这女孩正遭受的苦难而生出了同情。她萌生出像母亲一样的光辉——她觉得黎吉亚不单单有漂亮的外表，内心也非常善良纯洁——然后便低着头吻起黎吉亚黑亮的长发来。

黎吉亚睡得很沉，就像睡在庞波尼雅·戈莱齐娜的怀抱里。她睡了很长时间，等到醒来睁开宝蓝色的双眼时，已经是晌午了。她诧异地望了望四周。

她还在纳闷，自己为什么不是在奥鲁斯那儿。

“阿克台？”

“睡醒了，黎吉亚？”

“现在是什么时间？晚上吗？”

“不是，中午。”

“乌尔苏斯在吗？”

“乌尔苏斯没有说他会再回来，他只是讲，晚上会和那些基督徒们一起见到你。”

“嗯，知道了。”

黎吉亚起床后，两人去了浴室，先去洗澡，接着吃完饭便出发去了宫里面的花园。现在，皇帝和那些达官显贵们都在休息，应该很安全。黎吉亚还是第一次见到如此气派的庭院，庭院中有各种各样的树木：红杉、松柏、橡树、绿橄榄和桃金娘，树木中间造型各异的雕塑隐约可见，池中的清水就像镜子一样反射着阳光，蔷薇开得非常好……

院子里面，零星有几个仆人在修整园林：有的给花草培土；有的浇水；还有疲倦了的，坐在树荫下小憩——阳光洒下来，树影斑驳；还有的在给蔷薇花和夜来香浇水。两人漫步欣赏着优美的风景，就算黎吉亚内心不安，看见这些美不胜收的风景，也便陷入了美好的憧憬之中：假如皇帝陛下很善良的话，那么，自己倒很愿意一直快活地待在这美丽的地方。

不知走了多长时间，她们觉得有点儿累了，便找了个树荫下的石凳坐下，讲起两人最担心的事情，也就是今天晚上的逃亡计划。阿克台不像黎吉亚那么有信心，觉得一定会逃离出去，在她的心里，这根本是不可能实现的事情。阿克台越来越可怜黎吉亚了，觉得去说服维尼裘斯都要比这个办法更加安全一些。于是她便问黎吉亚和维尼裘斯认识多长时间了，是不是能够让他帮忙把黎吉亚送回去。然而黎吉亚闷闷不乐地摇了摇头。

"在奥鲁斯那儿的时候，维尼裘斯可不是现在这样，他很温和。但是一想起昨天晚宴上的事情，我就觉得他很可怕，因此我宁可逃到家乡，也不想待在那里。"

阿克台继续问道：

"也就是说，他在奥鲁斯那儿的时候对你很好，是吗？"

"没错。"黎吉亚答道。

"你和我不一样，我以前是个女奴，"阿克台小声说道，"维尼裘斯会娶你为妻的，你可是位公主啊。奥鲁斯和庞波尼雅对待你，就像对待自己的亲生女儿那样，我敢保证他们肯定会收养你为义女。黎吉亚，维尼裘斯会娶你为妻的。"

然而黎吉亚更加悲伤却又很安静地说道：

“没用的，他不可能帮我。”

“黎吉亚，你想不想和我马上就去见维尼裘斯？就算他现在还在休息，也可以把他喊醒，把我刚才说的话告诉他。没错，亲爱的，我要去告诉他：‘维尼裘斯，她可是公主啊，还是德高望重的奥鲁斯极其喜欢的女儿；假如你喜欢她的话，就应该让她回到奥鲁斯和庞波尼雅的身边，再正大光明地去他们家提亲。’”

女孩讲话的声音很小，小到阿克台都没听到她在说什么：

“我宁愿去黎吉亚人那里……”

眼泪从她的脸颊缓缓滑落。

忽然传来一阵脚步声，她们也停止了谈话。阿克台还没搞明白是谁来了，波佩雅·萨比娜就已经带着那些侍女们站在了石桌前面。两个侍女为她撑起扇子，一个帮她遮着刺眼的阳光，一个帮她扇风。波佩雅·萨比娜前面，一位皮肤黝黑的女仆正抱着小婴儿，那孩子的襁褓是金紫色的。阿克台和黎吉亚站起来，两人没想到她会出现，波佩雅看了阿克台一眼，开口说：

“阿克台，下次做事情认真点儿，你送给我孩子的那个布娃娃，铃铛系得不是很紧，被小宝宝拉掉正准备吃下去，幸亏李丽特看到才阻止了，要不然，那个铃铛会卡在他嗓子里的。”

“我明白了，皇后。”阿克台小心地答道。

然后波佩雅便看见了黎吉亚。

“她是新来的侍女吗？”波佩雅停顿了一会儿，问道。

“敬爱的圣皇后啊，她并不是侍女，她是庞波尼雅·戈莱齐娜收养的女儿，是黎吉亚的公主，皇帝将她送到罗马是作为人质的。”

“她来了很长时间了吗？”

“来了两天了，皇后。”

“昨天的晚宴她参加了吗？”

“参加了，皇后。”

“谁的意思？”

“皇帝陛下的意思。”

然后波佩雅更认真地打量着黎吉亚，黎吉亚低头站在一边，不时用奇怪的目光看着眼前这位圣皇后。波佩雅不禁皱了皱眉头，心中有隐隐的不安。自从她取代了奥克塔维雅的皇后位置，每天都活在恐惧中，唯恐哪一天自己会落个同样的下场。所以，这皇宫里面无论是谁，只要有着美丽的容貌，都会被她猜忌。于是，她审视着眼前还有几分姿容的黎吉亚，细细观察之后，觉得非常惊讶：“真是仙女下凡啊，就像是爱神的化身。”两相比较，她认为自己不够年轻了，前所未有的恐慌占据了她的心，让她手足无措。“也许尼禄还没有看到过这个女孩，也许只是用绿晶石远远地看她，不然早占有她了。他那种人，岂会对这样的美人放手？而且她不是女仆，是一位公主啊，天哪！她可比我更年轻貌美。”她的眉头皱得更紧了，两眼之间闪着寒光。

但当她转过头望着黎吉亚的时候，却是一脸平和，开口问道：

“你和皇帝陛下说过话吗？”

“回圣皇后，没说过。”

“那你怎么没有待在奥鲁斯那里，却来到皇宫呢？”

“这不是我自愿的，圣皇后。是裴特洛纽斯让皇帝陛下将我带到这里，不是我想来的，圣皇后……”

“那你想回去吗？”

波佩雅说这话的时候非常和气，所以让黎吉亚觉得似乎可以向她寻求帮助。

于是黎吉亚恳求道：“圣皇后啊，皇帝陛下早就答应将我送到维尼裘斯那儿，做他的女仆，您帮帮我吧，让我回家好吗？”

“照这样说，是裴特洛纽斯请求皇帝陛下将你带离了奥鲁斯那儿，送给维尼裘斯的吗？”

“是的，圣皇后。维尼裘斯今晚就会让人接我走的，慈善的圣皇后啊，您就可怜可怜我吧，救救我好吗？”

说完，她跪下身子，内心焦躁至极。波佩雅看着她，一脸凶相地笑着说道：

“好啊，那我就让你马上成为维尼裘斯的女仆吧。”

然后波佩雅便离开了。此刻，那婴孩毫无预兆地哭了起来，哭声打破了园林的平静。

黎吉亚双眼也噙着泪水，不过她并未完全放弃希望。她拉起阿克台的手，开口说着：

“我们走吧，主会来救我的。”

然后两人一起去了前厅，到晚上都没有出去过。夜幕渐渐降临，仆人们来点灯的时候，两人脸色惨白，对话也是断断续续的，总觉得是有什么人正在走过来。黎吉亚反复说着，尽管和阿克台分别之际会很悲伤，但她只能这样选择。她明白，天一黑，乌尔苏斯就会准备就绪，只等自己了。一想到这些，她就紧张得喘不过气来。阿克台拿出自己积攒的一点儿金银首饰，把它们缝在黎吉亚的衣服边儿上，并告诉她在逃亡的时候带上一些钱财很有必要。她俩不再说话的时候，周围一片寂静，不时从很远的地方传来几声狗叫或者小孩子的哭声。

这时，遮盖的门帘一声不响地被拉开了，一个很壮、脸上全是斑点的黑皮肤男人走了进来。黎吉亚一看，便知道那是维尼裘斯所解放的奴隶阿塔齐努斯，她在奥鲁斯那儿见过他。

阿塔齐努斯像鬼一样出现在前厅，阿克台惊讶得差点儿喊出声来，然而阿塔齐努斯却有礼貌地朝两位女士敬礼，说道：

“马库斯·维尼裘斯向高贵的黎吉亚献上最真挚的问候，他已经整理好家里的一切，恭候您的光临，并且摆好了酒席。”

黎吉亚脸色煞白，嘴唇不停抖动。

“我……好的，我马上就出发。”她说道，然后伸出双臂拥抱了阿克台，亲吻告别。

10

维尼裘斯的居所果然装饰一新，墙上和门上挂满了绿色的桃金娘和常春藤树叶。柱子上面也挂满了葡萄藤，前院门口处，悬挂着崭新的羊毛毡子，将冬天的寒气隔在门外。屋里的各个角落，都摆着一盏八支或十二支蜡烛的烛台：那些烛台各式各样，有花草树木的，有飞禽走兽的；做成灯盏的材料也不一样，有的是雪花石膏的，有的是大理石的，有的是青铜的，尽管没有皇宫里那些从阿波罗神庙带来的烛台那么贵重，但同样都出自名师之手，也非常精美别致。那些灯罩形状各异，有亚历山大形象的玻璃灯罩，有产自印度的丝帛罩，由于混合了红、黄、蓝等各种颜色，厅堂里顿时变得五光十色、绚丽耀眼。屋内弥漫着甘松香的味道，这是维尼裘斯最喜欢的味道，他在东方的时候便喜欢上了这种味道。大厅里面像白昼一样明亮，仆人们忙着摆放餐具，摆放好的餐具可供四个人使用，毕竟，今天这个晚宴除了维尼裘斯和黎吉亚之外，裴特洛纽斯和克丽索台米斯也会参加。

全部事宜都是由维尼裘斯遵照裴特洛纽斯的指示安排的。原本维尼裘斯想自己去接回黎吉亚，但是他听从了裴特洛纽斯的告诫，只是让阿塔齐努斯带上皇帝陛下的手谕和几个仆人去接她，自己则留在屋里等着她大驾光临。

“我知道你昨天酒喝得有一点儿多，脑子有些混乱。你对她就像是阿尔巴诺山那里的脚夫，别热情过度了。告诉你，品尝美酒只有慢慢来才会让人回味。尽管想念一个人是幸福的，但是，作为被想念的那个人才是最幸福的。”

对于这种观点，克丽索台米斯却不赞同，虽然裴特洛纽斯将她称为维斯小圣女或者是小鸟儿。裴特洛纽斯又解释道，一位身经百战的士兵和一位初次上战场的小伙子比起来，肯定有很多不一样的地方。之后，他便转过身对维尼裘斯说道：

“你要让她觉得有安全感，值得信赖甚至托付一生，让她感到开心，觉得你很慷慨、有气量。你要向她保证，自己一定会将她送到庞波尼雅身边。接下来，她是想在你身边继续待着，还是选择回家，那就要看你的本事了。”

然后停了片刻，他又望了一眼克丽索台米斯，继续说道：

“我和自己的小鸟儿就是这样相处的，你看，都已经五年了，她对我百依百顺。”

克丽索台米斯听后，用自己的羽毛扇拍了拍裴特洛纽斯说道：

“你这好色的老鬼，难道我没有反对过你吗？”

“你还想给我留面子吗？”

“你还不是臣服于我的脚下了啊？”

“我不跪下来，谁给你的脚戴上亮晶晶的钻石呢？……”

克丽索台米斯得意地望了下自己的脚，然后两人都不约而同地笑了起来。可是维尼裘斯却没有心思听他们闲聊，他现在心里七上八下的，只想着赶快见到黎吉亚。他今天穿了一件叙利亚僧人的花色长袍，就是为迎接黎吉亚的到来。

“这个时间，他们肯定走出宫门了。”维尼裘斯自言自语。

“肯定啊，”裴特洛纽斯随声附和道，“现在就让我说说蒂亚那的阿波罗纽斯[①]的话语，或者是讲讲卢菲奴斯的事情吧，我都不知道为什么那个故事没有说完。”

然而此刻的维尼裘斯，无论是蒂亚那的阿波罗纽斯还是卢菲奴斯的事情都听不进去，他一直在挂念着黎吉亚，尽管维尼裘斯认为与和仆人一起去宫里接她相比，在这里等着黎吉亚到来更合情理一些，但是他还是有点儿后悔：为什么自己没有亲自去接她？那样就可以更早看到黎吉亚了，回来的时候，还可以和她一起坐在双人轿了里。

这时候，仆人们拿来了装有木炭的青铜器皿和有着母山羊头形状装饰的三脚架，在上面放了一些没药和松香。

---

①尼禄时期的希腊哲学家，因为惹怒了尼禄，被指控有反叛罪，之后出逃，在艾佛瑟斯逝世，活了近百岁。

维尼裘斯又开口说道："他们应该已经到了卡里内的郊区了吧。"

克丽索台米斯笑着说道："我看他是等得不耐烦了，那就去接他们好了，但是有可能会在途中走岔。"

维尼裘斯情不自禁地笑了，说道："算了吧，我还是就在家里等着她相对好一些。"

不过维尼裘斯不停地叹息，裴特洛纽斯瞅了瞅他，轻轻摇摇头，说道："在他的身上一点儿都看不到哲学家的影子，我对他成为伟大的男子汉不抱希望了。"

维尼裘斯就像没有听见他说什么一样。

"现在肯定到了卡里内的郊区了。"

没错，这群人刚好来到卡里内的郊区，负责照明的仆人走在最前面，还有仆人站在轿子的两侧，阿塔齐努斯在最后面。

他们的步伐不是很快，由于周围很黑，所以为数不多的灯笼没有办法照亮前进的路。宫殿周围的街道没有什么人，偶尔会出现一两个人拿着灯笼走过去，但是再往前面走一点儿，就特别拥挤了。每一条小道上都会有一些人走过来，没有点灯，而且都穿着黑色的外套。有的混迹在仆人里面，还有更多的人迎面走来。有的走路摇摇晃晃的，就像是喝醉了一样，后来行走的队伍越来越慢，照明的仆人只好喊着：

"希望各位赏光，能够给尊贵的马库斯·维尼裘斯让一下路。"

黎吉亚伸出头，望着乱糟糟的人们，特别开心："他们到了，我能获救了！这就是乌尔苏斯和那些基督徒啊，万能的主啊，请一定要保佑我啊！”救援的成败，不停在她脑海中斗争。

阿塔齐努斯开始没怎么察觉这突然涌现的人群不正常，渐渐地，他感到很害怕，毕竟这情况真的很不妙。照明的仆人继续大喊着：“希望各位赏光，能够给尊贵的将军让一下路。”陌生的面孔扑面而来，人特别多，气势勇猛，阿塔齐努斯只好让仆人拿棍子去赶那些人。

忽然人群中有人喊了一声，一瞬间全部的灯光都暗下来了，人群立刻骚动了。轿子四周乱成一片，一场打斗上演了。

阿塔齐努斯现在才反应过来：这肯定是有预谋的。他不禁惊恐起来，心里七上八下。百姓们都知道皇帝经常会为了找乐子，带着皇亲国戚去苏布拉区还有城内其他地方进行突然袭击，其实就是抢人玩。据闻有几次他还给自己弄到了几块青黑色的瘀伤，然而无论是谁，只要反抗就会被判处死刑。对于这种突然袭击，士兵们当作没有看见一样。此刻，轿子四周到处都是吵闹声、打架斗殴的声音。阿塔齐努斯觉得，现在最重要的就是要保证黎吉亚和自己的安全，快速离开这里，剩下的人就只好听天由命了。于是他把黎吉亚带离了轿子，紧抱在怀中，在黑暗中奔跑着。

黎吉亚见这情景赶紧大声喊道：

“乌尔苏斯！乌尔苏斯！”

因为黎吉亚身着白衣很是显眼，阿塔齐努斯赶紧用空闲的一只手脱下自己的外套披在她的身上。突然，一只有力的大手出现，抓住他的颈部，接着就是有力的一拳，稳稳地捣在他身上。阿塔齐努斯被打倒了，他就像是朱庇特神殿前被斧子砍倒的公牛。

同行的仆人除去死掉的，有的趁着夜色逃窜到街口跑掉了。只有因为袭击而变得支离破碎的轿子，还孤零零地留在那儿。乌尔苏斯带着黎吉亚朝苏布拉区跑去，与他一起的同伴跟在后面，随着行进慢慢散去了。

活命的那些仆人会集到维尼裘斯的住所，他们必须把事情经过汇报给主人。

“那就派古罗讲吧，他也受伤了啊，但是主人却最重视他，他讲的话肯定比我们讲效果好些。”有个仆人说道。

古罗来自日耳曼，是位很年长的仆人，在维尼裘斯还很小的时候就照顾他，维尼裘斯是从自己的母亲那里——即裴特洛纽斯的姐姐那儿把他要来的，此时他开口说道：

“那就我去讲吧，但是你们也要一起来啊，我可不想就自己一个人被他骂，毕竟我与你们同样恐惧他。”

维尼裘斯早就坐不住了，裴特洛纽斯和克丽索台米斯都在一旁取笑他，维尼裘斯在院子里走来走去，不停地说：

“不是应该早就到了吗？早就该到了啊。”

他想出去看看，但是裴特洛纽斯他们却阻止了他。

突然传来急促的脚步声，那些仆人都跑到院子里，低垂着脑袋，难受得直哼哼：

“嗯……嗯……嗯。”

维尼裘斯怒气冲天地看着他们。

“我命令你们接的人呢？她到哪里了呢？”他狂吼道。

“呀呀呀呀。”

这时，一脸鲜血的古罗惊恐地说着：

“主人，我们都流了好多血啊，主人，大家都誓死保护她，死伤惨烈啊，但是……”

他还没有讲完，维尼裘斯便拿起一盏青铜灯直接扔到他的头上，古罗瞬间栽倒了。接着维尼裘斯双手捶胸，嘶哑着喊道：“老天，你为何对我这样……”

他怒目圆睁，脸色发青，嘴唇颤抖，说道：“把鞭子给我拿来！”声音不像是正常人喊出来的，让人毛骨悚然。

“主人，行行好吧，我们确实尽心尽力了啊，求您行行好吧……”那些仆人们求饶道。

裴特洛纽斯说道：“我们先回去吧，克丽索台米斯。别跟我说你喜欢看这种血肉模糊的场景，那样还不如派人带你去看卡里内郊区的屠宰场，肯定会吓你个半死。”

于是他们离开了院子，接着整修一新的屋子里发出阵阵被鞭打以及痛苦哀号的声音，一直到第二天凌晨才停止。

11

维尼裘斯整夜都没有休息，当裴特洛纽斯他们走了之后，仆人们因为被鞭子抽打不时发出阵阵惨叫声，但是他仍然觉得非常恼火，还带着一丝悲伤。就算已经是半夜了，他还是找了一群下人，亲自带着他们出发去找黎吉亚。他们到处转悠，去了埃斯奎里内区，又去了苏布拉区、斯切莱拉屠斯街，甚至是周围的街道，还找了卡皮托山，穿过法布里裘斯桥，又找了小岛周围的地方，最后又把外台伯河周围全部都搜查了一遍，可是仍然没有找到。连他自己都没有信心找到黎吉亚了，之所以还要这样一直找下去，是因为他怕自己没有办法度过这个难熬的倒霉又恐怖的夜晚。直到第二天早上他才回去，这时候路上已经有人出现了，大部分是起早的劳工。一回去，维尼裘斯就让仆人把古罗的尸体抬到一边，他不下命令，没人有胆子去接触那尸体。接着，他又把昨天去接黎吉亚的那些仆人全部发配到了郊区的牢房，这样的处决，比让他们去死都恐怖。做完这些事后，维尼裘斯卧倒在自己的床上，思索着究竟如何才能找到黎吉亚，但是自己却想不出任何办法。

控制自己不去思念黎吉亚，永远都见不到她，这简直比登天还难。只要一想起这些，维尼裘斯就觉得胸口的火直往上冒。他一直都很高傲，这样的打击，有史以来还是第一次，他竟然遇到了比自己更执拗的人，他无法相信还会有人敢违背自己的意愿。他宁愿看到罗马毁灭，也不愿意见到有人违背自己的意愿。就像是有人夺走了刚到嘴边的美酒，他认为这种事情会发生，都是缘于人们脑海中日渐淡薄的法律意识。

维尼裘斯不想接受老天这样安排，也不信任命运的摆布，是他的东西他一定会抢回来。他认为生命中的一切都比不上黎吉亚，他没有办法失去她，好像失去了黎吉亚，自己就不能活下去，真不知道以后的日子该如何度过。各种各样的情绪在他心里交织，有时候，维尼裘斯真的特别恨黎吉亚，想对她发火，快要疯了，甚至想要鞭打她，但是又有一股强烈的思念，想要时时刻刻看着她的眼神、笑容、姿态。为她放弃一切，他也心甘情愿。他不停轻喊着她的名字，没有亲自去接她让他后悔不已。他尽力想让自己安静下来，想办法去找她，但是自己真的无法思考，太多的想法从自己的脑海掠过，每次都会更无措……直到灵光一闪：有胆子这样做的肯定是奥鲁斯，除了他没有谁会去带走她的，所以，无论发生什么，奥鲁斯肯定知道她现在在哪里。

然后，维尼裘斯便准备奔向奥鲁斯的住所。就算他不愿意交出黎吉亚，不惧怕自己的威胁，他也可以去求皇帝陛下，说奥鲁斯公然违抗意旨，这样奥鲁斯肯定会被判处死刑，但即使他们说出黎吉亚的藏身之处，自己还是要报仇。没错，他是受过那些人的款待，他们照顾过自己，可是这又怎么样呢？如今，他们犯的错简直难以谅解。因为自己憎恨的心理，他特别想看到庞波尼雅·戈莱齐娜看到侍卫长给他们送来死刑判决书时那一副绝望的表情。他对自己很有信心，裴特洛纽斯一定会帮自己，而且，尼禄尽管有时候会反对一些请求，可对于这种事情，他是一定会答应的。

然而，突然想到的另外一种可能让他顿时喘不过气来。

如果正是皇帝陛下抢走了黎吉亚呢？

人们都知道皇帝因为没事做，经常爱晚上行动，将那当作娱乐，而且裴特洛纽斯曾经也玩过这种游戏。他们经常把抢来的姑娘用军外套裹好，直接从城墙丢下去，直到姑娘昏死才会停止。皇帝喜欢把这种行动称为“拯救美女”，有时候这些人在穷困的平民中真的会见到一位貌美如花的女子，若是这样，他们就会真的明着把她抢来，送入宫里，或者送入行宫，皇帝甚至还会将之送给自己的宠臣……所以，也许黎吉亚也遭遇了这种事。皇帝在晚宴上看到过她，维尼裘斯觉得她就是世界上最漂亮的女人，所以肯定会这样的。就算黎吉亚在帕拉屠姆宫，也就是皇帝的宫殿里面住了几天，也没有事，但是裴特洛纽斯讲得没错，皇帝陛下虽然有无限的权势，可他很胆小，喜欢干一些偷鸡摸狗的事情，他肯定会因为害怕波佩雅，才偷偷干这事。所以，奥鲁斯都没有胆量去和皇帝较量。这样的话，还有谁会有这么大的胆子呢？是保护黎吉亚的那个大力士吗？就算他那晚直接抱着黎吉亚离开了宫殿，但是又躲到哪里去了呢？肯定不可能，仆人是没有胆量这样做的。所以，除了皇帝陛下本人，不可能还有其他人敢这样做。

这样一想，维尼裘斯不禁眼前发黑，滚烫的汗水从额头上缓缓落下。如果真是这样，自己就可能再也见不到黎吉亚了。无论是谁，他都可以把黎吉亚抢回来，但如果是皇帝，就不可能了。所以这时，他有充分的理由埋怨自己是多么不幸。只要想到尼禄现在正搂着黎吉亚，他心里就一阵翻腾，感到坐立不安。直到现在，他才明白自己真的很爱她。在生死边缘挣扎的人往往回顾自己一生的经历，而此时他便是这样想着黎吉亚。好像此时黎吉亚就在他身边，听到她在跟他说话，平静愉快的笑容浮现在她的脸上，他几乎闻得到她头发上淡淡的青草香味，感受得到她的体温——他不禁想起，自己在晚宴上亲吻她嘴唇的快乐感觉。那时的黎吉亚，比任何时候都要动人，她简直就是上帝赐给自己的礼物，是自己的灵魂，所有的都成了自己身体的一部分，这是自己一直以来梦寐以求的。但是，一想到这些都被尼禄给霸占了，他就感到撕心裂肺般疼痛，恨不得直接去撞墙，撞得头破血流、粉身碎骨算了。如果不是报仇这信念给他力量，他真就那么做了。但是现在只有帮她复仇成功之后，他才能再去死。此时，他记起了那个刺杀罗马皇帝的卡里古拉的军官——卡修斯·凯莱阿。于是，他暗暗想着："我一定要成为卡修斯·凯莱阿。尼禄，我会让你为自己的所作所为还账的。"然后他在花盆中捧了一些泥土，向埃莱伯斯①、海卡特②还有家族所信奉的神明发誓，证明自己不报此仇誓不罢休。

这样一想，他心里顿时舒服多了，也有了追求的目标，知道以后的理想是什么了，知道如何打发日后那些落寞的岁月了。维尼裘斯下决心不去找奥鲁斯，而是向帕拉屠姆皇宫走去。一路上，他在想：要是皇帝抓走了黎吉亚，那么守门的士兵一定不会让自己去见皇帝，而且还会搜身看看他带没带刀剑之类的兵器，于是他什么防身武器都没有带。然而，他又不愿意因为这样就扼杀了自己内心报仇的想法。所以，维尼裘斯决定先去拜访一下阿克台，也许可以从她那儿打听到一些消息。他甚至还在幻想，说不定可以在那里看到黎吉亚，这个想让他不禁浑身一颤。也许皇帝不知道自己抢错了人，马上就会放了黎吉亚。但没多久，他便打消了这个念头。如果皇帝会放了她，那昨天早上不就已经到了吗？也许知道事情真相的只有阿克台了，所以他要马上去她那里，了解一下情况。

因此，维尼裘斯让仆人们行动更快一点儿。途中他想了好多，想起了黎吉亚，又想到了关于报仇的事情。维尼裘斯以前听别人讲过，将埃及的神明帕施特作为信仰对象的那些人，会一种可以让人们患病的奇特招数，他也想学。而且在东方的那段时间，他也听说

---

①古希腊神话中掌管地狱的神。

②掌管生与死的神。

过犹太人可以召唤神明和鬼魂，让自己痛恨的人全身长出毒瘤。维尼袤斯屋里的仆人都是犹太人，因此他想一回去便狠狠教训他们，直到那些家伙讲出实话再放过他们。但是最让维尼袤斯感到欣慰的，还是那柄产自罗马的宝剑，就是那把剑让凯尤斯·卡里古拉鲜血直流，那拱门的柱子上至今都还有他留下的血迹。如今他正想用这把剑杀死所有的人，希望神明答应和自己的协议：整个罗马城被毁掉，全部的人都被杀死，只有自己和黎吉亚还活着。

抵达宫门的时候，他努力让自己镇定下来，等看到守门的侍卫长时，他在心里想着：只要那些人没让自己进去，肯定就是皇帝夺走了黎吉亚。然而，守门的侍卫长见到他的时候很有礼貌地笑了笑，开口说道：

“尊敬的维尼袤斯，您好。您是想参见皇帝陛下吗？很抱歉，您来得真不巧，应该见不到陛下。”

“为什么呢？出什么事了呢？”维尼袤斯问道。

“公主殿下昨晚生病了，皇帝陛下和圣皇后带着一大群名医，正在给她看病呢。”

就尼禄来说，这件事要比所有的一切都要紧。公主殿下刚出生那会儿，皇帝开心得都要疯了，并用“超乎寻常的狂欢”来欢迎她降生在这个世界。那些长老们还办了非常隆重的仪式，祈求波佩雅生产顺利，而且在公主出生的地方修建了一座神庙，进行过节目表演，向女神上供，祷告平安，也为命运之神修建了神庙。尼禄做事情从来都是没头没脑，完全不遵循常理，对这个孩子也是一样——对她过分地溺爱。但是对于波佩雅来说，这个女孩可以巩固她的权势，让她拥有更大的权力，所以她也很疼爱这个孩子。

好像整个罗马的命运，都与这个孩子息息相关。然而维尼裘斯不管这些，他只想着自己的事情，没怎么认真听侍卫长说话，便说道：

“那我去拜访下阿克台吧。”

接着便离开了。

但是阿克台这时也在小公主那儿，没有时间见他，维尼裘斯只好慢慢等着。直到中午，他才见到阿克台一脸倦容、面色惨白地回来。她看到维尼裘斯，更加显得没有一丝神采了。

“阿克台，黎吉亚在什么地方？”维尼裘斯一见到她，便抓着她带到大厅大声质问。

“我也要问你，到底是怎么回事呢？”阿克台严肃地看着他说道。

尽管维尼裘斯一直告诉自己要镇定，但是现在还是忍不住抱着头，心里的痛苦和怒火让他的脸有些变形，他几乎狂乱地吼道：

“她在途中被人劫去了，不知所踪！”

但是，没多长时间维尼裘斯就找回了理智，他冲着阿克台凶狠地说道：

“阿克台，我告诉你，假如你还想活命，或是不想让什么不幸的事情发生在自己身上的话，就乖乖地告诉我，是不是皇帝将她带走了？”

“皇帝陛下昨日一整天都没有出去过。”

“你敢用你死去的母亲的名义，向神明发誓吗？你敢保证黎吉亚不在这里？”

“我就用我母亲的名义发誓，她真的不在这里，维尼裘斯。而且皇帝陛下也没有将她带走，昨晚公主殿下生病了，尼禄一直守着她。”

维尼袠斯唉声叹气，内心似乎轻松了一点儿：大概不是尼禄所为。

“这样的话，会是谁做的呢？如果是奥鲁斯把她带走了，我一定不会放过他的。”维尼袠斯握着双拳坐到凳子上。

“据说，今天早上奥鲁斯就已经找过我了，只是因为我忙于公主殿下的事情，所以他没有见到我，但是他也向帕夫洛狄屠斯和其他的大臣们打听黎吉亚的下落，并且告诉他们说他还会再来找我的。”

“他这样做，是不愿让我们怀疑他。既然他想了解黎吉亚现状如何，应该是先去找我啊！”

“他只写了一封信，说他早就知道是你和裴特洛纽斯怂恿皇帝陛下带走黎吉亚的，所以肯定知道她已经被你带回家了。今天早上他一定是先去找你了，所以才听说了昨晚的事情。”

然后，阿克台便进了房间，把那封信拿了出来。

维尼袠斯看了信，什么都没有说。阿克台见他脸色好像不怎么好，有点儿闷闷的样子，于是，过了一会儿才继续说道：

“马库斯，其实是黎吉亚自己想逃跑的。”

“那这么说，你是不是一开始就知道她准备逃跑？”维尼袠斯吼道。

阿克台可怜巴巴地望着他说道：

“那是因为，她不想做你的宠妾。”

“那你为什么心甘情愿成为宠妾呢？”

“我以前就是奴隶啊，本来身份就很卑微。”

维尼袠斯还是很生气，只要皇帝答应将黎吉亚赏赐给自己，就不管她以前是什么身份。就算是到了天涯海角，他也一定要把她抓回来，任由自己处置。没错，她本来就要成为自己的宠妾的，自己开心的时候让人用鞭子抽她几下，烦了也可以把她赏赐给没用的仆人，或者把她流放到非洲去做苦力。之所以想要找到她，就是想发泄自己内心的怒火，狠狠地惩罚她，让她听从自己的话。

这样一想，他就越来越兴奋，甚至控制不住自己了，就连阿克台都觉得，他这样是在乱讲，是因为太伤心、太恼火才会这样的。她甚至开始可怜维尼裘斯，却又被他的胡言乱语弄得不耐烦，于是便问维尼裘斯为什么来这里找自己。

瞬间，维尼裘斯有点蒙了，哑口无言。只是因为阿克台可能会提供给自己一些有用的线索，或者说自己其实是来见皇帝陛下的，没有见到陛下，才会来这里见她。黎吉亚逃走了，就是没有遵从皇命，因此他来请求皇帝，希望他可以颁布旨意，在全城甚至是全国范围内寻找她的踪迹。就算是要动用军队的力量一家一家地去调查，也没有关系。裴特洛纽斯一定会帮自己的，从现在起就应该彻底搜索。

听他这样说，阿克台惊讶地说道：

“你怎么这么幼稚呢？你要知道，如果让皇帝下旨找她，你就会错失她，那样恐怕你再也不可能拥有她了，再也不可能了。”

维尼裘斯满脸困惑，问道：“为什么这么说？”

“维尼裘斯，我跟你讲，我和黎吉亚昨天在宫里的花园谈话时，波佩雅和那个伺候公主的非洲奶妈李丽特看到了我们，而昨天夜里，小公主便生了重病，李丽特就说是小公主被施了法——就是因为白天在花园里碰到了黎吉亚才会这样的。如果公主病好了倒还好说，如果她一直病下去，波佩雅肯定会说是黎吉亚在搞鬼。如此一来，就算是被找到了，她也难逃一劫啊！”

维尼裘斯想了一会儿，说道：

“我可能就是被她施法了，我深深爱上了她。”

“李丽特反复强调，只要她抱着公主走到我们面前，小公主就会不停地哭，这倒不假。那时候公主真的哭得很厉害，但是，她们把小公主抱到花园之前她就已经有问题了。马库斯，不管你什么时候去找黎吉亚都没问题，但是一定要让公主康复了再说，因为现在情况有变，只要你向皇帝陛下说黎吉亚的事情，波佩雅就一定不会轻饶她。你不知道黎吉亚因为你流了多少泪，希望神明保佑她平平安安。”

“阿克台，你喜欢她吗？”维尼裘斯一脸沉闷地问道。

那女仆人的眼中闪着泪花：“当然，我很喜欢她。”

“她对待咱俩真是天壤之别，她对我非常冷酷。”

阿克台定定地看了他好久，好像很犹豫的样子，又好像要看穿他究竟说的是真是假，过了一会儿说道：

“你真是个头脑简单的家伙，难道你就没有看出来她也爱你吗？”

维尼裘斯听到这话，惊讶得跳了起来：这肯定是假的，黎吉亚这么恨自己，阿克台为什么会这样说呢？难道黎吉亚第一次见面就将自己内心的想法告诉了她？就算真的如此，那又是怎样的感情呢？即使浪迹天涯，也不愿意忍受跟我在一起吗？无论未来如何，就算会面临生离死别，也不愿意坐在富丽堂皇的住所里面？她难道不明白，自己心爱的人早就准备好了晚宴在迎接她吗？维尼裘斯宁愿自己从来都没有听到这话，因为此刻他真的要疯掉了。就算是整个皇宫，都无法使他丢下她不管，可是现在她却踪迹全无。而且她亲自谋划了整个事件，这算是什么感情？只因为恐惧快乐，就宁可让别人伤心吗？这样有谁会明白呢？假如自己认为已经没有任何希望可以找到她，早就自杀了。爱情讲究的是奉献，而不是掠夺。在奥鲁斯家中的时候，维尼裘斯觉得自己就快要抓住幸福了，但是如今他明白黎吉亚以前很恨自己，直到现在她都恨着自己，甚至到死都会一直恨自己。

然而一向温和有礼又很胆小的阿克台，现在却动怒了。维尼裘斯是如何爱黎吉亚的呢？他不仅没有去向黎吉亚的父母提亲，还用伎俩让他们分离。他不是想娶黎吉亚，而只是想得到一个宠妾罢了。但是黎吉亚的身份是公主，还是一个有名望的家族收养的女儿啊。他让黎吉亚去了那个肮脏不堪、臭气熏天的皇宫，还让她亲眼看到那么不堪的晚宴，简直就是对她单纯心灵的侮辱，就像是把她当成一个淫荡的女人。然而，他难道忘了黎吉亚是来自有教养的奥鲁斯和庞波尼雅·戈莱齐娜一家吗？他居然觉得自己喜欢的人，跟尼吉甲、卡尔维雅·克丽斯皮尼娜、波佩雅还有在皇宫里的那些女人一样？他第一次见到黎吉亚，不就是因为她内心单纯，才被深深吸引的吗？他不知道，那女孩就算是死掉也不愿自己的尊严受损吗？他不知道那女孩信奉的是哪一位神明吗？那可不是罗马的女人所信奉的维纳斯或者艾西斯[1]，那位神明更加神圣。没错，黎吉亚没有告诉过维尼裘斯是不是真的爱他，但是她以前讲过想找维尼裘斯帮忙，说或许他可以让皇帝放了自己，让自己回家。一说这些，黎

①埃及神话中主司生育与繁殖的女神。

吉亚就像是陷入爱河的女孩，很羞涩，脸也会红通通的。黎吉亚会因为他心动，但是维尼裘斯自己呢，却令黎吉亚感到恐惧、难过、恼怒，就算是维尼裘斯亲自带着皇帝的军队去搜查，他也一定要明白，如果波佩雅的孩子不幸死了，黎吉亚肯定逃脱不了，会遭受厄运——等到那个时候，任何人都挽救不了她。

维尼裘斯的心里，渐渐蔓延出一种感动的情绪。听到黎吉亚是真的爱自己，他就觉得内心被深深撼动了。他想到黎吉亚在奥鲁斯家的庭院见到自己的时候，双脸带着一抹红晕，眼神闪烁着异样的光彩，听着他说话。他知道，她肯定是在那时就喜欢上了自己，这样一想，维尼裘斯便觉得如沐春风。他觉得自己早就能够让她动心，娶她做妻子，为家里的庭院摆上花束，涂上油脂，和她一起坐在暖和的毛毯上面。一切本来理所当然，早就可以听到她说出那不可亵渎的誓言：维尼裘斯，不管你去哪里我都会跟着你。简直太迷人了。但是为什么结果不是这样的呢？实际上，这也是他心里所希望的啊！然而，如今她早就离开了，有可能自己永远都不会再见到她了；就算见到了她，也有可能会让她遭遇不幸；就算没有遭遇不幸，黎吉亚和奥鲁斯他们也不会对自己有什么好印象。想到这里，他不禁又火气直冒，怪罪起裴特洛纽斯：如果不是他让自己这么做，黎吉亚也不会面临种种艰险，自己的爱恋也不会化为乌有……但是如今说什么都晚了。

“一切都太迟了。”

维尼裘斯茫然无措，不知道究竟该怎样做、现在又能去何处。阿克台也强调了那几个字：一切都太迟了。他感到，这就像是给自己判了死刑一样，难以改变了。但不管怎样，他还是明白，最重要的是，一定要尽快先找到黎吉亚，避免她受到伤害和威胁。

维尼裘斯无意识地拉紧衣服，准备直接回去。忽然，前院的门帘被拉开了，庞波尼雅·戈莱齐娜满面愁容地走了进来。

她肯定也是听说了黎吉亚失踪，才来找阿克台的，毕竟自己更有见到她的机会，因此来探听一下。可是一看到维尼裘斯在这儿，她白净、明朗的脸扭向他，停留片刻，说道：

“希望神明会原谅你对黎吉亚的所作所为，维尼裘斯。”

维尼裘斯内心充满沮丧地立在那里，他不明白哪位神明可以宽恕自己，但是庞波尼雅为什么希望自己得到宽恕呢？她不是应该向自己报仇吗？

他魂不守舍地离开了，很悲伤，很困惑。

此时，皇宫门外聚集了好多人。那是骑士和长老院的一些大臣们，他们来问问小公主的情况，同时也要露一下脸，毕竟要让尼禄觉得他们也在为此焦心。因为时不时会增加几个人来探病，没过多久，大家都知道了公主生病的消息。刚到的人一见维尼裘斯从皇宫走出来，赶紧上前问他怎么回事，可是他却一个劲儿地往前走，没有回答。刚好裴特洛纽斯也来了，他用很大力气才把维尼裘斯叫住。

维尼裘斯离开前厅时并非精疲力竭，不像现在这般全身无力，不然他早就暴跳如雷了——他会埋怨裴特洛纽斯，甚至会在皇宫里闹事。他想推开裴特洛纽斯，却被他拽得更紧。

“公主怎么样了？”裴特洛纽斯问道。

内心怒火满满的维尼裘斯终于忍不住了，一瞬间火气直冒。

“真想让她和这破宫殿一起见鬼去吧！”维尼裘斯咬牙切齿地

说道。

“嘘，小伙子，你想倒霉啊？”裴特洛纽斯说着，看了下四周的情况才接着说道，“如果你还关注黎吉亚，就跟我走，我们先去轿子里，再跟你详谈。”然后他搂着维尼裘斯的肩膀，赶紧离开了皇宫。

其实他来，只想把维尼裘斯带走，裴特洛纽斯根本不知道发生了什么事情。但是他毕竟考虑得多一些，就算昨天明明很恼火，也还是觉得维尼裘斯很可怜，所以裴特洛纽斯认为要为自己犯下的过错负责——他早就想到了办法。刚一坐到轿子里面，他就开口说道：

“我早就下令让仆人们守住每个出口了，而且还将黎吉亚和那天在晚宴上带走他的大力士的面貌告诉给了他们，所以，不用想就知道肯定是那大力士把她带走了。你仔细听我讲，有可能奥鲁斯他们让她躲到了乡下的某个地方，但是我们肯定可以知道她的行踪。假如仆人们没有在城门拦到她，那他们就肯定还没有离开这里，所以现在我们就要全城搜索了。”

“奥鲁斯他们也在找她。”维尼裘斯说。

“你怎么知道的？”

“我刚才看到了庞波尼雅，她正向阿克台打听情况呢。”

“昨晚黎吉亚肯定没有离开城里，晚上城门是关着的。而且每个出口我都安排了两个仆人在那儿看着，要求他们灵活掌握。毕竟带走黎吉亚那个人体形特征特别显眼，一看就知道了。你还不算太倒霉，皇帝没有抢她，这个你不用担心，我知道帕拉屠姆宫发生的所有事情。”

但是维尼裘斯的愤怒重新被点燃，还有，比愤怒更厉害的是悲伤，他嗓子里不断蹦出怪调。他将从阿克台那里获知的信息一字不差地讲给裴特洛纽斯听。接着维尼裘斯忍不住埋怨裴特洛纽斯想的坏点子：他如果没有这样做，事情肯定不会发展成现在这样。黎吉亚还和奥鲁斯他们一家人在一起，而自己每天都会与她见面，他肯定是世界上最幸福的人。然而如今呢？黎吉亚踪迹全无，即便找到她，也必须悄悄将她藏好，以防她受到波佩雅的伤害。这样想着，他不禁泪如雨下、悲愤交加。裴特洛纽斯万万没有料到，自己的外甥会因为爱情而变得如此多愁善感，直到看见他的眼泪掉了出来，才惊讶地说道：

“伟大的塞浦路斯女神[①]啊，你真的是世界上拥有最大权力的神啊！”

12

裴特洛纽斯来到家门口，管家对他汇报进展情况，而被派去驻守城门的仆人尚未回来。裴特洛纽斯吩咐管家给他们准备食物，让他叮嘱驻守城门的仆人严格盘查进出的人群，不然就重刑伺候。

“瞧，他们肯定就在城里面，一定会找出黎吉亚来的。你也别让自己的下人无所事事，派他们去看好城门。找那些见过黎吉亚的仆人吧，他们都认识她，应该简单一些。”裴特洛纽斯开口讲道。

“那些人都已经被关到郊外大牢里了，不过我会改变命令，让他们赶紧回来守着。”维尼裘斯答道。

①指爱与美之神阿弗洛狄特或维纳斯，因为人们在塞浦路斯岛上修建了祭奉她的最著名的神殿。

他立刻写了一封信，递到裴特洛纽斯手里，请他赶紧让仆人把信件送回住所。

接着他们去了庭院里，找了石板凳坐下，聊了一会儿。

黄发的欧妮姬和伊拉斯递过来放脚的青铜凳子，又从别致的、来自沃拉台莱和凯齐那的长颈瓶中斟了一些美酒出来。

“你那里有没有人看到过黎吉亚的那个仆人？”裴特洛纽斯问道。

“阿塔齐努斯还有古罗见过他，但是两人都死了。”维尼裘斯说道。

“太可惜了，咱俩都是由古罗照顾大的。”裴特洛纽斯说。

“我原本计划还他自由的，”维尼裘斯说道，“好了，别说这些了，还是谈谈黎吉亚吧。罗马好比海洋……”

“可是大海里刚好是寻找珍珠的宝地啊！当然，我们要消耗时间和精力，但是，我们肯定会成功。你还说我的想法很烂，其实我的出发点还是不错的，只是结局坏了一点儿才会这样。奥鲁斯不是讲过他要移居到西西里吗？如果这样，黎吉亚只会和你越来越远。”

“那我也跟过去——就算是那样，她至少还活着。可是如今呢？那女孩也许已经不在这个世界上了。波佩雅觉得是黎吉亚害了她的女儿，她肯定会跟皇帝陛下这样讲的。”

“的确，事情会如此发展下去。一开始把我也吓得不轻啊，但是那孩子肯定会康复的，就算她不幸离开了这个世界，我们也有方法弥补。”

裴特洛纽斯停顿了片刻，继续说道：

“波佩雅好像对犹太教很崇拜，相信那些妖魔鬼怪的事情，而且皇帝也是这样。假如我们造谣说是妖魔将黎吉亚带走了，百姓们肯定会相信这种说法。尤其前提是：反正不是皇帝也不是奥鲁斯他们劫走了她，而那个大力士更不可能独自完成，所以肯定会有其他人帮助他——他只是一个仆人，怎么会在这么短的时间内召集那么多人呢？”

“罗马的仆人们都很团结。”

“经常有仆人会因为这样的事死掉，但是那些人真的很团结，他们之所以会这么团结是因为他们要对抗共同的敌人。所以这样说来，你的那些下人们也要负责：假如你把妖魔的事情告诉给他们，那些人一定会到处宣扬他们见过妖魔，这样一来，那些仆人也就有借口跟你交代了。不信你可以试一下，去叫个下人来问他是什么情况，他肯定会向主神宙斯起誓，说是妖魔作怪。”

维尼裘斯也很信这些，所以听了之后非常惊恐地望着裴特洛纽斯。

“假如只有乌尔苏斯一个人，肯定没能力劫走她，那么究竟是谁劫走了她啊？”

裴特洛纽斯笑了一会儿。

“看吧，那些人肯定会相信的，就连你都有点儿相信了吧？这个世界就是这样，连神明都可以被我们戏弄，所以皇帝他们会相信的，这样一来皇帝就不会再找她了。然后，我们再将她送到一个遥远的地方，或者将她藏在我们居住的房子里。”

“那究竟是谁劫走了她？”

“肯定是和她有共同信仰的那些人。”裴特洛纽斯说道。

“那她信仰的究竟是哪位神明？谁会和她有一样的信仰呢？我也许会比您更了解吧。”

“罗马的女人都会信奉不一样的神明。人不一样，心中的神明也不一样。她信奉什么神明肯定是庞波尼雅教导她的，这一点可以肯定，然而她信仰哪位神明我却不了解。可以确定的是，没有人看到过她在我们修建的神庙里做过祷告。有人说她信仰的是基督，不过没有证据，家庭审判也证实了这一点。听说基督徒不仅对驴脑袋顶礼膜拜，而且做尽坏事，属于社会的不安定因子。然而，庞波尼雅的品行人人了解，如果她信仰基督，又怎么会对仆人这么好呢？”

“对，没有人会像奥鲁斯一样如此善良地对待仆人吧？”维尼裘斯接过话茬。

“用脑袋考虑考虑，因此，庞波尼雅跟我讲的那位神明，肯定是一位伟大且善良的神明。她在哪里供奉他就和我们无关了。但是，能够确定的是信仰那位神明的只会有庞波尼雅和黎吉亚这两个人，有可能还加上乌尔苏斯。我们能够判断，这个神明和别的神明同样存在缺陷，不是无所不能的。他还有一些信仰者，乌尔苏斯就是在他们的协助下带走了黎吉亚。”

“他们将宽恕作为自己的信仰，我去见阿克台的时候，看见了庞波尼雅，她曾对我说：希望主能够宽恕你对黎吉亚犯下的错误。”维尼裘斯说道。

“他们信仰的神肯定很善良，瞧，这样都还会让他宽恕你。如果找到了那个女孩，就说明他真的宽恕你了。”

“希望是这样吧！假如您的话应验了，我就掏出全部家当来给他上供。我现在没什么胃口，也不想去休息，什么都不想做。只想穿上黑色的外套，去城里找她。如果我化装一下，应该可以找到的，不然我真的坚持不下去了。”

裴特洛纽斯很同情地看着他：维尼裘斯的眼睛下面都是黑眼圈，双眼布满了血丝；因为很长时间没有刮胡子，那棱角分明的下巴上都能看到青色的胡茬了；头发也乱糟糟的，就像生病了似的。伊拉斯和金发的欧妮姬用爱慕的眼神看着他，但是维尼裘斯根本没把她们放在眼里。他们两个从来都不会去关心这些侍女，就像他们从来都不会去关心周围那些活蹦乱跳的宠物一样。

“你是不是被病痛折磨着？”裴特洛纽斯问道。

“嗯。”

“跟你讲，我觉得像你这样，就算是医生也没有办法救你。如果我是你的话，我要明白自己究竟该怎么办。我会先找个女人代替她，直到找到她为止——在你家里，有几个女人长得还挺漂亮的。你不要和我辩论，我明白得了思念这种病是什么感受，其他的女人是代替不了心上人的。可是找另外的人替代也许会缓解一下你的悲伤，让你好受一些。”

“我可不稀罕什么其他女奴。”维尼裘斯说道。

可是裴特洛纽斯真的很怜悯他，为了让他舒坦些，便想着各种办法。

“你是不是对自己屋里的那些美女不怎么感兴趣？”说完，他望了下伊拉斯，又瞟了瞟欧妮姬，接着摸了摸那个金色头发女人的大腿，继续说道，“瞧瞧这位貌若天仙的美女吧，前些日子，封台尤斯·卡皮还想用三个克拉左梅内城的娈童和我交换她呢！他对她一见钟情，被她吸引住了。就算是著名雕塑家史珂帕斯[1]，也雕刻不出比她更有魅力的身材。我一直不明白，自己怎么就没有爱上她呢？肯定不是因为喜欢克丽索台米斯才这样的。反正我就将她送你了，让她精心侍奉你吧。”

欧妮姬听他这样说，脸色立刻变得惨白，用恐惧的神情看着维尼袭斯，心里揣摩着他的决定。

维尼袭斯突然站了起来，双手抱着头，像是因为生病受尽了折磨一样几乎疯掉，他说道：

“不行，我是不会要她的，任何人都不能取代我的黎吉亚，但我还是很感谢您。您不了解我的内心，即使到天涯海角，我也要去寻她。您让仆人帮我准备一件有帽子的外套吧，我要去外台伯河周围看看，也许会有惊喜！”

穿好外套，他便走出裴特洛纽斯家。裴特洛纽斯明白，以他现在的状况，肯定不会在一个地方待多长时间，因此就没再管他。但是，他觉得维尼袭斯因为喜欢黎吉亚而拒绝了其他女人只是暂时的，也不愿自己的大方只是说说而已，于是对一旁的金发希腊侍女说：

“欧妮姬，洗干净一些，喷点儿香水，化个妆，然后就去维尼袭斯那儿侍奉他吧。”

欧妮姬一听赶紧跪了下来，双手合十恳求着，希望主人不要赶自己走，说她不想去新的地方，就算是在这里做苦力也愿意。她宁愿在这里做繁重的活儿，也不想去维尼袭斯那儿当侍女总领。她不

①古希腊著名雕像家，喜欢用青铜制作雕像，重视人物的面部表情，让情绪展现在安静的形体上。其作品是对古希腊雕塑第四世纪艺术风格的充分体现。

想离开，希望裴特洛纽斯可以可怜一下自己——就算是整天鞭打自己，只要不离开这里，怎样都可以。

欧妮姬非常恐惧，吓得发抖，伸出手恳求着自己的主人。裴特洛纽斯对她的态度感到很惊讶，没想到一个下人竟然有胆子抵抗自己，还解释说“不想去，不可以去”，这真的是前所未闻！他开始没有认为这是真的，接着皱了下眉头——因为自己品德很好，裴特洛纽斯又不愿意施行那些残忍的惩罚。他家里的仆人和其他大臣家里面的仆人相比，更加要优待一些，但前提是必须要遵从主人的命令才行。如果他们违反了主人的意愿，也只好让他们受罚；而且，对于让自己内心浮躁的行为，他也很难接受。接着，他定神看了一会儿跪在地板上的那女孩，开口说：

“去把蒂莱霞斯叫来，你也要来。”

欧妮姬颤抖着站了起来，两眼全是泪水，退了下去。没多久，屋里的管家蒂莱霞斯还有欧妮姬都到了。

“把欧妮姬带下去，罚她二十五鞭子，但是不要留下伤疤。”裴特洛纽斯吩咐道。

说完之后，裴特洛纽斯便去了书房，坐在红色大理石圆桌旁，继续写自己的《特里马尔空的晚宴》。可是，因为黎吉亚还有公主生病的事情，他怎么也静不下心来，没写多长时间就停下来了。毕竟这病事关黎吉亚的生死，裴特洛纽斯想，假如皇帝陛下真的相信是黎吉亚给公主下了诅咒，那他也逃脱不了，毕竟是自己求皇帝陛下将那女孩接到宫里的。但是，他还是想到了应对之策：如果见到皇帝陛下，便告诉他这是无稽之谈。靠自己的巧言善辩，肯定可以赢得皇帝的信任。而且波佩雅一直都很喜欢自己，这一点即便波佩雅隐藏得很好，也还是被自己看出来了，可以对此加以利用……没多久，裴特洛纽斯又恢复了无所谓的姿态。他想先吃点儿食物，再让仆人送自己去宫里，接着再去战神操场[①]，然后再去找克丽索台米斯。

于是，裴特洛纽斯便去了餐厅，仆人们早就在走廊里等候着，然而，他竟然在这些人中间看到了欧妮姬充满魅力的身影：她正靠墙站着，裴特洛纽斯已然忘记自己刚才只是吩咐蒂莱霞斯打她几鞭子，而没有交代其他什么。他情不自禁地皱了一下眉，看看管家在不在这里。

但是，他没有看见，于是开口问欧妮姬：

“你是不是已经受到惩罚了？”

欧妮姬马上下跪，亲吻着裴特洛纽斯的外套衣角，回答道：

“嗯，没错，主人，我已经受到惩罚了……”

她说这话的时候，声音听起来竟然很愉悦，似乎还带有感激之情，也许是为自己只是被打了几鞭子便可以留下来而觉得庆幸。裴特洛纽斯也明白她的心思，尽管很纳闷这个侍女为什么这样顽固地想要留下来，但早就看透了太多世态炎凉的他肯定知道，是爱情的力量让她如此坚持的。

“你是不是喜欢上这里的谁了？”裴特洛纽斯问道。

欧妮姬抬起那双饱含眼泪的蓝色眸子，小声地说道：

“回主人，是这样的……”

这湿润的眼眸、一头披散的金色头发、一脸羞涩却又满是希冀的神情，让人觉得格外动心。她恳切地望着裴特洛纽斯，作为一名

①古罗马市东北面环城周围，供奉着战神，所以那周围一般用来军事操演或者武力比拼。到了罗马帝国的晚期，还有散步场和卫浴等，是公众娱乐的地方。

思想家，裴特洛纽斯明白爱情的魔力有多大，因此不禁很疼惜她。

“你喜欢上他们当中的谁了？”他指着劳作的下人们问道。

欧妮姬并没有答复他，仅仅将嘴唇覆在他的外套边上，没有任何动静地保持着跪姿。

裴特洛纽斯望了一眼那群仆人，尽管里面有几个长得还不错，但是他没有表露出任何爱慕之情，相反，那些人却一直在神秘地笑着。接着，他又看了看跪在自己脚边的欧妮姬，没再说什么，直接去了餐厅。

用完餐之后，他让下人抬他去了皇宫，接着又去看望了克丽索台米斯，一直到很晚才回来。到家之后，他让人把蒂莱霞斯叫来。

“欧妮姬已经受过惩罚了吗？”他问道。

“受过惩罚了，主人。您说过不许在她的身上留下疤痕的。”

“我没有再安排什么关于她的事情了吗？”

“没有，主人。”管家谨慎地答道。

“嗯。那她究竟喜欢上哪一个仆人了？”

“回主人，哪一个都没有。”

“平时，她看上去怎么样？”

蒂莱霞斯犹豫地回答道：

“欧妮姬晚上的时候从来都不出去，她和老阿克丽宵娜还有伊菲妲住在一个房间。只要您沐浴之后，她一定不会多在那里停留一刻，主人……其他的下人们都取笑她，说她是狄安娜。”

“可以了，今天早上我将她送给自己的外甥维尼裘斯，他竟然不接受。那就让她继续留下来吧，好了，你歇着去吧。”

“主人，那我还能再讲讲关于欧妮姬的事情吗？”

“有话就说。”

“每个人都在议论尊敬的维尼裘斯去接的那位女孩半路逃跑的事情。当您离开之后，欧妮姬跟我讲，她知道可以通过谁知道那女孩的下落。”

“什么！那人究竟是谁？”裴特洛纽斯问道。

“我不知道是谁，主人，我只觉得自己有必要跟您汇报一下情况。”

“很好。你第二天一早就去把维尼裘斯喊来，也叫上那个知情的人。”

管家俯身敬礼，便离开了。

裴特洛纽斯便想着关于欧妮姬的事。一开始他觉得欧妮姬这样说，也许只是想让自己可以不用离开这里；但是，再仔细考虑一会儿，他觉得有可能欧妮姬说的那人就是她喜欢的人，这不禁让裴特洛纽斯觉得很气愤。只要现在将欧妮姬喊来了解一下情况，便会真相大白，可现在毕竟太晚了，裴特洛纽斯在克丽索台米斯那里停留了很长一段时间，觉得很累了，只好先去休息。但是，等裴特洛纽斯回到房间的时候，竟然突然想起刚才见到克丽索台米斯眼睛旁的一丝细纹。她的美丽在罗马可谓人尽皆知，这似乎和那皱纹不相配。他又想起了封台尤斯·卡皮，他竟然要用三个克拉左梅内城的娈童来交换欧妮姬，真是太让他占便宜了。

13

次日，裴特洛纽斯还没有换好外套的时候，维尼裘斯就已经来了。他并没有从守城的仆人那儿了解到有用的情报，这说明乌尔苏斯劫走黎吉亚之后还躲在城里面，然而这丝毫没有使他感到宽慰。他觉得，肯定是在那些仆人还没有守住城门的时候，乌尔苏斯已经带着黎吉亚逃出去了，所以他越发沮丧。毕竟已经入秋了，城门关得早了，如果有人要出去，肯定还是会被放行的，这样一来找到他们的概率又降低了。况且，他们也有可能从其他的路径离开了，比如走那些奴隶们逃亡的小道。维尼裘斯还吩咐一些仆人去守住旁边城市的道路，并派人去询问镇上的警察，恳请他们协助抓捕两个逃脱的奴隶。他还在集市上张贴了公告，对乌尔苏斯和黎吉亚的外貌进行描述，声明只要抓到那两个人一定有赏。可这样的办法究竟能不能找到他们还不确定，就算找到了，那也只是维尼裘斯自己的命令，城里的长官并没有颁布命令，所以士兵没有权力抓他们——即使要颁布命令，也赶不上了。维尼裘斯自己化装之后到处寻找黎吉亚，去了城里的每个地方，但是没见任何踪影。他还看到奥鲁斯家的仆人们也在找他们，这就让他更加确定，不是奥鲁斯劫走了黎吉亚，那些人肯定也不知道她的下落。听到蒂莱霞斯告诉自己说有人知道黎吉亚的下落，他便飞奔到裴特洛纽斯这儿来，刚简单客套了几句，他就想快点儿见到那人。

“不用心急，马上就能见到她，欧妮姬待会儿要来帮我整理衣袖，你可要好好问问她，这个信儿是她带来的。”

“就是您昨天要赏赐给我的那个人吗？”

“没错，就是她。这样说来，我还要谢谢你没有要她呢，她真是很会整理服饰啊。”

还没说完，欧妮姬就来了，她将装饰有珍珠的外套抖开，为裴特洛纽斯穿好。这时的她容貌娇美，皮肤白皙，眼神里流露着幸福的神情。

裴特洛纽斯专心地看了她一会儿，发现她长得真的很吸引人。她开始给他整理外套，一会儿站立，一会儿弯腰，裴特洛纽斯一直盯着她看，发现她的手臂上出现了很神奇的淡粉色，而胸前竟然是和雪白的珍珠一样的颜色。

“欧妮姬，前些日子你和蒂莱霞斯说的那人到了吗？”裴特洛纽斯问道。

“已经到了，主人。”

“他是谁？”

“回主人，他叫基罗·基罗尼代斯。”

“他的职业是什么？”

“是名医生，也是位学士，还会占卜，他可以给别人占卜未来的前景如何。”

“那他为你占卜过吗？”

欧妮姬一听害羞得脸都红了，就连耳朵根都是红色的。

“占卜过，主人。”

“他说了什么内容？”

“他告诉我，我将会承受苦难和幸福。”

“你不是昨天已经在蒂莱霞斯那边承受苦难了吗？接下来幸福也会得到的。”

“已经降临了，主人。”

“为什么这样说呢？”

欧妮姬小声说道：

"因为我可以留下来了啊。"

裴特洛纽斯摸了摸她那金色的头发。

"你把我的袖子整理得很好，我非常喜欢，欧妮姬。"

因为这样的动作，欧妮姬眼里霎时充盈着泪水，胸部也因为呼吸急促而上下起伏。

裴特洛纽斯和维尼裘斯来到大厅，基罗·基罗尼代斯早就候在那里了，见他们来了，赶紧弯腰鞠躬。裴特洛纽斯见他这副样子，想到自己昨天竟然以为他是欧妮姬喜欢的人，不自觉地笑了起来。眼前这人，无论是谁都不会喜欢上他的。他长得非常丑，全身脏兮兮的。他的年龄不是很大，可那好久没有打理的头发还有那乱七八糟的胡子里都夹杂着一些白毛发，连背都是弯着的，不仔细看的话，还以为是个驼背。而且他的背上还长了一个瘤子，脸像猴子似的，眼神却十分犀利。黄色的皮肤上全是斑纹，酒糟鼻子看上去很突兀，这说明他很喜欢喝酒。他穿得也邋里邋遢的：灰不溜秋的山羊毛紧身内衣，外面是相同材质的外套，令人难以得知他是真穷还是装穷。裴特洛纽斯看到他的第一眼，就想到了荷马笔下的塞西蒂斯[①]，他招了招手算是打过招呼，然后开口说道：

"见到你很高兴，神圣的塞西蒂斯。尤利西斯[②]怎么会这么无情，在特洛伊城里将你变成了驼子？他自己如今在天堂忙什么呢？"

---

①荷马史诗《奥德赛》中一个面目非常丑但是能言善辩的人，在特洛伊战争中被阿喀琉斯杀死。

②尤利西斯也就是奥德修斯。

“敬爱的长官，”基罗·基罗尼代斯回答道，“天堂里最智慧的神明尤利西斯想让我向人间最具智慧的人——也就是您问好，希望您可以赏赐我一件新的外套，盖住我的驼背。”

“向美丽的神明海卡特起誓！”裴特洛纽斯说道，“就凭你说的这句话，就有资格得到我送你的一件新外套。”

旁边的维尼裘斯却忍不住了，插了进来，急急地问道：

“你知不知道自己来此的目的是什么？”

“两位都来自显赫的家族，你们发生了什么，大半个城市都已经知道了，所以我肯定知道自己来这里的原因。”基罗回答道，“前几天晚上，老爷，是您的仆人把奥鲁斯·普劳修斯家中收养的女儿黎吉亚——其实她原来的名字叫卡丽娜——从皇宫接到您的住所的，但是半路却被人抢走了，而我一定会找到她，就算她已经离开这里，我也会为您占卜一下她现在躲到了哪里。但是呢，我认为事态还没进展到那种程度。”

“是的，你有什么好方法吗？”维尼裘斯问。这样的回答倒是让他感到很宽慰。

“老爷，有句话叫‘有钱能使鬼推磨’。”基罗奸笑着回答道。

裴特洛纽斯盯着这个奇怪的东西，不经意又笑了笑。他想：这个人真是找对了。他对他每一次的回答都很中意。

但是维尼裘斯却皱着眉头讲道：

“你给我注意点儿！如果你想骗我的钱，我一定会派人拿鞭子打死你的。”

“我是一名思想家，是不会贪钱的，钱财对于我们这样的思想家来说乃身外之物，我们根本不把它放在眼里。”

“难道你是一名思想家？欧妮姬跟我说你是医生啊，还会占卜，你是怎么和欧妮姬认识的？”裴特洛纽斯开口问道。

“她早就对我有所耳闻，所以慕名前来找我。”

“她是因为什么事情来找你的？”

“关于爱情方面，她想让我帮她治好自己的相思病。”

“那治疗得怎么样？”

“那对我来说简直是小意思。已经治好了，我保证她的爱情能开花结果，而且我还将多年来人人敬仰的塞浦路斯岛上那座帕佛斯城神庙里的维纳斯的带子绑成了两条绳子，放在胡桃核里面送给了她。”

“她应该给了你很多报酬吧？”

“如果可以换取恋人的心，不论是谁，付出多大的代价都是乐意的。而我自己呢，是个残疾人，右手手指缺了两根，所以正准备存钱找个仆人来伺候我，帮我写下自己伟大的想法，好将自己的智慧结晶保留下来，就当是为人类的文化做出点儿奉献吧！”

“那伟大的思想家，你是什么学派的呢？”

“回老爷，我是犬儒学派的，因为我穿的衣服很破；我是禁欲学派的，因为我什么都没有；我也是逍遥学派的，因为我通常是从一个地方步行到另一个地方，途中遇到谁愿意给我点儿钱财，我就会帮他们占卜。”

“一看到有酒，你就精神抖擞了吧？”

“大哲学家赫拉克利特[①]曾经讲过，一切事物都在流淌着。所以，老爷，您觉得酒是不是也会流淌呢？”

---

①古希腊唯物主义哲学家，认为火是所有事物的源头。

“他也讲过，火是神明，可以将你的脸照得红通通的。”

“可是伟大的第欧根尼[②]曾经说过，空气才是世界的根源，它可以制造温暖，最具温度的位置就是圣灵的灵魂所在之处。就算天气严寒，圣灵也会拿酒来将他的灵魂变得暖和。老爷呀，您大概不会认为，一瓶卡普阿或者是台莱西亚产的美酒，不能给这个听天由命的凡人一点儿温暖吧？”

“基罗·基罗尼代斯，你是在哪里出生的？”

“蓬屠斯的梅沈布利亚。”

“基罗，你颇有才华！”

“但是我却毫无名气！”那位智慧家无奈地说道。

维尼裘斯又不耐烦了。他好像看到了一点儿希望，又有了寻找到黎吉亚的信心，所以想立刻就要基罗占卜，没时间在这里听他东拉西扯。于是，他忍不住对裴特洛纽斯发起火来。

“你准备何时才开始？”维尼裘斯问那个希腊人。

“实话告诉您吧，尊敬的军团长，我早就准备好了，”基罗回答道，“我知道要到这里来，而且要回答您的问题，所以早就准备好了。尊敬的长官，您不用担心，就算是您的鞋带不见了，我都可以帮您找回来，还能够知道是谁捡到了您的鞋带。”

“还有没有其他人找你干过这样的事？”裴特洛纽斯问道。

基罗抬起头说道：

“现在的人们啊，根本不把聪明才智和道德品行当一回事，所以思想家只好找其他的生存之道了。”

---

①古希腊哲学家，出生在公元前5世纪，认为空气是所有生命的根源，所有的事物都是由空气组成的。

“那你是靠什么生活的呢？”

“到处打听消息，然后卖给想要得到情报的那些人。”

“他们会付金子给你吗？”

“当然了，老爷，我想买下一个仆人做我的抄写员，这是我迫切需要的，不然，我的聪明才智会消失在黑暗中。”

“看你的破外套，肯定是没有挣多少金子啊，这也说明你没多大本事啊。”

“老爷，我这样做只是因为自己要保持谦虚的品质，而且您也知道，现在没有多少善良的人了，以前那些善良的人就像是在吃普台奥里的牡蛎一样，回报别人的时候，根本不把钱当回事。这并不是因为我没多大本事，只是现在人们不懂得感恩了。有时候，花高价买来的仆人不见了，要不是我帮他们找到，那不是损失惨重吗？只要城墙上出现了污蔑高贵的波佩雅的话，没有我，她又怎么会知道是谁做的呢？没有我的话，人们怎么能够在书店里找到嘲讽皇帝的诗篇呢？那些骑士和长老们在屋里面偷偷议论的内容，谁又会禀告呢？不想让仆人们送的信封，谁又愿意去送达呢？谁会到发型屋门口寻求线索呢？食品店和面包师哪个乐意把信儿告知谁呢？谁可以听到仆人们的心声？每家每户无论是大厅还是庭院，又有谁只要看一下就明白发生了什么事情呢？又有谁明白街巷的秘密呢？又有谁听到了在卫浴室、在戏剧院、在大街上、在习武学校、在仆人买卖市场，甚至在体育场那里，人们都在议论什么内容呢？……”

“啊，老天！不用再说了，伟大的塞西蒂斯，我们已经彻底被你的本事、你的品行、你的聪明才智，还有你的口才能力折服了。可以了，我们只是想进一步了解你，现在已经清楚了。”裴特洛纽斯大声喊道。

维尼裘斯听了这番话也很高兴，他觉得眼前这人就像是猎狗一样，只管让他去找，他找不到目标是不可能放弃的。

“可以，那你还要我们帮什么忙吗？”维尼裘斯问道。

“我还要一点儿武器。”

“什么武器？”维尼裘斯不解地问道。

那人用手比画出钱财的意思，长叹一声，说道：

“这也是迫不得已啊，老爷。”

“这样说来，你是想成为一匹驴，带着你的钱财去击毁城墙吧？”

“我只是穷困的思想家罢了，你们才是富人啊，老爷。”基罗谦虚地说道。

维尼裘斯给了他一袋钱，那人伸手接着的时候，他清晰地看到他的右手少了两根手指。那人继续说道：

“老爷，我了解到的情况绝对比您想的还要多，我不是就这样来这儿的。我了解到，并不是奥鲁斯他们带走了那女孩；而且我还知道你们没有去找士兵和守城门的那些人帮忙反而来找我的原因。我还了解到，这件事是她仆人做的，那人和她是同一个民族；而且帮助那仆人的不是奴隶——毕竟全城的奴隶都是一伙的，不会为了帮他而和你的那些仆人作对。所以帮他的只有那些和他有共同信仰的人。”

“瞧，维尼裘斯，这和我跟你讲的都是一样的内容吧？”裴特洛纽斯撇了撇嘴说道。

“我真感到荣幸，老爷，”基罗说道，然后又转过去对着维尼裘斯接着说，“不用怀疑，其实那位女孩，和罗马城里最具品德、最善良的女主人庞波尼雅信仰的是同一位神明。而且，据说庞波尼雅为了信仰那位神明，在家中就曾受到过审问，但是我却始终无法从那些下人嘴里打听出来她信仰的到底是哪位神明、信徒又是怎么称呼。假如我打听到了，就可以成为他们那里最虔诚的一位信徒，让他们相信我。而且，老爷，您也在尊敬的奥鲁斯家中休养过一段时间，可不可以透露给我一点儿消息？”

“我也不知道。”维尼裘斯回答道。

“敬爱的将军们，你们的问题我都回答了，现在我能不能问你们一个问题呢？尊敬的将军，请问您在庞波尼雅或者黎吉亚那里看到过什么雕刻品、祭祀品或者是形状特殊的物品吗？或者您听到过只有她们才明白的暗语吗？”

“暗语？让我想想，没错，我好像见过黎吉亚有一次用沙子画了一条鱼。”

“什么，一条鱼？明白了，那画过多少回呢？”

“就一回。”

“老爷，您敢保证她画的是鱼吗？”

“没错，你知道那表示什么吗？”维尼裘斯疑惑地问道。

“等我仔细想想。”基罗说道。

然后他朝他们敬了个礼，作为告别礼，又说道：

“敬爱的将军们，希望幸福女神降临到你们身边。”

“传我的命令，去领一件外套吧。”裴特洛纽斯跟那位正准备离开的男子说道。

“尤利西斯真诚地感谢您对塞西蒂斯的赏赐。”那人说道。

他又弯腰敬了一礼，之后便离开了。

“你觉得这人靠谱吗？你有什么想法？”裴特洛纽斯转过身问维尼裘斯。

“我觉得他应该能够找到黎吉亚，但我还是觉得这人有点儿像是占卜的骗子。”维尼裘斯兴奋地回答道。

“嗯，真想和这位禁欲派的人成为朋友啊，但是现在我得吩咐仆人去在大厅里点一些香薰，这味道实在不妙。”

基罗·基罗尼代斯穿着新得的外套，手里紧紧握着维尼裘斯赏赐的钱袋，沉甸甸的分量再加上叮当的响声让他快活极了。他一边走，一边看后面裴特洛纽斯是不是派人在跟踪自己。他来到了利瓦伊亚大门，穿过克里乌斯·维尔布斯街角，去了苏布拉区。

“看来，我得去斯波鲁斯饭馆那里打打牙祭，幸福女神真的眷顾我了啊，期盼这么长时间的好运终于降临了。维尼裘斯还只是个年纪轻轻的浑小子，耐不住性子，但是家里那么有钱，为了找到黎吉亚那女孩，就算是花掉所有的家产他也愿意啊。而这正是我所希望的。但是，帮他做事还是小心为妙，毕竟看他拧着眉头，可不是什么善茬儿。哎，现在啊，就是这些人成了世界的领导者。至于裴特洛纽斯，他似乎比较和蔼——神明啊，为什么成为领导者的都是这些人啊？她竟然画的是鱼，如果能让我知道那代表什么，就算被羊酪噎死我也都没啥遗憾。我一定会知道这表示什么。鱼是生活在水里的，而且在水里比在陆地上寻找难度要大一些，所以，他肯定会因为这样再多给我些钱的。这样一来，我就不用再过这潦倒的生活了，还可以买个仆人——但是基罗啊，你还是买个女仆人吧，你觉得呢？我了解你，你肯定会这样做的。假如是个美女，长得像欧妮姬那么漂亮的话，就和她在一起吧，你就会更加美好，还会从她那里得到很多好处。我只是把自己破烂衣服上面的两根线头给了那个蠢女人，就换来了这么多钱，真是笨啊。如果裴特洛纽斯愿意把她赏赐给我那就好了。没错，基罗啊，你没有了双亲，只是孤单一人，总要有个女仆人服侍一下自己吧？但是，首先得让她有住的地方，维尼裘斯会帮你的，这样你也有家了；而且还要有衣服，维尼裘斯会给你买的，还要够生存，要有食物……统统交给维尼裘斯吧。哎，真是艰苦的生活啊，还是去斯波鲁斯饭馆吧，那儿消息最灵通了。”

基罗自言自语地来到饭馆，然后买了一瓶“黑酒”，酒家用怀疑的眼神看着他，于是他掏出钱往桌上一丢，开口说道：

“斯波鲁斯，不要这样望着我，我可是在塞内加那儿干了一上午的活儿啊，这是我的报酬。”

斯波鲁斯的眼睛瞪得更大了，但还是把酒拿给基罗，收走了钱。基罗接过酒蘸了一点儿，画出了一条鱼的形状，说道：

“你明不明白这代表什么？”

“不就是一条鱼吗？”

“就算你往酒里掺了很多水，连鱼都可以养活，你也还是个不折不扣的笨蛋。这可是一个标志，用思想家的想法证明这可是带给人幸福的标志。你如果知道的话，幸福就会降临在你的身边。我可告诉你，你要多学一点儿啊，不然我就去别的店里，我那位新主人裴特洛纽斯早就主张让我换酒家了。”

14

自从那天见过之后，基罗很久都没有露面了，而维尼裘斯在知道黎吉亚原来是爱着自己之后，更想立刻找到她。他只是靠着自己的力量去找，并没有找皇帝帮忙，毕竟皇帝陛下现在正担心着公主的身体状况，全部心思都挂在公主身上。

然而，无论是举行祭祀、供奉和祈祷，还是寻求名医的帮助，甚至找来法师做法术都没有任何作用。一周之后，小婴儿就死了。整个皇宫甚至罗马城，都沉浸在悲伤的气氛中。在这个孩子刚出生时，皇帝快活得快要疯了，可是如今因为心痛，又快要疯掉了。他连着两天把自己关在房间里面，滴水未进，尽管那些长老还有大臣们，都带着一脸沉痛和可怜的表情来求见，但是他却没有见任何一个。长老们还举行了特殊的例会，将那个婴儿拜为神明，给她修建了一座殿堂，还有高僧来主持葬礼。为了缅怀这位公主，他们在其他的庙里面举行过多次供奉仪式，还用稀有的金子制作成雕塑纪念她，为她举行的葬礼有着前所未有的庄严。下葬那天，皇帝的脸上是无限的哀伤，让百姓们觉得诧异，都随着他一起哭了起来，摊开手朝他乞讨——但是他们的注意力更多还是在那前所未有的场面上。

对于公主的死，裴特洛纽斯感到很惊讶。波佩雅认为这是巫术在搞鬼，而且整个罗马城的人都传开了。一些因为自己无能而想给自己找借口的名医们、一些束手无策的僧人们，还有一些害怕自己丧命的巫师和百姓们也跟着起哄。裴特洛纽斯却为黎吉亚的逃跑而感到庆幸，不然她自己受处罚，还会连累了奥鲁斯他们，甚至会牵扯到自己和维尼裘斯。因此，当帕拉修姆宫那边将所有的柏木运走时，他和那些大臣们一起搞了一次会议——他想知道尼禄究竟信不信这种谣言，还想利用这次机会拯救一下局面。

他很懂尼禄，而且知道尼禄肯定不会信这些谣言，但是因为皇帝要体现出自己悲恸欲绝的心情，还要向某人复仇，更不能让人们知道这是神明对自己的惩戒，所以只有假装相信巫术之说。裴特洛纽斯觉得尼禄就算是对自己的亲生女儿，也不会有什么真实的或者很深的情感，就算他对那孩子如此喜欢——能够确定的是，他一定能做到让人觉得自己非常伤心。事实真的就是这样。尼禄的脸上完全没有表情，他双眼直视前方，听着骑士还有长老议员的劝告。但旁人仍然很明显地看到，他就算是真的很悲伤，也在思考着究竟自己的伤心姿势看起来怎么样。而且他还摆出了专门的姿态，使自己看起来就像是很伤心的父亲，却让人觉得像是在演戏。他从头到尾都没有说过一句话，就像因为极度伤心变成了傻子，还时不时做出想把脑袋埋到泥土里使劲儿钻的样子，或者发出痛苦的哀号。直到看见裴特洛纽斯来了，他才突然站起身来，大声哀怨着，周围的人都听到了他在讲什么：

“都是因为你，公主才会死的，要不是听了你的话，让那巫女来到宫里面，只是看了她一眼就让公主没了命啊，啊，天哪……真希望我看不见任何光芒。”

尼禄的喊声越来越大，越来越绝望，可就算是这样，裴特洛纽斯还是决定要赌上一把。于是，他急奔上前，突然一把抓住尼禄长久以来戴在脖子上的丝巾，直接将它塞到了皇帝的嘴里。

然后，他一本正经地说道：“陛下啊，就算您悲伤到要烧掉罗马城或整个世界，您也一定要为臣民好好保重您贵重的嗓子啊。”

这下周围的人全都惊呆了，就连尼禄都感到很吃惊。裴特洛纽斯知道自己究竟在做什么，因为他想起，尼禄曾授意台尔普诺斯和狄奥多鲁斯[1]，一旦遇到皇帝高声喊叫，可能导致他声带受损时，应该马上提示让他住嘴。

“亲爱的陛下啊，我们蒙受的损失已经不少了，还是希望您将最好的宝贝好好珍惜吧。”裴特洛纽斯用哀伤而又正经的语调接着说道。

尼禄脸部一僵，没多久眼泪便喷涌而出。他抱着裴特洛纽斯，将头靠在他的胸膛，抽泣着说道：“最了解我的就只有你了，裴特洛纽斯，最懂我的就是你啊！”

蒂杰里奴斯在一旁气得脸都紫了，但是裴特洛纽斯继续说道：

“不如去安修姆那儿吧，那是公主出生的地方，那儿是陛下感到最快乐的地方，去了那儿您肯定会开心一些。那边的海风，也有利于陛下嗓音的保养。我们都是您的忠臣，您去哪里我们都会跟着您一起去。让我们用自己的情意替陛下减缓悲伤吧，这样，皇帝陛下就会为我们献上动人的歌声。”

“没错，我要用诗歌缅怀小公主，再写成歌谱唱出来。”尼禄悲伤地说。

“接着，您就会在巴雅遇见明媚的阳光。”

“在希腊便会忘记所有的痛苦。”

“诗歌相融的世界。”

渐渐地，尼禄沉闷的心情终于得到了缓解，好像飞出囚笼的鸟儿一样。言谈时他虽然还有那么一丝悲伤，但聊得还算愉快，比如

①他们都是教尼禄唱歌的老师。

说行程、演出，还有关于亚美尼亚皇帝蒂里达太斯使者到访的见面活动。没错，蒂杰里奴斯还想再说巫术的事情，可是裴特洛纽斯早就想好了应对之策，有绝对的信心打败他。

“蒂杰里奴斯，你觉得巫术有可能打败神明吗？”裴特洛纽斯问道。

“刚才陛下就是这样认为的啊。”蒂杰里奴斯回答说。

“这就是你的不对了，那只是因为悲伤过度，并不是陛下的心声，所以你究竟怎么看这件事呢？”

“神明法术高强，肯定不会被妖术击败的。”

“这样看来，你就是在蔑视皇帝陛下的威严了？”

“胜利在望。”站在一边的埃普留斯·马塞鲁斯喊着，好像是在念咒语似的一直叨念着这句话。因为在战斗场上，如果对手挨了一拳却没有倒下，观众们就会一直喊这句话。

尽管蒂杰里奴斯非常生气，他还是让自己先冷静了下来。他和裴特洛纽斯之间的钩心斗角，也不是一两天了，但因为尼禄更放纵裴特洛纽斯一些——也可以说是因为尼禄根本就没有将蒂杰里奴斯当回事，裴特洛纽斯还是略胜一筹。在与蒂杰里奴斯的几次斗智斗勇中，裴特洛纽斯都靠自己的聪明才智赢了他。

这次也一样，蒂杰里奴斯没有再说什么，但在盘算着以后怎么报复他，且暗暗记下了在场大臣和骑士们的名字。裴特洛纽斯走的时候，大臣们都围了上来，他们心想，因为这件事，裴特洛纽斯肯定会成为皇帝面前的第一红人。

裴特洛纽斯从皇宫一出来就直接去了维尼裘斯家，跟他说了自己是怎样和蒂杰里奴斯斗智斗勇的，他开口说道：

“我不但帮助奥鲁斯·普劳修斯、庞波尼雅和我们自己，帮黎吉亚化解了危机，还说服了皇帝陛下前往安修姆，然后再去那不勒斯或者巴雅，所以他们就不可能去搜捕黎吉亚了。这是他自愿的，他很怕去那样的场合进行演出，但是我了解他，他很早就想去那不勒斯露露脸了。而且，他还想去希腊或者其他很有名的地方表演一下，接着就会将希腊人给自己的赞赏带回罗马。这段时间，我们就可以专心去寻找黎吉亚，将她藏到一个隐秘的地方。咦，奇怪了，那位了不起的智慧家怎么还没到啊？”

“您尊敬的那位思想家根本就是骗人的，这些天，他一直没有来。”

“我可不那样想。他确实不怎么真诚，但是我相信他很聪明，擅长用谋略，而且他在你这里得到了一点儿好处，就因为这样，我敢肯定，他还会回来的。”

“最好让他小心点儿，否则我一定会给他颜色瞧瞧。”

“小伙子，不要那么性急，你要耐心等等，直到确定他是个骗子再这样做吧。也不要给他太多金子，但还是要许下承诺说事成之后肯定会付给他大笔钱，当然，前提是他的信息很有价值。你自己有什么努力吗？”

“我让两个解放奴隶带了六十多个人去找她。我承诺过，不管谁找到黎吉亚都会给他自由。而且，我还分派了一些人在罗马市的旅馆挨家挨户地找，我自己也一刻不停地在城里面打听消息，说不定会碰到他们。”

“你如果找到了一定要告诉我啊，我马上就要出发去安修姆了。”

“没问题。”

“如果哪天你突然清醒过来，觉得自己没必要为一个女人费尽心思，没必要为她让自己操碎了心，你就来安修姆吧，那儿有很多女人和欢乐。”

维尼衮斯焦躁地来回走着，裴特洛纽斯看了他一会儿，说：

“你能不能平静地、不冲动地给我说说，你是不是还像一开始那样，还在疯狂地爱着黎吉亚？”

维尼衮斯停住脚步，一直望着裴特洛纽斯，好像刚才没有看到他一样，接着又继续来回走动。显然，他是在努力克制即将要爆发的怒火，让自己镇定下来。接着，他的脸上夹杂着失望、伤心、恼火，还有一股欲望的情绪，眼泪一直在眼眶里打转。这样的表情比任何言辞都有说服力，裴特洛纽斯被感动了。

裴特洛纽斯思索着说道：

“这样看来，撑起世界的竟然是女人，而不是伟大的神明阿特拉斯[①]，在女人的手中，世界就像是玩物。”

“是的，就是这样。”维尼衮斯说道。

此时，一位仆人通报说，基罗·基罗尼代斯到了，正在门外候着。

维尼衮斯赶紧让仆人把他带进来，裴特洛纽斯说道：

“哎，向海格力斯发誓，我都警告过你了：必须耐得住，要淡定，不然你就会听他的而不是他听你的了。”

“尊敬的两位老爷，向你们问好。”基罗一进门便开口说道，“愿神明保佑你们洪福齐天、名扬四海。”

“拥有高贵品质和聪明才能的人，你好啊。”裴特洛纽斯

①古希腊神话中支撑天的神明。

说道。

可是维尼裘斯却显得非常平静，淡定地问道：

“这次打听到什么消息了吗？”

“老爷，初次见面我就让您看到了希望，而今天我要给您更大的信心，我绝对会找到那个女孩并将她带回你身边。”

“也就是说你现在还没有找到她是吗？”

“没错，老爷，但是我已经明白那个图形的含义了，我也查到那些带走她的人信奉的是哪个神明，所以，只要跟踪信奉那个神明的那群人，肯定就能知道她的藏身之地。”

维尼裘斯几乎要从椅子上跳下来奔向他，但是裴特洛纽斯阻止了他，又对基罗说道：

“继续吧。”

“老爷，您确定那女孩画的是鱼吗？”

“确定。”维尼裘斯喊道。

“我可以肯定地告诉您，她信奉基督教，肯定是那些基督徒带走了她。”

瞬间一片沉默。

直到裴特洛纽斯继续开口说道：“我跟你讲，基罗，我那外甥早就准备了一笔丰厚的酬金要送你，只要你能找到那女孩，你买多少仆人都可以。但是，假如你是在故意骗他，他给你的惩罚会是一顿棍棒伺候，就算是加上七位思想家还有你自己的，都不能治愈你的伤疤。”

“老爷，您要相信我，那女孩信奉的是基督教啊！”基罗喊道。

"基罗，你可得想仔细了，你如此聪明。大家都清楚当初尤妮雅·西拉娜和卡尔维雅·克丽斯皮尼娜污蔑庞波尼雅·戈莱齐娜是基督徒，但是家庭法院都说她没有罪。难道你想旧事重提吗？你难道想告诉我们，庞波尼雅还有黎吉亚是人类的敌人吗？她们是那种会在水中投毒的人吗？她们是那种会杀掉小孩子而且放纵、卑鄙无耻的人吗？所以还是仔细考虑下吧，你的这个说法有没有理由支撑？你会不会搬起石头砸自己的脚？"

基罗摆了摆手，表示他没错，接着解释道：

"老爷，请用希腊文说出这几个词：耶稣—基督—上帝—之子—救世主[①]。"

"可以了，我将这几个词都默念了一遍，什么意思呢？"

"那请您将这几个词的第一个字母连接起来，会得出什么字呢？"

"是'鱼'字。"裴特洛纽斯吃惊地说道。

"没错，这就是为什么基督教会把鱼当作教会的标志。"基罗非常自豪地说道。

接着又没有人说话了，基罗的推理真有着让人难以否定的根据，他们两个都觉得非常震惊。

"维尼裘斯，你确信黎吉亚画的真的是鱼吗？"裴特洛纽斯开口问道。

"我向神明起誓，真的是令人不可思议啊，假如她画的是鸟，那我会说看到的就是鸟。"维尼裘斯慷慨激昂地喊道。

①用希腊文将这五个词的第一个字母合起来，就是希腊文"鱼"的单词，也就是基督教创立之初的标志。

“那她肯定就是信仰基督教。”基罗又说道。

“这么说，这也就表明庞波尼雅和黎吉亚会往水里投毒，会杀死小孩子，其行为举止如何放荡—— 一派胡言！维尼裘斯，你在他们家待过一段时间，我也上门拜访过，我太清楚奥鲁斯和庞波尼雅的为人，况且我对黎吉亚是什么样的人也知晓一些啊！我觉得这件事真的很可笑，就算基督教是以鱼的图案为标志，但是假如她们真的信基督教，那也有可能因为那个教派没有我们想象的那么糟糕。”

“老爷，您讲这话真像苏格拉底说的，但是又有谁真的了解基督教呢？没有人仔细研究过他们的哲理。三年前，我从那不勒斯去罗马——哎，我怎么就没有留在那儿啊——我认识了个叫戈劳库斯的医生。别人说他就是信仰基督的，但就算是这样，我还是认为他的品质高尚，而且人也很好。”

“那你是不是因为他，才明白那画的鱼是什么意思呢？”

“哎，这事讲出来也挺伤心的。一次在路途中的旅馆里，那老人被人杀死了，就连他的妻子和孩子也被拐去当了奴隶，我这两根手指就是因为要保护他们而断掉的。但是人们都相信，信仰基督教的人一定会有奇迹发生，因此我相信自己的手指肯定会再复原的。”

“你怎么会成为一名基督徒呢？”

“对啊，老爷，就是昨天啊，自从老爷您给我看了鱼的图形之后我就开始信仰基督教了。看吧，它有那么大的魅力。在这短短的时间内，我就成了那些虔诚信徒里面最热忱的一位。只要是他们的聚会，我都可以参加，这样一来找到那女孩不就易如反掌了吗？那时候，基督教教给我的知识肯定会比我自己学到的更多。我还向墨丘利[1]祈祷，只要他可以帮我找到那女孩，我会给他献上两头大小、颜色一模一样而且犄角镶满金子的小牛。”

“你不是信仰基督教吗？而且还专注于思想研究，怎么又信奉墨丘利了呢？”

“只要是觉得可以信任的，我都觉得那是知识。见我这种态度，墨丘利也会觉得很开心的。可是您知道吗？墨丘利是一位疑心很重的神明，只有先收到小牛才会保佑我，这钱的问题可不好解决啊。我又不是塞内加，没有那么多钱，但是，只要您，尊敬的维尼裘斯帮我出钱，我就非常感谢了。”

“我们不会给你一分钱的，基罗——维尼裘斯给你的钱肯定比你所能想到的多得多——除非你找到黎吉亚或者告诉我们她现在躲在哪里。当然，墨丘利是不会怀疑你献给他的那两头小牛的，尽管他不想这样做，但我觉得他这样做很平常，还是比较聪明的。”

“老爷们，尽管这次我还没有找到那女孩，但是已经找到具体路线了。只要照着路线找，保证可以找到她。您让那些仆人找了整个罗马城，甚至是郊区都找过了，有一点发现吗？没有。而按照我告诉你们的这条路线肯定会找到的。我还想再告诉你们一些事情。你们那些仆人里面，有可能有些人就是信基督教的，只是你们没有察觉到罢了，所以才会一直没有收获，反而将你们的想法告诉了他们。所以那些人看到我来这也不太好。裴特洛纽斯先生，您一定不能让欧妮姬到处张扬，而维尼裘斯先生，您要放出话说我是卖马匹膏药的，只要在体育场上抹了我的膏药，马匹肯定会取胜。我敢保证，只凭我一个人的力量就可以找到他们，你们一定要相信我啊，

①古罗马神话中掌管商业的神。

我之所以会先要一部分钱，那是因为这是我的动力啊！只有这样我才会全力以赴，更有信心不会让你们的那些钱打水漂。没错，我是一名思想家，轻视那些金银珠宝，不仅是塞内加，就算是穆索纽斯或者柯努屠斯，他们都不会因为保护谁丢了手指头，他们还是会写下自传为自己证明，也不看重财富。就算是先不提我想买的抄写员，或献给墨丘利的小牛，仅仅是我一个人找人也要花很多钱啊。

“看看，我这些天到处奔波，脚都磨破皮了。旅馆、面包店、肉摊、卖橄榄油的商贩那儿我都找过了，我还问过捕鱼的人。为此我四处奔波，还去过那些逃跑的奴隶躲藏的地方找，和他们划拳，输了一百多个铜板呢；洗衣店、染坊、饭馆我都去过；我还向刻字的、赶马的、治病的医生打听，问卖干果的小摊贩；我甚至还去过墓地——你们知道我为什么这样做吗？就是因为那幅有鱼的图画啊，我想听听每个人的回答，这样才能知道那符号的含义。很长时间过去了，我都毫无收获，直到很偶然的一次，我在水池旁边遇见一位老人在打水，他哭得很惨。我就过去问他是什么让他伤心。直到下台阶的时候，他才告诉我，他一辈子都在一分一分地攒钱，想为自己的孩子赎身，但有个叫潘撒的财主收了他的钱，却还是让他的孩子成了奴隶。‘所以我伤心啊，就算我一直是按照主的意思做事，结果还是不如意。’就因为这样，我灵机一动，用水画了鱼的图案，问他是什么意思。他只告诉我：‘愿主保佑你。’

“我问了他好久，他才告诉我关于自己的事情。原来，他是一个被那潘撒解放了的奴隶，奉命把石头从台伯河运到罗马，还让仆人们帮他在晚上运到工地，因为不想在白天的时候阻碍道路。这些搬运工里面有很多人都是基督徒，他的儿子也是，因为那孩子不能干苦力，他才想筹钱为他的孩子赎身。但是，潘撒拿了钱却没有放过他的孩子。他讲着讲着忍不住又哭了，我自己本来就很善良，脚也很疼，忍不住和他一起哭了起来。我也跟着继续说，我是前不久从那不勒斯到这里的，没有认识的基督徒，想知道他们都会在哪个教堂祈祷。他问我为什么没有让那不勒斯的教徒给罗马的教徒写一封信，我告诉他那封信在途中不小心丢了，所以他让我晚上去河边，他会把那些教友介绍给我，这样，我就可以去那些祈祷的教友家中，还可以见见德高望重的长老。我一听他这样说便心花怒放，于是给了他被骗去的那些钱，当作他儿子的赎金，因为我知道，心地善良的维尼裘斯给我的报酬肯定比这更多。"

"基罗，你说的这些全是鬼话，尽管这个消息还有些分量。可以肯定的是，你的确尽了最大的努力来寻找黎吉亚，但是你别用假话来为自己的那些消息添油加醋。你既然从那老人口中得知关于鱼的含义，那你告诉我他的名字。"

"他叫欧里裘斯，尊敬的维尼裘斯先生。他真的很可怜，他又让我想起了戈劳库斯，那个因为帮助别人死掉的医生，所以我非常同情他。"

"我相信真的有这个人存在，你甚至和他认识，但是你肯定不会给他钱。你连一分钱都没有给他，这个你别想骗我。"

"但是我帮他打了水，拎了水桶，还很同情他的遭遇。尊贵的老爷啊，我知道没有任何事情可以逃过您裴特洛纽斯的眼睛。没错，我没给他一分钱——也可以说我给他了吧，如果他是一位思想家，他一定能明白在精神上我给了他最大的付出。我之所以想给他钱，就是觉得这样做很有必要，这样做会让那些信仰基督的人十分信任我，对我很方便。”

“你说的真是在理，你真需要那样办吗？”裴特洛纽斯说道。

“所以我才这么说的啊，据我了解，你们肯定会赞成的。”

接着，裴特洛纽斯对维尼袭斯说：

“让人给他五千塞斯特恰银币，但是在精神方面，还有心灵上……”

维尼袭斯却说：

“我会让仆人跟着你，让他拿着钱，你告诉欧里袭斯说那人是你买的奴隶，然后在他面前把钱给欧里袭斯。为了报答你的可靠情报，我也会付给你相同的钱。晚上就去做吧，和那个仆人一块儿去吧。”

“您的慷慨真是名副其实啊，老爷，请允许我为您呈上我的新作品并批准我拿上钱便可以告辞。时间很紧张，欧里袭斯告诉我，今晚那些石块就会被搬运完，只有过了一段时间才会再有新船从奥斯恰那边过来。愿主保佑您，这是基督徒临走的时候经常说的话。我还要买个女仆，哦，不是，是男仆。大鱼已经上钩了，不用担心找不到那个女孩。愿主保佑您。保佑……保佑啊……”

15

裴特洛纽斯在寄给维尼袭斯的信中写道：

我让一个可以信赖的仆人从安修姆送来这封信，尽管你已经习惯手握兵器而很少拿笔写字，但我还是希望你尽快给我复信，让仆人送过来。我走的时候，行动进展很不错，我非常相信，你现在肯定已经和黎吉亚拥抱在一起了。抑或，坎巴尼亚原野上的那座索拉克屠姆山还没有吹起刺骨寒风的时候，你的愿望就已经实现了。维尼裘斯，但愿塞浦路斯的黄金女神眷顾你，还有那位为爱情亡命天涯的黎吉亚。你一定要牢记，不管大理石怎么稀有，只有在艺术家的手中，它才会变为有价值的雕塑品。我亲爱的外甥，希望你可以成为那样的人。真正有意义的爱，不是只有感情就够了，还要懂得如何去经营、如何去培养。一些出身不好的人或者畜生，只会去享受爱带来的快感，却不懂得怎样将爱情打造成高雅的艺术品，赞美它，懂得它的价值所在，将它铭记在心——如此一来，不仅会充实自身，更会让灵魂得到升华。每当我觉得内心寂寞、冷清，对生活感到毫无希望的时候，便会想到你的抉择是完全没有错的。就人类来说，能够支撑我们生存下去、成为我们生活目标的，并非其他，而是战斗与情感。

你经常打胜仗，也希望你赢得爱情，假如你还想知道一些宫里面发生的事，我会经常写信告诉你。现在，我们暂居在安修姆，最要紧的事情就是保护好那动人的嗓音。我们经常憎恶罗马，冬天的时候我们准备搬到巴雅，去那不勒斯和那些民众谈谈，毕竟住在那里的都是希腊人，肯定比外台伯河周围的那群人更有眼光。很多人都从巴雅、庞培、普台奥里、库买和斯塔比亚搬到那边，得到了很多掌声和尊重，这为我们涉足阿凯亚地区又迈出了伟大的一步。

对公主殿下缅怀又能怎样呢？没错，我们还会为她感到伤心。我们吟诵着自己写的诗歌，它是那么感人，就算皇帝的歌声都失去了光彩，必须躲在安菲特利[1]的山洞里面。就算是海

①古希腊神话中的海洋女神。

豚，假如没有海啸阻碍它们，它们都会出来倾听我们的歌声。我们仍然感到很伤心，所以才会像雕塑家那样通过不同的表现方式表达我们的伤感。仔细观察着我们在很伤心的时候是否仍然保持优雅，百姓们能否会赞同这样的美感。哎，我的外甥啊，我们就像是小丑和喜剧演员，直到生命消失才会结束啊！

所有的皇亲贵族都聚集在这儿，波佩雅用五百头母驴挤出的奶沐浴，还有一万多个下人伺候着。有时候这儿特别喜庆。卡尔维雅·克丽斯皮尼娜上了年纪，听说，她以前求波佩雅，等到波佩雅沐浴完之后让自己马上去洗澡。卢卡奴斯扇了尼吉甲一巴掌，说她跟大力士偷情。斯波鲁斯和塞内乔打赌的时候，连自己的妻子都输给了他。托加屠斯·西拉奴斯想用他那四匹栗色马换欧妮姬，还保证那些马匹一定会赢得今年的比赛，但是我没有同意。说实话，我还要谢谢你当时没有接受她。再说说托加屠斯·西拉奴斯吧，他觉得自己马上就下地狱了。他的确活不长了。你都清楚他干了些什么事吗？就因为尊敬的奥古斯都竟然是他的祖先，没有人可以帮他，这个世界就是这样。

你也了解，我们都想蒂里达太斯也可以来这里，前段时间，沃罗杰斯派人送信过来，信中的语气很狂妄，说他已经战胜了亚美尼亚，所以他想换下蒂里达太斯，假如我们不赞成，他便不再臣服于我们。这真好笑。后来我们决定只有开战，反正权力在柯布罗手里，他就像和海盗厮杀在一起的庞培将军那样英勇。但是，尼禄有时候也会变得很迟疑，他好像很担心柯布罗因为胜利而抢走了所有的光环。他还在想着是不是应该把将领的职位交给奥鲁斯，但是遭到了波佩雅的制止，很明显，她很不喜欢品质高尚的庞波尼雅。

瓦蒂纽斯跟我们讲，他在贝涅文屠姆准备了一场无与伦比的角斗士比赛——就算古人有云：做人要安守本分。但你看看现在这些家伙多么爱耍小聪明啊。维太留斯就是这样的人，而瓦蒂纽斯就是这家伙的亲生骨肉。有可能他自己就是这样的人。昨天，阿里屠鲁期装扮成王子俄狄浦斯[1]，表演非常出色。他是犹太人，所以我就打听了一下，问他基督教是不是就是犹太教。他告诉我，犹太教历史悠久，而基督教却是才兴起的教派，是从犹太教衍生出来的。在蒂贝留斯帝时期，有一位思想家被钉死在十字架上面，后来信仰他的人却越来越多，那些信徒们称他为上帝。而且那些人不认为还有其他神明存在，更不信任我们所崇尚的那些神明。我就是弄不明白我们的神明与他们有何碍？蒂杰里奴斯已经挑明了要与我为敌，他不可能胜过我，但是他有一个优势，那就是他更怕死，而且脸皮更厚，才会和皇帝陛下关系那么好。他们两个肯定会联合在一起的，到那时我就只有遭殃的份儿了。我不能预料究竟何时会发生这件事，可是那一天早晚都会到来的，是早还是晚我也不担心了。现在我就只愿意享受生活，就算不是因为皇帝，懂得享受生活也是好事情啊。由于他的原因，我才会觉得自己很可恶，将他的恩宠当作战场上的战争，觉得这是一场有关尊严的事情，赢得了他的宠信也就获得了尊严。没错，有时候我真的是这样想的，而且我觉得自己和基罗太相似，没比他优秀多少。如果你不再需要他了，记得让他来找我。他的话很有哲理，我非常感兴趣。代我向那些基督徒们问好，甚至希望他们的看在我的分儿上将你变成那条鱼吧。跟我说说你的身体

①古希腊神话中因为误杀了父母而四处流浪、最后惨死他乡的底比斯王子。

怎样，还有情感状况如何。记得，一定要知道怎样去经营感情、懂得如何去爱一个人。再见吧！

马库斯·维尼裘斯在回给裴特洛纽斯的信中写道：

暂时还没有黎吉亚的消息。假如不是因为相信马上就能够见到她，我肯定不会给你回信的，毕竟现在心情很烦躁，哪还有心思回信啊。因为想知道基罗是不是在说谎，所以那次他送钱给欧里裘斯的时候，我偷偷换了战袍，跟在他们后面。等到他们停下来时，我悄悄躲在了石柱后面，在远处观察，好像确实有欧里裘斯这个人的存在。河岸边，有很多人点着火把在搬运船上的石头，将它们抬到岸边。然后基罗便向那群人走去，和其中的一位老人说话，没想到那老头竟然趴在他面前，摆出参拜的姿势。我还看见那个仆人给了欧里裘斯一袋钱，他接过钱袋之后就合并双掌祈祷起来，站在他身边的人也跪下了，不用说就知道那肯定是他的孩子。基罗又开口讲了一些，但是具体是什么内容我却不知道，只看见他在为那些人祝福，好像画了个十字架形状的东西。我看那些人都跪下了，好像挺尊敬他的样子。我真想去告诉他们，只要可以帮我找到黎吉亚，就算是三袋这样的金子都没关系，但是，我又担心会打扰到基罗，犹豫过后，只好先行离去。

你刚走十二天左右就有这回事了，这段时间，基罗也找过我几次。他告诉我，他在那些基督徒里面有很高的地位。他还告诉我，之所以到现在都没有黎吉亚的消息，是由于罗马城里信奉基督的人太多了，因此有可能他们彼此之间并不是全部都认识的，发生了什么事并不是人人都了解的。他们都很小心翼翼，而且话很少，但是他跟我承诺过，一旦他认识了权力最高的牧师，什么事情都能打听得到——他早就认识了其中的几位，而且也听过一些消息，但是要特别谨慎才行，毕竟不能让那些人起疑心，这样一来就更有难度了。尽管等待的过程很漫长，而且我早就没有那个耐心了，但仍然觉得他讲的是对的，只好先等等看吧。

而且他还打听到那些人在什么地点祈祷：有时候在郊区无人住的房子里面，有时候在沙地。他们在那儿赞美基督，唱着颂歌，进行庆祝仪式，并且聚会的地方不止一处。基罗认为黎吉亚肯定是刻意不去庞波尼雅经常出现的教堂的，她不想连累她，那样在发誓的时候，才能保证她真的不知道黎吉亚究竟藏在哪里。有可能牧师们也让她要特别小心。只要基罗一找到她藏身的地点，我就会和他一起去，假如神明能让我找到她，我对朱庇特神发誓，一定不会再让她逃走的。

我一直在思考什么地方适合祈祷。基罗不让我和他一块儿行动，觉得那样不妥，但是我怎么坐得住呢？就算是她乔装打扮或者蒙着面，我都可以马上认出她。就算是在晚上，我也能够认清她。不管是哪里，我从声音和姿态都可以判断出她躲在哪里。我一定要乔装打扮一下，仔细观察来来往往的所有人。我无时无刻不在思念她，只要一眼我就可以认出她。明天基罗便会来找我，我一定要和他一起去，还要带上兵器。我派去邻城打探消息的仆人们早就回家了，一无所获，所以我敢保证她还在罗马城，也许就藏在我们都不知道的地点。我打着要找住所的幌子，挨门挨户去过很多人的家中。她如果和我待在一块儿，肯定比现在强多了，那里都是贫民窟啊。只要能找到她，无论付出多大的代价，我都不在乎。你写信告诉我，觉得我做的是对的，但是我却觉得自己很伤心、很难过。不仅要在城里面找，还要去郊外。每一天我都充满了信心，不然我真的会死掉。你曾经告诉过我要懂得如何去经营爱情，我知道怎么去爱黎吉亚，但是如今恐怕我只能单相思了。还是先等等基罗的消息吧，待在家里什么事都做不了，真的很难受。再见吧。

16

基罗很久都没有出现过了，维尼裘斯也不懂怎么解释这种状况。尽管他一直安慰自己，要想使寻找顺利进行下去并获得有价值的信息，就只有耐心去等，可就算这样，他的心里还是不舒服。理智压抑不了他激烈易冲动的性格。没有任何行动，一直等下去，双手交叉傻坐着，这完全不像以前的自己，他怎样都无法让自己静下心来。乔装打扮成粗布烂衫的奴隶之后，他亲自去城里到处寻找，就算是没有任何进展，至少他内心得到了安慰。他让那些经验老到的解放奴隶去寻找，但是和基罗相比，更没有什么经验。而在这段时间，除了自己对心爱之人的情感，还有那种一定要获胜的倔强性子在滋长。维尼裘斯就是这样的人，在他年少的时候，只要是自己想做的，就一定要成功，他没有尝过失败的滋味，也不知道如何退让。没错，就算在这个时代的军队里面，那些军纪虽然让自己受到了约束，但是他却坚信，下属一定要服从上司的命令，况且自己在东部待了很长一段时间，那些人生来个性温顺，具有习惯了服从命令的奴隶性格，这就让他逐渐形成了自己想干什么就干什么的脾气。而现在，自己的尊严再次受挫。他搞不懂黎吉亚为什么会反抗自己的意愿，他非常想弄明白其中的原因，但是最后抓破脑袋都没弄懂。他觉得阿克台说的是对的，黎吉亚对自己还是有好感的。既然这样，黎吉亚又为何宁可选择在外面吃苦，也不愿意和自己在一起享受舒服的生活呢？他始终想不出这个问题的答案。他只知道，在感情方面，自己和裴特洛纽斯的看法相同，而黎吉亚和庞波尼雅·戈莱齐娜跟他们之间存在着无法跨越的沟壑——无论如何，都不可能保持同一立场。所以他觉得自己和黎吉亚不可能再见面了，每到这种时刻，裴特洛纽斯鼓励他要有信心的豪言壮志也跑到九霄云外去了。就连他自己都不明白对黎吉亚的情感是爱还是恨，在他心里，他觉得一定要找到她，既然不能和她见面、不能拥有她，倒不如让她消逝在风里。有时候，他会想象黎吉亚就站在自己跟前，想着他们之间的聊天内容，好像黎吉亚就在自己的身边一样，拥抱着自己，靠在自己的胸前，仿佛周围有一团火焰紧紧围绕着自己。他喜欢她，轻声呼唤着她的名字，只要一想到她对自己的感情、能够听自己的话，他心中便充满了感伤，一股温柔的波浪涌入心田。可有时候，他又觉得非常恼火，心想一见到黎吉亚，绝对要狠狠地惩罚她，以泄心头之恨，不仅要拥有她，还要她成为自己的仆人，随意羞辱她。但是如果自己可以选择的话，他宁愿成为她的奴隶，一直做下去也可以。有的时候他想鞭打她，在那粉嫩的肌肤上印上鞭痕，而自己又非常矛盾，想要亲吻那痕迹。他甚至觉得只有亲手将她杀死，才会让自己开心。

因为这些纠结、左右徘徊、在伤感中犹豫不决的情绪，让他日渐消瘦。他的性格也越来越暴躁，冷酷无情，那些奴隶们，甚至解放了的奴隶只要一靠近他，就会觉得很害怕，因为维尼裘斯时常毫无缘由地鞭打他们，特别残暴，他们在背地里十分憎恶他。维尼裘斯也发现了这一现状，他觉得自己成为被孤立的对象，但是他并不想改变什么，反而变得越发残忍凶狠——除了有时对基罗还好一点儿，毕竟他担心他会突然不去寻找黎吉亚了。基罗也发现了这一点，于是从他那里想尽办法骗取更多的钱财。一开始去找维尼裘斯的时候，他总说很快事情就会有眉目了，但是现在他却找种种理由说面临很多阻碍。尽管他一再允诺说一定能找到，但并不关切时间的长短。

过了很长一段时间，基罗一脸愁容地出现了。维尼裘斯见他这副模样，吓了一跳，赶紧跑向他，连开口说话的力气都没有了，不过最后还是问道：

“基督徒那里没有她的身影吗？”

“她肯定就在那里，老爷，只不过我还见到了戈劳库斯医生。”基罗说道。

“你这是什么意思，戈劳库斯是谁？”

“您不记得吗？老爷，我的这两根手指头就是因为要保护他才断掉的啊，就因为这样我无法写字。那伙盗贼不仅抢走了他的妻儿，还杀死了他。在敏屠尔的小旅馆里，我离开了濒临死亡的他，为此还哭了很久。但是现在，我却看到了他，他并没有死，还在罗马的基督徒里面。”

维尼裘斯并不知道他这样说是什么意思，他只知道戈劳库斯肯定会阻止他们寻找黎吉亚，于是抑制着内心的怒火，开口说道：

“你不是帮助过他吗？他会对你心怀感激，会对你报恩的。”

“哎，老爷啊，就算是神明有时候也不懂得报恩啊，凡人又怎么可能做到呢？没错，他的确应该谢谢我，但是，他已经很老了，反应迟缓，又很健忘，那些教徒们告诉我，说他不仅没有对我心怀感激，还反咬我一口，控告我和那些盗贼是一起的，说是我让他变得如此悲惨的，这断掉的两根手指是我的报应啊。”

“无耻的家伙，我更加相信他所言是真的。”维尼裘斯说道。

“这样看来，老爷，您比他还清楚事情的经过啊，他只是在怀疑而已——即便是这样，他也还是会让那些基督徒对我施暴。他肯定会这样对我的，而那些基督徒也会帮他的。好在，他还不知道我是谁，我们在做祷告的时候见过，他却没有发现我，也许他没想到我也在集会里，但是我一眼就认出了他。刚开始见面的时候，我激动得真想拥抱他。可是，天生处事谨慎小心的我在仔细权衡之后还是没有这样做。所以，我离开的时候，向别人询问有关他的情况，那些人告诉我说，他是从那不勒斯来到这里的，在途中被同行的人背叛了，弄得家破人亡……所以，我才了解了他的经历。”

“你讲的这些和我有什么关系？快点儿说吧，你在他们聚会的时候有什么发现？”

“虽然这件事和老爷没什么联系，但是事关我的生死啊，老爷。假如让您在生命和财富里作抉择，您肯定会不假思索地选择前者。我也如此。我虽然想让自己的聪明才智被后人景仰，但是那些虚无缥缈的名誉和自己的生命相比微不足道。就算是我不要您的钱，我也会活下来，成为一名智者，追寻智慧的光芒的。”

此刻维尼裘斯走到他面前，用低沉的声音恶狠狠地说：

“那我要告诉你，你从我手中逃出去就会死在戈劳库斯手里。低贱的东西，你如果惹火了我，我会立刻杀了你，然后埋在我的院子里。”

基罗天生胆小，看着维尼裘斯这副表情，马上就明白了：假如自己说的话有一点儿不顺他的心意，自己马上就会被干掉。

“老爷，我会马上去找她的，我肯定可以找到的。”基罗惊恐地大声喊道。

接着没有人再说话，只听得见维尼裘斯急促的喘息声，还有劳动的花匠们在庭院里的歌声。

一会儿，基罗见维尼裘斯冷静了一点儿，继续说道：

“我以苏格拉底的态度平静地看待死神从我身旁离开。老爷，我的意思并不是说不去找那女孩了，我的意思是说现在我出去，肯定会被杀死的。以前您觉得欧里裘斯的事情是我在骗您，但是您也亲眼看见了，那真的是事实啊。如今您又觉得戈劳库斯也是我捏造的，我倒希望他真的只存在于幻想之中，这样我便可以无所畏惧地去找那些基督徒了。就算是让我不要前几天买来的那个女仆人也行，她又老又没用，都不会照顾我。可是戈劳库斯真的没有死，老爷，只要他一见到我，我就不可能再来见您了，这样一来，还有谁可以找到那女孩呢？”

说着他抹了一下泪水，继续开口说道：

“只要戈劳库斯没有死，我的生命就不安全，又如何继续寻找呢？只要我一和他见面，就会有生命危险，我的寻找就会一起死亡。”

“那你一直说这些究竟想干什么？怎么去弥补？又准备怎么做？”维尼裘斯问道。

“亚里士多德告诉过我们，想要办成大事，在小事方面的舍弃是不可避免的。普里阿姆[1]经常说，年纪大了是很大的障碍。戈劳库斯不仅年纪大了，而且很悲惨，也许死亡对他更有帮助。而且，塞内加也说过，死亡也是一种解脱……”

“这种戏码对裴特洛纽斯也许有用，但是对我没有用——你直说吧，究竟想干什么？”

“假如高尚的品质是一种戏码，那就让我永远演个小丑吧。老爷，我想让您帮我杀了戈劳库斯，只要他还在这个世界上，不仅我的生命有危险，而且找人的进度也可能受影响。”

“那就找几个人把他除掉，钱的问题包我身上了。”

“那肯定不行，这些人绝对会趁机勒索您的，而且还会因为这事从您这儿得到好处。在罗马城，像这样的无赖痞子到处都是。而且您绝对想不到，如果一个老实人要去买凶杀人，那些人会开怎样的高价。而且，老爷，如果巡逻的直接抓住了杀人犯怎么办呢？而且那些人肯定会说出幕后指使人是谁，这样一来，老爷您就惹事上身了。但是如果那些人找到我，我是不会将您供出来的。老爷，您如果不信我的话，就先别说我的人品怎样，毕竟这事关系到我的生命，还有您给我的钱啊，这样我也不会乱来的。”

“那你想从我这里拿多少钱？”

“一千个塞斯特恰银币。老爷，您仔细考虑，如果我要找一个靠谱的人去办这件事，肯定会先付给他们一些定金，如果他们拿了钱之后一走了之，那我们就损失大了。要做大事的人付这些钱财是一定的。而我还要一些钱，这样才能抹去因为戈劳库斯而流下的辛酸泪水啊。神明都是我的证人，我非常喜欢他。如果我今天就能拿

①特洛伊战争时期的特洛伊国王。

到那一千塞斯特恰，我保证不用两天他就可以去见死神。如果灵魂会有记忆、有思想，他就会明白我对他的感情是多么深刻。我马上就会找到人去办这件事，与他们商量明天的计划方案。戈劳库斯在这个世上多存在一天，我就要损失掉一百个塞斯特恰。而且我还想到了一个点子，绝对会成功的。”

维尼裘斯答应了他的请求，但是不想再听到他说起关于戈劳库斯的那些事。接着他又问他这次有什么新的消息要告诉自己、这段时间去哪里了、都有什么发现。基罗也没什么新的信息，他去参加了很多回集会，看了里面的人，尤其是女性，但是没有找到黎吉亚。不过，那些基督徒却以为他是基督教的人，从那次他帮助欧里裘斯的孩子之后，人们都非常尊敬他。而且他从人们口中还打听到，在罗马有一个叫塔尔苏斯的立法者，因为被犹太人起诉而被关在了监狱里面，所以他想和这人拉近关系。最让他感到欣慰的就是基督教里最德高望重的教长快来罗马了，他信仰基督教，而且所有的基督徒都在他的管辖范围之内——那些教徒们都希望可以看到他、聆听他的讲话；还会举行几次盛大的聚会，基罗能够参加，而且因为人数众多，还可以将维尼裘斯一起带去——这样就很有可能见到黎吉亚。只要戈劳库斯一死，就不存在生命威胁了，就算是要报复，那些基督徒很有可能会报仇，但是大部分时候他们的性格还是挺温和的。

接着基罗说起自己觉得很惊讶的事：他看到那些基督徒做事情并不像传闻中那样放荡无耻，他们也没有在水里面投毒，更不会杀死婴儿或者在祭祀的时候拿出驴肉。不！他完全没有见过这种事情。就算是这样，他还是可以在这些人之中找到愿意因为钱财而杀死戈劳库斯的。可是他也知道，那种事情在他们的教义中是不被允许的，他们的教义反而是让人学会宽恕。

维尼裘斯想到庞波尼雅·戈莱齐娜在阿克台那儿的时候对自己也说过相同的话，因此当他听到基罗这样说的时候很高兴。虽然自己偶尔憎恶黎吉亚，但是当他听到黎吉亚和庞波尼雅信仰的宗教并不是什么罪恶深重的邪教之类的，还是觉得很宽心；但是心里又不清不楚地冒出一种复杂的情绪——也许就是因为太多人对基督教不了解，才会对此产生崇敬之情吧？也就是因为这样，才让他和黎吉亚之间产生了无法跨越的沟壑，于是维尼裘斯又觉得这样的宗教让自己特别害怕和仇视。

17

在基罗看来，杀死戈劳库斯至关重要，就算戈劳库斯已经很老了，也没有老到对自己毫无威胁。基罗所说的那些内容很多都是真的，他以前真的和戈劳库斯是旧识，而且背叛了他，联手盗贼夺走了他的亲人、金银首饰，还借别人之手干掉了他。但是他的良心并没有因为这件事而受到谴责，他在敏屠尔宽阔的郊区抛弃了那个将死之人，只是让他意想不到的是戈劳库斯竟然没有死，还出现在了罗马。所以在聚会的时候看见了他，基罗不禁吓了一跳。刚开始时，他真的不愿意再去找黎吉亚了。但是他心里非常恐惧维尼裘斯，于是他在戈劳库斯来找自己报仇和强势的上层阶级对自己的恐吓之间选择了更厉害的裴特洛纽斯——不用想都知道，他肯定会帮维尼裘斯的。既然这样，基罗也不再纠结什么了。毕竟和这些小人物相比，那些贵族势力自己是无论如何都不可能战胜的，自己本来就很胆小，一见到血光就会吓破胆，所以只有借助别人的势力除去戈劳库斯。

现在就只剩下选谁去当刽子手的问题了，他想起了自己对维尼裘斯说的方法。他平常会在旅店留宿，和他住在一起的那些人都没有地方可以去，因此只要出钱，背信弃义，让那些人为自己办些事是非常简单的。只要收了自己的定金，再用会坐牢这个理由来吓他们，那么所有的钱就是自己的了。而且，基罗非常讨厌那些衣衫褴褛、游荡在苏布拉区或外台伯河区周围的无业游民。他按照自己的想法判断每件事情，但是对那些信仰基督教的人还有他们的教条却始终没有弄明白，所以就认为那些人里面肯定会有人为钱答应这样做；而且他觉得这些教徒比一般人更值得信赖，所以才会找那些人帮忙，并用另外一种表达方式讲出来，让那些人觉得这样做不仅是因为钱财，更因为自身的信仰。

就这样谋划了一番，到了晚上，基罗去了欧里裘斯那儿。基罗明白那人很敬仰自己，一定会努力帮自己。他天生就很小心，而且不会轻易说出自己的真正意图，但是现在因为这样，会让那位老人对基罗的崇敬之情还有为人品质心生怀疑。他想找的是那些为了钱可以做任何事的人，他会告诉那些人：就算是因为自己，也要誓死守住这个秘密。

欧里裘斯解救了自己的孩子之后，便在体育场周围买了个小商铺，这样的商铺多得就像体育场上的沙子，他们一般都会把橄榄、豆子、硬面饼还有甜糖水卖给前来观看表演的人。基罗去找他的时候，老人正在打理店铺，于是基罗便以基督徒的口吻向他问好，还说了这次究竟是因为什么事情来这里。他觉得自己以前对他们有恩，他们应该会答应的。他告诉他们，自己急需三个身体强壮的大汉保护自己，以躲避一种不仅会伤害到自己、还会伤害到所有基督徒的危险。他真的身无分文了，那次把钱全部给了欧里裘斯解放他的儿子，但是只要办成了这件事，并且相信他，他们还是可以从自己手中得到好处的。

欧里裘斯和他的儿子卡尔屠斯皆认为基罗对他们有恩，听的时候非常恭敬，都快要跪下了。他们都说，只要是基罗吩咐的事情，他们都会无条件去完成，毕竟基罗对他们而言就像是神明一样，是不会让他们做一些损害教义的事的。

基罗信誓旦旦不会有那样的事，接着对着苍天做了祈祷——其实他的内心正在想着这两人究竟会不会答应自己，这样就不用花费一千塞斯特恰了。但是想了很久，他还是决定放弃。毕竟欧里裘斯都这么老了，身体又没有力气，还带着一身病，肯定不行；再看看卡尔屠斯，也只有十六岁。只有身材魁梧的壮汉才可能完成任务。基罗又想到一千塞斯特恰：幸亏又想到了一个好主意，反正可以省下一大笔钱。

争吵了一会儿，就在基罗要拒绝的当口，两人最终还是放弃了。卡尔屠斯说道：

“老爷，我和面包店的戴马斯熟识，他那里除了几个奴隶做工，还有一部分领工钱的雇工。他们中有一个人特别魁梧，他一个人能干相当于四个人的活。我看到过他一个人搬起一块大石头，要知道那石头就算是四个人都搬不动啊。”

“假如他是一位虔诚的教徒，愿意为神明放弃所有，我倒是愿意和他成为朋友。”基罗说道。

“恩人，他也是信仰基督教的，戴马斯的那些仆人都是信仰基督教的。他们分为白天上班和晚上上班，我说的这人是上夜班的。假如我们马上就过去，他们应该还在用餐，就可以找他说下这件事。戴马斯的面包店离这里也不是很远。”

基罗愉快地答应了。戴马斯的面包店在阿文蒂涅山麓，离体育场有段距离，只要顺着河边走，经过爱米利亚柱廊即到。如此一来可以节省不短的一段路程，而且不用绕山走了。

“我已经老了，记忆力不是很好，这偶尔使我恼怒。噢，记得基督曾经被自己的徒弟背叛了，他好像是叫……我竟突然不记得了。”基罗走过柱廊的时候说道。

“恩人，那人叫犹大，是基督的徒弟，最后上吊自杀。”卡尔屠斯在一旁说道，他很奇怪为什么会有人起这个怪名字。

“呀，对，就叫犹大，多谢。”基罗说道。

他们接着又悄无声息地走了一段路程，到了戴马斯面包店所处的集市。但是前门是关着的，于是，他们绕过给百姓发放食物的仓库，朝左边拐了一个弯，顺着奥斯田西斯路走去。这条路的最顶端就是台斯塔瑟斯山冈和皮斯托留姆公所。接着，他们就来到了戴马斯的面包房—— 一栋带有碾磨声音的木房子跟前。卡尔屠斯进了房子里面，而基罗很怕会遇到戈劳库斯医生，只好在屋外等着。

“我非常喜欢在这里工作的海格力斯。假如他很无赖且非常机智，我就得出一大笔钱；又或者他是虔诚的教徒，视金钱为粪土，那一千个塞斯特恰就是我的了。”基罗望着皎洁的月亮，在一旁自说自话。

卡尔屠斯和一个身材魁梧的人一起从房子里走出来。基罗见他们出来了，便从天马行空的想象中回过神来。那壮汉穿着一件爱克索米斯粗布外衣，圆滚滚的肩膀和结实的胸膛裸露出来一部分。这样的穿着打扮使他的行动非常方便，因此只要是干重活的人都喜欢这样的穿着。等到基罗看见这大汉，觉得这样的体形真是前所未见，所以非常开心。

“恩人，他就是我跟你提起的教友。”卡尔屠斯说道。

“愿主保佑你，卡尔屠斯，你要告诉他，我是可以让他信赖的，以主的名义发誓。好了，你先回去陪你父亲吧，不要让他一人在家。”基罗说道。

“他是位圣人，我之所以能够得到自由，是因为他把身上所有的钱拿来救我，尽管我们一开始都不认识对方。希望主可以在天堂保佑他。”卡尔屠斯转身对大汉说道。

一听他这样讲，那位大汉赶紧弓着身子亲吻起基罗的手来。

“朋友，你叫什么呢？”基罗问道。

“长老，接受过洗礼的人给我取名为乌尔班。”

“那亲爱的乌尔班，你现在有没有时间和我聊一会儿？”

“我待会儿要上晚班，现在是吃晚饭的时间。”

“那时间还是很充足的，我们去河边说吧。”

两人来到河边坐下来，夹杂着碾磨声和潺潺的流水声。基罗望着眼前这位大汉，脸色俊朗而且一副严肃、忧伤的神情，和那些在罗马居住的劳动者一样，只是他看起来显得更加老实温和。

“不错，这人看起来挺善良的，而且不是很精明，估计不用花一分钱，就可以除去戈劳库斯。”基罗在心里想着。

于是他开口问道：“乌尔班，你对基督的情感怎样？”

“我从心里敬爱他。”乌尔班回答道。

“那你也爱着那些教徒还有告诉你基督教教义的人吗？”

“当然，我同样爱着他们。”

“愿主保佑你。”

接着又了无声息，只听得见不远处传来的碾磨声，还有周围潺潺的流水声。

基罗抬头看了看头顶皎洁的月亮，接着用嘶哑的声音说起基督是怎样死去的故事。说这些的时候，他并不像在和乌尔班说话，仿佛自己经历过那件事，将深藏在内心的秘密告诉给这座沉静的城市似的。他说得让人觉得非常庄重，同时也很令人感动，那位壮汉不禁热泪盈眶。接着基罗便对他讲出自己内心的苦闷，讲基督在受苦的时候没有任何人在他身边，让他被钉在十字架上——如果有人保护他，就算免不了有这样的遭遇，也不用受任何人的践踏。讲到这里，那壮汉由于心中过于激动，握紧了双拳控制着自己内心的怒火。尽管他对基督的死只有同情，但是一想起那些人在践踏着被钉在十字架上羔羊的尊严的时候，善良的心灵难免会产生一种愤怒、想报复的情绪。

而基罗在一边开口问道：

“乌尔班，你觉得犹大怎么样？”

“他是个背叛者，长老，他不是上吊自杀了吗？”那壮汉高声回答。

从他的语气中可以听出来，他很遗憾自己不能亲手杀了那个背叛者，竟然让他自我了断。

然后基罗又接着说：

“假如他并没有自杀，而且还被一个信仰基督教的人遇见了，那么主受了那么多苦痛、流了如此多的血还悲惨死去，他是不是应该要复仇呢？”

“长老，只要是人都会这样选择的。”

“愿主保佑你，你是基督值得信赖的使者。别人对我们犯下的错误，我们能够宽恕，却不能宽恕他们对主所犯的错误。就像是毒蛇繁衍一样，它的后代还是会成为毒蛇，甚至会更凶狠，叛徒的后代也只会是叛徒，而犹大身上的狠毒因子又传给了另外一个叛徒，和犹大出卖基督、被犹太人和士兵们抓住一样，这个人在我们周围也出现了，而且会背叛我们，将所有的基督徒全部出卖，这样一来，基督的光芒就不可能被我们继承了。”

壮汉听了之后非常恐慌地看着基罗，似乎没有明白其中的意思。接着基罗用衣服蒙住自己的脸，用死神般的声音说道：

“真是悲惨啊，主最忠实的仆人们，所有的基督徒们。”

接着又了无声息，只听得见不远处传来的碾磨声、工人们的歌声，还有周围缓缓的流水声。

“长老，您说的叛徒是谁？”那壮汉问道。

基罗低着头。这个叛徒究竟是谁呢？他是犹大的后代，是一个心狠手辣的叛变者，混入基督教里面，去参加教徒们的集会，但是经常在皇帝陛下那里打小报告，告诉皇帝陛下说教友们不认为他是神明，还会在水井里面投毒、杀死小孩子，他就是想毁掉这座城市，让它彻底消失。这样一来，皇帝陛下马上就会让士兵们将所有的基督徒关到大牢里，还会将他们判处死刑，就像以前对待裘达纽斯、塞恭杜斯的仆人们那样对待他们。这都是因为那个叛徒。可是如果没有人对犹大进行苛责，不找他复仇，而且基督在承受痛苦的时候也没有人保护他，那么现在也不可能有人出来审判他吧？又有谁会在皇帝陛下听从他的蛊惑之前就处死这条毒蛇，让所有的教友获救呢？

基罗刚停顿了一下，乌尔班这时突然站了起来，大声说道：

“交给我吧，长老！”

基罗同样站了起来，借着皎洁的月色，看着大汉的脸，接着伸出双手，将手伸到他的头顶。

“去找那些信仰基督教的人吧！去找一个叫戈劳库斯的医生，有人就会告诉你那是谁，接着便用救世主的名义杀了他……”

“戈劳库斯……”大汉一直说着这几个字，想要牢记住这个名字。

“你知道这人吗？”

“不知道，罗马城信仰基督教的有几万人呢，我不可能所有的人都认识。但是明晚，有位德高望重的基督徒会去奥斯特里阿努讲学，每一个基督徒都会去的，这样我就可以知道谁是戈劳库斯了。”

“就是郊区的奥斯特里阿努吗？是不是所有的基督徒都会去？晚上吗？是不是？”基罗反复问道。

“没错，长老，就在萨拉里亚公路和诺门塔那公路中间，那儿是我们的公墓。您难道不知道这个重要消息吗？”

“我才从外地回来，因此不知有这事，但是我不知道奥斯特里阿努在哪里，毕竟我才从柯林斯来到这里——在那边的时候，我是教会会长。就是这样，现在你已经肩负了如此重要的任务，孩子，你晚上就去奥斯特里阿努好了，见到戈劳库斯的话，趁回来的时候直接杀了他，这样就算犯了错也会被宽恕的。愿主保佑你……”

“长老……”

“听着呢，忠实的基督徒。”

那大汉脸变得惨白，就算之前曾杀死过一两个人，但是基督教却教导他是不能杀人的。尽管他杀那些人是为了保障别人的安全，但也是不被允许的。主可以作证，自己杀那几个人可不是为了谋财害命……虽然主教让很多教友在一旁协助他，但仍然不允许他杀人——他不是为了贪欲而故意害死他人的。主调集了很多教徒去帮助他，不过不允许他有害人的行径。主苛责他，才会让他拥有这么大的蛮力，他经常都会感到后悔，想求得宽容。其他的人会一边干活一边歌唱，但是他呢？只是在忏悔自己犯下的错误。他不知道自己祈求了多少回，流了多少眼泪，每次都会向基督祈求宽恕自己，但他心里还是充满了罪恶感。而现在，他又要去杀人了。一个人，只有自己宽恕了自己，才能得到释放，那么，明晚就在所有人的面前直接杀了那人就行了。既然这样，那就要先让那些长老们、主教们，还有基督徒们给戈劳库斯判定罪名。杀人没什么了不起的，更何况是杀死一个叛徒呢？一定像杀掉熊、狼那样的野兽一样杀得畅快！但是，如果戈劳库斯没有罪就死掉了的话，自己就是再次犯罪啊，这样上帝一定不会宽恕自己的，自己的心灵也承受不了啊。

“已经没有时间了，我的孩子，他肯定会在参加完集会之后直接从奥斯特里阿努去安修姆找皇帝陛下的，或者躲在一个有钱有势的人的屋里。但是我能够担保，你只要一杀死他，主教和教徒们便会记住你的这次功劳，还会夸赞你。”

说完之后，他从口袋里拿了一分钱，又用刀在钱币上面画了一个十字形状，接着把这枚钱币给了大汉。

大汉犹豫地拿过那枚银币，初次杀死人的过程深深印在他的脑中，他感到惊恐至极。

“长老，”他声音中满是乞求之意，“干掉他，您能问心无愧吗？您真的搞明白戈劳库斯的叛徒行径了吗？”

基罗知道自己现在必须说出一些让他可以信任的人，才会消除他内心的怀疑，于是又冒出了一个想法。

他开口说道：“乌尔班，我跟你说，尽管我住在柯林斯，但是却出生在可斯。在罗马的时候，我给一个叫欧妮姬的女仆讲解一些关于基督教的经文，她是裴特洛纽斯家中的服装师，而裴特洛纽斯又是皇帝陛下的宠臣，我就是在他们那儿亲耳听见戈劳库斯是如何背叛基督徒的。而且我还听见他会帮助一个叫维尼裘斯的人去抓一位信仰基督教的女孩……”

基罗讲到这儿的时候便住嘴了，惊讶地看着眼前的壮汉。只见那人的眼睛仿佛可以喷出火一样，脸色因为愤怒，看起来特别吓人。

“你没事吧？”基罗害怕地问道。

“没事，长老。我明晚就杀了戈劳库斯……”

基罗停了片刻没有说话，接着扶着乌尔班的肩膀让他转过来，这样刚好可以借着月色看清楚他的神情。他仔细端详这个人，心里还是充满了疑惑，本来应该继续盘问他，以便弄清楚他刚才那么愤怒的原因，但最后他还是决定相信自己的判断，不再继续打听了。

最终，生来就小心翼翼的基罗决定不再盘问。他深吸一口气，将手放在那人的头顶，用严肃又低沉的声音开口问道：

“你经受过施洗之后真实的名字就是乌尔班吗？”

“完全正确，长老。”

“好吧，愿主保佑你，乌尔班。”

18

裴特洛纽斯写信给维尼裘斯：

我亲爱的外甥，这样看来，形势对你很不利。爱神让你内心慌乱，让你失去了理智和记忆能力，它只让你拥有爱情，连思考力都丧失了。将你写给我的信拿出来认真看看，就会发现，你除了黎吉亚之外，对别的事情是多么冷漠，你所有的注意力都在她的身上，沉迷于情感之中无法自拔，你就像是盯着食物的老鹰。

向波卢克斯发誓，你最好快点儿找到她吧，否则你还没化为灰烬就已经成了埃及的斯芬克斯[①]了。听说，被英俊的艾西斯吸引了，对所有的东西都不感兴趣，只想整夜用自己的双眼一直望着心爱之人的心灵。

乔装打扮之后在城里四处找一找，随那思想家去参加那些信仰基督教的人的集会吧！只要是能够让你充满信心或者是可以打发时间的事情我都支持你去做。可是因为我们友谊颇深，所以我必须要告诉你：黎吉亚的仆人乌尔苏斯看起来力气比普通人要大很多，你还是去找克洛托，你们一起去找。这样才更有保证一些。听说庞波尼雅·戈莱齐娜和黎吉亚都是信仰基督教的，所以这样看来，基督教的人并不是罪大恶极。可是他们

①古希腊神话中以谜语来迷惑人的妖怪。

带走了黎吉亚，肯定是他们之间有人在捣乱，所以也不是什么善茬儿。我可以保证，只要你一看到黎吉亚就会立刻冲上去将她带走，你肯定控制不住自己。可是就只有你和基罗两个人肯定不可能完成，所以再加上克洛托一定能成功。你不要听基罗乱说，在克洛托那里该用钱的还是要用。我觉得这是我帮你想到的最棒的办法了。

现在，人们不再议论公主的事了，也没有人说她是因为中了巫术才死去的。波佩雅时不时还会说到她，但是皇帝却在担心其他的事情；而且，圣皇后好像又怀孕了，假如真的是这样的话，她对公主的思念也就会渐渐淡化的。她以前在那不勒斯，准确地说是在巴雅待了一段时间。假如你真的想知道这些消息，那我们这边究竟发生了什么事情，你肯定就会知道的。所以，现在罗马城的人们不会再关心其他那些事了。我们搬到了巴雅，开始的时候，圣皇后的思念一直困扰着我们，让我们觉得很不安。但是你肯定想不到皇帝陛下是多么无趣，他母亲死掉这件事都被他当作创作诗歌的材料，被他写成了一场伤感剧。就算以前他觉得这样做是很不道德的，但那只能说明他是一个胆小鬼罢了。可是现在呢，他知道自己还是身处这块土地，没有什么变化，而且也没有受到神明的谴责，所以才虚伪地用自己的经历糊弄百姓们。有时，在晚上他突然起床高声嚷嚷着有神明在找他报仇，于是把我们都叫醒，假扮成小丑俄瑞斯特斯①那副模样，但是演得非常差劲。他甚至在那儿朗读着希腊的诗歌，还暗地观察有没有人称赞他。我们肯定要称赞他啊，我们不能讲："赶快去睡吧，你真是个小丑。"相反，我

①古希腊神话中为父报仇而杀其母的王子。

们只能用那悲惨的语句来挽救他，不要让这位了不起的朗诵者被神明报复。向卡斯托发誓，你绝对听说了一些事情，比如：皇帝在那不勒斯现场演出，游手好闲的人们从那不勒斯还有周围的城市全部赶来，体育场全部都是人，到处可以闻到汗臭味和大蒜味。我还是要谢谢神明的，竟然没把我和那些大臣们安排在前面坐着，我是和皇帝陛下待在帷幕后面的。你肯定不会相信，他竟然感到胆怯。他抓着我的手放在胸前，我感觉到他的心脏跳得好快，呼吸也越来越急促，轮到他登台表演的时候，他的脸就像白纸一样惨白，额头上全是汗水。但是他早有打算，每一列位置都吩咐拿着武器的士兵们在那里守着，尽可能带动一下气氛。可这只是多此一举。无论是谁都没有那些野蛮民族喊的声音大。我告诉他，舞台上面都可以闻到那一股大蒜味，但是尼禄还是向他们敬礼，将手放在胸前表示感谢，朝他们献吻，热泪盈眶。接着他便走向了舞台后面的那群人，好像是喝多了酒一样，高声嚷嚷着："这次的胜利真是举世无双啊！"而那些狼狈为奸之人一起在旁边呐喊着，毕竟只要附和他肯定对他们有利，说不定还会有赏赐之类的事情呢。而在我看来，他们这样的表现非常正常，毕竟那些人以前没有看到过这些场景。尼禄一直强调："希腊人民真热情啊，简直棒极了。"所以从那次开始，我认为他越来越厌恶罗马了。同时他还吩咐士兵去罗马告诉人们他这次取得的伟大成绩，现在我们都等着那些长老们寄来的致谢辞呢。尼禄刚来这里的时候，竟然出现了很不可思议的事情。没想到体育场竟然倒塌了，刚好就在群众离开之后。倒塌的时候我就在那里，没见到有死人从里面被抬出来。很多人，包括那些希腊的人民，都觉得这是神明发怒了，毕竟这对皇帝陛下太不尊重了。但是尼禄却不这么认为，他觉得这是神明的恩赐，是神明想要将自己的声音还有那些观看自己表演的人们通通保护起来，所以他在每个神庙面前都献上了祭品，还举行了盛大的感谢仪式，他觉得这是对自己征服阿凯亚的胜利预兆。但是，不久他就告诉我，怕罗马人会到处议论，他觉得罗马人对自己的感情很值得怀疑；并且因为皇帝很长一段时间在民间暗访，所以他担心会克扣分给他们的食物和演出，从而产生暴乱。

不过，不管怎样，我们马上就去贝涅文屠姆了，去瓦蒂纽斯那儿观看已经准备好的像臭皮匠一样的演出，然后，便会在海伦的保护之下，出发去希腊。说到我，我终于明白了一个道理：如果一个人和一群疯狂的人待在一起，那他也会被同化的。不只是这样，他还会从那群疯子中找到快乐。

船舱在一架三角竖琴的演奏声中航行，就像酒神巴克斯在驾驶一样，在他周遭是无数头戴花环的女孩和仙女们，还有由老虎拉动的双轮车，芳香各异的花朵，疯狂的喊声、歌声、诗词以及对希腊的赞美之声，这些都让人觉得很有趣。除了这个，我们还有一个更宏伟的预想，我们想着是不是可以建成一个像是人间仙境的国家，那里有绿树、有阳光、有歌声，如果这样的预想成为现实，那是多么开心的事情啊。我们不再记起罗马，只有希腊、亚细亚和埃及这块土地才是世界的正中心，这地方的人们过着神仙一样的日子，在这个国度没有庸俗这样的字眼。我们坐在金黄色帆船里面，航行在岛屿之间，化身成为阿波罗、奥西里斯[①]和巴尔[②]，化身成为粉色的阳光，化身

①地狱之神。

②古代腓尼基人的太阳神。

成太阳那样刺眼，化身成月亮那样皎洁，命令下属，颁布法令，一起歌唱，进入梦乡……你知道吗？我是一个就算是一分钱都很重视的人，但同时也明白一头驴有多贵重，我竟然因为这样虚幻的东西变得迷迷糊糊。我是这样认为的：尽管这些是不可能实现的，但是让人体会到其中的壮观和伟大……在很久之后，人们会把这个假想中的国家看作是一场梦。黎吉亚甚至侍女欧妮姬都不是维纳斯变幻而成的，人生也还没有受过艺术的熏陶。我想人生原本就是无趣的，它经常会以猴子般的面貌展现出来。然而，皇帝绝对没有可能完成这个设想——很容易就可以想到，那个全部是歌声的虚构国度里面，不应该存在着恶毒、狡诈还有死亡，但是他自己呢，披着诗人的皮囊，实际上却是哗众取宠的小丑，是个技术差劲的战车驾驶者，是个毫无作为的昏君。直到现在，一遇到阻碍我们的人便会杀了他。值得同情的托加屠斯·西拉奴斯早就悲惨地去见死神了，就是前不久，他割断了自己的血管。执政官莱卡纽斯和李齐纽斯整天心惊胆战的，生怕一不小心就飞来横祸。老特拉塞阿的情况也不太好，命都要保不住了，你了解的，毕竟他是个充满正义感的人。蒂杰里奴斯始终没有找到可以杀死我的法令。那些人离不开我的理由除了我有“风雅大师”这个称呼之外，还因为我的气质和智慧是去了阿凯亚之后必不可少的东西。但是，我经常会觉得自己早晚都会被处死，真的到了那一刻的话，你知道我是怎么想的吗？我绝对不会让皇帝拿到那只琉璃彩杯，你也见过他是多喜欢那个杯子。如果我死的时候刚好你就在我旁边，那我就会把它给你，如果你不在我身边，我宁愿摔了它。但是现在，我还想看一下那个臭皮匠准备的贝涅文屠姆和奥林匹斯山的希腊，还要看看那位知晓一切、无所不能的命运女神。希望你万事顺利。

你还是请克洛托吧，不然会有人再次劫走黎吉亚。如果你不再需要基罗了，无论我去了什么地方，都要将他送过来见我。我也许会将他变成另外一个瓦蒂纽斯，这样一来，那些执政官还有长老们就会特别害怕他，就会像以前的“锥子”骑士一样怕得只打冷战。还在这个世界上的时候就能够见到这一幕是多么幸运啊。你如果见到了黎吉亚，一定要告诉我，我会去维纳斯的神庙供奉一对天鹅和一对鸽子。我曾经梦到过黎吉亚趴在你跟前和你拥吻，把这变为现实吧。希望你的头顶不再出现乌云，没有乌云了，便会成为蔷薇色的天空，散发出蔷薇的香味。愿你平安。再见吧！

19

维尼裘斯刚看完这封信，基罗没有经过下人禀告就悄无声息地进了书房——毕竟维尼裘斯早就告诉那些下人们无论是白天还是晚上自己都可以见他。

“希望您慷慨的祖先伊尼斯[①]的尊贵无比的母亲会降福于您，老爷，就像是玛雅[②]的非凡的儿子对我的关怀那样。”看见维尼裘斯后，基罗便说出了这番话。

“你这话究竟是什么意思？”维尼裘斯听了之后一下子跳起来问道。

①特洛伊战争中的英雄。

②顶天神阿特拉斯的女儿。

基罗看着他说道：

“见到了。”

维尼裘斯激动至极，好久都没有说出一句话。

“你见到她了？”

“老爷，我看到了乌尔苏斯，还和他交谈过。”

“那他们躲在哪里？”

“这我还没有查清楚，老爷，假如是别人，肯定会因为得意忘形而让那些人怀疑，假如直接问黎吉亚住在哪里一定会挨拳头的，这样他肯定会死的，还会让那个大汉产生怀疑，然后当天晚上他就会把那女孩转移。我不能打草惊蛇，老爷。我暂时打听到乌尔苏斯在集市上给叫戴马斯的磨坊主干活，他的名字和您的一位解放奴隶的名字一样。您希望得知他们躲藏的位置，只要让一个值得您信赖的仆人在他早上下班的时候跟着他，不就可以知道他们躲在哪里了吗？我可以保证，只要乌尔苏斯没有走，尊敬的黎吉亚肯定就还在罗马城。而且，黎吉亚今晚大概会去奥斯特里阿努的……”

“奥斯特里阿努？我似乎不知道这地方，在什么位置呢？”维尼裘斯还没等基罗说完就开口问道，好像马上就要去基罗所说的地方。

“奥斯特里阿努是萨拉里亚和诺门塔那公路间的一个很有年头的地下公墓，我以前跟您说过这件事啊。基督教有一位德高望重的长老要来洗礼传道，所有的基督徒都会去那里听他宣讲。虽然基督教没有受到明确的法令禁止，但是他们仍旧在背地里活动——毕竟社会不认同他们，而且有的百姓们对他们的态度不太友好，他们认为小心一点儿比较好。乌尔苏斯跟我说，今晚所有信仰基督教的人都会去奥斯特里阿努，所有的人已经期待这一天很久了，听闻他是基督的嫡传弟子，人们都说他是信使。那些人无论男女都有资格去听他的讲义，但是有可能庞波尼雅不会去，毕竟奥鲁斯不信仰基督教，她不可能找到借口半夜出去的。然而黎吉亚现在在乌尔苏斯还有基督教长老们的庇护下，她很有可能与其他女信徒一起去那里。”

到现在为止，维尼裘斯一直靠这种信念支撑着自己活下去，如今终于快要梦想成真了，可是他现在就像做了超出自己能力的事情一样羸弱、疲倦，觉得全身无力。基罗也发现了他现在的状况，于是在心里盘暗暗算着。

“老爷，尽管每个城门出口都有您的人在把守，但是那些基督教的人也肯定知道。他们绝对不会从城门走，也没必要走外台伯河那条路。尽管那几条路距离河边有点儿远，但是他们就算是绕远路，也会去看看那位了不起的信使的，而且肯定有很多种方法出城，这一点我早就知道了。只要一去奥斯特里阿努，您便可以见到黎吉亚，就算她没有在那里出现，我想乌尔苏斯也会在那里出现的，就是他帮我去杀戈劳库斯的。是他亲口告诉我，他要杀死戈劳库斯，您知道吗？老爷，所以，您只要跟着乌尔苏斯就可以找到黎吉亚的藏身之处，或者是让您的仆人把他抓起来关进大牢，那样不担心他不把黎吉亚供出来。我要做的事情已经办完了。如果换成其他人，肯定会告诉您怎样和乌尔苏斯拼酒才能一点点打听到其中的秘密，或者告诉您怎样和乌尔苏斯赌钱输了一千塞斯特恰银币，又或者说是花了两千塞斯特恰才知道这个秘密的……就算我知道您一定会重赏，我也还是觉得自己既然是个老实人，就永远都不能骗人，所以我相信仗义的裴特洛纽斯讲的话，您是多么大方，完全超出了我的想象。”

维尼裘斯这时候又展现出军人的风采，做什么事情都会武断行事，凭自己的想法去做。他被冲动与兴奋冲昏了头，说道：“你了解就行，我的大方绝对会超出你的想象。但是今晚你要和我先去奥斯特里阿努才行。”

“我也要去奥斯特里阿努？”基罗反问，他压根儿没有去那儿的准备，“尊敬的大人，我的责任只是找到黎吉亚，我可没有兴趣去劫持一个姑娘……您仔细想想，如果黎吉亚的仆人在杀死戈劳库斯之后发现自己做这件事根本没有任何理由，我可不就惨了吗？他肯定会觉得我就是幕后指使者。老爷，您也明白，如果一位十分了不起的思想家要回答一个思想单纯的人的愚蠢问题，就会越解释越混乱，他如果问我要杀死戈劳库斯医生的原因，我不就没法辩解了吗？老爷，假如您认为我是骗您的，等我找到了黎吉亚的藏身之处您再给我报酬吧。现在，您就先展示一下自己的大方吧，如果您受到了伤害我也会分文拿不到啊——当然最好保佑您万事顺利。您这么善良，一定会答应的。”

维尼裘斯走到一个名为“方舟”钱柜的大理石桌子跟前，拿了一袋钱，抛给了基罗，开口说：“这是一袋银子，如果找到了黎吉亚，你还会得到一袋金子。”

“老爷，您就是朱庇特在世，太大方了。”基罗激动地喊着。

然而维尼裘斯却皱着眉头说：“你先去用餐，休息一下吧，天黑之前你不可以踏出这里半步，等到了晚上，就和我一同前往奥斯特里阿努。”

基罗一听这话满脸都是恐惧，可没过一会儿他就冷静下来了，开口说道：

“我一定会听您的话，只希望我的建议会给您带来好运，就像我们国家的勇士在阿蒙神殿里听取了那些建议一样。而对我来说，这些钱早就让我有了足够的勇气，再加上有您的陪伴，这是多么荣幸啊！”

维尼裘斯耐不住性子，插嘴问乌尔苏斯和他究竟说了些什么。从他们之间的对话可以知道：今天晚上就能够找到黎吉亚究竟躲在什么地方，或者是从奥斯特里阿努返回的途中就会碰到她。只要一想到这些，维尼裘斯就难以抑制住自己的激动。如今，自己真的快要找到黎吉亚的时候，以前对她的恼怒早就不见了。他早就忘记了她犯的那些错，他只知道黎吉亚是自己日思夜想的人，是自己喜欢的人，黎吉亚就像是在外流浪了一段时间返回家中似的。维尼裘斯真想让那些仆人们把房子铺满花朵迎接她。而现在，他对乌尔苏斯也不再憎恨了，他会放下一切仇恨，放下所有的偏见。就算基罗平常在帮助自己，他也总觉得这人很烦，不过这次他却觉得这人还挺有意思的。维尼裘斯的居所瞬间亮堂起来了，他的心胸也豁然了，他再次觉得人生充满了乐趣。曾经遭受的那些苦痛还不能证明自己对黎吉亚的情感究竟有多深，而现在，当自己又有可能重新拥有她的时候，他再次察觉自己的内心是多么渴望黎吉亚，就像是阳光普照大地，让万物如春天般苏醒。可是这次他不会再茫然和猖狂了，他变得更加温和开心。他相信这次得到黎吉亚之后，无论是谁都不可能从他的身边抢走她——就算是皇帝陛下也不可以。

基罗看他这么开心，逐渐放开了胆子，继续说着自己的想法。他认为，这件事还没有办完，所以更要小心行事，否则，付出的心血都会白费。所以，他建议维尼裘斯如果在奥斯特里阿努见到了黎吉亚，千万别马上就带走她。他们去那里的时候一定要乔装打扮一下，穿上有帽子的外套，遮住脸庞，躲在暗处观察他们。如果发现了黎吉亚的身影，最好的办法就是跟着她，找到她的藏身之处，等到明天天一亮，就派人把房子围住，正正当当地带走她。她的身份是人质，所以归皇帝管制，这样做就不会触犯刑法。如果没有在奥斯特里阿努看见她，只要跟着乌尔苏斯也能达到目的。倘若带上很多人去墓地肯定会让人怀疑，所以他们只要熄灭灯火，借着夜色的掩护，混入人群，而且还要找上两个身形魁梧的大汉，带上兵器方便保护他们。

维尼裘斯觉得基罗的想法很对，又想到了裴特洛纽斯对自己说的那些话，于是就叫仆人把克洛托找来。基罗认识罗马所有的人，一听到这位有名的角斗士的名字，心里的石头终于落了下来——他常常被竞技场上那位角斗士的勇气所折服，所以他的内心更踏实了。好像因为有克洛托在，他认为得到另一袋金子早就有了十足的把握。

没过多长时间，前院的管家就让他去用餐，他很开心就去了。他边吃边告诉那些仆人们，他给维尼裘斯找到了一种很神奇的灵药，只要将它涂在马蹄子上面，马便会快速飞奔，就连那些跑得飞快的良马都不是它的对手——这是一个信仰基督教的人告诉他的。他还告诉他们，基督教的长老比帖撒利人的法术更高超，尽管帖撒利人的法术非常有名。基督教的人很相信他，但是他们为什么会如此信任他呢？毕竟他明白那个鱼形标志的含义。他一边说着一边观察这些仆人们中有没有人是基督教的，这样就可以告诉维尼袭斯，但是他毫无所获，只好狼吞虎咽起来，还夸赞厨师的手艺不错，吹牛说会把厨师买来给自己做饭。可是一想起晚上要去奥斯特里阿努，他就有点儿不开心了，不过转念一想，自己可以乔装打扮，而且一起去的那个大汉如此彪悍，还有一个是贵族，又有势力，应该不用担心吧。"就算基督徒们认出了维尼袭斯，他们也没有胆子敢对他怎么样。至于我，如果有人猜出来我是谁，就说明那些人还不蠢。"基罗心里安慰着自己。

接着他又仔细回想自己和那大力士的对话内容，那不免让他感到很惊喜。他认定了那人就是乌尔苏斯。维尼袭斯和去接黎吉亚的仆人们都曾经说过，劫走她的人力气很大。而当他问欧里袭斯有没有谁力气很大的时候，他毫不犹豫地说出了乌尔苏斯的名字，这也就不奇怪了。等到他对那大汉说到维尼袭斯和黎吉亚的名字时，那人脸上露出了惊恐、愤怒的表情，更使他肯定了其身份。那个大汉还说自己正在为曾经杀过人感到后悔，他指的应该是杀死了阿塔齐努斯那件事，更重要的是，那人的外貌特征和维尼袭斯所描述的完全符合。只是有一点他不明白：那人怎么改名字了？转而他又想到基督徒在受过施洗之后都会用新的名字。

"如果乌尔苏斯杀死戈劳库斯就好了，就算没有杀他，那也说明基督徒是不可以杀人的，这也不错。我骗他说戈劳库斯是犹大的后代，会背叛整个基督教，我说得这么逼真，就算是石头都会信的吧？都会砸向戈劳库斯的，但是黎吉亚的那个仆人差点儿没有听我的话，他特别犹豫，还说良心会不安。这就说明他们很少干这种事……而且他们如果犯错了，会用宽恕的心理去安慰自己，不会有复仇的想法。所以，基罗，不担心，也不用感到害怕，戈劳库斯是不会找你报仇的……如果乌尔苏斯都没有因为背叛整个基督教这么严重的罪状而杀死戈劳库斯，那戈劳库斯更不会因为你背叛了他这么小的事情就杀了你的。而且，我帮助这匹脱缰的野马找到那只小斑鸠的巢穴之后便转移到那不勒斯，不再干这种事。基督徒也说过这样的话，这倒是个好主意，假如有人和他们有什么过节，就可以了断所有的恩怨。所以说，信仰基督的人真的是很善良啊，但是百姓们却说那些人凶狠，真是不公平啊。反正我喜欢这个教派的，毕竟它不允许胡乱杀人。如果这个宗教不允许杀人，那么像盗窃、欺骗还有制造伪证据之类的事肯定也是不被允许的，所以真的很不容易才可以做到这样。它不但像禁欲派的思想一样警告人们要诚实地死去，还教导人们要诚实地活在世上。如果我像维尼裘斯那样有钱，有这么多仆人，我也会成为一名基督徒的——只要它不会阻碍我就行。没错，富人大都会这样，但是我不明白为什么基督徒中大部分都是贫穷的人。他们信仰这样的宗教有什么利益可图呢？干吗要遵守道德，让它约束自己呢？有空的话我还真得仔细想想。现在，赫耳墨斯神啊，请告诉我那只小斑鸠躲在哪里吧！假如你要我给你献上两头犄角镶满金子的乳牛，那就收回我的赞美之言吧！杀掉阿加斯[①]的英雄啊，真让人感到羞愧啊！你是那么有智慧，怎么可能没有先见之明呢？我一定会奉上对你的感激之情，如果你觉得我对你的感激之情比不上那两头小牛，我认为你就是那第三头牛——说得好听一些，你也只能是个放牛的人，不配

①神话中的百眼巨人，被赫尔墨斯杀死。

成为神明。还有，你一定要小心，不然我一定会让所有人都相信你只是虚构的，这样一来，你就不可能得到贡品，所以还是跟我和平相处吧。”

基罗对赫尔墨斯说了一大通话之后，将外套折成枕头的形状，睡在躺椅上，仆人们在收拾餐具的时候，他已经进入了梦乡。等到克洛托来了之后，仆人才喊醒他。于是基罗来到前厅，带着赞赏的眼神看着这位身材魁梧的大力士。克洛托曾经是一名角斗士，现在是一名教练，他的体形强壮得几乎要占据了整个屋子。克洛托和维尼裘斯已经说好干这活儿的酬金了，正开口说道：

“我向海格力斯发誓，老爷，您太慷慨了，我打算明天就离开这里前往贝涅文屠姆，因为尊敬的瓦蒂纽斯喊我去他那为皇帝陛下表演，要和一位强悍的叫西法克斯的非洲黑人进行一场角斗士比赛。您瞧，他的脊梁骨马上就会被我的两手捏得咔嚓响，下巴也会被我的拳头砸掉。”

“向海格力斯发誓，我相信你一定会成功的，克洛托。”维尼裘斯说道。

“你肯定会干得非常漂亮。砸掉他的下巴，这倒是个好想法，看来也只有你才可以这样做，我相信你肯定会砸掉他的下巴。但是亲爱的海格力斯啊，现在你得在自己的身上多涂一点儿橄榄油，做好足够的准备，有可能你会遇到所谓的卡库斯①啊，尊敬的维尼裘斯大人喜欢上的那位女孩，就是被这人劫走的，他是天生的大力士。”

基罗这样说的目的就是想用激将法，让克洛托斗志十足，但是

---

①古希腊神话中的三头巨人，为火神之子，后被海格力斯砍掉脑袋。

一旁的维尼裘斯却开口说道：

"这倒是真话，我尽管没有亲眼见过乌尔苏斯的能耐，但是有人说他可以抓住牛角，把牛拖着到处跑。"

"啊，天哪。"基罗大喊道，他万万没有料想到乌尔苏斯的本事这么大。但是克洛托只是毫不在意地笑了下。

"敬爱的大人，您只管告诉我那女孩是谁，我只需要用一只手就可以带走她，另外的一只可以一下干掉七个那样的黎吉亚帮凶，即便整个罗马的基督徒像卡拉布里亚的狼群那样猛追我，我也一定会把那女孩带回来的。如果我没有成功，让我受棍棒刑法都没问题。"

"千万不要这样做，老爷，就算他力气很大，可那些基督徒一定会朝我们丢密密麻麻的石子的。不如偷偷跟在那女孩的身后，找到她的藏身之处，再将她带走，这样一来，不仅不会让那女孩遭遇不测，我们也更安全，对吧？"

"克洛托，我同意他的看法。"维尼裘斯说道。

"好吧，老爷，我收了您的酬劳，就要听您的话，但是我明天一定要前往贝涅文屠姆啊。"

"在罗马城我可是有五百个仆人。"维尼裘斯说道。

接着维尼裘斯便让他们先离开，自己去了书房，给裴特洛纽斯写下这样一段话：

"基罗已经见到了黎吉亚的那个壮汉。今晚我就会和他还有克洛托一起去奥斯特里阿努，今天晚上或者明天我就会找到她的藏身之处，并带走她。希望神明保佑你，爱惜身体，亲爱的舅舅，我实在是太兴奋，没办法再写信了。"

停笔之后，维尼裘斯就在房间里走来走去，内心夹杂着无法言喻的欢乐，还有丝丝煎熬。他安慰自己：黎吉亚马上就会回来了。他不知道自己究竟该如何和她相处，但是如果黎吉亚爱自己，就算是成为她的仆人自己都心甘情愿。他又想到阿克台说的那些话，她告诉他黎吉亚爱着他，这让他发自内心地开心。如今最关键的就是要怎样才能让那女孩抛开羞耻之心和基督教的束缚。希望黎吉亚一到这里，便会被自己的花言巧语说服，她肯定会告诉自己："事情已成定局，就这样吧。"接下来她便会心甘情愿地成为自己的爱人。

基罗走进来，让他从幸福的沉思中醒了过来。

"老爷，我忽然想到，基督徒去参加集会的话，会不会需要什么凭证啊？假如没有这玩意儿，是不是不能去奥斯特里阿努了呢？据我了解只要是基督教的人都会有这东西，我以前还在欧里裘斯那儿见到过呢！既然这样，我就先去他那里问问吧，如果一定要这个东西，就只好找他们借了。"基罗说道。

"快去吧，高尚的圣人，"维尼裘斯开心地说道，"你太有远见了，我得称赞你。你快去找欧里裘斯吧，你想去其他的地方也可以，不过我不了解你是否还回来，你要将才得到的那一袋钱放在桌子上，作为保障。"

对于贪财的基罗来说，只要是进了口袋的钱，怎么可能再拿出来呢？但踌躇了一会儿，他还是决定交出来，接着便离开了。从卡里内郊区前往圆剧场，欧里裘斯的面包店就在那附近，这段路程距离很短，等到基罗回来时，离天黑还有好长一段时间。

"老爷，入场证我可是拿到手了，必须有这个，基督徒才会让我们进场。我还打听了一下路线，我对欧里裘斯是这样说的：'得到这个入场证是为了我的朋友，而我自己已经这么大的年纪了，路途遥远，行动不便，就不去了。’而且我还告诉他，明天我会见到那位了不起的信徒，他会再把教义讲给我听的。”

“什么？你难道不去了？你可不能缺席啊。”维尼裘斯说道。

“我会去的，但是我得好好乔装打扮一番，务必穿上带帽子的外套。老爷，您也一样，不然被他们发现就不好办了。”

天色渐晚，他们也马上着手装扮起来。维尼裘斯和另外两个同伴都带上了短刀，基罗还戴了一顶假发——去欧里裘斯那儿回来的时候买的。接着一行人拎着灯具便出发了。他们的步伐特别快，因为要赶在诺门塔那城门关上之前抵达那里。

20

他们经过帕特里裘斯街，顺着维米那尔街前往古维米那尔城门，城门位于狄奥克莱皇帝所修建的沐浴场附近。他们走过塞尔乌斯·屠留斯帝遗留下的城墙旧迹，经过人烟稀少的郊区，来到诺门塔那公路，之后向左拐，向萨拉里亚公路。这时，一行人猛然发现他们的周围都是一些沙丘，而且坟墓随处可见。此时，天色渐晚，黑咕隆咚的，月亮还没有出来，正如基罗所料的那样，如果没有基督徒在前面领队，仅凭自己的力量想要找到这条路非常不易。黑暗里，他们周围不时会有一些人影从沙丘旁经过，前去沙石洞穴。里面有几个人手拿灯笼，但还是用外套把灯光盖住，其他的几人因为对路比较熟悉，依照原来的印象不用灯火照着就可以前行。因为维尼裘斯当过兵，目光敏锐，可以看出这些人里面哪些是青年男子、哪些是拿着拐杖的老人、哪些是穿着长袍的女人。三三两两的过路人和那些才赶集回家的农村人只觉得这群人是去沙丘干活的工人或者是葬礼上负责守夜的人。

他们走得越来越近，所以周围的灯火更亮了一些，人也多了一些。行人中有的在唱歌，声音很小，但是维尼裘斯却认为这歌声是在哀号。他偶尔能听清楚他们在唱什么，比如说“酣睡的人啊，快苏醒吧”，抑或是“重生吧”，有时还会听到那些人不停地念着“基督”两个字。可是维尼裘斯一点儿都不关心这些歌词，他满脑子都在想也许黎吉亚就在这些人里面。从他们身旁经过的那些人会说“平安与你同在”或者是“歌颂基督”之类的话，他好像听见里面有个人的声音特别像黎吉亚，顿时觉得微微紧张，连心脏都在加速跳动——那些人影和声音都很像黎吉亚，都让维尼裘斯感到精神恍惚，几乎都不信自己的直觉了。

他感觉这条道路长得似乎走不到头，本来他对这附近应该是很熟悉的，但是因为没有光亮，他无法辨认方向。他们总会经过一些小路，有残留的废弃建筑物或者是卖东西的小摊，他不记得在郊区竟然还有这些玩意儿。月亮渐渐穿过云雾，洒下一些光辉。忽然远方出现了一堆火光，好像是火把。维尼裘斯问基罗，是不是已经到了奥斯特里阿努。

在漆黑的晚上，而且是在远离城市的郊外，周围不时会出现鬼似的人影，所以基罗有点害怕，声音有些颤抖地回答道：

“老爷，我也不是很明白，我一直都没有到过奥斯特里阿努，我对这里也不熟悉——那些基督徒找个离集市近点儿的位置歌颂上帝该多好啊。”

没过多久，他就察觉必须说两句了，于是大胆地说道：

“这些人就像是盗匪在会合一样，但是如果那个黎吉亚人对我说的是实话的话，教条是不允许他们杀人的。”

尽管维尼裘斯现在一心想着黎吉亚，但是对于这些人如此谨慎隐秘地约在一起听最高长老的讲教，他觉得特别吃惊，于是问道：

“和别的教派一样，我们中也有信仰他们宗教的啊，但是他们干吗要选这里作为集合点呢？难道他们不知道外台伯河区有不少供犹太人进行参拜的神殿吗？”

“老爷，事实并非如此，他们最大的敌人就是犹太人，我听说，在现在这位皇帝陛下即位之前，他们差一点和犹太人打仗呢。克劳鸠斯皇帝因为几次动乱只好将犹太人全部赶走，只是现在那条命令已经解除了。但是，基督徒们还是到处躲藏，不想让犹太人污蔑他们是坏人，也不想让那些百姓们知道他们的藏身之处。而且您也明白，那些百姓非常痛恨基督徒。”

接着又了无声息地走了一段时间，离城市越来越远了，基罗越来越觉得恐怖，于是开口说道：“我从欧里裘斯那儿回来的途中，找了顶假发戴上，还在鼻子里塞了两颗豆子，我想他们应该不会认出我是谁，就算知道了也不会残害我的。毕竟那些人很善良，而且还很老实，我非常尊敬那些人，也很喜欢他们。”

“你可别这么早就奉承他们，小心自己上当受骗。”维尼裘斯说道。

现在他们已经来到了一处很窄的洼地，水沟封住了两侧，中间有一条小溪流出来。月光洒下来，借着银灰色的光芒，他们看见了一面墙，上面全部是密密麻麻的绿色常春藤，这里应该就是奥斯特里阿努了。

此时维尼裘斯觉得自己的心跳更加剧烈。

到了门口，有两个采石工检查了他们的入场证。没多久，维尼裘斯一行人便来到了很宽阔的空地上，周围都是墙壁，零星的墓碑无序地矗立于周围，地下室和土窖的大门位于中间位置，下面全部都是坟墓，正对面的喷水池正在喷水。明显看得出这地下室容纳不了多少人，所以维尼裘斯认为肯定会在室外举行教义讲授的。和他认为的一样，没过多长时间，场地上就来了很多基督徒。周围有一片灯光，不过很多人没有带着灯或火把。只有很少的人没有戴帽子，大部分人穿的衣服都是很长的外套，也许是因为害怕背叛或者是因为寒冷的原因，维尼裘斯这时候觉得很担忧：如果这些人一直这样裹着不肯露面，灯光又这么昏暗，自己就不容易找到黎吉亚。

突然土窖旁燃起了火光，那些火把的材料是沥青，渐渐地周围越来越亮。没多久，那些基督徒们便开始唱令维尼裘斯吃惊的赞歌，音量由低到高，很洪亮。维尼裘斯从来都没有听过——在来这里的途中，他听到过有人在唱——这样的歌声，它带着希望的语调，让自己很受鼓舞，此刻他又听到了这样的歌声，比刚才更清楚、更铿锵有力、更感动人，遮蔽了世界上所有的事物，后来似乎周围所有的景物都因为歌声而陶醉在对未来的向往之中。抑或可以这样认为，这歌声仿佛是有人在夜晚呼喊，是在流浪中、暗夜里发出的谦虚、卑微的祷告声。每个人都抬头看着上方，伸出双手，好像看到了高高在上的什么人，他们祈求他可以赐福给自己。歌声停了之后，周围有一种恭恭敬敬的庄重气氛，它的感染力很强大，让维尼裘斯他们都不受控制地望着夜空，仿佛真的有人会从天而降似的，或者真的会有不寻常的事情发生。在小亚细亚、埃及甚至是罗马的时候，维尼裘斯也见过各种宗教的聚会，也听到过很多赞歌，但是这是他有史以来第一回见到这些人从内心深处发出的对自己神明的最真诚的呐喊——并不是和以往那样，只是装装样子，这种情感只有孩子对父母才能体会到。除非是不长眼的人才会看不见这些基督徒们对自己神明的拳拳热爱和敬重。维尼裘斯在所有的地方，所有的仪式、神庙里都没有看到过这样的景象。毕竟在罗马或者是希腊，那些人只会因为想要得到神灵的保护或者是因为害怕才会参拜神灵的，不可能会有人是发自内心、毫无条件地真正尊敬神明。

维尼裘斯一直在仔细搜寻着黎吉亚的身影，但同时他也在观察着周围发生的事情，对这些感到非常不可思议。这时，有人往火堆里面又丢了几个火把进去，整个墓地立刻充满一片火光，灯光看起来更加昏暗了。这时，从地下室里出来了一位穿着长外套的老者，只把头露在外面。只见他往那块距离火堆最近的石头走去，接着站在了上面。

他的现身让那些基督徒们骚动了。在维尼裘斯周围的那些人小声喊着："彼得，彼得……"有的甚至都跪下了，有的朝他伸出双手。然后气氛变得非常安静，都可以听到周围木炭烧焦了从火堆上面掉下来的噼啪声，还有风吹过树木的声音。

弯着腰的基罗悄悄对维尼裘斯说道：

"基督徒的第一位门徒便是这位了，也是个渔夫。"

只见那位老者将手举了起来，用十字架为大家祈福，那些人全部跪下了。维尼裘斯一行人因为不想被别人发现，也和那些人做着相同的动作。维尼裘斯还没有弄明白他现在所看到的，他觉得这位老人很普通，但正是这种普通让人觉得他很不一般。老者没有戴任何桂冠，手上也没拿棕榈叶，胸前没有挂金牌，就连穿着都没有任何修饰，也就是说，他没有像那些东方、埃及、希腊教士或罗马祭司一样，带着特殊的饰品。维尼裘斯觉得基督教的颂歌和别的教派的都不一样，而且这个老者也不像是什么得道高人，他好像就只是很普通的、看过万物变迁的见证人一样，他从远方来到这里，向人们讲述着自己所看到的、经历过的，他对这样的真理深信不疑，正因为他深信不疑所以才会如此热爱它。因此，从他的神色表情就可以看出这种真理所具备的与众不同的魅力。维尼裘斯以前是一个多疑的人，本来不太信任这位老者，但是现在好奇心却让自己想听听他们究竟会说些什么样的内容——他也想知道是什么信仰让黎吉亚和庞波尼雅·戈莱齐娜如此深信不疑。接着彼得开始讲道了，他循循善诱，仿佛给孩子授课的父亲一样，告诉他们用怎样的态度过完这一生。他劝诫那些人不能放浪形骸，浪费是可耻的，要遵守节操，保持高贵的品质，谦虚接受屈辱，听从主人，不要反抗、欺骗和背叛他人……总之要成为一个优秀的人，成为其他教徒学习的榜样。

在维尼裘斯心里，只有找到黎吉亚才是最好的，所有阻止他和黎吉亚在一起的都是邪恶因子，所以这些话听来非常令他恼火。在他看来，这老者竟然在这么多人面前让教徒们保持单纯的思想，这就是在反对自己的感情，还会让黎吉亚和自己作对，更加增强了她的抵抗情绪。他知道，如果黎吉亚在这些人里面，只要听到他这样说，肯定会记住这话，还会觉得自己是在和这种信仰作对，是个丑陋的人。

这样一想，他就忍不住要发火：“我觉得，他说的这些根本就不是什么新的道理，这些人都不陌生，也都听说过。犬儒派也让人以清平为乐、不要浪费奢靡啊，苏格拉底也告诉过我们要保持美德这种优良传统啊！无论是什么流派，就算是藏了五百张柠檬木桌的塞内加都懂要勤俭节约、恪守艰苦、传播真理。像这种陈皮烂谷子的道理只有老鼠才会吃它，人怎么可能吃啊？早就长毛了！”他不仅感到很恼火，还觉得很失望，他本来是抱着热切的希望想着会听到了不起的、带有神奇魔力的奥妙，起码也是一位能言善辩的演讲家在说话，但是现在呢，听到的这些无趣、无味，没有一点儿用处。当他看到那些教徒们安静地听着，觉得非常诧异。老者还在继续劝慰那些教徒们，告诉他们要保持善心、正义、纯洁，安于贫困，与人为善，做有正义感的人，这样一来，他们在生前不仅会感到幸福，死了也会获得快乐和荣誉，和主永远开心地生活下去，这是前所未有的。听着听着，尽管维尼裘斯刚开始的时候觉得很不赞同，但渐渐地，他发现这位老人讲的和犬儒派、禁欲派还有别的思想家所崇拜的是不一样的——他们认为一个人拥有道德很平常，是人生中唯一可以实施的；而这位老人讲的这种永恒不是毫无作用、虚无缥缈的东西，他所承诺的是和神明一样平等地生活。而且他告诉人们，这些都是真实可靠的，所以成了信仰。道德是无价的，因此那些不幸的遭遇便会变得很微弱，和开头是苦难、之后便是永久的幸福相比，接受命运的安排而一直受苦是完全不同的。老者接着讲述，人人都应该爱戴道德和真理，这些就是上帝本身，敬爱这些美好的事物就是敬爱上帝，也就会成为神的子嗣。

维尼裘斯没有完全弄明白这其中的道理，但是他以前从庞波尼雅·戈莱齐娜和裴特洛纽斯的谈话中明白，基督徒所敬仰的上帝是无所不能的、独一无二的，而此时他又听说这位神是善良的、公正的，所以便想，和这位神明相比，朱庇特、萨图尔努斯、阿波罗、朱诺、维斯太和维纳斯完全就像是毫无作为的、自私的、相互之间钩心斗角的神明。而最让他感到诧异的是，那位老者还说：上帝的爱就是世间万物的爱，所以如果有人懂得爱人，就是在行使上帝的权利。可是只懂得爱自己身边的人远远不够，所有人的身上都流着上帝的血，就算信仰其他教派的人也都是他的子民。而且只爱对我们友善的人也不行，基督懂得宽恕那些将他处死的犹太人和那些将他钉在十字架上面的罗马士兵。我们不但要宽恕残害我们的人，还要爱护他们，用善良感化他们。只善待好人也不行，还要懂得善待坏人，只有用爱才会将他们身上的邪恶驱除。基罗听了这段话之后觉得自己的计谋可能没有作用了，乌尔苏斯是不可能杀了戈劳库斯的，但是他也因为这一段话而想到了另一件事：就算戈劳库斯今天看见了自己，也不会对自己怎样的。这时候维尼裘斯早就改变了对这位老者的看法，他不禁惊讶地问自己：这位神明究竟是谁？这又是怎样的教派啊？是什么样的教徒啊？他无法思考刚才听到的那些话：这样的观点，他以前都不曾了解过。他明白，如果自己要信奉这种教派，那么自己以前的那些想法、脾气、习性甚至是与生俱来的某些东西，只有通通都化为灰烬之后，自己才能接受这样一个全新的生活方式和完全不同的心灵态度。维尼裘斯认为，基督教让教徒们去爱帕提亚人、叙利亚人、希腊人、埃及人、高卢人和不列颠人，宽恕坏人，用爱感化他们，这种做法和疯子没有差别。但是，他也感受到这样的思想比现在所有的学说都要伟大。他认为，因为这种学说很疯狂，才会使它不符合逻辑，但也正因为这样，才体现出它的伟大。维尼裘斯打心底排斥这种思想，但是他觉得自己的身心正要前往一片充满香味的庭院，忘记了人世间所有的烦恼。他认为基督教的想法非常不切实际，但正因为这种不切实际的想法，才让现实在它面前显得微不足道。现在，有一种自己从未预料过的谜团将自己紧紧包裹，于是，维尼裘斯觉得自己现在所在的坟场就像是一个疯人院，同时，这个地方也蕴含着神奇的力量，仿佛在这里会诞生出一种前所未有的神物。接着老者讲起了关于生命、哲学、情感和神明的话题。维尼裘斯仿佛被这思想散发出的光芒刺到了双眼——这思想实在是太耀眼了。这是因为他对黎吉亚的感情，他才悟出了这个道理，只有爱情才会让人的生活变得充满激情。他顿时灵光一闪，想通了一个道理：如果黎吉亚在场，她对这种思想产生崇拜之情，而且在仔细聆听之后受到启发，那她肯定不会甘心成为自己的情人。

维尼裘斯在奥鲁斯家见到黎吉亚之后，这是他第一次体会到：就算自己找到了她，也未必能够得到她。他从来都没有想过自己竟然会遇到这种事，他不明白这种不幸的感觉为何如此清晰。一种恐惧的情感在他体内萌生，望着这些基督徒，特别是看着这位渔夫，他内心的恐惧幻化成心中的怒火。一开始他只觉得这捕鱼的是个凡人，现在这个渔夫却发出一种无情的、悲惨的神奇力量，这种力量掌控了他的人生，使他心中充满恐惧。

采石工人又往火堆里面加了几块松明，风吹动松树的声音停止了，燃烧着的火堆冒着腾腾焰火。现在，老者开始说基督是怎么死的，接着就一直讲他的故事。基督徒们都屏气凝神听着，没有任何人发出丁点儿声音。当时的气氛非常庄重，就连下面听众心脏跳动的声音都能被清晰地听到。他是亲眼所见的人。维尼裘斯望着那位老人讲述故事时候的神情，好像一个人时时刻刻将此事铭记在心，就像是一睁开眼事情便在面前一样。老人回忆着他们是如何从十字架那边回来，和约翰在饭厅里坐了两天两夜，心中只有苦闷、伤心、恐惧、怀疑。两人将头窝在臂弯里面，想着基督已经走了，这是多么让人伤心的事啊。到了第三天早上，阳光照着墙壁，他们两个脸色惨白，觉得毫无希望，连自己安慰自己的理由都没有了。他们太困了（从基督遇难的前一晚就没有休息过），又再次振作起来追悼他。就在太阳即将升起时，抹大拉的玛利亚跑了进来，头发都没有打理，喘着气大声说道："主的尸体被盗了。"一听这话，他们赶紧跑去埋葬耶稣的地方。因为约翰年轻一些，所以是第一个到的人，他看见坟墓里面什么都没有，害怕得不敢进去。直到三人都到了之后，彼得——现在讲述故事的这位老者——就进去了，他只发现了一件外套和一片裹尸布落在石头上，却没有发现耶稣的尸体。

一行人感到非常惊恐，他们直觉是那些僧人将耶稣的尸体盗走了，这样一来就感到更加伤心了。他们走回去，之后其余的门徒都过来了，大家同时悼念，好让主听到他们的声音。有的时候他们倒班哀悼。他们早就没有任何精力了，一开始还以为耶稣可以救助以色列，但这已经是他逝世的第三天了，他们不明白为什么主要抛弃自己的子民，他们宁愿死去，就算不见天日也好，因为他们担负了太沉重的压力。

讲到这个让人恐惧的时刻，老者仍旧哆嗦不已，在火光的照耀下，人们看到他的胡须周围都是泪水，没有一点儿头发的头颅抖动着，泣不成声。维尼裘斯内心自语：“这人讲得很有道理，他为真理而流泪。”而那些仁慈的人们也被悲伤所控制，跟着呜咽了。他们听过很多次基督之死的经过，也明白欢乐之后是无尽的痛苦，但是因为这讲述的人是亲眼见过事实发生的门徒，人们的内心波涛起伏，有的哭起来，有的扭着自己的手，有的捶打着自己的胸脯。

渐渐地，这些人都静了下来，他们更想把这故事听完。老者闭上了双眼，好像在望着远方的什么东西，接着开口说道：

“正当门徒们都沉浸在悲痛之中的时候，玛利亚又跑了进来，说她看到了主。起初她没有认出他来，还误以为他是个花匠，但是他开口喊道‘玛利亚’。她这才反应过来，于是喊了一声‘主啊’，便拜倒在他的脚下，他让玛利亚去把自己的门徒们找来，接着就消失了。然而那些门徒觉得她讲的是谎话。玛利亚兴奋得大声哭泣，有的人责备她，有的人认为她悲伤得神志不清了，因为玛利亚说自己在坟前看到了主，但是门徒们去到坟墓的时候什么都没有看见。直到傍晚，从以马忤斯一起来的克利奥帕匆匆地赶来，大声说道：‘主真的复活了。’他们对犹太人心怀恐惧，于是将门关紧一起商讨此事。此时，忽然主出现在他们面前，然而房门却没有一点儿打开过的声音，他们感到很惊恐，主对他们说道：‘平安和你同在。’

“我也看到了，所有人都看到了，他就像是一道光芒，像我们内心的幸福一样，我们相信他已经升天了，纵然海枯石烂，他的精神已经得到了永生。

“八天过后，托玛斯·狄第穆斯触摸着主的伤疤，感受到了他的骨头，接着拜倒在他的脚下，说着：‘主啊，我的上帝。’就在这时，他开口说话了：‘是因为你相信有我的存在才可以看见我。为那些相信我但还没有见到我的人祈福吧。’我们听到他这样说，都注视着他，因为他就在我们中间啊！”

维尼裘斯很安静地聆听着，内心发生着很奇怪的变化。他都不知道自己现在身处何处，早就失去了衡量现实的能力。他的内心非常矛盾，明明觉得这老者讲的不是真的，但是谁要是觉得老者所说的“我看到了”是在撒谎，那么他肯定认为这人盲目而且毫无理智。从老者说这话时流露出的表情神态、泪水语言，还有那些细节，都看不出这些是瞎编的。维尼裘斯感觉自己就像是身处梦境之中，但是当他看了一下周围，他看到了不作声的听众，还闻到了烟火的气息。远处燃烧着篝火，老者站在坟墓的石头上微微摇晃着头，作为亲眼所见的人，他一次又一次地强调着：“我看到了。”

老者将所有的事情都讲了出来，一直讲到主上天。有时候他会停下来缓口气，他讲得特别仔细，听众们认为那些详细发生的细节都刻在他的脑海里，好像深深印在石块上一样。听众们也特别惊喜，甚至为了听得更仔细一些，还将帽子摘掉，全神贯注得连一个词都不想落下——这些于他们来说是非常宝贵的，好像有一种超乎寻常的力将他们带到了加利利，他们和门徒们走过树林，漫步湖边，面前的坟场也幻化成提庇哩亚斯海，而主就站在晨雾的海岸边，就如同约翰见到他时的那样。约翰喊道：“主就在那里。”彼得跳下海去，想更快地抱到主的脚。现场所有的人们，都满怀强烈的情感，忘却了生命，全身充盈着无穷的爱戴之情和快乐。在彼得长久的讲述里，有的人显然生发了虚幻的想象。在他讲述主升天时，人们好像见到了主升天的情景，看到了云朵是如何聚集在主的脚下，将他团团包围，盖住了门徒的双眼，进而消失不见。此刻，人们都抬起头望着上空，好像在等待主的降临，希望可以看到他，祈祷他可以降临这里，来瞧瞧这位老者是如何饲养他的羔羊们的，并为这些羔羊祈祷。

在这些基督徒的心中，此时此刻没有罗马，没有疯狂的皇帝，甚至没有神庙、其他的神明、信仰别的教派的使者，只有基督是客观存在的，他存在于大地、海洋、天空等整个宇宙中。

诺门塔那路上零散的几户房子里传来了公鸡打鸣的声音，这意味着已经到午夜了。这时候，基罗拉了下维尼裘斯的衣服，小声说道：

“老爷，我看到了乌尔苏斯，他站在那老人的旁边，而且还有个女孩在他旁边。”

维尼裘斯身子一颤，好像从梦中醒过来，朝他说的方向看去——原来真的是黎吉亚站在那儿。

21

这个青年贵族看到黎吉亚的时候，身上所有的血液全部沸腾了起来。不管是广场的听众，还是讲道的那个老人，又或者是自己刚刚听见的那神奇的事物，他通通都忘记了。现在他眼中的世界就只有黎吉亚了。在用尽了所有的努力之后，在饱受了不知道多长时间的恐慌、疲倦与难过之后，他从出生到现在第一次感觉到一种兴奋愉悦，就好像猛兽一下子冲进了自己的心脏一样，压得他喘不过气来。他迄今为止都觉得掌管命运的神好像一直在帮自己实现所有的愿望，可是此时此刻他反倒是有些不敢相信自己的感觉和快乐了——如果不是由于此刻自己内心的不确定，对自己眼前场景的真实性产生了怀疑，如果没有这种怀疑，依他外向的性格，肯定会做出不审慎的举动来。可是他现在最重要的是去确认一下：眼前的情景究竟是不是他脑海里面曾经无数次幻想过的奇迹？难道他现在是在梦里面？没有什么可以怀疑的，他的确看见了黎吉亚。两个人之间的距离很近，黎吉亚正站在亮堂的火光之下，因此他能够随心所欲地凝望她。黎吉亚头上的风帽滑了下去，头发有些散乱，她的嘴巴微微张着，眼睛凝望着使徒，聚精会神地聆听，满脸快乐之情。黎吉亚身着黑色的羊毛外套，远看就像是一个土气的姑娘，可是维尼裘斯却觉得她比之前所有时候都要漂亮。即使现在维尼裘斯心中复杂纷乱，他依然被她所吸引：圣洁的容貌与她这一身跟奴隶没有多大差别的打扮，形成了鲜明的对比，让人觉得高贵典雅。爱情使维尼裘斯浑身燥热，它与梦想、尊严、敬仰以及期待交织在一起，就显得更加伟大了。维尼裘斯所感受到的、看见黎吉亚之后的兴奋愉悦，就像渴了很长时间之后突然一下子看见了汩汩涌动着的清澈见底的泉水。他感觉黎吉亚非常崇高，对比之下自己很渺小，基本上跟小孩子一样。维尼裘斯观察了半天还发现，黎吉亚变瘦了。现在黎吉亚的皮肤看起来基本上是透明的，她在维尼裘斯的印象里，好似一朵鲜花，又或者像个精灵。所以他更加想要拥有黎吉亚，她与自己往昔在罗马及东方看见或者得到过的女人完全不一样。他感觉自己为了得到黎吉亚，就算将所有自己曾经的女人拿去交换，也在所不惜。

如果不是基罗担心坏事，用力扯了一下他的衣角，那他肯定会忘记全部。基督徒们开始着手祈祷与唱圣歌了。片刻之后，歌曲《上帝降临》在周围响起来，随即这高尚的大使徒取出了喷泉的水，然后对于那些拿钱要求入教的人，长老把水滴在他们的额上，为他们进行洗礼。维尼裘斯感觉这一夜似乎是永远没有尽头的。他期盼着可以在半道上，或者是在她住的地方将她抢回去。

然后，总算有部分教徒离开坟场，基罗悄悄地对维尼裘斯说道：

“老爷，我们也走吧！刚刚我们戴着风帽在这里，其他人都认为奇怪。”

的确是这样。刚才大使徒在讲道时，基督徒们为了能够听清楚、听明白，都脱下了自己的风帽，但是维尼裘斯他们一行人并没有跟其他人一样脱下风帽，所以维尼裘斯觉得，基罗的这个想法是正确的。在门口等的话，他们就能够望到所有出去的人，并且乌尔苏斯个子很高，一下子就可以认出来。

“我们跟在他们的后面，观察他们到底住在哪一栋房子里面，这两天吩咐奴隶们守住各个出口，将她抢回家去。”基罗对维尼裘斯说道。

维尼裘斯道：“不可以。”

“老爷，那您的想法是？”

“我们是要跟着她，不过等到了她住的地方之后，立马就要将她抢回去，克洛托，你觉得呢？”

“就这样，”角斗士克洛托说道，“假如我没有打断保护着她的那头牛的背脊骨的话，我就做您的奴隶。”

但是基罗还是以诸神的名义哀求他们不要那样干。要知道克洛托的工作只是在他们被基督徒认出来的情况下保护他们，他可不会帮忙抢黎吉亚。那样的话他们这边就只有两个人可以去抓她，那完全就和送死没有什么区别啊！而且对方也会轻易地将她再抢回去，然后再逃到别的地方，那就更难以想出办法了。怎么就不可以用一个保险、有把握一点儿的方法，非得一味去送死不可呢？

维尼裘斯用尽全力克制想要在坟地就将黎吉亚抢进自己怀中的那种冲动（如果不是一门心思想着拿到报酬的克洛托急着要去结束这件事，维尼裘斯有可能就会认为这个希腊人讲得很有道理，听他的劝告了）。

“老爷，您快叫那伙计闭上他的嘴巴，”克洛托说道，“要不然的话我就收拾他。记得卢裘斯·萨屠纽斯曾经请我去参加表演，在一个旅店中，七个酒醉的角斗士与我对打起来，结果那七个人都是缺胳膊断腿的。我并没有说此时此刻就将黎吉亚抢走，要是真的这么做的话，他们就会扔石头砸我们，我的意思是说等到她回到家，我就能够将她抢过来，然后您想带她去哪儿就去哪儿。”

维尼裘斯开心至极地说道：

“用海格力斯发誓，就那样做吧！如果我们现在惊扰到他们的话，明天黎吉亚就换地方住了。那样的话，明天我们在她住的地方也许就找不到人了。他们绝对会要她走掉的。”

“我觉得这个黎吉亚人身强体壮！”基罗说道。

“又不用你抓他。”克洛托说。

他们依旧在门口那里等了很长时间，一直到公鸡报晓、黎明在望时，他们才望到乌尔苏斯与黎吉亚从大门那里走出来，在他们身后还有好几个人。基罗看到有一个是大使徒，他旁边有一个非常矮的老人，还有两个年纪不小的女人与一个手里提着灯笼给他们照路的少年。在他们几个人后面，又走出来两百多个人。维尼裘斯、基罗与克洛托借此混在其中。

“完全是那样的，老爷！”基罗说道，“那位姑娘的保镖还挺多呢，还有那个大家都对他下跪的圣徒。”

众人的确全跪在圣徒脚下，可是维尼裘斯压根儿就没有去关注他们。现在他的眼睛连一秒钟都没有离开过黎吉亚，他的脑袋瓜子里面想的就是怎么样将她抢回家去。他在打仗时已然习惯用各种各样的计谋，他严密地在自己的脑袋里面拟定了抢走黎吉亚的整个计划。维尼裘斯认为他实际履行的步骤是非常大胆的，而且他非常明白，只有大胆、不顾危险地去做，才会取得成功。

那段路非常长。有时候，他常常想到黎吉亚所信仰敬奉的这个宗教，它使黎吉亚与自己之间产生了一道鸿沟。现在他搞清楚以前发生的一切是怎么个情况了。一直到现在他还是不够了解黎吉亚。最开始的时候他只是发现黎吉亚是一个与众不同的漂亮姑娘，就爱上了她。现在他总算是清楚了，就是她所信仰敬奉的宗教让她和其他的女人不一样。假如他想用爱情、欲望、家产与享受来诱惑她的话，那他的这种希望终将会是泡影。终于他知晓了一个关键，那也是自己与裴特洛纽斯都难以理解的，就是那个宗教会给她的心灵灌输一种全新的、他从来没有认知的概念。就黎吉亚而言，如果她爱上他的话，也绝对不会因为他的原因而牺牲她所信仰敬奉的基督教精神。她的生命价值与他，以及裴特洛纽斯，甚至皇宫，还有全罗马所拥有的趣味也是完全不一样的。维尼裘斯之前认识的黎吉亚以外的所有女人都有可能当他的情妇，但黎吉亚只可能做他的牺牲品。

只要他想到这些，就有一种撕心裂肺的痛苦，而且他觉得自己很差劲。维尼裘斯认为将黎吉亚抢回去是非常有可能的，但以他所拥有的权势与勇敢，对付这个基督徒是力不能及的。这位罗马军队的军团长，一直认为有力量能征服这个世界，可是现在他第一次发现在他的力量之外，居然还有一种更加强大的力量，所以他扪心自问：这到底是一种什么样的力量呢？

他没有办法清楚地回答这个问题，在他的脑海里面一直反反复复地出现坟地上的那个场景：老人不停地讲述耶稣受难、死亡与超越所有的重生，以及那些全神贯注聆听的信徒们。

想着这些的时候，他的脑子混乱得就像暴风雨似的。

然而基罗这会儿却在自怨自艾：他之前允诺要找到黎吉亚，随即自己冒着丢掉性命的危险也要找到她。现在好不容易找到了，但是这有何用啊？难道要他毛遂自荐，去将黎吉亚抢回去吗？谁可以要求一个缺两根手指的人、一个聚精会神地研究学问与道德的年老体弱的人去干那种事情呢？再说了，跟着维尼裘斯这种身份高贵的贵族，要是在抢黎吉亚时，发生了什么祸端，那可就麻烦了，自然，诸神一定出来保护信仰敬奉自己的人民，可是他们不也经常会遗忘关注现在的各种事情吗？发生了数不清的让人感觉是比输赢一样的事情。大家其实全明白，掌管命运的神是被蒙上眼睛的，他即使是在大白天也什么都看不见，那么你又怎么能抱希望于他在晚上可以看见东西呢？如果发生了什么意外的话，又如何呢？就倒霉的自己来说，将来是不是责骂替代称赞也不得而知。尽管自己是一个困苦的思想家，但是也和亚里士多德尊敬马其顿的亚历山大大帝一样尊敬维尼裘斯。假如高雅尊贵的维尼裘斯可以将他行动之前塞进腰带中的一个钱袋送给自己，那样的话，等到了自己需要时，就能够用那些钱去求助别人，或者是用自己的真心来感动这些基督徒，这确实是无可比拟的机遇啊。哎！为何老爷就不听我这个非常有经验的人经过认真思考所提出来的意见呢？

基罗一直不停地絮叨这些。

维尼裘斯听见基罗说的那些话之后，就从自己的腰带中拿出了那个钱袋，然后扔给基罗。

“给你吧！可以闭上你的嘴巴了吧！”

基罗拿手掂了一下钱袋，感觉沉甸甸的，就又精神振奋了。

“我所有的期待都在这个上面了，既然海格力斯或者提修斯都要非常辛苦地完成任务，那么我最好的友人克洛托，你不就是一个海格力斯吗？还会是其他人吗？而且老爷，我不可以叫您‘半仙’，那是由于您是一位货真价实的神仙啊！请您以后不要忘了我们这些赤胆忠心的贫穷仆人，时时帮助我脱离贫苦才行啊。那是因为我一钻进书海里面，就什么都不想了，忘记了世上的很多人和事……要是再有一栋小房子，即使有最小的走廊也行啊！夏天的时候可以遮挡阳光，这是最妥当的了吧。嗯，现在我要离老爷远远的，因为我要到处去向人们赞美您的勇猛和努力，祈求朱庇特护佑您，到了您真正需要我的时候，我就会叫得更大声，那样的话，半个罗马城的人民全部会出来帮助老爷您的。那条路崎岖不平，实在是非常难走！而且我手上的灯笼中，灯油就要烧完了。克洛托他身体强壮有力，人品又好，他能用自己的肩膀将我扛到城门口吗？如此一来，首先，他就能够证明自己的确可以将黎吉亚小姐抢走；其次，他的这个行为会跟伊尼阿斯一样活泼。而且这样的话还可以感动慈悲为怀的诸神，可以使我对我们这一次大胆冒险的结果彻彻底底放下心来。”

“我宁愿去抱那一只在一个月之前得了疥癣而死的羊。不过你要是答应将老爷刚刚赏赐你的这些钱送给我的话，我就答应将你抱去城门口。”那位角斗士回答道。

“希望那样会摔断你脚上的大拇指，”基罗说道，“刚刚那个高尚的大使徒将贫困与慈善讲成是生命中最重要的两个美好品德，你在他的讲述中没有一点儿收获？他不是叫你要非常关心爱护我吗？你吧，你这类人，真是不如贫穷的基督徒，人家能办到的事情，你都办不到。让阳光透过马梅蒂涅监牢那厚厚的墙，也比将真理灌输到你这河马一样的内心里面会更加容易一点儿。”

克洛托空有野兽那样的蛮力，却没有一丁点儿的人情味，他回答道：“没什么的！我是绝对不会去当一个基督徒的！我可不想过吃不上面包的生活。”

“哎，你要是知道一丁点儿哲学基础知识的话，就会明白金钱没有什么实在意义，它是空虚无聊、没有依托的东西。”

“你这家伙，用你那所谓的哲学向我挑战吧！我只要用我的脑袋跟你的肚子对碰，就知道谁输谁赢了。”

“真像是公牛可能对亚里士多德说的话呢。”基罗还在说。

四周亮起来了，淡淡的晨光照出了周围建筑的轮廓。道路两边的树木、房屋与四处散乱的墓碑，渐渐自朦胧中显现了出来。路上开始有来来往往的行人。卖菜的人赶着装载运输蔬菜的毛驴与骡子，急急忙忙向那就要打开的城门跑过去。还有几辆装着各种野味、磨磨叽叽驶过来的货车。大路与道路两边笼罩着一层薄薄的雾，仿佛在预示着今天的天气非常好。在远一点儿的地方看的话，人就好像在雾里面一样，望起来就像是虚幻而不真实的影像。维尼裘斯凝望着黎吉亚那丰满的身影，晨光越发清晰明亮了，她的身影也逐渐变得特别美妙。

“老爷，”基罗说道，“假如我刚刚那一段试探您到底慷慨到什么程度的话让您不高兴了，那么如今您已然将报酬给我，就不可以觉得我是为了自身的利益才说这些话的了。我再忠心地劝诫您一次：我们等会儿查找到漂亮的黎吉亚小姐住的地方之后，就立刻回家去，带多一些奴隶，然后再叫人抬一个轿子过来，一点儿不要听那个象鼻子克洛托说的胡话，他想要将黎吉亚小姐抢回去，实际上是想将老爷您的钱袋子挤出来，像玩骨牌或者别的什么似的，轻易地压榨走罢了。”

“我只要往你的胸口上面打一拳，你就会立马没命。”克洛托说道。

“我有一瓶凯法罗尼亚的美酒，只要有它便性命无忧。”基罗回答道。

维尼裘斯并没有搭腔，原因是他现在就快要走到城门口了。他看见了一个非常奇怪的情景：每当有使徒走到城门口的时候，守门的那两个士兵就会跪下来，随即使徒就将手在士兵的铁盔上面放好半天，然后又在士兵的头上画个十字。维尼裘斯之前一直没想到军队中居然也会有基督徒，所以他诧异地思考着，就像罗马城中燃起的大火不停地烧毁着新的房屋一样，那个基督教显然在日复一日地吞噬着越来越多的灵魂，并且还在不断蔓延当中，直到运用到所有人类智慧的结晶。这件事让维尼裘斯颇有感触，所以在此时此刻他突然想起了黎吉亚。维尼裘斯相信，假如黎吉亚想要离开罗马城的话，就可以找这些士兵帮忙，将她偷偷地送出去。幸好这样的事情并没有发生，不然的话，自己就找不到黎吉亚了。所以维尼裘斯感谢诸神没有让这种事情发生。

走到城墙外的那个空地之后，一群群基督徒就分散开了。为了避免引起其他人的注意，维尼裘斯他们一行人在跟踪黎吉亚的时候不得不谨慎小心，不敢有一丁点儿疏忽。基罗开始抱怨自己受过伤的脚痛得非常厉害，渐渐地就落在后面了。维尼裘斯并没有管基罗怎么样，他觉得如今已不很需要这个软弱无能、胆小怕事、缺乏才能的希腊人了。如果基罗真的不愿意做的话，他也可以离开，维尼裘斯是不会挽留他的。可是那个思想家却有非常多的顾虑，所以就留了下来。其实还有一个原因就是，他非常好奇这件事情的后续发展，因此就一直跟在他们的后头，而且还不时地走过去，不断地说出他之前的那个意见。基罗觉得，大使徒旁边的老人也许就是戈劳库斯，但是又觉得他的身材太过矮小。

他们一行人走了好久才来到外台伯河岸，此时与黎吉亚一起出门的那一群人都慢慢走散了，太阳已经高高挂起。大使徒和那个老妇人还有一个男孩三人就顺着河往上游走去；而那非常矮小的老人，则与乌尔苏斯还有黎吉亚一起转向狭小的里弄。再往前走大概几百步的样子，就进了两家店铺之中的一个，左边那一家是卖橄榄的，右边那一家是卖家禽的小店。

基罗跟在维尼裘斯与克洛托的后面，与他们相隔差不多五十步的距离，但是突然一下子停住了脚步，就好像是被钉子钉在了地上一样。他紧紧地靠着墙，然后用非常小的声音将走在前面的两个人喊了回来。

两个人由于要商讨后面的事情，就听从基罗的话往回走。

“基罗，你去瞧一瞧，”维尼裘斯说，“那个屋子在前面还有没有其他的出口。”

他刚才还在说自己脚痛，如今却飞快地跑开了，就好像他的脚踝上面插上了墨丘利的双翼一样。他消失在街的一头，一眨眼的工夫就又回来了。

“没有，”基罗说，“就只有这边一个出口。”

随即他交叉起自己的双手说道：“我对朱庇特、阿波罗、维斯太、齐贝勒、艾西斯与奥西里斯、米斯拉、巴尔，还有全世界所有的神明立誓，我请求老爷您，中断那个行动……采纳我的意见……”

突然，基罗闭上了自己的嘴巴，那是因为他望到维尼裘斯的神色由于太过激动而变得有些苍白，两只眼睛迸发出像饿狼一般的光芒。望见维尼裘斯这个样子，基罗就明白了，如今在这个世界上无论什么事物，都不能改变他此刻的想法了。再看克洛托正在用他那好像海格力斯一样的胸脯吸着空气，又像是笼中熊一般，左右摇晃他那愚昧、无知的头颅。自然，他的脸庞上面，没有显露出一丝一毫的惶恐不安。

“我先进去瞧瞧情况。”克洛托说。

“不，我先进去，你跟在我后面。”维尼裘斯像下令一般说道。

没过一会儿，两个人的身影就在黑暗的门道中消失不见了。

基罗跑到离这里最近的一条里弄边上去，环顾着，静观事情的发展。

22

维尼裘斯一走到院子里就顿时明白了，这个计划想要成功是非常不易的。这是一幢面积不小且楼层较多的建筑，这样的房屋在罗马有成千上万幢，全部是为了出租获利而建造。所以这些房屋大都是匆忙赶建出来的非常简易的劣质工程，不出一年的工夫，就会有几幢屋的房顶因崩裂而倒塌，砸在住户的脑袋上面。那是跟蜂窝一般的房子，非常高，里面分出无数个小房间来，住宿面积狭小，住在这里的基本上是穷人。要知道，在罗马城中有很多没有名的街道，自然也不可能有门牌号了。房屋所有者会将收租、出租的事情安排给自己的奴隶处理，因为并不需要将房客的资料交给市政府工作人员登记在册，所以即使是他们自己也时常弄不明白租客的情况。在这种地方想要询问一个人的消息通常是一件极其艰难的事情，假如这个房屋中没有看守人的话，那就会越发艰难了。

沿着长长的过道，维尼裘斯与克洛托走到了一个四周都筑着围墙的院子中，这个应该就是所有住户都可以使用的空间，中央建了一个喷泉，喷出来的水正好流进地面上的一个水池中。围墙中都有楼梯，是用石块和木头做的，通向长廊，那里一排排、一列列全都是住户的房间。在地面也有房间，用木门或者门帘与院子分隔开来，但是基本上那些门帘都是破破烂烂的，东一块西一块打着补丁。

这个时候还很早，因此院子中一个人也没有。在这幢屋子中，除了自奥斯特里阿奴走回来的那些人之外，显然大家全在睡梦当中。

"我们现在该如何做呢，老爷？"克洛托立马停住脚步问道。

"我们就在院子里等一会儿吧，有可能等一下就会有人过来的，"维尼裘斯回答说，"不要叫别人看到了。不合适。"

现在维尼裘斯觉得基罗之前的意见还是蛮有道理的。假如自己回去带二三十个奴隶过来，轻而易举就可以守住唯一的一个出口，随即搜索这里全部的房间——那样找到黎吉亚真是轻而易举。可是如今呢，自己一定要马上找到黎吉亚住的地方，住在这幢屋子中的基督徒，人数肯定很多，不然的话，时间久了就会被他们察觉，他们就会告诉黎吉亚说有人在找她，所以要找一个陌生人询问是非常危险的。维尼裘斯停下脚步思考是不是等回去找了奴隶再过来，但是就在这个时候，维尼裘斯看见一个人自一间挂着布帘的房间走了出来，手上还拿着一个篮子，向喷水池走了过来。

维尼裘斯一眼就看出来了，那个人是乌尔苏斯。

"我们说的黎吉亚人就是那个家伙！"维尼裘斯轻轻地对克洛托说道。

“我要马上去揍他一顿吗？”

“稍等。”

乌尔苏斯并没有望到他们两个人，因为他们站的地方是背光的角落。他将装满篮子的蔬菜放在水中洗。足足在墓地中熬了一晚上，他现在准备做早餐了。片刻之后，乌尔苏斯将菜洗好了，然后就拿着湿漉漉的篮子掀开布帘走了进去。克洛托与维尼袭斯随即跟在他的后面，他们觉得这样的话就能够马上查出黎吉亚住的地方了。可是，令他们惊讶的是，院子里挂着的布帘后面并不是一个房间，而是一个昏暗的走廊，在走廊的尽头是一所小花园，里面种着几棵繁盛的扁柏与桃金娘，靠墙那边还有一间无窗小屋。

两个人一齐都感到那是非常有利的。之前在院子里面所有的住户都集拢在一起，而在这个和外面隔开的小屋子里面能够让他们更好地进行抢夺黎吉亚计划。这样的话，他们可以非常快地处理掉保护黎吉亚的人，或者说干掉乌尔苏斯，然后飞快地将黎吉亚抢到手，走到大街上。只要一到大街上，两个人就成功了。基本上，没有人会来阻挡他们，而且就算有人来阻挡的话，他们只要声称那是从皇帝手中逃走了的人质就行了。或者，要是发生了其他的意外，维尼袭斯也能够报出自己的名号，召集警卫来救援。

乌尔苏斯刚走到小屋，就听见自己后面有其他人的脚步声。于是他望向那两个人，然后将篮子往栏杆上面一放，往他们两个人的方向走来。

“你们是到这里来找人的吗？”他问道。

“找的就是你！”维尼袭斯回答道。

随即他转过身子对着克洛托，用很轻的声音急切地说道：

“杀了他！”

克洛托在一眨眼的工夫就像老虎一样向乌尔苏斯扑了过去，乌尔苏斯还没有弄明白来人究竟有何目的，克洛托就已经用他那钢铁一样的手臂紧紧地抓住了他。

维尼裘斯过于相信克洛托的超级力量，因此没有等战斗出结果，就直接从他们两个人的身边跑了过去，往小屋的门前奔去。推开门是一个昏暗狭窄的小房间，只有壁炉中烧着的柴火还有些许亮光。从这炉火里面映照出来的火光正照在黎吉亚的脸庞上。在壁炉旁边还有一个人，就是自奥斯特里阿努与黎吉亚、乌尔苏斯同行的那个老人。

维尼裘斯就这样突然闯了进来，黎吉亚还没有认出来他是谁，就已经被他抱了起来往门口跑去。那个老人用自己的身体挡住去路，维尼裘斯用自己的一只手紧紧地抱着黎吉亚，然后用自己另一个空出来的手推开了老人。就在这时候，风帽从维尼裘斯的头上滑了下去，黎吉亚看着眼前如此熟悉的面孔，突然神色变得非常恐惧，她全身的血液吓得冻结了，不管怎么喊都喊不出声音来。黎吉亚想要叫人来救自己，但是她毫无力气。她想要紧紧地拽住门抵抗，也没有用。她的手指慢慢地自石头上面滑了下去，在维尼裘斯跑到花园中时，要不是那恐怖的一幕，她可能就会晕过去了。

花园里，乌尔苏斯的两只手上抱着一个头朝下、背脊骨折断、嘴角流血、疲软无力的人。他一望到维尼裘斯抱着黎吉亚，就又捶了一下手中的克洛托的头。刹那间，乌尔苏斯就像一头疯了的野兽一样，向维尼裘斯扑了过去。

“这下死定了!”这个年轻贵族的脑子里，突然就只剩下这个想法了。

随即他就像是做梦一样听见黎吉亚大喊了起来：“不要杀他!”好像是雷石一般的东西，一下子就将自己抱住黎吉亚的两只手松了开来，然后维尼裘斯就感觉到大地在旋转，双眼一黑，晕了过去。

基罗躲在拐角处，静待事情的结局。在他的心里面，好奇与惶恐正在交战。他考虑，假如他们两个人可以成功地将黎吉亚抢到手的话，那自己就能够与维尼裘斯同等了，就不需要再害怕乌尔苏斯了——他坚信克洛托会将他杀死的。基罗还在想着，现在这条路上什么人都没有，假如有基督徒又或者是其他什么人想和维尼裘斯对抗的话，他就能够冒充官吏或者皇帝的发言人来与他们交涉。假如有需要的话，自己还能够召集守城人员帮助维尼裘斯，赶走路上的那些暴民。这样的话自己又能够得到更多的钱了。在他的心中，他一直觉得维尼裘斯的计划是非常冒险的，但是想一想克洛托那使人闻风丧胆的力量，他想这计划也许会成功。“假如他们的进展不如意，老爷也会让克洛托杀出一条血路抢走黎吉亚。”胡思乱想的犹豫让他感到无趣，但是眼看都过了这么长时间了，基罗凝望着那个出口，里面一点儿声音也没有，这让他感到很奇怪。

“假如他们没有找到黎吉亚住的地方，大闹起来，就会将她吓跑的。”

他就算这样想，也没有觉得多难过。如果真的是这样的话，那个年轻的贵族又得需要自己的帮助了，自己又能够重新在他身上捞到一大笔报酬。

“他们究竟在做些什么啊？”基罗一个人在那里低声嘀咕道，

“可是不管怎么样他们干的事情都对我有好处——自然，没有人会意识到这点。诸神啊，诸神啊，请你们答应我……”

忽然基罗中断了嘀咕，似乎是看到有什么东西从门廊那里冒了出来。他把身子紧紧地贴在墙面上，屏住呼吸，集中注意力，聚精会神地看着那边。

他感觉没错，真的有人往门外伸出了个脑袋来，朝周围看了片刻之后又缩了回去。

“假如那个人不是维尼裘斯的话，肯定就是克洛托。”基罗想，“但是，那个黎吉亚如果真的被他们抢到手的话，怎么没有听到她大声呼喊呢？而且为什么维尼裘斯他们要往四周不停地张望呢？在他们回到卡里内郊区以前，大街上面就已经有许多来来往往的行人了，无论如何，总是会碰到人的！那他们为什么还要这么做呢？向永恒不灭的诸神发誓！”

基罗脑袋上面仅剩的几根毛发突然一下子竖了起来。

乌尔苏斯出现在了门口，而且他的肩上还扛着克洛托的尸体。他再一次望了望周围，然后沿着空无一人的街往河那边跑去。

基罗像一团烂泥一样将身子紧紧地靠着墙。

“如果他看见我在这里的话，那我肯定会死在他的手里。”他琢磨着。

可是乌尔苏斯飞快地绕过了街角，在近处的那个屋子后面不见了。基罗不敢再继续待下去了，他的牙齿因为害怕而不停打战，就算他是个血气方刚的年轻人，这样急忙横穿街道，往十字路口跑去，也会惹得人们注意的。

“如果他一会儿回来的时候在远处望到了我，铁定就会抓到我将我杀死的，”基罗低声念叨道，“救命啊，朱庇特！阿波罗，快来救救我吧！赫尔墨斯，快来救救我吧！基督徒的上帝，请你也来救救我吧！我要马上远离罗马，去梅沈布利亚，请求你们将我从恶魔乌尔苏斯的手中救出来吧！”

这个杀死了克洛托的黎吉亚人，此时此刻在基罗的心里面几乎成了一个超人了。他一边跑一边想，乌尔苏斯一定是哪个神仙下凡化成这样一个粗鄙、使用暴力、不讲理的人。这个时候的基罗相信世界上一切的神与一切的神话传说，虽然以前他一直嘲笑轻视这些。他的脑袋也曾经这么想过，打死克洛托的，有可能就是基督教上帝的思想，那样的话，自己不是一直在跟一个神仙为敌吗？一想到这里，他的头发再次竖立起来。

基罗使尽全身力气跑过了好几条街道，直到看见远处走过来一些工人，他这才略微镇定了一点儿。由于透不过气来，他就坐在一个屋子的门槛那里，随即扯起大衣的衣角，擦着满是汗水的额头。

“我年纪大了，现在需要的是休息。”基罗嘀咕。

之前往他这边走过来的工人却拐进了另一条街，所以这里又空荡荡的了，只剩下他一个人。现在整个罗马还在沉睡当中，只有这边的富人区，早晨开始得早一些，那是由于富人家的奴隶们一定要一大早就起来做事，而那些由国家养着的、不用工作也能吃喝的解放奴隶早上起来得就晚，特别是冬天的时候起来得就更晚了。基罗在门槛那里坐了半天，寒冷的风似乎能吹进皮肤、直达骨头，他站了起来，摸了一下，感觉维尼裘斯之前给自己的那个钱袋没有遗失，就慢慢地往河那边走去。

“克洛托的尸体有可能会漂到那儿去吧？”基罗低声念叨道，

“诸神啊！假如这个黎吉亚人只是一个平凡人的话，那他不用一年的时间就可以挣好几百万塞斯特恰呢！反正他可以像打死一只小狗一般地杀死克洛托，现在还有什么人可以与他抗衡呢？如果他去竞技场的话，大概每一次比武都可以得到跟他体重一样重的报酬。他保护那个少女简直比凯尔贝洛斯[①]守护地狱还要小心翼翼哩。希望地狱可以一口将他吞下去！我不想再和他有什么联系，他的力气实在是太大了。如今发生了那么恐怖的事情，我应该如何去做呢？既然他可以将克洛托那样强壮的人的身体打得粉碎，那么丝毫没有可以怀疑的地方，维尼裘斯的魂魄肯定就在那个令人诅咒的房间上面不停地哭泣，等着有人去埋葬他。对卡斯脱发誓！他可是一位贵族啊！而且还是皇帝陛下的朋友，裴特洛纽斯的外甥，又在军队中当军团长，是整个罗马城几乎人人都知道的能力强大而备受景仰的人物啊！他的死，牵连甚大，到时候不管是裴特洛纽斯还是皇帝陛下，都不会放过杀死他的人的，一定会让他们受到应有的处罚。假如我去跟皇帝的直属卫队或者是守城的士兵反映情况，会如何呢？”

基罗想了一段时间突然站起来说道：

“不能这样做，带他去那栋屋子里的人就是我啊，他家所有的自由民与奴隶全部知道我去找过他。有些人甚至知道我去找他的原因。假如有人怀疑他们的主人被人杀害、遇到这样的祸事的时候，刚好又是我故意将他带到那个屋子里面去的，那个时候我真是无法脱身啊！即使以后法庭能够查明我并没有想要他死，但是不管怎么样人们都会说，我是造成这个后果的直接原因……而且，人家是一

①古希腊神话中看守地狱入口的三条狗。

个贵族，我只是一个平民百姓，他出了这样的事情，我不可能会躲过责罚。但是假如我一声不吭地离开这个城市，逃到一个非常遥远的地方，这样的举动肯定会遭到更大的怀疑。”

似乎不论怎样选择都难逃惩戒。所以现在基罗就只有一个选择了：用尽全力寻找一条惩罚比较轻、损害比较少的路。罗马是一个非常大的城市，但是此时此刻基罗却觉得它小得没有自己安身的地方。假设是其他人的话，这件事情就很简单、很好解决了：直接去找守城的卫兵将事情说出来，就算会受到怀疑，也能够静静地等着事情的真相完全显露出来。可是基罗不一样，他这一生，他的过去是非常值得怀疑的，只要与罗马城的官员或者是守城的长官有什么来往的话，他之前做过的那些事情就会被查出来，反而会有更大的麻烦，使官员们怀疑自己的行为，这纯粹是没事找事。

与此相反，基罗要是逃跑的话，裴特洛纽斯肯定会觉得是他背叛了维尼裘斯，联合基督徒们害死了维尼裘斯。裴特洛纽斯是一个拥有巨额财富并且在社会上有举足轻重地位的人，他可以调动全国的卫兵，对于这点丝毫不用怀疑，他肯定会想尽所有的方法去追杀自己，即使自己逃到了天的边界、海的角落，只要他想抓你，你不管怎么样都是逃不掉的。因此基罗脑子中突然又闪现了一个想法：为什么不直截了当地去找裴特洛纽斯，然后将所有的事情都讲出来，毫不保留？是的！这个对于基罗来说才是最好的方法。裴特洛纽斯是一个沉着冷静的人，基罗相信他一定会有耐心听自己将这件事情的前因后果讲清楚。而且他从最开始的时候就知道这件事情，因此会比那些官员们更相信自己是清白的。

可是要去找裴特洛纽斯的话，就一定先要知道维尼裘斯现在怎么样、那个屋子里面到底发生了些什么样的事情，然而这些基罗都不知道。确实，他望到那个黎吉亚人偷偷扛着克洛托的尸体往河那边去了，但是其他情况他就完全不清楚了。维尼裘斯也许已经被杀死了，也许只是受了一点儿伤，或者只是被他们囚禁了。这个时候基罗突然想起来一个问题：基督徒绝对不会杀死维尼裘斯的，因为他可是一位贵族啊！而且还是皇帝陛下的朋友，还是高级军官。他们假如杀了这样一个人，那么全国所有的基督徒必将受到严厉的打击。因此，他们很有可能只是将维尼裘斯囚禁了起来，为了赢得时间，将黎吉亚再一次藏起来。

这样的想法，让基罗一下子又觉得曙光出现了。

如果这条黎吉亚的恶龙并没有在最开始攻击的时候将维尼裘斯打死，那么他现在一定还活着，只要他还活着，就能够给我做证，证明我并没有背叛他。到了那个时候我不但不会遇到什么危险（赫尔墨斯啊！你就再加上两只牛犊吧），局面反而会完全相反了。我能够随便找一个维尼裘斯家里的解放奴隶，让他来这个地方找他的主人，至于他去不去告诉守卫的士兵，他可以随意选择，不过我是绝对不会去的。我还能够去找裴特洛纽斯，那样的话说不定他还会给我一份报酬。之前我已经找到黎吉亚了，此时此刻最重要的是找到维尼裘斯，等找到之后，再去找黎吉亚也不迟。不过当前任务中最急切要办的事情，就是要去确认一下维尼裘斯现在到底是被杀死了还是活着。

这个时候基罗突然又想起来：到了晚上他可以到面包房去找戴马斯，向他询问一下乌尔苏斯的情况。但是他立马就打掉了这个念头。他不希望再与乌尔苏斯有其他的什么交集。他甚至能够顺着这件事情的条理猜出，假如乌尔苏斯没有杀死戈劳库斯的话，肯定是因为他将这个打算告诉了基督教的大使徒，而且使徒肯定也警告过他，这种事情是罪恶的，撺掇他这么做的人肯定是一个叛徒。基罗无论什么时候，只要一想到乌尔苏斯就会觉得非常恐惧。所以他准备等到了晚上的时候，再叫欧里袭斯去那栋出事的屋子打探一下情况。现在他最需要的是去大吃一顿，然后洗个澡，好好睡一觉。要知道，昨天晚上他整整一晚上都没有睡觉，而且走到了奥斯特里阿努，又从外台伯河区奔跑，逃到这里，现在他已经累到了极点。

有一件事情给了基罗稳定坚强、毫不动摇的勇气与决心，那就是他的身上已经有两个满满的钱袋了，之前维尼袭斯在他家里的时候给了基罗一个，后来在从坟墓回来的时候又给了他一个。基罗觉得自己的运气还是蛮好的，与此同时又想到了自己获得这些报酬的过程的艰辛，这段时间他一直在不停地奔波劳累，为此他决定今天要好好地吃一顿丰盛的早点，而且要喝一些比平日里喝的档次更高一点儿的美酒。

因此早上酒店一开门，基罗就迫不及待地走进去大吃了一顿，结果连洗澡都忘记了。最难以忍耐的是，他想要睡觉了，他快困死了，一点儿力气也没有了，走起路来歪歪斜斜的，好不容易才回到了他在苏布拉区的房子。之前用维尼袭斯给的金钱买的女奴，正在候着他。

他一走进这个昏暗的好像狐狸洞穴一样的房间，就昏沉沉地倒在床上，一下子便睡着了。

一直到黄昏，基罗才醒过来，其实是女奴将他叫醒的，因为有人来家里找他了，好像有十万火急的事情要立刻见到他。

基罗每时每刻都在小心防备、警惕着，因此立马就清醒了过来，急急忙忙地披上那件带着风帽的外套，命令那个女奴站在一边，他则小心翼翼地看着外面的情况。

当基罗看到在自己卧室的门外站着的那个身材高大、健壮的人是乌尔苏斯时，他一下子被吓呆了。

一望见乌尔苏斯，基罗就觉得他的头与脚都变得好像冰雪一般的冷，都僵住了，就连心脏似乎也停止了跳动，一阵阵寒气从他的脊背爬过。好半天他都说不出话来，随即牙齿开始不停地颤动，与其说他是在说话，倒不如说他是呻吟了几句：

“西拉！你跟他说……我没有回来……这个人……我不认识……”

“我已经跟他说了您在家了，还告诉他您现在正在安睡，老爷，”那个女奴回答说，“但是这个客人叫我马上叫醒您。”

“诸神啊！我希望你……”

乌尔苏斯似乎等得有些不耐烦了，因此就往卧室的方向走去，躬下身子，将头伸了进去。

“基罗·基罗尼代斯！”

“平安与你同在！平安！平安！”基罗念叨道，“啊！最纯真温厚、和善的基督徒啊！是的！我是基罗，但是你会不会搞错了啊……我并不认识你！”

“基罗·基罗尼代斯！你的主人维尼裘斯让我来叫你过去，他找你有事。”乌尔苏斯重复说着。

23

维尼裘斯因为强烈的痛感，最终醒了过来。开始他并不清楚自己现在身在何处以及遇到了什么事情，他只觉得脑子里轰隆隆地响个不停，眼睛似乎被一层雾遮住了。慢慢地他适应了过来，最终透过那一层雾，看到有三个人正在弯腰看着自己。其中有两个人他是认得的：一个是乌尔苏斯，另一个就是自己准备抢走黎吉亚时被推开的老人，第三个人，维尼裘斯就不知道是谁了。这个陌生人正抓住自己的左手，由手腕往上一直到自己的肩胛骨不停地按压着，使得他觉得更加疼痛。因此，维尼裘斯觉得他们在向自己报仇，就咬紧牙齿说道：

“你们弄死我吧！”

他们好像并没有在意维尼裘斯的话，就仿佛根本没有听见一样，或者觉得他刚刚说的话不过是病人寻常的呻吟抱怨而已。乌尔苏斯的脸上是一副野蛮人表示关心但是看起来非常吓人的表情，他的手中还拿着一打撕成了长条的白纱布，那个老人对着那个正按着维尼裘斯左手的人说：

“戈劳库斯，你可以肯定他脑袋受的伤不会危及性命吗？”

“是的，敬爱的克利斯普斯，”戈劳库斯回答道，“我之前在船上做过奴隶，之后又住在那不勒斯，在那些地方我曾经治好过许多病重的人。我还靠我的医术赚了一些钱，给自己与家人都赎了身……他的脑袋只是受了一点儿轻伤。这个人（说着就用手指了指乌尔苏斯）从这个年轻人的手中将黎吉亚抢回去的时候，使劲儿将他往墙那边推了一下，幸亏他最后用自己的手挡了一下，所以现在只是这只手断了，脑袋也没事，不会危及生命。”

“你治好过很多基督徒的病，医术很老到、很高超，非常厉害，这个我们都知道的！因此我才派乌尔苏斯请你过来的。”克利斯普斯说道。

“在来的路上乌尔苏斯告诉我，他昨天还计划弄死我呢！”

“但是乌尔苏斯在将他昨天的想法告诉你之前，就已经跟我坦白认识到自己错了。我深知你的品行，明白你是钟情于基督的，就跟他说明了，你并非叛徒，那个怂恿他去杀人者才是一个叛变者。”

“我误将那个恶魔当作天使了。”乌尔苏斯感慨地说。

“过段时间，等你有空的时候，就将这件事情具体的情况好好地跟我讲一讲，”戈劳库斯说，“我们要想法救治好伤者。”

一说完他又开始按压维尼裘斯的手臂，即使克里普斯一直不停地在他的脸上洒着冷水，维尼裘斯最后还是痛得晕过去了。也许这样对他来说还好一些，戈劳库斯给他接上断掉的手臂后，他会感到好受些。之后戈劳库斯把两块长木板夹在维尼裘斯手臂的两侧，麻利地使劲儿扎紧绷带，最终固定住了断臂。

做完手术以后，维尼裘斯意识终于复苏，他看见了站在床边的黎吉亚。

黎吉亚手里面端着一个装了水的铜盆，戈劳库斯不时地将一块海绵泡在水中，随即就往他头上擦。

维尼裘斯只是傻傻地看着，他怀疑自己的眼睛所见。也许只是在梦中，又或者是发烧产生的一个愉悦的幻象。在过了很久以后，他才喃喃地喊了一声：

“黎吉亚……”

一听到维尼裘斯的声音，黎吉亚端着铜盆的手就立刻抖个不停起来，她用那双满是哀伤的眸子望着他，也用很小的声音答道：

“平安与你同在。”

黎吉亚伸着手臂站在那里，满脸怜悯与哀伤。

维尼裘斯望着她，连眼睛都不眨一下，就好像要将她的身影全部收进他眼睛里一样，但是他认为自己即使闭上了眼睛，也能够望到黎吉亚的身影。他不断地看着她的脸，跟以前相比，她好像更加苍白、更加瘦弱了。她那乌黑亮丽的头发扎了起来，身上套着一件劳动女人的粗布衣裳。维尼裘斯深情地看着黎吉亚，使她那洁白的额头在他的眼神下渐渐地变成了玫瑰色。这个时候，他最先想到的是，他会永远地爱着黎吉亚，然后就是觉得她的脸色那么苍白、生活那么困苦，这一切的一切都是自己造成的，都是自己将她从吃喝不愁、生活富裕、养尊处优的家中赶了出去，害得她就只能住进现在这间简陋的房子里，穿着破破烂烂的黑色羊毛长袍！

维尼裘斯之前原本是想让黎吉亚穿上最华丽的服饰、戴上全世界最珍贵的金银珠宝，所以现在看到的情况让他感觉非常吃惊、不安与怜悯。他非常伤心、内疚，假如他现在要是可以动一下的话，他一定会立刻跪倒在黎吉亚的脚下的。

“黎吉亚，是你让他们留了我一条性命的吗？”他说。

她温柔地说道：“希望上帝保佑你尽快康复！”

维尼裘斯原本在为自己之前的所作所为给黎吉亚造成的灾难愧疚不已，也为自己这一次新的没有礼貌的行为感到十分惭愧，心里面十分自责，当他听到黎吉亚说这话的时候，就像喝下了一剂非常灵验、能起死回生的妙药一样，心情马上就好了起来。此时此刻，他并不理解黎吉亚这番话中的基督教义，只觉得自己是在跟心上人讲话，她的回答中充满了温柔甜美，这是一种不同寻常的慈善，正深深地震撼着他的心灵。他刚开始是因为强烈的痛楚而晕了过去，如今，他是因为太过激动而没有力气了。一种既让人感觉昏昏然又让人觉得非常快乐的情绪控制住了他的思维。维尼裘斯觉得，自己好像正在坠入深渊，然而这样的一种坠落又让他觉得欣喜至极，因为此时此刻，身边有一位女神陪护着他。

这个时候，戈劳库斯已然帮他洗好了伤口，而且又给他搽上了可以缓解疼痛的药膏。乌尔苏斯接过黎吉亚手中的铜盆，黎吉亚就从桌子上面拿起了一杯先前准备好的掺了葡萄酒的水，将它送到维尼裘斯嘴边。他急急忙忙喝了起来，喝完之后，感觉十分清爽。手臂早就已经被包扎好了，所以现在伤口基本上已经不痛了。在戈劳库斯将他的手接好、固定住的时候，他就已经清醒了。

“请再给我倒一杯喝。”维尼裘斯说道。

黎吉亚就端着空杯子去了旁边的屋子。这时候，克利斯普斯与戈劳库斯聊了几句，走到维尼裘斯的床边，对他说：

“维尼裘斯，上帝不允许你做这类坏事，但是他保住了你的性命，就是为了让你从邪路上回到正路上来，不再做坏事。在他的面前，所有的人都跟一粒灰尘一样渺小。他将丝毫没有保护自己的能力的你交到了我们的手中，但是因为我们信奉敬仰的是上帝，他的宗旨是神爱世人，他叫我们去爱护我们的敌人，因此我们才叫人来给你医治包扎，就像黎吉亚刚才说的那样，我们请求上帝让你快点儿恢复健康。但是，我们不可以一直在这里照顾着你，你自己心平气和地想一下吧，你应该再继续追赶着攻击黎吉亚吗？你已然害得她失去了庇佑她的人，害得她流离失所。你难道还要继续恩将仇报，迫使我们也有家不能回，只能到处漂泊吗？”

“你们要丢下我吗？”维尼裘斯问道。

“我们决定离开这里，因为要是再在这里住下去的话，肯定就会有城里的官员来查问了。你是罗马年轻的贵族，你的家族既有钱又有势，现在你在这里受了伤，你的下属又被乌尔苏斯给杀了。虽然并不是我们的错造成这一切，但是这里的法律一定会责罚我们的……”

“你们别担心，我能够保护你们不受伤害。”维尼裘斯回答道。

事实上，他们并不仅仅担心城里的官员与守卫的查问，他们也不相信维尼裘斯的话。现在他们只想着怎么找到一个安全的地方藏着黎吉亚，躲开他的继续追赶和攻击。当然，这一点是不能告诉维尼裘斯的。

“大人，你的右手完好无损。我们为你提供笔与书写板，你可以写信给你们家的奴隶，让他们晚上抬一顶轿子过来，将你接回家去。我想你在自己家中总比在我们这个贫困简陋的地方要好得多。我们现在住在一个贫穷的寡妇家里，她与她的儿子就快要回来了，你可以派她的儿子去帮你送信，而我们现在一定要去找一个隐蔽的地方躲起来。”

维尼裘斯脸色有些发白，他清楚这些人一定要将自己与黎吉亚隔离。假如自己现在让她离开的话，那么这辈子有可能就无缘相见了……他当然明白现在就是自己与黎吉亚之间关系的一个至关重要的交界点，假如自己还想要与黎吉亚在一起，如今就一定要想出一个好的办法来，但是现在却没有充足的时间让自己再去想办法了。维尼裘斯现在也不知道应该对他们说些什么，就是自己发誓说要将黎吉亚还给庞波尼雅·戈莱齐娜的话，他们也不会相信自己的，而且他们不信任自己也是应该的。之前本来就应该这么做，自己压根儿就不用那么辛苦地去追赶黎吉亚，而是应该去庞波尼雅家中，向她发誓，自己会放弃追赶，这样一来，庞波尼雅就会去找到她，将她带回家去。但是目前，无论自己如何发誓，他们也不会相信，也不会留下来。再说了，自己不是基督徒，要发誓的话就只可以对希腊罗马的诸神发誓，他们本身就不相信那些神明，而且他们将这些神明全部当成是恶魔了。

维尼裘斯想用尽所有的办法感动守护黎吉亚的人，可是要这么做的话就要很多的时间。他觉得最重要的是自己可以见到她，即使是只有几天的时间可以看见她也行，就好像一个掉进水里面的人，只要有一个木头或者是一根桨就能够救他的性命。只要可以将她多留几天，可以跟她多说一些话，跟她亲近亲近，又或者可以想出一个好的办法，就有可能还会有一些对自己有好处的事情发生。

所以他想尽一切办法，费尽心思地说道：

“你们听我说，各位基督徒，昨天我和你们一起待在奥斯特里亚阿努，听你们在那里讲道，虽然我不是很理解，不是很懂你们的教义，但是你们的行动已然让我明白，你们是一群真诚正直的人。请你们告诉这个房子的主人，让她留下来，你们也留下来，当然连我一并待在这里。这位医生（说着就看了看戈劳库斯），他的医术很好，你可以让他说一句，今天可以将我从这个地方抬走吗？可以让我搬动吗？我现在是病人，一条胳膊也断了，至少今天是不可以随意搬动的，我需要在这里静静地多住些日子，所以，我要跟你们说，除非你们施加压力，硬要将我抬走，不然我是一定不会离开这里的。”

维尼裘斯有些接不上气，所以说到这里的时候就停了下来。这个时候克利斯普斯说道：

“谁也没有强迫您，大人，我们只是因为想要逃命，所以才决定离开这里的。”

听到这句话，一向很少有人拒绝他的要求的维尼裘斯，皱了一下眉头，然后才说道：

“你先等我喘口气再说吧。”

过了一会儿，维尼裘斯接着说道：

“乌尔苏斯杀死克洛托这件事情，没有人会去查的。今天他原本是要去贝涅文屠姆参加武术比赛，是瓦蒂纽斯请他去的，因此所有人都会觉得他是去那里了。我与克洛托来到这间屋子，除了那个与我们一起到过奥斯特里阿努的希腊人知道，其他人都不知道。我将他住的地方告知你们，那样的话你们就可以将他带到这里来。由于他是我花钱请来的，所以我能够叫他什么都不说出去。然后我再给我家中写一封信，说我也去贝涅文屠姆了。假如那个希腊人已然报官了，我就会跟别人说，克洛托是我杀死的，因为他弄断了我的胳膊，所以我杀死了他。我以我父母的在天之灵发誓，我一定言行一致。你们就安心地在这里住下吧，即使一根头发丝也不会有什么损伤的。烦劳你们快去将那个希腊人带过来，他叫基罗·基罗尼代斯！”

“大人，那就让戈劳库斯留下来照顾你吧！”克利斯普斯回答道，“那个寡妇也能够在这里一起照料你。”

“让我说，老人家，我知道你是善良的人，不计前嫌地救了我的性命，我应该要好好地谢谢你，但是你并没有对我说真话吧？你心里面是不是想着将你的奴隶叫过来是为了将黎吉亚抢走？你自己说你是不是这么想的？”

“嗯，我的确是这么想的！”克利斯普斯郑重地说道。

“我能够在你们的面前命令基罗，而且还可以在你们的面前给我家里的仆人说我已然出发去贝涅文屠姆了，从今天开始，我就再也不会给其他的人写信了……请你考虑一下吧，不要再让我受煎熬了。”

这个时候维尼裘斯已经有些生气了，他的脸因为气愤有些略微变形，过了一会儿他大声而激动地说道：

“你们是不是都认为我没有勇气承认我就是为了见到黎吉亚想留在这里？就算我死不认账，但是白痴也能看出来我的心思。但是我想告诉你们的是，我现在并没有想要强行抢走她。我还想再说一句，假如她离开这里的话，我就会用我那个没有受伤的右手将左手上面绑的绷带都扯掉，不吃东西也不喝水，叫你们与所有的基督徒为我的去世付出代价。你们为何要派人为我疗伤，你们为什么不干脆杀了我？”

维尼裘斯非常生气，也很虚弱，所以他的脸色越来越苍白了。黎吉亚就在旁边的屋子里面，她将他的那一段话全部都听进去了。她的确相信他会言而有信，心里面不觉害怕了起来。她并不希望维尼裘斯去世，现在他的胳膊又断了，不可以移动，又没有随从保护他，因此现在黎吉亚的心里面满是对他的怜悯，而没有之前的恐惧。她从一开始的逃亡到现在，一直都有这样一伙人陪着自己，他们完全对宗教一心一意，心里面只想着献身、付出与无私。这种新的思想也潜移默化地影响了黎吉亚，这种思想基本上能代替自己失去家、亲人与快乐之后的痛苦与空虚，她已然成了一个真正的基督徒，她的思想完全改变了。维尼裘斯在她的生命中是一个非常重要的存在，对她影响很大，黎吉亚一直都忘不了他。她天天都在想念着他，并且经常请求上帝可以给自己一个机会，使她可以按照基督教的教义去做，不计对他的仇恨，反而好好地对他，隐恶扬善，让他洗心革面重新做人，力求令他皈依基督教，这样的话才可以让他得到救赎。此时此刻黎吉亚认为，自己一直心心念念的时机终于来了，上帝已经答应了自己的请求。

所以黎吉亚就露出一种上帝给她以灵感的样子，来到了克利斯普斯的面前，对他说出了自己的想法，仿佛并不是她在说话，而是有别的什么人借她的嘴将那个意思传达出来一样。

“就叫他留在这儿吧！克利斯普斯，我们就信他一次，让他在这里待着，一直到他的病好了为止。”

那个年纪大的使徒不管做什么都喜欢去询问上帝的意见，当他望到黎吉亚说话的那个样子，就觉得那很有可能是上帝的神谕。心中突然有点儿惶恐，就低下他那满头白发的脑袋来，说道：

“那就按照你说的那样来做吧！”

维尼裘斯这个时候一直都在集中注意力地盯着黎吉亚，他看到那个大使徒丝毫没有其他的意见，就直接听从她的决定，感到非常奇怪，这让他印象深刻。他觉得黎吉亚很有可能是基督教里面的一个主持者或者是祭司，众人肯定都非常爱戴她，并且毫不犹豫地听从她的意见，所以在他的心里面，自然而然地就对她产生了一种敬重仰慕之情。他认为现在自己对黎吉亚的爱里面，还带着一点儿恐惧、尊敬的成分，与这样一种情感相比，爱情似乎就成了一种鲁莽的触犯。如今自己与黎吉亚之间的关系已然发生了一些改变，改变的并不是黎吉亚开始听从他的意见了，而是自己要服从她的安排。他现在断了一条手臂，只能躺在床上任凭别人宰杀与欺辱，没有反抗的能力，但是这并不代表他就失去了攻击与驯服她的能力。他像一个孤苦伶仃的小孩子一般，需要她的帮助。按照他那样自高自大、目空一切、不驯顺的性情，又喜欢支配别人的性格，要是他与其他的人之间发生这样的关系，他肯定会觉得那是奇耻大辱，但是现在因为那个照顾他的人是黎吉亚，所以他不会觉得这是侮辱，反而会觉得这是他的帝王给予自己的赏赐。这样一种感情是他之前的人生从来没有经历过的，这是昨天的他也没有办法会想到的，就算是现在，假如他有那个能力将它们弄清楚并多加分析，还是会对那些感到十分意外的。现在他终于不再追问自己为什么会变成这样了，就好像那完全是自然而然发生的事情，只有待在有黎吉亚的地方，他才会感觉快乐幸福。

他想要对黎吉亚表示感谢，衷心地谢谢她。但是现在对她好像还有一种以前从来没有过的、他自己也弄不明白的感情，因为那纯粹是一种温和的顺从。可是刚刚的高兴劲儿已让他非常疲乏，就连说话的力气也没有了，因此只好用眼神向她示意。他那双眼睛里面不停地闪着幸福的光芒，那是由于他知道现在自己可以留在她的身边了，可以用自己的双眼一直望着她……明天，后天，有可能在未来很长的时间里都能够看见黎吉亚了！只不过这样一种快乐里面还夹杂着一抹惶恐不安，他非常害怕，害怕自己现在已然得到的东西终有一天会失去。所以过了半天，当黎吉亚再一次拿水来给他喝的时候，他非常想要握住她的手，却没有勇气这样做。就是这个维尼裘斯，之前的时候他在皇帝举行的宴会上强吻过她，并且还在她逃走了之后，发誓要将她抓住，然后揪着她的头发将她拖到自己的房间，下令鞭打她。可是现在，他却在害怕所有的一切。

24

现在，维尼裘斯也担心外面会有人节外生枝，打扰自己的快乐。基罗有可能会去找执政官，或者去自己的家中告诉管家说自己不见了。到那个时候，城市守卫军肯定就要来搜查这里了。当然，他也有这样的打算：利用自己的职权，将黎吉亚光明正大地带回去，然后将她藏在自己家中。但是他又在想，自己这样做太不符合道义了，不可以做那种事情。他虽然非常骄傲、蛮横、任性和鲁莽，而且有时候还非常冷血残忍，但他与蒂杰里奴斯、尼禄等人不一样。在军队里的这些年，他一直保持着正义感，为人正直，有良心，而且忠心耿耿，所以他明白自己如果真的那样做会是多么卑鄙。他在起初怒火中烧的时候，有可能会干出那样的事情来；而现在，他心中满是对黎吉亚的爱意，再说一条手臂也断了，所以，此时此刻他只想，不管是谁，都不要来挡在自己与黎吉亚的中间。

他也吃惊地发现，从黎吉亚帮自己说话、让自己留下来开始，不管是她自己还是克利斯普斯，全部没有再说让他保证的事了，似乎他们现在非常有信心，一到重要的时刻，就会有某种超现实的力量来保护他们。维尼裘斯自从在奥斯特里阿努听了使徒讲道、听了上帝的故事之后，可能与不可能发生的事情之间的区分，在他的脑子里也变得模糊不清，因此，他想到可能有这样的事情会发生。但是现在他更加镇定地将事情重新思考了一遍，想起自己之前是如何跟他们说起基罗的，因此就再一次请求他们去将基罗找来。

克利斯普斯同意了他的请求，叫乌尔苏斯去找基罗。在维尼裘斯去奥斯特里阿努的前几天里，虽然没有什么结果，但他还是经常叫自己家里的奴隶去找基罗，因此他可以向乌尔苏斯正确地指出基罗住的地方。他在书写板上面写了几句话，随即转过身子对克利斯普斯说道：

“你把我写的这个书写板带过去。你们不知道，这个家伙疑心很重，而且手段又极其奸诈狡猾，每一次我派人去叫他过来，他就会吩咐他买的那个女奴跟我的奴隶说他不在家。这是因为他手里没有什么好消息交给我，怕我会生气。”

“我只要看到他了，就会将他带过来，管他情不情愿。”乌尔苏斯回答说，然后就穿了件外套急急忙忙地出去了。

在偌大的罗马城里面找一个人，就算你有最准确的地址，也不是一件简单的事情。但是乌尔苏斯有着猎人一般善于搜寻猎物的本能，所以做起这件事情来并没有很大的难度，再说他还非常熟悉罗马城，因此没过多长时间，他便找到了基罗的住处。

但是他对基罗并不熟悉，以前只见过一面，还是在夜里。再说，怂恿自己杀了戈劳库斯的那个老人，看起来不仅傲慢无礼而且骄傲自负，跟自己面前这个因为恐惧而弯着腰、不停地颤抖、连话都说不清楚的希腊人，丝毫没有相像的地方。因此，他并没有想到这两个竟然会是一个人。基罗见乌尔苏斯时完全不认识他，后来才渐渐地从最开始的恐惧中恢复了过来。当他看到书写板上维尼裘斯写的字之后，就越发放心了。至少他现在不用害怕、怀疑这是一个故意引自己上钩的圈套了。除此之外，他觉得，那一群基督徒之所以没有杀死维尼裘斯，是由于他是一个有权力又有金钱的人，因此他们不敢对他下手。

“所以在必要时刻，维尼裘斯是会保护我的，而且他也不至于为了让我去送死才将我叫去啊！”基罗暗暗思考道。

于是他鼓起勇气，向乌尔苏斯问道：

“这位好心人，为何我的朋友——尊贵的维尼裘斯先生，没有叫人给我送来一顶轿子呢？我的脚疼得走不了路了。”

“没有，我们要走路过去。”乌尔苏斯回答道。

“那我要是不答应呢？”

“不行，你非去不可，拒绝也没有用。”

“行，那我就去一趟吧！但是我要告诉你的是，这是我自愿的，不管是谁都不可以逼迫我去，因为我是一个自由人，并且还是这个城市守城长官的友人。我是一个聪明人，我知道怎么抵抗暴力，我有魔法将人变成树木与野兽。但是我还是会跟你去一趟的，不过我要穿一件带风帽的斗篷，不然的话，那一带的奴隶会将我认出来的。他们就会立刻上前来拦住我，吻我的手。”

说着，他穿上一件斗篷，头上还戴着一顶很大的高卢人的风帽。基罗这是怕走到亮一点的地方时，乌尔苏斯会认出他来。

“你要带我去哪里啊？”基罗在路上的时候问乌尔苏斯。

“去外台伯河对岸那里。”

“我来罗马没多长时间，还没有去过那一片呢。不过，我想在那里住的人肯定会有美好高尚的品德。”

乌尔苏斯是一个心地单纯、性情直率、忠厚朴实的汉子，他之前从维尼裘斯那里知道，这基罗已经与他一起去过奥斯特里阿努坟场了，而且还亲眼望见维尼裘斯带着克洛托走到了黎吉亚住的地方，所以他停顿了一下，说道：

“你这个家伙，那么大年纪了，居然还在撒谎啊！你今天明明就与维尼裘斯一同去过奥斯特里阿努，而且也到过我们住所的门口。”

“啊！你家就在外台伯河对岸吗？我来罗马没多久，对每个地方的名称还不清楚。朋友，你刚才说得对，照这样说的话，我的确去过你们住的那边，而且我还请求过维尼裘斯让他不要进去。我虽然也去了奥斯特里阿努，但是你明白我为何要去吗？那是由于我早就想要改变维尼裘斯的想法，让他皈依基督教，我希望他可以去听听那位使徒讲道，希望他的心灵可以看见光明。你现在是一个基督徒了吧？我想你也希望真理打败伪善吧？”

“那是当然的了！”乌尔苏斯谦和有礼地说道。

基罗这个时候没有一点儿恐惧了，他说道：

“维尼裘斯可是一位贵族啊！而且他还是皇帝陛下所信赖的朋友，尽管他经常轻信恶魔的怂恿，但要是哪个人胆敢动他一根头发的话，皇帝就会让所有的基督徒来给他陪葬。”

“不过我相信有一种更高、更伟大的力量在守护着我们！”

“对！你说得很对！但是你们准备要将维尼裘斯怎么样呢？”基罗又有些惶恐地问道。

“我也不清楚。不过我们的教义让我们以德报怨！”

“是的，的确是要这样，你说得很好，但是你永远都要记住这一点，不然的话，上帝会让你在地狱中受苦的，就好像一根肥肠放在油锅上煎那样。”

乌尔苏斯深深地叹了口气。基罗暗暗想道：“这个家伙发狂的时候真的很恐怖，但是实际上他非常天真，你说什么他都会信、都会听、都会去做，我现在可以随心所欲地指使他了。”

于是基罗决定在乌尔苏斯这里打探一下维尼裘斯他们在抢夺黎吉亚的时候究竟发生了什么。他就好像一个严肃的仲裁者一样质问乌尔苏斯：

“你们将克洛托怎么样了？你告诉我吧！不要撒谎啊！”

乌尔苏斯无奈地再次叹了一口气，说道：“这个问题，等到了地方，维尼裘斯会跟你说的。”

“你直接告诉我，你是用刀子砍死他的，还是用棍子打死他的？”

“我并没有用武器。”

基罗大吃一惊。这个粗鲁的乌尔苏斯的力气实在是太大了，居然没用任何武器就打死了克洛托！

“希望普托[1]……嗯嗯，我是说，希望上帝可以宽恕你。”

他们闭上嘴，走了好一会儿之后，基罗又说道：

---

①古希腊神话里掌管生死的神。

“我不会将这件事情说出去的，但是你要小心守城的士兵。”

“我只怕上帝不原谅我的罪过，不怕守城的士兵。”

“的确是这样！但是你真的杀了人，这是最不可饶恕的。我以后会天天为你祈祷，不过祈祷管不管用，我就不知道。除非你在这儿起誓，说你这一生再也不会去伤害任何人。”

“我并不是故意要杀他的。”乌尔苏斯答道。

但是，基罗为了保护自己，仍在口若悬河地对乌尔苏斯宣扬杀人是可憎的，还一再撺掇他起誓不再伤害任何人。同时，他还旁敲侧击地跟乌尔苏斯打探维尼裘斯的情况，但是乌尔苏斯却不想回答他的问题，只是一直重复那一句话：“等到了那里，维尼裘斯会亲口告诉你所有的事情。”他们一边说着话，一边不知不觉就走过了从希腊人的住地到台伯河对岸那么长的一段路程，终于来到了那个屋子的门口。基罗的心开始怦怦地跳个不停，因为恐惧，他好像看到乌尔苏斯在用一种残暴贪心的眼神望着自己。“就算他不会杀了我，我到这个地方也没有什么值得高兴的。”他暗暗想，“无论如何，要是能让他与所有的黎吉亚人全部中风死掉就好了！宙斯啊！你就来这么一下子吧！”基罗一边这样想着，一边将自己身上高卢人的斗篷裹得更紧了，并解释说这是因为怕冷。他们走过大门与前院，进入了那一条通向后花园的走廊，此时，基罗忽然一下子停住了脚步，说道：

“你先让我歇一下脚吧！要不然，我就没有力气跟维尼裘斯说话了，也就想不出来什么好办法解决问题了。”

他一说完就真的停下来，站着不动了。即使基罗一直在自我安慰：“不用怕，进去吧！不会有什么事的。”可是他心里清楚，他已经到了自己在奥斯特里阿努所见到的那一群高深莫测的基督徒中间了，他的双腿忍不住颤抖起来。

这个时候，屋子里面突然传来有人唱赞美诗的声音，基罗就问道：

“屋子里面的人在干什么呢？为什么现在唱歌啊？”

“你不是说你是基督徒吗？那你怎么不知道，我们基督徒在每一次餐后都要唱诗来感谢上帝赐给我们食物呢？肯定是米丽阿姆与她的儿子回来了。信徒们每天都会过来探望寡妇母子与克利斯普斯。”

“你现在立刻带我去见维尼裘斯吧！”

“维尼裘斯与众人全在一个房间里面，因为这个地方只有一间这样的大房子，其他几个房间都非常的小，而且光线不好，我们只有等到睡觉的时候才在那里。行了，你进来吧！到了屋子里面，你就可以休息了。”

他们走了进去。此时正当黄昏时分，天气有点寒冷，而且黑云密布，房间里面忽明忽暗的，虽说点了好几盏油灯，但是也没有办法让把它变得明亮。要说维尼裘斯认出来，还不如说他是猜出来，自己面前头戴一顶严严实实的风帽的人就是基罗。基罗也看到了屋角那里的床，维尼裘斯就躺在上面，他没有管其他人，就直接往维尼裘斯的方向走去，好像基罗已经认定只有在他的附近才是最安全的一样。

“哎！我的老爷啊！您当初为何不听我的忠告呢？”基罗拱起手大声地叫道。

“你给我闭嘴，听我说！”维尼裘斯说道。

他两眼明亮有神地望着基罗，说话的时候，格外加重了语气，放慢了速度，似乎想要基罗将他现在所说的每一句话都当作命令一般听从，并且要一辈子记在心上。

“克洛托为了抢夺我的钱财，想要杀了我，竟然对我猛扑过去，因此我就将给他杀了。你听清楚了吗？我在与他打斗的时候，手被他打断了，是这些人救了我，而且还叫医生来给我包扎伤口。”

基罗立刻就清楚这是怎么一回事了。维尼裘斯既然这么告诉自己，说明他一定已经与这些基督徒们约定好了，因此，他现在要让其他人全部相信他说的话是真的。基罗从维尼裘斯的眼神当中也证实了这一点，所以他立刻就抬起头来了，没有露出一丝一毫的吃惊与怀疑，随即就听见他大声叫道：

“是啊！那个克洛托是一个出了名的地痞流氓。老爷啊！我不是早就告诉过您，那个无赖靠不住，请您千万不要太过相信他吗？我劝诫克洛托的那些话，遇到他那个顽固不灵的脑袋，就好像豆子丢到墙上一样，全部弹回来了。那个家伙就应该让他在地狱里面受苦，就算这样，也没有办法赎清他的罪孽。只要是不老实的人，最后就肯定会变成一个无赖，但是要将一个无赖变成一个老实人，哪有那么容易！真是想不到，他竟然敢害自己的恩人，一个那么不吝啬、不看重钱财的主人……啊！诸神啊……”

基罗说到这里的时候，忽然一下子想起来，自己在路上跟乌尔苏斯说自己是一个基督徒，就立刻停了下来，没有再继续说下去。

维尼裘斯说道：

“要不是我的身上还带着一把短刀，他早就已经将我杀死了。”

“幸好我之前曾劝您随身携带一支武器，以备不时之需。”

这个时候，维尼裘斯却向基罗投去了一瞥怀疑的眼神，问道：

“你今天干了些什么啊？”

“唉！老爷，您忘记了吗？我不是曾跟您说过吗？为了让您能够健康长寿，我特意去为您做祷告了吗？”

维尼裘斯：“没有再做其他的事吗？”

“祷告完之后我正想去找老爷您呢！刚好这个好心人来到我家里，带来了您的信物，说是您叫他来找我的。”

“这里有一个书写板，你拿着它去我府中，把它交给我的管家。你要亲自去跟戴马斯说，就说裴特洛纽斯突然寄来一封信，让我赶到贝涅文屠姆去。因为情况紧急，我已经在早上动身了。”

这时，他又加重语气强调了一遍：

“我刚刚说的是，我今天已经到贝涅文屠姆去了，你明白我的意思了吗?”

“嗯，明白。老爷，您已经动身去贝涅文屠姆了。今天早上，我与您在卡丕那门告别。从您走的那一刻起，我就开始想您了！我愁绪郁结、难以排遣，即便想到您的慷慨大方，也没能减轻我的难过。我拼命地哭着，就像西索斯那凄惨的妻子哀悼伊蒂洛斯[1]一样。”

维尼裘斯即使在病中，对基罗献殷勤的行为也早已经习惯了，但是在这个时候听到他那一本正经的样子说出来的话，还是忍不住

①古希腊神话中的人物。

笑了起来。而且，他对于基罗这么快就明白了自己的意思，感到非常高兴，于是又说道：

“行了，行了！你先将眼泪擦掉，我要再跟你交代几句话，你将灯拿过来。”

基罗这时完全放心了，就站起来走到壁炉那边，从墙上拿下一盏点着了的油灯。

就在基罗要拿油灯时，他的风帽从脑袋上滑了下来，灯光照亮了他的面孔。戈劳库斯看见之后，连忙从椅子上面跳了下来，跑到他面前问道：

“赛法斯，你还记得我吗？”

他的声音非常恐怖，使整个屋子里的人都忍不住颤抖起来。基罗举起了油灯，油灯几乎在同一时间从他的手中脱落到地上。他弯着腰，像是要将身子折成两半，因为害怕，他情不自禁地发出声音：

“不是我……不是我啊……将我从苦难里面救出来，慈爱与怜悯啊！”

戈劳库斯转过身子，对那些吃晚饭的人说道：

“这就是那个出卖我的人，就是他害得我家庭破碎、亲人死亡……”

信徒们都清楚他这段痛苦的遭遇，维尼裘斯也听说过，但是维尼裘斯没有想到那个人就是戈劳库斯。由于刚刚在他帮自己包扎伤口的时候，自己已然痛得昏厥了几次，所以并没有听到他说的那个名字。但是对于乌尔苏斯来说，戈劳库斯说的那句话，就好像是黑暗中冒出来的一道电光一样，让他瞬间就认出了基罗。他一下子就跳到了基罗的面前，抓住他的手臂，反扭到背后，大喊道：

“怂恿我杀死戈劳库斯的人，也是他！”

“慈爱与怜悯啊！将我从苦难里面救出来吧！以后我会天天在家敬奉您的。”基罗呻吟着，然后转过头来跟维尼裘斯请求道，“老爷，求您救救我吧！我的命就掌握在您的手中啊！全靠您了，请您帮我说说话吧！老爷您的信……我去给您送，老爷！老爷！我去送信……”

然而维尼裘斯对面前发生的事情并不关心。首先，他本来就清楚基罗过去做的那些坏事，其次，他一向都不明白什么样叫怜悯，所以他说：

“你们将他带到花园中埋了吧！我找其他人去送信好了。”

基罗以为维尼裘斯的这句话就是自己的下场，而乌尔苏斯那一双有力的大手快要将自己的胳膊给捏断了，他痛得眼睛里满是泪水，最后，还是忍不住大喊了起来：

“看在你们以德报怨的教义的分儿上，可怜可怜我吧！我真的是一个基督徒……仁慈与你们同在！我是你们中的一员，假如你们不相信我的话，也可以让我再受一次洗，洗两次、洗十次，随便洗多少次都可以啊！戈劳库斯，您误会我了，请您给我一个机会让我解释清楚，我愿意做你们的奴隶……但是请你们不要杀我啊！您就可怜可怜我吧……”

由于太过恐惧，基罗噎住了，到后来声音就越来越微弱。这个时候，使徒彼得从吃饭的桌子那儿站了起来，他那满是白发的头颅微微颤抖着，随即就低下去了。他先将眼睛闭上，然后又睁开。在那一片沉默之中，他终于开口说道：

“基督曾经告诉过我们：假如你的朋友对你做了坏事，你可以责罚他；假如他已经诚心悔过了，你就要饶恕他；假如他一天冒犯了你七次，但是他七次都在请求改悔，那么你就饶恕他的罪过吧。”

他一说完，四周更加安静了。戈劳库斯用自己的双手捂住脸，一动不动地站了好久，最后终于把手放了下来，说道：

“赛法斯，希望上帝可以饶恕你对我犯下的过错，就像我奉基督之名宽恕你对我犯的罪一样。”

乌尔苏斯放开了基罗的手臂，说道：

“就像我宽恕你的罪过一样，希望上帝也能够怜悯你。”

乌尔苏斯松手之后，基罗一下子就跌倒了。他用力撑起身体，像一头落进了陷阱中的畜生一样转动着头颅，不停地张望，看猎人要怎样将自己杀死。他有些不敢相信自己的耳朵听到的、眼睛看到的，他连做梦都没有想到，他们竟然饶恕了自己。

过了好半天，他才渐渐清醒过来，但他那吓得发青的嘴唇依旧在不停颤抖着。此时，使徒又开口道：“你可以走了！放心大胆地离开吧！我们宽恕你的罪过了，不会再对你怎么样的，你放心好了！”

基罗立马就爬了起来，但他还是没有办法说话。他不由得走到维尼裘斯的床边，像是在寻求他的保护一样。因为，他这个时候还没有来得及想这样一个问题：为什么维尼裘斯不帮自己？要知道，自己过去一直在帮维尼裘斯做事，不辞劳苦，千方百计，他还要他们杀死自己？反倒是那些自己想要谋害的基督徒，饶恕了自己？甚至连这一点，也是他后来才想到的，此时，基罗的眼睛里只有吃惊与不解。当他终于明白过来，基督徒们已经宽恕了自己之后，他就想尽快离开这些人。这些人的思维他没有办法理解，他们的仁慈与残酷都一样让基罗觉得害怕。他觉得，自己再在这里多待上一刻，就会又出现什么意外，所以他站在维尼袭斯的旁边，结结巴巴地说道：

“老爷，您将书写板交给我吧……将它交给我吧！”

基罗接过维尼袭斯手中的书写板，然后对着基督徒们鞠了一躬，又对躺在床上的维尼袭斯鞠了一躬，之后便猫着腰，贴着墙壁跑了出去。

他跑到小花园之后，在一片漆黑当中，什么都看不见，恐慌又使他毛骨悚然，因为他觉得乌尔苏斯肯定不会放过自己，肯定会从后面追上来，在黑暗中杀掉自己。他一定要想办法快点儿从花园这里逃出去，但他本来就腿脚不便，今天又一直东跑西颠，走了那么远的路，以至于现在已经使唤不了自己的双腿了。乌尔苏斯真的跑到他面前来了。

他瘫在了地上，呻吟道：

“乌尔班……以上帝之名……”

但是乌尔苏斯跟他说：

“你不用害怕，使徒怕你晚上看不清楚路，会走错地方，所以就叫我来带你走出去。你要是走不动了，我就扶着你，送你回去吧！”

基罗抬头来，说道：

“什么？你刚刚说什么？你真的不是来杀我的？”

“真的，我不杀你。刚刚我是不是太用力，将你抓痛了？真是不好意思啊！一不小心没有控制好力道，请你原谅啊！”

“嗯嗯，好！可以扶我站起来吗？你确定不杀我了吗？真的不杀我了吗？非常感谢，你可以将我带到大街上去吗？到了那里，我就知道怎么回去了。”基罗说道。

乌尔苏斯就像从地上拾起一根羽毛一样，将他拉了起来，等他站稳之后，就带他穿过昏暗的走廊，走到另一个院子里。那里有一条通往门口与街道的过道。但是，基罗在经过过道时想：“完了，这下我就要死了！他可以神不知鬼不觉地将我杀死。”直到他们两个人走到了街道上，基罗这才放心下来，说道：

“好了，到这里我就知道怎么走了，你回去吧，谢谢你啊！”

“希望基督保佑你！”

“也保佑你！你……哎！我先在这里休息一下，喘口气。”

等到乌尔苏斯走后，基罗才挺起胸膛狠狠地喘了一口气，还用手去摸了摸自己的腰，又摸了摸屁股，似乎是在试探自己是否真的还活着，随即他就急急忙忙地往前走去。

走了几十步之后，他又停住了脚步，说：“真是奇怪！他们为何不杀了我，还放我回去呢？”

就算之前他与欧里裘斯讨论过基督教的教义，而且也在台伯河边与乌尔苏斯聊过天，在奥斯特里阿努听过使徒传道，但是他依旧不明白，为什么他们会宽恕自己。他百思不得其解。

25

维尼裘斯对刚刚发生的事情并不是很明白，他的吃惊并不亚于基罗。他觉得那些人之前不仅没有报复杀掉自己，还叫来医生给自己疗伤，一部分是因为他们所信仰的教义让他们以德报怨，更主要的还是黎吉亚的缘故，是她解救了自己。再说了，这多多少少也与自己的名声地位有关系。但是他们饶恕基罗就真的无法理解。他不由得在心里问自己：他们为何放了这个希腊人，为何不干脆杀了他算了？反正将他杀了，也不会受到什么责罚的。乌尔苏斯可以将他埋在花园中，又或者在夜深人静的时候将他扔到台伯河中。在这个对月黑风高时杀人放火习以为常的时代，连皇帝陛下都那样做过，更何况一般人呢？

所以，每天早晨起来的时候，你都可以看到河里面又多了一些尸体，但是没有人会真的去查那些尸体是从何而来。事实上，按照维尼裘斯的想法，基督徒不仅能够杀了基罗，而且也应该这样做。怜悯什么的，在这个年轻贵族所处的这个时代里，并不是没有人知道，雅典人在很早的时候就建立了慈悲神庙，而且在很长的一段时间里，一直都反对在雅典举行血腥而野蛮的角斗士比赛。就算在罗马，人们对于那些被驯服的人也非常宽容，就好像不列颠皇帝卡里克拉屠斯，被克劳鸠斯俘虏了，但是在被宽恕之后，他就能够在罗马自由自在地过着舒坦的日子。可是假如是为私人报仇雪恨，那么不光维尼裘斯这样觉得，全罗马人都会认为这是应该的、是充满正义的，要是不这样干的话，倒显得毫无道理了。

即使维尼裘斯在奥斯特里阿努听他们说过要爱自己的敌人，但是，他觉得这只是一种理想主义，是一句空话，并没有现实意义，而且在现实当中也是完全不可能的事情。他认为，他们之所以不杀基罗，有可能是由于今天是他们的一个节日，或者刚好是月亮圆缺的时节，在那些日子里，他们是禁止取人性命的；而且还有传闻说，有一种忌日，在这样的日子里，就算是在打仗的各国也要马上停战。假如真是这样的话，那些基督徒也可以将基罗送到司法机关里面去啊，为什么使徒说，“假如有人冒犯你七次，你就应该宽恕他七次”呢？而且基罗对戈劳库斯犯下那么严重的罪过，为什么戈劳库斯还会对他说“我可以宽恕你，愿你也能得到上帝的宽恕”呢？维尼裘斯突然想起来，假如有人杀了黎吉亚的话，自己会如何呢？维尼裘斯全身的血液就像是烧开了的水一样不停地沸腾，如果换作是他，他是绝对不会原谅杀人凶手的，即使不择手段也要为她报仇雪恨。但是戈劳库斯却跟他不一样，不光他宽恕了自己的敌人，甚至就连乌尔苏斯也饶恕了他的敌人。实际上，凭乌尔苏斯的力量在罗马想要谁的命都可以，并且不会受到责罚，他就差没有杀死那丛林之王，去取代他的地位了……一个角斗士如果想要有上一届“霸主”的权力，就一定要将他杀死。就算是以力量强大而闻名罗马的克洛托，也打不赢乌尔苏斯，那整个罗马还有谁能胜过他呢？所以，这些问题的答案就只有一个：基督徒之所以不杀基罗，是由于他们身上有那一种世间少有的善良天性，是由于他们对整个人类的无限的爱，因为这种爱，他们能够忘记自己，忘记自己受到的那些侮辱，忘记自己的幸与不幸。他们就是为了别人而活着，可是他们又可以得到什么报偿呢？实际上，这些道理维尼裘斯在奥斯特里阿努全听到过，但是那个时候也只是听听，并没有什么印象。他觉得，假如为了别人的利益，就要放弃自己的财富与快乐的生活，那这样的生活是有多么痛苦、多么空虚啊！所以维尼裘斯只要一想到那些基督徒们，就会认为他们信教传道值得称赞，却是那么可怜，而且他还有些瞧不起他们。

他甚至觉得，他们只是一群没有自保能力、迟早会被饿狼吃掉的绵羊，依照罗马人的脾性，这一类心甘情愿任人宰割的人是完全不值得尊重的。但是在基罗离开之后，他看到这些基督徒全露出一副愉快的样子，那倒是令他印象深刻。使徒来到戈劳库斯的旁边，将自己的一只手放到他的头上，说道：

“基督在你身上得胜了。”

戈劳库斯立马向他看去，他的眼中充满了希望，流露出幸福的光芒，就好像他望到了一种意料之外的幸福在他身上降临一般。但维尼裘斯只知道从复仇中寻找心灵的满足感，此时，他睁大自己那一双发烧的眼睛，一直看着戈劳库斯，像是看着一个疯子。其实在他看来，这个人只是一个奴隶而已，但是，他看到黎吉亚却用她那公主的嘴唇去亲吻那个人的手，所以他觉得非常生气，感觉这个世界的秩序突然一下全颠倒了过来。随即，乌尔苏斯就回来报告，告诉信徒们自己刚刚将基罗抓得太紧了，险些把他的胳膊弄得骨折了，所以跟他说了声对不起。使徒听完之后马上祝福他，克利斯普斯随即说道：“今天真是一个伟大的日子，我们获得了胜利，实在是太值得高兴了。”听到这句话，维尼裘斯越发糊涂了，完全不明白这是怎么回事。

此时黎吉亚又送水来了，维尼裘斯就握住她的手，然后问道：

“他们都已经饶恕罪孽深重的基罗了，那么，你是不是也应该宽恕我的罪过了?”

“我是基督徒，基督告诉我们不应该去恨别人。”

“黎吉亚，无论你信仰的是什么宗教，只要他是你信奉的神，我会一直供奉他，为他献上一百只牛羊。”维尼裘斯说道。

“假如你是真诚地要供养他，那么请热爱他，从心里面信奉他。”黎吉亚答道。

“我之所以供养他，敬奉他，只是因为他是你信奉的神……”他一直不停地说这句话，只是声音越来越小了。

维尼裘斯闭上了眼睛，又一次昏了过去。

黎吉亚离开了房间，但是没过多久，又回来了。维尼裘斯感受到了她的气息，知道她正站在自己的身边，所以就睁开了眼睛，微笑地望着她。黎吉亚为了叫他快点休息，因此就用自己的手轻轻地盖在他的眼睛上面，他立刻觉得全身笼罩在一股暖流里，但是同时，他觉得自己的病情好像又加重了。确实是这样，晚上的时候，他又发烧了，体温不断升高，让他没有办法安心休息，于是他就睁大眼睛一直看着黎吉亚，她走到哪个地方，他的眼神就随着跟到哪儿。偶尔他在半梦半醒之间，可以明明白白地看清楚，而且听到四周传来的声音，但这所有的一切又跟他高烧时产生的幻觉纠缠在一起，因此，他有些弄不明白到底哪个是梦境、哪个是现实了。

维尼裘斯觉得自己看见，在一块破败古老的墓园中，有一座像高塔一样的神庙，黎吉亚就在这里面当大祭司。他望着她，一直望着，眼睛也不舍得眨一下，望着她站在塔顶，手中还拿着竖琴，全身上下都笼罩在洁白的月光下，就好像之前他在东方望见过的在晚上对着月亮唱歌的修女一般。而他自己就在通往塔顶的连绵蜿蜒的阶梯中，努力地爬着，想要带走她。基罗也在自己的后面爬行，他却害怕得要死，一直在颤抖，牙齿还在不停地打战，嘴里不停地说道：“不要这么做，老爷您要听我的劝告啊！老爷，我是为您好啊！你要知道她是神庙里的祭司，要是……神会降罪于您的……”维尼裘斯并不清楚基罗说的是哪个神，可是他明白，自己这么做的确是在亵渎神灵，因此有些惶恐不安。但是当维尼裘斯好不容易爬到塔顶四周的栏杆时，忽然看到黎吉亚的身后还站着一位留着白胡子的使徒。使徒跟他说："你不可以碰她，她是我的。"一说完，他就与黎吉亚一起在月光的映照下离开，像是在沿着那条大道去了天堂。此时，维尼裘斯正对他们伸出自己的双手，请求他们将自己也一并带走。

梦做到这里的时候，维尼裘斯突然惊醒。当他完完全全清醒过来时，就一直睁大眼睛向前看去。烛台上的灯光越来越暗，可是它依旧在努力地照耀着，为这里的人们找出一点点光亮。夜晚特别寒冷，那些小房间本来就没有光线射进去，就显得更加昏暗寒冷，所以此时此刻，众人都宁愿坐在壁炉前面取暖。这个时候，维尼裘斯可以清清楚楚看到他们呼出的哈气。正中间坐着的是使徒，黎吉亚就坐在他旁边的一张矮凳子上，后面依次是戈劳库斯、克利斯普斯与米丽阿姆。在那一头坐着的，是乌尔苏斯与拿扎留斯，他是米丽阿姆的儿子，一个长得非常清秀的年轻人，他有一头长长的黑发，直到肩膀。

黎吉亚的双眼一直在看着使徒，正在聚精会神地听他讲道，众人也全将脑袋对着他。维尼裘斯觉得使徒非常神秘，这让他有些敬畏，这敬畏的程度几乎不亚于自己在发烧时所做的那个梦中所感受到的不安。所以他又在想，梦境有可能是真的，那个远方走来的老人的确会将黎吉亚带离自己的身边，将她带到一个无论谁都找不到的地方去。

维尼裘斯想，那个使徒肯定是在跟他们聊自己的事情，有可能还在教导他们怎么样能够将自己与黎吉亚两个人分开。不然的话，维尼裘斯实在是想象不出来，除了自己与黎吉亚的事情外，他们还可以谈论些什么？于是他强打精神，用全部的精力去认真听使徒说话。

但是维尼裘斯想的都错了，使徒是在跟他们说基督教。“他们只是因为这个信仰而活下去的。”维尼裘斯暗暗想道。

使徒正讲基督被抓的事情。

“有一天，士兵和大祭司的下人来抓他时，救世主就问他们要找谁，他们一起回答说：‘我们要捉拿撒勒的耶稣。’但是当救世主跟他们说‘我就是你们要找的人’时，他们全部跪了下来，没有一个人敢上去捉他。直到第三次问的时候，他们才将耶稣抓住。”

说到这儿的时候，使徒突然停了下来，伸出手来烤火，然后才接着说道：“那天晚上跟今夜一样的寒冷，但是我的心却在沸腾。所以，我拔出宝剑来保护他，想要将救世主给救出来。打斗中，我将大祭司仆人的耳朵给砍了下来。但是我还是要保护他，即使是丢掉我的性命也在所不惜，因为他比我的生命还要重要得多。然而，救世主跟我说：‘将你的宝剑收入鞘中吧！’他还赐予我一杯酒，我如何能不喝呢？所以救世主就被他们抓走，给锁了起来……”

使徒说到这里的时候，将自己的手按在额头上面，没有说话，他要先将他脑海中那些杂乱的记忆理出点眉目。但是乌尔苏斯却有些忍不住了，站了起来，大声叫道：

“要是我的话，才懒得管他们会怎么样呢！哼……”

乌尔苏斯忽然停住了，那是由于黎吉亚将自己的手指按在唇上暗示他。但是他还在不停地喘气，如今他的心里面正掀起一阵狂风暴雨般的怒火，这是所有人都能够看出来的。即使他一直想去亲吻使徒的脚，这一次他也对使徒当时的表现有所不满。假如要是谁敢在自己的面前对救世主动手的话，假如那天晚上是自己与救世主在一起的话，他才不管那些人是士兵、大祭司的仆人还是官府的人，或是地痞无赖，只要他们敢对救世主动手，自己就会杀死他们。想到这，乌尔苏斯就觉得非常难过，心里面非常矛盾，两种不同的思想在不停地对抗，让他不禁泪流满面。其实，乌尔苏斯不光要保护救世主，而且还想将自己的族人，黎吉亚人中身强力壮的全部叫去帮救世主。他也知道自己要是真的那么干的话，就违背了救世主的意思，而且还会让这个世界得不到救赎。

就因为这样，乌尔苏斯的眼泪流得更凶了，都有些控制不住了。

不久之后，使徒将自己的手从额头上放了下来，接着讲基督被抓的故事。维尼裘斯由于高烧再一次陷入半昏半醒的状态。如今在他心中，他刚刚听见的故事与昨天夜里在奥斯特里阿努听使徒说基督出现在提庇哩亚斯海边的事情弄混了，所以此时此刻，他在梦境里望到的是一片无边无际的海洋，上面还有一只渔船在不停地漂泊，使徒与黎吉亚坐在里面，自己正在竭尽全力地向他们两个人游过去。可是他的手臂受伤了，痛得没有力气了，所以不管他怎样用力都赶不上他们。狂风暴雨，恶浪滚滚，雨、海水、浪潮都在不停拍打着自己的眼睛。他觉得越来越累，越来越没有力气，终于他用尽最后一点力量，再也游不动了，慢慢地开始往下沉，他没有办法，自己已经没有力气了，不能自救，所以就只能大喊救命。此时，使徒与黎吉亚向他丢过来一支船桨。维尼裘斯立刻就抓住了这个机会，然后在他们两个的帮助下，爬上了船，结果一上船，他就因为虚脱而倒在了船板上。

过了一会儿，他似乎站起来了，所以就往小船后面一望，后面还有好多人正向他们的小船游来，他们的脑袋在波涛汹涌的浪花中沉浮，在无数的旋涡当中，就只能看得到几只手。但是，使徒将那些在水中挣扎的人全都救了起来，小船也随着人数的增多而变大。不一会儿，船上的人一下子变得就跟那天在奥斯特里阿努听讲道的人那么多，而且还在不停增加，小船上挤满了人。维尼裘斯非常不安：小船这么小，怎么装得下那么多人呢？他觉得人太多了，船会翻的，那样所有人都会葬身海底。黎吉亚就过来安慰他，指向远方的一道光芒，那就是他们的目的地。维尼裘斯的梦境，又与奥斯特里阿努讲道中彼得告诉他们基督在岸上显圣的那个情景混合在一起了。在远方的那道光芒中，他好像看到了基督的影子，使徒正将船往那个方向划去。越是接近那道光，海平面越是平静，光芒也越加灿烂。船上的人纷纷开始唱着愉快的赞美诗，空气中满是松香味儿，水面上立着一道彩虹，就像是从海水中生长出来的百合与玫瑰。小船慢慢地靠岸，黎吉亚牵着维尼裘斯的手，对他说："跟我走吧！我会带你离开的！"随即，就将他带往光明的大道。维尼裘斯又醒了一次，可是，梦境在他的脑海中消失得非常慢，所以他还没有真正回到现实中来。迷迷糊糊中，他觉得自己还在湖边，一大群人正围着自己，他也弄不清楚为什么自己会在人群中。随后，他就开始找裴特洛纽斯，但是怎么找也找不到。火炉边一个人也没有，炉子里的橄榄枝在红色的大火中慢慢燃烧。有些松木显然是才丢进去的，一下子就腾起了熊熊火焰。耀眼的火光让他慢慢清醒过来，然后，他就看见黎吉亚坐在不远处。

一看见黎吉亚，维尼裘斯就非常激动。他清楚，昨天晚上她是在奥斯特里阿努待了一晚上，今天又守了自己一整天，现在所有的人都去睡了，就只有她一个人还在陪着自己。看得出来她真的很累，所以就在那里一动不动地坐着睡着了。维尼裘斯并不清楚她是真的睡着了还是在想问题。他就这样一直看着黎吉亚的侧脸，那微微往下垂的睫毛，还有她正放在膝盖上面的手。作为一个异教徒，他经过一番思索，终于有了一个全新的想法：除了希腊与罗马所拥有的那种信心、自豪形态上的美感之外，这个世界上还有着另外一种全新的、无比干净的、曼妙的灵魂美。当然，他还不明白这种美就是基督教的美，但维尼裘斯只要一想到黎吉亚，又无法将她这个人与她所敬奉的基督分开来。他有时候在想，假如其他人全部去休息了，就只剩下她一个人在这里陪着自己，而且之前自己还给她带来了那么多的伤害与痛苦，那么，她肯定是出于自己所信仰的叫她去爱自己的敌人的教义才这么做的。一想到这个，维尼裘斯对基督教越发惊讶不解了，但是一想到黎吉亚是因为这个原因才守着自己的，又觉得有些不舒服、不高兴。他希望黎吉亚之所以守在这里，是因为对自己有感情，是因为她爱上自己的眼睛与相貌了，爱上自己那像雕像一般健美的身材，简单来说，就是他希望黎吉亚可以像之前他遇到过的那些希腊与罗马女人一样，用她那白皙嫩滑的手臂，满是柔情地搂着自己的脖子。

但是维尼裘斯又觉得，如果黎吉亚真的与自己以前遇到过的那些女人一样的话，自己肯定又会觉得她身上缺了点儿什么，而且，那样的她肯定就不会有吸引自己的魅力了，也不值得自己喜欢那么久。所以，如今他觉得十分吃惊，不明白自己的身上为何会发生那样的变化。只是觉得如今自己心里已经对她产生了一种全新的感情、全新的喜欢，而这样的感情与喜欢，对于自己之前所成长的那个世界是完全陌生的，是从来没有拥有过的。

此时，黎吉亚突然张开了眼睛，她看见维尼裘斯一直注视着自己，便来到他旁边，说道：

“我要陪着你。”

维尼裘斯对黎吉亚说：

“我在梦里看到了你的灵魂。”

26

次日早上，维尼裘斯清醒之后，烧就退了，可他还是觉得浑身没有力气，不过倒是恢复了神志。他好像听见有人不停地在他旁边讲悄悄话，将他给吵醒了，可是睁开眼睛一看，黎吉亚并没有在自己床边，就只看见乌尔苏斯在房间里，正坐在壁炉面前，弯着腰拨开里面的灰，然后再从中找出一些还没有熄灭的柴火，对着那些柴火使劲儿吹气，一点都不像是在用嘴吹，倒像是铁匠在拉动风箱一样。维尼裘斯马上就回忆起昨天杀死了克洛托的就是自己面前这个人，所以他像是一个喜欢角斗士那样的人一般，眼睛一眨也不眨地看着乌尔苏斯，看着他那像喀克洛普[①]一样庞大的身躯与柱子一般粗壮的大腿。

“墨丘利啊，幸好我的脖子没有让他扭断。”维尼裘斯心想，

①古希腊神话里面的独眼巨人。

“对波卢克斯发誓，假如其他黎吉亚人都跟他一样，那多瑙河军团以后就要有大麻烦了。”他提高音量喊道：“嗨，奴隶！”

乌尔苏斯将自己的头从壁炉中移了出来，温和地笑了笑，然后对他说：“希望耶稣保佑您有幸福美好的一天……保佑您的身体快点恢复，老爷！但我是个自由人，不是奴隶！”

维尼裘斯原本是要问乌尔苏斯关于黎吉亚民族的情况的，听到他的那些话，觉得很愉快。对维尼裘斯来说，与一个自由人交谈，并不会有损他贵族的尊严，自己也不会没有面子，即使自由人也只是一个平民百姓，但是跟他聊天，要比跟一个奴隶聊好得多——那是由于当时的法律与习惯都没有将奴隶当成一个人来对待。

“你不是奥鲁斯家中的人吗？”

“不是的，老爷，我的确服侍过卡丽娜，就像我以前服侍过她的母亲一般，全部是我心甘情愿的。”

后来，他又将头钻了进去，给那些还没有熄灭的火炭加柴，一直吹到壁炉中的柴火燃烧起来时，才将自己的脑袋伸出来，说道：“我们所有人都不是奴隶，我们是自由人。”

“黎吉亚呢？她去哪里了？”

“她已经出去了，我来给您做早餐，老爷！您要知道她可是守了您一个晚上的，都没有去休息啊！”

“您为何不帮一下她，轮流来照顾我呢?”

“她想这么做，我就只好答应她了。”

说到这的时候，乌尔苏斯的眼神突然复杂起来。好久之后，才接着说：

“如果当时我没有听她的话，那样，老爷您今天也不会躺在这里跟我聊天了。”

“难不成你现在在后悔没有杀掉我？”

“不，我没有后悔！老爷，基督是不杀生的。”

“这样说来，那阿塔齐努斯、克洛托又是怎么回事呢?”

“那时候我也没有办法，所以就只好……”乌尔苏斯辩解道。

他有些懊恼地看着自己的双手，即使他的灵魂已然接受了基督教义的洗礼，可是那一双手却清清楚楚地显示，他还是一个异教徒。

随后他就将锅放在炉子上面，蹲了下来，望着火光思考。

“老爷，那全是您的罪过。您为何想要抢走她，抢走一个皇帝的女儿呢？”乌尔苏斯说道。

在最开始的时候，维尼裘斯觉得就凭他一个平民，而且还是一个野蛮人，竟敢那样丝毫没有顾忌地跟自己讲话，甚至还指责自己，这让他的自尊心很受伤，于是他又暴躁起来。自前天夜里，他就已经看到这里发生了匪夷所思的事情，此时又加了这件让自己不痛快的事情。但现在他受了伤，手臂还没有好，这里又没有可以差遣的奴隶，所以没有办法，不能发火，只好忍下来。而且他现在还想了解一点黎吉亚的身世，那就更不可以发火了。

所以，他慢慢冷静下来，等到怒气终于消散的时候，便开始询问乌尔苏斯关于黎吉亚人对抗凡纽斯与苏埃维人的那场战争的情况。乌尔苏斯自然非常兴奋，可是他说的那些，基本上与自己在奥鲁斯·普劳修斯家中听到的差不多，并无新鲜的东西。由于乌尔苏斯并没有参加那次作战，他去阿台留斯·希斯台尔的军营中照顾人质去了，因此，他只清楚黎吉亚人战胜了苏埃维人与亚齐基人，但是他们的将军与皇帝都中了亚齐基人的箭，死了。过了一段时间，有个消息传来，说塞姆诺人在他们的领土那里放了一把火，于是他们迅速赶回去报仇。两个人质仍旧留在阿台留斯·希斯台尔的军营中，最初他们还以君王的礼节款待他们，但是后来母亲去世之后，罗马的将领就不清楚该如何处置黎吉亚了。乌尔苏斯原本是想带着她一起回国的，可是又害怕路途中会有什么危险，不安全，说不定还会碰到野兽与野人部落的攻击，所以他不敢冒险带黎吉亚回去。后来他又听说，黎吉亚人的一个使者去找了庞波纽斯，请求他援助他们打败马尔柯马尼人，于是希斯台尔就将黎吉亚与乌尔苏斯送到了庞波纽斯那里。他们到了那里，才发现压根儿就没有什么使者来过，那只是个假消息。但是这样一来，他们又不方便回阿台留斯·希斯台尔的军营，所以就只好留在庞波纽斯的军营中。之后庞波纽斯就将他们送到罗马，在凯旋仪式结束之后，就将黎吉亚交给了庞波尼雅·戈莱齐娜。

即使在乌尔苏斯的故事里，除了一点小的具体的情节，其他的维尼裘斯都听过，但他还是听得很认真，因为乌尔苏斯可以为黎吉亚的尊贵身份证明，让他那种门当户对的观念得到了满足，所以他此刻非常满意。他心想黎吉亚既然是一位公主，她的身份就与罗马城里的那些皇亲贵族的大家小姐一样，他俩的地位也是平等的；而且，她的父亲还曾经统治过一个国家，也没与罗马打过仗，两国关系友好和睦。当然，作为一个未开化、野蛮的民族，他们也许会对罗马产生威胁，之前阿台留斯·希斯台尔也说过，黎吉亚国中骁勇善战的士兵多得数不清楚。

这一点，在与乌尔苏斯谈话的时候，也得到了证实。维尼裘斯问到黎吉亚人的情况时，他那样说道：

“我们黎吉亚人一直住在森林里面，疆土广阔，人口多，没有人知道边界线在哪头。森林中有很多用木头建造的小城市，城里人过着富裕的生活。我们能将塞姆诺人、马尔科曼人、万达尔人与克瓦地人所掳掠的财富全部抢走，而且他们也没有胆量侵犯我们。只是每次他们那边刮风时，他们就会放火想要焚烧我们的领地，但是我们一点儿也不怕，即便罗马的皇帝过来了，我们也不怕。”

“诸神叫罗马掌管整个世界。”维尼裘斯严肃地喊道。

“诸神全是魔鬼，罗马人也都是魔鬼。只要没有罗马人的地方，就不会有凶残的压迫，就不会由你们来统治。”乌尔苏斯回答得简洁有力。

他又挑了挑炉火，像一个人在自说自话一样：“卡丽娜被皇帝带入皇宫之后，我猜她在那里人生地不熟的，肯定会有人欺负她，而且她是那么弱小，肯定没有反抗的能力。所以，我想立刻赶回我们的森林，召集所有国人，前来营救公主殿下。黎吉亚人要往多瑙河方向过来，即使他们都是一些异教徒，可全部是良民。到那时，我们就能够将基督教传给他们。但无论如何，只要黎吉亚可以回到庞波尼雅家，我就会请求她，让我回到黎吉亚人那里去，基督降生的地方离那里非常远，所以那里的人基本上听都没有听过他……基督应该降生在何处，这完全听乎上帝的旨意。但如果他真的降生在我们的国土上，我们绝对不会跟那些人一样伤害他，让他受那么多的苦，反而会好好供奉着‘圣子’，守卫他、照顾他、爱护他，绝对不会让他缺少野味儿，穿的是海狸皮，戴的是琥珀。只要是我们能够从苏埃维人与马尔柯曼人那里抢来的东西，我们都可以献给他，让他过得既快活又舒服。”

讲到这儿，乌尔苏斯将之前准备给维尼裘斯喝的汤汁倒在锅中，然后将锅放到火上面，随后就没有再说什么了。在很长的一段时间里，他的脑海中还在盘旋着从前黎吉亚人在森林里幸福快乐的日子，等到汤汁重新熬过之后，他将它倒在盘子里，等它凉了一点，出声道：

"戈劳库斯说过，叫您不要乱动，老爷，即便是那只健康的胳膊也不要多动它，卡丽娜让我来喂您喝汤汁。"

既然是黎吉亚叫他来的，自己又怎么可能拒绝！维尼裘斯从未想过不听她的话，在自己的眼中，她就像是女王或者女神一般，所以他什么也没有说，就算是答应了。乌尔苏斯走到维尼裘斯的床边坐下，将盘子中的汤汁倒进杯子中，送到他嘴边。他是那样细心周到地做着这件事，蓝色的眼眸中还带着一丝笑意，这让维尼裘斯简直不敢相信自己的眼睛：面前这个给他喂汤的人，就是那个昨天杀死了克洛托并像疯子一般向自己扑来的家伙，要不是黎吉亚出声救了自己，他铁定同克洛托一样了。维尼裘斯活了这么久，头一次想：这样一个自由人、下人、野蛮人的心中，究竟在想着什么？

乌尔苏斯的确伺候得殷勤周到，却不免笨手笨脚。他的手掌实在是太大了，杯子陷在他的手指里，维尼裘斯压根儿就喝不到。乌尔苏斯喂他好几次都没有成功，便十分不好意思地说道：

"唉，眼下就算你让我去森林里抓一头野牛来，我都觉得比这个简单得多……"维尼裘斯第一次看到乌尔苏斯那么为难、不好意思的模样，觉得颇有意思，同时对于他的话，维尼裘斯也很感兴趣。之前在角斗场时，他看到过一头从北方荒野中捉来的长角野牛，即使是最强悍的驯兽者对它都感到害怕，它的力气与身躯简直可以媲美大象。

“你曾抓住过野牛的角？”维尼裘斯十分好奇地问道。

“二十岁之前，我非常怕它，但是过了二十岁之后，我就经常去抓它们的角，感觉没什么了不起。”乌尔苏斯回答。

他又准备喂汤汁给维尼裘斯喝，但跟刚才比起来，他的手更加不灵活了，于是无奈道：

“我一定要去请米丽阿姆或拿扎留斯帮忙，不然您怎么喝呢？”

此刻，黎吉亚那苍白的脸突然出现了。

“算了，还是我来吧！”她说道。

片刻之后，她就从卧室中走了出来。她本正准备去睡觉的，所以身上就只穿了一件古人叫作“卡皮屠姆”的紧身睡衣，头发也是散开的。维尼裘斯一见到她，就觉得自己的心又开始怦怦跳个不停，他问黎吉亚为何还没有去休息，语气中有些责怪的意味，又有些心疼。她愉悦地回答道：

“我是准备去睡的啊！不过刚好看到你们两个人这么费劲儿，所以我还是帮一下忙吧！”

黎吉亚从乌尔苏斯手中拿过杯子，然后坐在维尼裘斯床头，准备喂他喝汤。维尼裘斯高兴极了。每次俯身，她身上的气息就会传到自己身上，那披下来的秀发就会落在自己胸口。维尼裘斯激动得脸色都变了。此时，他觉得她比任何东西都要宝贵，都值得崇拜，与她相比，全世界都算不了什么。起初自己只是想占有她，如今却真的爱上了她。以前，不管是在生活还是感情方面，维尼裘斯都与世人一样，无情无义、自私自利，一切以自己的利益为重，而如今，他却事事将她放在了前头。

过了一会儿，维尼裘斯觉得有些饱了，就不想再吃。即使黎吉亚只是待在身边，自己也会感到极大的快乐，可是他想了想，她已经很久没睡好觉了，便就跟她说：

“好了，我吃不下了，你可以叫乌尔苏斯来替你了。累了那么久了，快去休息吧，我的女神！”

“请你不要这样叫我，我受不起！”她回答道。

但她还是笑着望着维尼裘斯，说自己此刻睡意全无，而且并不觉得劳累，要等戈劳库斯来了之后再去睡。维尼裘斯听她说话，感觉像是在听着一首动听的歌曲，他越发感动，越来越沉迷其中，心中更是对她充满了感激之情。他想了很久，也没有想出来一句感谢她的话，他觉得，语言已经无法形容自己内心的感激之情了，所以他过了好长一段时间才说：

“黎吉亚！以前我对你不了解，如今明白了，我一直想的都是怎么留在你身边、如何跟你在一起，只是一直都没有找到那条正确的通往你的心灵的道路。现在我想跟你说，我请求你回到庞波尼雅·戈莱齐娜家去！请你相信我这一次，我保证，以后再也不会去找你们家的麻烦了。”

黎吉亚突然变了脸色。

“即使从很远的地方再见她一面，我也会觉得满足了，但是，我以后再也不可能回到她那儿去了。”她说道。

“啊，这是为什么？”维尼裘斯吃惊地问道。

“我们的信徒从阿克台那儿，已经清楚帕拉修姆宫里发生了什么。难不成你不知道？在我逃离皇宫之后，皇帝觉得是奥鲁斯与庞波尼雅两人助我离开的，所以就将他们召到宫中，对他们狠狠发了一顿脾气。还好，奥鲁斯回答得不错：‘陛下明察，我可是从来不说谎话的。现在我跟您发誓，我们真的没有帮过她逃脱。我们同陛下是一样的，并不清楚她是怎么逃出去的，现在我们也不知道她在哪里，我们也没有再见过她。’皇帝相信了他，所以就没有再提了。长老们告诫我，让我不要给妈妈写信，也不要跟她说我现在住在哪里。这样的话，她可以发誓，她对我的情况毫不知情。维尼裘斯，你可能完全不明白，我们信徒即便到了生死关头，也不可以说谎。这是我们真心信奉的基督教的教义。因此，我自从离开庞波尼雅的家以后，就没有再见过她。那些关于我是否活着、是否平安的消息，偶尔还可以几经辗转之后传到妈妈的耳中。”

说到这里，对母亲的思念让她异常激动，几乎说不出话来。她眼睛通红，闪烁着泪光，半天才渐渐平复下来，继续说：

“我明白，庞波尼雅也非常想我。可是，我们基督教也有自己独有的欢乐，有别人得不到的安慰。”

“嗯，嗯，我知道对你们来说，生活的乐趣便在于信奉这基督教，可是我并不清楚那是什么感觉。”维尼裘斯回答道。

“你就这样想吧，在我们看来，分离的难过与苦痛全部是不存在的。即便有那样的难过，也很快就会变得愉快。举个例子来说吧：死亡，对你们来说就是生命完结，但是对我们来说，就是生命的又一次开始，我们是将不圆满的幸福变为另外一种更加圆满的幸福，将不确定的快乐变成一种更加稳固永久的快乐。我们的教义教会我们善良，教会我们对敌人以德报怨，教我们不说谎、真诚不虚伪，它要净化我们灵魂里的怨恨以及黑暗，还向我们保证，我们死了以后就可以享受无休无止的欢乐。”

“之前在奥斯特里阿努，我也听说过这些，还目睹了你们是如何对待我与基罗的，但是我只要想起这个，便会觉得那是梦境里面发生的事情，因为太不可思议了，难以相信世界上真的有这样伟大无私的存在，我实在不敢相信自己的眼睛与耳朵。但是，我想要问你一个问题，你现在真的觉得快乐吗？”

“是啊，自然是快乐的！我是信奉基督的人，怎么会不快乐呢？”黎吉亚回答道。

维尼裘斯的眼睛一眨也不眨地看着她，感觉她的话似乎完全超乎人类智慧可以理解的范围。

“这样说，你是不会再回到庞波尼雅那里去了？”

“我不知道，其实我的心里面一直想要回去，但是我的理智一直在阻止我。但假如有基督的旨意，我便立刻回去。”

“因此，你还是回去比较好。此刻我用我的守护神跟你发誓，以后我绝对不会再强抢你了，不会再来打扰你了。”

黎吉亚想了半天，才说道：

“不行，我不可以这样做的！这样的话，会害了我的家人，皇帝本来就不喜欢普劳修斯一家。你也明白的，我要是回去了，罗马城里的奴隶最喜欢到处打探消息，便会走漏风声。那个时候，皇帝陛下不光会责罚奥鲁斯一家，而且肯定还会将我带到皇宫去的。”

“确实，你说的这个的确有可能。为了表示自己的威严不受侵犯，为了向人们表示一定要听从他的命令，不然的话是不会有好下场的，皇帝很有可能会这么做。虽然他现在似乎并没有追究你逃走的事情，没有再提起你的名字，但那是由于他觉得你逃走之后，我的影响损失才是最大的，而他实际上并没有多大的损失。而一旦你回去的话，他一定会想起你的逃走有损他的威严，为了杜绝这种事情，他很有可能再次将你带入皇宫，让你离开奥鲁斯家……之后再将你送到我手中。如果事情真的照此发展，这回，我不会再强制你留下来，而会将你还给庞波尼雅。”

黎吉亚听到这儿时，突然哀伤地说：“维尼裘斯，难不成，你还想在帕拉修姆宫再见到我一次吗？”

维尼裘斯咬牙切齿地答道：

“不！你说得很有道理，我就像个白痴一样！绝不！”

维尼裘斯非常激动，恍惚间，像是自己的眼前猝不及防地出现了一个看不到底的深渊。他是一位贵族啊，是皇帝陛下的朋友，裴特洛纽斯的外甥，又在军队中当保民官，有权有势，是罗马城中能力高而备受景仰的名人啊！但在他上面，在他的权势地位之上，还有一个人啊！那就是皇帝，他那冷血无情、阴狠残暴的脾气，远非人们可以想象。

也许，就只有那些基督徒才不怕他，不将他放在眼里。因为在他们的世界里，人世间的生离死别、苦难，都不算什么，就算是全世界，他们都不放在眼里。别人在那个凶狠残暴的君主面前，都会吓得瑟瑟发抖，因为他们所生活的世界是恐怖的，在那个世界里，维尼裘斯曾看到过那么多凶狠歹毒的罪恶。他心里其实也很怕尼禄那个恶魔，要是他真的发现了黎吉亚，肯定会发怒的，天子之怒，伏尸百万！所以他想了想，还是不将黎吉亚送回去的好。然而，只要尼禄一直活着，一直统治着整个罗马，自己就别想娶到黎吉亚了，因为那样的话，不光是黎吉亚与自己，就连奥鲁斯一家都会有生命危险。尼禄只要一不高兴，就会有很多人遭殃。这么多年来，维尼裘斯头一次觉得，这个世界一定要改变，不然的话，是没有办法活下去的。在这个世界，他突然有些理解，只有基督徒们是快乐的，幸福的。而这个想法，在前一分钟他还是不明白的。

与此同时，他也觉得非常悲伤苦闷，将黎吉亚的生活弄得一团糟，都是自己的错，让她受了那么多的苦，而且自己也没有得到想要的，简直就是两败俱伤。在这样一种复杂的情绪下，他出声道：

“你知道吗？其实你比我更幸福些。你看，虽然你现在过着穷苦的日子，但你有自己信奉的教义与基督，即便住在这个小房子里，也还有许多善良的人陪着你，可是我却只有你一个，如果我失去你的话，就像是一个没有吃住、衣不蔽体的乞丐。对于我来说，你就是最重要的存在，即使整个世界也没有你对我重要。我一直在寻找你，食不甘味，夜不成眠，若不是我还抱有一丝希望，希望可以找到你，我早就已经自杀了。但是我又不敢死，我好害怕我死了以后就再也看不见你了。如果没有你的话，我会活不下去的，这是真的，没有半分虚假！我之所以现在还活着，只是由于活着才有希望，才可能找到你、遇见你。你还想得起来我们在奥鲁斯家聊天的内容吗？我记得那次，你在地上画了一条鱼，但是我弄不明白你想表达什么意思。你还记得我们在一起时是如何打球的吗？从那个时候开始，我就已经爱上你了，我爱你甚至超过了爱自己，你已经比我的生命还重要了。你也应该明白我对你的爱了……奥鲁斯走了过来，打断了我俩的谈话，跟我讲起死神李比蒂娜，吓唬我们。庞波尼雅送裴特洛纽斯离开时说过，神是唯一的，是全能的、善良的、仁慈的。但那个时候，我并不知道她说的那个神就是基督。即便他是下人，是穷人与外国人的神，但是只要他可以将你赐给我，我就会爱戴他。我知道，你现在虽然是坐在我的身边，但是心中想的还是基督，我请求你可以想想我，不然的话，我会恨他的。在我心里，你才是唯一的神。我希望你的父母健康，你的祖国平安。我非常想要抱住你的双脚，跟你祈祷，给我机会让我可以信奉、供养、膜拜你。你比基督要神圣得多，你不清楚，你也不会明白我到底有多么爱你……”

维尼裘斯边说边将自己的手放在黎吉亚苍白的额头上，闭着眼睛。他的性格使得他不管在爱情还是怨恨中，都无法克制。他热情激动地讲着，就像一个没有自制力的人一样，一点儿也没有注意言语中感情的分寸。这些全都是他的真心话，发自内心的，让人感到郁结在他心中的苦闷、快乐、欲望与崇拜，已化成一股无法抵挡的波涛，汹涌而出。黎吉亚认为他说的那些话亵渎了基督，但她不能否认自己听了之后心便怦怦跳个不停，像是要将身上那一件紧身睡衣挣脱一样。

维尼裘斯的话里对自己的尊敬，让她非常感动，她觉得自己正被他长久地爱着、敬着，他把自己看成神明一样的存在，这个原本十分恐怖而且顽固的人，如今就像是一个听话的奴隶一般，将肉体与灵魂全部奉献给了自己。她只要一想到维尼裘斯现在是那么听话、自己对他有那么大的影响力，便会觉得很高兴。所以此时，她回忆起过去的事情来，在自己的眼中，他似乎又成了印象里那个俊美的少年，美得就像异教里的神。之前，他在奥鲁斯家中给自己讲过爱情，刚刚他的话，似乎将她那天真无邪的心从睡梦里唤醒了一样。现在自己的嘴唇上似乎还可以感觉到他之前的热吻，在帕拉修姆宫，乌尔苏斯将自己从他的怀抱中抢回来，救自己于烈火中。但是如今，他那俊美的脸庞，既快乐又悲伤，苍白的额头、祈求的眼神、身上的伤口，他对自己的爱一直遇到挫折，但是他从开始到现在一直都没有变过，还是在爱着自己，如今正在跟自己告白，尊敬自己、听从自己。她感觉，他已经变成自己想要的那种人了，比先前更加亲切可爱了。

黎吉亚突然明白了，那一刻就要到来，因为他的爱几乎将自己抓住了，像狂风一样将自己卷走了。有了这样的感觉之后，她之前对维尼裘斯的印象又一次浮现出来，此时她觉得自己就站在悬崖边。难不成，自己之前就是因为害怕这种情况才离开、才躲在罗马的贫民区里吗？维尼裘斯究竟是什么人？他是一位贵族，还是皇帝陛下的朋友，裴特洛纽斯的外甥，在军队中当保民官，有权有势，是整个罗马城几乎无人不知的贵胄啊——通过那次的宴会就可以看出来了，他一定也参与过尼禄污秽不堪的宴会，这让黎吉亚无论如何也忘不了。

他还跟其他人一起去神庙祭拜，向那些魔鬼上过供品，虽然他也许并不相信那些神灵，可是他表面上还是对他们很敬重。更过分的是，他之前之所以那么想找到自己，就是为了让自己成为他的情人与下人，将自己带入那个令基督生气的荒淫无度、骄奢淫逸、满是罪恶与侮辱的世界中去，以此作为对自己的报复。的确，他现在变了，但是他也说了，假如自己心中想着基督胜过他的话，他就会怨恨基督。黎吉亚觉得，爱基督的话就要全心全意爱他，不可以掺杂其他的东西，否则便是对基督的亵渎。所以，在明白自己内心深处也产生了其他的感情与欲望时，她便对自己的前途与思想感到恐慌。

就在黎吉亚内心斗争激烈时，戈劳库斯进来了，他是来看维尼裘斯的身体状况的。有一会儿，维尼裘斯觉得很生气、很急躁。他有些懊恼，戈劳库斯打扰了自己与黎吉亚的谈话，所以在他跟他说话的时候，他的答案中带着几分轻视。尽管他马上平静下来了，但如果黎吉亚就此认为奥斯特里阿努的讲道在他身上收到了成效，那么她会大失所望的。维尼裘斯只在她的面前有所改变，在其他人面前，仍旧跟以前一样骄横残暴。他不但无法理解基督教的那些教义，就连最简单的报恩也不会。

黎吉亚心里满是矛盾与惶恐，于是便悄悄走了出去。以前在祈祷时，她总是将一颗平静纯洁的心献给上帝。如今，她再也保持不了那颗平常心了，有一只毒虫已经钻到了它的花蕊中，吵吵闹闹。即使她已经两天没有睡了，也还是没有办法平静，睡不着。她做了个梦，在奥斯特里阿努，尼禄带着大臣、酒鬼、淫僧与角斗士，驾着满是玫瑰花的战车，轧死了很多基督徒，这时，维尼裘斯突然抓住自己的手，将她拉上一辆四匹马拉着的双轮车子，然后把她狠狠地抱住，轻轻地说："跟我们一起离开吧！"

27

自那时开始，黎吉亚就极少来这个房间了，再也没有来到维尼裘斯的床边。但是，她并没有因此平静下来。维尼裘斯一直在用祈求的眼神望着她，像是急切想要与自己说说话。黎吉亚清楚他现在的痛苦，但是又不敢斥责，怕只会招来厌恶。只有自己，才可以让他健康快乐起来，所以，此时她的心里满是对他的同情。一段时间之后，她发现自己越是躲着他，心里就越是同情他，以至于越来越忘不了他。她已经没有办法平静了，偶尔她会跟自己说，自己应该去陪着他。

基督的教义是用恩惠回报与别人的仇恨，假如自己与维尼裘斯多谈一谈的话，可能还会让他接受基督。但她的心却跟她说，你这纯粹是自欺欺人，你以后会越来越被他对自己的爱与魅力吸引，无法自拔。她心中满是矛盾与斗争，而且一天比一天激烈。偶尔她会想自己也许已经掉进网里，她一直想要挣破它，但是却被它越缠越紧。她也承认，自己的确天天都想要看见他，觉得他的声音愈加可爱动听了。她一定要狠狠地抵制住自己想要去看他的冲动。每次她一走近维尼裘斯身边，他就会神采奕奕，而自己也会觉得非常快乐。有一天，黎吉亚看见他的脸上的泪痕，活了这么多年，她第一次想到要将一个人的眼泪吻干。这个念头有些吓到她了，让她对自己很是轻视，所以她哭了一个晚上。

维尼裘斯还在静静等着，似乎发了誓一般。每次他的眼中出现暴躁、气愤的神色时，马上就被自己压抑住了，随即不安地望着黎吉亚，像是在祈求她的原谅，而这样的眼光也越来越感动她。黎吉亚从未感受过那么深沉的爱恋，但她只要一想到这，便会一边觉得非常快乐，另一边又觉得自己有罪。维尼裘斯改变了许多。他和戈劳库斯聊天时，已经没有先前那么傲慢。他经常觉得，面前的这一个贫穷的奴隶医生，这一个细心照顾自己的外邦女人老米丽阿姆，那一个总是在认真祈祷的克利斯普斯，还不都跟自己一样，都是一个人！虽然他觉得这想法很怪异，但他的确是这么想的。过了一段时间，他喜欢上了乌尔苏斯，如今他天天跟乌尔苏斯谈话，因为这样的话，他便有机会与他聊聊黎吉亚的事情了。这个乌尔苏斯说起话来就停不了，他在照顾维尼衮斯的日子里，也对他产生了好感。维尼衮斯认为，黎吉亚与他们都不相同，她不管怎么样都比四周的人高贵许多，但他渐渐开始留意这些社会最底层的贫穷单纯的人们，这是他之前不屑一顾的事情。从这些人的身上，他还看到了许多闪光点，要是以前，他压根儿就不会注意这些。

他无法忍受拿扎留斯，因为维尼衮斯发现他喜欢上了黎吉亚，但他还是忍耐了许久，不流露出对他的厌恶与不满。有一次，他看到拿扎留斯用自己挣来的钱给她在市场上买了两只鹌鹑，他的脾气本来就急躁，这令他实在无法忍受。他觉得，一个从其他国家流浪过来的人，连最下等的虫子都不如。结果他又听见黎吉亚跟扎留斯说谢谢，他就更受不了，等拿扎留斯去外面的时候，他跟黎吉亚说：

“黎吉亚，你为什么要接受他的礼物呢？难不成你不清楚，即便是希腊人，也将他那个国家的人叫‘犹太狗’吗？”

“我不清楚希腊人是如何称呼他们的。我只知道，他是一个基督徒，是我的肢体。”她说道。

一说完，黎吉亚就用吃惊与责怪的眼神瞪着维尼衮斯，她有很长时间没有看到他这样气愤了。维尼衮斯咬了咬牙，才克制住自己，没说出更难听的话来！他觉得，像拿扎留斯这样的人只适合用棍子打，或者是流放到西西里的葡萄园去挖土。可是为了黎吉亚，他还是压抑住自己的怒火，出声道：

“请原谅我吧，黎吉亚！在我心中，你是皇帝的孩子，而且又是普劳修斯夫妇所领养的女儿。”

维尼衮斯把心埋在尘埃里，所以等拿扎留斯进屋时，他已经平静了下来。他说，等他回自己家后，就送给他一对孔雀或者火烈鸟，他有很多。

黎吉亚明白，维尼裘斯付出了多大的代价，才压抑住自己的性子。可是他越是这样做，自己的心就越向他靠近。实际上，他对拿扎留斯的成见并不是很深。维尼裘斯只是受了点刺激，一时气不过而已，但不会妒忌。要知道米丽阿姆的儿子在他的心中，还不如一只狗的价值高，再加上他还是个少年，他所谓的喜欢黎吉亚，只不过是一种无意识的、下位者对上位者的爱慕而已。维尼裘斯即使什么也没有说，但是我们也可以猜得出来，他一定经过了非常激烈的思想斗争，才勉强接受这些人所信仰的“基督”这个名字与它的教义。对维尼裘斯来说，这个变化无疑是巨大的。

不管怎样，它终究还是黎吉亚信仰的宗教，就是为了这个，他也会接受基督的。之后，他就渐渐恢复了健康，于是回忆起在奥斯特里阿努听使徒传教的那天晚上之后发生的所有事情，这段时间以来，由于跟那些基督徒交流较多，他产生了一系列想法，让他越发感觉到基督教的力量惊人，它竟然可以改变一个人的灵魂。维尼裘斯明白，这个宗教注定不普通，因为这个世界从古到今一直没有过，所以他认为，假如基督徒闻名全世界，并将它所宣扬的神爱世人与慈悲去引导这个世界的话，那么最终呈现出来的，肯定就不是一个朱庇特世界，而是萨屠尔奴斯所统治的世界。维尼裘斯不敢去质疑基督教的来源或者是关于基督的复活，以及其他超自然的事情。那些目击者们讲得那么理直气壮，而且他们的教义又不允许他们说谎，所以，不能怀疑他们说的是假话。而且罗马人即使不相信众神，也相信奇迹。

维尼裘斯遇到了一个没有办法回答的问题。他认为，基督教是与当下的社会状态相违背的，所以它并没有实现的可能性，而且它比所有的宗教都要疯狂。基督教认为，罗马与全世界的人也许都是坏人，但是社会秩序是好的。

举个例子说，如果皇帝是一个贤君，如果元老院不是由那些外强中干、成天花天酒地的人来掌管，而全部由特拉塞阿那样的人来管理，那么人们还能够希望什么呢？确实，罗马的和平主义是好的，人与人之间是不一样的。但是，维尼裘斯却觉得，基督教要毁坏现在所有的秩序，要所有的都无差别，那样的话，罗马要由谁来掌管领导呢？难道要罗马人放弃对其他地方的统治权，或者承认所有望族和平民都是平等的吗？这对于贵族来说，简直完全不可以接受。而且，对维尼裘斯来说，基督教的教义也与他自己本身所接受的教育、思想、观念、他的脾气以及他所有拥有的一切相违背。他无法想象，假如自己真的接受了基督教，该怎么生活。维尼裘斯对之既害怕又憧憬，他的本性，让他压根儿无法接受这个宗教。最终，他明白了，就是这个宗教将他与黎吉亚分开，所以他只要一想到这个，便会憎恨它，用自己全部的力量憎恨它。

但是维尼裘斯也明白，基督教也给黎吉亚添加了一种语言无法形容的美感，就是这样的美让他对黎吉亚的爱中，还有一部分敬意，她因此成为一个可贵的生命，他认为，她已经超过了世界上的所有。所以他又有点想要爱基督了，可是他也明白，他一定要爱它或者恨它，而不能无视它、不关心它。此时，他好像处于两种极端中，不管是思想还是感情上，都处于一种没有办法做出选择的状态。正因为他是黎吉亚的上帝，所以即使自己并不了解他，但为了黎吉亚，他还是要低下头，无言地向他表示敬意。

黎吉亚也知道，维尼裘斯如今正在进行激烈的思想斗争，她明白他是在用尽全力压抑住自己，也明白他的脾气与基督教格格不入，她觉得很是哀伤，但她看到维尼裘斯在默默地向它表示敬意，就心生同情，越来越倾向于他。她想起庞波尼雅·戈莱齐娜与奥鲁斯来，庞波尼雅一直那么伤心难过，就是因为她离开人世之后就不可以与奥鲁斯在一起了。如今，黎吉亚的内心也有了这样的伤心与纠结：她现在有了自己喜欢的人，却没有办法跟他在一起，两个人一直分开，很是痛苦。她偶尔会想，要让维尼裘斯信奉基督教是不可能的，自己太了解他了，维尼裘斯与基督徒完全是不可相容的两种事物，即便是头脑愚笨的人，也很难将这两者联系在一起。既然那个沉着冷静的奥鲁斯，在庞波尼雅的耳濡目染之下，都未能接受基督的思想，她又如何能指望维尼裘斯变成一个基督徒呢？这是一个很难回答的问题。假如真的要一个答案的话，那就是压根儿别对他抱有希望，要知道，他是没有办法得到耶稣的救赎的。

黎吉亚明白，自己已对维尼裘斯下了无望的判决书，明白自己与他不管是在思想、观念，还是为人处世上，都格格不入，他们并不适合。然而，由于对维尼裘斯的怜悯，黎吉亚不仅没有厌恶他，反而认为他愈加可爱了。偶尔她会产生一种强烈的愿望，想要与他明明白白地谈一谈，跟他说，如此继续这样下去，是不会有什么结果的。因此有一次，黎吉亚坐在维尼裘斯的旁边，与他说基督之外别无生命的问题，那时他的身体已经好得差不多了，便用未受伤的右手臂支着身体，将头放在了她的腿上，说道：“我不知道什么基督，我也不知道他是不是真的跟你说的那样，我只知道一点，你是我的生命，是我的一切！”此时，黎吉亚有些喘不过气来了，几乎要昏厥过去，浑身都因为激动而颤抖着。她用自己的手抱住他的头，想将他从自己的腿上扶起来，谁知道已经控制不了身体了，她俯下去亲吻着他的头发。这个时候，两个人都由于爱情而颤抖和迷醉。

等黎吉亚回过神来时，她马上站了起来，害羞地跑了出去，她觉得自己的血管里正有一股火焰在不停地流动，让她的血液烧灼沸腾。然而，这不过是他们满满的杯子所溢出来的第一滴水而已。眼前的维尼裘斯并不知道，为了此刻的幸福，在未来他要付出多少代价。但是黎吉亚知道，如今最需要救赎的是自己。那天夜里，她整个晚上都没有睡，一直在流泪祷告。她认为，眼下的自己已经没有资格做祷告了，即使做了，耶稣也不会再相信她，不会再答应她的要求。次日清晨，她早早地离开了卧室，将克利斯普斯带到花园那座满是常春藤与葡萄枯枝的凉亭那里，告诉他自己所有的心事，请求他同意自己离开米丽阿姆这里，因为她已经不能控制自己了，已经忘不掉内心对维尼裘斯的爱意了。

克利斯普斯年纪很大了，一向又是最严肃的，并且疯狂地热爱着基督。于是，他允许黎吉亚离开这里，但没有饶恕她的爱情，他觉得，那是一种罪过。从离开皇宫到现在，一直都是他在保护着黎吉亚，他很喜欢她，且令她越来越相信基督，然而，如今的她已经被世俗所污染了。以前，他觉得黎吉亚是教义的伊甸园里所长出的一朵纯洁的百合。但此时，她居然对上帝以外的人产生了爱意，这让他非常气愤。克利斯普斯觉得，整个世界都不会再有一个最纯洁的灵魂去信奉基督了。他原本想将黎吉亚打造成最漂亮的珍珠和宝石、一件他亲自动手制作的最宝贵的礼物献给基督，所以，他对黎吉亚的变化非常失望，内心充满忧伤与不安。

“求基督饶恕你吧！”他不高兴地说道，“在心魔还没有完全控制你之前，在你还没有放弃救世主之前，快点逃离这里吧！耶稣为了拯救你，流出自己的鲜血，死在十字架上，你却爱上了一个要你做他的情妇的人。上帝亲自创造奇迹，带你逃离那个恶魔，你却主动投怀送抱，爱上他。你明白他是一个什么样的人吗？他是反基督教的恶魔，是荒淫无道、恶行累累的刽子手。除了带你去他生活的那座地狱、那堕落的深渊、那上帝以怒火焚烧的索多玛以外，他还可以带你去什么地方呢？如今我想跟你说的是，在那条毒蛇钻进你的心以前，我希望这个屋子的墙壁倒在你身上，将你压死算了。”

克利斯普斯越说就越生气，不仅因黎吉亚所犯下的过错让他十分懊恼，连人性也令他觉得可鄙又可憎，尤其是女人的天性。他觉得，即便是基督的教义也没有办法让女人摆脱夏娃的弱点。虽然黎吉亚此刻还是清白的，虽然她打算离开，虽然她正在痛心地向自己忏悔罪过，虽然她将自己所想交代得明明白白，可是，他觉得这些并不能代表什么。从她爱上那个年轻的贵族开始，她就已经有罪了。先前，克利斯普斯希望她成为一个天使，将她带往那除了基督别无所爱的境地，谁料她却不知自爱，自甘堕入地狱，爱上了那个年轻的贵族。只要一想到这里，他就会十分生气，而且，梦想破灭及陷入绝境的感觉，更加重了他的怒气。不！他绝对不可以原谅她，气愤的话如炭火一样烧灼在他的嘴边。他竭力克制，才未让更加恶毒的话出口，然而，他干瘪的手却不停地在那个被吓傻了的女孩头上挥动。黎吉亚明白，自己是有罪的，只是她并未想到会如此严重。她觉得，只要自己逃离这里，见不到那个诱惑自己的人，就能够减轻自己的罪孽。但是，克利斯普斯却将黎吉亚说得全身污秽，将她灵魂里面的放浪与罪恶一一指了出来，这远远出乎她的想象。起初她认为，眼前这个帮助自己逃离帕拉修姆宫、像亲生父亲一般照顾着自己的人，一定会给自己以怜悯、同情和安慰，给自己勇气与信心。

“我将我的伤痛与绝望全部告诉了耶稣，你本该将自己的所有，像一只价值连城的花瓶一般献给上帝，祈求他以恩惠将它装满！可是你却欺骗了救主，像是掉进了深渊，被里面的毒气污染了一般。你将自己的灵魂卖给了魔鬼的爪牙，但愿耶稣会饶恕你、救赎你。由于我之前将你当作上帝的选民，在你爱上那条毒蛇之前……此前我一直将你当作上帝的侍女……”

他忽然不说话了，沉默下来，因为他发现这个地方并不只有他们两个。

透过葡萄枯枝与常春藤青翠枝叶的缝隙，可以看见，有两个人在那里，一个是使徒彼得，另外一个他看了片刻，还是没有认出来。由于那人身上穿了一件“齐里裘姆”的粗羊毛外套，遮住了半边脸，克利斯普斯一开始还以为他是基罗。

他们刚从外面进来，听见克利斯普斯的怒吼，就走过来，在一个石凳上坐着。此时，与彼得同来的那人将他的容貌完全显露了出来：瘦削的脸，头发卷卷的且很稀疏，甚至有些光秃，两眼通红，鹰钩鼻子。克利斯普斯看见这有些丑陋却甚具灵性的长相，便猜到这人应是塔尔苏斯的保罗。

听完克利斯普斯的话，黎吉亚绝望地跪在地上，抱着使徒彼得的脚，而后将自己那矛盾无比的头颅紧贴着他外套的褶皱，默不作声。

忽然，听见彼得出声道："愿你的灵魂平安。"

随即他望着跪在自己脚下的黎吉亚，问她怎么回事。克利斯普斯马上就向他们交代了黎吉亚跟自己忏悔的那件事情：关于她那罪恶的爱情，与将要逃离这里的打算。然后，他又说起了自己的难过与气愤，他原本一直在想，要将黎吉亚那像眼泪一般洁净的灵魂献给上帝，结果她却被俗世的爱情所污染了。她爱上一个异教徒，还是一个参与了世间一切坏事的人，他的所作所为都要受到上帝的责罚。

就在他讲这些话时，黎吉亚越发使劲地抱着彼得的双脚，似乎她已经无能为力，在乞求使徒给她安慰，或者求他至少给自己一点点同情。

使徒听罢，就弯下腰，将自己那苍老的、长满老茧的手放到黎吉亚头上，随即抬起脸，对那位上了年纪的长老说道：

"克利斯普斯，难不成你不知道，你所称的我们敬爱的基督，曾在加纳为一对婚礼中的夫妻祝福过吗？"

克利斯普斯将双手垂落下来，十分吃惊地看着说话的使徒。

使徒也停住了，过了一会儿才问道：

"克利斯普斯，你看，即便是抹大拉的马利亚，那位众所周知、罪大恶极的女人，当她跪倒在上帝面前忏悔时，他都饶恕了她的罪过，更何况这个像野地中百合一样单纯善良的女孩？上帝怎么会忍心抛弃她呢？"

黎吉亚更加用力地抱着使徒的脚，轻轻哭泣着，她明白，这一位一定会给自己安慰。使徒将她流泪的脸抬了起来，然后对她说道：

“假如你爱的那人不是一个好人，还没有认清正确的道路，那么你就要逃离他的身边，免得被他诱惑，做了错事。但是，你的心要每分每秒都为他祈祷，你要明白，无论什么样的爱情，它本身是没有罪过的，你要逃离他的身边远离诱惑，还是功德一件呢！你不必伤心，也不用难过哭泣，听我说，你是一个好孩子，上帝一定会赐福于你，他是不会遗弃他的子民的，你的祈祷都会被他听见，伤心难过的日子终将过去，欢乐的日子一定会来到。”

使徒说完，便将他的手放到黎吉亚头上，随即仰面替她祈祷，为她祝福。他的脸上满是慈悲的光芒，活像一个天使的模样。

克利斯普斯听了，也觉得非常后悔，便为自己辩解：“对，是我的错，我犯了罪，我违背了上帝仁慈的教义。我原认为，她的心中既然有了世俗的情爱，就说明她丢弃了基督，背叛了自己的信仰……”

使徒说道：

“我背叛过基督，丢弃过我的信仰，接连三次不认主，结果他都宽恕了我，而且还叫我去牧养他的羊群。”

“但是……维尼裘斯是一个贵族，且是一个地位极高的……”克利斯普斯说。

“就算是比他还要固执的人，基督也曾感化过。”使徒答道。

此时，从一开始就没有表态的保罗说话了，他指着自己的胸口道：“我曾经追捕并杀害过追随基督的仆人。在人们拿起石头将斯太芬砸死的时候，我正在帮那些人看守衣物。我还曾经妄图将一切有人烟的地方的所有真理全部铲除掉，但是，我们的主却派遣我去往全世界传教。我曾去过犹太、希腊，还有各个岛国，甚至在我第一次当犯人、被下了监的时候，尚没人相信上帝的城市中也曾流传过他的道。如今，我的长辈彼得又将我喊到这儿来，所以我就走进这里，将骄傲的头颅伏在上帝脚下，在这个几乎全是石头的土地上播撒生命的种子，我们的主会祝福这片土地，让它变得肥沃，这里的人们都会取得丰硕的果实。”

他说完之后，便站了起来。此时在克利斯普斯眼中，面前这位身材瘦小的躬身的保罗立马高大起来，他将从旧的基础之上动摇这个原来的世界，他将主管万邦与万民。

28

裴特洛纽斯给维尼裘斯的信：

亲爱的，拜托你，不要像柯尼亚人或尤留斯·恺撒那样绕弯子了。假如你像他那样简单明了地说：“我来了，我看见，我逃跑。”那么，我自然会明白。然而，这样的话，根本不像是你该说出来的，太不符合你的个性了。就算你的左手断了，又碰上了很多不可思议的事情，你也应该回信将具体的情况告诉我啊！据你所讲，那个乌尔苏斯杀死克洛托，就像卡莱多尼亚猎犬在西贝尔尼亚[①]峡谷里面咬死一头狼那样简单，我简直不能相信这一段。这个人有多重，那么他就值同样分量的金子。只要他想，他便可以得到皇帝的宠爱。我若回到罗马，有时间一定要去见见他，按他的样子做一个铜像。假如我跟红胡子讲，那座铜像是仿照真人大小制作的，他一定会十分惊讶。

①古罗马人称呼苏格兰的古名。

要知道，他那种身材最适合做角斗士——不管在希腊，还是在意大利，这样的人都越发少了，更不必说在东方了。日耳曼人虽然也高大健壮，但往往一身肥膘，徒然长了大个子，力气却很弱。你去问一下那个乌尔苏斯，像他那样健壮而且力大无穷的人，在他们国家是不是还有许多？这样一来，无论是你还是我，要想办一场角斗赛的话，心里可以有个谱，知道该去哪儿找大力士了。

能在他的手底下活命，你一定要感谢众神，无论是东方的还是西方的。你之所以可以大命不死，肯定因为他们知道你是一个贵族！而且，你还是皇帝陛下信赖的朋友，是我的外甥，又在军队中当保民官，是整个罗马城众人瞩目的家伙！你要是死了，到时候不管是我，还是皇帝陛下，肯定都不会放过那些基督徒。但比起这事儿，我更在意的是你混入教徒中，进了他们的坟场，他们对你做过什么吗？是什么态度？还有黎吉亚又一次逃离你身边，以及你在信里面流露出来的难过、惶恐，这些都是我最惊讶、感兴趣的事情。你可以写得具体一点，其中很多事情我还有些看不明白。如果你打算跟我说真心话，我可以明明白白地告诉你，我不仅不清楚那什么基督教，也不明白你与两个黎吉亚人之间到底发生了些什么。除了我自己的私事之外，我基本不关心外面的事，此刻我这么关心这件事，你不用觉得怪异。你与黎吉亚的事情一开始我就知道，也一直介入其中，所以也可以这么说，虽然这只是你与她之间的事情，但在某种意义上，也可以说是我的事。你要早点给我回信，因为我直到现在也没有办法确定，我们什么时候才可以再见面。

红胡子时不时改变计划，就像春天的风一样变化无常。此时他正待在贝涅文屠姆，短时间内并没有回罗马的打算，他准备届时直接去希腊，但是蒂杰里奴斯在不停地劝告他，要他先回一次罗马，即便待上很短的时间也行，因为罗马的人民都在想念着皇帝陛下（你可以将这个理解为想念比赛与面包），假如再见不到他的话，很有可能会发生小规模的暴动，最后究竟会如何发展，我也弄不清楚。若阿凯亚能够成行的话，那么，我们就有可能看见埃及，因此我才想劝你到我这儿来，因为我觉得，此时你一定迫切需要旅行和娱乐来调节你的心情。你有可能赶不上我们。要是真的那样，你也可以去你西西里的庄园待一阵子，散散心。不管在哪里，总比待在罗马要好。记得把最近发生过的事仔仔细细地在回信中讲给我听。好了，就这样吧。再见了，这一次我只希望你健健康康的，其他别无所愿了。我对波卢克斯发誓：我是真的不清楚我还有什么好祝福你的。

刚收到这封信时，维尼裘斯是不准备回信的，他认为，就算自己回了信也没有什么用，根本就没必要去回复——既然对于说明问题和解决问题全无帮助，为什么还要浪费笔墨去写呢？他觉得人生无比寂寞与无望，这种感觉，裴特洛纽斯不管怎样都没法理解。最近发生了太多事情，足以让他们渐渐疏远了，可就连他自己也搞不明白这到底是怎么了。从外台伯河区那所房子回到卡里内郊区奢华舒适的府邸时，他已然疲惫不堪了，一点儿精神也没有，因此在最开始那些天，他一直在休息，安静舒适的环境让他非常满意。然而，这感觉在一段时间之后就消失了，因为他有些寂寞无聊，以往那些他觉得好玩有趣的东西，如今对他来说，已然不存在了，就算是存在，也缩小到几乎看不见了。他认为，自己的心灵与生活之间借以联系的纽带一下子全部断掉了，而且他也不想再接上。他本打算去贝涅文屠姆，接着再去阿凯亚，好好享受一番那花天酒地、奢侈疯狂、颓废放荡的生活，可是如今，他却觉得那样的日子非常无聊。“为何要去那里？便是去了，我又可以得到什么？”他的脑海中马上浮现出这些问题。他第一次觉得，他要是真的去了那里，与裴特洛纽斯聊天，他的聪明、敏捷会让自己厌烦。

但是，孤独与空虚又让他觉得很是烦闷。与他相识的人，基本都陪着皇帝去了贝涅文屠姆，只有他待在罗马。独处的时候，脑海中就会产生各种千奇百怪的想法，在他心中纠结交缠着，全没有一点点头绪。然而，偶尔他也会觉得，假如他可以将自己内心深处那些积蓄已久的东西找个人好好聊聊的话，有可能就可以将它弄明白、理顺了，想出来一个好办法加以解决。在这种想法的影响下，维尼裘斯犹豫了几天之后，还是决定给裴特洛纽斯回信。至于这封信到底要不要发出去，他还没有决定，因此便只写了下面这些话：

> 您让我将发生的事情写得具体一点，那我就听您的，但是至于写不写得清楚，让您看得明白，我就不知道了，因为还有很多事情我自己也没有弄明白，理不出一个头绪。我之前跟您说过我与那些基督徒相处的事情，他们如何对待敌人（他们本可以将我与基罗当作敌人）、如何好心地照顾受伤的我，还有黎吉亚又一次逃离的事情，我全部都跟你说了。有一点我要告诉您，我亲爱的舅舅！他们之所以不杀我，还好好地照顾我，并非因为我是个贵族，也不是因为担心我死掉，担心您与皇帝陛下不会放过他们。他们才不在意您到底是贵族或平民或

奴隶呢！

不管什么人，在他们眼里都一样，没有什么区别。而且，那个时候我还说了他们可以将基罗杀死埋到花园中，他们最后也饶恕了他的罪过。他们是世界上前所未有的一种人，他们的宗教我之前也没有听说过。对于他们，我也不知道该如何形容。我只知道，不能用我们所了解的那些规矩去衡量他们，那是错的。我想跟您说的是，如果我的左手断了，在自己的家中，由我自己的奴隶或者家人来照顾我的话，自然会更舒服一些，但要说到细心周到的程度，恐怕连他们的一半都不及。而且，我还要跟您说，在这里黎吉亚与其他人并没有什么不同，可是她对我的那种照顾，就算我的亲姐妹或者是妻子也没有办法做到。每一次她照料我的起居，我心里都会觉得格外幸福。我觉得，她是因为爱我才这样的，正是由于爱情她才会那么温柔。我曾经多次在她眼中、在她脸上，看到了这种爱情。但是您明白吗？我虽然住在那个厨房餐室连在一起、寒酸简陋的房间中，与那些我素来看不起的平民相处了那么久，心里面却觉得非常快乐，这是以前没有过的！而且，我相信她绝对动心了，即便今天我也是这么想的。如今，我天天待在家中，双手抱着脑袋，不断在想着：她为何要离开呢？我也许告诉过您，我之前就已经主动地跟她说，可以亲自送她回家。这是我的真实想法，她也跟我说过，她如今已经回不去了，因为奥鲁斯一家已经全部搬去西西里岛了。况且，皇帝本来就不喜欢奥鲁斯一家。您也知道，罗马城里的奴隶最喜欢到处打探消息，要是她真的回去了，肯定会弄得人尽皆知。那个时候，皇帝陛下不光会责罚奥鲁斯一家，也肯定会将她再一次带到皇宫去……她说得很对。

不过她也明白，我不会再像以前那样对待她了，我已经放弃使用武力去胁迫她了，但我却没有办法停止爱她，要是没有她的话，我会活不下去的。我想以八抬大轿，张灯结彩、风风光光地将她娶进门，我要叫她坐在壁炉旁边的圣洁的羊皮上……可是，她又一次从我的身边逃离了！这是为什么啊？我待在那里，并不会对她造成什么不好的影响啊！而且，要是她不爱我的话，也可以直接告诉我啊！在她逃走的前一天，我看见一个非常奇怪的人，他……就是塔斯的保罗。他同我聊起了基督与他的教义，说得义正词严，让我觉得他说的每一句话都要使我之前所接受的一切教育、思想、看法全部化成灰烬，取而代之的，是全新的基督的思想和教义——虽然他本人并没有那个意思。

在黎吉亚逃走了之后，他又过来看了我，他跟我说："上帝将会从你的眼中取出障翳，让你睁开眼睛，看清是非对错，就像他曾经对我做过的事情一样，那时，你就会明白她做得正确，你也就可以找到她了。"我听完之后，想了很长时间，还是弄不清楚他这话是什么意思。不过，恍惚间我又觉得自己似乎明白了一点儿：神爱世人，只是他们却觉得我们的生活是错的，我们的神明也是错的……他特别憎恶我们的罪恶。她就是由于这个原因才离开我的。她要是与我在一起的话，便是背弃了基督、背弃了她的信仰。

您可能会问我，她要是爱我的话，又为什么会离开呢？假如她是真的爱我的话，那就说明，她在逃避自己对我的爱。一想到这里，我就想派我的所有奴隶到罗马的大街小巷中去，让他们对着每家每户大喊："黎吉亚，你快回来吧！"可我还是不明白她为何要离开。我不光没有不让她信仰基督，还会在客厅中亲手为他建个雕像。有这样一个新神，又有什么坏处？我原本就不是很相信罗马的那些神，为何就不可以再信一个新的呢？我明白，基督徒是不会说谎的，他们说基督死而复生了，一般人是不可能做到这个的。

塔斯的保罗是个罗马人，但他却像犹太人一般，通晓古希伯来文的经典。他跟我说，在几千年以前，就有预言家说基督会降临人间。这所有的一切，听起来都很不可思议，但有时想一想，在我们的身边不是也有很多无法解释、匪夷所思的事情吗？普通人如今依旧在谈论阿波罗红斯蒂亚那的阿波罗纽斯。我认为，保罗所说的“全世界上就只有一个神”非常正确，听说塞内加也是这样认为的，在他以前，也有很多人这么觉得。基督降临以后，为了拯救受苦受难的众生，宁愿自己被钉在十字架上，而后他又复活了。这是合情合理且完全正确的，事实就是如此！

所以，我觉得没有理由去反驳他。举个例子来说，我要是给塞拉皮斯建一个雕像，敬奉他的话，那为什么就不能为基督建一个呢？而且，要我不再相信罗马的神明，也不是多么困难的事情，要知道，如今但凡有点理智的人都不再相信他们了。不过我觉得，对于基督徒来说，就算我这样做了，他们还会觉得不够。他们觉得不光要供奉基督，而且还要依照他的教义去生活，因为唯有这么做，您才可以说是到达了大海的另一岸，进入了一个全新的世界。就算我答应他们肯过那样的生活，他们也不会相信的，会觉得我是在撒谎、说空话。保罗就非常坦率地跟我说过这一点。您清楚我究竟有多爱黎吉亚，您也明白，为了她我什么都愿意去做。

但是，就算她有那样的要求，我也不可能将索拉克台山或者是维苏威的火山背在身上，又或者将特拉西门湖放在手中，也不能将我黑色的眼睛变成跟黎吉亚人一样的蓝色。不过只要是她要求我做的，我肯定会去做，也愿意去做，但是，那完全不是我力所能及的事情啊！我真是有心无力呀！我虽然不是一个哲学家，没有那么聪明，但是我也没有您所想的那样笨。如今，我要跟您说的是，我不清楚基督徒是如何生活的。可我明白，不管他们的宗教传到哪里，哪里的旧秩序就一定会变，罗马的统治也会结束，而罗马一旦结束，我们也就结束了，在管理者和被管理者、贵族和平民、主人与奴隶之间，再也不会有差别。什么政府啊、皇帝啊、法律啊，还有整个旧制度，这一切的一切都将结束。取代它们的，一定是基督，是从古到今一直从未有过的慈悲，是与人类、与我们罗马人格格不入、大不一样的善良。

可以这么说，在我的心里，黎吉亚比整个罗马以及它的统治都重要得多。只要可以将她娶进门，即便全世界都因此而毁灭，我也在所不惜。不过，这是另一回事儿了。仅仅是口头的承诺，那些基督徒是不会相信的，他们相信，教义就是真理，基督就是唯一正确的存在，而且，灵魂深处绝对不可以有任何其他的东西。对于我来说，这是不可能的，我做不到，诸神为证！您明白我的意思吗？在我的天性里，有一些本质的东西与基督的教义鲜明对立，即使我眼下在心里不停地赞扬它，也按照他的教义生活，但是，我的理性与心灵都会告诉我，我做的这一切都是出于爱情，只是因为我爱着黎吉亚。若没有她的话，在这个世界上，不会有比基督教更让我厌恶的了。怪异的是，不光那个塔斯的保罗可以理解我此时的心情，就连那个在教徒中地位最高的使徒彼得，虽然出身低微，也可以明白这一点。您绝对想不到他们如今在做些什么——在以前，我也想不到，因为他们居然为我祈祷，请求上帝赐福于我。不过我心里眼下只有不安与思念，其他什么也感觉不到。

我之前跟您说过，她是悄悄离开的，但在走前，她却留了一个十字架给我，一个她自己用黄杨树枝费心编成的十字架。那天醒来以后，我便看到它被放在我的床头。如今，它被我供奉在家里祖先的牌位那边，我弄不清楚，为何自己只要靠近它，就会心生敬畏，似乎它里面住着一些神圣的东西。我喜欢它，那是由于它是黎吉亚亲手编织送给我的，但另一方面，我又有些恨它，是它害得我们俩不得相见。偶尔我还会觉得，最近发生的那些事情，都是魔术在驱使、推动着。而使徒彼得就是那个魔术师，虽然他自称只是一个平凡的牧羊人，可是我却觉得，他比阿波罗纽斯或从前别的圣贤更加伟大，他将黎吉亚、庞波尼雅和我以及所有的人都蛊惑了。

您说，您在看到我上一封信的时候，觉得我非常难过，有些惶恐不安的情绪。伤心是在所难免的，因为我再一次失去了黎吉亚。至于我为什么会惶恐不安呢？怕是因为我觉得自己身上产生了一些变化。我直接跟您说了吧！之前不是说过吗？我的天性里，有些本质的东西与基督的教义难以调和，但是自从我知道它、慢慢了解它、与它相接触以来，我发现自己真的在发生变化，几乎变得连我自己也认不出来了。您说，这究竟是由于中了魔法的缘故，还是因为爱情呢？喀尔刻只要用手摸一下谁，就能够改变那人的肉体，然而在我身上，慢慢变化的却是灵魂。让我产生此变化的，与其说是黎吉亚一人，还不如说是她所信奉的那个基督教。我从他们那里回到自己的家中，家里的奴隶都很是惊讶，都还以为我在贝涅文屠姆，不可能这么早回来。所以，当我回去的时候，我看到一团乱糟糟的景象：奴隶们正在餐厅中摆筵席，喝酒。我突然回来，简直是比死神还让他们觉得可怕。您也清楚，我一直对奴隶管得很严，所有的人，只要还有一口气的，都跪在地上，气都不敢出一下，还有些人吓得昏了过去。但是，您肯定想不到我是如何对待他们的——狠狠地打一顿吗？我承认，最开始的时候，我的确想这么做，但后来，我却觉得那样做很不好，我甚至还觉得，就连那样想也是不应该的，为此，我觉得有些羞愧。您相信吗？我竟然对这些奴隶产生了同情和怜悯。在那些人中，有几个年纪比较大的，还是我的祖父M.维尼裘斯在奥古斯特皇帝在位时，从莱茵河畔那边买回来的。

所以，我就自己待在书房，脑海里浮想联翩。从基督徒那里所看到与听到的一切，让我没有办法像过去那样对待他们——虽然只是奴隶，但也是人啊！这些天来，他们都非常恐惧，觉得我是在故意拖延，想看他们由于恐惧而痛苦，而且他们心里肯定在想我会用更痛苦残酷的刑罚来对付他们。

但我并没有那样做，我没有打，也没有骂他们。而且，以后我也不会再惩罚他们了，我没有办法再做那些从前我觉得理所应当的事情。于是第三天的时候，我就将他们全部叫过来，并对他们说："我决定不惩罚你们，我饶恕你们了，但是以后一定要忠心耿耿地为我办事。"他们在听完我的话之后，全都哭着跪下来，嘴里不停地叫我"恩人"与"父亲"。但是我呢？

说起来有些不好意思……那个时候，我也很激动。

在那一刻，我似乎看到了黎吉亚那张我做梦也忘不了的面孔，以及她通红的眼睛，她对我的行为报以赞赏，还对我表示感谢。您不知道，说来还真有些丢脸，那个时候，我的眼睛也湿了……您明白我还想跟您说什么吗？我想要告诉您，要是没有她的话，我会活不下去的，我不管过什么日子都不会开心，也没法幸福的。我现在非常痛苦、难过，这种悲伤是您想象不出来的……说起我的奴隶们，自打那次得到了我的宽恕以后，不光没有懈怠偷懒，反而愈加认真努力地干起活来。之前，不管我如何恐吓，都不曾达到过今天这个效果，感激与真诚让他们产生了更高涨的热情与活力。所以，他们如今不光在努力做事，还在琢磨我的心里面在想着什么，并且想办法满足我的需求。

您知道我为什么将这件事情告诉您吗？我离开基督徒们的前一天，我曾对保罗说过，假如他们的基督教得以在四方传播的话，这个世界就像没有箍紧的桶一样，会分裂开来。但是，他跟我说："爱比恐吓什么的好得多，它只会让桶变得更紧、更稳固。"如今我真的看到了，他的话有时候还蛮有道理的。在我的门客中，我也做过这样一次实验，他们知道我回来了以后，都过来看望我。您清楚的，我以前看到他们、不管怎么样都是很慷慨的，但我的父亲却不喜欢他们，瞧不起他们，叫我也那样对待他们。那个时候，我看着他们都穿着破旧的衣衫，面色苍白、缺乏营养，顿时又同情起他们来了，所以我就请他们吃饭，与他们聊天，问了几个人的名字，还问了一下他们家中的情况。其实无非几句话的事情，并没有做什么，但我却看见他们眼中噙满了感动的泪水，我觉得，自己做的这些事情黎吉亚全都会看到，她会很高兴，一准儿会赞扬我的……我不清楚是我神志不清，还是对她的爱让我产生了幻觉，可是我真的那么觉得，黎吉亚一定是在远处注视着我，生怕自己会做什么让她难过的事情来。

真的如此，亲爱的舅舅，他们的确使我的灵魂都改变了。我有些兴奋，又有些后悔，我害怕他们会夺走我的勇气与能力，让我不光无法出席会议或宴会，就连打仗也不行了。他们肯定是对我施了魔法。亲爱的舅舅，我还要跟您说一件事，我左手受伤躺在床上的时候，一直在这样想，如果黎吉亚与尼吉甲、波佩雅、克丽斯皮尼娜这些离了婚的女人一样，水性杨花、冷血残忍，那么，我肯定就不会这样爱她了。也许，正是因为我们两个人不能够在一起，所以我才会这样爱她。您看到这里便应该明白我的心中多么混乱，我觉得我的生活一片黑暗，其实我一直在尝试，只是找不到正确的道路，我不明白到底要怎么办才好。假如将生活当作一口泉源的话，那么现在，我的泉源里流出来的是心神不宁。不过，我还抱着一丝希望，一丝再见到她的希望，所以才活了下来。偶尔，我会感觉自己一定可以再见到她的……我不清楚，也没有办法知道，一两年之后我是什么样子？我既不想离开罗马，又不想与大臣们钩心斗角。

在我的忧伤与不安中，只有一个想法给了我一点安慰，那便是，我总觉得黎吉亚与我离得不远。偶尔，我会从来探望我的戈劳库斯医生与塔斯的保罗那儿打听到她的一些消息。唉！就算我想去埃及，我也还是离不开罗马。哦！还有，我已叫石匠在古罗的墓前面立一块纪念碑，他死在我的怒气之下。我记得，在我很小的时候他曾抱过我，他又是最早教我射箭的人，我如今非常后悔，却悔之莫及了。我不清楚自己为何突然想到他，可能是因为同情与愧疚吧……假如您在看我的信时觉得吃惊的话，那也是正常的，就连我自己在写这封信时也觉得出乎意料，但是，我写的全部是真心话。

我亲爱的舅舅，再见吧！希望可以尽快看到您的回信。

29

维尼裘斯并没有收到回信。裴特洛纽斯想着，尼禄过不了多久就会回到罗马的，所以就没有回信。此时，这个消息已经传遍罗马了，那些花天酒地的人听说了以后都十分高兴，他们早就期待着竞技比赛，以及奥斯粮库里所储存的粮食和橄榄油的分配了。尼禄的解放奴隶黑留斯也告诉了元老院的人陛下即将回城的消息。可是，尼禄与他的大臣们在米塞努姆上船以后，就一路拖延，行进速度非常缓慢，而且只要一经过岸边城市就要上去休息休息，要么就会去剧院中表演节目。

在明杜尔纳城，尼禄又当着城民的面唱了一回歌，与大臣们到处闲逛了十几天，而且还想再去一次那不勒斯，看看那里的春天，因为那里的春天来得比较早，还十分暖和。与此同时，维尼裘斯天天将自己关在房间里，不光是在想念黎吉亚，也在思考那些改变了他灵魂的东西，还有基督教给自己带来的跟从前所接受的完全不一样的教育、思想、看法。他有时也会与戈劳库斯见面，他每一次的看望，都让他喜出望外，这样的话，他就能够与他一起聊聊黎吉亚了。戈劳库斯的确不清楚她躲到哪里去了，但他跟维尼裘斯保证过，基督徒们一定会好好照顾她的。有一次，他看到维尼裘斯那么忧伤与想念，非常感动，所以就跟他说了，使徒之前曾批评过克利斯普斯，说他不应该责备黎吉亚，不应该看不起她的爱情。维尼裘斯听了异常激动，脸色都有些白了，他曾经多次觉得，黎吉亚对自己还是有感情的，可有时候又心存疑虑，不能确定。如今，他第一次从其他人，而且还是一位基督徒口中听见了这话，长久以来的疑虑便得到了回答。起初，他真想立刻飞奔到使徒那儿去，说出自己的心里话，但他又听说使徒并没有在罗马城，去郊外传教了。于是，他就请求戈劳库斯带他去郊外找使徒，还答应供养贫穷的教区。他觉得，只要黎吉亚是爱自己的，他们两人之间就没有了障碍，如今的每一分每一秒，他都想着去皈依基督。戈劳库斯也一直都在鼓励他接受基督教，可他却不能够保证维尼裘斯接受基督教之后就马上可以见到黎吉亚，于是他对维尼裘斯道，必须是要为了基督教的本身，必须是真心地爱他，而不是因为其他什么原因，里面是不可以掺杂其他东西的。

他说："你应当拥有基督徒的灵魂。"维尼裘斯与黎吉亚之间的爱情中有无数的障碍，每一个障碍都会让他觉得气愤，他明白，戈劳库斯作为一个基督徒，只是说了他应该说出来的话而已。不过，他自己还没有弄明白自己天性中最大的变化：以前不管是做人做事，他都是从自己的利益出发，以自己的利益为准，如今他却慢慢习惯了以完全不同于以前的目光去看待问题，也明白了个人的利益并非衡量一切的唯一要素。

维尼裘斯有些等不及塔斯的保罗来看他了，他非常喜欢听保罗说话，但每一次，都会觉得惶恐不安。他心中其实早已准备好种种事实和证据来反驳他的说教了。他很想站在他的对立面，但是又非常想要再见到他，听他说一说那些关于基督和黎吉亚的事情。但是，保罗也去阿里裘姆了。之后，戈劳库斯便很少来了，让他觉得寂寞难耐。此时，他就只好一个人去苏布拉区的后街，还有外台伯河区那片胡同中走走看看。他想，要是可以远远地看上黎吉亚一眼，了解她过得怎么样，该有多好啊！但这样的想法注定无法实现，所以他越发烦躁郁闷起来。于是有一天，他原本的天性又一次回到他的身边了，而且还非常激烈，就像是潮水突如其来般的波涛汹涌，对海岸线发动着一波又一波的攻击。维尼裘斯感觉自己就像个白痴一般，为什么守着痛苦和忧郁不放呢？

为什么要让自己这样痛苦呢？为什么不快乐地享受生活的美好呢？他决定忘掉黎吉亚，开始新的生活。所以，这一次就算是他最后的想念吧！以后，他打算要像从前一样无所顾忌、为所欲为。因为皇帝就要回来了，眼下这座由于严冬而变得了无人迹、毫无生机的罗马城也活了过来，到处都是人，到处都在张灯结彩，人们准备着热热闹闹的欢迎仪式，迎接他们的皇帝陛下回归。与此同时，春天也到来了，从非洲吹来的风融化了阿尔巴诺山上的冰雪。园中的草地上面也开满了鲜花，公会场与战神广场上人山人海，全都在享受着温暖的阳光。在进出城的阿皮亚大道上，已经有很多漂亮华丽的马车辚辚行驶了。也有许多人去阿尔巴诺游玩了。年轻的妇女们打着去拉努乌姆朝拜失诺、阿里恰与狄安娜的幌子，有的是为了去游玩，有的是去交友，还有的是去偷情。曾经有一次，维尼裘斯还看到了裴特洛纽斯的情妇克丽索台米斯坐在一辆精致豪华的马车中来到了这里。

她的马车被一大群年轻人以及一些因公务在身而留守罗马的元老院的老家伙们的马车围在中间。克丽索台米斯自己驾着马车，对四周的人投以微笑。她望到维尼裘斯之后，便勒住马，请他上车。维尼裘斯同她一起来到了她家里，参加宴会。整整一个晚上，在宴会上，他喝得大醉，连自己怎么回到家都不记得了。他迷迷糊糊记得，克丽索台米斯好像问了一下自己与黎吉亚的事情，自己当时非常生气，又有些醉了，便将一瓶法莱尔努斯葡萄酒全浇在了她的头上。清醒之后，维尼裘斯想起这件事情，还是觉得非常气愤，好在次日克丽索台米斯忘记了他的无礼行为，到他的家中拜访，邀请他一起去阿皮亚大道上玩乐，还在他家里吃饭。吃饭时，她对维尼裘斯说，她对裴特洛纽斯和她的琴师都已经厌烦了，如今，她是自由的。

两个人一起待了一个星期，自那次自己在她头上泼酒之后，便再也没有人提过黎吉亚这个名字。可是这样的关系是没有办法长久的，维尼裘斯无论如何还是忘不了黎吉亚，而且他总感觉她在看着自己，这样让他觉得惶恐不安。他都有些恨自己了：为什么总是给黎吉亚带来悲伤？之后，他买了两个叙利亚女孩，克丽索台米斯非常生气，他就将她赶走了。可是，他并没有停止花天酒地，他似乎要以此发泄自己对黎吉亚的想念。后来他才明白，自己无时无刻不在想念黎吉亚，不管自己做了什么好的、坏的事情，都是因为她，也只有她，除此之外的一切都与自己没有关系。厌恶和疲惫重新控制了他的身体，这样颓废的生活让他觉得厌恶，唯有后悔。他认为自己可怜又卑鄙，这想法让他十分吃惊，因为以前他觉得只要自己开心就好。如今，他已经完全没有了自由与信心，变得麻木不仁，就算是皇帝要回罗马也没有让他打起精神来。他对什么事都提不起兴趣，也很久没有去裴特洛纽斯那里，直到他的舅舅叫人来请他过去，才去了一次。

到了裴特洛纽斯家里，他受到热情的招待，对于舅舅问他的问题，他也没有什么心情回答。但之后，他便再也忍受不住，压抑了很久的想法与情感迸发了出来，如同一股流不尽的泉水一样从他的口中喷涌而出。他再一次详细地向舅舅讲述自己寻找黎吉亚的过程：他是出于什么才留在信徒那儿的，他在那里的所见、所思和所想。最后，他无奈地坦白，他的脑中乱成一团，再也无法获得安宁，他已经没有分辨是非、判断对错的能力了。他对什么都丧失了兴趣，什么也不能让他觉得快乐。他不知道要如何是好。他已经准备好皈依基督了，可是心里面又厌恶他，他明白他的教义是伟大的，但没有办法，只要一想到黎吉亚爱他胜过自己，他就会憎恶他。他明白，自己无法完完全全地得到黎吉亚，一定要与基督分享。以至于后来，他觉得时间成了煎熬，自己的身体虽然还活着，但是心已经死了，一点儿希望也没有，一点儿目的也没有，他觉得自己绝对不会得到幸福。四周尽是黑暗，可是他找不到出路。

维尼裘斯在说这些话的时候，裴特洛纽斯在盯着他的表情与手：他伸出那双手的姿势非常怪异，似乎真的在黑暗里摸索出路一般。裴特洛纽斯思考了片刻之后，站了起来，来到他的旁边，用手指拨弄着他两鬓的头发。

“你可知道，你两鬓的头发都白了？”他问道。

“如果过段时间我的头发全白了，恐怕我也不会觉得吃惊。”维尼裘斯回答道。

随后，两个人都没有说话。裴特洛纽斯原本就聪明机智，他曾多次思考人生与灵魂的问题。他们两人生活的那个世界，有可能表面上会有幸与不幸，但本质上还是非常平静的。如雷电或者地震可以毁坏一座庙宇一般，不幸也会毁灭人生。但至于生活本身，就是用简单和谐的线条组合在一起的，并无庙宇那么复杂。可是现在，维尼裘斯却说出了一些前所未有的东西，裴特洛纽斯也是第一次遇到了这样的事情。他的聪明让他明白这问题的严重性，可是他却无力去回答。

又沉默了许久后，他无奈地说道："可能，这就是魔法吧！"

"我也那样觉得。我总感觉，我们两个人都魔怔了。"维尼裘斯答道。

"实在不行的话，你可以去找一下塞拉皮斯的祭司们。那里虽然有不少是江湖骗子，可也有一些参透天机的人。"裴特洛纽斯说。

或许由于他也不是很确定，所以这话说得一点儿说服力都没有。他认为，自己这个提议不光没有用处，而且十分可笑。维尼裘斯擦了一下自己的额头，说："魔法！我只见过有很多巫师用一些非人力的力量来赚钱，也见过他们用魔法来谋害他们的敌人。可那些基督徒们生活简朴，宽恕他们的敌人，又宣扬仁爱和慈悲，这样的人为何要使魔法诱惑我呢？他们有必要这样做吗？"

裴特洛纽斯有些懊恼，以自己的聪明才智竟然回答不了这些问题，但他又不想承认这一点，便装模作样地说道："这是一个新的教派……"

片刻之后，他继续说道：

"我对帕佛斯森林女神发誓，他们所做的一切事情，都是为了要毁掉你平静安宁的生活。你对他们的善良慈悲表示赞扬，但我跟你说，这些人都是一群坏人，是我们人生中的敌人，就像病痛与死亡一般。我们的敌人已经够多的了，不需要这一类敌人了。你自己看看吧！病痛、皇帝、蒂杰里奴斯、皇帝写的诗，以及那帮统治着古罗马的后裔的臭皮匠，元老院中的解放奴隶……对卡斯脱发誓，已然够多的了。基督教是一个极度危险且邪恶的教派。要不，你试试设法逃避这种苦闷的情绪，给生活找点乐子？”

“我已经试过很多次了……”维尼裘斯答道。

裴特洛纽斯笑了笑，说道：

“啊，你这个叛徒！奴隶们早就传出消息了，说你跟我的克丽索台米斯勾搭到一块儿去了。”

维尼裘斯不快地摆了一下手。

“无论如何，我要好好地谢谢你。”裴特洛纽斯说，“我要给克丽索台米斯送去一双镶嵌着珍珠的鞋子，用我的话来说，就是‘快点给我滚蛋吧’！你知道吗？你做了两件好事：第一是你并没有接受欧妮姬；第二，则是谢谢你帮我摆脱了克丽索台米斯那个女人。我告诉你，站在你眼前的这个人，天天很早就起床了，随后就洗澡，吃早餐。他拥有了克丽索台米斯，他喜欢写讽刺别人的话，偶尔也会在信中穿插几句诗。可他与皇帝一样，满是烦恼，无法摆脱忧郁愁闷的心情。你明白这是什么原因吗？只是因为我喜欢舍近求远，其实我的身边就有很多美丽的女人……她们简直跟等重的金子一样值钱，而如果她又是一个爱你的女人，那就是价值连城的宝贝了。这种价值连城的宝贝，即使你用维尔莱斯的所有家产也是买不来的。我问自己，以后想要过什么样的生活？我要让我的生活充满快乐，就像是在杯子里装满了世上最好的美酒一般，我要喝得手脚无力、嘴唇发白。以后会如何？我管不着，也不在意，过好今天、过好现在就是了，这就是我的新的处世哲学。”

“您一直都是这样说的，不是吗？您刚才的话里，并没有什么新东西。”

“不！不！不！其中还是有很多前所未有的新哲学。”

他一说完，就叫了一声欧妮姬。听到声音，欧妮姬马上就进来了。只见她一头金发，身穿白色长裙，已然不是之前那个奴隶样了，反而像是一个象征着爱情与幸福的女神。

裴特洛纽斯对她张开了双手，喊道：“快过来！”

她立刻跑到裴特洛纽斯的面前，坐在他腿上，双手搂着他的脖子，将脑袋埋在他怀中。维尼裘斯还可以看到，她的脸上渐渐浮现出一抹红晕，她的泪水缓缓滑落下来，于是，他们两个就像是这世界上最幸福的爱情与快乐的影子。裴特洛纽斯将放在桌边的一个花瓶拿了过来，抓出里面的紫罗兰花，把花瓣全部撒在欧妮姬头顶、胸口与长裙上，随即又解开了她的紧身上衣，说道：

“要是有人可以跟我一样，在这样一个漂亮的肉体中找到她的爱情，那才叫幸福啊！偶尔，我觉得我们就像是一对神仙爱侣。你看，就是伯拉克西特莱斯、米隆、史可帕斯，甚至李西亚斯，他们谁曾雕刻出来这样优美动人的线条？任你找遍帕帕洛斯岛或盆台里库斯山，又焉能找到这般有温度、靓丽、脉脉含情的石像？有的人只愿意亲吻花瓶的边缘，但我不是这样的人，我喜欢于真实中寻找快乐。”

一说完，他就用自己的嘴唇亲吻着欧妮姬的肩颈，让她全身不停地颤抖。她的眼睛时而睁开，时而闭上，脸上洋溢着没有办法形容的欢乐。片刻之后，裴特洛纽斯又将她那娇小的头颅捧起，转身对维尼裘斯说：

“你自己看，跟她比起来，那些教徒又算是什么呢？假如你并不觉得有何不同，就回到他们那儿去吧！不过，多看看这样的情景，还是可以治疗你的心病的。”

维尼裘斯闻到满屋子的紫罗兰香气。他的脸色忽然变得苍白，他在想，假如自己对黎吉亚那样做，虽说会获得很大的快乐，却是一种亵渎神明的举动，就连世界都会毁灭的。维尼裘斯可以很快察觉出自己心中的想法：此时他正思念着黎吉亚。裴特洛纽斯又说：

“欧妮姬，我的女神，叫人为我们准备好饭，还有我头上要戴的饰物。”

欧妮姬出去之后，裴特洛纽斯跟维尼裘斯说道：“我说要让她解放，你知道她是如何说的吗？她说：‘我情愿当您的奴隶，也不愿意去做皇后。’她不肯，所以我就只好背着她偷偷地给她解放了。执政官也没有叫她到场，就直接办好了这件事。直到现在，她还不知道。她更加不会知道，在我死了以后，除了一切玉石，这座房子，连同我全部的珠宝首饰，全都是她的了。”他说完之后，就站了起来，在大厅中走来走去，继续说道，“爱情会让一些人改变许多，可是也有些人很少会变，我没有想到的是，它竟然也改变了我。以前我喜欢闻马鞭草的香味，可是由于欧妮姬爱紫罗兰，如今，我也最爱这种花儿。从春天起，我这里就只有紫罗兰的香味了。”

说到这里，他停顿了一下，走到维尼裘斯面前：

“你呢？如何？还是喜欢甘松的香味吗？”

“您就让我一个人好好静一静吧!”维尼裘斯答道。

“我真想让你好好地看看欧妮姬，我跟你说起她，是想告诉你不要舍近求远。在你的身边，有可能就有一颗爱恋着你的心在不停地跳动！你大可以将此作为香膏，抹在你的伤口上试试！你总说黎吉亚是真心爱你的，也有这种可能。但是，既然这样的话，她为什么又要抛弃你们两个人的爱情呢？这岂非说明，在她的心里面有一种东西比爱情更重要？不，亲爱的！黎吉亚并不是欧妮姬。”

维尼裘斯回答道：“这所有的一切，都让我觉得非常的苦恼。我刚看见您在亲吻欧妮姬的时候，就这么想：要是黎吉亚在我面前露出肩膀，就算大地随之塌落，我也不在意。但是产生这种想法时，我又觉得十分惶恐，觉得这是对黎吉亚的侵犯，是在亵渎神明……黎吉亚的确与欧妮姬不一样，对于这种不同，我同您的想法也不一样。其实，您并没有改变很多，爱情只让您的口味改变了，但我呢？不管是身体还是灵魂，全都改变了。虽然我有强烈的欲望，而且还在受着苦，但我还盼望见到黎吉亚，一直如此，我不愿意她跟别的女人一般。”

裴特洛纽斯耸了一下肩膀，说道：

“这样看来，你倒是活该受罪！我已经无法理解你的想法了。”

维尼裘斯急忙回答道：

“的确，的确是这样……我们两个人之间，已经没有办法相互理解了。”

然后又是沉默。片刻之后，裴特洛纽斯开口道：

“真希望哈得斯将你所说的那帮教徒全部吞下去！他们让你如

此苦恼，让你没有了生存下来的理由，那就叫哈得斯将把他们全部抓走吧！你要是觉得基督教非常慈悲，就大错特错了。若它真的慈悲，就应该赐福于人们，带来美好、爱情与善良，但他们却不在意这些。你要是觉得他们非常公义，就错得就更加离谱了，他们既然说以德报怨，那么，他们又要用什么去回报善良呢？假如对待善恶都一样，人们又何苦要去做善事呢？”

“不，对待善恶当然是不同的。这个是依照他们的教义，那样的报答，要在以后的生活里才可以实现。”

“我不想管什么以后，要知道以后什么的，都是看不见摸不着的，假如我们失去了眼睛，那还能看到什么以后？乌尔苏斯之所以可以打死克洛托，是由于他有铁一样有劲儿的手脚。但是，其他的基督徒全是一群没有能力的傻瓜，这些白痴绝对没有什么以后可谈。”

“他们觉得，死亡才是真正的开始。”

“这就好比说‘白天从入夜之后开始’。你准备把黎吉亚抢回来吗？”

“不，我不可以再这么做，我已经跟她发过誓了，我绝对不会再这样做。”

“那么，你是要皈依基督教了？”

“的确，我有此打算，但是我的性格又与此相悖。”

“你可以忘掉黎吉亚吗？”

“不可以，我试过了，我忘不了她。”

“那你就去出去游玩，看看别处的风景吧！”

此时，奴隶们过来禀告，早饭已经准备好了。裴特洛纽斯好像想起了什么好办法，他一边往餐厅走去，一边跟维尼裘斯说：

“你的足迹基本上踏遍了大半个世界，可是，从前你都是作为一个军人去的，每次都匆匆忙忙，根本就没有时间好好地瞧一下风景。如今，你就与我们一起去阿凯亚吧！皇帝还是决定去那边，也会途经很多地方，他要去给那里的人们唱歌，接受他们的花冠，去神庙中物色宝物，然后再以胜利者的样子，高高兴兴地回到罗马。所以，这一次旅行就像是巴克斯与阿波罗结伴而行，男男女女、达官贵人，还有成千上万的琴师。用卡斯托尔之名发誓，这么大的场面，你一定还没有看过，值得去瞧瞧。”

说到这儿，他靠在欧妮姬身旁桌子前的一张椅子上，一个奴隶为他戴上花冠，他高声道：

“你在柯布罗手下做事的时候，见过什么大场面吗？没有吧！你曾经跟我一样，参观过辉煌壮丽的希腊神庙吗？从这个地方到那个地方，换了一个又一个向导。你去罗得岛看过那个巨像的台座吗？你去帕诺波、佛西斯看过普罗米修斯造人时的黏土吗？你去斯巴达看过勒达生下来的卵吗？你去雅典看过用马蹄做出来的有名的萨尔玛斯人的铠甲吗？你去欧巴岛看过阿伽门农的战船吗？看过照海伦的左胸脯的样子做出来的杯子吗？你看过亚历山大城、孟菲斯城、金字塔，又或是艾西斯为了纪念奥西里斯从她的脑袋上拔下来的头发吗？你听过门隆的呻吟吗？世界如此广阔，外台伯河的对岸不是你生活的所有。你应该到处去看看，见见世面。这一次，我还是要陪皇上一起去，等回到罗马，我就要与他告别，因为我要去一趟塞浦路斯，我的金发女神要同我一起去为帕佛斯女神献上预兆幸福的鸽子。你明白的，只要是她的要求，我是一定会答应的。”

“我只是您的一个奴隶。”欧妮姬回答道。

裴特洛纽斯将戴着花冠的头靠着她胸口，笑着说：“这样说来，我便是奴隶的奴隶了。我的女神，我衷心地赞美你的所有！”

随即，他又转过身跟维尼裘斯说道：

“要不，你就与我们一起去塞浦路斯吧！还有，你要知道，你应该去见见皇帝了，他回来到现在，你还没有去看过他一次，这样非常不好，蒂杰里奴斯会利用这个把柄来害你。他与你虽然并无什么仇恨，但由于你是我的外甥，只要这一个理由，他就会讨厌你、谋害你，以此来报复我……我跟他们说你生病了。我们还要好好谋划一下，到时候，要是皇帝问起你与黎吉亚的事情，你要如何说呢？你最好装作不在意地跟他说，以前她的确与你在一起，但后来你玩腻了之后，就没有再见到她了。这样说，尼禄就会清楚。你还要跟他说，你由于生病了，所以一直待在家里，没有办法去那不勒斯听他演唱，对此觉得十分遗憾，而你的病又因此加重了。后来因为想着陛下回驾之后，就可以听到他那优美动听的歌声，所以才慢慢康复了……你就放心大胆地瞎编吧，总之能多夸张就多夸张。蒂杰里奴斯早就说过，他要帮皇帝制订一个非常伟大的出行计划……我觉得他会害我，也害怕你的脾气会惹出事端。”

“您知道吗？有些人并不害怕皇帝，他们安安心心地生活，像这个世界上压根儿就没有皇帝一样。”维尼裘斯说道。

“我明白，你说的肯定又是那些基督徒。”

“是的，我的确在说他们。你说说看，我们如今的生活，除了明争暗斗和争名夺利，还有些什么呢？”

“不要再跟我说你的那些基督徒了。他们不害怕皇帝，是由于皇帝还不知道他们的存在。皇帝的确不明白他们，他将他们当作随处可见的落叶，根本就不在意他们。我也觉得，他们全是一群没有能力的人，这个你很清楚。你也说了，你的天性与基督的教义无法相容，那正是由于你知道他们十分无能，你跟他们不是同一个世界的人。我们明白自己想要的生活，并且知道如何死亡，但谁也不清楚他们到底明白些什么，所以你就不要再想他们了，何必自找那么多烦恼！”

这些话让维尼裘斯感触很深，回家之后他便想，基督教关于善良与慈悲的教义，很有可能正是因为他们的愚蠢和无力。他觉得，真正坚强的人是绝对不会跟他们一样去饶恕敌人的。他还觉得，他的性格之所以与它矛盾，正如裴特洛纽斯说的一样，是因为自己知道应该如何去生活以及怎么死去，而他们呢？他们只知道宽恕，他们不光不明白真正的爱情，也不了解真正的仇恨。

30

尼禄一回到罗马就后悔了。没过几天，他又想去阿凯亚，为此还特意颁布了一道命令，说他这次出行不会很久，因此断然不会耽误国事。他带领一帮大臣——维尼裘斯也在其中——去卡皮托祭拜诸神，祈求旅途顺利。然而次日，尼禄要去维斯太庙祭拜时，却发生了一场意外，将他的计划全盘打乱了。尼禄并不是很相信那些神，却对他们怕得要死，尤其是那个神秘的维斯太，总能让他一下子心惊肉跳，只要一望见她的神像和供奉的香火，他就会觉得十分瘆人，让他浑身颤抖，牙齿也不停打战，两条腿也发软，就快站不住了。此时，维尼裘斯刚好站在他后面，便用手将他扶住，因此他才没有倒下来。他立刻被抬离了神庙，回到了自己的寝宫。不一会儿，他醒了，可还是在床上躺了一整天。对此他宣布，神明刚刚是在私下警告自己，谕示这次出行不能操之过急，因此他决定延期。所有人听罢都非常惊讶，一个小时之后，大臣们又给罗马市民发了一个公告，说皇帝陛下看见大家哀愁的样子，本着慈父对孩子的疼爱心肠，决定留下来与他们一起共享甘苦。罗马市民听了，都十分高兴，惦念着竞技比赛与配发的粮食肯定还会有很多，便从四面八方聚集在了帕拉修姆宫门前，向皇帝陛下献上最真挚的谢意。此时，尼禄正与大臣们玩骰子，听到声音之后就停了下来，说道：

“是的，这次出行一定会延期。按照神明的意思，这样的话，我才不会失去对埃及与东方的管理权，自然也不会丢掉阿凯亚了。我要让他们将哥林多地峡凿通，然后在埃及建一个巨大无比的纪念碑，即便金字塔被放在它面前，都会变成小孩子的玩具。而且，我还要建一个我自己的头像，比孟斐斯城外看着沙漠的那一个要大上七倍，让我的子孙后代只谈论这个纪念碑，只谈论我一个人。”

“您已经以您的诗歌建起了一个前无古人的丰碑，它比阿普斯法老的金字塔，又何止大三个七倍。”裴特洛纽斯说。

“以我的诗歌？”尼禄问道。

“老天爷啊！假如有人可以为您建造一个像门隆一般的雕像，在太阳升起的地方吟唱陛下的诗歌，那么，就算过了成千上万年，世界三大地区的人们还是会乘着船来到埃及周围的海洋，认真而陶醉地聆听您那优美动听的歌喉。”

“那么，有谁可以完成这项工作？”尼禄问道。

“陛下，您还是吩咐他们在雪花岩中雕刻出一座由您亲自驾驭的四马战车的雕像吧。”

“好，是的！就这么做！”

“就将它当作陛下您赏赐给全体人类的一件宏伟壮丽的礼物吧！”

“到了埃及之后，我要与月神路娜结为夫妻，她如今正在守寡，这样我就能成为一个真正的神了。”

“陛下若是能将星星全部赐予我们做妻子，我们就将组成一个新的星座，将它称为尼禄星座。但是陛下，您必须要让维太留斯与尼禄河结婚！这样他就会生出河马来，您将沙漠嫁给蒂杰里奴斯吧！那么他就可以当胡狼的皇帝……”

“那您准备将什么赏赐给我呢？”瓦蒂纽斯问道。

“将阿皮斯[①]赐给你！你在贝涅文屠姆为我们准备了那么精彩绝伦的比赛，因此我要好好赏赐你。你也可以给斯芬克斯做双靴子，他的脚在晚上的露水里泡得有些发麻了。之后，你再给神庙前面那两排巨像做几双鞋子，让他们每一个都能够站在合适的位置。比如说，多米修斯·阿费尔原是凭着诚实守信出名的，完全可以胜任司库官。陛下啊！您要是想去埃及，我真的非常开心，但听说您要将行程推迟，又让我觉得很难过。”

但是，尼禄说道：

“你们都是平凡的人，神明不愿意见你们，所以你们看不见他们。你们要明白，在我走进维斯太神殿以后，女神就站在我的身

①古埃及孟菲斯神祇之一，为一公牛形象。

边，轻轻叮嘱我：‘将出行的时间往后推！’自然，这是由于神明对我的关爱，我应该向她致谢！”

“大家都非常不安，特别是维斯太的贞女鲁布丽雅，都吓得晕过去了。”蒂杰里奴斯说道。

“鲁布丽雅，她的脖子真是像雪一样白啊！”尼禄说道。

“但她一提到我们的陛下，就害羞得满脸通红……”

“是啊！是啊！我也看到了。真是奇怪啊！维斯太的女祭司！所有的女祭司都有些不同常人的气质，鲁布丽雅生得特别好看！”

此时，尼禄停住话语，思考了半天，然后问道：

“你们说说看，为何大家都比较害怕维斯太的神明呢？即使是我这个地位最高的人，今天看到她都感觉有些不安，这究竟是为什么？我记得当时我都快站不住了，然后有个人扶了我一下，不然的话，我就会立马倒在地上的！到底是谁扶了一下我呢？”

“是我！”维尼裘斯回答说。

“啊，是你啊！真不愧是我们罗马的‘绝情战神’啊！你为何没有去贝涅文屠姆呢？他们都说你病了，看你的脸色的确不怎么好。可是我又听说克洛托要杀你，这是怎么一回事啊？”

“是的，是的，的确是这样！他还将我的左手打断了，逼得我没有办法，只能自卫。”

“用那只被打断的手？”

“不，是一个强壮的野蛮人救了我，他的力气比克洛托还要大。”

尼禄吃惊地望着他。

“比克洛托的力气还要大？你是在开玩笑吧？要知道，克洛托可是我们有名的大力士啊！但如今又来了一个埃塞俄比亚的西法克斯？”

“陛下，我此时说的都是实话。”

“那么，他现在在哪里？是不是跑到丛林中当山大王去了？”

“陛下，我也不清楚他如今在何处。在我伤好了之后，就再也没有见过他。”

“那你清楚他是哪个种族的大力士吗？”

“我的左手断了，所以没办法去问他。”

“那你帮我将他找来，必须将他找来。我真想见一见这样的人啊！”

“这个就交给我吧！”蒂杰里奴斯马上回道。

但是，尼禄接着跟维尼裘斯说：

“你在那个时候扶住了我，我应该要好好谢谢你。假如我不小心摔倒了，肯定会摔伤的。以前你就是我的好随从，可自从你去柯布罗手下做事之后，就变得有些野了，我都好久没有看到你了。”他停顿了半天，又说道：

“那个姑娘如何了？……就是那个臀部很瘦，你喜欢的那个？……还是我从奥鲁斯家中要出来送给你的呢！”

维尼裘斯有点不安了，裴特洛纽斯看见之后，立刻出来帮他解围：

“陛下，我敢跟您打赌，他啊，肯定早把那个女人给忘掉了，您看看他的样子就知道了。从那之后，他又换过多少个女人，他自己肯定记不清楚，因为数不过来。维尼裘斯家的人，全部是我们罗马勇敢的军人，可是他们有时候也像好斗的公鸡一样，想要许多母鸡围着他们团团转。陛下，您要不就好好惩罚他一次，蒂杰里奴斯为您在阿戈里帕湖上准备的宴会，您就不要请他参加了。”

“不，我不可以这样做，我相信蒂杰里奴斯办事的能力，那儿肯定会有很多美女。”

“只要有爱神去的地方，又如何会少了美惠三女神呢？”蒂杰里奴斯回答道。

但是尼禄又说：

“我真是无聊透了。都因为女神的旨意，害得我没有办法出去，一定要留在罗马，但是我实在又非常讨厌这地方。我想去安修姆。这里狭窄昏暗的路口、高高低低的房屋，还有那混乱不堪的小胡同，都要把我给闷死了。混浊难闻的气味，都快吹到我的寝宫和御花园这儿来了。唉！要是有一场地震把罗马给毁了，又或者哪个神明一怒之下把它拆了就好了！那时，我便可以再叫你们都来看看如何建造我们的国都和世界的首府了。”

“陛下，您的意思是，希望哪个神明在一怒之下把罗马城给拆了，是这样吗？”

“嗯！我就是这么想的，但是那又如何呢？”

“陛下您不就是一位神吗？”

尼禄将手一挥，非常不耐烦地说道：

“我们去看看你在阿戈里帕湖上准备的宴会吧！你给我们都准备了些什么？之后我就去安修姆。你们都是些没有头脑、目光短浅的人，又怎么能明白我想要创造的是一个什么样的世界呢？”

他一说完，就马上闭上了眼睛，暗示他累了，需要休息。于是，大臣们也慢慢离开了。裴特洛纽斯与维尼裘斯一同走了出来，说：

“他们已经邀请了你去参加这次的活动。红胡子就算放弃了这回的出行，他也不会安静下来的，只会比从前更加疯狂，他不光在宫中，而且还会在罗马城中掀起一阵浪潮的。你可以在这样的疯狂里找些好玩的，忘掉那些不愉快的事情吧！再说了，我们既然已经征服了全世界，就有这本钱去花天酒地。你呢？我亲爱的宝贝，你长得如此英俊——我非常宠爱你，其中一个原因就是这个。我对狄安娜发誓，假如你可以看见自己皱起的眉头与面孔，那么，你就会明白你身上的罗马人血统了。其他的人往你身边一站，跟你一比，就像是刚解放的奴隶一般。真的，我不骗你，如果不是该死的基督教，黎吉亚这个时候肯定正待在你家中，等着你回去。你可不可以再向我证明一下，他们不是我们的敌人？……他们确实对你很好，因此，你可以好好地感谢他们，可如果我处在你这境地，我肯定就会恨死这门子宗教了，我宁可去那些能找到乐子的地方花天酒地，醉生梦死。我再跟你说一次，你真的是一个英俊帅气的好青年，罗马城中有那么多离过婚的女人呢！”

“我只是有些好奇，这所有的一切，为什么还没有让您厌烦呢？”维尼裘斯答道。

“谁说我没有厌烦？我早就厌烦他们了，可是我毕竟不是你，我已经不年轻了，我的喜好也与你的不一样。我喜欢读书，你不喜欢；我喜欢诗歌，你却看了就厌烦；我喜欢瓷器、珍宝与很多很多的东西，但是这些你都不喜欢、都不在意。我的腰有病痛，可是你没有；我拥有欧妮姬，我找到了我的爱情，你却没有……我在自己的家中，望见四周全部是各种各样精致漂亮的东西，便会觉得非常快活，但是，我不管怎么做都没有办法将你变成一个美学家。我心中清楚，这一辈子我已经找到了我想要的东西，其他的就无所谓了。但你还不清楚你想要的是什么，所以你依旧在不停地寻找。假如有一天，死神找到了你，无论你曾经多么勇敢，也无论你曾经多么的难过，你会不会惊讶不已，觉得自己不应该这么早就死去？但是，我就不同了，我已然将死亡当作一种一定会到来的东西，并且在那一刻来临时，我可以大声告诉所有的人，这个世界上没有什么东西是我没有尝试过的。我不但不会匆匆忙忙、全无准备，也不会恋恋不舍、赖着不走，只要我还有一口气，我就会开开心心地走向死亡。因此我觉得，禁欲的人都是笨蛋，但我不否认禁欲主义的确能够锻炼人。至于你说的那些基督徒，他们只会给这个世界带来苦难与悲伤，而这些在人生里，就像是大自然中的水一般。你知道我刚刚听到了什么消息吗？蒂杰里奴斯在阿戈里帕湖上举行的宴会，将会有许多罗马上流社会的已婚女人参加，在那么多美女中，难不成你就找不到一个喜欢的女人？要知道，还有许多头一回进入社交场所的女孩子也会去那里！她们一个个都长得国色天香，这就是罗马帝国，我们的帝国……天气慢慢暖和了，南风将水面都吹得暖暖的，即便光着身子跳进去，也不会觉得冷。你要明白，你像喀索斯一样，不管是什么样的女人都拒绝不了你——维斯太的女祭司都不能。”

维尼裘斯用手不停地拍打自己的脑袋，似乎那里面正有两个完全不一样的想法正在交战。

“为什么唯独我碰到了一个像黎吉亚这样的女人，是命中注定该有这一劫吗？”

“要不是那些基督徒，事情怎么会变得不可收拾……既然他们用十字架作为标志，就不该有其他的做法啊。希腊是一个漂亮的国家，同时它也为世界创造了智慧，我们罗马人则创造了独裁专制。但是，那个基督教又创造了些什么呢？你假如清楚的话，可以跟我讲讲，对波卢克斯发誓，我可真心弄不明白。”

维尼裘斯耸了一下肩膀，说道：

“您是不是很担心我变成一个信徒？”

“我害怕你毁了自己，毁了你的生活、你的前途……你的所有。假如你当不成希腊人，那就还是做罗马人吧！那样的话，你就能够统治所有、为所欲为了。我们偶尔的疯狂并非没有意义，它里面有我们自己的思想。我看不起红胡子，就因为他喜欢去当一个希腊的小丑，如果他拥有罗马人的天性，那么无论他如何疯狂，我都会认为他是正确的。亲爱的！你就答应我的要求吧，回到家中好好地休息，要是碰到了基督徒的话，你就用我跟你说的那些话去教训他们。就算是戈劳库斯医生也一样，他不会对你这样的态度感到怪异。阿戈里帕湖上见。”

31

阿戈里帕湖岸边的森林中布满了禁卫兵，生怕那千千万万等着看热闹的市民会打扰皇帝与宾客们玩乐的兴致。由于这次的活动早在市民当中传开了，他们听说一切达官贵人、名门贵妇、炙手可热的人物都会出席此次宴会，这样盛大的场景，在罗马史上绝对是空前绝后啊！所以人们蜂拥而至，只为一睹那些平时可望而不可即的人，还有那盛大的宴会。蒂杰里奴斯觉得，这就是宴会办得越大越好的理由，皇帝推迟了去阿凯亚旅行的计划，心情不好，自己只要将这个宴会办好，便能讨他的欢心。如此一来，也可以体现出自己的精明强干远远超过所有人，向别人证明除了自己之外没人可以让皇帝这样开心快活。所以，他除了在那不勒斯与贝涅文屠姆游玩外，其他的时候都在积极地准备着。他派了很多人，尽了很大的努力，还曾到世界最偏远的地方去寻找珍禽异兽、贵重漂亮的花草鱼类，还有各种各样精美的器具与桌布，给宴会增加一抹亮丽的色彩。就因为这个，他差不多搜刮光了每个省的税收。不过，由于他是皇帝面前的红人，所以不必顾忌什么，只管放心大胆去做，并且他的权力也越来越大，他也越来越受宠了。蒂杰里奴斯可能并不是皇帝最宠爱、最信任的人，但对尼禄来说，他绝对是不可缺少的人。

虽然裴特洛纽斯长得比他英俊潇洒，头脑比他聪明机智，说话也比他幽默风趣，虽然裴特洛纽斯的才能可以为皇帝带来欢笑，但由于他的优秀超过了皇帝，结果反而让皇帝不甚喜欢。而且，裴特洛纽斯对每件事情都有自己的意见，并非什么都听皇帝的，所以每次聊到什么好玩的事情，尼禄就不喜欢问他的意见。可在蒂杰里奴斯面前，尼禄就可以无所顾忌，爱说啥说啥，而且，蒂杰里奴斯也常常会给尼禄出些好玩的点子。另外，裴特洛纽斯还被人们亲切地称为“雅士裁判官”，尼禄听了心里肯定不会好受！他觉得，这个世界上除了自己以外，没有人可以得到这个称号。

蒂杰里奴斯还算聪明，他明白自己身上的缺点，知道自己不管是身份、家族，还是才干、学识，都比不上裴特洛纽斯、卢卡奴斯或者别的优秀人才，所以，他就下定决心以殷勤讨好皇帝，不管什么都听他的安排，衷心地顺从，以此来跟他们相抗衡。他尤其擅长用金钱堆出华丽震撼的场面，其往往出乎尼禄的意料。

他将宴会的场地安排在了一个庞大精致的木筏上面。木筏以镀金的上品木材制成，它的四周则用来自红海与印度洋海岸的彩色贝壳加以装点，像是珍珠的霓虹一般光彩夺目，让人移不开眼睛。筏子两边，摆满了棕榈、荷花和开得正旺的玫瑰，花丛里若隐若现的，是喷着香水的喷泉和罗马诸神的雕像，还有装满各地珍禽异兽的镶着黄金白银的鸟笼。

木筏的中间是一顶巨大的帐篷，篷顶以叙利亚紫色锦缎铺开，以一根银柱作为支撑，免得民众都看不见参加宴会的人了。帐内已经摆好了餐桌，那光芒就像太阳一般耀眼，桌面上摆着亚历山大出产的玻璃杯和水晶碗，以及一些没有办法用金钱来衡量的珍贵器皿，都是从意大利、希腊与小亚细亚等地抢回来的。因为木筏上面满是花花草草，远远看去，就像是一座小岛或是水中花园。

在它的周围，还有很多形状各异的小船，全部用金黄色或紫红色的绳子绑在一起。那些小船有的像鱼，有的像天鹅，有的像海鸥，还有的像红鹤，多种多样，让人眼花缭乱。船夫全是赤身裸体的，而且样貌都是极好的，非常漂亮，身材也很好。他们将头发梳成了东方样式，有的还笼着金网。等尼禄带着波佩雅和一干大臣们登上木筏，坐在紫色锦缎遮成的帐篷下，周围那些游艇便开始划动了，木桨拍打着水花，筏子也开始慢慢漂动，在广阔的湖面上游荡。它的四周还有些小木筏，上面坐着一群弹三角琴和竖琴的女孩子。她们的肉体像玫瑰花朵一样粉嫩，在晴空与碧水之间，加上金色的乐器在阳光下的反光，就好像将这些色彩全部吸收进她们的肉体，然后像鲜花一样绽放。

从湖岸的森林中为了这次的活动特地建造的奇怪建筑里，传来了乐声和歌声。那声音在森林和四周，接着号角与喇叭也响了起来，歌声、乐声和鼓吹声交织在一起。尼禄的一边坐着波佩雅，另一边坐着皮塔戈拉斯。尼禄一到这里，看到周围的一切，便对蒂杰里奴斯的安排觉得十分满意，心中暗喜。特别是当他看见游艇上那些身穿鱼鳞状绿线网衣、打扮成美人鱼样子的年轻女奴时，尼禄就越发高兴，赞叹不已。不过出于习惯，他还是想问一下裴特洛纽斯这个“雅士裁判官”的看法。裴特洛纽斯好像对周围所有的一切都不感兴趣，没有什么反应，直到尼禄问话时，他才回答道：

“皇上，在我看来，一万个不穿衣服的女人，还不如一个。”

皇帝并没有因为裴特洛纽斯的话而扫兴，他真的非常喜欢这种“漂浮的宴会”，觉得它很有新意。不停端上桌的美味又如此之多，即便最有想象力的阿皮裘斯，也无法一一想象出来。不光美食，酒的种类也有很多，就连平日里要拿出八十种名酒的奥托，在这里望到这么多数不胜数的美酒，只怕也会自愧弗如。除了女人，在座的显贵便只有维尼裘斯最是英俊，简直玉树临风。之前，他的身材与表情显示出一副鲜明的军人模样，可是如今，思想及肉体上的痛苦不光没有影响他的魅力，还让他的容貌越发俊俏了，简直像被雕塑大师修饰过一般。他的皮肤不再像之前那样黑，可还是呈现出米底亚大理石一般的浅黄色。他的眼睛非常大，因为黎吉亚而显得有些忧郁。他的身材还是那么健壮，好像生来便是为了穿起铠甲上战场一般。更何况，他的身子上还有一个希腊神明般的脑袋，或者说罗马贵族的大好头颅，美观又威武。裴特洛纽斯曾经跟他说过，皇宫内外，不管是谁都没有办法拒绝他，的确如此。此时此刻，在场所有女人的眼睛都已经离不开他了，就连波佩雅还有那个奉皇帝命令出席宴会的维斯太女祭司鲁布丽雅，也都一直在看着他。

经高山积雪冷冻过的名酒，一下子就暖和了宾客们的心脏。一批新船，像蚱蜢与蜻蜓一样从湖边丛林中鱼贯划出。碧绿的湖水被映得一片绚烂，远远望去，就像层层叠叠的花瓣，又像是一群蝴蝶在翩然起舞。游船上面，则是鸽子，以及自印度和非洲搜罗而来的稀有鸟类。为了不让它们逃离，都用银色与蓝色的线系着。艳阳当空，这宴会举办时正值五月初，这一天的天气不仅十分暖和，甚至还有些炎热。

音乐与船桨相配合，击打着湖面，高低起伏，波光粼粼。然而，空气中一点风都没有，树木也静静地矗立在那里，没有动，像是在聚精会神地听着、观看着周围发生的所有事情。木筏载着那些醉醺醺、吵嚷嚷的大臣，安然地在湖面上游行。宴会还未进行到一半，人们就忙着调换位子了。尼禄看到维尼裘斯的位置在维斯太贞女鲁布丽雅旁边，便从自己的位子上面站起来，叫维尼裘斯给自己让座。然后，他便在鲁布丽雅身边坐下来，跟她低声交谈起来。维尼裘斯没有办法，只好坐到波佩雅身边，片刻之后，波佩雅就对他伸出了自己的手，请他将自己肩上某个有些松动的金属饰物弄好。他小心翼翼地给波佩雅扣上了以后，就看见她害羞地望了望自己，之后又将她那金发的头颅摇晃了一下，仿佛在拒绝什么。此时，时间有些晚了，太阳也下山了，宾客们大多已经喝得烂醉如泥，于是木筏开始靠岸，能够看清在树木与花草之间，尽是扮成半人半兽的农牧神与放荡好色的森林神，吹笛子的、吹喇叭的、打鼓的，热火朝天。还有好多女孩装扮成仙女、森林女神与树精。

夜晚终于来临，那些意荡神迷的大臣们已经在对月神致敬了。这个时候，树林中成千上万盏灯陆续点亮，岸边专门开设的妓院也已经热闹非凡。露台上慢慢又出现了一群人，那是罗马上流社会家庭的妻女们所组成的队伍，她们正以莺燕之声招徕客人。木筏终于停下来，皇帝与大臣们立刻钻进树林，有人跑去妓院中寻花问柳，有人跑到密林掩映下的帐篷中，有人则钻进人工穿凿的山洞里去偷情。所有的人都疯了，没人知道皇帝去了哪里，人群中谁是元老院成员，谁是士兵，哪个是舞师，哪个是乐师，一切都乱了套。扮成农牧神与森林神的男人们，开始喊着叫着追赶着那些扮成仙女的女孩，还将灯火打灭了，因此，森林里有些地方又是一片漆黑。此时，四周回荡着的只有人们的大喊声、嬉笑声、私语声、喘息声。这景象是罗马以前从来没有过的。

维尼裘斯没有像上次在皇宫里有黎吉亚在场的宴会上那样喝得烂醉，他看到周围的一切，受了一些刺激，不大清醒，最后也沉迷于这疯狂之中。于是，他进了森林中，和其他人一起奔跑，看哪个女孩最漂亮。总有人不停地在他身边跑来跑去，有装扮成农牧神与森林神的人，还有元老院成员与士兵们在音乐的伴奏下追赶不停。后来，他将自己的目标放在了狄安娜的扮演者身上，很快便追了过去，想要一窥那女神究竟长什么模样。但就在那一刻，他的心猛然间停住不动了，因为他将那位头顶月亮的女神看成了黎吉亚。

少女们跳着舞，不停旋转，将他围在中间。片刻之后，她们仿佛要引诱他追逐于身后，便像鹿群遇到猎手一样，仓皇逃散。但维尼裘斯并没有让她们如愿，只是呆呆站在那里，一动也没有动。他的心跳得越来越快，简直没法呼吸了，其实他在远处便已经知道，那个狄安娜的扮演者并不是黎吉亚，走近一看，就越发不像了。不过，由于这个印象太过强烈，这一刻让他觉得全身都没有力气了，一种较从前更甚的、异常强烈且无法停止的对黎吉亚的思念之情，如一股失去控制的滔天洪流撞进他的心。在这个满是疯子、酒鬼、荒乱与淫秽的森林中，他越发感觉到黎吉亚的宝贵，她是那样单纯天真，他此前也有这样的感觉，只是这一次的感觉最为强烈。前一秒钟，他还想着要纵情声色，跟其他人一样花天酒地，可此刻他又觉得这眼前的一切太肮脏了，对此十分厌恶。此时的气氛、周围的空气都让他无法呼吸、憋得难受，他想要去呼吸一下新鲜空气，也很想望一望被这恐怖密林遮挡的星空。他想要从这里逃出去，可刚准备逃走时，便看到一个用纱巾遮住脸的人挡在自己面前。只见那个人将双手放在自己肩上，然后冲着他的脸呼出一股热气，轻轻地说：

“我最爱的人啊……快跟我来吧！我们去一个无人知晓、无人看见的地方吧！”维尼裘斯似乎一下子就从梦中醒来，向那个人问道：“你是谁?”

那人并没有回答，只是将自己的胸脯紧贴在他身上，强硬地说：“你看，现在正好没有人看到我们，快点离开这里吧！快点，我爱你！来吧！”

“告诉我你是谁?”维尼裘斯重复了一遍。

“你猜猜看……”

她一说完，便以自己的嘴唇隔着面纱亲吻维尼裘斯，还抱住了他的头，等到她也快喘不过气来的时候，才放手。

“这是一个疯狂的夜晚，是享受爱情的夜晚，今天不管我们做什么都可以，我可以任由你为所欲为。”她一边喘气，一边说道。

但那个吻却惹怒了维尼裘斯，让他对这里更加厌恶。他的身体虽然还在这里，但是心和灵魂却早已走远。他觉得，整个世界除了黎吉亚，其他都不算什么，所以他用力推了一下那个蒙面女人，说道：

“无论你是谁，我都不会要你，我心里有喜欢的人了。”

随即，她便低下头来，走上前，挨近他说：“将我的面纱摘下来吧……”

此时，旁边桃金娘的树叶被风吹得沙沙响，那女人像是被风吹跑了一般，消失不见了，只是还能够听见从远处传来的诡异又恶毒的笑声。

裴特洛纽斯突然出现在维尼裘斯眼前，说道：“刚刚的事情，我都看到了，也都听见了。”

维尼裘斯说：“我们快点离开这个鬼地方吧……”

他们穿过人满为患的妓院和丛林，还看见了守候在丛林周围的禁卫军骑兵，一直来到落轿的地方。裴特洛纽斯说道：“今天太晚了，就去你府上吧！”说完，两个人便一起上轿了，路上并无交流。等到了维尼裘斯府上，他才出声道：“你知不知道刚刚那个人是谁？”

“不是很清楚，是鲁布丽雅吗？”维尼裘斯问道。想到鲁布丽雅以及维斯太的女祭司，他就更生气了。

“不，不是她。”

“哎！那还有谁呢？”

裴特洛纽斯轻轻地说道：

“鲁布丽雅去陪陛下了，她已经玷污了维斯太的圣火，所以刚刚跟你说话的……”

他的声音更小了：“是我们罗马的皇后……”

他话一说完，便是一阵难堪的沉默，过了一会儿，裴特洛纽斯又说道：“皇帝曾经当着波佩雅的面说自己想要鲁布丽雅，很有可能，她是出于这个原因想要报复皇帝。我怕你等下认出她来之后再拒绝她，那样的话你就死定了。而且不光是你，还有黎吉亚，恐怕连我都活不成了。所以，我就出来阻止你们了。”

但维尼裘斯才不管这些，他非常气愤地说：

“无论是你们的罗马、皇帝、宴会、大臣，蒂杰里奴斯，还是其他的什么人，我要烦死了，我已经厌烦了这里的一切！这个地方让我快没有办法呼吸了，我就要闷死了！我不可以再这样，我不能再待在这里了，我要离开这，离开你，离开罗马！”

“维尼裘斯，你已经失去了理智，还有你的学识和你的自制力。”

“这世上我就只爱她一个人，除了她，我谁都不要。”

“那又如何？”

“就是说，我不再需要其他人的爱情，也不要现在的生活，不要这样的宴会，不要你们的荒淫无度……”

“那你到底想要什么？难不成你已经抛弃了我们的神，改信基督，做了他的教徒？”

维尼裘斯绝望地用双手抱着自己的头，重复了很多遍："我没有！还没有……还没有……"

32

裴特洛纽斯觉得非常不开心，所以耸了一下肩膀，就回家去了。此时他很清楚，他与维尼裘斯已然没有办法像从前一样相互理解了，两个人在思想上已经完全分道扬镳，有了隔阂。曾经，裴特洛纽斯对这个年轻军官的影响巨大，在每个方面都是他的榜样。以前，裴特洛纽斯只要几句话便可以阻止或者让维尼裘斯去替自己干什么。如今完全不同了，裴特洛纽斯觉得自己的幽默与才智，在基督教那些新的教条面前完全失去了作用，对维尼裘斯也不可以再用以前的老法子。维尼裘斯因为受到爱情的影响，因为接触了那些自己不了解的教徒，已经将基督教那些让人无法理解的新教义印在脑海深处了。

在这种情况下，即使是劫波渡尽的质疑者裴特洛纽斯，也没有办法与维尼裘斯的灵魂进行沟通。所以他不光有些不高兴，还有些不安，特别是宴会这天晚上发生的事情更让他坐卧不安。

"假如皇后今天这样做不是心血来潮，而是由于压抑已久的渴望，"裴特洛纽斯说，"故事只会有两种结局：其一，维尼裘斯没有拒绝，那么今后不管什么事情都有可能让他没命；其二，他跟今天一样拒绝了她，那时候，不光他会死，由于我是他的舅舅，怕是也要没命了，而且对整个家族也会产生不好的影响。说不定，她还会与蒂杰里奴斯勾结在一起，打击我们整个家族……"不管事情怎样发展，结局都是非常不好的。裴特洛纽斯是一个很有胆量的人，他并不害怕死亡，可是他不想用死来逃避问题。考虑了很久，他觉得，让维尼裘斯尽快离开罗马，去其他地方散散心，这才是最周全的法子。啊！他要是想叫黎吉亚陪他去旅行的话，那他铁定会答应，而且怕是等不及就要飞奔而去。

他认为，要说服维尼裘斯并没有很大的困难。到那时，他就可以去帕拉修姆宫散布谣言，说维尼裘斯卧病在床，在家中休养不能见客，那样的话，他和他的外甥就可以躲避这次危难。皇后现在也还不清楚维尼裘斯究竟有没有认出自己，她应该觉得他不会认出自己，那样的话，她便不会觉得尊严受到伤害。但那样的话，那天晚上发生的事情，以后也有可能会再次发生，因此一定要提防着她。裴特洛纽斯认为，此刻最要紧的就是抓住机会。他很清楚，只要皇帝去了阿凯亚，那个时候对艺术没有任何研究的蒂杰里奴斯便没有什么用了，便不会对自己造成太大的影响。到了希腊之后，他裴特洛纽斯肯定可以战胜每一个对手，得到皇帝的独家宠爱。

如今，他认为自己要多关心一下维尼裘斯，劝他离开罗马，去外面散散心。这些天来，他总是在想，要怎么样才能够让尼禄将罗马所有的基督徒都赶出去。那样的话，黎吉亚就会离开这里了，维尼裘斯也会随她一起离开，如此一来，这件事情就好办了。之前，犹太人对基督的仇恨而引发过一场暴乱。克劳鸠斯皇帝弄不明白他们之间的分歧，便直接下令将所有的犹太人逐出罗马城，尼禄也完全可以这样将基督徒们赶走啊！再说了，将他们驱逐之后，罗马会空出很多地方。那次宴会之后，裴特洛纽斯天天都会见到尼禄，要么在帕拉修姆宫，要么就在大臣府邸，这样跟他说的话，尼禄基本是不会拒绝的。裴特洛纽斯思量了很久，他想出一个很好的办法：

先是在自己的家中举办了一场宴会，然后在宴会上，趁尼禄玩得兴头正起的时候，请求他下令将所有基督徒驱赶出去。要是皇帝派他来执行这个命令，那就再好不过了。那时，他就会将黎吉亚当作维尼裘斯的妻子，帮助他们，将她送去巴雅，让他们两个人在那里可以幸福快乐地生活，信奉基督。

这段日子里，裴特洛纽斯经常去探望维尼裘斯，虽然他自私自利，做事一向只考虑自己的利益，但他没有办法忘记自己与外甥之间的感情，毕竟他是自己的亲人，再说了，他还要怂恿他离开罗马呢。维尼裘斯从那天之后，便一直在家装病，没有去皇宫。但是皇帝的计划并没有因为他而停止，有一天，皇帝终于下决定，三天之后就要去安修姆。所以次日，裴特洛纽斯来到维尼裘斯家中，跟他说了这个好消息。

但这天早上，皇帝派他的奴隶给维尼裘斯送来了邀请函，他也在陪驾前往安修姆的名单之中。维尼裘斯将这个拿出来让裴特洛纽斯看，然后说：

“这上面不光有我的名字，还有您的，等回家之后，您也会收到邀请函的。”

“我要是没有被邀请，那才怪呢。尼禄的身边怎么可能少了我？”裴特洛纽斯回答。

然后他又看了一眼邀请函，继续说：

“我们才回到罗马，如今又要离开，跑去安修姆，而且还不能拒绝！这绝非只是一个邀请函，还是一道命令。”

“如果有人胆敢不去呢?”

“那样，他就会得到另一个邀请函，将他发配到遥远荒凉的地方，永远不可以回到这里。哎，可惜的是你没有早一点听我的话离开罗马，那样的话你如今便不用去安修姆了。”

“看来我是不能拒绝，必须得和您一起去了……这都是什么世道，我们哪里还是贵族，明明就是他的奴隶了。”

“你不会如今才明白这一点吧？”

“不是，在很早之前我就明白了。您跟我说过，基督教才是我们生活的敌人，因为它给我们带来了许多束缚。可是，现在我想问一问您，他们的枷锁，会比我们如今所随身佩戴的更沉重吗？您还说，智慧与美是希腊创造的，而罗马创造出了力量与权利，可是，我们几时有过权利？就看眼下，我们有权利拒绝吗？没有吧？”

“你要是想聊哲学的话，就叫基罗来陪你吧，我今天不想跟你讨论这个。向海格立斯发誓，这混账社会不是我建造出来的，我也没有办法。我们还是来说说去安修姆的事吧！你要明白，在那儿你将非常危险。即便与那个掐死克洛托的乌尔苏斯角斗，也不会比这更加危险。但你又不可以不去，所以你一定要当心。”

维尼裘斯无所谓地摆了一下手，说道：“危险？我们何时不危险？我们一直都在死亡阴影的笼罩下，天天担惊受怕，一不留神说错话、做错事，头上的脑袋便会搬家。”

“要不要我给你讲讲，那些蒂贝留斯、卡里古拉、克劳鸠斯与尼禄朝代的元老们，他们活了八九十年的大有人在？你看多米修斯·阿费尔，虽然活了那么久，可是他这一生简直就是一个流氓强盗。”

“正因为他是一个流氓强盗，才能活那么久。”维尼裘斯回答道。

随即他又看了一眼邀请函，念了出来：

“蒂杰里奴斯、瓦蒂纽斯、塞克斯屠斯·阿弗里卡奴斯、阿奎里奴斯·莱古鲁斯、苏义留斯·涅卢里奴斯、埃普里乌斯·马尔采留斯……这都是些什么人啊！整个一群流氓，鸡鸣狗盗之徒……但传言，就是这些人在掌管着世界……他们大可以化装成埃及与叙利亚的神明，拿着摇铃，去替人算命或者是跳大神，去每个村庄愚弄老百姓，您不觉得他们更加适合做这种营生吗？”

“要么，就去找有点脑子的猴子、会数数的狗、会吹乐器的驴，去村庄表演，娱乐大众，岂不更好？”裴特洛纽斯继续说道，“我说的全是实话，但此刻，我们还有要紧的事情去做。你就听我一劝，行吗？我一直在帕拉修姆宫制造流言，说你病重不能见客，可是邀请函里还是有你的名字，这表明有人不信我的话，故意这样做。你去不去安修姆，对尼禄来说没有什么关系，那是因为他觉得你是莽夫，领会不了诗歌与音乐，最多也只能与你聊聊竞技。因此，很有可能是波佩雅将你的名字加进去的，这就表明她之前绝不是对你心血来潮，而是刻意为之，她想让你做她的情夫。”

“她的胆子真大啊！”

“她的确很大胆，这样做的话，绝对会毁了她自己的。求维纳斯女神让她爱上别的男人吧！不管谁都行！只要她现在对你还心怀企图，你就得慎之又慎！尼禄已经对她厌倦，如今喜欢上了鲁布丽雅或者皮塔戈拉斯，可是为了维护他身为皇帝的威严，他还是会让你们两个人生不如死的。”

“当时在树林里，我也没有想到那个女人会是她啊！况且您也听见了，我是怎么跟她说的呀！我说了我不会要她的，我心里有喜欢的人了。”

“我对罗马主神发誓，请求你，不要将你那被基督徒毁得只剩一点儿的理智也弄丢了。此刻，你要在可能会死与一定会死两者之间做一个决定，你为什么还要犹豫？记得我跟你说过，要是让皇后觉得尊严受损，你就死定了。对地狱之王发誓，你要是真的不想活了，就直接割腕自杀或拔剑自刎好了！如果真的惹怒了皇后，那就不是一死了之那么简单了。我之前都可以与你好好交流，你现在究竟是怎么啦？你是不是认为，我做的这一切都是为了自己，还阻挡了你去爱黎吉亚？你要明白，皇后在帕拉修姆宫的时候见过黎吉亚，而且，她也知道你们之间的事情，所以她肯定猜得出来你到底是为了谁才拒绝她的。到那时，就凭她的性子、她的权力，你觉得黎吉亚还活得了吗？不过，你要是想与黎吉亚殉情，大可以这么做！”

维尼裘斯虽然耳朵在听他讲话，心里却在想别的事情，过了一会儿才说道：“我想在离开之前见她一面！”

“她？是黎吉亚吗？”

“是的，就是她。”

“你知道她如今在哪吗？”

“不知道。”

“所以，你是要去坟场和台伯河岸找她吗？”

“我不知道，我只知道，我一定要去见她一面。”

“好吧！即便她是一个基督徒，她也比你聪明得多。要是她不想毁掉你的话，那就更聪明了。”

维尼裘斯耸了一下肩，说：“她不会毁了我的，她从乌尔苏斯手里救过我。”

“那就去找她吧。尼禄不会再把他的行程推后的，而且尼禄即使是去了安修姆，也能够杀死你。”

维尼裘斯并没有认真听他说话，心里只盘算着怎么与黎吉亚见面。第二天早晨，基罗刚巧来找他，他无论如何也没有想到基罗可以帮上自己的忙。

基罗进来时，身上穿得破破烂烂，一副饿死鬼的模样。维尼裘斯以前吩咐过下人，不管这个人什么时候过来，都要让他进来，所以没有人阻挡他。他走到客厅，站在他面前，说：“愿神灵保佑您身体健康，愿您与他们平起平坐。”

一开始，维尼裘斯准备赶他走，可是转念一想，他说不定会知道一些黎吉亚的情况，便没有赶他，只是急急忙忙问道：“是你呀！怎么混成了这个样子？”

“朱庇特的后裔啊！我最近真是倒大霉了。”基罗回答，“这个社会美德没有人要了，真正的贤人能在五天之内挣到几个钱，去屠夫那儿买一只羊头，啃上两口，就算是走大运了。老爷啊！您不知道我现在有多么凄惨，您之前打赏我的那些报酬，我拿着去阿特列拉克屠斯书店买了书。但之后，我碰到了一群劫匪，将我的钱财都偷走了。那个女奴本来要做我的书记员，结果也逃跑了，还将我的家产都偷偷卷走了。我如今身无分文啦，我最敬爱的老爷啊！现在就只有您可以帮我了，看在之前我曾经为您卖命的分儿上，帮帮我吧！”

“你到底来这里做什么？有黎吉亚的消息没有？”

“我的老爷，我的神啊，我是来请求您的帮助的，我现在一分钱也没有了，没有吃，没地方住，饥寒交迫……而且，我还带了一些老爷一定会感兴趣的消息。老爷，您还记得我曾经跟您提过，我在帕弗斯的维纳斯的腰带上拿走了一根线送给裴特洛纽斯的女奴吗？现在我知道那根绳子对她有没有用处了。您是太阳神的儿子，他们家最近发生的事您已经知道了，欧妮姬的情况您也清楚。这样的线，我身上还有一根，是特意给老爷您留着的！”

基罗发现维尼裘斯有些不耐烦了，为了不惹他发火，便没有再说废话，连忙将他最想知道的那个消息告诉他：

“老爷，我知道那仙女黎吉亚如今住在哪里，我可以告诉您她住的街道和房子。”

维尼裘斯喜出望外，他尽量用平静的语气说道：

“她在哪儿？”

“她与乌尔苏斯一起住在基督教长老黎努斯家中。乌尔苏斯在磨坊里工作。那磨坊主的名字与您奴隶的名字一样，也叫戴马斯……乌尔苏斯平时都是晚上工作，所以，我们可以在晚上趁他不在的时候去把黎吉亚抢回来……黎努斯年纪大了，除了他，家里还有两个年纪比他还大的老婆子。”

“这些事情，你是怎么知道的？”

“老爷，您知道的，自打上一次失败被他们宽恕之后，我还是有些惶恐不安。而且，戈劳库斯一直觉得他的苦难都是我一手造成的，其实并不是这样。虽然也有一点点我的原因，但是，那也不能怪我啊！我觉得我自己没有错，他们宽恕了我，我非常感激，所以一直在打探他们的消息，关心他们的健康以及他们的住处。我不是那种忘恩负义、见利忘义的人，我向佩西尼亚发誓，我绝对不是！刚开始我怕他们误会我不安好心，但我真的很喜欢他们，所以并没有太过在意这些，因为他们对我的宽恕增加了我的信心。我还想起了老爷您，虽然我们最后的努力失败了，但是像您这样的命运女神的宠儿是不会就此气馁的。所以我准备好了所有你成功需要的时机。那间屋子是一个独门独院，旁边没有住家，您若下令将屋子团团包围，就算是一只野鼠也溜不掉的！啊！老爷，只要您一声令下，您那位高贵的公主今天晚上就会出现在您的面前。要是这次成功了，老爷您可不要忘了，这件事可是饥寒交迫、贫穷劳苦的我帮您办成的呀！”

这对维尼裘斯来说确实是个巨大的诱惑。只要仔细准备、精心部署，这一次几乎不会失手了，而且已经没有比这个更好的办法了。只要自己这样做了，那么这次肯定就能得到黎吉亚。这样的话，她还会再逃离自己身边吗？要是对外宣布她是自己的情人，她就没有办法离开了吗？让所有该死的基督徒去见鬼吧！到那时，黎吉亚成了自己的女人，其他什么慈悲的基督徒，什么忧郁的信仰，都已经跟他没关系了！现在正是自己摆脱这一切、开始正常人生活的时候！至于黎吉亚，只要她不离开自己，随便信仰什么都可以。最重要的是黎吉亚要成为自己的人，而且是今天！可另外一个问题是，当黎吉亚面对不得不屈服的奢华世界时，她的灵魂还能继续坚持她原来的信念吗？不过，问题的答案今天就要揭晓了。今天晚上，只要他把基罗留下来帮他包围那个房子，把黎吉亚抢回自己身边，一切痛苦都会结束了。“我过去的生活是什么样子的呢？”维尼裘斯心想，“以前的生活充满绝望和痛苦，得不到自己想要的，更不明白所有的疑问。”今天只要他照着基罗说的那样做，那么所有的一切都会随之结束。不过，维尼裘斯想到，自己曾对黎吉亚起誓，绝不会再用暴力手段对待她。

不过他又一想：自己又没有向罗马诸神发誓，也没有向基督发誓，再说自己也没有信基督，所以这种发誓是没有用的。而且自己要是没有把握好这次机会，下次就不知道还要等多久了。要是黎吉亚觉得被他抢回来有些委屈，那他就给她举办个盛大的婚礼，不就行了？而且上次去抢黎吉亚的时候，她还救过自己，所以她肯定不会责怪自己，一定会原谅自己这次野蛮的行动。维尼裘斯突然想起那天他和克洛托是怎么一起闯入黎吉亚的房间，想起乌尔苏斯向他铺天盖地打过来的情形，想起后来发生的一切事情。此刻，维尼裘斯脑海里出现了黎吉亚穿着奴隶的衣服弯腰的身影，像仙女一般温柔而又美丽。他看到了那座神坛和黎吉亚离开前给自己留的那个十字架，又觉得这样做不好，怎么可以用暴力去回报她对自己的恩情呢？自己怎么可以将她当成奴隶一般，抢过来呢？自己想要的不光是她的身体，还有她的爱，尤其是她现在这个样子，现在自己又怎么能做出这样不仁义的事情来呢？因此他觉得单单只把黎吉亚抢回来还是不够的，自己想要她心甘情愿地回到自己的身边，而不是用这种手段。这样的话，就算是跟她在一起了，她也会恨自己，不会原谅自己的，也会玷污了两个人之间的爱情。她心甘情愿来到自己身边的那一刻，才是真正幸福的一刻，他们今后的生活也会是幸福美满的，那个时候，他们的爱情就像太阳一样永远热烈。

维尼裘斯这样想着，又觉得非常害怕。他看了看基罗，就看到他将手伸到衣服下面挠痒痒，还一边偷偷地望自己。这让他觉得非常厌恶，真想一脚踩死他，像踩死一只虫子，或是一条毒蛇。很快，他就清楚自己应该怎么办了，他向来不会克制自己的脾气，便对基罗说：

“我是不会照你说的办的，不光不会给你赏钱，还要打你三百鞭子。”

基罗被吓得半死，他看到维尼裘斯不像是开玩笑的样子，马上就跪了下来，不停地哀求着：

“老爷！这是为什么啊？这到底是为什么啊？您是善良的科罗斯，您是恩典的金字塔，千万不能这样啊！我年纪大了，又有病痛，连饭都吃不饱，而且还一直为您效劳，您为什么要这么对我啊？”

“你对基督徒不也是这样的吗？”维尼裘斯一说完就叫来了管家。

基罗立马就跪倒在他面前，紧紧地抱住他的大腿，脸色吓得苍白，就跟死人一样的，不停地哀求道：

“老爷啊，我年纪大了，又有病痛，而且还一直为您效劳，就打五十鞭，行不？求您可怜我这个糟老头吧！打一百鞭也可以，三百鞭的话我会死的啊！”

维尼裘斯踢开了他，命令奴隶将他带到家中的牢房里。管事的身后立马就出现了两个健壮的克瓦德人，一把将基罗从地上抓起，用基罗身上穿的那件破外套蒙住他的脑袋，把他拖进了大牢。

“求基督救我啊……”基罗被拖走的时候还在喊着。

维尼裘斯一个人待在客厅中。因为刚刚那个命令，他觉得非常高兴，所以有些精神来将脑中两个完全不一样的思想理出一个眉目来。这一次，他战胜了自己，没有听基罗的话用暴力的手段去抢黎吉亚，他觉得自己与她的距离缩短了。她要是知道了，肯定会很高兴吧！维尼裘斯最开始的时候，其实蛮认同基罗的做法的，还曾想奖励他出了个好主意，如今的自己却为了他那个办法而责罚他，自己果然变得跟以前不一样了。基罗那个坏人，就知道做坏事，诱惑自己，他身上流着正宗的罗马人的血液，他从来不同情别人的苦难，幸好自己够坚定，不然的话，怕是会犯大错的。“哼！要是真的这样做了，黎吉亚不理自己的话，我一定会让基罗好看……”但是另一方面，维尼裘斯又在想，黎吉亚最善良了，他这样处罚基罗，她会同意吗？基督徒原本有足够的理由对这个坏人做出最严厉的惩罚，可是他们全原谅他了，这就是她信奉的这个宗教的教义。而且刚刚他还喊了基督的名字，所以等一下，还是免除他的刑罚好了。

维尼裘斯正准备去叫管家，他就已经来到他面前了，说道：“老爷，那个希腊人昏过去了，可能是死了，还要再打下去吗？”

“你先将他弄醒，然后送到我这儿来。”

管事的退到门帘后面，要弄醒基罗并不是那么简单的事情，在维尼裘斯等得都有些不耐烦的时候，奴隶们终于将他给抬了进来。基罗的脸色就像是白麻布一般苍白，鲜血从腿上流到地面上，但是他还是清醒的，所以马上就对维尼裘斯跪了下来说道：

“大人，真诚地感谢您饶了我一条狗命，您真是一个善良的人！”

“坏东西，我告诉你，我是由于基督才饶恕了你。”维尼裘斯说道，“因为基督曾经也宽恕过我。”

“我将一直为基督与您效劳，老爷！”

“你不要说话，站起来带我去黎吉亚住的地方。”

基罗挣扎了半天，终于爬了起来，不过他刚站稳脚跟，面色立马由白转青，呢喃道：

“老爷，我快饿死了……老爷，我肯定会带您去，但是我现在实在是没有力气了……要是可以将府上狗吃剩下的给我吃些，我立马就去。”

维尼裘斯就叫人给了他一点饭菜，又给了他一个金币，还有一件衣服。

“给点酒让我暖和一下吧！我立刻带您去，就算是去希腊也愿意！”他说完牙齿还在不停地颤抖。

过了半天之后，他终于有点力气走路了。在外台伯河对岸，离米丽阿姆家不远的地方有一个围墙上面满是常春藤的小房子，基罗指着那座孤零零的小屋子告诉维尼裘斯说：

“老爷，这个就是了。”

“好！”维尼裘斯说道，“现在你可以滚蛋了，不过有些事情你要清楚，你要将你曾帮我做事，将米丽阿姆、彼得与戈劳库斯，这个房子以及所有的基督徒全都忘掉。那样的话，我就叫我的奴隶德马斯每个月给你两个金币。不然我就打死你或者是将你送到城防司令官那里依法处理。”

基罗对他鞠躬，道：“我已经忘掉了。”

但是维尼裘斯离开之后，基罗立马对他的背影伸出了两个拳头，大喊道：“对毁灭女神、复仇女神发誓，我是绝对不会忘记的！”一说完，他又倒在了地上。

33

维尼裘斯径直来到米丽阿姆家，在门口碰到了拿扎留斯，他看到维尼裘斯的时候，说话都有些不安，但是维尼裘斯非常温和地跟他打招呼，让他带自己去找他母亲。

房间里面除了米丽阿姆以外，还有彼得、戈劳库斯、克利斯普斯与才从福莱杰雷回来的塔尔苏斯的保罗。他们一望到维尼裘斯，都非常吃惊。

维尼裘斯说道：“我以你们所敬奉基督的名义向你们问好。”

“愿他的名字永远被称扬。”

“我知道诸位的品德都很高尚，之前受你们照顾那么久，今天我正是以朋友的名义来看望你们。”

“我们也拿你当朋友，非常欢迎你的到来。大人，你是我们尊贵的客人，请与我们一起共进午餐吧！”彼得回答道。

“我愿意坐下，与你们共享圣餐，但是我想请你们先听我讲几句：希望在座的各位以及彼得与塔尔苏斯的保罗可以看到我的诚意。我已经清楚黎吉亚的住址了，刚刚还经过了那里。皇帝早就将她赐给我了，在罗马城中我有将近五百个奴隶，我能够直接派人将她抢走，但我没有那么做，也不会那么做。”

“主会祝福你的，你拥有一颗纯洁的心。”彼得答道。

“谢谢您的夸奖，请让我继续说下去！即使失去她之后我非常伤心，很是思念她，想立刻就见到她，但我并没有那样做。假如不是由于从前我与诸位共处的那一段时间，我肯定就直接将她抢走了。但是，那段时间你们的品行与宗教——即使我并不信它——都感染了我，让我不想再用暴力来解决这个问题。我也不清楚为何会变成这样，但我的确是改变了。我来这里看望你们，是由于我将你们看作黎吉亚的父母，我想请求你们，将她嫁给我做妻子！我保证，我不仅不会反对她信奉基督，还要努力去学习他的教义。”

维尼裘斯说话的时候，抬高着头颅，语气异常坚决，心情极其激动，两条腿在紧束的外衣下微微颤抖。他说完话，众人都没有表态，这让他觉得自己也许会被拒绝，于是赶忙继续说道：

“我明白我和她之间会面临着很多困难，可是我爱她，如爱护自己眼中的瞳孔。虽然我还不是基督徒，但绝对不会与你们为敌。我今天非常真诚地来到这里，就是想让你们信我，这些事关乎我的生命，此刻，我说的都是心里话。其他的人可能会跟你们说：‘请给我洗礼吧！’但是我要说的是：‘请为我指点迷途吧！’我相信基督的存在，相信他的复活，那是由于这是你们跟我说的，我知道你们都是不说谎话的人。我相信你们，我也曾经亲眼看到了你们的善良。虽然我现在对基督教还不够了解，但我正从你们的话语中慢慢地理解，而且他也的确改变了我。以前我会打家里的奴隶，现在都不会了。以前我不明白什么是同情，现在我也懂了。以前我花天酒地、醉生梦死，如今我却厌恶这一切，开始远离它。以前我喜欢用暴力，现在也没再那样了。我变得连我自己都快认不出来了。我越来越爱黎吉亚了，当我想到就是基督教将她培养成这个样子的，我就越发喜爱基督教了，并决定信奉它了。但是由于我对它并不是很了解，所以也不清楚我的天性接不接受得了，因此我非常痛苦烦闷，无法解脱，像是关在牢笼里一般。”

越说他就越激动，语气就越发急促高昂。

“你们不知道，爱情与我的天性时时都在折磨着我！请你们指点我，告诉我，你们的宗教到底是为了什么？坚持真理吗？有人说，基督教会毁了我的生活，是这样吗？说它会给我带来不幸与痛苦，这是真的吗？……你们跟我说说吧！基督教给人们带来了什么？我与黎吉亚之间的爱情有错吗？它真的是一种罪过吗？我想要与她在一起，我想与她过幸福快乐的生活，这难道有错吗？基督徒一定得是不幸的劳苦大众吗？我一定要离开黎吉亚吗？你们说的话还有行为就像是清澈透明的溪水，可是水下又是什么呢？此时此刻，我怀揣着一颗无比真诚的心来到这里，请求你们解除我的疑惑！如果你们带来的真的是光明，那么请引导我来到它面前。”

“我们带来的是爱。”彼得说。

保罗随后又说了一句：

“如果我能说这个世界上所有的语言，包括天使的话，但是没有爱，那么我就是一个鸣锣响钹。”

使徒彼得终于被维尼裘斯的话所感动。他就像关在笼中的囚鸟，渴望太阳和蓝天，因此彼得向他伸出了自己的手：

“谁来敲门，主就会给谁打开光明的门。主会祝福你的灵魂的。我们也都会祝福你，还有你与黎吉亚的爱情。”

维尼裘斯原本就非常激动，再听到那样的祝福，就马上跑到彼得的面前。于是我们就看到了不可思议的一幕：那个骄傲的罗马贵族——之前还在憎恨基督的年轻人，一把捉住使徒的手，轻吻着来表示自己的谢意。使徒也非常开心，他明白又有一个人来投奔基督的怀抱，基督又多了一名信徒。

其他的人看到此情此景，也大为感动，于是一起高喊着：

“赞美我主……”

维尼裘斯抬起头，一改之前的颓废，神采奕奕地说道：“我明白了，你们会给我带来幸福。但是我告诉你们，在罗马，你们的宗教并没有什么发展的前途，皇帝就要去安修姆了，我接到了邀请，不去的话我会死的。你们要是真的可怜我，就与我一起去吧。你们也可以在那里传教。我在安修姆有一个别墅，你们可以住在那里。戈劳库斯曾经说过，你们基督徒可以为了拯救一个灵魂而走遍全世界，那么也请你们那样对我吧！请求你们不要抛弃我这个真诚的信徒。”

他们听完之后，商量了一下，觉得维尼裘斯说得很有道理，而且，他可是一位贵族啊！是皇帝陛下的朋友，裴特洛纽斯的外甥，又在军队中当保民官，是整个罗马城人所尽知而备受景仰的人物！要是他改变了自己的信仰，开始信仰基督教，这对他们以后传教有多么重大的影响！他们都非常的开心。而且为了拯救一个灵魂，基督徒本来就不惜走遍全世界，因此很快就答应他的请求，去安修姆。但是，使徒彼得作为罗马基督徒的牧者，不可以离开罗马。所以就由保罗同维尼裘斯一起去安修姆。

维尼裘斯非常感动，使徒帮了自己很多，这次不能与自己同行，他觉得有些遗憾，所以非常郑重地跟他道谢。随即，他便对使徒提出了最后一个要求：

“我已经清楚黎吉亚住在哪里了，原本是想要直接去问她的：假如我的灵魂皈依了基督，是不是就能够娶她？可是我想先得到您的允许，再去见她！或者是您亲自带我去见她。我不清楚这次在安修姆要待多长时间，而且待在尼禄的身边，谁也不能肯定一定可以看见明天的太阳。我舅舅跟我说过，此行不见得会平平静静，所以我想要在出发以前去见见她，问她几个问题，看她是否已经原谅我的罪过了，是否答应嫁给我。”

维尼裘斯又低下头来轻吻着使徒的手，因为他实在是太激动了，太高兴了，有些克制不住自己。使徒捧起他的头道：

“孩子，不用害怕，也不要担心，我敢保证，皇帝不会对你怎么样。此行，你一根头发都不会掉在地上！”

之后，他便让米丽阿姆去将黎吉亚带过来，可是没有跟她说是谁在这儿，想给她个惊喜。

由于两座房子距离并不远，所以没过多长时间，就看到米丽阿姆带着黎吉亚过来了。维尼裘斯原本想立刻跑上前去的，可是由于太过激动，反而没有办法动弹。他的心跳得非常快，就好像要跳出来一样。

黎吉亚走进来之前，压根儿就没有想到自己会见到其他人，结果一看见维尼裘斯，仿佛被钉子钉住了一样，站在那里一动也没有动。脸上红了又白，表情惊疑不定。可是她看到周围都是和善的目光。

使徒彼得来到她面前，说道：

“黎吉亚，你会一直爱他吗？”

她沉默不语，嘴唇颤抖着，像一个快要哭的婴儿。

“说吧！”

黎吉亚立马跪倒在使徒面前，轻轻地回答道：“是的。”

维尼裘斯也跪了下去。彼得将手放在两人的脑袋上，说：

“你们可以相爱，爱情是没有罪过的。在主和他的祝福下，你们相爱吧！”

〔波兰〕亨利克 · 显克微支◎著
柴翠　周玲◎译

你往何处去

（下）

海峡出版发行集团 THE STRAITS PUBLISHING & DISTRIBUTING GROUP | 海峡文艺出版社 Haixia Literature & Art Publishing House

你往何处去

（下）

34

维尼裘斯与黎吉亚散步时，告诉了她最近发生的一切。跟她说自己的犹豫不安和自己发生的变化，以及离开米丽阿姆家后对她无尽的思念，不管自己做了什么好的、坏的事情，都是因为她，也只有她，除此之外的所有都与自己没有关系。他还向她说起那个她用黄杨树枝编的十字架，他把它当神灵一样在家供奉着。他对她的思念随着时间愈来愈强烈，在奥鲁斯家里时，他就已经陷进了无法自拔的爱情中了，现在也如此。别人的生命线是由命运之神掌握的，而他的命运线是由对她的爱恋和忧愁交织出来的。无论是在奥鲁斯家里，还是在帕拉修姆宫，无论是在奥斯特里阿努看见她聚精会神听彼得的讲道，还是带着克洛托一起去抢她，无论是在病床边照顾她，还是在她离开以后……他都深爱着她。他曾想忘掉她，却发现根本就做不到，他这才明白自己无时无刻不在想念她。后来，他就觉得时间越来越难熬了，自己的身体虽然还活着，但是心已经死了，而且一点希望也没有，一点目的也没有，他觉得自己绝对不会得到幸福的。离开了她之后，他的世界一片黑暗，他找不到前进的方向。直到基罗过来告诉了自己她的住址，自己挣扎了许久，还是决定先来找使徒，请求他们给自己解惑，请求他们准许自己娶她。而她也不再像之前在米丽阿姆家里一样躲避他了。

“我并没有要躲避你的意思。”黎吉亚答道。

“那你为何要离开呢？”

她抬起一双鸢尾花般湛蓝的大眼睛看了看维尼裘斯，随后又害羞地低下头，说道：

“你明白……”

维尼裘斯高兴得话都说不出来了。过了半天，他才出声。他跟黎吉亚说，她是独一无二的，跟以前自己认识的那些女人完全不同。为了她，自己可以将曾经所有的女人都舍弃。为了她，即便是付出自己的全部也在所不惜。为了她，就连罗马与这个世界他都可以放弃。也许这个世界，也只有庞波尼雅跟她差不多了。他还没有办法将自己的想法明明白白告诉她，那是因为他自己现在也没有弄清楚。黎吉亚的美是独一无二的，是以前不曾有过的，它不光是一个雕塑，还有独特的灵魂。也许就是由于她跟其他的女人不一样，一直想逃离自己的身边，自己才爱上她的。她就是维尼裘斯的女神。这些话让黎吉亚无比欣慰。

之后，维尼裘斯就一直抓着黎吉亚的手，看着她，不说话，就好像他已经拥有了活下去的勇气与目标，就好像是要确定她没有离开，一直在自己身边一样，一直喊着她的名字。

“啊！我的黎吉亚，我最亲爱的人啊！黎吉亚……”

后来维尼裘斯问起黎吉亚对自己的感觉，她说其实在奥鲁斯家的时候，她便已经喜欢上他了。如果当时他把她送回奥鲁斯的家里，她就会跟他表白自己的感情。

“我对你发誓，之前在奥鲁斯家强抢你，并不是我的主意，等你见到裴特洛纽斯的时候可以问他。那个时候我跟他说的是，我有多么的爱你，多想与你在一起，想用八抬大轿迎娶你进门。但是他并不相信我的话，他觉得我只是心血来潮，所以就请求皇帝将你赐给我。我在伤心难过的时候就会责怪他好心办坏事。可是也有可能是命运的安排，就是为了让我认识那些基督徒，从而改变自己的信仰，真正地了解你这个人……”

黎吉亚说道：“马库斯，你要相信，这都是基督的旨意。”

维尼裘斯非常吃惊，极其高兴地说道：

“嗯，这样一想，还真是的啊！我之前是来找你的，但是最后却认识了一群基督徒……我在听他们讲道的时候，觉得有些无法理解，你最近是不是一直都在为我祈祷？”

“是的！”黎吉亚回答道。

“就在此地，你救了我一命。要是没有你，我早就命归西天了。”维尼裘斯说道。

“你不要再说这件事情了，更不要对乌尔苏斯说。”黎吉亚答道。

“是的，我知道的。”

“还记得我曾经说过要把你送回奥鲁斯家里去的吗？可你当时说你怕皇帝知道这件事后，会伤害他们。你现在就可以去看你的家人了，不用再担心皇帝会害他们了。”

“为什么？”

“我所说‘现在’的意思，是等你成为我的妻子之后，再去的话就不用害怕了。皇帝不会在安修姆待很长时间，他还想要去阿凯亚。到了那里，我也不需要天天陪着他，就可以叫保罗给我讲你们基督教的教义了，等我懂了你们全部的真理，我就立马接受洗礼，然后再回来。这几天奥鲁斯也回罗马，他们一定会善待我的。等解决了所有障碍，便是我娶你的时候，我最爱的人啊！”

说着他就对天伸出了双手，就好像是要老天爷给他做证一样。黎吉亚看着他说：

“那时，凯尤斯你在哪儿，我凯雅就在哪儿！不离不弃！”

“黎吉亚，我对你发誓我一定会永永远远爱你，尊敬你，让你变成这个世界上最幸福的女人！”维尼裘斯大喊道。

两个人慢慢地走着，都没有说话，在心中细细品味此时此刻的幸福美好。他们就像是神仙眷侣一般，与春天的花朵一起来到这个世界。

之后两个人就在门边的柏树下停了下来，黎吉亚靠在树干上，维尼裘斯突然说道：

“你可以叫乌尔苏斯去奥鲁斯家中，拿些你的生活用品与小时候的玩具到我家。”

黎吉亚羞红了脸，说道：“我们那里的风俗与这里的不一样……”

“我知道，这些一般都是像嫁妆一样由陪同新娘的伴娘送过去，但是，现在为了我，就自己送来吧！我这是要将它们带到安修姆去，因为看到它们，我就会想起你。”

此时他像是孩子一般哀求道：

“庞波尼雅就要回来了，我们就这么说定了吧！我的女神，就这样说定了，我最爱的人啊！”

“就按庞波尼雅说的去做吧！”黎吉亚一想起伴娘，小脸就红得跟红苹果似的。

两个人又不说话了，心中满满的都是对彼此的爱意，心跳得更快了，就是呼吸也急了许多。黎吉亚靠在树干上，她那嫩白的脸颊在树荫的衬托下显得格外迷人，她长长的睫毛低垂着，凸出的胸脯由于呼吸起伏不定，维尼裘斯离她很近，近得都可以听见彼此急促的心跳。

两个人又有些不好意思，气氛暧昧而甜蜜。周围的柏树、桃金娘树丛和凉亭上爬满的常春藤在他们眼里都是爱情的游乐园。直到米丽阿姆来叫他们去吃饭，才打破了此时暧昧的气氛。不过他们两个人的身边还是弥漫着幸福快乐的味道。他们回屋后，坐在两位使徒的中间，使徒看见这两个相爱的人都非常开心。他们都是年青的一代，在他们老一代离世后，新宗教的种子会保存下来，继续在人间传播。彼得把面包切开，向他们做出了祝福。虽然大家都很平静，可是，幸福的味道充满了整间屋子。

彼得终于转过脸对维尼裘斯说：

“你看，我们都是人生和快乐的敌人。”

“我现在终于明白了什么叫真正的幸福，就像此刻。”维尼裘斯说道。

35

那天晚上，在经过会议堂回去的路上，维尼裘斯碰到了裴特洛纽斯那由八个俾西尼亚人抬着的镶了金边的轿子，维尼裘斯直接走过去让他们停下来，掀开轿帘看到裴特洛纽斯正在休息，就说道：

"睡得这么香，想必正在做什么美梦吧！"

裴特洛纽斯醒了，说道："哎！是你啊，我亲爱的外甥！我刚刚休息了一下，那是由于我在帕拉修姆宫陪尼禄，一晚上都没有睡，此刻正准备去买些书在去安修姆的路上看。你有什么特别的消息吗？"

"你要去书店?"维尼裘斯问道。

"是的。我去书房翻书，你知道的，我不想将它翻得乱七八糟，于是就准备去买几本好玩有趣点的书，在去安修姆的路上看，打发一下时间。刚好听说穆索纽斯与塞内加都出了好几本新书，还有佩尔修斯的著作、维吉尔的《牧歌》，我也想看一看。哎，好累啊！翻找书籍的力气都没有了……只要一去书店，好奇心就促使我什么书都想翻翻。我去过阿维尔奴斯书店、阿吉莱屠姆山上的阿特拉克屠斯书店，还有桑达拉留斯街的索齐书店。你不知道我现在是多想去睡觉啊！累死我了……"

"你去帕拉修姆宫，按理来说你应该会跟我说一下有什么特别的消息才对呀？然后再说说安修姆和别的事情。"

"没错，"裴特洛纽斯从轿子里出来说道，"你应该知道后天就要出发去安修姆了吧？"

"不知道啊，我怎么会知道这个？"

"你究竟是不是这个世界的人啊？我不是第一个就将这个消息跟你说了吗？真是的，你到底有没有好好听我讲话啊！要赶快去准备，后天一早就要离开了！尼禄的喉咙又开始疼了，什么橄榄油煸豆猪、在脖子上裹布，都没有效果，他不喜欢这里，一直在诅咒罗马。今天为了能让声音好一些，各个大神都送去大量的牲口，如果声音还不能恢复，那么元老院就要面临大麻烦了！"

“去阿凯亚的原因是什么呀？”

“难不成你以为我们的皇帝陛下只有这一点本事吗？”裴特洛纽斯笑着说，“他想当一位特洛伊落难的诗人，或者是车手、歌唱家、运动员、舞蹈家……在奥林匹克大赛上，不管是比哪一个，他都会是胜利者！你知道他的嗓子为什么会疼吗？那是由于他昨天给我们跳‘勒达的冒险’，因为出汗太多而感染了风寒。他换了一副又一副面具，就像是一个喝醉酒的人一样摇头晃脑、左摇右摆。你不知道，看到他那比怀孕八九个月的孕妇还要胖的肚子，还有他那两条细细的腿，有多么的恶心，真是让人厌恶。帕里斯还教了他两周，你能想象他尼禄扮成勒达或者是扮成天鹅的样子吗？那肯定是历史上最丑最难看的天鹅！他还想举行公开演唱会，先在安修姆，然后是罗马。”

“众人都非常不满，觉得无法接受。本来之前当着民众的面儿唱歌，已然让大家无法忍受了，这一次，更过分。一个皇帝，跑去演戏……”

“亲爱的，你要知道，在罗马没有什么是无法忍受的……”

过了半天，他又说道：“城民们看到皇帝为了娱乐大众，竟然都亲自上场了，他肯定会觉得骄傲的。”

“你说说，还有比这个更有损威严的事情吗？”裴特洛纽斯无奈道。

“你天天都待在家里，不出门，就只关心黎吉亚和基督徒的事情，前两天发生的事你还不知道吧！尼禄都准备与塔戈拉斯结婚了，还举行了一次盛大的婚礼，那个时候我也在。我已经忍受了很多事情，但是我想告诉你，那个时候我也有点忍不住了，可是没有办法，你只能忍着……真是越来越疯狂了！你说我还能怎么办呢？那个时候我就在想，要是真的有神的话，绝对不会让他这么做的……”

“可是他并不相信有神明，这一点上我也得承认他是正确的。”

“所以他不仅当了大祭司、神，还当了不相信神的人……”维尼裘斯说道。

“是的，还真是这样的，这三个明明就是单独的个体，结果让他全弄一起去了……在这个世界还是第一次见呢！”

随即他停顿了片刻，之后才继续说道：

“他这个大祭司是不相信罗马诸神的，而且他这个神也侮辱了神这个词，虽然他不相信神，却又害怕神。”

“那天在维斯太神殿发生的事情就可以证明！”

“你说这到底是一个什么样的世界啊？”

“这个社会是这样，因此皇帝也是这样的，可是这样的情况不会坚持很久的。”

说着，他们已经到了维尼裘斯的家中。维尼裘斯开开心心地叫奴隶们帮他们准备晚餐，随即跟裴特洛纽斯说道：“不，亲爱的舅舅！现在这个社会一定要改变才可以。”

“但是就凭我们的力量是没有办法改变它的。”裴特洛纽斯答道，“尼禄当皇帝的时候，我们就都像蝴蝶一般，生活在他的庇佑之下，可是只要风一吹，我们就什么都没有了。以前我经常问自己，像卢裘斯·萨屠尔奴斯那种人，他到底如何活到了九十三岁，而且还活了蒂贝留斯、卡里古拉、克劳鸠斯三个朝代……哎！不说这个了！真是麻烦！你可不可以叫人去将欧妮姬带来？我想痛痛快快地玩一场。等下吃饭时，你叫琴师们来弹奏几曲吧！之后我们就聊聊去安修姆的事情，一定要好好地打算打算，尤其是你。”

维尼裘斯派了人去接欧妮姬，可是他不想为去安修姆的事情费心，让那些依靠尼禄才可以活下来的人去费心吧！这个世界不光只有一个帕拉修姆宫，也不会只有一个尼禄……

维尼裘斯那无所谓的样子，让裴特洛纽斯觉得非常吃惊，所以就看了看他，说道：

“你今天是怎么回事啊？”

“我今天过来，就是想要跟你说，我已经得到我想要的幸福了。”

“这是怎么回事？”

“就算是用整个罗马来换，我也不答应。”他一说完就坐了下来，微笑着说道，“你还记得黎吉亚吗？”

裴特洛纽斯吃惊地看着他，回答道：“我当然知道，记得她，她怎么了？”

维尼裘斯继续说道：“她已经是我的未婚妻了！”

“啊？怎么这么突然？”

维尼裘斯像是想起了什么似的，立刻站了起来，对管家说道：“你快去将所有的奴隶召集过来，一个都不许少！”

“她成了你的未婚妻了？”裴特洛纽斯又念了一遍。

在他还没有回过神来的时候，维尼裘斯家的客厅中已经人满为患了，有老人、年轻人，还有女人、小孩。维尼裘斯站起来，对着众人说道：

“在我家待满二十年的奴隶，明天就可以去市法官那儿，我要让你们解放。要是不足二十年的，就发三个金币，还有一个周末两份粮食，免除你们的所有刑罚，让你们吃饱饭。今天是一个大喜的日子，我想要所有人都开开心心的。”

刚开始奴隶们都不敢相信自己听到的，站在那里没有反应，过了好半天才举起手来，大声喊道：

“啊！老爷！我敬爱的老爷啊！真是太感谢你了……”

维尼裘斯摆了摆手，让他们退下。整个府邸的人都非常欢喜、开心。维尼裘斯又说道：

“明天早上就让他们在花园集合，画自己喜欢的东西。要是画的是鱼的话，就让黎吉亚去给他们解放。”

裴特洛纽斯很快就反应过来了，说道：

“鱼，我记得基罗说过，那是基督教的图标。”

“我原以为您会反对我的决定呢，所以才叫您过来。我告诉您，就算您反对也没有用了。”

“我为什么要反对呢？我觉得你做得很好啊！”

“哎！您怎么跟墙头草一样！难不成您忘记了在离开庞波尼雅家时您说了些什么？”维尼裘斯兴奋地说道。可是裴特洛纽斯的反应却非常冷淡：“我并没有忘记，我只不过是改变了之前的看法而已。”

过了一会儿，他又说道：

“亲爱的，这个世界所有的东西都在发生变化，为何我就不可以改变呢？其实每一个人都会改变，只不过改变的幅度不一样而已，不用太过奇怪。”

“皇帝要是有一个好妻子的话，我们就会有一个好皇后了。说起黎吉亚，她的确要比阿克台更适合当一个皇后。你在安修姆一定要小心波佩雅，她是一个爱记仇、小心眼的女人。”

“没有关系的，在安修姆我不会出什么事的，就算是一根头发也不会少，皇帝不会对我怎么样的。”

“你为什么会这么说呢？有什么根据吗？”

“使徒是这样跟我说的。”

“好的，既然他都这么说了，就这样吧。可是我们还是要小心一点，为了不让使徒的话落空，我们还是要提防波佩雅。”

“您想怎么做就怎么做吧！不管怎么样我都会相信他。您要是以为您用这种嘲讽的语气说他的名字，我就不会相信他，那您就大错特错了。”

“我问你，你已经成为基督徒了吗？”

“现在还没有，可是也快了。保罗会陪我一起去安修姆，给我讲基督的教义，然后再让我受洗。我之所以这样做，就是想告诉您，您之前所说的‘基督教是人生与幸福的敌人’，这句话是错的。”

“既然这样的话，那你与黎吉亚的关系不是会更好吗？”裴特洛纽斯说道。

随即他耸了一下肩膀，自说自话：“总是会有那么多奇怪的事情，为什么还会有这么多人相信呢？基督教为何会传播得那样迅速呢？”

维尼裘斯非常热情地替他解答：

“的确是这样的，不论在罗马、意大利，还是在希腊与亚细亚，基督徒到处都有，即使是军队、皇宫也看得到。不管是奴隶还是平民，不管是有钱的还是没有钱的，都信仰他。说不定再过十天半个月，您也会改信基督教的。”

“我？绝对不可能。”裴特洛纽斯说，“我又不是你，就算基督教真的可以给人带来幸福、快乐，我也不会放弃罗马诸神，改信他教……基督的教义让我们多做事，可是我并不想做事，而且他还要求我们放弃现在的生活、现在所拥有的一切。我虽然不见得有多喜欢现在的生活，可是你要我放弃这一切的话，那是不可能的事情……你的脾气像火，又像是沸腾的热水，你对生活充满热情、希望，你可以一下子就接受新的事物、新的思想，但是我与你并不一样，我喜欢平平静静、没有什么大风大浪的生活，而且现在我有我喜欢的东西，我想要的也基本上都在我手里，这个世界大部分的风景奇观我也都见过了、经历过了，再说现在我也找到了属于我的爱情，我喜欢的人就在我身边，我觉得这样就很开心、很幸福了。我并不觉得我现在的生活有什么不好，虽然偶尔我也会有些厌烦，可是大多数情况下，我还是很喜欢这样的生活，我还想以后也这样平平静静地度过。在尼禄下令杀死我之前、在我失去这一切之前，我还是会跟以前一样将所有的东西都弄得漂漂亮亮的，开开心心地过好每一天。”

他一说完，就想着维尼裘斯肯定又会劝自己去信基督教，于是就开始轻轻地唱道：

“我要像哈尔摩甲斯与阿里斯托吉冬一样，用桃金娘来装饰我那锋利的宝剑。”

突然他停了下来，没有再唱了，因为欧妮姬来了。

她一到，他们就准备吃晚餐。吃饭的时候，琴师还过来给他们唱了几首诗歌。维尼裘斯跟裴特洛纽斯说了基罗的来访，自己在他那里知道了黎吉亚的住址，自己还去拜访了基督徒，并请求他们将黎吉亚许配给自己，最后还见到了她。

裴特洛纽斯感觉有些累了，听完之后，就用手按了按自己的脑袋，说道：

“要是那个时候我也在的话，肯定就会赏给基罗五个金币。虽然他非常讨人嫌，可是毕竟他给你带来了好事啊。再说了，你要打他的话，那为什么不干脆将他打死算了？我累了，要回去了，晚安！祝你好梦。”

说完他就与欧妮姬一起回去了。维尼裘斯送了一下他们，便回到书房，给黎吉亚写信：

希望你早上睁开眼睛的时候，第一眼看到的就是我写给你的这封信，即使我们明天就可以见面，可是我现在还是想给你写信。后天，我就要陪皇帝陛下去安修姆，我没有办法拒绝。不然的话就会没命的，如今见到你后我就舍不得死。如果你不希望我去的话，只要一句话，我就会听从你的吩咐，留在这里，不会有任何意见。毕竟，舅舅一定会想办法保护我。

今天是我这辈子最开心的时候，我奖励了家里所有的奴隶。在我家待满二十年的奴隶，明天就可以去市法官那儿，我要让他们解放；要是不足二十年的就发三个金币还有一个周末两份粮食，免除他们所有的刑罚，让他们吃饱饭。明天早上我要让他们在花园集合，画自己喜欢的东西。要是画的是鱼的话，就让你去给他们解放。我好想诅咒安修姆，还有尼禄，是他害我们两个人才刚见面就又要分别。不过你放心，只要我有时间，我就会骑马回罗马看你的。要是没有时间的话，我就会给你写信，叫奴隶们给你，也希望可以收到你的信。你就是我的女神，我这么称呼你，你会生气吗？如果你并不喜欢，下次我就不叫了。

36

所有罗马人都清楚，皇帝想在中途的时候去看看奥斯恰，其实他是想去看那才从亚历山大城载粮而来的世界上最大的船，随即再从沿海去安修姆。旨意在几天前就下达下来了，所以那天许多其他种族的人，还有当地居民都跑到奥斯田西斯门，想看看皇帝出巡的盛大场面。那里距离安修姆不远，路途也不怎么困难。安修姆的路上已经被装饰得非常盛大，甚至有很多精致的豪华奢侈品，尼禄每一次出巡的时候会带上他喜欢的所有东西，比如乐器、杂物、雕像以及镶嵌细工的物品等，而且每一次停下休息的时候，就会将这些东西全部拿出来。因此他要带许多奴隶，再加上禁卫军、大臣，简直就是人满为患，场景十分壮观！

天一亮，脸被太阳晒得黝黑的坎巴尼亚牧人就赶着五百头驴子，连忙向安修姆跑去，那是因为皇后到安修姆的第二天清晨要用驴奶洗澡。路边的人看着那么多驴、抖动着的驴耳朵、呼呼的鞭声和牧羊人的嘶喊声，都在那里大笑起来。驴群走了之后，就会有一群少年过来，将路面打扫干净，并铺满鲜花。那些花有的是从旁边居民的花园里采来的，有的则是花大价钱买来的。之后，这里的人就会越来越多，都是过来看热闹的。有很多人这一生都没有离开过他出生的那个地方，所以什么都不知道，听到皇帝出巡都高兴得不得了，携全家老少来观看。有的人怕等待的时间长，就将吃的都带过来了，在色列斯[1]的庙堂上吃早餐。还有一群年轻人，由那些出去见过世面的人带领着，聊着旅途的见闻，水手与士兵们会说一些其他国家的奇闻轶事，那是他们从远方听来的。那些从未走出过罗马、没见过世面的人，听其他人讲印度、阿拉伯、不列颠群岛、布利阿洛斯[2]、北极、大海的故事。这一类的故事在一般群众间不难找到相信的人，即使有很多都是人们虚构的，可还是会有很多人相信。后来众人就聊到皇帝乘坐的船，听说船上有可以维持罗马人吃两年的粮食，还有几百名旅客、士兵，以及竞技要用的野兽。这个让群众有些喜欢皇帝了，要知道他不仅养活了臣民，还给大家的生活带来了乐趣，所以群众都欢呼雀跃地来欢迎皇帝。

过了一会儿，穿着统一的黄色服装、系着红色的皮带、带着一对大耳环的由努米底亚人构成的禁卫军骑兵队来了，他们黑色的脸庞仿佛能映出火一般的光彩。他们走了以后，出巡的大部队就开始出发。百姓全都伸长了脖子，踮起脚尖去看，你挤我、我挤你，好不热闹。禁卫兵早就来到路的两旁，维持秩序。最前面的是车队，水果、美食、皇帝喜欢的柠檬木的家具、青莲色的帐篷、东方的地毯、高高镶嵌的器物……还有不少东西因为怕运送的过程中出现什么意外，就全都由奴隶们拿着。如此小心翼翼的行为仿佛是在举行某种宗教仪式。在这个队伍后面的是几辆豪华的大篷车，里面满是琴师、舞者。竖琴、希腊琵琶、希伯来琵琶、埃及琵琶、琴、喇叭、古代琴、笛、弯而长的角笛、铙、钹等，用黄金、青铜、宝

①掌管粮食的女神。

②有一百只手的巨人。

石、珍珠镂刻成的各式各样的乐器在耀眼的阳光下相继而过，让人感到像是阿波罗抑或是巴古斯漫游世界一样。后面肃穆的战车上载着舞蹈师和练把式的各种男女，他们的手里都拿着拍子棒，神气地看着周围的人群。在他们的后面是一群长得非常漂亮的少男少女们，是专门供大臣们玩乐的。而且他们都带着厚厚的妆，生怕被风吹日晒，伤害到他们娇嫩的皮肤。再后面就是由身材健壮、几乎都是红色或金色头发、有碧蓝的眼睛与胡子的西康布利亚人构成的禁卫军。透过他们的铠甲可以看到他们身上的肌肉。这是一支非常厉害的军队，今天来的并不是全部，还有一部分留在罗马守卫着。感觉在他们走过来的时候，地面似乎由于他们的力量过于强大而微微颤动起来，看到他们这个样子，拥挤的人群都不敢再吵吵闹闹了。在他们的后面，则是尼禄饲养的老虎、狮子……它们全部用阿拉伯人和印度人的链子锁了起来，为了不让链子露出来，便用花朵缠绕起来，所以野兽看起来像是被花绳牵着一样。被训练过的野兽睁着半瞌睡的眼睛望着四周，偶尔抬起庞大的脑袋，嗅着周围的气味，然后伸出它们粗厚的舌头。

跟在它们后面的就是皇帝豪华的车队、轿子，有金黄色的，也有紫红色的，全部都是由象牙或者珍珠和宝石镶嵌而成，大小都有，里面也装满了各种各样精致、华丽的珍宝。它们后面则是由意大利志愿军组成的禁卫军。而后又是漂亮的仆人、少男少女……最后登场的就是皇帝尼禄。

使徒彼得也在看热闹的人群之中，他想自己这一辈子不管怎么说最少要亲眼见到皇帝一次。黎吉亚与乌尔苏斯也来了。黎吉亚脸上蒙着面纱，乌尔苏斯则非常强悍，不管人群怎么拥挤，都没有人可以靠近黎吉亚的身边。乌尔苏斯搬起一块很大的石头，让使徒站在上面，这样就可以看得更清楚。此时尼禄也登场了，坐在一辆豪华大车上，由六匹伊杜梅亚产的白马拖着，马蹄下还镶嵌着金蹄。车子是帐篷式，有意将四边都打开，就是为了让群众可以望到皇帝。原本车子上是可以坐很多人的，可是尼禄为了让大家只关注他一个人，所以就只叫两名侏儒待在自己脚边。他穿的是白色紧身衣，紫色的长袍，头戴一顶皇冠。他的身体越来越胖了，双下巴，嘴唇跟鼻子距离很近，肥得压根儿看不出来脖子上面是否还系着一只手帕，他时不时地用他那一双肥腻的手摆弄手帕，手上满是红毛，远远看去就像一块块血斑。听说如果没有毛，手弹琴的时候就会发抖，所以每次女仆给他修剪指甲的时候若把它拔了就会受到处罚。他享受着民众的欢呼与掌声，在行走之时四处张望着，并注意着大家的声音。百姓的欢呼声越大，他越开心。可是在这个时候，他却听到了一些不和谐的声音。有人趁现在人多的时候，骂他，骂皇后是妓女……他非常气愤，想找到骂自己的人，可是由于人太多了，声音太杂乱了，不管怎么找都找不到。这时他突然看见了站在石头上的使徒彼得，两个人彼此对望了一眼。谁也没有想到，此时这个世界对立的两个人，站着对望，一个即将消失，另一个则永存。

皇帝的轿子走过之后，又来了一顶华丽的轿子，里面坐着的便是被老百姓恨得咬牙切齿的、如毒蛇般的波佩雅皇后。由八个非洲人抬着，她跟尼禄一样，穿着紫水晶色的衣服，脸上化着厚厚的妆。她坐在轿子里一动也不动，宛如一尊女神雕像，好像是在思考什么一样，神情淡漠。在她后面，是大批的男女仆人，再之后就是货车，装着她的化妆品与首饰。看到裴特洛纽斯的轿子来了之后，众人都非常开心，大声呼喊他的名字。他与他的女奴坐在一辆轿子里。后面是蒂杰里奴斯坐在一辆战车上面，四周围绕着白色与紫色的羽毛。可以看到他时不时地站起来，好像是在看皇帝有没有邀请他去自己的战车。众人对李齐尼阿奴斯·皮索非常欢迎，却不喜欢维太留斯、瓦蒂纽斯。对执政官李齐纽斯与莱卡纽斯也没什么感觉，不知为何，却很喜欢屠留斯·塞内乔。

现场的人非常的多，就好像整个皇宫的人都去了安修姆一样，而且尼禄向来是没有成百上千辆车就不出门。所以多米修斯·阿费尔与耆老卢裘斯·萨屠尔奴斯也都在，再加上韦斯巴芗，还有他的几个儿子，然后是年轻一辈的涅尔瓦、卢卡奴斯、安纽斯·加罗与昆蒂阿奴斯，还有数不清的金银珠宝、野兽器皿、女人。大家的眼神一下子就转到了马鞍、车辆、马匹，还有来自世界各地的奴隶身上。群众都有些弄不清要先看哪个，都恨不得多长几只眼睛，多看一些……

等大臣们的队伍走过时，已经是正午了，整条队伍有将近六千人。

眼前这壮观的场景，让两边的百姓一边欣赏羡慕，一边嫉妒怨恨……

维尼裘斯在队伍的最后，他之前并不知道黎吉亚会过来，所以看到她的时候，他非常高兴，立马从战车上跳下来跑到她面前说道：

“黎吉亚，你怎么过来了？见到你我真是太开心了，不过我没有时间与你多说些什么，我只想告诉你，一旦我有时间了，就会骑马回来看你的。再见了！”

“再见，我的爱人！”黎吉亚随即又降低音量说道，“愿上帝保佑你一路平安，愿上帝保佑你听完保罗的讲道，便能找到光明大道。”

看到黎吉亚这么希望自己成为一个基督徒，维尼裘斯非常开心，所以说道：“希望能如你所愿，保罗说过要和我的奴隶一起旅行一次，不过我已经让他和我一起了。我和他会成为好朋友的。让我在离开之前看看你的样子吧！我要将你记在心中，想你的时候，就拿出来看看。”

黎吉亚解开面纱，笑着说道：“你不喜欢我戴着这个吗？”微笑中还夹带了一些羞涩。

“是的！这样会妨碍我看你。”说完，维尼裘斯就转过身来跟乌尔苏斯说，“乌尔苏斯，你一定要保护好她，现在她不光是你的主人，更是我的一切。”

维尼裘斯握着黎吉亚的手亲吻了一下，周围的人看见这位正春风得意的大臣竟然对一个穿着朴素似奴隶的少女如此殷勤，都非常吃惊。他望见队伍已经走过去很远了，就急急忙忙跟黎吉亚告别。使徒在胸口画了个十字祝福他一路顺风。乌尔苏斯非常兴奋，因为他觉得黎吉亚可以听自己的，所以就一直在夸奖维尼裘斯。

队伍慢慢地从人们的视线里消失，使徒们还是在那里呆呆地望了许久，一直到磨坊的主人戴马斯走了过来。他在使徒们的手上亲吻了一下，希望使徒能够到自己家里用膳。他说他的家就在附近，而且大家都在城门口站了这么久一定都饿了，所以强烈要求他们都去。

戴马斯家就在附近，所以他们就一起去那里吃饭，休息了一会儿，直到傍晚的时候才回去他们在台伯河对面的住处。路上要过河的时候，想到要从伊密利阿桥走，便穿过了巴布利卡斯山，上到狄安娜和墨丘利中间的阿文蒂涅山。使徒彼得站在高山上看着围绕在他周围的建筑以及远处已经消失的建筑，安静地沉思着。他当初是为了说教上帝的言语才不远万里来到这个势力雄厚的大城市。到现在，他已经走过许多地方，看到过很多罗马的领地和军队，可是他看见的那些只不过是这个大势力中的一个小支队而已。使徒彼得心里在想，这是一个表面强大、富足，内心冷血无情、肮脏、满是罪恶的城市。这里的人不管做什么都只想到自己，只关心自己的利益，其他的什么都不关心。亲人、朋友之间都无法相互信任，彼此猜疑。今天他首次看到了罗马的皇帝尼禄，就是这个皇帝杀害了自己的兄弟、母亲，他是个已经坏到骨子里的人。他的后面跟着一群杀人不见血的魔鬼。使徒有些想不通，上帝为什么会将那么大的权力交给这样的人，为什么就放任他做坏事，而不惩罚于他……我想要改变它，可是我一个人的力量那么小，要怎么做才可以改变它？我最尊敬的主啊！你派我来这里就是为了解救这里的人民吗？救他们于水深火热之中吗？可是我要如何去做呢？海洋、陆地、军队，这所有的一切都是他的，而我只不过是一个渔夫。我要怎么做，才可以打败这个恶魔，救这里的人们？祈求上帝指点……

使徒这样想着，就抬起头，望了望天，对基督祈祷道，希望可以改变罗马。

黎吉亚突然打断了他的祈祷："罗马好像发生了大火灾一样。"

的确，天空、河水的颜色看着就不正常，突然就有了一种不祥的预感……太阳在这一天出现得很不正常，那块巨大的火团已经有一半隐藏在亚尼库詹姆山丘的背后，天空有一点红光，彼得靠右的地方可以看见大竞技场的长壁，上面矗立着帕拉修姆宫，前面是勃阿留姆和维拉布鲁姆的会议堂，那对面可以看见朱庇特神殿的房顶，它们全都被笼罩在紫金色的影子之中，仿佛是有血液在流动一般。随着太阳落幕，光影更加强烈了，简直就像是一团大火，最终掩埋了七座大山，连邻近的山丘也全都被染成了一片深红。

“好像整个罗马都起火了。”黎吉亚说道。

使徒用手挡了挡阳光说道：“这是基督对这个城市的惩罚……”

37

维尼裘斯写给黎吉亚的信：

我叫我的奴隶福莱公来给你送信，他是一个基督徒，所以，亲爱的，他是即将在你的手中获得自由权利的奴隶之一。你放心，他在我家为奴很多年了，所以不用担心你会收不到这封信。我现在在劳伦屠姆给你写这封信，由于这里太过炎热，所以我们就在这里停了下来。奥托在这儿有一间豪华的别墅，可是他在很久以前就送给了波佩雅，即使是他们现在已经离了婚，他仍然觉得这是他自己的房子。每一次我想到身边的那些女人时，就会想到你，我觉得杜卡里昂抛出来的那些石头，肯定是不一样的，不然的话，为什么会有那么多完全不一样的女人呢？都没有相似的地方！我认为在这些女人里面，唯有你是由水晶石生出来的。我将用我全部的灵魂来爱你、欣赏你，我只想聊和你有关的事情，但是我又不得不写点旅途中的事情、我此刻的情况、宫中一些好玩的事情。波佩雅曾经举办过一次隐秘的宴会，就只邀请了陛下身边的几个宠臣，我和舅舅裴特洛纽斯也被邀请了。宴会之后我们坐着黄金小船在海上漂游。海平面非常平静，就好像它此刻还在睡梦之中，那时我心里想的是，你的眼睛就像是碧蓝的海水一样。啊，我的女神，我们都是亲自动手划船，但是有些大官，还有他们的儿子们都在争着抢着帮波佩雅划船，因此她非常的得意。皇帝身着紫色长袍，坐在船边，唱了一首赞美大海的诗歌，歌词是他前天夜里写的，随后狄奥多鲁斯给诗谱了曲。而另一只船上坐着的印度奴隶就为他伴奏。突然游船的周围冒出了一大群海豚，仿佛是音乐将它们从安菲特里特海底诱惑到这儿来的。你知不知道那个时候我在做些什么？我在想念着你啊！我好想立刻就飞奔到你面前，我真的好想将面前蓝色的海洋、晴朗的天气以及动听的音乐全部都捧到你面前。

以后我们便远离罗马，住在海边。你会喜欢吗？我的女神！我在西西里岛有一个庄园，里面种满了杏树，春天的时候就会开出蔷薇色的花朵，有些杏树就栽在海边，还有的枝叶伸到了海面上。现在我让保罗予我教授的教义，非常的正确，如今我明白了，基督的教义并没有反对爱情与快乐。我想你肯定也是喜欢爱情与快乐的，不是吗？不过我还是想听你亲口说出来。我接着写船上发生的事情。

在离开海岸线之后，忽然望到前面不远处的地方停着船，所以众人都在研究，那只是一条小船呢，还是奥斯恰的大船？我说它是奥斯恰的大船。波佩雅听到之后就说，果然什么都逃不过我的眼睛。说完之后她忽然将面纱拉了下来，挡住脸，然后问我，还认得出她吗？裴特洛纽斯立马帮我回答道，就算是太阳，在被乌云遮挡的时候也是看不到的。但是她却对我说，我的这双眼睛，除了爱情诱惑不了之外，其他的绝对都抗拒不了它的魅力。她说了很多上流社会贵妇的名字，问我究竟爱上了谁。我都说没有。后来她就说起了你，而且还揭开了自己的面纱，满是疑问与不甘。我实在是太感谢裴特洛纽斯了，那时他摇晃了一下小船，转移了众人的注意力。要是她说出些侮辱你的话，那我肯定会非常生气，就会想用船桨打烂她的头……你记得我要离开的前一天在黎努斯家中跟你说过的事情吗？裴特洛纽斯非常不安，他又跟我说，叫我不要伤了皇后的自尊心。但是他不明白，对于我来说，除了你之外，别的什么都不重要，管她是谁我都不在意。波佩雅只会让我觉得恶心、厌恶。你已然完完全全改变了我，以前的那种生活我再也过不下去了。你不要担心我的安危，波佩雅她并不爱我，也不爱其他的任何人。她那天之所以那么做只是为了报复皇帝。皇帝虽然还受她的控制，还爱她，可是已经不像以前那样什么都听她的了，不过皇帝从来不会对她有所隐瞒，所以告诉了她自己想要维斯太的贞女的事情了，她才会气得要报复。

我还要告诉你一件事，那就是在出发之前，彼得也对我说过，不要怕皇帝，我连一根头发都掉不下来。我相信他的话，我心中有一个声音在对我说，彼得的每一句话都会得到验证，他已经为我们的爱情祝福了，所以现在，即使是皇帝，即使是强权，即使是命运之神也不能把你从我这里抢走！我的黎吉亚，我一想起这些就感到无比的幸福，仿佛我已经进入了天堂，只有在天堂里才是幸福和平静的。你是个基督徒，我说天堂和命运，你大概会不高兴吧？要是这样，那就请你原谅，因为我是无意中这么说的。我还没有受洗，但是我的心就像一只空酒杯，里面在逐渐装满你们的教义，因为这种教义是你信奉的，我感到更加甜蜜。我的女神，你看我把我以前装得满满的一杯水全都倒了，但我没有把杯子拿走，而是像一个口渴的人那样把杯子放在清泉下面，这不能不算是我的一点变化！我想我在你的眼中一定能够看到你对我的恩赐。

我在安修姆日日夜夜都在聆听保罗的讲道。保罗在他旅行的第一天就使我的仆人对他产生了好感，他们总试图在他的身边，不仅把他看成是一位了不起的传教士，而是简直就视他为一尊天神。昨天我见他的脸上露出了高兴的神情，便问他在做什么，他回答说："我在播种！"裴特洛纽斯知道保罗和我的随从在一起，便想结识他，塞内加听基罗说到这件事也想见见他。此刻，天上的星光渐渐暗淡了，可是那颗启明星却显得越来越明亮。不久后，黎明的曙光会把大海涂上一层玫瑰色……周围的一切都还在睡梦中，只有我在思念你、爱你，我在迎候朝霞的瞬间，向你问候，同时也向你告别——再见，我的未婚妻。

38

维尼裘斯写给黎吉亚的信：

我最爱的人啊！之前你和奥鲁斯一家来过安修姆吗？如果你没有来过的话，等以后我就带你来这儿玩吧！你们一定会很快乐的。就当是我们一起出来约会旅行！那样的话我会多么的幸福快乐！真想那一天快一点到来。今天我跟你讲一讲旅途的风景吧！我们自劳伦屠姆出发，然后坐船沿着海岸线赏景，就可以看到岸边一排排的别墅，安修姆城就是一个没有边界线的巨大宫殿。天气很好的时候，就可以在水里清晰地看到柱子的倒影。我在这里也有一个别墅，它的四周是橄榄园与柏树林。每一次我想到在未来的某一天你会住进这个别墅时，我就感觉它越看越可爱。啊，黎吉亚，可以与你相爱是多么幸福快乐的一件事情啊！帮我守候着这个别墅的老梅尼克莱斯在草地上面种了跟你家中一样的花。

我一看到这花，就想起了你，我相信你肯定也会喜欢的。我刚到安修姆的时候，就在吃饭时与保罗聊了很长时间。也聊到了你，之后他就跟我讲基督，我听了很长时间，也明白了很多，可是就算我是像裴特洛纽斯一样的天才，也没有办法将我的所有想法、感受告诉你，很多感觉无法用言语来描述。我以前从来没有想到这个世界上竟然会有这样的感情——那么的幸福美好。对于很多人而言，还是无法理解我现在的幸福，可是我知道你一定会明白的。等我回到罗马之后，我再跟你说具体的情况。

你说这个世界为什么会有使徒彼得、塔尔苏斯的保罗还有尼禄皇帝这三种完全不一样的人啊？你是不是在想我为什么会问这个问题？那是因为我在尼禄那里听到他新作的关于毁灭的诗歌，随即他就说自己还没有见到过大火燃烧城市的样子。蒂杰里奴斯听完之后就说，只要陛下一句话，他立马就去放火烧了安修姆。但是皇帝却说他是个傻瓜，要烧的话，也是烧罗马啊！那不是比烧安修姆更加壮观吗？众人都附和尼禄。尼禄就说，那时，他诗歌一定会比“荷马史诗”还要出名。后来又聊起了如何重新建造罗马，他觉得那样的话以后的人肯定都会赞扬他的，没有人可以与他相比。此时，那些喝醉了的大臣们都大声喊道：“陛下，您现在就下令吧。”但是皇帝说：“我们先要选一个信得过的人，再去做这样的事情。”你不知道当我听到这里时，有多么的害怕不安，那是因为你还在罗马，我最爱的人还在那里！可是后来想一下，就算皇帝大臣们再怎么疯狂，也不会真的那么做。你不知道我是多么担心你！因此我想着要是黎努斯的家不在台伯河对岸，而是在罗马城中央就好了，不然的话，要是发生了火灾，那个地方是没有人管的。你就是我的女神，我想将所有美好的东西都收集送给你，我想给你最好的东西，所以你还是回到之前的家中去吧！我的黎吉亚！我想了很久，要是皇帝此刻在罗马的话，那我们那天推测的事情很有可能会发生，会伤害到你。如今他并没有待在罗马，他还要在安修姆待很久，等他回去之后，你回来的事情就不是什么新鲜事了，奴隶们也不会再谈论了。叫黎努斯与乌尔苏斯和你一起，不过我更希望，在皇帝回来之前你可以住到我家去，你——我的女神！我想在我回来的第一天，就在我的家中得到你的祝福。假如基督答应我的请求，那么我这一辈子都将为他做事，即使是要我的性命也没有关系。文字已经没有办法表达我对你的爱意，我爱你，用我的灵魂向你致敬！

39

乌尔苏斯在打水，他用绳子把装满水的木桶提起来，一边低声唱着黎吉亚人的歌曲，一边朝黎吉亚与维尼裘斯所在的方向望一望。他望见他们两个人就像是雕像一样屹立在黎努斯花园里的扁柏树之间。夕阳西下，在这一片幽静美好的气氛中，他们手牵着手，愉快地聊着天。

“你不禀告皇帝陛下便私自离开安修姆，会不会惹出祸来？”黎吉亚问道。

“不会的，我最爱的人！皇帝已经说了，为了与台尔普诺斯一起创作诗歌，这几天他都不会出宫的。他以前也常常这么做。在他专心创作诗歌的时候，什么都不搭理。再说了，只要可以与你在一起，皇帝又算得了什么？这几天，我天天都在想你，想得夜不能寐。虽然觉得很累，想睡，可是由于担心你，就会胡乱地猜测，导致一直睡不着。有一天我做梦梦见我准备回来时，马匹却被人偷走了……没有你的地方，我一分一秒都待不下去，我最爱的人！”

“我明白你很快就会回来，我叫乌尔苏斯去你家中，询问过你的消息了。你不知道黎努斯与乌尔苏斯两个人一直在那里开我玩笑。”黎吉亚的确很想维尼裘斯，她还因此换上了一件白皙的长裙。她的头发上点缀着几朵鲜花，衬得容颜更加粉嫩美丽。维尼裘斯亲吻着她的手。两个人坐在葡萄藤下的凳子上，彼此依靠，安静地看着天空，眼里则是夕阳的倒影。

维尼裘斯与黎吉亚都被眼前的美景吸引了。“你看，这里如此的安静，那么的美好！”维尼裘斯轻轻地说道，“天空是那么的漂亮，我感觉非常幸福，以前从来没有这样幸福过。黎吉亚！你知道这是为什么吗？我以前从来没有想到过爱情竟然是这样的。以前我以为爱情不过是一种欲望与鲜血，此时我才明白，就是因为拥有了爱情，才会明白这种甜蜜、美好。这是一种全新的感觉。我才体会到，这个世界上最幸福的一件事就是拥有爱情。我才明白，为何你与庞波尼雅·戈莱齐娜会那么超脱……是的，全是基督赐予你们的……”

黎吉亚听完之后将她那漂亮的面孔紧紧地依偎在他的肩膀上面，说：“我最爱的维尼裘斯……”

她有些不知道该说些什么好了。他终于懂得了自己的心思，她的眼中满是感动的泪水。维尼裘斯用力地抱住她，好久之后才出声道：

“我明白……我在来到这儿亲吻你的双手时，就明白你在想什么了。我是不是真的明白了你信奉的宗教？我接受洗礼了没有？没有，我并没有接受洗礼，可你明白为什么吗？因为我想让你亲眼看到我接受洗礼，我还想要庞波尼雅可以当我的教母。其实我第一次听到你们传教的时候，我就相信了基督的存在，我已经改变了我的信仰，完全接受了基督的存在。那时我之所以不接受、不承认你们的教义，是因为我怕它会从我手中将你抢走。我认为里面不仅没有美好、没有智慧，也不会有快乐。今天我终于完全领会了你们的教义——若是我避让真理、感情、正义、忠诚、善良，而让虚伪、做作、怨恨、罪恶、谎言、冷血来掌管这个世界，那我还是个人吗？要是我没有思想、没有希望地活着，那还有什么意义呢？基督不正是这样教导我们的吗？其他的宗教即使也宣扬正义，可是只有你们的宗教有一颗善良正义、纯洁真诚的心。假如我要是连这个也不清楚，那我不是成白痴了吗？

“这个宗教宣扬的是善良正义、纯洁真诚，不是畏惧死亡，我为什么会不爱它、不接受它呢？之前，我总觉得这个宗教是不让别人得到幸福的，但是保罗让我明白，它不光让我得到了幸福，而且让我越来越幸福。这所有的一切我今天才明白，我相信基督一定可以做到，我会坚决拥护它。我之前从来没有像这样快乐过，假如我之前用暴力的手段将你抢回去，结局就会完全不一样了，那样的话，我怕是会痛苦伤心一辈子。你刚刚跟我说：‘我爱你。’要是在以前，我就算是倾尽天下，也没有办法让你说这样一句话。啊！黎吉亚！理智跟我说，这个宗教最为神圣，我一定要一辈子信奉它，它是最善良正义、纯洁真诚的，这样好的一个宗教，谁又能不信呢？”

黎吉亚全神贯注地听维尼裘斯说话，用那双像海水般纯净的眼睛痴痴地看着他。

“是的，维尼裘斯，你说得真是太好了、太对了！”她将头依偎在他的肩膀上说道。此时，他们都觉得非常幸福，他们明白，除了爱情以外，其实还有一种力量将他们联系一起，那是一种善良正义的力量，一种无法抗拒的伟大力量，而且它还给他们两个人之间的爱情增添了一抹别样的色彩。所以，不管这个世界变成什么样，他们两个人的爱情都不会有任何的改变。不管是绝望还是欺骗、是病痛还是死亡，都没有办法分开他们。他们心里有一个共同的信念：无论发生了什么，他们都不会停止对彼此的爱意，他们的爱情不会消失、不会变质。维尼裘斯明白，他们两个人之间的爱不光是一种伟大的爱情，而且还是一种全新的爱，这个世界以前从来没有过的爱，也不可能会再有，唯一的爱。他认为此刻所有的一切——基督的教义、月光、星空全部都融进了爱情里，他有时候觉得整个宇宙满满的都是这样的爱情。

片刻之后，他继续说道："你就是我的灵魂，我的生命，我的所有。我们的心一齐跳动，一同祷告，一起感谢上帝。啊，我最爱的人啊，我们要一起信仰这个慈悲正义的基督。就算是死亡来临的那一刻，我们也可以像是梦醒了一般，睁开眼睛，就可以看到光明。你说，还有什么比这更美好的呢？我觉得十分的怪异，为何我以前不管怎么想都想不明白这一点呢？你明白我此刻在想什么吗？我觉得，这个世界上没有谁可以抗拒这个宗教，再过几百年，那时候的世界将全部信奉这个宗教。人们会忘掉除了基督以外的所有神明，就只信他一个神，除了基督的教堂以外，再也不会有其他的神庙。有谁不想得到幸福呢？啊，我听见保罗跟舅舅聊天，你猜得到裴特洛纽斯那个时候是怎么回答的吗？他就说了一句'那不是我要信仰的宗教'，其他的什么都不会说了。"

"你将保罗所说的话具体给我讲讲吧！"黎吉亚说道。

"那天夜里，他们两个人都待在我家。刚开始的时候，裴特洛纽斯就像是平日里那样，开开心心地说些有趣的话。之后保罗就开口了：'机智的裴特洛纽斯，基督降临人间时，你还没有出生呢！那你为什么就能够确定真的没有基督那个人呢？死而复生的时候你并没有看见。使徒彼得，还有约翰都看到他了，我也在去大马士革的路上见过他。除非你可以证明我在说谎，这样的话才可以反驳我们！'可是裴特洛纽斯并没有说绝对不会有基督这个人。要知道这个世界上有很多没有办法用科学来解释的事情，可是他觉得没有必要去证明那到底是事实还是谎言，因为他觉得这个跟他的生活根本就没有关系。真的又怎么样，假的又怎么样？对他的生活并没有什么影响。保罗就回答道：'你不肯接受基督，是由于他是爱、正义与善良的化身，你怕接受了他之后会扰乱你的生活。但是你认真地想想，裴特洛纽斯，你现在过的生活真像你想象中那么好吗？你真的喜欢这样的生活吗？无论是你，还是其他任何人，都没有办法保证，在他睡着了之后，死神不会来找他。你想，要是皇帝也信奉基督教的话，那现在你觉得快乐的生活不是更有保障了吗？之前你不接受它是由于害怕会失去快乐，可是那时，你的生活不就会越发幸福吗？只有这个世界上所有的人都信奉基督，这个世界才会变得更加美好。你想想看，在这里，不管是忠贞还是誓言，有人在乎吗？你们所信奉的罗马诸神又给你们带来了什么呢？他们让你们的生活变好了吗？没有！他们让你们这里的人变真诚、善良了吗？没有！你自己好好看看这里，不光是长官，甚至就是你自己的父母、妻子、亲人都无法让人相信。你觉得你拥有很多，你很快乐，其实不然。你虽然现在很有钱，可是说不定哪一天你得罪了皇帝，你的全部财产、你的性命全都没了，你所拥有的东西都无法长久，有时候一句话就可以让你一无所有。即使你现在还很年轻，但是也没有人保证你一定可以见到明天的太阳；你真诚地爱着的人，你也不能保证她不欺骗、不背叛你。那么容易失去，你又怎么会生活得幸福快乐呢？我们宣扬的是爱，是正义，是善良，是慈悲，是真诚……你说，这么好的一个宗教，要是可以传向全世界，让所有的人都信奉它，那时，所有人都会幸福，你又怎么可以说它会让你的生活变得一团糟呢？’

“保罗就是这样说的。啊，黎吉亚！裴特洛纽斯那时就说了一句‘那不是我的宗教’，就不知道该说什么了，因此就装出一副想睡觉的模样离开，在走到门口时，说：‘我只要我的欧妮姬，不要宗教。犹太人啊！我不跟你争辩，可是我心里明白。’那个时候我就想，我的身边除了庞波尼雅以外，基本上所有的人都不把忠贞、誓言当回事。就只有你，我最爱的人，就算是全世界都抛弃了我、欺骗了我、离开了我，黎吉亚也不会离开我、欺骗我、抛弃我的。所以我告诉自己、我只有用我的爱意、我对你的敬仰来表达对你的感激之情！我人虽然在安修姆，可是我的心一直都在你身边，不知道你会不会跟我一样，逃离反而会让我更加想念你、爱你。什么都没有你重要，我只要你一个。只要你的一句话，我就可以抛弃现在的一切，随你离开。”

黎吉亚依旧将自己的脑袋靠在维尼裘斯的肩膀上，好像是在思考，此时她抬起头来，看着月光照耀下的柏树枝梢，回答道：

“是的，马库斯，你之前在信里面跟我说奥鲁斯夫妇也希望去西西里，安度晚年。”

维尼裘斯兴奋地插话道：“是的！亲爱的！你看我们两家的地产刚好又连在一起，而且那里的海岸景色优美，比罗马更温暖，阳光更灿烂，晚上的夜景也更加漂亮……住在那儿，生活一定会很幸福。”

说完之后他就在脑海中勾勒未来美好的蓝图。

“在那儿，所有的烦恼都没有了。我们可以去森林里，在橄榄树间的幽静小道上漫步，要是累了就在树荫下休息。我们可以一同去看海、看星空，一起信仰基督，安安心心、认认真真地去做那些有意义、美好的事情！啊，黎吉亚！你想一想那样的生活该是多么美好！”

两个人都不再说话了，一起憧憬着美好的未来，维尼裘斯越发用力地抱着黎吉亚，手上戴的那个代表骑士身份的戒指在月光的照耀下发出璀璨的光芒。此时，在这一片穷人居住的地方，所有的东西都已经进入睡梦之中，周围悄无声息。

“你可不可以带我去看望庞波尼雅？”黎吉亚问道。

“为什么不可以呢？亲爱的，我想邀请他们到我们家中来玩，或者是我们去看望他们。你觉得要不要将使徒彼得也请到我们家中来呢？他现在年纪大了，这么多年又那么辛苦，一直都没有好好地休息，现在连腰都快直不起来了，还天天在外面劳累。保罗也常常会来看望我们的，他会令奥鲁斯·普劳修斯也改变自己对基督教的看法，从而信奉基督的。那时，就好像士兵们在其他国家建立殖民地一般，我们也可以在不远的将来建立一个传播基督教的圣地。”

黎吉亚伸出手跟维尼裘斯的手握在一起，想要用自己的嘴唇去轻吻它，但是维尼裘斯似乎是害怕将这一刻的幸福吓跑了一般，轻轻地对她说：

“不可以，黎吉亚，不可以！应该是我敬仰、迷恋你才是，快将你的手给我。”

“我只爱你，最爱你。”

他用自己的嘴唇亲吻着她那就好像鲜花一样白皙粉嫩的双手，此刻他们只听得见彼此的心跳声。空气中没有一丝风，就连柏树似乎也停住呼吸，就这样安静地立在一旁。

突然，一阵不知名的吼叫声震醒了他们，吼声深沉而高昂，带着不甘、恨意，就好像是从地底深处发出来的一样，使黎吉亚全身不停地颤抖。维尼裘斯看见之后，立刻就站了起来，说道：

“不要害怕，只是兽苑中的狮子大吼而已，没有什么的。”

他们俩都全神贯注地听着。此时第一声吼开始了，随即，从东南西北四个方向，从城里的每一个角落，渐渐地响起来第二声、第三声……第十声。罗马城中每个竞技场里，差不多养着成百上千头狮子，在夜幕来临之时，它们就会将自己的头颅靠在铁笼子里的铁柱上面，大声嘶喊，黑夜让它们对荒野、对自由的向往更加热烈，此时也是一样的。在寂静的深夜，它们彼此呼唤，共同嘶喊着、发泄着，震惊了整个罗马，给罗马添加了一抹恐怖色彩。这样不甘的吼叫声打破了黎吉亚对以后平静、幸福、快乐生活的幻想，听到这个声音，就有一种不安、难过的感觉重重地压在她的心口。

但是维尼裘斯用自己的双臂用力地抱着她说："不要害怕，亲爱的，我就在你身边，我会保护好你的！由于快要进行竞技比赛了，所以狮子都被关在铁笼子里，才会这样大吼的。"

在越来越猛烈的狮子的怒吼声里，两人走进了黎努斯的房间。

40

这些日子里，裴特洛纽斯在安修姆独享着皇帝的宠幸，那些同他竞争皇帝宠幸的皇亲国戚们，几乎全都败下阵来，蒂杰里奴斯的势力也开始一败涂地了。在罗马，那些带有危险性的人物必须除掉，他们霸占财产，并做出一些令人匪夷所思的事，最后还要满足皇帝千奇百怪的想法。蒂杰里奴斯不仅是个能手，也是一个无所不为的人，所以在这个时候他成为不可或缺的人手。但在安修姆，皇帝在一片沧海映照的宫殿中过着一种希腊式的生活。他和他的下属从早到晚都念着诗歌，谈论着诗歌的结构和文意，欣赏着诗歌的表达手法，沉迷于音乐和戏剧。

总而言之，那些希腊天才曾经用以美化人生而发明的一切都是他喜欢钻研的。在这样的情况下，裴特洛纽斯就显得比蒂杰里奴斯和别的皇族更加有素养。他聪明机智、能言善辩、独具个性的情愫和生活趣味，使他相比别人更加有优势。皇帝非常喜欢和他结交，写诗的时候还会向他请教，采纳他的意见，对他显示出无比的友爱跟和善。在别人看来，他和皇帝的交情已经是根深蒂固了，外人无法摧毁。

就连那些以前对这位完美的乐天主义者没有好感的人，现在也开始拉拢他，希望得到他的青睐。甚至很多人还从内心真诚地为他能取得如此重要的地位而感到高兴。他用怀疑的微笑接受着昨天还是敌人的那些人的恭维。但是，他从来没有想过要报复这些人，也许是因为他天生不爱多事，所以他从来没有想过要用他的权力去陷害任何人或者是置他人于死地。很多次，他甚至可以毁了蒂杰里奴斯，可是裴特洛纽斯只是嘲笑他，用这样的方式暴露他的鄙夷和俗味的风雅。由于一个半月以来并没有发出什么死刑状，罗马的元老院呼出一口长气。在安修姆和都城里，到处流传说皇帝和他的宠臣放荡地做出一些出格的风流韵事，可是每个人都认为，有一个风流皇帝总比有一个为蒂杰里奴斯所左右的野兽般残暴的君主要更强一些。蒂杰里奴斯开始惊慌失措了，他犹豫着是否应该让步服输，因为皇帝一再说，在整个罗马和他的宫廷里，只有他和裴特洛纽斯两个希腊杰出人物能够互相理解。

裴特洛纽斯那种惊人的才干，让人们产生了一种信仰，大家都认为他的影响力将是罗马史上最大的。人们无法想象，皇帝少了他，会同谁谈论诗歌、音乐和赛马，又能从谁的眼光里看出他的创作是否真正完美。而裴特洛纽斯像平常一样毫不在意，似乎一点儿也不在乎他现在的地位，他像平常一样粗心大意，有点儿懒懒散散，怀疑而又机智。他给别人的感觉像是瞧不起别人、自己、皇帝甚至整个世界。可是当别人断定他做得太过分的时候，或者是自找苦吃的时候，他又总能化险为夷，把不利局势转化为对自己有利的局势，这让所有人都感到诧异，但是人们又不得不相信每一次逆境他都能顺利脱身。大概在维尼裘斯从罗马回来后的一个星期，皇帝举办了一个小聚会，他从自己作的《特洛伊之歌》中选出几小节朗诵给聚会里的人听，当他朗诵完后，大臣们争相赞叹。皇帝向裴特洛纽斯示意，询问他的意见，他答道：

“这首诗太普通了，扔进火里烧掉也不可惜。”

在场的人被他的话吓得心脏都快要停了，尼禄也从没听过有人居然敢跟他说这样的话。只有蒂杰里奴斯在一旁暗自偷笑。维尼裘斯也吓得脸色发白，他甚至认为从没有喝醉过的裴特洛纽斯，这一次真的喝醉了。

尼禄发出温和的声音，可是声音里明显带有自尊心受到重创的颤音，问道：

“你发现这首诗里有哪些缺点了吗？”

这个时候裴特洛纽斯开始没有顾忌。

“他们的话你不要相信，”他一边说着，一边用手指了指周围的人，“他们什么都不懂。如果陛下想知道这首诗里有什么缺点，我可以向你表达我的想法。这首诗在弗吉尔或者在奥维德是好的，甚至在荷马也都是好的，但是对于陛下来说却有伤大雅。诗中描写的大火，光焰不够强，热情不够高。千万别听卢卡奴斯的奉承，这首诗要是他写的话，我该承认他是个天才，但是陛下就不一样了。陛下知道原因吗？因为陛下比他们的修养要高得多，上帝赐予陛下这样伟大的天赋，所以要求自然而然就高很多。原本陛下可以创造出这个世界上最优秀的作品，可是陛下却心不在焉，宁愿饭后睡个好觉，也不愿意多下苦功，因此我斗胆向陛下提出要求，希望陛下能够再刻苦一些，我希望下次可以看见一个更好的作品。”

裴特洛纽斯毫不顾虑地说了这些话，像在嘲笑，又像在斥责，皇帝听着却高兴得眼中带泪，说道：

“上帝没有赐予我多伟大的天赋，但是给了我更宝贵的东西，那就是：一个真正的评判家和朋友，一个唯一能够敢于当面对我说真话的人。”

他一边说，一边将长满红毛的肥手伸向那座从戴尔非城掠夺来的黄金七星灯台，准备把诗烧掉。

但在纸板还没碰到火焰之前，裴特洛纽斯把它抢了过来。

“不，不！”他说，“虽然陛下的御作有不足之处，但这到底还是人类共有的不朽之作，就请陛下将它赐给微臣吧！”

“好吧，那我把它装在我自己发明的圆筒里再送给你。”尼禄一边答话一边拥抱裴特洛纽斯。

过了一会儿，他又说：

“你说的话是对的。我写特洛伊的大火，光焰不够强，热情不够高。我一直觉得，只要能超过荷马我就满足了。是我缺乏自信跟勇气，低估了自己的能力。是你点开了我的思维，让我开阔了眼界。可是你知道我为什么会有你所说的那些缺点吗？雕塑家雕刻神像的时候，需要找模特儿，可是我没有模特儿，我甚至从来没有见过一座燃烧的城市，所以我的描写缺乏真实性。”

“那么我就要说，如果不是一个伟大的艺术家，没有人会留意你所说的这一点。”

尼禄沉思了一下，又说：

“裴特洛纽斯，问你一个问题，对于特洛伊的焚毁，你觉得后悔吗？”

“后悔吗？我凭维纳斯瘸腿的丈夫宣誓，一点都不！假如普洛米修斯没有把火带到人间，假如希腊人没有对普里阿姆发动战争，那么特洛伊城便不会被烧毁。而如果没有那场大火，埃斯库罗斯也创造不出他的《普罗米修斯》，荷马也创造不出他的《埃利奥特》。我认为《普罗米修斯》和《埃利奥特》的出现要比保留那个破旧的小城市更好一些。我想，那个城市本来就贫困肮脏，要是到了现在，那里充其量也不过是安置一个倒霉总督的地方，恐怕还经常跟地方的议会吵吵闹闹，到时候又来麻烦陛下。”

“这话说得太对了。”尼禄说，“因为艺术和诗歌有权利要求，而且也应该为了它们牺牲一切的。阿凯亚人提供给荷马写《埃利奥特》的题材，这是幸福的。普里阿姆目睹自己诞生地的焚毁，也是幸福的。可是我呢？我从没有见过燃烧的城市。”

一阵沉默过后，蒂杰里奴斯终于开口了。

“陛下，我已经向你启奏过了呀，只要陛下一声令下，我就可以立马烧掉安修姆。如果陛下舍不得这些庄园和宫殿，我可以下令烧毁奥斯恰港的船只，或者在阿尔巴诺小山上建造一座木头城市，到时候陛下可以亲自把火焰投出去。不知陛下是否愿意？”

这时尼禄对他投出蔑视的眼光。

“要我去观望木造小屋的燃烧？蒂杰里奴斯，你的头脑是被皇宫的大门挤了吗？再说了，我知道你对我的才能和我的《特洛伊之歌》并不重视。因为依照你判断，任何牺牲都是不值得的。”

蒂杰里奴斯立刻慌乱了，可是尼禄像是要转变一个话题似的，过了一会儿接着说：

“夏天快要到了……啊！罗马肯定是臭气熏天的！可是我还是必须要回去参观夏天的竞技。”

这时蒂杰里奴斯突然说：

“等陛下让诸位大人退下后，请允许我再陪陛下待一会儿……”

过了一会儿，维尼裘斯和裴特洛纽斯一起走出了皇帝的行宫，维尼裘斯说：

“刚刚我可真替你捏了一把汗啊！还以为你喝醉了呢，你这样做真会把自己的命送掉啊！你可是在跟死神赌气啊！”

“那可是我的专长啊！”裴特洛纽斯满不在乎地说，“在这个竞技场上至少我还是占上风的。你看，无论这件事结果怎么样，今晚我的势力必将又大大增加。他刚说要用圆筒装他的诗送给我。我敢跟你打赌，这个圆筒一定华丽尊贵，而且趣味恶劣。因此我要叫我的医生拿去装泻药。另外，我之所以这么做，还有一个原因，蒂杰里奴斯知道我这样做会成功，所以在以后一定会找机会模仿我。我现在就可以想象得出他开口说那些俏皮话会是多么搞笑的场面，就像庇里尼斯山的一头狗熊在走钢丝一样。我就会像德谟克利特那样大笑一场。当然，如果我愿意，是能够打倒蒂杰里奴斯的，并且可以代替他做禁卫军长官。那时连青铜胡子都将落在我的掌握之中。可是我太懒散了。尽管皇上经常拿诗来烦我，可是我甘愿过我现在的生活。”

“把指责转变成恭维，这样的手段真是可怕！可是那首诗真的有那么恶劣吗？那方面的事我真的是一无所知。”

“这首诗跟别的诗相比并不差。卢卡奴斯的一个小手指头都比他能干，不过他对诗歌和音乐具有莫大的爱好，这点也让他有点小本事。今天或者明天那篇《阿弗洛狄忒颂歌》的配乐他就完成了，过两天我们就可以去听听看。听配乐的人不多，大概就只有我、你、屠留斯·塞内乔和年轻的涅尔瓦。说到他的诗，我记得以前跟你讲过吧，维太留斯在宴会中吃得太饱，就把红鹤毛伸进喉咙里，让自己呕吐。而我，是用尼禄的诗让自己呕吐，虽然有时候那些诗也是很动听的。赫库巴的旁白非常动人，她在诉说着分娩的痛苦，而尼禄恰好能够找到适当的表达方式，这样说来，他的每首诗大概都是在分娩的痛苦下写成的。唉……有时候我替他感到惋惜。对波卢克斯发誓，这是多么怪异的混合呀！卡里古拉的脑神经也有这样的怪毛病，但是还没有离奇到像尼禄那种程度。”

“谁也料想不到青铜胡子要疯狂到什么程度啊！”维尼裘斯说。

“是的，以后的事谁也料想不到，几世纪以后人们再谈到这些事，估计头发都会竖起来。但也因为这些事，让我感到生活很有趣。虽然我不止一次像埃及主神阿蒙在沙漠里那样感到厌烦，但是我相信，要是在另一个皇帝身边，我会比这厌烦一百倍。我承认你那个小犹太人保罗的口才还真不错，但是如果像他那样的人在宣扬那种教义，那我们的众神就得好好地当心防备了，否则不知道什么时候他们都被俘虏了。打个比方吧，如果皇帝是个基督徒，我们大家就会感到安全了。可是，你看那个从塔尔苏斯来同我辩论的预言家，并没想到这种不安定正是我的人生乐趣。只要不掷骰子的人就不会丧失财产，可是人们仍然要掷骰子，其中的快乐是可以忘掉现在。我认识几个骑士和元老院议员的儿子，他们曾经就自愿变成角斗士。你说得对，我游戏人生。

“但我之所以这样，是因为我这样做可以让我自己快乐。而你那些基督徒的美德像塞内加的论文一样，我一听就开始反胃口。也正因为这样，保罗的辩论才是徒劳的。他应该理解像我这样的人是绝不会接受那种教义的。你就不一样，像你这样有气质的人，把基督教的名义看作瘟疫，并且痛恨它，或者是干脆变成一个基督徒。我打着哈欠听他讲，却承认他的话是有道理的。我承认我们是在发疯，我们正在奔向悬崖绝壁，有一种不可预知的东西从未来走向我们，有一种东西正在我们的脚下破裂，有一种东西正在我们周围死亡，可是我们知道怎样死去……在现在的情况下，我们不会拿它来增加人生的负担，只要死亡没有将我们打倒，我们就不会接受它。生命不是为死亡而存在的，生命是在为它自己本身而存在的。”

“但是，裴特洛纽斯，无论您说什么，我都可怜您。”

“还是不用你可怜了。从前你在我们当中是过得最开心的，而且你从军到亚美尼亚的时候，对罗马仍然念念不忘。”

“是的，现在我还是想念罗马。”

“因为你爱上了一个住在外台伯河区的基督教的贞女，这样的事，我不想责怪你，因为我觉得很正常，可是，令我奇怪的是，尽管你把这种宗教描述得跟幸福的大海一样，尽管你即将戴上爱情的王冠，可是你的脸上一直显示着悲伤。庞波尼雅·戈莱齐娜也永远是忧心忡忡的样子，从你变成一个基督徒那一刻起，你的笑声就消失了。你不用费尽心思让我相信这种宗教还会给人带来快乐了。因为你从罗马回来的时候比以前更加悲伤了。如果你们基督徒的爱情是要对着巴克斯光彩的鬈发宣誓，我是不会参与的。”

“这是两件事，不能相提并论，”维尼裘斯说道，“我要是不对巴克斯的鬈发发誓，而是向我父亲的灵魂发誓，那么我就不会有像今天这样的幸福生活。不知道为什么我非常挂念她，更奇怪的是，每次我一离开黎吉亚，就觉得她被一种危险威胁着。我不知道是什么样的危险，也不知道那种危险从何而来。可是我有很强烈的预感，就像一场暴风雨将要来临一样。”

“你再等两天，我想办法让你离开安修姆，据我所知，波佩雅已经安静下来了，她那里不会对你或黎吉亚有什么威胁的。”

“可是波佩雅今天还问我去罗马做什么，不过我离开的时候没有其他人知道。”

“也许她安排了侦探在跟踪你，不过，有我在，她也不敢有什么大动静。”

维尼裘斯停了一下说：

“保罗对我说过，上帝会不定时发出预告，但是不许我们去相信这种预告，所以我也尽力不去相信它，但我还是克制不了自己。我把这件事告诉您，好把我心里的压力减轻一些。在一个同此刻一样寂静的夜晚，我跟黎吉亚并排坐着，一起计划着我们将来的生活。我不知道该怎样向您表达我们当时是多么的安静和快乐，我不知道该怎样讲。可是突然间狮吼炸开，也许这种事在罗马是很平常的，可是从那刻开始，我的内心便充满了恐惧，我总觉得那个狮吼中隐藏着什么威胁，似乎是一种不幸降临的预兆……您知道我以前是一个不会害怕的人，可是自从那一夜之后，我便觉得黑暗中到处充满着恐惧。这件事说来也奇怪，那个狮吼声来得太突然了，我甚至感觉现在还在我的耳边回响，我的心里总是惶恐不安，好像黎吉亚正在请求我保护她避开某种恐怖……也许就是避开那些狮子！正是要避开那些狮子。我真的很痛苦，希望您能替我求情，让我离开安修姆。就算得不到许可，我还是会走的。我绝对不能留下来！我再说一遍，我绝对不能留下来！”

裴特洛纽斯笑出了声。

“我们还没有走到这一步，”他说，“有人甚至会把执政官的儿子和他们的妻子放在竞技场上给狮子吃掉。什么样的死法你都会碰到。而且你怎么知道那声音就是狮子的呢？日耳曼的野牛吼叫声也跟狮子很像啊。至于我呢，只能自嘲命运了。昨晚天气很好，我看见一群流星打天空划过。很多人看见这个场景，都认为是凶险的征兆。可是我却在想：如果我是那些流星中的一颗，我一定不会缺少伙伴……”

然后他沉默了一会儿，接着说：

“如果你们的基督在死后升了天，也许可以保佑你们逃离死亡。”

“他会的！”维尼裘斯凝望着繁星密布的天空说道。

41

尼禄演奏他自己谱成的诗歌《塞浦路斯的女神》，并把它当作音乐演唱出来。那天他的嗓音极其具有感染力，就连他自己也感觉到，他的音乐达到了酒不醉人人自醉的地步，这种感觉使他的歌唱更加有力，升华了他的灵魂，仿佛一道神光照向他，给予了他灵感。那源自内心的感动，竟使他的面色苍白。他没奢望听到听众的溢美之词，这或许是他人生的第一次，他那修长的手指轻抚过三角竖琴，就像一个孤傲的王子低着头，默默地坐着。突然，他急促地站起来说道：

“我累了，需要出去透透气，麻烦你们帮我暂时把竖琴调试好。”

说着，他将那一方丝巾缠绕在他那如白天鹅般的脖颈上。

“你们随我来，”他对着坐在房门一角的裴特洛纽斯和维尼裘斯招手说道，“维尼裘斯，把你的肩膀借我一用，我的力气都用光了，裴特洛纽斯可以和我探讨下音乐。”

他们相互搀扶着走到用雪花石膏铺地并撒满了普红花的露天阳台上。

“在这里我可以更畅快地吸纳更多的新鲜空气，”尼禄说，“我的神魂受到了感动，意志有些消沉，但是我已知晓，我刚才提前演唱给你们听的已经可以在公众面前表演了，而这样的成功将是罗马史上前无古人的成就。”

“在此地，在罗马，甚至在阿凯亚，都可以当众演出，献上我最诚挚的敬意赞美主上！”裴特洛纽斯欢快地说着。

“我了解你，你自由惯了，过于懒散，不愿意阿谀奉承别人，你像屠留斯·塞内乔一样真诚，但是你比他更有远见卓识——你对音乐有什么看法？”

“当我用心聆听着诗歌，当我注视着陛下在比武场驾驶着豪华马车，当我全身心凝望着美丽的雕像、殿堂或图画，我以为我透彻地理解了我所看到的东西，我在神游间把它们所能付出的一切吸纳进来。但是当我听到音乐的时候，尤其是陛下的音乐，每时每刻都有着新的良辰和美景在我的眼前如画般铺开，我努力追逐着它们，竭尽全力地想要捕捉它们，但又有新的、更新的，正如无限涌来的大海波涛一样，在我还没把它们完全吸收进来以前，汹涌地冲了过来。所以我想表达的是，音乐仿佛大海，我们站在岸边眺望着前方，却怎么也看不到它的彼岸。”

“哇，没想到你有这么深的学识啊！”尼禄说。

他们无声地散着步，偶尔他们脚下踩着的普红花的叶子似痛苦般地发出轻微的低吟声。“你表达出了我的思想，”尼禄终于说，“为此我经常说，在整个罗马，只有你才是真正了解我的人，正因为如此，我对音乐的见解跟你是一样的。当我置身于那个境界时，我仿佛看见了我的土地上或这世界上所真实存在但我却不认识的东西，我是这个国度的皇帝，整个世界都是我的，我拥有无边的权力，但是音乐为我开启了一段至今未曾谋面的新的国土，那里有新的山岳、新的海洋、新的快乐。然而十之八九，我却经常说不出它们的名称，也不能掌握它们，我只能去感悟，我感觉到了众神，看到了神山奥林匹斯，更有某一种不属于这个时空的微风轻抚过我的身躯，我想是在浓浓的迷雾中注视着某种不着边际的东西，但那又如浩日般宁静又明亮……整个天体流转在我周围，我坦白地对你说……”说到这里，尼禄的声调骤然拔高，发出颤音，“我、皇帝和神，在这样的光景中，感受到自己如沙粒般渺小，你相信吗？”

“是的，有且只有最伟大的艺术家在艺术面前，才有能力感受到自己如沙粒般的渺小。”

“这是美妙的一个夜晚，因此我在你面前就如对着最亲的人那般显示了我的神魂，我还想深入和你谈一谈。你觉得我是蒙蔽了双眼或是失去了思考能力吗？你以为我不知道那些事情吗？罗马城的愚民们在城墙上刻下了一些侮辱我的话语，讽刺我是杀妻弑母的恶魔，人们把我视作怪物和暴君，仅仅是因为蒂杰里奴斯收到的一些死刑的诏书并且杀死了我的敌人。是的，我最亲爱的子民们以为我是一个怪物，没什么事瞒得过我，所有人都在议论我的冷漠与无情无义，导致我自己甚至都要问我自己：我是真的如此残酷吗？然而他们并不了解，任何一个人的行为在某一时刻或许会是残酷的，但是他本人并不如此。啊，没人这么认为，亲爱的你或许也不会这么想，当音乐安抚着我那残缺的神魂时，我总以为自己如熟睡在摇篮中的婴儿般那么善良，以我头上至高璀璨的繁星发誓，我所说的话绝无半点虚假。愚民们所不知道的是，有多少善良纯真掩埋在这颗赤子之心里，当音乐打开了通往这颗心的大门，我看见了多少宝藏深埋于此处啊！”

裴特洛纽斯对尼禄的这些话深信不疑，更不会怀疑他的内心深藏的如高山般自私、放纵的音乐能力，镇压着他的灵魂，把他带领到更加高贵的地方去，他说道：

“罗马从来不真诚地欣赏陛下的才能，人们必须要像我一样对陛下的才能作最亲近的认知。”

皇帝把沉重的身体靠在维尼裘斯的肩膀上，好像他的身体被委屈压得站不住了，然后说道：

“蒂杰里奴斯，元老院里的人都在交头接耳地说，狄奥多鲁斯和台尔普诺斯弹三角竖琴都比我弹得好。我连这一点都受人排斥！我知道你一向最诚实，请你告诉我，他们真的比我弹得好吗？”

“不！怎么可能呢！陛下的才能比他们高超多了！而且从陛下的演奏中就可以看出那就是一个大艺术家的作品。而他们最多是一个熟练的杂工而已。不过相反的是，听了他们的音乐之后，才能更加显现陛下的技艺高超。”

“如果真的是这样，那就让他们继续活下去吧。他们永远也不会知道你曾经帮了他们多大的忙。如果杀了他们，还要找人去代替他们，得不偿失啊。”

“不仅是这样，而且人们还说虽然陛下爱好音乐，可是在圣明的统治下，他却把音乐破坏了。圣明的主上啊，您千万不能为了音乐而残害音乐啊！”

“你和蒂杰里奴斯说的截然不同。”尼禄说道，“我本是一个普通的艺术家，但是由于音乐为我开辟了一个我不曾想象到的国度、我不曾涉及的领域、我不曾拥有过的幸福跟快乐，所以我过上了不平凡的生活。是音乐让我明白，这个世界存在着不平凡的意境。所以我把众神赋予我的权力用来探究这个意境。要想登上奥林匹斯神山，我必须做出那些无人能及的事情来，无论是好是坏，我都必须要超出凡人！我知道人们都在说我是个疯子，可是我并没有疯，我是在探索！就算我疯了，那也是因为在探索的路上，焦躁跟厌烦使我疯了！你应该了解我是真的在探索。我只是希望我比凡人更伟大，因为只有这样，我才能成为一个真正伟大的艺术家。”

为了不让维尼裘斯听到，说这些话的时候他放低了音量，他把头贴近裴特洛纽斯的耳朵，悄悄地说：

“你知道我处死我母亲和妻子的真正原因是什么吗？因为我要在那个未知世界的大门前供奉一个作为人所能奉献的伟大牺牲。然后看见某一道大门被打开，通过这道门，我便可以看见那些未知的东西。就算那些未知令人害怕，甚至那只是人们臆造出来的概念，但只要它是不平凡的，我都愿意去探索……为了打开最高最神圣的天界之门，这些牺牲显然是不够的。为了付出更大的牺牲，那么就依照女神的旨意去做吧！”

“陛下打算怎么做呢？”

“你很快就会知道了。不过现在你要相信有两个尼禄，一个是凡人所认识的，另一个就是只有你知道的那个艺术家。若说他只会残害别人，或者像疯狂的巴克斯，那是因为他被千篇一律的平凡生活烦躁到要窒息了，就算我用火把它们烧掉也无济于事！天哪……要是我离开了这个世界，这个世界将是多么无趣啊！谁也不会知晓我是一个什么样的艺术家，就连你也不会明白。正因为这样，我才异常苦恼。我很真诚地告诉你，我内心的灵魂像阴郁的柏林一样黑压压地伫立在我的面前。而你应该明白，一个人在同时担负着至高无上的权力和最伟大的才能的压力时，是十分痛苦的……”

“我非常同情陛下，大地和海洋也很同情您，更别说维尼裘斯了，他可是从灵魂深处把陛下奉为神灵啊。”

“他也是我永远爱的人，”尼禄说，“尽管他一直在服侍玛斯，而不是缪斯。”

“他主要服侍阿弗洛狄忒，”裴特洛纽斯答道。于是他突然决定把他外甥的问题也一次性解决了，同时解除掉可能威胁到他的各种事情。

“他正在恋爱，就像特洛伊勒斯和克莱西妲一样，”他说，“陛下，你就让他回罗马吧，不然他会死在这里的。陛下可知道你赏赐给他的那个叫黎吉亚的人质又找到了吗？维尼裘斯在来安修姆的时候，把她交给一个名叫黎努斯的人照看。由于陛下当时正在抒写颂诗，那是比任何事情都要重要的，所以我没有提起这件事。维尼裘斯原本想让她做自己的情妇，可是当他看见她表露出像卢克丽霞那样高尚的品德时，他居然真的爱上她了，现在他想要跟她结婚。她的父亲是一位皇帝，所以还算门当户对。可是他是一个传统的军人，又怕圣上不允许，每天都在唉声叹气中等待圣上的意旨。”

“军人的老婆可不是君王选择的啊，他为什么要等待我的意旨呢？”

“圣上啊，我之前不是已经说过，他把陛下奉为神灵啊。”

“如果真是这样，那他应该有把握我一定会批准的。而且那个姑娘为人善解人意，只是屁股太瘦小了。记得波佩雅皇后曾经对我说过，她之前在帕拉修姆宫的花园里把我们的孩子蛊惑了……”

“可是我也对蒂杰里奴斯说过，众神是不会向邪魔外道屈服的。不知圣上是否还记得他当时慌乱的样子？陛下当时还说了一声：‘打中啦！’”

“我记得的。”

他转过身来朝维尼裘斯说：

“你真像裴特洛纽斯所说的那样那么爱她吗？”

“是的，陛下，我爱她！”维尼裘斯回答。

“好……那我命令你明天就去罗马跟她结婚，在你没戴上结婚戒指之前别让我看见你。”

“真是太感谢陛下了！我永远不会忘记陛下的恩情。”

“呵呵，这真是一件令人感到幸福的事！”皇帝说，“希望我一生中可以多做些这样的事。”

“圣上啊，能再赏给我们一个恩惠吗？”裴特洛纽斯说，“在皇后面前宣布一下圣上的意旨吧。维尼裘斯可不敢娶一个皇后不喜欢的女人做老婆啊，只要陛下说一句话，明示这次婚姻是皇上的意旨，那皇后就不会有意见了。”

“没问题，”皇帝说，“只要对你或维尼裘斯有帮助的，我一定尽己所能。”

他转身朝行宫的方向走去，他们跟在后面，对于这次胜利，他们内心充满着欢乐。维尼裘斯已经高兴得不知道该怎么办才好了，真想紧紧抱住裴特洛纽斯的脖子，他觉得现在所有的危机和障碍都已经清除了。

年轻的涅尔瓦和屠留斯·塞内乔正在行宫的前厅陪皇后聊天。台尔普诺斯和狄奥多鲁斯在摆弄着三角竖琴。尼禄走进来，坐在镶嵌着乌龟贝壳的天师椅上，他向身边一个希腊奴隶小声说了什么，然后等待着。

不久那个侍童拿了一个金匣子回来给尼禄。尼禄从里面拿出了一串大猫儿眼的项链，说道：

“这个宝石跟今晚实在是天作之合。”

“它们发出女神般的曙光。”波佩雅说着，她已经确信这串项链是要送给她的了。

皇帝将那串淡红色的宝石一会儿拿起，又一会儿放下，最后说道：

“维尼裘斯，我命令你同黎吉亚皇帝的女儿结婚，现在你替我把这串项链送给她吧。”

波佩雅惊了一下，她那充满愤怒的目光从皇帝转向维尼裘斯，最后落在了裴特洛纽斯的身上。

可是裴特洛纽斯满不在乎地斜靠在椅子把手上，若无其事地用手抚摩着竖琴的背面，仿佛要把这架琴的形状深深刻在自己的脑子里。

维尼裘斯收了礼物并道了谢，对裴特洛纽斯说：

“你今天为我做这样的事，我该怎么报答你呢？”

“那就给欧特尔普供上一对天鹅吧，”裴特洛纽斯说道，“赞美皇帝的歌曲，并嘲笑那些预兆。这样的话，那些狮子的吼声就再也不会打扰你和你那朵黎吉亚百合花的休息了。”

“真的，”维尼裘斯说，“我现在已经完全平静下来了。”

“但愿命运女神可以眷顾你们。不过，现在你要注意了，皇帝要拿起他的月琴了，千万别出声，要用心去听，而且要感动得流出眼泪来。”

皇帝果然拿起了月琴，并扬起眼睛。大厅里立刻停止了谈话，大家像石化了一样在原地静坐着。台尔普诺斯和狄奥多鲁斯正在聚精会神地给皇帝伴奏，时不时还相互示意，看着皇帝的嘴角，等待着歌曲的第一声响起。

忽然从门道里传来了一阵喧闹和脚步声，此刻皇帝的解放奴隶法翁首先从帷幕后探出头来，执政官莱卡纽斯紧跟在他身后。

尼禄皱着眉头。

“皇上，请息怒！”法翁喘着气说，“罗马起大火了！大半个都城都燃烧起来了！”

听了这个消息，在座的所有人都跳起来，尼禄放下手中的月琴说道：

“众神啊……我就要看到一座燃烧的城市了，我即将完成我的《特洛伊之歌》了！”

然后他回过身来面对执政官说：

“我现在去，还可以看见这场大火吗？”

“圣上啊！”莱卡纽斯的脸色像墙壁一般苍白，答道，“整个都城现在已成一片火海，里面乌烟瘴气，市民都快要被闷死了，有的人已经昏倒了，还有的人像疯了一样朝火海奔去……圣上啊，罗马就要毁灭了！”

大家都陷入了沉默，维尼裘斯的喊声将沉默打破了：

“我真是太不幸了！”

他把宽袍扔在地上，穿着紧身衣就从行宫里跑了出去。

尼禄举起双手，对着天叫道：

“可怜呀……普里阿姆的圣龙！”

42

维尼裘斯用不多的时间告诉几个奴隶紧紧跟着他，然后一跃上马，在漆黑寂静的夜里，沿着安修姆的空旷街道，朝劳伦屠姆的方向飞奔而去。在这个令人震惊的消息的影响下，他一直处在疯魔般和精神失常的状态中，甚至有时他都弄不清楚究竟自己身上发生了什么可怕的事情。他能感觉到的，不幸正跟他一起骑在马上，坐在他的背后，在他耳畔嘶吼着："罗马起火啦!"这喊声鞭策着他和身下的骏马，催他们奔向那一团火光。

他光着头伏在马脖子上，一件紧身上衣紧紧地贴在他的身上，疯狂地奔驰，不看前方，也不注意什么障碍或许会被他撞倒。在宁静中，在寂静和满天星斗的黑夜里，月光洒在马和骑马人的身上，像梦中的幻影一样。他那匹伊杜梅亚产的牡马，低垂着耳朵，把脖子伸得老长，像离弦的箭般从静止的柏木林和树林保护着的白色别墅中间蹿过去。马蹄踏过石板的声响，惊动了沿路的一群狗，狗吠着追赶这个奇怪的东西。

后来，这飞快的影子使它们疯狂起来，它们扬起头对着月亮开始狂吠。紧追在维尼裘斯身后的奴隶们，由于马匹跑得不够快，很快就落后了。他就如龙卷风般独自冲过了睡眠中的劳伦屠姆，直奔阿戴亚。自从他到安修姆来的那一天，他在那里以及阿里恰、勃维雷和乌斯特里努都安置了马匹，以便把他和罗马之间的旅程尽可能地缩短。想到这些驿马，他就毫不客气地挥动着马鞭，鞭笞着身下的骏马。

过了阿戴亚，他仿佛觉得东北方的天空映射着蔷薇色的反光。那也许是一片曙光，因为时间已经所剩无几，而在7月，天亮得又早。但维尼裘斯不禁发出愤怒和绝望的呼喊，在他看来，那正是被大火烧成一片红光的天空。他想起了莱卡纽斯的话："整个都城现在已成一片火海……"在这一瞬间，他觉得他真的快要崩溃了，因为他已经没有了任何希望能够搭救黎吉亚，而且在城市烧成一堆灰烬以前，他甚至连城里都赶不到。他那比马匹奔跑得还要快的千头万绪的思想，像是一群奇形怪状又让人绝望的黑鸟在前方飞奔。

他当然不知道城市的哪一部分起了火，可是他猜想那挤满了住户、木料厂、仓房和贩卖奴隶的木造小屋的外台伯河区，很可能是最初起火的地方。在罗马，火灾经常发生，暴行和抢掠伴随着每次火灾的发生而发生，尤其是在贫困和半野蛮人居住的地区。所以像外台伯河那样被来自世界各地暴徒巢居的地方，还有什么事情不会发生呢？这时在维尼裘斯的脑海里，乌尔苏斯和他那非人般的力量，像猎豹般掠过去，但是一个人，即便他是一个巨人也好，那火焰的毁灭力量又怎么抵挡得住呢？“害怕奴隶们可能会发生叛乱”这个想法多年来都像梦魇般压得罗马人喘不过气来。据说有千千万万的人仍然对斯巴达克斯的时代充满着向往，一心在等待有利的时机，抓起武器来反抗他们的压迫者以及这个城市，而现在这个时刻已经来到了！也许在都城里，战争和屠杀已经随着大火一起爆发了。

禁卫军甚至可能接到皇帝的命令，正在城里进行猛烈进攻，屠杀着无辜的人民。于是维尼裘斯顿时怕得头发如同被电击一般竖了起来。他的脑海里回忆起关于烧毁城市的各种谈话近来在皇宫里以一种“野火烧不尽，春风吹又生”的顽强性再一次爆发出来。他回想起皇帝的诉苦，说他无法亲眼见到一场真正的大火却又不得不描写一个燃烧的城市，蒂杰里奴斯曾经上奏烧毁安修姆或是一座人工的木造城市，而等待蒂杰里奴斯的却是他冰冷的答话，最后，他抱怨罗马和苏布拉区那些到处充满瘟疫的胡同。是的！皇帝亲自下令烧毁了城市！只有他能发出这样的命令，也只有蒂杰里奴斯才肯做这样的事。

如果说罗马的烧毁是遵照皇帝命令行事的，那么谁能担保他不会下令屠杀居民呢？这种事只有他那个怪物做得出来。于是纵火、奴隶暴动，还有屠杀……这是多么可怕的混乱，这些破坏的元素和人间的疯狂在纵情地发泄！而黎吉亚正被卷入这一切之中！维尼裘斯的呻吟声同马的鼻息和嘶鸣声混合在一起，前往阿里恰的道路是一条上坡路，向上坡路奔驰的马几乎要筋疲力尽了。谁能把她从那个燃烧的城市解救出来，又有谁能搭救她呢？想到这里，维尼裘斯把整个身子趴在马身上，手指插进自己的头发里，痛苦得想要张嘴去咬马脖子。这时正好有一个骑马的人也像风一般奔驰着，可是却朝着相反的方向到安修姆去，嘴里喊着的“罗马正在灭亡”的声音也随着他奔跑而去。维尼裘斯耳里还听到另一句呼喊：“众神呀！”其余的话都淹没在马蹄声中。但是这句呼喊使他如梦初醒。

众神呀……维尼裘斯突然抬起头来，朝着璀璨明亮的天空伸出双臂，开始祈祷：“我不是向你们呼吁，你们的庙堂正在燃烧，可是主啊……你本人曾经也受过苦难，只有你是慈悲的人！只有你了解人间的疾苦啊！你曾经来到世界教人以慈悲为怀，现在就请你显显灵吧！如果你真像彼得和保罗所说的那样，能够替我拯救黎吉亚，请你把她抱在怀里，用你的能力把她送出火焰！把她送给我！我愿意用生命跟你交换。如果你不愿意为了我这样做，那就为了她这么做吧！她爱你，她信仰你！虽然你预言了死后的生活和幸福，但死后的幸福她是不会错过的。现在她还不愿意死，所以请让她活下去吧。请你把她抱在怀里，把她送出罗马。你一定能够做到的，除非你不想这么做……”

他停止了祈祷，因为他感觉再这样下去会变成恐吓，而这种恐吓是对神的冒犯。他害怕在他最需要神的慈悲和恩泽的时候冒犯了神，连一丁点冒犯的念头都会让他觉得毛骨悚然。于是，为了不让一丝冒犯的念头进入大脑，他又鞭打着马，特别是到了罗马的中途站阿里恰以后，他把马鞭打得更响了。不久，维尼裘斯向城市前树丛中的墨丘利神殿奔去，此时他望见了台阶上和圆柱间的人群，人们手持火炬，争先恐后地要躲进神的庇护之中，这使得神殿前异常混乱。很明显，人们已经知道了这次灾难。

维尼裘斯骑着马在大路上像旋风一样冲进阿里恰，路上已经不再像路过阿戴亚时那么空旷、那么行动自由了。一路上这位骑士看到有好多人正沿着小路向丛林奔去，然而大路上也有不少人在他面前东奔西跑，他不时撞倒或践踏着路上的行人，这时从镇上传来了嘈杂的人声，可以依稀听到“罗马着火啦！都城起了大火！愿众神保佑罗马！”的呼喊声。

维尼裘斯刚到旅店门口，马就跌了一跤，可他用强劲的手用力将马一勒，马腰又挺了起来。奴隶们站在旅店前，像是正等待着他们主人的到来，他们听了维尼裘斯的吩咐后抢先将他在这家旅店里安置的一匹新马牵了出来。这时维尼裘斯望见了约有十个骑兵的禁卫军小队，他们显然是从都城到安修姆去送消息的。他跑到他们面前问道：“城里哪个地方起火了？”

“你是谁啊？”这十个人的队长问道。

“我叫维尼裘斯，是一个皇族和军队保民官。赶快回答我的问题，否则当心你的脑袋！”

“大人，是大竞技场附近几家店里起的火。等到派我们出发的时候，都城的中心也起了火。”

“那外台伯河区呢？”

“外台伯河区还没有被烧到，不过火势很猛，怎么也防不住，随时都有可能烧到外台伯河区。热气和烟雾快要把人闷死了，火势根本就没有办法遏制。”

正在这个时候，人们把新马牵了过来。维尼裘斯跳上了马背，飞奔前进。他现在朝阿尔巴努的方向奔去，在他右边的阿尔巴·萨加镇和那片优美的湖渐渐地落在了后方。阿里恰公路位于山脚下，地平线几乎全部被遮住，阿尔巴努则在山的另一边。可是维尼裘斯知道，到山顶之后，他不仅可以看见勃维雷和给他准备了新马的乌斯特里努，还可以看见罗马。因为一过阿尔巴努，在阿皮亚大道的两边就是坎巴尼亚低下的平原，沿着大道弯弯曲曲的盘旋，一直通往都市，就再也没有任何障碍遮住视野了。

“我在山顶上可以看见火焰。”他自言自语地说。

于是他又开始猛烈地鞭策他的马。

可是他还没有到达山顶的时候，对面就吹来了一阵风，有一股烟雾也吹进了他的鼻孔。

同时，山顶上突然闪出了一道金光。

“这就是火光！”维尼裘斯心里想。

黑夜即将过去，曙光即将到来。附近的各座高山上都闪现着金黄和淡红的光辉，不知道是火光的映衬还是因为曙光的投射。维尼裘斯终于上了山顶，这时一片可怕的景象映入他的眼帘。

山下几乎完全被烟雾笼罩着，仿佛被一片云海包围着。城市、大水管、宫殿和树木全被烟雾掩盖了。在凄凉的灰白色的平原对面，城市正在丘陵上熊熊燃烧着。

这场大火，像一条延绵不断的环带，在燃烧的时候呈现出一道火柱的形状，像曙光的光圈。

在这条环带的上方笼罩着波涛般的烟云，有些乌黑的地方呈现出鲜红的血色，浓烟滚滚，渐渐在膨胀，黑压压的一团，环绕上升，像极了蜿蜒前行的蟒蛇。那些奇形怪状的烟雾有时甚至把火焰的环带都遮盖住了，把它变成像一条丝带那么狭窄。可是一会儿，这条丝带从底下把烟雾照亮，把底层的烟圈瞬间变成了火焰的波浪。这两股波浪从天空的这一边延伸到另一边，遮住了半个天空，像大片的森林把地平线遮住了一样，没有一点山丘的痕迹。

维尼裘斯猛然一看，忽然觉得燃烧的不仅是这个城市，而是整个世界。似乎没有一个生物能从这片烟雾和火焰的海洋中逃出来。

风时不时地吹向维尼裘斯，而且越来越猛，风里夹杂着燃烧物的渣滓和烟火气味，附近的物体全部都被盖住了。火光实在是太大了！此刻太阳出现在阿尔巴努四周的山顶上，那明亮的金黄色的晨光，带着红点，穿过烟雾，令人昏昏沉沉的。维尼裘斯从阿尔巴努的山顶上下来，向越来越浓、越来越不透明的烟雾走去。整个城市都在烟雾中淹没了。惊慌失措的市民们已经跑到街道上去了。即使是在这里，呼吸也很困难，更何况是在罗马呢！光是想想就令人感到恐惧。

维尼裘斯再次陷入了绝望，恐惧使他的头发都竖了起来，但他尽可能地让自己平静下来。他心想，整个城市不可能全部起火了。风从北方把烟气朝这个方向吹来，对面便不会有烟气了。外台伯河区因为和罗马隔着一道河，所以没有受到什么损害。但不管怎么样，乌尔苏斯都可以穿出亚尼库鲁姆的门，带着黎吉亚从危险中逃出来。而且，这个城市的居民不可能一个也活不下来。所以黎吉亚一定不会死的，更何况上帝在保护她，她一定会战胜死亡的。他这样想着，又开始祈祷起来，像以前一样习惯性地向基督宣誓，而且承诺会奉上礼物和供品。几乎所有的阿尔巴努居民都爬到屋顶和树上凝望着被火光笼罩着的罗马。从阿尔巴努走出来，他开始冷静下来，恢复了心灵上的平静。

他还想起，黎吉亚不仅有乌尔苏斯和黎努斯保护她，还有使徒彼得在身边。想到这里，他的心里便又鼓起了勇气。因为在他的心目中，彼得永远是一个令人不可思议的神人。自从他在奥斯特里阿努听他讲过道，他的形象便一直深深地刻在维尼裘斯的脑海里。当他刚刚住进安修姆的时候，他就写信给黎吉亚谈到这一点，说那个老人的一字一句都是正确的，并且今后一定会证明它的真实性。在维尼裘斯生病期间，他同老人有了更加亲密的接触，越发增加了他的这种感觉，后来居然变成了一个不可动摇的信仰。既然彼得已经为他的爱情送上祝福，而且还把黎吉亚许配给他，那么，黎吉亚一定不会在火焰中消失。

这个城市也许会被大火烧成灰烬，但不会有一星火花碰到她。维尼裘斯一夜未眠，在疯狂的马上奔驰，在各种情绪的影响下，他被一种奇怪的精神奋发地控制住。在这种状态下，他觉得一切都是可能的。只要彼得朝火焰画一个十字，开口说一句话，他们就可以安然无恙地从火焰的胡同中走出来。彼得可以预知未来的事情，所以他早就预见了到这场火灾会发生。既然如此，他怎么可能不会发出警告把基督徒从城里带领出来呢？尤其是他视如亲生女儿的黎吉亚。时刻高涨的希望沁入维尼裘斯的心中，如果他们已经从城里逃出来，他也许会在勃维雷找到他们，或者是在回去的大路上碰到他们。烟雾在整个辽阔的坎巴尼亚原野上蔓延着，那个熟悉的面孔随时都有可能会从烟雾里出现。

在路上他遇到的人越来越多，人们离开城市向阿尔巴努山走去，他们从火焰里逃出来，希望能走到烟雾圈外。此刻维尼裘斯觉得他的想法更加合情合理了。在去乌斯特里努的路上，因为人太多，他不得不放慢了马步。除了背着一捆捆东西步行的人，他还遇到载运杂物的骡马和装满东西的货车，甚至还有奴隶们抬着的轿子，里边坐着有钱的市民。

乌斯特里努市集的广场上，庙堂的柱廊下以及大街上，到处都有人在搭帐篷，还有一些人在露天大声喊叫，向众神呼喊，诅咒命运。他们都是一群一群从罗马逃亡来的人，维尼裘斯没有办法从人群中挤过去了，他找人问话，大家要么不理睬他，要么睁着惊慌失神的眼睛回答说："城市和世界都要毁灭了！"从罗马的方向时不时会拥来刚到这里避难的人群，场面越来越混乱，越来越喧闹。有些人在人群中迷了路，拼命地在找他们失散了的人。还有一些人在寻找搭帐篷的地点。从坎巴尼亚涌到这个镇上来的半野蛮的牧人，向各处打探消息，并且趁着鼓噪喧哗偷盗跟牟取利益。各色人种的奴隶们和角斗士到处都是，他们开始掠夺镇上的住户和别墅，并且同出头保卫市民的士兵们打了起来。

维尼裘斯在旅店门口遇见了元老院议员尤纽斯，他被一小队巴达维亚奴隶们护拥着，议员第一个为他详细地描述了大火的详情。

起火的地方确实是在大竞技场附近，在靠近帕拉修姆宫和凯利亚小山的地方，以无法遏制的速度蔓延开来，现在市中心已经全部起了火。自从布仑奴斯时期以来，罗马从来没有遭遇过像这样骇人听闻的灾难。“整个竞技场以及周围的店家和住房全都烧起来了！”尤纽斯说，“阿文蒂涅山和凯利亚山已经烧起来了，包围帕拉修姆宫的火焰已经蔓延到卡里内的郊区……”

说到这里，尤纽斯从地上抓起了一把肮脏的泥土，撒在自己的头上，开始绝望地呻吟着。他在卡里内郊区有一所奢侈豪华的住宅，满屋子都是他最爱的艺术品。

这时维尼裘斯抓住他的肩膀摇晃着。

“我的房子也在卡里内郊区啊！”他说，“可是我们要是连命都没有了，还要房子做什么！”

然后他想起黎吉亚也许会听从他的建议搬到奥鲁斯家里去，便问道：

“帕特里裘斯街怎么样了？”

“已经烧到了！”尤纽斯答道。

“外台伯河附近呢？”

尤纽斯惊愕地望着他。

“你管外台伯河做什么？”一边说着，他一边用手掌紧紧按住自己发痛的脑门。

“外台伯河区对于我比罗马的任何地方都要重要啊！”维尼裘斯咄咄逼人地喊叫着。

“你只有走港口路才有可能走得过去，因为在阿文蒂涅山附近，你会被烟气闷死的……至于外台伯河，我就不清楚了……火好像还没烧到那里，可是现在就不确定了，也许上帝会知道……”

尤纽斯犹豫了一下，然后低声说道：

“我知道你不会出卖我的，所以我要告诉你，这可不是一场普通的火灾……上级下令不许人们到竞技场去救火……当四周的房屋都烧起来的时候，我亲自听到成千上万的人喊着：‘谁救火就杀掉谁！’有些人在城里到处跑着朝屋顶投扔燃烧的火把……人民暴动起来，大呼大喊，说都城是奉命烧毁的。我现在已经无话可说了，这个城市真是太可怜了，我们大家更可怜啊！那里到底发生了什么事，不是一句话两句话就可以说得清楚的。人们有的在大火里葬送了性命，有的在混乱中互相厮杀……这里简直是罗马末日！”

他开始反复地说：“可怜啊！我们同这座城市一样可怜啊！”可是维尼裘斯跳上了马，匆忙在阿皮亚大道上前进。

像一道河流般，从城市涌现出了人群和车辆，而他正在这股河水中无端地挣扎着。被怪火包围的这个城市，像是明晃晃地托在他的手掌上，横卧在他的面前……从烟雾和火海的方向，扑来了恐怖的热气，人们的鼎沸声都无法掩盖火焰的吼声和嘶嘘声。

43

直到维尼裘斯来到城墙边，他才知道进城可比到达罗马要难得多。阿皮亚大道上，人群拥挤，向前奔跑就变得有些不太可能。大路两边的宿营地，曾经是房屋、田野、墓地、花园和庙堂。在阿皮亚门附近的玛斯神殿里，各道门都被群众拆除了，以便到夜晚时能用来安身。在墓地里，人们争吵着，甚至打到流血，只为了能进入到纳骨堂中。跟都城城墙下的混乱比起来，在乌斯特里努的混乱情况只能算是小小的预演。法律的尊严、官职、家系、阶级的差别，全都被抛之脑后了。市民被奴隶们拿着棍子追打。

角斗士们从市场上抢了酒，喝得烂醉如泥，成群结队地乱喊乱叫，在附近的广场上东奔西跑，驱散了人群，市民们被踩在脚下，肆意掠夺。从贩奴的市集里逃出来好多在城里等着被出卖为奴的野蛮人，在他们看来，罗马的焚毁和灭亡，同时也是奴隶制度的末日和复仇的时刻，因此当居民全部资产都在火里化为灰烬时，他们绝望地朝众神扬起了双手，呼天抢地地祈祷。人群被这些奴隶快乐地吼叫着赶散了，他们从人们身上剥下了衣服，把比较年轻的妇女掠走。早已在城里服务的奴隶，身上赤裸裸的，从可疑的街道中跑出来，屁股紧紧缠着一方羊毛腰带，样子非常可怕。他们从不曾在光天化日之下走在大街上，所以很难想象出罗马会有他们的存在。由亚细亚人、非洲人、希腊人、色雷西亚人、日耳曼人、不列颠人组成的毫无顾忌的人群，愤怒地发泄着他们多年来的悲惨和苦难，用世界上各种方言吼叫着，认为时机已经到来，可以痛快地得到应有的补偿了。

在白昼和火焰的辉煌中，在这澎湃的人群波浪中，禁卫军的头盔人影浮动着，爱好和平的居民躲在他们的保护之下，禁卫军在许多地方都会遇上愤怒的群众，双方大打出手。在维尼裘斯曾经见过的好几次城市的占领中，从来不曾目睹过这样的景象：在无限的混乱之中，有的伤心绝望、流泪呻吟，有的悲喜失常、如醉如痴、愤怒发狂、肆无忌惮。火焰在这如潮水般疯狂的人群上方嘶吼着，直冲这世界上最大城市的山顶，朝着人群吹送着它那炽热的气息，散发着浓浓的呛人的烟雾，把他们掩埋起来，简直不可能透过烟雾望见蔚蓝的天空了。青年保民官时刻不顾生命的危险，用尽最大的力气，终于一路闯到阿皮亚城门口，然而等待他的是那可怕的热气，他看出从卡丕那门的那一区走进城里是不可能的了，这倒不仅是因为人群的关系，而是城门里充满了雾气，全是恍恍惚惚的。此外，在特里杰尼亚城门口，当时还没有架设善神庙对面的那一座桥，因此谁要想越过台伯河便必须绕过阿文蒂涅山，从现在一片火海的地区走去，从苏布里袭斯桥冲过去才行。

然而这已经是不可能的了。维尼袭斯这才知道他必须退回乌斯特里努，离开阿皮亚大道，在城市下方过河，走向那直通外台伯河的港口路上去。但是这时由于阿皮亚大道上越来越混乱，并不容易做到。唯一能从那里打开一条道路的办法也许就是战斗，但是维尼袭斯身上没带武器，因为大火的消息一传到皇帝行宫，他就离开了安修姆。可是在墨丘利喷泉池旁，他看见一个相识的正率领几十个士兵在保卫寺院的禁卫军百人队长。他吩咐百人队长跟他走，那人认出了他是一个保民官和皇族，便不敢违抗他的命令。

这一小队人由维尼袭斯亲自指挥，这时他的脑海里早已把保罗所说爱自己邻人的教训抛之脑后，眼里只有前方，两把大砍刀如切菜般砍伐面前的人众，有许多人因他来得那么急促不能及时让路而丧生。咒骂声在他们身后响起，他毫不在意有人朝他们扔石块，他脑海里想的只有赶快冲到更空旷的地方。然而仅仅是向前走动就要花费他很大的力气。搭起帐篷的人们谁也不肯移开，皇帝和禁卫军被他们骂得狗血淋头，甚至还有些地方的群众摆出要干架的架势。维尼裘斯的耳朵里充斥着人们大声指控尼禄放火烧了城市的声音，气势汹汹地说要处死他和波佩雅。“小丑”“戏子”和“杀母亲的凶手”的叫嚣声不断在周围回荡。有些人喊着，“把他丢进台伯河去喂鳄鱼”；还有些人喊着，“罗马再也承受不住了”。显然，如果这时候有一个领导人站出来，便可把这些恫吓的言论当成公然反叛。这时该这些禁卫军承受群众的愤懑和绝望了。想要从人群中打开一条路还不仅如此，一堆一堆起火之前抢救出来的东西杂乱无章地横亘在路中央：有箱子和装粮食的木桶，有最贵重的家具、器皿、婴儿摇篮、床铺、板车和手推车。这些禁卫军的精神高度集中，时刻准备着要和人们大打出手，手无缚鸡之力的群众很容易就被他们战胜了。

骑马越过拉蒂那、努米恰、阿戴亚、拉维尼亚和奥斯恰等街道都花费不了他们什么力气，绕过了一些别墅、花园、墓地和庙堂，维尼裘斯的眼前终于出现了一个名为亚力山得里街的小镇，台伯河就在那儿，他从那里过了河。因为地势较高、土地较空旷，这里的浓烟稀薄了很多。从那些侥幸从火场里逃出来的人的口中，他了解到外台伯河区仍然还有几个胡同在燃烧，不过由于有不明人物故意纵火，还不许人扑灭，并且公开表示他们是在奉命行事，所以可以肯定那如猛虎般的火势是阻挡不了的。到了这岌岌可危的时刻，青年保民官已失去了对皇帝的信任，他丝毫不怀疑这场大火是皇帝亲自下的命令。所以他以为现在发生的一切，都是公平的，是人民要向皇帝复仇。这是从密斯利得提斯以来罗马从来没有过的、甚至连他们的敌人都不能制造的惨祸。这简直太没有下限了，他的疯狂转变实在没有人愿意相信。因为他，人民的生存就如过冬一般困难。维尼裘斯不得不相信尼禄的丧钟被敲响了，这个城市最后遗留下的废墟里必然掩埋着这个罪恶的小丑和他犯下的不可饶恕的错误。

假如这个时候能有一个人不畏艰险地从绝望的人民中站出来，那罪恶的统治不用几个小时就可以被完完全全地推翻了。这时，维尼裘斯的脑海里闪过"复仇"和"冒险"这两个本不该出现的词。如果他真的这样干了，会是怎样一番光景？维尼裘斯这一家，整个罗马没有人不知晓。维尼裘斯这一家直到近代都还在出一连串的执政官。从前，当地方长官裴达纽斯·塞恭杜斯的四百个奴隶被判处死刑的时候，罗马已经到达叛乱和内战的边缘，而今天，这场几乎八个世纪以来罗马从未经历过的可怕的灾难降临时，那么又有怎样不寻常的事情会发生呢?

维尼裘斯的脑海里不停计算着，这个时候如果有一个人能号召全国人民拿起手中的武器，没有任何悬念地就可以推翻尼禄的统治，并且加冕紫袍。而他有着比别的皇室成员们更强壮的体魄，更勇猛威武，也更年轻，他为什么就不能干一下呢？……的确，就算那驻扎在帝国边境的三十个军团是听尼禄指挥的，一旦罗马和庙堂被焚烧的消息传到那些军团的将领的耳中，他们一定会奋起反抗的……这样的情形一旦出现，他——维尼裘斯，登上皇帝的宝座就已成定局了。然而一些流言在皇亲国戚之间传递着，大家都在谈论一个预言家已经预言紫袍将属于奥托。奥托有哪一点比得上他呢？也许来自基督会的神会帮助他，然而这种灵感会是他传授的吗？维尼裘斯的内心纠结了起来，如果他真的成为一国之首的话，那么他将替他自己和黎吉亚所受到的危险担惊害怕，向尼禄报仇，真理和正义的统治时代将由他开创，他将从欧夫拉特河直到不列颠的多雾海岸，大肆宣扬基督教的教条和教义，他将亲自为黎吉亚穿上紫袍，让其当上独一无二的女皇。

但他头脑里生出来的这些念头，像是从一座燃烧的房屋里迸发出来的一束火花一样，最后熄灭了。目前最重要的事就是搭救黎吉亚。现在他站在这场大火的附近，面对着烟雾和火海，特别是当面接触到的这种可怕的现实，他害怕起来，但他坚持着彼得会救出黎吉亚的那种信念，心里又不害怕了。当走上那通往外台伯河的港口路的时候，他又第二次陷在绝望里了，直到来到城门都没恢复过来。在城门口，人们又把逃难的人刚才说过的话对他重说了一遍，说城里的哪一个地区，大部分还没有被火烧到，可是火焰从几个地方已经过了河。

不过外台伯河也已经烟雾缭绕了，那里挤满了要逃亡的人群，由于他们想要有更多的时间抢救出更多的东西，所以想要走进这个地方就更加困难了。就连港口的要道上，都被装得满满的，围绕着皇家水战剧场累积起太多的东西，狭窄的胡同，烟雾弥漫得更浓，根本没有办法通过。成千上万的居民朝着四处奔逃。维尼裘斯路上看见了一个神奇的景象：有两条人河，不止一次向着相反的方向流动，然后在狭小的小路上碰到，由于互相挡住路，又不愿意让步，双方大打出手，彼此殴打着、践踏着……好多人家在骚乱之中走失了，母亲们绝望地呼喊着孩子的名字。维尼裘斯每次想到在离火更近的地方一定会发生什么事，头发就要竖起来了。在一片呼喊声和吼叫声中，要打听什么事或是听清人家的话是很困难的。从河的对岸新升起来的一股股浓烟向他们扑来，烟雾又黑又浓密，贴着地面飘行，就像黑夜一样遮住了房子、人群和所有物体。但是由于大火引起的风又把烟雾吹散，维尼裘斯这才朝黎努斯家屋子所在的那条小巷继续前进。

7月闷热的天气，又加上城区的熊熊火力，热得让人无法忍受。人们的眼睛都被浓烟熏伤了，胸口也喘不过气来。有一户居民曾经侥幸大火不会烧到对岸，一直留在自己的家里，现在他们也开始离开了，人在不断增多。维尼裘斯的那些禁卫军落在了后面。在混乱中，有人用铁锤打伤了他的马，那牲畜扬起了血淋淋的头，后腿蹦跳，不服管束。群众从维尼裘斯华丽的紧身上衣中看出他是一个皇族，便立刻围住他大喊大叫："杀掉尼禄和他手下的纵火凶手！"这是个至关重要的时刻，几百只手朝着维尼裘斯伸过来，但是他那受惊的马把他驮走了，一边跑一边践踏着人。与此同时，一股黑烟滚过来把街道黑压压地遮盖了。维尼裘斯知道他已经不能骑马走过去了，便跳到地上，沿着墙脚，徒步向前闯，有时还要等逃亡的人从他的面前拥过去。他心里自言自语：也许这样做是白费力气。

黎吉亚也许已经不在城里了，她可能已经从这里逃走了。大海捞针也比在这样的复杂混乱中找她要容易。不过，就算要付出自己的性命，他也要走到黎努斯的家。他时不时停下前行的脚步，擦擦被烟雾熏疼的眼睛。他扯下紧身上衣的衣边，捂住鼻子和嘴巴，奋力向前奔跑。等他走近河边的时候，热气炽烈得让人无法忍受。维尼裘斯知道大火是从大竞技场烧起的，而勃阿留姆市公所和维拉布鲁姆就在竞技场附近，也一定起了火。起初他以为热气是那边烧剩下的残渣飘来的，可是热气渐渐地令人没有办法忍受了。一个老人拄着拐杖在逃命，这是维尼裘斯看见的最后的一个人了，老人喊道："别到切斯修斯桥那边去，整个岛上都着了火！"的确，不能再这样盲目前行了。到了黎努斯家所在的犹太人街的转角，维尼裘斯在烟雾缭绕之中看见了火焰：这不仅是岛上在燃烧，外台伯河，至少是黎吉亚住家的那条巷子对面的一头已经起了火！

维尼裘斯想起黎努斯房子周围有一个花园，花园后面靠近台伯河的地方，有一片不大但没有房屋的空地。想到这个他忽然感到一丝安慰。火烧到那片空地就会停下来……怀着这个希望，他再次向前奔跑，尽管每一阵风不仅吹来了烟雾和成千上万的火星，甚至很可能把胡同的另一头也烧着，但他连回头路都没有。

在烟雾中，他终于看见了黎努斯花园里的几株柏木。空地周围的房屋，像几大堆薪炭一样在燃烧，但是黎努斯的小宅子还没有被烧到。维尼裘斯仰望上空，心里默默感谢苍天。虽然连空气都足够烤得他眼睛发痛，但他仍然奋力朝着房屋奔跑。门已经关上了，他打开了门，冲了进去……

花园里没有一个生物是活的，这座房子更是了无人气。

"也许烟雾把他们熏昏了过去，"维尼裘斯寻思。

他开始叫喊：

"黎吉亚！黎吉亚！"

回答他的是一片静寂。在静寂中，除了火焰的嘶吼声，什么也听不见。

"黎吉亚！"

忽然间他的耳朵里又响起了他以前在这座花园里听到过的那

片凄惨的声音。在附近的岛上，那个靠近阿斯克勒庇俄斯殿堂的兽苑，明显已经起了火，各种野兽惊恐得吼叫起来，其中有不少狮子。维尼裘斯感到从头到脚一阵寒栗。现在，他正一心一意挂念着黎吉亚，可是这些可怕的声音又再一次响起来，像是不幸的哀悼声，又像是给险恶的前途一次骇人的预言。

但这只是一个瞬间的遐想，因为火焰的轰响比野兽的吼声更可怕，让他不得不集中注意力。的确，黎吉亚并没有回答他的喊声。但是，如果她要是被烟雾熏昏或者闷死，他还是会在这座受到火烧威胁的房子里找到她。维尼裘斯冲进房里，小小的前厅中空无一人，满屋的黑烟迷糊了视线，他在黑暗中摸索着那通往卧室的门，偶尔会看见一盏长明灯闪烁的火苗。他走向前去，看到神龛里有一个代替了家庭守护神的十字架，十字架下放着一个燃着的小灯火。有一个念头像闪电般飞快地在这个新入教门的青年的头脑里掠过去……他认为这个小灯火是十字架送给他的，好让他能找到黎吉亚。于是他把灯拿起来，慢慢摸索着那些卧室。他找到了一个房门，拉开了帘子，拿灯四下观看着。

可是里面一个人也没有。维尼裘斯非常肯定，他所找到的正是黎吉亚的睡房，因为她的衣服正挂在墙壁上的挂钉上，床上还摆着“胸褂”，也就是女人贴身穿的衬衣。维尼裘斯把衬衣拿起来，送到唇边轻轻地吻着，然后搭在肩膀上，继续查看。这座房子不大，所以没多久他就查看完了每一间屋子，就连地下室也看了。可是他连一个活的生物都没有看到。很明显，黎吉亚、黎努斯和乌尔苏斯已经和这一带的其他居民一起安全地从火灾中逃出去了。“我必须要在城门外的人群里找到他们！”维尼裘斯盘算着。

他并不十分奇怪在港口的路上没有碰到他们，因为他们可能沿着梵蒂冈小山从对面走出了外台伯河区。不管怎么说，至少他们已经从火灾中逃了出来，已经保住了性命。维尼裘斯的心里终于落下一块大石头。他很清楚逃亡的时候将会遇到怎样可怕的危险，但是一想到乌尔苏斯神一般的力气，也就安下心来。“现在，我必须要从这里逃出去，”他自言自语着，“穿过多米修斯花园到达阿戈里皮娜花园，我可以在那里找到他们。既然风是从萨比内山那方吹来的，那么那里的烟雾一定不是特别多。”

现在到了最关键的时候了，他必须要考虑一下自己的安全。因为一道火流从岛的方向朝这里越逼越近，滚滚的黑烟把这条小巷都快要完全盖住了。由于气流的关系，在房子里给他照亮的那盏小灯熄灭了。维尼裘斯奔向街心，用尽全力跑向他来时走过的巷口路上，火焰发出的火热气息在紧跟着他，时不时有新的烟雾和无数火星包围着他，在他头发、脖子和衣服上飞转。他身上的紧身衣有些地方已经被火燎着，可他已经顾不上这些了，拼命向前奔跑，否则他便会被烟雾闷死在这里。他的嘴里已经有了煤烟和火烧的味道，喉头和肺部像是着了火一样难受。血液冲向他的头顶，他的意识已经开始不清醒了，在他看来，所有的东西，包括黑烟在内，都是火红的。

他甚至在想：“这片火是活的！我不如倒下来死掉吧。”奔跑越来越让他感到痛苦。他的脑袋、脖子和肩膀全流着汗，身上像开水那样烫人。要不是他在内心一直念着黎吉亚的名字，要不是他一直在用她那件贴身穿的衬衣绑住嘴，他早就倒下去了。几分钟之后，他已经不能辨认他是在哪条街上奔跑了。他逐渐失去知觉，他只记得，他必须要逃跑，因为黎吉亚正在外面的空地上等着他。突然有一种惊人的信念将他牢牢抓住，那种半狂热的劲儿像是死前的幻影，他必须见到她、娶她，然后再死掉。

他像是喝醉了酒一样向前奔跑，脚步跌跌撞撞，从街道的这一边撞到那一边。刹那间，那拥抱了巨大城市的骇人听闻的大火发生了变化。轰然爆发成一片鲜明的火海，朦胧发光，风已经不再吹来黑烟，在街道上笼罩着的烟，被一阵疯狂滚动的热气给卷走了。这一阵旋风赶来了无数的火星，维尼裘斯像是在火烧云里奔跑一样。可是他却能更清楚地看到前方了，在他差点倒下来的瞬间，他看见了街道的一头，于是他重新鼓起了勇气。转过街角，他发现自己已经到了那通往港口路和柯戴塔努斯广场的一条街上，火星也已不再追逐他。他知道，如果他能跑到港口路上，就算在那里昏过去，也会有人救他。

在街道的那一头，他仿佛又看见了一片云，挡住了出口。"如果是一片黑烟，"他想，"我就走不过去了。"他拿出最后的力气奔向前方。在路上，他扯掉了他的紧身衣，因为衣服已经被火星烧着了，就像尼瑟斯的衬衫那样烧着他。他只用黎吉亚的贴身衬衣缠着脑袋、堵着嘴。当他跑到更近的地方时，他终于辨认出他刚才看到的不是烟，而是尘埃。与此同时，无数的叫喊声从那边响起。

"暴徒们正在掠夺那些人家。"他自言自语着。

他朝着闹哄哄的方向跑去。无论怎么样，那里是有人的，他们会帮助他。怀抱着这个希望，当他还没跑到他们身边的时候，他就拼命地喊救命。但这是他最后能够使出来的力气了。他的眼睛越来越红，肺部已经呼不出气来，全身已经虚脱，他倒下了。

不过人们还是听见了他的呼救声，确切地说，是有人看见了他。有两个人拿着装满了水的葫芦向他跑来。维尼裘斯虽然筋疲力尽倒下来，但他并没有丧失知觉，他双手捧着葫芦，把水喝了一半。

“谢谢，”他说，“请把我扶起来，我还可以独自走路！”

另一个人把水倒在他的头上。那两个人不是把他扶起来，而是从地面上把他抱起来，然后把他交给另外一些人，人们包围着他，问他的伤势是否严重。这种亲切使维尼裘斯大吃一惊。

“你们是谁？”他问道。

“我们是拆房子的，这样大火就不会烧到港口路上来。”其中的一个人回答。

“谢谢你们在我倒下的时候救了我一命，非常感谢你们。”

“我们是不会见死不救的。”有几个人一起大声回答。

维尼裘斯从一清早就只看到杀人和掠夺的野蛮群众，他聚精会神观望着他周围这些人们的面孔，说道：

“愿基督……保佑你们。”

“齐声赞美他的名义！”全体人发出合唱似的声音叫着。

“黎努斯呢？”维尼裘斯问道。

可是他听不见回答了，因为他由于感动和过度的紧张，已经昏厥过去。直到在柯戴塔努斯广场的一个花园里，他才醒过来，有一些男男女女围绕着他。他说出的第一句话就是：

“黎努斯在哪里？”

没有人回答他，然后维尼裘斯熟悉的一个人的声音忽然说：

“他出了诺门塔那门，去奥斯特里阿努……两天以前……和平与你同在，波斯王呀！”

维尼裘斯挺着身子要坐起来，突然看见基罗站在面前。

那希腊人说道：

“老爷，府上已经毫无疑问焚毁了，因为卡里内郊区全被火焰包围着，可是您依旧像以前一样富有。啊，这是怎样的惨剧！啊，塞拉皮斯的儿子们！基督徒，老早就预言了这座城市会被大火焚烧……但黎努斯带着朱庇特的女儿到了奥斯特里阿努……啊！这座城市将遭到怎样的一场灾难啊！”

维尼裘斯又感到一阵虚弱。

“你看见他们了吗？”他问道。

“老爷，我看见了……感谢基督，感谢所有的众神，我能带来好消息告诉你，用来报答您对我的恩惠。可见，奥西里斯呀，我向火焰中的罗马发誓，我还要报答您更多！”

外面已经是黄昏了，但花园里还是像白天一样明亮，因为罗马的火焰还在继续升腾，好像并不是这座城市的某些地区在燃烧，而是整个城市的四面八方一起烧起来。凡是眼睛能看得到的地方，都是通红的，笼罩着世界的这一夜是鲜艳的血红之夜。

44

燃烧城市的血红色之光，布满了整片天空以及人们的视线。从山后升上来的月亮又大又圆，像是被火光烧着了似的，呈现出灼热的红铜色，人们在惊恐中注视着这个正在毁灭的统治世界的城市。在红色的天穹里，闪烁着金黄色的繁星，与普通的夜晚不一样的是，大地居然比天空更要明亮。罗马城像是一堆庞大的燃料，把整个坎巴尼亚的原野都照亮了。从血红的光辉里，远处的山丘、城镇、宫殿、庙堂、纪念物以及从临近的小山伸延到城市来的大水道等清晰可见，水道上有为了安全或为了观看大火聚集在那里的人群。

这个时候，这种可怕的大火依旧在拥抱着城市的新地区。毋庸置疑，有些纵火犯还在凶恶地四处放火，因为在远离大火中心的地方不断有新的火场爆发出来。在罗马市所在的高地上，火焰像水柱一般，往那布满密密层层房屋的洼地灌入，房屋全是商店、摊头以及为了方便各种表演的木制的流动圆戏场，最后还有木料、橄榄、五谷、干果、松球和放衣服的仓库，都有五六层。松球的核仁是给比较贫困的居民做食粮的，衣物是等皇帝开恩时偶尔分发给那些拥挤在小巷子里的无业游民的。火焰在那些地方找到大量容易燃烧的物质，几乎是一连串的爆炸，以从未看到过的速度侵占了整条街道，从火焰的颜色可以辨别烧的是什么东西，人们只能在城外宿营或是站在水道上。

狂暴的风力从火海里卷走了无数燃烧的胡桃壳和杏仁壳，伴着轰然一声的巨响射向天空，像是无数发着光的蝴蝶，噼里啪啦地响着，有的被风吹散，落在水道、城市和罗马城外的野地上。已经没有办法挽救这个城市了，一方面有市内居民通过各个城门向城外各地逃亡，而另一方面，有从附近一带来的好几千人，如小镇上的居民、农民和坎巴尼亚原野半野蛮的放牧人，他们怀抱着掠夺的野心，向火中走去，总之，混乱不断加剧。

群众不断喊着："罗马正在灭亡！"这个城市在毁灭的同时，每一种陈规戒律似乎都渐渐消失、灭亡了，直到今天绑在人民身上的一切束缚都松开了。这些暴徒中大多是奴隶和外地人，他们完全不受罗马法律的限制，因为只有这种翻天覆地的疯狂才能使他们从牢笼中解放出来，因此他们总是摆出气势汹涌的姿态。

暴行和掠夺正在展开。似乎只有这个灭亡城市的火景才能吸引人们的注意，才能暂时让这场屠杀停止，而这座城市一旦变成了废墟，屠杀便又会顺势开始。几十万的奴隶把罗马忘记了。除了庙堂和城墙，世界各地的几十个军团，像是在等待着一声命令和一个领袖的出现。人们开始想起斯巴达克斯的名字，却找不到一个斯巴达克斯。市民们集合起来，各尽其能地武装了自己。惊悚的谣言在各个城门口盛传着。

有人说伏尔甘遵奉朱庇特的命令把阴曹地府的火焰引来破坏这个城市，又有人说这是维斯太在为贞女鲁布丽雅报仇。凡是有这样想法的人民不会设法救出任何东西，而是全部拥到殿堂里，祈求众神大发慈悲。不过流传得最可信的说法是说皇帝下令火烧了罗马，好让他闻不到从苏布拉区升腾起来的那股臭气，并且要在废墟中建造一座名为“尼禄市”的新城市。市民一想到这个便怒不可遏，就像维尼裘斯所想的那样，假如有一个领袖曾经利用了这种无法遏制的仇恨，那么多年以前就有人为尼禄敲响丧钟了。

还有人说，皇帝已经疯了，他甚至命令禁卫军和角斗士去残杀人民，来一场血腥的大屠杀。还有些人对着众神赌咒说，青铜胡子已经下令把所有兽苑里的野兽都放了出来。人们在大街上曾经见到烧了鬃毛的狮子、发疯的大象和野牛，那些野兽在践踏人群。这些话倒也不假，因为在一些地方，确实有人看见大象冲出了火光四射的兽苑，它们终于得到了自由，离开火焰狂奔，像狂风暴雨般把它们面前的一切都摧毁了。据估计，确实有上万的人死在大火里。有一些人全部的财产都丧失了，有些人丧失了自己最心爱的人，于是在绝望中投火自杀。还有一些人被浓烟活活闷死了。在城市中央，一面是卡皮托山，另一面是奎里那尔、维米那尔和埃斯奎里内等山，在这之间，同样也是在帕拉修姆和凯利亚丘陵中间，那一带的街道上人口最多，火焰在很多地方同时烧起，人们成群结队地朝着同一个方向逃跑，在他们的面前却出乎意料地出现像一堵墙似的新烧起来的火，而这些人就在这片火海里活活被烧死。

在恐怖、慌乱和狼狈之中，人们东奔西跑，不知道该往哪里逃。有些街道被堆积的货物挡住了去路，许多更狭隘的地方已经完全被封住了。有些人逃进了城里的市场和广场——就是后来建造博垃乌斯圆剧场的地方，那里靠近大地神殿和西尔维雅门廊，地势更高一些，在朱诺和卢齐娜神殿，在克里乌斯·维尔布斯和埃斯奎里内老城门之间，有一群人被一片火海包围着活活烤死了。在火焰没有烧到的地方，尽管到处都有一些不幸的人为了躲避热气把铺地的石板掀开，然后把半截身子埋在地下，可是后来还是发现好几百具尸身被烧得蜷缩在一起。住在市中心的居民，难得有一户人家全都保全了性命。沿着城墙可以听见在城门口以及在各条大路上绝望的妇女的吼叫声，她们呼唤着那些在混乱或火灾中死去的亲人的名字。

有人在祈祷众神，也有人因为这场万恶的灾难在咒骂他们。人们看见有些老人从“解散者朱庇特”神殿走出来，伸长了胳膊大声喊：“如果你算是一个解放者，那么你就拯救你的神坛和这个城市吧！”这句话透露出民众对古老的罗马众神的绝望心态，民众的心里总认为这些神应该比别的神更在意保佑这个城市。可是现在证明了他们根本毫无能力，所以要辱骂他们的无能。另外，在阿西拿里亚街上，出现了一队埃及僧侣，他们正在运送一座伊西斯雕像——那是他们从凯里蒙塔那门附近的庙堂里救出来的，于是群众便冲向这队僧侣，连同着那辆马车，一直拖到阿皮亚城门，夺过那座雕像，把它丢在玛斯神殿里，并且还殴打了反抗的埃及僧侣们。

在别的地方，人们祈祷塞拉皮斯、巴尔或耶和华，这些神的信徒们从苏布拉区和外台伯河区附近一带的小胡同里汹涌地跑出来，大声叫喊，城墙附近的野地里到处都是他们的吼叫声，那种呼喊像是胜利的歌声，所以当有些市民赞美"世界之主"的时候，便有一些人对这种快乐的呼声感到气愤，奋不顾身要把这片呼声用武力镇压下去。到处可以听见壮汉、老人、妇女和儿童唱着赞美歌的声音，这些赞美歌既神奇又庄严，他们并不理解它的意义，可是嘴中时时刻刻反复说着这样的话："看呀，在愤怒和灾难的日子来临之时，一定会降下天惩。"这些内心不安分的人们像一股洪流，如狂风暴雨的海洋般将这座燃烧的城市包围着。

但无论是绝望或咒骂，还是唱赞美诗，似乎对这场灾难丝毫没有作用。这场土崩瓦解的灾难像是宿命一般不可抗拒。它显得威风十足而且冷酷无情。在庞培圆剧场的周围，一些苎麻店家，一些在马戏场和比武场大量使用的麻绳店家，以及竞技时使用的各种器械店家，全部被火焰侵略，并且火蔓延到收藏沥青的铁桶附近的建筑物上。

在几小时之内，战神操场以内的全部地区被熊熊燃烧的火苗照得亮堂堂的，那些被惊吓得昏迷不清的旁观者，一时间觉得在这场毁灭性的灾难中，已经没有了白天和夜晚的区别。因为他们不知道自已看到的是火光还是阳光。没过多久，一片令人心惊胆战的血光把火焰的火红的色彩扑灭了。这片火海迸发出火热的喷泉直射天宇，许多火柱在山顶上面铺展开，形成熊熊燃烧着的枝条和羽毛，然后大风飘送着它们，让它们变成了金线，变成了一团团的毛发和无数的火星，在坎巴尼亚原野上，朝着阿尔巴努丘陵方向席卷过去。夜色变得更明亮了，整个空气不仅浮现着亮光，而且浸透了火焰。台伯河像一条活火龙那么涌动着。这个不幸的城市变成了一片修罗场。大火烧的空间越来越大，像风暴一样罩住了整个山丘，愤怒发威、咆哮怒吼、声如雷鸣，像洪水般泛滥在平地上，淹没了整个山谷。

45

维尼裘斯被抬到织布工马克里努斯家里，洗了澡，换了身干净的衣服，吃了一点东西，在精力恢复以后，他坚持当天夜里要去继续寻找黎努斯。马克里努斯也是一个基督徒，他证实了基罗的传闻，说黎努斯陪主教克莱门特已经前往奥斯特里阿努，彼得要在那里为一大群新入教的信徒施法。城里的基督徒们都知道黎努斯两天前把他的家事委托给一个名叫盖尤斯的人。此时维尼裘斯更加确定黎吉亚或乌尔苏斯都不曾在家里，他们也一定前往奥斯特里阿努了。

想到这儿，他感到安慰很多。黎努斯已经上了年纪，要他每天从外台伯河区走出遥远的诺门塔那门再回到外台伯河来，是很困难的。因此，在那些天，他大概和黎吉亚、乌尔苏斯一起跟一些教友住在城外。就这样，他们幸运地就逃开了这场火灾。那个时候，埃斯奎里内那一面的山坡还没有被大火烧掉。在这件事上，维尼裘斯看出了基督的神威，他感到自己被神灵保佑着，因此他内心里对黎吉亚充满了比以前更加强烈的爱情，他用自己的灵魂发誓，他将会用一生来报答这次的恩典。

他越来越着急到奥斯特里阿努去。他要找到黎吉亚，他要找到黎努斯和彼得，他要带他们远走高飞，前往西西里甚至是更远的地方去。就让罗马尽情地在火中燃烧吧！要不了几天，它就只剩下一堆灰烬，为什么他们要留下来目睹这场灾难和那些疯狂的游民呢？在他的庄园里，有大群忠诚的奴隶保护他们，周围是安静的乡村，在基督的庇护下，在彼得的祝福中，过着宁静和平的生活。只要他能够把他们找到！

可是，这件事情并不容易。维尼裘斯回想着他曾经是经过怎样的困难才从阿皮亚大道穿行到外台伯河区，兜了好大一圈才走上港口路，所以这一次他决定从相反的方向环城走去。从凯旋路前进，沿着河边，到达埃米留斯桥，然后越过频裘斯山冈，绕着战神广场贴近庞培、卢库路斯、萨路斯修斯等花园的外围，一直冲进诺门塔那街。这可能是最近的一条路了，可是马克里努斯和基罗劝他别这么走。因为城里的那一区域虽然到现在还没有起火，可是所有的市集广场和街道都被逃难的人群和他们抢救出来的货物密密实实地挤满了。基罗劝他从瓦蒂卡奴斯田园走向傅拉米尼亚门，在那里过河，然后绕过阿齐留斯花园的墙外，一直向萨拉里亚门走去。维尼裘斯稍微犹豫了一下，决定接受他们的这个建议。

马克里努斯必须留下来照料他的家事，但是他准备了两头骡子，这样黎吉亚就不会路途中太辛苦。他原本还想为他们提供一个奴隶，可是被维尼裘斯拒绝了。他觉得在路上只要碰到一小队的禁卫军，他们就会服从他的指挥。

很快他就和基罗出发了，从亚尼库鲁姆丘陵地段走向凯旋路。那里的空地上到处都有人扎营住宿，但由于大部分的居民已经从港口路逃到海边了，所以他们还是很轻松地从他们中间走过去了。在塞浦蒂米亚门外，他们骑着骡子在乡米修斯的华丽花园和河道中间前行，火光把那里的巨大柏木映得通红，就像是被夕阳西披上了一层颜色亮丽的金纱。路上渐渐变得空旷，偶尔要花些气力从那些像流水般涌来的乡下人中间穿过。维尼裘斯不断催赶着骡子前进，基罗紧随其后，一路上几乎一直在喋喋不休：

“火虽然已经落在我们的后方，可是我们的脊背现在还在发热。这条路在夜里都从来没有这么亮过。宙斯呀……你赶紧下一场大雨将这场大火熄灭吧！不然就证明你已经不爱罗马了。人力已经没有办法将这场大火扑灭了。曾经，希腊和整个世界都在为这样的一个城市服务！而现在呢，随便一个希腊人都可以用它的灰烬去把豆子烤熟。谁也无法料想居然会发生这种事……如今再也没有罗马，再也没有罗马的老爷们了……等炽热的灰烬冷却下来的时候，谁要想在灰烬上散步，放声呼喊，就可以放心大胆地呼喊了。众神呀……在这样一个统治世界的城市上放声呼喊吧！没有一个希腊人和野蛮人能够想到会是这样……可是一个人确实可以放声呼喊了！不管是牧羊人的焚火留下的还是火烧城市留下的灰烬，最终也不过是一堆灰烬罢了，大风迟早会把它吹走。”

他一直就这样喋喋不休地说着，同时不停转着脸看着大火，看着如浪潮般的大火，他的脸上露出既兴奋又凶狠的表情，然后又接着说：

“这座城市彻底完蛋了！它将会在这个世界上永远地消失。现在全世界要向哪里去缴纳它们的小麦、它们的橄榄、它们的税金呢？谁又将从世界各地敛去黄金和民脂民膏呢？虽然大理石不是自己燃烧，但火焰可以把它烧成粉末。卡皮托万神殿会在火后变成尘埃，帕拉修姆宫也会变成尘埃。宙斯呀！罗马曾经像一个牧羊人般统治着像羔羊一样的民族。当牧羊人饥饿的时候，他就会宰杀一头羊，把肉吃了，把宝贵的羊皮供奉给你这位众神之父。浮云的统帅呀，现在谁来屠宰那些羔羊呢？你又把牧羊人的鞭子放在谁的手里呢？主啊，罗马正在被大火燃烧，就像你亲自用雷电将它击毁一样。”

“赶紧走吧！”维尼裘斯催促着说，“你还在那里做什么啊？”

“老爷，我在为罗马哀悼，”基罗答道，“朱庇特的城市……”

他们都沉默了，一边听着大火的咆哮声和群鸟掠空的声响，一边骑着骡子继续向前走。在别墅四边和坎巴尼亚的小镇上筑有窠巢的鸽子，以及从海边和周围山上飞来的各种野鸟，它们误把火光看成日光，正一大群一大群盲目地向火焰中飞去。

维尼裘斯打破了沉默：

“刚开始起火的时候，你在什么地方？”

“老爷，那时我去探望我的朋友欧里裘斯，他在大竞技场旁边开了一家店。当时我正在思考基督的教义，忽然听见有人大声呼喊：‘着火啦！’人们因为害怕，同时也为了安全考虑，都跑到竞技场的周围。可是火势太大，大火很快把整个竞技场都烧着了，当别的地方也起了火，人们才开始真正担忧自己及家人的安全。”

“你看见有人向住户的屋顶上扔火把了吗？”

“伊尼斯的子孙啊！我什么都看见了！我看见人们拿着剑向人群里直闯，我看见他们在互相厮杀，人们的五脏六腑都被踏在路面上。天啊，老爷！如果您看见了当时的情景，一定会以为野蛮人把城市占领了，他们正在毁灭城市。周围的人都在叫喊世界末日到了！有的人已经完全失去理智，他们甚至麻木地站在原地，让火不断侵蚀他的身体。有的人惊恐得不知所措，一些人在绝望地叫喊着，我甚至还看见有人在欢快地呼喊着。老爷啊，在这个世界上邪恶的人实在太多了，他们不懂得尊重你们仁慈的统治，不懂得珍惜你们的恩典，不懂得重视公平的法律。他们认为你们利用这些法律把他们所有的一切都据为己有。人民是不会愿意向神的意旨屈服的！”

维尼裘斯正在一心想着自己的事，根本没有注意到基罗话语里所暗含的讥讽。一想到在那践踏着人们肚肠的可怕的街道上可能会有黎吉亚，他就害怕得浑身颤抖，他要冲进混乱中，将他心爱的女人救出来。所以，凡是基罗所知道的事情，虽然他至少已经问过他不下十遍了，却又一次问他：

“你亲眼看见他们到了奥斯特里阿努吗？”

“维纳斯的儿子啊！我看见了那个姑娘，那个善良的黎吉亚，神圣的黎努斯，还有使徒彼得。”

“是在火烧以前看见的吗？”

“是的，米斯拉呀！”

但是维尼裘斯还是有点不放心，他怕基罗在向他说谎，于是把骡子勒住，以威吓的目光看着那个希腊老人问道：

“你去那里干什么？”

基罗心里慌乱了。不错，他跟许多人的看法一样，罗马的毁灭就是罗马统治的结果。可是现在，他一个人同维尼裘斯在一起，而且他还想起来维尼裘斯曾经警告过他，禁止他监视基督徒，尤其是黎努斯和黎吉亚。

“老爷，”他说，“为什么您不相信我是爱慕他们的呢？的确，那时我是在奥斯特里阿努，因为我已经是半个基督徒了。皮浪教导我要尊重美德胜过于哲学，所以我越来越尊重有德行的人。而且，我是一个穷人。老爷，当您在安修姆过着富裕的生活的时候，我常常坐在奥斯特里阿努墙外饿着肚子看书。基督徒虽然贫穷，但是我们比其他罗马市民会给人更多的施舍和帮助。”

维尼裘斯似乎对他这个理由感到满意，所以语气也比之前要温和一些，说道：

“那么目前是你不知道黎努斯住在什么地方，是吗？”

“老爷，上一次您为了我的好奇心把我惩罚得好厉害呢。”那希腊人回答。

维尼裘斯不再问下去，继续向前进。

“老爷，”过了一会儿，基罗又说，“要不是我帮忙，您是不会找到那个姑娘的。如果这次我们找到她，您应该不会忘了我这个贫困的学者吧？”

“你在阿梅里奥拉可以得到一座房子，还有一个葡萄园。”

“海格力斯呀，谢谢老爷的恩惠！还有一个葡萄园？哈哈……谢谢老爷！啊……是的，还有一个葡萄园！”

这时他们正要越过被火光照得通红的梵蒂冈山冈，但是为了要从水战演剧场经过，他们必须横穿梵蒂冈平原，渡河到傅拉米尼亚，然后向右转弯。这时忽然基罗勒住了骡子，说道：

“老爷！我有一个好主意。”

“什么主意？”维尼裘斯问道。

“在亚尼库鲁姆和梵蒂冈山冈中间，也就是阿戈里皮娜花园，那边挖了一些洞，石块和沙土被运走去建筑尼禄竞技场。老爷，那些犹太人，您是知道的，在外台伯河区有很多他们的人，最近他们开始残酷地迫害基督徒。您还记得在神圣的克劳鸠斯时代，曾经发生过一次大骚动吗？当时皇帝不得不把那些犹太人逐出罗马。可是他们现在又回来了，他们仗着皇后的庇护，可以安然无事，所以才肆无忌惮地蛮横地虐待基督徒。我知道得很清楚！因为是我亲眼看见的。目前还没有发出什么不利于基督徒的条令，可是犹太人在市长面前控告基督徒，说他们谋杀婴儿，崇拜骡子，宣传一种元老院所不承认的宗教。犹太人非常凶暴地攻打基督徒，摧毁他们的房屋，让他们没有地方居住，于是他们不得不躲藏起来。”

“你到底想说什么呀？”维尼裘斯问道。

“是这样的，老爷，基督徒在外台伯河区公开地建立了犹太人会堂，可是他们为了躲避迫害，不得不秘密地做祷告，每次他们集合时只能选在城外倒塌的茅屋或沙坑里。住在外台伯河区的基督徒们，正好选定为了建筑竞技场而挖了洞的那些地方以及台伯河沿岸各式各样的房屋作为掩护点。现在，城市正在焚烧，基督的信徒们一定正在祈祷。毫无疑问，我们会在那些洞里找到无数的基督徒，所以我劝您还是顺路走到那里去吧。”

“可是你刚才说黎努斯已经到了奥斯特里阿努了呀！”维尼裘斯不耐烦地叫喊起来。

“可是老爷，您刚才已经答应在阿梅里奥拉给我一座房子和葡萄园啦，”基罗答道，“就凭这个，我愿意到那个能找到那位姑娘的地方帮你去寻找她。在大火之后，他们可能会再次回到外台伯河来的……也许现在他们像我们一样也在城外兜圈子。黎努斯在城里有一个家，也许他愿意走得离家近一点，他一定会回去看一看他家里那一地段是否也起了火。如果他们回来了，我向普西芬尼发誓他们会在那些洞里做祷告，就算他们不在，我们也会打探到他们的消息。”

“嗯，你说得对，那你走在前面领路走吧！”维尼裘斯说道。

基罗立刻朝着左边的小山丘走去。由于山坡被大火遮住了，虽然附近的山顶被火光照得明亮，但他们却被埋在阴影里。走过竞技场，他们一直左转，然后走进一个完全阴暗的山道里。在黑暗中，维尼裘斯看见了一堆堆亮着光的灯笼。

“他们在那里！”基罗说，“今天要比往常的人更多，因为其他做祷告的房子已经烧光了，还有的像整个外台伯河区一样被烟雾弥漫着。”

“没错！我听见唱赞美诗的声音了。”维尼裘斯回答。

事实上，人们歌唱的声音是从幽暗的洞口传到山冈上来的，此时，灯笼在洞口一个接一个消失了。可是在旁边的小路上，不断有新的人影出现，没过多久，维尼裘斯和基罗便走到一大群人中间了。

基罗从骡子上下来，朝着坐在他附近的一个年轻人打招呼：

“我是基督的一个牧师，是一个主教。帮我们把骡子牵一下，你会得到我的祝福和宽恕的。”

他没有等那个人回答就把牵骡子的缰绳塞进了那个人手里，然后就陪着维尼裘斯混进了正在前进的人群里。过了一会儿，他们就走进了那个洞穴。借着昏暗的灯光，他们在黑暗的隧道里摸索着，缓慢地前进，最后终于走到一个相对宽敞的地洞里，里面的墙壁是用新的石块堆成的，很明显，那里曾经有过石块。

那里要比在隧道里明亮得多，除了有灯笼的灯光外，他们又点燃了一些火炬。在这些亮光中，维尼裘斯看见一大群人跪倒在地并扬起胳膊。他没有看见黎吉亚、使徒彼得和黎努斯，不过他周围的人们脸上都露出庄严又非常感动的表情。有些人，脸上满是期待和恐惧，还有一些人满怀希望的样子。人们扬起眼睛，眼角反射着亮光，他们的额头流着汗，像粉笔一样白。也有些人在唱赞美诗，一边疯狂地喊着耶稣的名字，一边捶打着胸脯。似乎所有的人都在期待一件非同寻常的事情发生。

歌声突然停止。克利斯普斯从会众的上面出现，那是由一块巨大的石头造成的壁神龛，克利斯普斯是维尼裘斯的熟人，他的面色看上去很苍白，而且表情严肃，很狂热，整个人看上去有点精神失常。大家都在看着他，好像在等着他说一些鼓励和安慰的话。他给会众画了十字祝福过之后，就用一种急促而近似叫喊的声音说：

“为你们的罪恶忏悔吧！你们的宿命即将到来！看啊，在这个野蛮和罪恶的城市上，在这个新巴比伦的城市上，神圣的主已经降下了毁灭的火焰。天惩的钟声已经敲响，这钟声是愤怒和灭亡的钟声……主曾经约定他将要降临人间，很快你们就会见到他了！他不是作为一个为了你们的罪恶献出自己鲜血的羔羊，而是作为一个严厉的裁判者降临的！在他的判决中，那些罪恶的人和无信仰的人将被投入无底洞。克利斯普斯……可悲的世界啊，可悲的罪人啊！他们不值得怜悯……基督啊，我看见你了！群星如雨般降落在大地上，太阳灰暗了，大地裂开了嘴，死去的人们从坟墓中爬出来……你在天使的大军号角声中和闪电雷鸣中降临了！啊……基督啊，我看见你了！我听见你的声音了！”

然后，他沉默了。仰着脸，像凝望远方某一个可怕的东西一样。这时，突然在洞里响起了沉闷的吼声，一次、两次……十次……在这座燃烧的城市里，有好几条街道上的房子被烧了一半，然后轰然倒塌。因为这些人都相信基督的第二次降临和世界的末日很快就会来到，所以大多数的基督徒把这些声响当作是可怕的时刻将要来临的一个鲜明信号。如今这座城市的毁灭更加强了他们心中的信仰。加强了这种信仰，很多人深深感到了天谴的恐怖，他们不断叫喊着：“天惩的日子……已经来到了！”有些人用手把脸捂着，害怕大地从根基拔起，地狱的野兽会从裂开的地缝中奔跑出来扑向那些罪人。还有一些人叫喊着：“基督，开恩啊！救世主，可怜一下我们吧……”有些人大声为他们的罪恶忏悔着，还有一些人躲在亲人的怀抱里，希望一颗亲近的心可以平复自己内心的恐惧。

但是也有一些人，脸上露出异常的笑容，表现出超乎人世的快乐，没有一点恐惧。有的地方人们在宗教的欢乐中开始用奇怪的语言说着一些不可理解的话。有一个人从地洞的阴暗墙角中大声喊道：“那些还在沉睡的人们啊，赶紧醒来吧！”克利斯普斯的喊声在人群中是最响亮的：“你们要小心啊！你们要小心啊！”

有时大家又安静下来，压住胸中沉闷的气息，好像在等待什么事情的发生一样。此刻，人们依旧可以听见城市某些地区房屋倒塌成废墟的轰响，还夹杂着再次响起的呻吟声、祈祷声、歌唱声和话声：“开恩吧，救世主啊！”这时，克利斯普斯又开始叫喊：“把你们身上的虚荣和财富都丢掉吧，因为你们的脚下即将没有土地了！把你们那现世的爱情也丢掉吧，因为主将要惩罚那些爱妻子爱儿女却不爱自己的人！爱造物胜过于爱创造者的人都是可悲的！有财富的人是可悲的！淫荡的人是可悲的！身为丈夫、妻子和孩子都是可悲的！”

忽然间，一声巨大的轰响使石坑摇晃了。所有的人都跪在地上，胳膊交叉成十字状，企图希望用这个符号抵制魔鬼。然后整个空间一片沉寂，只听见人们喘气的声音，大家内心充满恐惧，嘴里不断叨念着：“耶稣，耶稣，耶稣！”一个婴儿的哭声在一些地方响起，在那一刹那，有一个趴在地上的人发出了平静的声调：

“和平与你同在！”

这是使徒彼得的声音！他刚刚走进这个地洞。一听到他的声音，人们内心的恐惧感立刻消失了，就像一群小羊羔中突然出现了牧羊人那样。人们陆陆续续从地上站起来，离他较近的一些人聚集在他旁边，像在他的羽翼下求保护一样。他在他们的头上伸出了双手，说道：

“你们心里为什么这么恐惧呢？你们中间有谁能告诉我刚刚发生什么事了吗？主曾经发出大火惩罚巴比伦，可是他会给那些受过洗礼洗净了身子的人们施舍恩惠。现在主已经用羔羊的鲜血超度了你们的罪恶，主将会在嘴上念着他的名字离开人间。和平与你同在！”

在听过克利斯普斯那些可怕而又残酷的话之后，彼得这一番话对于在场的所有人像是一瓶清凉剂，把之前对上帝的爱慕代替成对上帝的畏惧，支配了他们的精神。他们中间有些人曾经是在听了使徒叙说的故事后才学会了爱基督，现在终于找到了他。他不是一个残酷冷血的裁判，而是一个温顺和蔼的“羔羊”，他的慈悲心已经完全打败了人间的邪恶。会众都感到了一种安慰感，他们的心里充满了对使徒的感激。四面八方一起发出了这样的呼喊：“我们是你的羔羊，请饲养我们吧！”那些在他旁边的说道：“在这个为难的时刻，千万不要将我们抛弃啊！”说完大家都跪倒在他的膝下。维尼裘斯看见这种情形，立马走向前去，抓住了彼得大衣的衣边，低下了头说道：

“主呀，救救我！我曾经在大火的烟雾里和拥挤的人群中寻找她，可是无论如何我都找不到。我相信你一定可以帮我把她安全地带到我身边的。”

彼得把手放在维尼裘斯的头上。

“要有信心，”他说，“相信主。”

46

罗马城在继续燃烧，大竞技场已经烧成一片废墟。最开始起火的城区，大街小巷已经陆续倒塌。每一次的房屋崩塌，火柱都会被冲入天空。不知什么时候风向已经改变了，现在从海边刮起气势强劲的大风，朝着凯利亚、埃斯奎里内和维米那尔等山冈的方向吹着，把火流、烧着的木棍和灰渣都吹送了过来。这时官方已经开始考虑救火了。蒂杰里奴斯在第三天从安修姆急匆匆地跑来，下令叫人把埃斯奎里内的房屋拆掉，所以当火烧到空地上时自然熄灭了。但是，这样的办法也只能保住一部分城市的残垣断壁，而那些烧着的大部分已经无力回天了。人们开始准备遏制这场火灾的蔓延。罗马损失了不可估量的财富，市民的财产也都全部化为灰烬，数以万计的人民无家可归，他们食不果腹、衣不裹体。城里储存的大量食粮跟城市一同烧毁了。所以从火灾的第二天起，群众就开始忍受饥饿的煎熬，在慌乱和行政的瓦解之中，谁都不会考虑到要为百姓提供食物。直到蒂杰里奴斯到达以后，奥斯恰才正式接到命令，可是这个时候，人民已经受了太多灾难了，态势也越来越险恶。

阿皮亚水道附近是蒂杰里奴斯临时的住所，那里被许多妇女包围了，她们从早到晚一直嚷嚷着要面包和房子！政府从驻在萨拉里亚路和诺门塔那路之间的大军营里调动了许多禁卫军，用以维持当时混乱的秩序，可是遭到人民公开的武装抵抗，有些地方手无寸铁的人群指着火烧的城市喊道：“当着大火的面儿把我们杀了吧！”镇压效果不是很明显。人们肆无忌惮地辱骂皇帝、皇亲国戚和禁卫军。骚乱时刻都在发生。蒂杰里奴斯在晚上瞭望着城市四周无数的火光，自言自语说，这些火光与敌军的营火没有两样。遵照他的命令，从奥斯恰和其他邻近的城市和村庄运来面粉，以及大量烤好了的面包。当第一批货在夜里运到市场的时候，人们把面朝阿文蒂涅山冈的大门都冲破了，不一会儿，所有的食物都被抢光了，场面很是可怕。人们在火光下抢夺面包，导致很多面包都被践踏到了地上。破了袋子的面粉像雪一样，把从谷仓到德鲁苏斯和日耳曼尼库斯的拱门都铺得雪白雪白的。暴动仍在继续，一直到士兵占据了整栋建筑物，用利箭和石子把群众驱散了。

自从布仑奴斯时代高卢人入侵以来，罗马从来没有遭遇过这样的灾难。人们在绝望中把这两次大火进行比较，在上一次，卡皮托众神殿至少被保留下来了，可是现在连卡皮托众神殿也被一团可怕的火圈所包围了。的确，大理石是不会自燃的，晚上的时候，当风把火焰吹散了，可以看见那高耸的朱庇特圣殿中一排排的石柱，像是燃烧的煤冒出火苗，发着耀眼的红光。而且，在布仑奴斯时代，罗马人民是一个有纪律的整体，他们深深爱着他们的城市和圣坛。可是现在眼前的人民像散盘的沙子，说着各种语言的成群居民像游牧民族一样在这个燃烧的城市的城墙边绕圈打转，这些人群大部分是奴隶和自由民，场面既激动又混乱，他们在饥寒交迫下还在准备反抗政府，一心想把这座城市毁灭。

这些群众在一定程度上被这片一眼望不到边的火海吓得瘫软了，没有一个人不被吓得胆战心惊。在这难耐酷暑的7月天到来之际，大火之后的持续性饥荒和疾病，无异于火上浇油。那被太阳和火焚烧、蒸腾过后的空气，简直到了一种无法让人直视的地步。夜晚如地狱般无法让人轻松下来。而到了白天，那如冥界般的惨象就横亘在眼前。

高地上这座咆哮的火山，曾经是一座巨大的城市，从它的四周，一直延伸到阿尔巴诺山丘，是一眼望不到边的营盘，有帐篷、茅舍、木屋、车辆、大捆小包、货架子和四处的火焰，烟雾和尘埃笼罩着他们，那射过烟雾的太阳红光照耀着他们，到处都是怒吼、呼喊、威胁、仇恨和恐怖。受伤的人们，不管男女老少，形成了一幅令人触目惊心的画面：一些希腊人混杂在这些罗马公民中，那是一些来自北方的蓝眼睛的粗野人以及非洲人和亚细亚人，在市民当中还混杂着奴隶、自由民、角斗士、商贩、手艺人、仆从和士兵，就如同是包围着这个火岛在流动的人海。如同海洋被海风吹动着一样，各种谣言散播在这片人海中。

谣言当中有些是有利的，有些是不利的。有人收到消息称，有大量免费的面粉和衣服被送到市场分发给他们；也有人说，皇帝陛下已经下令，将从亚细亚和非洲各省剥夺财富，而罗马居民将得到这一批财宝，用来重建每个人的家园。然而，同时也有这样的消息被人传出来，说尼禄准备迁都到希腊或埃及，从那里统治这个世界，这个城市的大水道里的水已经下了剧毒，他打算把所有的居民一个不剩地杀死在这儿，彻底地毁灭这个城市。所有的谣言都以迅雷不及掩耳之势流传出去，而在混杂的人群里，每一种谣言都有人相信，希望、愤怒、恐怖和狂热充斥在这群人之间。千千万万的那种游牧民族式的人被这最后一种狂热症所掌控。基督徒相信，大火造成的世界末日正在来临。这样的信仰也在众神的信徒中传播开来，并且以一种病毒式的速度快速扩张着。在那如红霞一般的云烟中，人们仿佛看见众神正俯瞰着废墟，于是有的人便伸出双手祈求众神怜悯，而有的却是破口大骂。

同时，士兵们找来了很多市民帮忙，继续把埃斯奎里内和凯利亚山冈上以及外台伯河区的房屋拆毁，所以被拆过的这些地区大部分都被挽救过来了。可是在城里，经过长达几个世纪胜利所积蓄的不可估量的财富，全都付诸一炬。其中有很多无价的艺术品、璀璨奢华的庙堂，还有以前属于罗马时代的珍贵纪念碑。人们已经感觉到罗马将会有几十万人无家可归，而且整个罗马将只剩下城边少数几个地区。还有一些谣言说士兵们拆毁房屋是为了让城市的一部分消失，而不是为了防止火焰继续蔓延。蒂杰里奴斯接连不断地向安修姆派信使，乞求皇帝回每一封信，并且希望皇帝能够亲自出面慰问灾难中绝望的人民。但是尼禄直到大火烧到皇家时，才赶忙动身前去，而他这样匆忙是为了不想错过大火烧到最高潮的时刻，那是他最期待的场景。

47

这个时候，诺门塔那路也被烧着了。火焰被风吹着，改变了原本的方向，一路扑向拉塔街和台伯河，又把卡皮托山包围起来，然后继续沿着勃阿留姆一带向前推进，将沿途没有着火的建筑都烧光了。然后，火焰逼近了帕拉修姆宫。蒂杰里奴斯立刻将能够调集到的守卫军队全部召集起来，同时不断派出信使，向已经在路上的皇帝报信，说火势马上达到高潮，请皇帝一定不要错过这壮观的景象。可是，尼禄却更希望能够在夜间到达，因为，火烧罗马的景象只有在夜间才更加清晰、更加震撼。为此，皇帝把部队停留在了阿尔巴那水道的附近，然后派人叫来了悲剧演员阿里屠鲁斯。叫他来，是为了了解关于表演上的一些面部表情、动作及眼神的问题，还学习了一些专业的动作。但是在朗诵到“神圣的城啊！你将比伊达山[①]还要长久”的时候，自己是要把双手都举起来，还是只举起一

①小亚细亚的山脉，延绵在弗里吉亚和米西亚，面临古特洛伊的平原。

只手，又或者是另一只手拿着乐器贴在身边？在讨论的同时，他又与这名悲剧演员争辩起来。在当时，他觉得这个问题比世界上其他的事情都重要。傍晚的时候，他终于下令前进。但在出发前，他又向裴特洛纽斯进行了咨询，问他在描绘火灾的诗句中，是不是可以添加几行表达愤怒的诗句，来咒骂一下众神。因为从艺术的角度来看，对于一个眼巴巴看着自己的城邦被大火毁灭的人来说，他是否可以自然而然地吟诵这样的诗句呢？

半夜的时候，他带着贵族、元老院议员、骑士、解放奴隶、奴隶、妇女和儿童等众多的追随者浩浩荡荡地逼近了罗马。还有一万六千名禁卫军组成一个庞大战斗队形，整齐地排列行进，为他保驾护航，保持道路的畅通，将情绪激动的人们挡在一边。而人们一看到这支队伍，就开始大骂出声，发出恶意的嘲笑声，却没有人敢出手攻击。不过也有很多人在不同的地方欢呼着，因为这些人本来就是一些无业游民，穷得叮当响，这场大火不仅没有使他们损失什么，现在反而有可能获得比以前更多的面粉、橄榄、衣物和金钱。

最后，蒂杰里奴斯让人高声吹起了号角，于是一切声音都被这嘹亮的号角声淹没了。尼禄从奥斯恰门经过的时候，他不由得停顿一下，感慨着："丧家之人的丧国之君啊，我这一颗悲哀的头颅，今夜将睡在何处的屋檐下？"翻过了戴尔菲比亚山之后，他走上了特意布置好的台阶，登上了阿皮亚水道，后面跟着为他伴奏的乐团。

所有的人都屏息凝神站在那里，他们等待着，看他是不是会说一些冠冕堂皇的话，然后他们好仔细地记下来，这是为了以后他们的性命保障。可是他穿着紫色的外袍，头戴黄金月桂冠，沉默而严肃地伫立着，看着不远处呼啸的大火，直到台尔普诺斯将一个黄金打造的琵琶交到他手中，他才抬眼看了看满天的火舌，似乎在等待什么。

远处的人们伸出手指向火光里面的皇帝，火舌在风的席卷下发出呼呼的声音，那些古老的神圣殿堂就这样被大火吞噬：埃凡德建成的海格力斯殿堂、救世主朱庇特殿堂、塞尔乌斯·屠留斯[①]建造的卢娜殿堂、奴马·蓬皮留斯[②]的宫殿、维尼·斯太的祠堂，还有罗马人民心中的家庭的守护神——维斯太的庙宇，都将会被无情的大火摧残成灰烬。在这火舌中间，卡皮托山偶尔会隐隐地显露出来。这燃烧的，正是罗马的历史和灵魂啊！可是这个人，罗马的皇帝，他却只是站在那里，手中握着他的黄金琵琶，露出虚假的做戏的神情。他对自己的正在走上毁灭之路的国家没有丝毫在意，心里只想着他的这次演出、他的表演神情，还有他设计的华丽辞藻是不是能够完美地诠释这一场灾难，是不是能够赚得大家的赞美和喝彩。

他是那样厌恶这座城市，包括这座城市里面的所有人，他唯一热爱的只有他的诗和歌曲。因此，这样一场正迎合他作品的悲剧、这样一场毁灭性的火灾，让他感到欣慰和幸福。他从中得到了灵感。这场惨绝人寰的火灾让这个追求创作激情的人感到兴奋并且心神荡漾，他想着，在这样一座宏伟城市的毁灭面前，特洛伊的灭亡是多么的微不足道啊。这样，他还有什么不满足呢？世界的中心罗马都在他的眼前燃烧了，而他正手拿黄金琵琶，站在水道的大拱门前面，身穿紫袍，头戴金冠，他是那么的伟大，那么的让人惊叹并且灵感不断！不远处的人们在吵闹咆哮，那又怎么样呢？让他们去

①公元前578—前534，罗马第六代皇帝，环绕七座小山的罗马城墙是他建筑的。
②传说中罗马的第二代皇帝。

闹吧。这个时代即将成为过去，几千年的积淀将会消失，但是人们永远会怀念并敬仰他这个伟大的歌颂者——在那一天，他用波澜壮阔的诗篇歌唱这个时代的焚毁和灭亡。荷马也不能和他相提并论，甚至手持竖琴的阿波罗，也不能与他相比！

他双手举起，抚弄琴弦，普里阿摩斯的独白从他嘴里唱出来：

祖祖辈辈的家园啊，这是我热爱的土地……

天地是这样的空旷辽阔，然而在狂怒的大火和千万人民吵闹的声音当中，他的吟唱声是那么的渺小，而他身边伴奏的乐团则更像是虫子在鸣叫。可是台下的众人，不管是官员还是元老、贵族或大臣，都只是安安静静地低头站在那里，好像陷入了某种神秘又恍惚的境地。他一个人吟唱了很久，从他口中吐出的语调，也渐渐地变成了哀叹。每当他唱完一段，伴唱队就把他最后的一句话重复一遍。他用上了从阿里努斯那里学会的姿势——猛地甩一下手上的衣袖，又开始弹起了手中的琴，然后继续吟唱。等到他编写的诗句唱完，他又即兴唱了一首小诗。这个时候，他的臣民只要抬头就可以发现，他的表情居然改变了一些——这当然不是为了表达对这即将消失的国家的悲哀之情，而是因为他被自己感动了，甚至于他的双眼之中也有了泪花。此时他的琵琶突然掉落在地上，他身体僵硬地站在那里，就像帕拉修姆宫中的那些尼俄伯[①]那样。

没多久，沉默随即被一阵暴风雨一样的喝彩打破了，而站在远处的人民却大声地诅咒、叫骂着。这下没有人会怀疑了，烧毁罗马真的就是皇帝的命令，而毁灭的原因则只是为了让他完成一首诗。当

①底比斯皇后，因哀哭自己被杀的子女而变成了石头。

千万人民的喊叫声传到皇帝的耳朵里的时候，尼禄回过头，对着他的皇亲国戚摆出了无奈的笑容，像是他正为着天大的冤屈而苦恼：

“你们看啊，罗马的人民居然这样看待我的诗歌!”

“混蛋！”瓦蒂纽斯愤怒地说道，“陛下，请命令禁卫军开始对他们发起攻击吧！”

尼禄转过身来问蒂杰里奴斯：

“士兵们依然对我忠心吗？”

“是的，我的陛下！”他答道。

可是裴特洛纽斯却不以为然地耸了耸肩。

“他们的忠诚值得相信，可是他们肯定抵抗不了如此多的民众。”他说，“保持现状，别妄下决定，这是最稳当的办法了，只是要想办法让现在的局面稳定下来。”

塞内加以及执政官李齐纽斯都点头表示同意。这个时候，下面的群众已经拿起石块、木杆和各种铁器，做好了动武的准备了。没过多久，有几个士兵走了过来，向他报告步兵队因为受到群众的冲击，现在几乎不能维持原先的队形，但是在没有命令下达的情况下，禁卫军十分为难，不敢随便动武。

“众神呀！”尼禄喊道，“大火和沸腾的人海一起泛滥吧，这是怎样的夜晚啊！”

他不由自主地开始想着这样的时候该用什么诗句才能表达，但是接下来他也感到害怕了，因为他发现身边的人也惶恐不安起来。

“把我的黑色大衣拿来！”他大声地叫喊着，“难道真的要战斗吗？”

“陛下！”蒂杰里奴斯惶恐地说着，“我已经尽力去做了，但是现在的情形……我的陛下，您还是抚慰一下人民吧！”

“这样降低身份的事是一个皇帝能做的吗？我看还是让别人去吧，就用我的名义！”

“我去吧，陛下！”裴特洛纽斯冷冷地说。

“我的朋友，你对我永远是那么的忠诚。去吧，说一些好话吧！”

裴特洛纽斯微微露出一种讽刺的神色，回头对着皇帝身后的人说道：

“各位元老，还有皮索、涅尔瓦和塞内乔，你们都和我一起来。”

他缓慢地从水道上走下来，他喊过名字的人原本都有点犹豫，可是他的淡定让他们镇静下来，于是也都跟在他的身后。他在拱门前停下，让人送来一匹白色的骏马。他上了马，带领身后的那些人通过禁卫军队伍的中间，走向远处黑压压的激愤的人群。他的手上没有任何武器，只拿着唯一一根象牙细手杖——那是他随身带着的。

他骑马走到人群边缘的时候，稍微放慢了速度。在火光的照耀下，可以稍微看清楚这些人，他们手里拿着各种各样的工具当作武器，高声喊叫着，那样狂热，紧紧地把他和他的身后的人包围了起来，像是一片震颤的、汹涌的、要吞噬一切的海洋。

人民愤怒的声音咆哮着，如同野兽的嘶吼。在裴特洛纽斯的身边，各种各样的武器在挥舞着，那些没有武器的人，就紧紧地握着拳头，向他示威。但他还是那副胸有成竹的样子，仿佛对这一切都不在意一样，蔑视地走进了人群，然后他做出平日里的习惯动作——用他的手杖，敲击某些最放肆的人的脑袋。或许是他的这种冷漠和自信的缘故，暴怒的人群渐渐地冷静下来，然后终于有人认出了他，开始大声地叫喊着：

“裴特洛纽斯！‘风雅大师’裴特洛纽斯……”

“裴特洛纽斯！”一时之间，周围全都是这样的叫喊声。

当这样的喊声开始响起的时候，人民之前的狂吼终于收敛了一些，因为这个罗马贵族是那么的文雅，虽然他以前并没有刻意地讨好过别人，可是人民依然尊敬他，认为他是正直大度的人。尤其是在裴达纽斯·塞恭杜斯的事情发生到现在，他的声望不断提高，因为他为裴达纽斯家即将被处死的奴隶求过情。因此，奴隶们不仅爱戴他，对他还有一点好奇：这个人作为皇帝的使者，会有什么想说呢？

他将身上的白色衣袍脱下来，举起来摇动，表示他有话要说。

“静一静，静一静！”人群里立刻有人喊道。

没过多久，喧哗声便减弱了。他在马背上挺直了身体，清晰而坚定地说道：

“市民们，下面我讲的话，请你们立刻传达给远处的人，请大家保持作为人的尊严，不要像不受控制的野兽一样。”

“我们都在听，您说。”

“你们听好了，我们的城市将会重新建立的。不管是卢库路斯、梅切那斯、阿戈里皮那，还是皇家花园等，到时候都将会为你们提供服务。明天，就会有食物发给大家，让你们都能吃得饱饱的。而且不久以后皇帝将会举办一场无与伦比的竞技会。竞技会后，还有一场豪华的晚宴等待着你们，你们还能得到派发的礼物。大火过后，你们会比之前还要富有！”

他刚说完，下面就传来一阵讨论的声音，使得他的话就像是落到湖水里的石子一样，掀起了一阵阵的波浪。近处的人将他的话不断地向远处传播，随后人群中爆发出一阵巨大的叫喊声：

“面包，还有竞技！”

裴特洛纽斯穿起他的白袍，像是一座白色的雕像。他静静地听着，下面激动的吼声一波一波地传递，越传越远，压倒了大火的咆哮。但是这个使者仍旧静静地等待着，因为他显然还有话说。

最后他不得不再次举起手示意，试图让讨论声停下来，然后高声说道：

“面包还有竞技，我答应给你们，但是现在，你们要向这一切的来源——你们的皇帝陛下，欢呼致敬吧！亲爱的人民，回去吧，黑夜就要过去了！”

然后他鞭打着白色的骏马，原路返回。就像来的时候那样，他用手杖轻轻敲打那些激动过头的人的脑袋。

一会儿的工夫，他已经回到了水道下面。他看到这里的人还是那副慌乱的表情，因为他们只听到了“面包还有竞技”的叫喊，却并不知道那到底是什么意思，都以为是人民又一次的发怒，大家甚至都觉得他会被乱民打死！所以一看到他，尼禄就激动地跑过来，脸色苍白，声音怪异地问道：

“怎么了，那边的事情怎么样了？是不是斗争已经开始了？”

裴特洛纽斯深吸一口气，又用力地呼出来，然后回答说：

“向波卢克斯发誓，他们臭烘烘的，有谁愿意给我一只清新剂，我快晕倒了！”

过了一会儿，他才转身面对着皇帝。

“我向他们承诺，”裴特洛纽斯说道，“给他们食物还有举办竞技会，然后他们就会再次崇拜陛下您了。他们正向您欢呼，向您致敬呢。众神啊，这些愚昧的民众是那样的臭气熏天！”

“禁卫军已经做好准备了！”蒂杰里奴斯突然喊道，“要是你没有成功的话，我会让他们永远失去说话的机会！实在可惜，我的陛下，您居然没有下令使用禁卫军。”

裴特洛纽斯对这个说大话的人再次耸耸肩，然后说：

“不，机会并没有错过，说不定明天你就有用武之地了。”

“不，”皇帝陛下喊着，“我会开放皇家花园，给他们食物和举办竞技会。谢谢你，我的朋友！竞技会我会亲自布置的，你还记得我今天唱的那首歌吗？到时候我要当众再唱一遍。”

他边说边将他的手放到裴特洛纽斯的肩膀上面，静静地想了一会儿，然后问道：

“你跟我说实话吧，我的朋友，刚才我的演唱，你觉得怎么样？”

“陛下很适合这样壮观的景象，而这样壮观的景象也很适合您。”

然后裴特洛纽斯转过身对着那场大火道：

“可是允许我们再看一眼吧，让我们向这古老而伟大的罗马告别。”

48

使徒对基督徒说了一些话，希望又开始在他们的心中发芽了。

一直以来，他们都觉得地球好像随时都会毁灭一般，但在这一刻，他们觉得上天对人类的惩罚不会这么快到来，因为他们觉得上天会先看到尼禄的过错：他反对基督，他的统治将会更早一步被瓦解。在经过一番祈祷之后，他们信心十足地回到自己暂时居住的地方，还有几个更是去了外台伯河区，他们得到消息，那里的大火已经大致控制住，只是在风的作用下改变了方向，再一次回到河岸那边，沿岸燃烧回去。

使徒走出了坑道，一起离开的还有维尼裘斯和基罗。维尼裘斯静静地往前方走去，没有打扰彼得专注的祷告，却不时地表现出一种可怜、惊恐的神情。一波一波的人群走到使徒的面前，轻轻地吻着他的双手和外袍的衣角。有的妇女对着使徒，将她们的孩子高高地举了起来。还有一些人跪在一条又长又黑的隧道里，将手中的灯笼高高地举过头顶，希望得到他的祈祷。另外一部分人从他身旁走过，离得近的人可以听到他们嘴里说的话，好像在说：现在不是说话的好时间。等他们到了一个更加空旷的地方，那里可以看到大火还在燃烧着城市，使徒给他们每个人画了一个十字，又对维尼裘斯说：

“不要多想！不要担心！我们可以去找黎努斯、黎吉亚和乌尔苏斯，他们就在不远处采石工人的小房子里。主让她和你在一起，一定也会保护她的。”

年轻的贵族听到这个消息，突然有些站不稳了，赶忙用手扶着旁边的石壁。一路上经历了那么多，从安修姆来的那段路，城墙附近发生的那些事情，在烈火中寻找黎吉亚，不眠不休，以及长期以来的担心害怕，他的精力已所剩无几了。一下子听到这样的好消息，他的虚弱在这突如其来的兴奋中更加明显地暴露出，他瘫倒在使徒的脚边，他的双手紧紧地抱住使徒的裤脚，眼里充满了感激，呆愣地看着使徒，嘴巴不断地颤抖着，不知如何是好。使徒不想接受维尼裘斯的谢意，说道："不要那样看着我，你该感谢的是基督！"

一直没有说话的基罗突然说道，"无边的主啊！可是那两只骡子我还是不知道该怎么办呢？"

彼得将手伸到维尼裘斯面前，对他说道："起来，跟我走吧。"

维尼裘斯缓缓地站了起来。在火光的映照下，可以看到他的嘴唇在轻轻地颤抖着，就像在祈祷一般，而那张惨白的脸上却早已布满了泪水。

"走吧。"他轻轻地说。

基罗再次开口说道："老爷，那两头畜生怎么处理呢？或许这位伟大的先知会更乐意骑骡子呢？"

维尼裘斯犹豫了一下，但是一想到彼得说采石工人的小房子就在附近，就说道：

"还是让马克里努斯先管着那两头骡子。"

"老爷，我们遇到这样猛烈的大火，阿梅里奥拉家的房子那样的小事应该很快就会忘掉的，要是我不小心提起，希望您不要计较。"

"它会属于你的！我不会失信的！"

"我一直坚信奴马·蓬皮留斯的孩子们是伟大的，而这一刻，这个诺言，我们满怀慈悲的先知也听到了，我都不想再去提起，老爷曾经还说过给我一个葡萄庄园。您会平安的，老爷，我们还会见面的。”

“你也是。”他们对基罗说道。

之后他们就朝着丘陵的右方去了。

维尼裘斯对彼得说：“主啊，我想变成一个真正的基督信徒，请用圣洁的水为我施洗吧，我将用我的所有去爱他。我已经迫不及待了，请给我洗礼吧。只要是他吩咐我做的，我都会尽力去完成。你告诉我，我需要做些什么。”

使徒说道：“爱，就像爱自己的手足一样地爱所有的人，那才是主要求的。”

“好的，我知道该怎么做了。在我还是孩提的时候，我是相信罗马众神的，但是我不爱他们；现在，我是那么的爱他，我心中唯一的神啊，我甚至可以为了他牺牲我自己。”

他看着天空，激动地说道：

“他是无可比拟的！他是那样的温和，那样的善良！我会一直地信仰他、尊敬他，就算世界灭亡也改变不了我的决心。”

使徒对他说：“他会一直保护你和你的家人的。”

这个时候，他们已经到了另外一个峡谷里。彼得向出口看去，看见那里有一些若隐若现的光芒，他对着维尼裘斯说道：

“看，那里就是采石工人的小房子，黎努斯那时病得很严重，外台伯河区的大火还在燃烧着，我们将他从奥斯特里阿努带到这里，采石工人好心地允许我们住在这里。”

不久，就到了房子前边。这间小房子其实就是在一个山丘中挖一个大黑洞，大黑洞的外边又围了一圈泥土墙。此时门是掩着的，却能从一个被当作窗子的小通风口看到一些微弱的光。

从掩着的门里走出一个人，那个人看起来又高又黑，开口说道："你们是谁？"他的声音很洪亮。

"乌尔苏斯，愿主赐你平安，我们都是基督的仆人。"

乌尔苏斯跪到使徒的脚边。等他看到是维尼裘斯后，就激动地抓起他的手臂，放到嘴边亲吻着。

"老爷，是你吗？"他看着他说道，"公主看到你会很开心的，为主圣洁的名誉祈祷吧！"

他边说边将虚掩着的门打开，彼得和维尼裘斯走进屋里。黎努斯脸色很苍白，眉毛至发迹间已经黄得如同象牙一般，可以看出病得很严重。黎吉亚显然是要开始做晚饭了，因为她坐在火炉旁边，手上还拿着几条用绳子串着的小鱼儿。

她在专心地解开串着鱼儿的绳子，感觉有人进来，以为还是乌尔苏斯，所以就没有怎么理会。猛地听到有人在叫自己的名字，抬起头来却见到了维尼裘斯，他还向自己伸出了双手。她迅速地站了起来，却什么都说不出口，只是脸上流露出的惊讶和喜悦透露出她内心的激动，就像是经受了很多的恐惧和麻烦之后的孩子，突然看到自己的亲人一般，迅速扑到了维尼裘斯的怀里。

维尼裘斯紧紧地拥着她，将她的脸贴在自己的胸口上，他是那么的高兴，终于见到黎吉亚了。过了许久，才伸出自己的手臂，双手轻轻地托起黎吉亚的脸蛋，亲吻她的额头和眼睛，又再次抱着她，不停地唤着"黎吉亚"。过了一会儿，他低下身子，圈住她的双腿，托起她的小手，亲吻它，向她问候，向她拜叩。他早已高兴得不知所措，深深地沉浸在爱情的甜蜜中。

然后他对她说起这段时间自己的一些经历，怎么从安修姆来到这里，又是怎么在城墙边、在烟火迷雾中、在黎努斯家里急切地寻找她，并且述说着这段时间自己的烦恼、恐慌及害怕。

他看着黎吉亚，对她说："你已经离开过我一次了，这儿到处都弥漫着大火，人们又是如此的凶残，我怎么能够把你丢在这里？看看城墙下互相厮杀的人民，那些受压迫的人们开始反抗、抢杀，不知道还有多少灾难会在这里发生呢。我要保护你们，亲爱的黎吉亚！我多么希望你可以和我一起去安修姆，然后我们坐着船去西西里。我的所有都是你的，包括土地、房子。你要认真地听我说，奥鲁斯一家人住在西西里，我们先找到他们，你先回到庞波尼雅的身边，然后我会去她那里把你带回来，那样你就是我的妻子了。希望你不要再为我担惊受怕，我不会伤害你的，我最爱的黎吉亚！我虽然还没有得到基督的洗礼，但是我刚刚在那边的峡谷里，已经说过我可以做一个真正的基督信徒，使徒可以为我做证的，并且我也祈求他给我施洗，就在这个小房子里。相信我，请你们一定相信我的真心。"

黎吉亚静静地听着他的话，漂亮的脸蛋越发光彩照人。这儿的人几乎都遭受过犹太人的压迫，再加上遇到这样的烈火，这次的灾难使他们的日子又维持在一种混乱、恐惧当中。与这里相比较，西西里那儿太平静了，几乎没有什么危难发生，那样他们就可以过自己快乐的日子了。要是维尼裘斯只带她一个人离开，她会马上拒绝的。她想和那个叫彼得的使徒，还有黎努斯在一起，可是现在，维尼裘斯是对所有人说，跟他一起去西西里，他的一切就是大家的一切。

然后她顺从地低下身子，亲了一下维尼裘斯的手背，对他说道："我愿意，我会永远和你在一起的。"

她很慌张，因为她刚刚说的那句话，在罗马人的眼中，是只可以在结婚的时候说的，因此，她将自己的小脑袋低了下去，以遮住自己红红的小脸，心里却苦恼着其他人会不会因为她的话而嘲笑她。

可是维尼裘斯的眼里却满是崇敬和宠爱。他面对着彼得说道：

"这场大火是尼禄引起的，他在安修姆的时候说自己没有看到过烈火，所以就下了命令。你们觉得这么恶劣的行为他都会去做，还有什么事是他不敢做的呢？就算他运用自己的军队来杀戮罗马人民，也不是没有可能。那样人们的权益又将受到怎样的迫害？我们也不知道在这场灾难过后，会不会发生内部战争、更大的杀戮和饥荒。你们就先去躲一阵子吧，黎吉亚和我们一起走。我们可以去安修姆，等这里平静一些了，你们可以再回到这儿传播主的意愿。"

在小屋外边，梵蒂冈原野那边传来人们的嘶吼声，愤怒又恐怖，这样的情景仿佛是为了验证维尼裘斯的话一般。这个时候，采石工人也就是这个小房子的主人进了屋子，迅速地将门关紧，朝着屋里的人喊道："人们正在尼禄竞技场那边相互砍杀，奴隶们和角斗士也开始攻击市民了，好多人都遭了殃。"

维尼裘斯立马说道："我说的没错吧？"

使徒说道："这真是罪大恶极啊，还会有更多的灾难发生，像广阔无垠的大海一般无穷无尽啊！"

然后他又指着黎吉亚，对维尼裘斯说道："她即将成为你的妻子，把她带走吧。重病的黎努斯和那个忠实的仆人乌尔苏斯，他们和你一起走。"

可是维尼裘斯却在这时大声地叫道："主啊，我发誓我不能让你一个人在这里遭受磨难，那样你会死的。"

"主将会给你最大的祝福的，因为你有一颗善良的心，但是我不能离开这里。基督已经对我说过三次要我喂养他的羊群，我怎能违背？你说对吗？"

维尼裘斯没有再说什么。

使徒接着说："没有什么人嘱咐你要照顾我，你却发誓不让我一个人在这里，那么在这个多难时代，我又怎么能离开这里，离开我的羊儿们？当湖上面临着狂风暴雨，当大家的内心都在恐惧的时候，他都没有抛弃我们，我是他最忠实的仆人，怎么会不向他学习呢？"

黎努斯那苍白的脸猛地抬了起来，询问道："你是主的使徒，我怎么能不跟着你学习呢？"

维尼裘斯用手紧紧地抱着自己的头，就像是大脑中的两个小人在激烈地争吵一样。突然，他猛地握紧黎吉亚的手，那气势如同罗马军人一般，但是仔细听他说话，会发现他的声音是颤抖着的，他说：

"彼得、黎努斯，还有亲爱的黎吉亚，你们得听我的。我说的那些话，是根据世人的一般思想所决定的，但是我知道你们有你们的想法，你们不管自己的生命危险，而是想到了上帝的旨意。我是错的，我没有明白这一点，我做错了，我的自私导致了我说出了那样的话，我的心中还没有完全摘除翳障。但是我是那么的爱基督，我要做他的仆人，这是一件比我的性命还重要的事情，现在我就当着你们的面发誓，我一定会将这次爱的任务做好，在这个多难的时期，我一定不抛弃我的手足们！"

说完后，他“扑通”一声跪在了地上，高举着自己的双手，睁大眼睛，大声地说道：“基督啊，我到了现在才真正地认识你，我是否还配做你的仆人？”

他的双手不停地抖动着，眼眶中充满了泪水，身体也因为信仰和爱而不受控制地颤抖。使徒彼得拿了一个陶瓷的罐子，走到他的面前，很严肃地说：“现在，我就用圣父、圣子与圣灵的名义对你进行洗礼。阿门！”

在场的所有人都被这种带有宗教气氛的场面感染了。他们觉得小房子一下子充满了来自天界的光芒，就像被一种圣洁的音乐所包围。他们仿佛看到头顶上的悬崖有一个大洞，天使们哼唱的曲子从天上降落下来。而在无边无际的天空，他们仿佛看见一把十字架和一双刺穿天际的大手，正为他们祝福一般。

却在这时，战斗中的嘶吼声和燃烧着城市的大火的咆哮声从外边传来。

49

原来极其华丽的皇家花园，现在已经被一些没有地方可住的难民霸占了，像多米修斯花园、阿戈里皮娜花园、战神广场、庞培花园、梅切那斯花园和萨路斯修斯花园一样。也有人暂居在避暑别墅、门廊、为野兽造的大建筑物里和网球场里。各种漂亮的动物，如天鹅、火烈鸟、鸵鸟、鹿、非洲羚羊和孔雀等，以前是这些堂皇花园里的点缀物，现在却因为人们的屠杀而没有了。这个时期有许多的粮食从奥斯恰运来，要是从台伯河这边的船、竹筏或者是驳船上走到另一边，就如同在桥上行走一般。小麦的价格是有史以来最低的，才三分钱一斤，并且对于那些较贫困的人来说，更是一分钱都不要。许多的栗子、橄榄和葡萄酒等也都运进了城，而且每天都会有很多的牛羊从山上被赶下来。

在烈火之前，苏布拉区小巷里居住的都是一些特别贫困的人，现在他们也能吃饱穿暖，每天的生活比以前那样又饿又冻的日子好多了。饥寒的日子过去了，但是现在却又有了更大的麻烦，例如烧杀抢夺、扰乱纪律等。那些强盗、小偷在这种没有人约束的日子里更加猖狂，他们说他们很是崇拜皇帝，当皇帝出行的时候他们总是很热情地欢呼叫嚷，因此，他们做起坏事更加肆无忌惮。还有，那些管理机构已经不起什么作用了，治安措施做得也很是不到位，并且现在这个城市鱼龙混杂，什么事情都有可能发生。每天晚上都会有女人和孩子被抢走，更别说其他的打斗砍杀事件了。这里有一个专门关着畜生的地方，是穆吉奥尼斯门，那些畜生都是从坎巴尼亚弄来的。不久前在穆吉奥尼斯门有一场激烈的战争，死了大概有几百个人。每个清晨，台伯河的岸边总是会多出许多尸体，由于没人清理，再加上那场大火造成的升温，那些漂浮的尸体没过多久就开始腐烂，因此人们便能闻到很浓重的恶臭味。在暂居的地方，发生了一场小范围的瘟疫，有些胆子比较小的人认为，一场大的灾疫要到来了。

大火还在城市各个角落里蔓延着。第五天过后，大火蔓延到一个比较空旷的地方，那儿是埃斯奎里内，由于一些房子被人们有意拆掉了，所以火势没有之前那么强了。但人们还是不能判定这场火灾已经过去了，因为火势虽然不大了，却有许多大大小小的火堆依旧会冒出很大的火光。到了第七天的晚上，又有一间大房子突然一下子着了大火，好像是蒂杰里奴斯家的，但是由于可烧的东西不多，所以也没有燃烧很久。这里不停地有着火的房子因为失去支柱而倒塌下来，倒塌的瞬间那些火苗被掀起来，像小塔一般。渐渐地，那些被烧红的遗迹就变成黑的了。太阳落下后，天上已经不再是那种血色的红光，天黑了之后，那些从还没燃烧完的火焰中升起来的蓝色火苗在黑夜底下尤为明显。

罗马这个城市原本是有十四个区的，但是现在没有被大火烧掉的加上外台伯河区只有四个了。在大片大片未燃烧完的火焰彻底成为灰烬之后，人们站在台伯河到埃斯奎里内之间，入眼的只有一大片黑漆漆的空地，有些阴森，一点生机都没有，唯有一些从那些灰烬中冒出的一条条浓烟，就好像坟地里的一个个木桩，令人恐惧。白天的时候，总有一些人装作很犹豫，在那里走来走去，有些人是在寻找一些贵重的东西，有的在寻找自己的亲人。天色暗下来的时候，许多的狗跑到烧毁前的主人家的房子旁，对着灰烬堆不停地狂叫。

即使是得到皇帝许多的赏赐和补助，人们的抱怨和生气也不能消除。而那成群的犯罪分子，还有那些没有家可以回的凶徒们，他们不管不顾，只管自己吃喝，只要看到吃的喝的就尽情地抢夺。而那些失去了家人和财富的人们，他们不会因为花儿可以重新开放、国家可以提供你食物吃、皇帝能够赏赐许多东西，就平息自己心中的怒气。这场大火是有史以来最为严重的。还有一部分人，他们对于自己的出生地和这个城市有着一种很深的感情，而现在听到消息说“罗马”这个名字将不会再用了，新的城市“尼禄都市”将会被建立在这片废墟上，他们就感到一种前所未有的绝望。还有许多官员们总是说些安抚的话，还有蒂杰里奴斯也常常向他保证，即使那样，尼禄还是知道人们的恨意在渐渐地膨胀，因为他比以前的任何一个皇帝都要敏感，所以他总是很担心，他觉得这次与罗马的贵族们和元老院的那些人进行的战争，他会输，因为没有人会同他站在一起。那些官员们也不免有些惊恐，因为他们随时都有可能见不到第二天的太阳。因此蒂杰里奴斯想从别的地方调几支军队，比如小亚细亚那边。瓦蒂纽斯也不再幽默了，他曾经是一个即使有人打了他，他也会笑的人。还有维太留斯，这段时间也吃不下饭了。

私下里，有些人就开始计划，要怎么做才能让自己脱离这次危机，其实他们都知道，反对皇帝的战争一旦发生，他们这些跟皇帝有关系的人，除了裴特洛纽斯，也许都会死。人们肯定会觉得是他们挑唆的尼禄，尼禄只是因为受他们的影响才做出那样疯狂的事情，或许人们会比恨尼禄更加恨他们这些皇帝身边的人。

怎么使他们自己在火灾中的责任减到最小才是他们现在最关键的问题，他们想尽一切办法使自己逃离这次危险。他们想救自己，就要使人们不怀疑他们的皇帝，那样的话，人们就不会怀疑是他们的挑唆了。蒂杰里奴斯和多米修斯·阿费尔商讨着，甚至还和跟他有仇的塞内加一起探讨这个计划。波佩雅明白，尼禄下台之日，也是她的死亡之期，于是她便找她信赖的人和希伯来僧人一起商量，其实这么多年来，她对耶和华的信仰早已得到证明了。尼禄自己也在为这件事思考着，而他想出的方法总是让人意外，并且还总是那么的愚蠢可笑。他这一阵子怕得要死，而下一阵子就像什么也没有发生，如小孩般开心，但是在大多时候他不会让自己的嘴巴闲着。

在蒂贝留斯帝的皇宫中，那个没有被大火殃及的地方，他们举行了一次很长的会议，但是最终还是没有讨论出任何结果。裴特洛纽斯说可以到希腊，然后再到埃及和小亚细亚去，那样可能会逃掉这次麻烦。其实这次的行动以前也是准备实施的，如果在罗马只能提心吊胆地生活，那么这个计划必须实施。

皇帝很喜欢这个提议，但是塞内加考虑了一会儿，说道："陛下，现在离开这里还容易，但是再回到这里就不会那么简单了。"

裴特洛纽斯接着说道："借着海格力斯发誓，亚细亚军团可以和我们一起回到这里的。"

"就这样做了。"尼禄大声说道。

而蒂杰里奴斯依然否定裴特洛纽斯的观点。他自己是什么主意也没有的，要是那个观点是从他的脑子想出的，他一定会说那是一个前所未有的好办法，但是现在他必须否定它，因为他不能再一次成全裴特洛纽斯，让他成为可以解决所有麻烦并且能帮助大家的人。

"皇帝陛下，这个主意是不可行的。内战很快就会发生的，也许还会在您到达奥斯恰之前发生；我们也不知道圣奥古斯都旁系的后人们是否还有存活的，他们或许会将自己推向皇位，如果他们得到军队的支持，那么我们将要怎么办呢？"

"会有办法的，"尼禄答道，"再说，那些遗留下来的圣奥古斯都旁系的后人存活的并不多，就算有，我们的军队也会处理干净的。"

"除掉一两个人也许可以，但是皇帝陛下现在的问题不仅仅在于他们。昨天，我手下的一个人还听到有人在说我们希望的皇帝陛下应该是特拉塞阿那种人。”

尼禄使劲咬了一下嘴唇，想了一会儿，才抬起头，对其他人说道：“那些不知满足的人，总是希望得到更多，已经给了他们那么多的食物，还有烧火取暖的木炭，他们还想做什么？”

蒂杰里奴斯接着说道，“他们要报仇。”

时间仿佛一下子静止了，没有人说一句话。尼禄忽然兴奋地站了起来，连手都举了起来，对着大家说道：“复仇之花绽放，必需鲜血浇灌。”

这个时候的他看上去精神百倍，仿佛将一切烦恼都忘掉了，他大声地招呼人给他拿纸和笔：“这句诗我要记下来，卢卡奴斯以前还没有谁写过这种诗句。我可是在一瞬间说出来的，你们看到了吗？”

“啊，陛下，你真是千古以来最好的君王！”其他人一起奉承道。

“没错！复仇必需鲜血浇灌。”尼禄迅速地写下自己念出的那句诗。

接着他很快地扫了一眼在场的所有人。

“如果我们传出一个谣言，就说是瓦蒂纽斯下的命令，烧掉了城市，将他交出去让人们找他发泄，好吗？”

瓦蒂纽斯急忙说道：“陛下，我只是一个小人物啊，怎么能使人们泄愤呢？”

“也是，我们需要一个更优秀的人……大家觉得维太留斯怎么样？”

维太留斯的脸一下子变得苍白，但是他马上又笑了。

只听他说道：“皇帝陛下，我怎么可以呢？我有这么多的肥肉，那样火焰又会烧起来的。”

尼禄没有理会他，他在暗暗地寻找其他的代表者，那个人必须有代表性，可以让人们泄愤。他很快就找到了。

“蒂杰里奴斯，”他低头想了一会儿，说道，“是你，就是你蒂杰里奴斯烧掉了罗马城市。”

在场的人们不由得浑身打了一个冷战。他们觉得尼禄这次可能不是在说笑，并且这次可能真的会有一些变故发生。

蒂杰里奴斯仿佛被狗咬了一般，整张脸都皱在了一块儿。

他说：“我是接到你的命令让人烧了罗马城市。”

他和尼禄就那样狠狠瞪着对方，神情像恶魔般吓人。周围静悄悄的，有几只蚊子从门口飞进来，人们都能清晰地听到嗡嗡声。

“蒂杰里奴斯，”尼禄对着蒂杰里奴斯问道，“你还忠于我吗？”

“陛下，我想您很清楚。”

“难道你不愿为了我做牺牲吗？”

“尊贵的皇帝陛下，”蒂杰里奴斯回道，“您为什么要把这杯有毒的酒给我呢？下边的人们正在商量着要发动暴乱，皇帝陛下是否愿意让禁卫军也一起来反对您呢？”

害怕充斥着这里的每一个人，因为蒂杰里奴斯是禁卫军的首领，他所说的话实则是在威胁众人。尼禄的脸色立马变得很难看，他也想到了这件事情。

正在这个时候，埃帕福罗狄居斯走了进来，他是皇帝陛下的一个解放奴隶。他来传达尊贵的皇后的旨意，召见蒂杰里奴斯大人。她那里来了几个人，需要他去听听那些人带来了些什么消息。

蒂杰里奴斯对着尼禄弯了一下腰，脸上带着蔑视，走了出去。

他在心里说道：“让你们瞧瞧，当你们所有人想要我死的时候，我有办法让你们知道我也不是好欺负的，尼禄如此懦弱，我有足够的信心让你们不敢对我怎么样。”

尼禄呆呆地坐在那里没有说话，他知道在场的每一个人都等着他说话。

“我好似在自己的身边养了一条毒蛇。”

裴特洛纽斯抖了一下自己的肩膀，神色就像在说，杀掉那样的毒蛇也不是件难事。

尼禄自然是看到了他的动作，所以对着他说道：“你有什么主意快点告诉我！我知道你是最忠于我的，我只能信任你了，而且你又有着聪明的头脑。”

裴特洛纽斯这些话其实已经到了口边：“请陛下允许我来做禁卫军的首领，我将会把蒂杰里奴斯交到市民手中，那样不到一天，整个城市就会安静下来的。”可是他的天性是如此懒惰，要是他做了禁卫军的首领，就会有很多的责任，还有很多的公事要做。他为何要做那种吃力不讨好的事情呢？在自己家中悠闲地看看书、研究研究花瓶和雕塑，或者是把神圣的欧妮姬抱在自己的怀里，摆弄一下她那黄金般的美丽长发，也可以亲吻她那像珊瑚一样漂亮的嘴唇，那样不是更好吗？

所以他说：“我觉得我们应该去阿凯亚。”

“啊，”尼禄大声说道，“我还期待着你有更好的主意呢。我一直和元老院不和，如果现在走了，谁知道会不会发生内乱，然后由其他人坐上皇帝的位子？原本人们还是相信我的，但是在那个时期他们可能会跟着别人来跟我作对。借着哈得斯发誓！如果元老院和人民有一个领导者……”

“陛下，您听我说，如果您想守住罗马，那么必须得保住那些罗马城市的人民。”裴特洛纽斯说道。

但是尼禄有些不满：“他们跟我有什么关系呢？我就要去阿凯亚了，那里的人们会听我的。这个地方总是有那么多的麻烦、问题需要我处理。你们已经将我抛弃了！你们私下里都想要背叛我！我明白，我都明白的！你们怎么不明白，像我这种艺术家，被你们抛弃，以后的人会怎么看待你们？”

他忽然像想到什么一般，猛地敲了一下自己的脑袋：“是啊……我居然因为这些麻烦的事情而不记得自己的身份了。”

说这话的时候，他已经镇定了下来，然后看向裴特洛纽斯，对他说道：

“裴特洛纽斯，让人们去谈论吧。如果我带着我的琵琶去他们中间，给他们唱在大火中听到的歌曲，他们是否会感动，就像俄耳甫斯感动野兽那样？”

屠留斯·塞内乔十分烦躁，他早已经等得不耐烦了，他现在一心想着回去好好享用他从安修姆买回来的漂亮女奴，所以听到尼禄的话之后，马上答道：“尊敬的皇帝陛下，这是不容置疑的，只是不知道他们是否会让陛下您说话呢？”

“让他们去死吧！我们去希腊！”尼禄厌恶地大声叫道。

然而在这个时候，蒂杰里奴斯跟随着波佩雅走了进来。在场的人不自觉地将目光投向他，他们觉得以前没有谁像他那样，站在卡皮托众神殿上，并且还在陛下的面前，表现得那么狂妄。蒂杰里奴斯十分自大，他的声音就像是砰砰作响的铁器一般：“陛下，我想说：有人选了！人们既然想报仇，悼念已故的人，却没说要一个人，他们要的是成千上万的人。陛下，是否知道蓬修斯·彼拉多[1]？耶稣是什么样的人啊？陛下您是否知道基督徒又是什么样的人？他们是那么可恶，他们举行下流的仪仗，他们说这场大火会使末日到来，这些情况我难道没有和陛下您说吗？人民恨他们，不信任他们。我们都没有见过他们到过朝堂，因为他们总是说我们的众神是罪恶的；他们从来不去赛马场观赏玩乐，因为他们看不上赛马。他们所有的基督徒都不会向陛下您挥手致敬，他们从来都不会认为陛下是伟大的神。陛下，他们对付人类，对付这个城市和您。人们在激烈地讨论怎样反抗陛下，陛下您要明白，您没有下令，我也没有去烧毁罗马城市……人们想要报仇，就让他们去吧。人们想要流血与比赛，也让他们去做吧。人们不信任陛下，就让他们把怀疑转到别人那里吧。”

皇帝陛下听到他所说的，很是惊讶。但是之后，他的脸色开始变了，一会儿有些愤怒，一会儿又出现伤心的神色，后来竟然出现了共鸣和愤慨的神色。他迅速地站了起来，将外袍甩掉，衣服掉落在地上，他举高自己的双手，什么话都不说地站在那里。

“赫拉、阿波罗、普西芬尼、阿西娜、宙斯，还有其他永生的神啊！我们需要得到你的救助，你在哪儿？瞧瞧，这个惨遭厄运的城市到底对那些贱民做了什么，使他们发怒将它烧掉？”尼禄发出的声音就像是一个悲剧演员。

波佩雅说：“陛下，他们总是和人民还有陛下您作对。”

马上就有人说道，“陛下，你要让他们知道自己的罪行，你要

---

①罗马希贝留斯帝于公元26年任命的犹太人总督，在他的任期，基督被钉上十字架。

惩罚那些放火的人。各位神也需要复仇。”

皇帝陛下坐在那里，无精打采的，就像受了什么打击一样。过了一会儿，他摆着手说，“这样的罪行我们应该怎样惩罚他们呢？我已经被众神感召了，借助塔塔勒斯[1]的权能，我可以让那些贫贱的人看一次前所未有的壮观事件，那样他们将会永远感激我，更会让他们的后代来缅怀我。”

裴特洛纽斯的脸色一下子阴沉了下来。他马上想到他们——黎吉亚和他很欣赏的维尼裘斯，也许他们将会面临危险。他虽然不喜欢他们的宗教，但是可以确定的是，他们都是纯洁善良的。他是一个完美主义者，他不能忍受这样血淋淋的场面出现。可是他却先想到的是：“我得先救维尼裘斯，要是黎吉亚没命了，他会疯掉的。”裴特洛纽斯觉得这是他人生中一次前所未有的艰难选择，但是此时所想的东西战胜了所有。

不管怎样，他还是像平时那样，嘲弄或者批斗陛下和一些大臣的那些无聊想法，很淡定地说着自己的想法：

“你们真是太厉害了，居然被你们找到了犯人！这当然是不错的。他们可以被你们带到演武场，抑或是被你们穿上一件‘痛苦的紧身衣’。但是你们听我讲：你们有权力、有军队，所以当没有人在的时候，你们还是比较诚实的。就算你们欺骗了人民群众，但是你们骗不了自己。你们把他们交给那些想要报仇的群众，他们将受到各种残忍的对待，但是你们是否敢对自己说，不是他们烧了罗马？唉！你们都说我是‘风雅大师’，所以我想对你们说，我不能忍受这种令人不愉快的剧情。

---

①冥王。

“哼！这样的事与阿西拿里亚门不远处的那个草台戏班子比，又有什么区别？他们扮演着各种有着高贵身份的人，却在演完戏之后，嚼着大葱，喝点酸葡萄酒，还有的甚至会被打一顿。真正地做一个高贵身份的人吧，我只想对你们说，你们现在拥有着尊贵的身份。但是陛下啊，您刚才还警示我当心后人的评论，那么您想想，以后的人又会怎样评价您呢？向伟大的克利俄女神[①]发誓！尼禄——现世伟大的统治者，如同天神一般的人物，是他下令烧了罗马，因为他对于人世就如宙斯在奥林匹斯山上那般的伟大。尼禄——多么伟大的艺术家啊，他如此热爱他的诗词，为了他的诗词而抛弃了国家。这件事真是空前绝后的，从来没有人敢如此行事。请让我代表诗神缪斯向陛下请求，希望陛下不要丢掉这样的荣耀，那样陛下的诗词歌曲就会保存下来！陛下是这么伟大，阿伽门农、拿普里阿姆和阿喀琉斯又都算得上什么呢？就是天上的各位神明也不能与陛下相比的。罗马城市的这场大火不管结果如何，它都是前所未有的，所以注定了它的不同寻常。还有陛下，我将向您提出申述，人们不会背叛您的，您听到的不是真实的。给自己一些信心，拿出符合您身份的样子，不要做有损您形象的事情，不要让后人们提到您就说‘尼禄是个胆小的皇帝，还是一个没有能力的诗人，他纵火烧毁了罗马城市，却不敢承认，让其他可怜的人做了牺牲者’。”

裴特洛纽斯说的那些话，对尼禄造成了很大的心理冲击，但是这次，裴特洛纽斯自己都没能说服自己。裴特洛纽斯明白自己说这些话算是最后一搏了，如果幸运的话，他就救了基督徒；不然，他很有可能为此丢掉性命。但是他不怕，因为这样可以救他欣赏的维

①希腊神话中的缪斯。

尼裘斯，同时也能满足他寻找刺激的爱好。“既然已经没有退路了，”他自己在那里嘀咕着，“现在就要看那个人是爱荣誉还是更爱自己的脑袋了。”

他的心里其实更多的是害怕。

他说了这番话之后，整个殿内又是一片静寂，谁也没有再说话。波佩雅和殿内所有的人都看着尼禄，这时，尼禄的嘴唇噘着，仿佛快和鼻子连在一起了，每当他不知道要做什么的时候，都会做出这个样子的。到了最后，他的脸上布满了令人厌恶和烦躁的神色。

“陛下，”蒂杰里奴斯见到这样的情况，就大声地说道，“我可以离开吗？在您的面前居然有这样的人，让您置身于危险之中，还说您是个胆小无能的君主、一个没有才华的诗人、一个放火烧罗马城的罪人，更是一个如同戏子一般下贱的人，我不能忍受自己听到这样侮辱您的话语。”

“这次完了！”裴特洛纽斯这样想到。

但他却还是面向蒂杰里奴斯，以一种优美的姿态对着他，眼里充满了蔑视。对着他说道：“蒂杰里奴斯，你不正是那个滑稽可笑的戏子吗？你现在的表现正是如此呢。”

“没有人会愿意听到你侮辱陛下的话。”

“你只是装着对皇帝陛下无上地忠诚，但是刚刚却用你的禁卫军执掌者官位来威胁陛下，我们心里都明白着呢。”

蒂杰里奴斯没有想到裴特洛纽斯会如此决绝，脸色马上就变得苍白了，手脚都有些轻微地颤抖，一时间竟不知道说什么好。只是，波佩雅的话语又给了他一个反败为胜的机会。只见她说：“陛下，你怎么能容许有人的脑子里有那样的想法，并且还是在陛下面前说了出来呢？”

维太留斯也跟着应和着：“请陛下严惩这个胆敢无礼的家伙！”

皇帝再一次将嘴巴噘得很高，他将自己那明亮得像玻璃珠般的近视小眼望向裴特洛纽斯，开口说道：“真没想到，你就是用这种方法来感恩的，我对你怎么样，你自己想想？”

“陛下，您要是也认为我犯了错，那么就找出证据，我会认的，”裴特洛纽斯回答道，“但是，我说那些话，只是为您着想，是对您的忠诚。”

“请陛下严惩这个狂妄无礼的家伙！”维太留斯又一次喊道。

“对！请陛下严惩他！”又有几个人开始应和。

大殿里开始了乱哄哄的讨论，不一会儿的工夫，裴特洛纽斯的身边已经没有一个人了。平时与他关系不错的涅尔瓦，还有他一直以为是最好朋友的屠留斯·塞内乔，这次也没有站在他的身边，他们害怕被他连累。现在左边就只有裴特洛纽斯一人站着了，他的嘴角扬着微笑，但是手却不经意地抓紧衣袍的一角，他在等着尼禄的决定。

没过多久，尼禄就说道：“他是我最亲爱的伙伴，更是我的朋友，你们却让我惩罚他。他确实伤了我的心，但是我要让他看到，朋友之间还有一种感情，叫作宽容。”

“真的完了，死亡即将来临。”裴特洛纽斯想道。

也在此刻，会议结束了，因为尼禄率先走出了大殿。

50

裴特洛纽斯忧心忡忡地往家里走去，皇帝和蒂杰里奴斯接着去了波佩雅的宫内，那里有几个犹太教教士在等候着。

他们走到那里，就看见两个头顶上顶着法冠、着一身长衣的教士，和随他们一块儿的助手，以及基罗和一个看上去年纪就很小的书记，从外台伯河区来。这几个人一看见尼禄进来，就激动起来，脸都变白了。他们将双手举到眉梢处，头低得快要抵上手掌。“参见陛下，世界的最高统治者啊，”年长的那个教士说道，“万皇之王，保护选民的人，像雄狮一般。圣明的陛下，您像阳光普照万民，像黎巴嫩的杉树那样挺拔，像泉眼里的水那样柔和，像棕榈——你待百姓，如同耶利哥[①]棕榈树的香膏。”

“你们为什么不称我是神呢？”皇帝说道。

一时间教士脸色变得苍白，另一名教士赶紧继续说道：“陛下，我们的主赐予了您那些善良美好的品德，因此您的每一句话都如同那鲜美的葡萄、美味的无花果，鲜美诱人。先前的皇帝——凯尤斯陛下，虽然他一向严肃，不过我们也没有将他称为神，即使是为此丢掉性命。”

“卡里古拉没有将他们丢去喂狮子吗？”

“尊贵的陛下，先皇没有那样做，他不敢惹恼耶和华。”

在这个时候，教士们把头抬了起来，他们如此相信耶和华的力量，对他充满了信心，因此他们鼓起勇气抬头看着皇帝陛下的眼睛。

---

①在死海以北的巴勒斯坦的古城市。

尼禄又问道："你们来此是想告发基督徒放火烧了城市？"

"陛下，我们只是告发他们反对陛下、罗马城、人民和法律，其实，他们之前就已经有过谣言，说要放火烧掉罗马和这个世界。至于别的事情，基罗会告诉圣上的，他从来都不说谎话，因为他是选民的后代。"

"你是谁？"尼禄看着老教士说的那个人问道。

"奥西里斯呀，我是皇帝陛下您的跟随者、崇拜者，还是一个禁欲主义者。"

"我不太欣赏禁欲派，"皇帝说道，"柯奴屠斯、穆索纽斯跟特拉塞阿我统统都没有好感。他们说的那些话、他们对高尚艺术的蔑视，还有他们特意扮成一副苦瓜脸和肮脏的样子，我都很厌恶。"

"陛下，那塞内加有一千张用柑橘木制作而成的桌子。陛下要是给予圣恩，我便可以有两千张那样的桌子了。我是一个被生活所迫的禁欲者。圣明的陛下啊，赐予我一个蔷薇花冠，在它的旁边摆上一瓶美味的葡萄酒，阿那克里翁的诗歌就会被它高唱出来，那时就是乐天派也会惊讶的。"

尼禄很高兴，因为基罗用了"圣明"两个字，很适合他，便微笑着对他说："你很得我心。"

蒂杰里奴斯在这时说道："陛下，他值得拥有和他体重一样重的金子。"

基罗说道："那么大人，给我一个机会来体现我的重量吧，不然，我的报酬会被风吹走的。"

"会吗？你似乎没有维太留斯重呢！"尼禄插了一句。

“哎哟！伟大的阿波罗神啊，我的智商也不是那么低。”

“你的法律难道没有说你不能称我是神吗？”

“圣明的陛下啊，我的法律是由陛下您来定的，基督徒辱骂这样的法律，所以我是那么讨厌他们。”

“你了解多少基督徒的事情？”

“皇帝陛下啊，我能否在这里痛哭一场？”

“不行，”尼禄说道，“那样我会恼火的。”

“皇帝陛下是圣明的，看过您眼睛的子民永远不会流下眼泪的。陛下啊，保佑我战胜我的敌人们。”

波佩雅有点烦躁了：“赶紧说说基督徒他们的罪行吧。”

“伊西斯神啊，我马上说，”基罗说道，“我在幼年时就开始学习哲学，寻求真理。我在伟大的圣人与贤士们中探索过，我去过亚历山大神学院，雅典学院也是去过的。后来我知道了基督徒，我原本以为他们是一个新兴的流派，我可以从他们中汲取一些好的知识，却没想到，我和他们成了朋友！我很不幸，我第一个接触的基督徒居然是戈劳库斯，他是那不勒斯的一名医生。我从他那里得知，他们很崇拜一个叫基督的神，他预言说人类终会灭亡，世界上的每一个城市都会变成废墟。可是如果他们和他一起将杜卡里昂①的后代全部消灭掉，那么他将会饶了他们。陛下啊，他们憎恨人类，于是他们就在水中下毒，他们还在聚会的时候辱骂罗马帝国，那些被我们祀奉在庙堂里的诸神也被他们辱骂。已被钉在十字架上的基督，他说过当罗马被大火烧毁的时候，他会再一次出现，会把这个世界的领导权都交给他们……”

①指罗马人。

蒂杰里奴斯抢着说道："现在我们可以告诉人们罗马被烧掉的原因了。"

"大人，许多罗马人已经知道原因了，"基罗继续说道，"我在大火后，到过许多的花园，还有战神操场，已经把火烧罗马的原因告诉人们了。我只是想告诉陛下和各位，我要报仇的原因。那个戈劳库斯医生最开始并没有对我说过，他们的教会主要宣传的是仇恨人类。与此相反，他告诉我基督是一个仁慈的神，而他们则广泛地宣扬爱，我的心就那样被他蛊惑，我爱上了那个医生，我相信他。我把我得到的面包、铜钱，都拿来与他共享，但是陛下，我没有想到，他会那样对我，我漂亮善良的妻子贝莱妮姬居然被他卖给了人贩子。要是索福克勒斯[①]听到我的事情……啊，我说了什么，在这里，有比他更加出色的诗人呢。"

"多么悲惨的人啊！"波佩雅说道。

"陛下啊，如果见到阿弗洛狄忒的样子，那么就不算可怜了，现在我不正在拜见吗？后来我一直在哲学中学习。直到来到罗马，我想尽各种办法去拜见基督教的各个长老，那样就可以让戈劳库斯得到惩罚。可是我错了，他们根本没有理我，贝莱妮姬依旧没有回到我的身边……我认识了他们的主教保罗，他以前在本城的监狱里待过，后来不知什么原因被释放了。我还认识了柴贝地[②]的儿子、黎努斯、克利屠斯，还有别的一些人。他们大火前住在哪儿我是知道的，我也知道他们约定在哪里聚会，他们还在梵蒂冈山上的某一座洞穴跟诺门塔那门外的某一座坟地举行过万恶的仪式。在仪式上我

①古代希腊悲剧作家。

②《圣经》中圣徒约翰的父亲。

见到了使徒彼得，我还目睹戈劳库斯砍杀儿童，彼得将那血泼洒在那些基督徒身上，庞波尼雅·戈莱齐娜的养女黎吉亚也在那里，她说，她没有将婴儿的鲜血带来，但是她杀害过小孩子，她蛊惑过小公主——皇帝陛下和皇后你们两位尊贵的女儿！”

“陛下，你听到了吗？”波佩雅说道。

“这怎么可能呢？”尼禄大叫道。

“我可以不管他们对我的迫害，”基罗又说道，“可是我不能忍受他们对陛下您做那样的事情，我真想慢慢地用尖刀将她狠狠地杀死。却没想到，贵人维尼裘斯出现了，他救了她，啊，他爱她。”

“维尼裘斯？她难道没有从他那里逃脱吗？”

“逃脱了呢，但是他又将她找回了，要是没有她，维尼裘斯会死的。他给了我一丁点的金钱，让我帮他寻找黎吉亚，结果，我找到了她，就在外台伯河区，她和基督徒住在一起。我和维尼裘斯一起去找她，和我们一起的还有您的手下克洛托，他是维尼裘斯雇来保护自己的。但是乌尔苏斯却弄死了他。陛下，他是黎吉亚的奴隶，听人说他有令人惊讶的力气；他可以很轻易地扭断一头牛的脖子，就像一般人折断一根花枝那样。奥鲁斯与庞波尼雅都很喜欢他。”

“伟大的海格力斯啊！”皇帝说，“弄死克洛托的乌尔苏斯，市公所里应该有他的一座雕塑。可是，基罗，你没说错吧，克洛托不是被维尼裘斯用尖刀杀死的吗？”

“正是如此，看看人们是怎么欺骗神的。陛下啊，乌尔苏斯把克洛托的肋骨折断的时候我就在旁边，克洛托还准备杀掉维尼裘斯，但是黎吉亚阻止了他。那之后，维尼裘斯生了一场大病，他们照顾他，企图将他变成和他们一样的基督徒。现在，维尼裘斯已经是一个基督徒了。”

“维尼裘斯？”

“陛下，就是他。”

“裴特洛纽斯是吗？”蒂杰里奴斯赶紧问道。

基罗扭了一下身子，双手互相握了一下，之后才回道：“大人，你真是聪明呢……我想他也许是的！”

“现在我终于知道他为什么要说刚才的那些话了。”

这时尼禄突然笑了起来：“裴特洛纽斯居然也是！裴特洛纽斯会仇恨美好的人生与快乐！你在说谎吧？我不会相信这件事的，这件事要是真的，我还能相信什么呢？”

“说实话陛下，那维尼裘斯确实已经是一个基督徒了。我敢对着陛下发誓，我从来都不喜欢说谎话。维尼裘斯、小奥鲁斯、庞波尼雅，还有黎吉亚，他们都是基督徒。我诚恳对待他、照顾他，他却因为戈劳库斯的几句话就来打我，我已经年纪大了，还生了病，又没有东西吃，他居然那样对我。我曾对着哈得斯发誓，我不会忘了他的。陛下啊，帮我报仇吧，使徒彼得、黎吉亚、克利屠斯、乌尔苏斯、黎努斯，所有的基督长老们，以及克利斯普斯和戈劳库斯，我可以将他们交给您，还有成百上千个基督徒，并且那做过仪式的坟墓、那些做过祷告的人我也知道。那时，陛下所有的监狱都会装得满满的。没有我的话，你们是不可能找到他们的！现在，我这个如此不幸的人，只能在哲学中得到一点慰藉，请陛下给我一些恩惠吧……我的年纪大了，就让我享些福，品味一下人生的乐趣吧……”

“你想做一个禁欲主义者，而且是整天在酒肉中生活的那种？”皇帝问道。

“为皇帝陛下效劳，就一定会有好报的。”

“你说得对，哲学家！”

但是波佩雅却没有忘了她的敌人。波佩雅曾因维尼裘斯烦恼过，还由于羡慕、妒忌、愤恨与夸大的虚荣心作祟，使得她对维尼裘斯产生了爱恋。但是维尼裘斯对她是那么冷淡，她很是气愤。他竟敢觉得她没有那个女人漂亮，就是因为这个，她也要报复他。还有黎吉亚，在当初知道她的时候就已经不喜欢她，她曾经在看到黎吉亚那个北国百合的容貌时，也不由得愣住了。裴特洛纽斯说黎吉亚的屁股不够大，然后就那样骗过了尼禄，但是，她皇后可不是那么容易被骗的。波佩雅是老练的，只要她看一眼就知道了，在整个罗马城市里，她都已经是最美丽的了，但是那个女人居然比她还要漂亮。她一定会杀了她的。

“陛下，”她说，“帮我们的幼女报仇好吗？”

“快点！”基罗大声说道，“要赶快去！否则，她就会被维尼裘斯藏起来，那样就不容易找到他们。”

“我派些人和你一起去，你们现在就出发。”蒂杰里奴斯说道。

“大人啊，你是没有看到乌尔苏斯是怎样弄死克洛托的，那是多么的惨啊；就算你派几十个人和我一起去，我也不敢靠近他们，只能站在远处告诉你们他们待在哪儿。要是维尼裘斯没有被捉住，我就死定了。”

蒂杰里奴斯看着尼禄。

“陛下，把维尼裘斯和裴特洛纽斯都杀死不行吗？”

尼禄想了一会儿，说道：“不行，这个时候我不能这么做！如果我们现在就把庞波尼雅·戈莱齐娜、维尼裘斯或者裴特洛纽斯交出去，他们是不会服气的。他们的房子太漂亮了……这次我们必须找别的人做出牺牲，下次就会是他们。”

“好吧，陛下，请派一些士兵协助我吧。”基罗说道。

“蒂杰里奴斯，这次的事你去办吧！”

蒂杰里奴斯回道：“那么，你先待在我家吧。”

基罗的脸上马上布满了喜色：

“我一定不会放过他们的！我们赶快行动吧，快走吧！”他的声音都有些沙哑了。

51

裴特洛纽斯离开了皇宫，他让人抬他去卡里内郊区的自家宅子里。这儿没有被大火烧着，因为那个房子前方有一个不大的色西利祠堂，其他三面都被花园包围着。

对于那些被大火烧得没有了家产的，还有那些没有了大量珍藏品的皇家贵族们来说，裴特洛纽斯算是很幸运的了。大家一直都认为他是命运女神最喜爱的孩子，就连皇帝陛下也对他同别人不一样。

但是现在，他这个宠儿也得考虑一下自己将要面临的问题了，他觉得命运女神现在就如同那个将自己孩子吃掉的克洛诺斯一样反复无常了。

“如果我的房子在这次的大火中没了，”他自己在那里嘀咕道，“我的哥林多青铜、伊特鲁利亚花瓶、宝石与亚历山大玉器全没有了，陛下也许就会忘了我这次的过错。借着波卢克斯起誓！那样的话，现在禁卫军的掌管者就看我的意愿了。那么我将要告诉人民，蒂杰里奴斯是这次大火的主使者，事实也是这样，我要给他穿上‘痛苦的紧身衣’，把他交给人民，那样还能救基督徒，还能重建这个城市。谁知道未来美好的日子会不会到来呢。就算是为了维尼裘斯，我也要得到那个职位。要是太累了，还可以让他指挥——那样的话就是尼禄也是没有办法的……要是维尼裘斯一高兴，说不准就把禁卫军都变成基督徒，当然还有尼禄。那样的话，我也没什么坏处啊！尼禄是信神的，他讲理，还有善心，这样的话，真是不可思议呢。”

他总是很淡定，没有十分在意的东西，对此他笑了笑。过了一会儿，他又想到了一些其他的事情。他觉得他现在好像在安修姆，而且正在和塔南苏斯的保罗谈话：“你们总是说我们是你们的敌人，但是，你能够回答我吗，裴特洛纽斯？假如尼禄成为一个基督徒，我们的教义让他做什么他就做什么，那么你们的生活不是更好、更安全吗？”

想了这么多，他又开始嘀咕了：“借着卡斯托发誓！无论他们杀多少个基督徒，保罗的身边也会出现更多的基督徒，因为他是对的，要不人世间就只是一个充满了肮脏的地方……但是谁又能知道未来呢？什么事都有可能发生的。而自己，学了那么多的东西，但还是没有变成坏人，也许我也要在我的手腕上划出一道血印……不过这样的结局也是预料到的，就算不这样，也会有其他的差不多的结局。我不想离开我的欧妮姬和那名贵的米里内敞口杯。我可以放欧妮姬自由，那个杯子就跟我陪葬吧……不管什么情况，我都不会将它留给青铜胡子的。维尼裘斯，我也为他感到难过。尽管我已经不再如此厌烦这个世界了，但是我已经知道该做什么了。生活虽充满希望，却有那么多卑鄙无耻的人。一个人活着就应该知道最后会怎么死掉。尽管我是贵族，但我是一个更懂得享受生活的人。”

想到这儿，他无所谓地抖了一下肩膀。

“也许他们认为我现在已经害怕得双腿发抖，连头发都已经竖起来，但是没有，我回了家之后，就用堇花水洗一个舒畅的澡，还让欧妮姬给我抹一些香油，然后又在吃饭的时候叫人为我唱安台米奥斯亲自编写的《阿波罗赞美颂》。我以前就这么认为：死亡这种事，不用我们去思考，因为死亡是不会按照我们的意愿的。假使天堂什么的确实存在，里边还有一些没有灵魂的魂魄，那也许是一件值得赞叹的事情……那个时候欧妮姬也会来，我们会在美丽的原野上一起漫步。我会在那个世界生活得更加美好……这里的人都是那么的愚蠢，或在做生活的丑角，或是一些骗子，还有更多的是一些没有什么趣味和才华的卑鄙小人！就算有再多的‘风雅大师’，也不能将特里马尔空[①]变成贵族。借着普西芬尼发誓！我的生活真是糟糕透了！”

他也很奇怪，不知道是什么早已将他们与他分离开了。他和他们在很久之前就已经认识了，他们有什么想法他也是知道的，但是现在，他发现他们已经不在他的世界里了，他更加蔑视他们了。说实话，他已经厌烦他们了。

他再一次思考他现在的处境。他是聪明的，他清楚死亡还不

①裴特洛纽斯作品中的主人公。

会发生在自己的身上，皇帝也是想利用这次机会的。虽然他说了那些关于友情和宽容的话，也说得那么有理，但是是用了心思的。他竟然当众说了那样的话，那么至少现在他是没事的。“现在皇帝一定会找理由，在他找到这样一个理由之前，应该还有一些时间。或许，他现在正准备找基督徒举办一次竞技比赛，”裴特洛纽斯在那里嘀咕着，“也许，在那之后，我的危险才会到来，很有可能，我现在已经不用再想着该怎样过自己以后的生活了。现在最重要的是维尼裘斯的安危。”

他是绝对要救他的，所以现在裴特洛纽斯就只想解决好维尼裘斯的麻烦。

到处都是荒废的土地、房屋，卡里内郊区也是那样，仆人们把裴特洛纽斯的轿子抬得很快，但是他还想让他们更快一些，这样可以让他更快地回到家。维尼裘斯的公馆被大火烧毁了，现在和他住在一块儿，这个时候他还没有出门。

“你今天有没有去看过黎吉亚？”裴特洛纽斯看到维尼裘斯的时候马上问道。

“我才去过她那里。”

“我说着你听好了，什么也不要多问。就在刚刚，尼禄他们商量着要嫁祸他们，说他们是纵火犯。也许马上就会下令搜查。你赶紧带着黎吉亚他们去阿尔卑斯山，去非洲也行。必须马上走，这里离外台伯河区要比帕拉修姆宫离外台伯河区远一些，所以你们要赶在他们到那里前离开。”

维尼裘斯是个军人，还是很聪明的，所以什么都没有问，节省着时间。他的眉微微皱着，面上布满严肃且不畏惧的神色，认真地听着裴特洛纽斯的话。他的天性让他在危险面前毫不畏缩，他对防范和斗争已经有所准备了。

“我马上行动。”他说道。

“等等，带上一些金子和武器，还有其他的基督徒。在危险时刻，可以救她。”

维尼裘斯这时已经走到门口了。

“派人回来给我报信。”裴特洛纽斯大声在维尼裘斯身后喊道。

客厅里又只剩裴特洛纽斯了，他在前庭的柱子旁来回走动着，想着快要发生的事情。黎吉亚和黎努斯好像又回到原来的住处，外台伯河的许多地方都没有被大火烧毁，而那所房子也幸免于难。但是这样的事情，现在却是不利于他们的，若非如此，他们还可以混在人群中，那样尼禄就不会那么容易找到他们了。他想，帕拉修姆宫里应该不会有人知道他们现在住在哪里，所以，维尼裘斯一定可以赶在他们之前找到黎吉亚的。他知道蒂杰里奴斯一定会尽可能抓到大量的基督徒，可能会把整个城市都布下网的，这样就会把禁卫军分成许多股。要是只有十几个人去抓她，那么不用担心，乌尔苏斯一个人就可以捏碎他们的脖子，还有维尼裘斯，应该不会有事的。这样想着，他就放下心来。但是，带着武装和禁卫军对抗，就如同和尼禄作对。裴特洛纽斯明白，如果皇帝不怪罪维尼裘斯，那么他一定会报复在自己身上，但是现在他一点儿都不在乎了。而且，要是可以揭穿皇帝和蒂杰里奴斯的诡计，他就更高兴了。他一点也不在乎要用多少金钱和人手来完成这件事。还有，在安修姆的时候，塔尔苏斯的保罗已经使很多奴隶改变了对宗教的信仰，他确信，在对基督徒的保护上，那些奴隶们一定会很热情，并且很忠心。

欧妮姬走了进来，同时也打断了裴特洛纽斯的思绪。看到她，他心中的所有烦心事一下子烟消云散了。他忘了尼禄，忘了他现在的烦恼，忘了那些堕落的贵族大臣们，忘了那些不利于基督徒的计划，甚至维尼裘斯跟黎吉亚，他统统都忘了。现在，他的眼里只有那个向他走来的完美女神，她的身上穿着一件又薄又长的堇色纱衣，衣服中隐隐约约露出的肉体像蔷薇一般美丽。她用自己的灵魂仰望着、爱慕着他，总是希望得到他的抚摩，裴特洛纽斯这样看着她，她觉得自己是在被他赞美着，她很快乐，并且因此而羞红了脸，好像她不是他的情人，只是一个纯洁的女孩子。

“欧妮姬啊，你想对我说什么呢？”裴特洛纽斯伸出胳膊看着她说道。

她走到裴特洛纽斯身边，低下他最喜欢的金色长发，回道：

“老爷，安台米奥斯来了呢，他的歌唱班在等着您呢，您是否现在就听呢？”

“等等吧。晚餐时间再让他唱，就让他唱《阿波罗赞美颂》，尽管现在到处都是一片荒芜。借着帕佛斯岛上的丛林发誓！在看到你穿这件衣服出来时，我还以为是阿弗洛狄忒披上了一片美丽的天空，出现在我的眼前。”

“老爷啊！”欧妮姬说道。

“过来我这边，欧妮姬，我想抱抱你，你的嘴唇我也要……你是爱我的吗？”

“我爱谁也不会像爱您这样痴迷。”

她边说话边用嘴唇亲吻着他的嘴唇，同时在他的拥抱中喜悦地抖动着。

过了许久，裴特洛纽斯看着她说道：“要是我们分开的话……”

欧妮姬的眼睛里很快充满了恐惧：“不要，老爷，不要说……”

“别担心！我们说不准还有很长的路要走呢……”

“我不想离开你……”

裴特洛纽斯连忙转移话题，说道：

“花园的草地上是否还有日光兰？”

“树木和花草都被大火烤焦了，就连桃金娘树上的叶子也全掉了下来，现在的花园根本就没有一丝的生机。”

“这个城市也仿若死城一般，并且不久就要变成坟墓了。你是否知道，掠杀基督徒的命令就要下来了，可能还会有一场屠杀，也许会死很多人？”

“老爷，他们为什么要那样做呢？基督徒是那么善良、仁慈。”

“但是那些人却不那么认为呢。”

“海边应该更适合我们。您那双眼睛是如此神圣，不能看见那么多的鲜血。”

“完全可以，但我得马上洗个澡。你给我的肩膀擦一些香油。对爱神的宠儿发誓！为什么我以前没有发现你这么美丽呢？我将命人为你造一个像贝壳一样的浴缸，那样你躺在那里的时候会像一颗完美的珍珠一般……跟我走吧，我的欧妮姬。”

他出去了，一个钟头后，他们两个人坐在了摆放着许多黄金杯的餐桌前。两人的头上都戴有花环，眼睛都有些蒙眬。他们被一些打扮得像丘比特一样的男孩子守候着。他们拿着常春藤花纹的酒杯，酒杯里盛满了葡萄酒，听着安台米奥斯指挥的歌手唱歌，在竖琴的伴奏下，怡然自得地听着《阿波罗赞美颂》。在宅子的外边，还有许多冒着浓烟的废墟，一阵阵大风吹起大火遗留下来的死灰，但是，这些又与他们有什么相干呢？目前，他们是快乐的，有属于他们的爱情，这么美好的时光使他们就像活在神话中一般。

但是，这首美妙的歌曲还没有唱完，被委任为前庭管事的奴隶就走了进来。

“老爷，”他的声音有一些颤抖，“有一个人带领了许多禁卫军停在门外，他们说是得到皇帝的命令要求见你。”

歌声与竖琴的声音一下子停了下来，所有的人都害怕极了，因为尼禄给他们的通知一般都是不会让禁卫军来的，但是现在，是禁卫军，那么这次，在这种情况下，一定不会是什么好事情。只是裴特洛纽斯显得非常从容，至少表面是这样，他仿若被人打扰了自己吃饭一样，不耐烦地说道：“怎么这么烦，都不能让我平静地吃完饭？”

又对着前庭管事的说：“告诉他，可以进来。”

那个管事的走了出去。过了一会儿，门外又响起了很重的脚步声，进来一个人，裴特洛纽斯知道他，是阿佩尔，一身的武装，头上还戴有铁盔。

“尊贵的裴特洛纽斯大人，”阿佩尔说道，“我带来了一封皇帝陛下的信。”

裴特洛纽斯缓慢地伸出他那漂亮的手，接过信，看了一眼，然后将它轻轻地递给了欧妮姬。

“陛下请我今天晚上去听他写的新诗——《特洛伊之歌》。”裴特洛纽斯说道。

“我只是按照命令送信到这里来。”阿佩尔说。

“是的。但是，阿佩尔队长，你难道就不停下来坐一下，喝一点儿葡萄酒再走？”

“谢谢您，大人，我也很想喝一杯再走，还可以祝您长寿，只是我现在还有其他的任务，不能停留太久。”

“为何是你来这里，而不是奴隶来呢？”

“大人，我也不很明白，或许是陛下觉得我可以顺路吧。”

“嗯，我想到了，”裴特洛纽斯说道，“是为了搜捕基督徒吧？”

“大人，是这样的。”

“你们这次行动已经开始多久了呢？”

“中午之前就有队伍出发了，好像是到外台伯河区那里的。”

阿佩尔这样说着，然后端起一个杯子，洒了一点儿酒出来向玛尔斯表示敬意，而后喝光了它，又对着裴特洛纽斯说道：“大人，愿众神保佑你健康如意。”

“酒杯你带走吧。”裴特洛纽斯对他说，而后又指示安台米奥斯继续唱《阿波罗赞美颂》。

“尼禄同我和维尼裘斯在开玩笑呢，”竖琴的声音又一次响起的时候，裴特洛纽斯这样想到，“我很清楚他的阴谋，他想叫阿佩尔送个请帖恐吓我。到了晚上，他们肯定会问我，今天是怎样招待阿佩尔的。哼，你这个麻木不仁、歹毒的人啊，我绝不会让你好过的。我了解你，你怎么可能会让我好过呢？你是不会放过我的，我就知道。但是你不可能看到我在你面前露出可怜的样子，也别想从我脸上看到害怕和卑微。”

“老爷，陛下写着：‘有兴趣的话就来吧。’”欧妮姬对裴特洛纽斯说道，“你去吗？”

“当然，我一定会认真听他的新作，”裴特洛纽斯回道，“我一定会去的，更重要的是维尼裘斯没有去。”

之后，裴特洛纽斯依旧用着自己的晚餐，还在饭后散了一会儿步，才让理发的师傅帮自己梳妆，然后奴隶们帮他整理衣袍。一个钟头之后，他便如同神一般美丽，然后叫人把他抬往帕拉修姆宫。时间已经不早了，这样的一个晚上，有一些温暖，还有一些安静，月光是那么明亮，抬轿子的人将火把熄了。路上，有些人喝醉了，头上戴着常春藤扎的花环，手中还有许多可能是从皇家花园里折的桃金娘与桂树的枝子，在大街上或者是废墟间摇摇晃晃地走着。那么多的稻谷还有巨大场面的竞技比赛，使他们看到了希望，他们都很开心。有人在唱着《神圣的夜》，当然也有关于爱情的；还有些人，在皎洁的月光下跳着舞。有好多次抬轿的奴隶大声喊着“给尊贵的裴特洛纽斯让路”，人们才让开了，并发自肺腑地呼喊，向他们爱的人表示敬意。

但是他却在想着维尼裘斯：为什么他没有给他送消息回来？他既是一个享乐的人，也是一个自我主义者，可是因为经常和保罗还有维尼裘斯他们在一起，久而久之，听他们谈多了基督徒的事情，也感觉自己有了一些他也说不清楚的变化。他们身上的温暖在不知不觉中，已经进入到他的灵魂里，生了根。除了他自己，现在他已经学会关心别人，还有，他一直都那么喜欢维尼裘斯，在他很小的时候，他就很爱维尼裘斯的母亲——他的姐姐，他一直都关注着维尼裘斯，看着他所经历的事情。他相信维尼裘斯一定会在禁卫军找到他们之前赶到黎吉亚的身边，和她一起逃跑，或者就算在禁卫军之后，也一定会救了她。但是他一定要得到肯定的答案，因为他必然要回答皇帝的问题，在那之前，他必须有一个心理准备。

蒂贝留斯宫到了，裴特洛纽斯从轿子里下来，一会儿到了前庭，那里有一屋子的人。以往的朋友们，看到他的出现，很是惊讶：为什么陛下会邀请他？但是还是没有去和他打招呼。他优雅自如地从他们中穿了过去，就如同昨天的事情没有发生过一般。还有人看到他的样子不免有些担心，害怕自己昨天那样对他有点为时过早。

但是尼禄却好似没看见他一般，对他的行礼也没有搭理，依旧和别人说着话。蒂杰里奴斯走了过来，对着裴特洛纽斯说道："晚安啊，'风雅大师'。你还是坚持你的说法吗？确定不是基督徒火烧了城市？"

裴特洛纽斯抖了一下肩膀，轻轻地用手戳了一下蒂杰里奴斯的肩膀，就如同他是一个奴隶一般，说道："我该怎么说呢？你和我都很清楚不是吗？"

"我可没你那么聪明呢。"

"你其实还没有那么笨嘛，当陛下在朗诵新作《特洛伊之歌》的时候，你没有像一只孔雀一样说出美妙的话，却说着这样的胡话。"

蒂杰里奴斯紧紧地咬着下唇。陛下说要在今天晚上念他的一篇新作，他很是不愉快，因为这样裴特洛纽斯就有机会和他竞争了。并且在刚才皇帝进行朗诵时，还是不断地看向裴特洛纽斯的，而且还是那么认真地看着他，好想要从他的脸上看出什么一样。而裴特洛纽斯确实像什么也没有发生一般，依旧那么专注地听着诗歌，有时会赞美一下，有时也会点评一下。皇帝觉得只有裴特洛纽斯的赞美才是真正的关于诗歌的赞美，而别人只是为了自己的目的。那么要是裴特洛纽斯都赞美了，就说明那些诗句确实不错。然后他们俩就在那里讨论，偶尔还争论一下。在快结束的时候，裴特洛纽斯因为一些句子或者词语而表示出自己的怀疑，这时，尼禄忽然问道："那么，在最后一篇出来的时候，你便能理解我为何要用这个词语。"

"啊，"裴特洛纽斯想了一会儿，"这样是否可以理解为，我能活到那个时候呢?"

好多人都在静静地听着他们的讨论，暗自想："我完蛋了！裴特洛纽斯既然来了，陛下又那样对他，他很有可能会再次得到陛下的青睐，蒂杰里奴斯也许都不是他的对手。"

这个时候，人们更加靠近他了。但是在结束的时候，情况发生了变化，在裴特洛纽斯告辞的时候，尼禄看着他，脸上布满了既开心又严厉的神情，对他说："维尼裘斯呢？"

裴特洛纽斯要是说维尼裘斯和黎吉亚已经逃走了，他一定会说："陛下不是已经恩准他结婚吗？他现在已经去远方蜜月了。"但是由于尼禄脸上的怪笑，裴特洛纽斯只能说："陛下，阿佩尔去的时候，他正好不在家呢。"

"见到他，转告他，我很想和他见一面，"皇帝说道，"并且，我希望能在那些基督徒们竞技比赛的时候见到他。”

这些话使裴特洛纽斯很吃惊，他觉得尼禄说的那些话完全是针对黎吉亚的。出了前庭，坐上轿子，他让人用比来时还要快的速度回去，却遭到了意外。在蒂贝留斯宫门口，有许多人站在那里，好热闹，大家像喝醉了一样，没唱歌，也没跳舞，却还是那么高兴。远远的地方，传来一阵喊叫声，裴特洛纽斯听不大清楚，不过喊声一阵强过一阵，最后裴特洛纽斯终于听到了这样一句：“让狮子吃掉基督徒！”

“这帮不是人的家伙！”裴特洛纽斯瞪着眼睛说道，“什么样的主人就有什么样的狗！”

他在想，在皇权至上的社会，有着连野蛮人都无法想象的残酷，这个充满了罪恶和疯癫的变态体制，是不会长久的。罗马这个城市，统治着这个世界，但是也是一个巨大的毒疮，它的周身充满了难闻的尸臭味。它的生命早已腐朽不堪，即将面临灭亡。就是那些贵人皇族们，也曾多次讨论这个问题，但是以前裴特洛纽斯还没有认识得如此透彻。罗马站在世界的顶峰，站在这辆有着月桂冠的伟大战车上，是世界的领导者，在它的身后还跟着那么多戴着锁链的其他民族，正在向悬崖靠近。在这个罗马统治的世界里，它的生活，更多像是一场马上要结束的疯癫舞会，一种末日的狂欢节。

这个时候，他明白了，只有基督徒才能创造一个不同的世界。但是他也知道，在不久的将来，基督徒就会消失。那时又会怎么样呢？

这些蠢货会在尼禄的带领下疯狂地前进，要是尼禄死了，他们会找到一个和尼禄一样的人，或者比尼禄更坏的人，因为这样的一群人，都是那么的丑陋，他们一定不会找到更好的带领者。到那个时候，也许又会有一场比现在更加恶心、更加丑恶的狂欢节。

但是那样的狂欢不会一直继续下去，过了那一阵，最终还会归于平淡，他们也会疲劳，他们也得去休息。这样想着，裴特洛纽斯又振奋了起来。如果生活只是为了看着这样一个世界，那么这样的生活还有什么意思呢？他还不知道明天会怎样呢。死亡可不会像睡美人那样的完美，他还有一双翅膀呢，随时都有可能降落下来。

轿子在家门口停了下来，那个忠诚的守门的人把门打开了。

“维尼裘斯大人回来了吗？”裴特洛纽斯问道。

那个开门的人答道：“刚回来，也没多久。”

“黎吉亚肯定没有和他一起回来。”裴特洛纽斯想到。

他丢掉自己的长袍，迅速地跑到前庭，就看到维尼裘斯双手抱着头，将头埋在膝盖之间，正一动不动地坐在凳子上。听到有人进来，才慢慢地抬起他那苍白的没有生机的脸，眼里充满了愤怒。

“你去得太晚了吗？”裴特洛纽斯问道。

“对，她在中午的时候就被抓了起来。”

之后他们谁也没有说话。

“你见过她？”

“对。”

“她在什么地方？”

“在马梅蒂涅监狱里。”

裴特洛纽斯听后很是惊讶，用审视的眼神看着维尼裘斯。

“不是！”他说，“她没有在屠里阿努[①]牢狱，也没有在中牢。

①监狱中地下最底层，努米底亚皇帝尤古尔塔是在那里饿死的。

我给了守卫一些钱，让她有了一间单独的屋子，乌尔苏斯就在屋子外边守着她。”

“乌尔苏斯没有保护她吗？”

“他们派了许多的禁卫军去，并且黎努斯命令他不能反抗。”

“那黎努斯呢？”

“黎努斯病得快要死掉了。他们就将他丢在那里。”

“你现在怎么想的呢？”

“把她先救出来，实在不行，我就和她一起死。我也是基督徒了。”

维尼裘斯虽然说话的语气就像什么事也没发生一样，但是那声音中却带有深深的绝望，裴特洛纽斯很是可怜他，心里直打冷战。

“我明白，”他说，“你想到什么办法去救她了吗？”

“我当时给了那个守卫很多的钱，想办法让她不被欺负，要是她逃跑，请求他们不会过多干涉。”

“有什么办法能逃跑？”

“他们告诉我，他们害怕被上级发现帮我，那样会受牵连的，所以他们不能将她交给我。等到监狱里人多的时候，当那些牢犯的番号被打乱之时，他们就有办法将她交给我了。但那是没有办法的办法。现在，我需要你救她，也救我。你是陛下的宠臣，还是他的朋友，他亲自将她给了我。你去和他谈谈，就当救我吧。”

裴特洛纽斯没有说话，叫人拿了两件黑色的外袍，还有两把剑，然后才开口说道：“我一边走一边告诉你。现在你穿上袍子，带上剑，我们一起去马梅蒂涅监狱。在那儿，不管给多少钱，只要可以放了黎吉亚就行。否则，就没有机会了。”

“那我们快点走吧。”维尼裘斯说道。

不一会儿，他们就在街上了。

“你听我说，”裴特洛纽斯对维尼裘斯说道，“刚刚我不愿意浪费时间。我告诉你现如今我已经不是尼禄的宠臣了，我失宠了。我自己也会随时没命的。所以现在，我对他已经没有什么太大的作用了。更有甚者，我对他请求什么，他便会和我对着干。要不然，我又怎么会让你赶紧带着黎吉亚逃跑或者拯救她呢？不论怎样，你走了，尼禄的怒火很快就会烧到我的身上。今天就算是你，去请求他，或许都比我请求他要好得多。所以，我已经没办法了。从监狱里把她救出来，逃得远远的。你没有别的办法了。要是实在不行，还有可能找到其他的方法。并且，黎吉亚会到监狱里，不光因为她信仰基督，还有一个重要的原因——波佩雅。她对你们是愤恨的。以前，因为她的爱情没有被你接受，也是因为黎吉亚，所以她恨极了你们。而且除了这件事外，她在见到黎吉亚的第一眼时，就已经想杀掉她了，她还将自己小女儿的死怪罪到黎吉亚的头上。这次的事情肯定与波佩雅有关，否则怎么会是黎吉亚第一个被关进监狱呢？不管是谁找到黎吉亚的住处，都说明早就已经有人跟着她了。我知道你听到这些后，会更加伤心，还打破了你最终的希望，但是我必须这样讲。因为如果他们在我们之前就已经想法子阻拦了，那么你们就只能一起死了。”

“我知道！”维尼裘斯小声说道。

时间已经很晚了，街上没有多少人，这时有一个醉汉走了过来，他是一个角斗士，他们暂时停止了讨论，那人摇摇晃晃的，一下子撞到了裴特洛纽斯，一把抓住裴特洛纽斯的肩膀，口中的酒味直喷到他的脸上，朝着他吼道：

“让狮子吃掉基督徒！”

“米尔米隆，”裴特洛纽斯静静地答道，“我说，看清楚你的路吧。”

米尔米隆又用另一只手紧紧地抓着他的肩膀：“快点和我一起吼，要不然我就折断你的脖子：让狮子吃掉基督徒！”

裴特洛纽斯的头很痛，那些吼声令他难受。自离开帕拉修姆宫到现在，那些吼声就一直回荡在他的脑海里，他觉得自己快要被这样的吼声震破耳膜了，所以当看到米尔米隆的手挥过来的时候，他已经没有什么耐心了。

“米尔米隆，”他说，“你嘴里的那种酒臭，已经不能让我容忍了。”

一边说着一边拔出手中的短剑，朝着醉汉的胸口插去，一直插到只露出剑柄，而后，就像什么事情也没有发生一般，将手搭在维尼裘斯的肩头，接着说道：“尼禄说：‘见到他，转告他，我很想和他见一面，并且，我希望能在那些基督徒们竞技比赛的时候见到他。’你能否明白，这话是什么意思？他们就是要看你痛苦。他们已经计划好了，现在还没有逮捕我们，也许就是这个原因。如果这次不能成功救出黎吉亚，可能就……我也不知道怎么办了。阿克台或许可以帮忙，可是她能做什么呢？西西里的田产也许会吸引蒂杰里奴斯的，他是那么喜欢贪小便宜，可以试试。”

“就是把我全部的财产给他我都愿意。”维尼裘斯说道。

卡里内郊区与市公所隔得很近，所以不多时他们就到了目的地。天色微微有些亮了，阴影中城堡很是清晰。

在马梅蒂涅监狱外的转角处，裴特洛纽斯突然停住，说道：

“禁卫军已经来了！晚了！”

马梅蒂涅监狱已经被禁卫军包围了。刚刚出现的曙光照射在他们的身上，头盔和枪尖上发出的白光，是那么的阴森。

维尼裘斯的脸顿时白得像石膏一样。

“我们到那边去。”他说。

不久他们便就走到队伍的最前面。裴特洛纽斯有着天生的好记忆，所以他不仅认识那些军官级的人物，还认识那些禁卫军的一般士兵们。不一会儿，他就认出了一个比较熟的队长，就招呼他过来了。

“现在是什么情况呢，尼盖尔？”他问道，“皇帝命令你们到这里守卫吗？”

“裴特洛纽斯大人，是这样的。我们长官大人担心会有什么人来救这儿的罪犯。”

“陛下有没有说不能让人进去看望呢？”维尼裘斯问道。

“这倒没有说，大人。要是有什么和他们熟的人进去，或许我们还能捉到更多的帮凶。”

“我进去看看吧。”维尼裘斯说道。

之后他握紧裴特洛纽斯的手，说道：“你去找阿克台，我进去看看她有什么说的……”

“好吧。”裴特洛纽斯答道。

一时间，忽然有歌声从里面传来。刚开始，那些赞美诗唱得很轻并且还不能听得很清楚，之后声音渐渐地变得大。男女老少不同的声音一起响了起来，如同大合唱一般。在安静的清晨，马梅蒂涅监狱里传出阵阵类似竖琴的声音。在这片声音中却没有那种该有的悲伤或者绝望。与此相反，还能让人从中感觉到喜悦和成功。

那些禁卫军们互相对望着。霎时，有着金子般的黄色和淡淡红色的初出日光在天空中露了面。

52

“让狮子吃掉基督徒”的呼喊，响彻罗马城的每一个角落。在开始的时候，没有人去怀疑引起火灾的罪魁祸首是他们，根本就没人会去怀疑这一点，因为那些市民对于处罚基督徒这件事，就像是为自己的生活添加了一场精彩的娱乐活动而已。但是有另外的一种情况开始传开来，人们觉得要不是惹恼了众神，就不会有这么严重的大火了。由此，上边的官员下达命令，在每个庙堂里供一个“皮亚库拉”[①]。根据《希腊神谕集》上说的，元老院的人为普西芬尼、色列斯和伏尔甘安排了祭祀仪式和大众祷告。

妇女们上供给朱诺，她们结成一伙儿去海边装水，然后将水泼洒在女神的身上。还有一些女人，在神殿上摆上许多贡品，并且夜夜在那里守护着。城中的每个人都忙着清理废墟、上奉供品，祈求能得到众神的原谅。他们在废墟中开辟新的道路，到处开始打地基，准备再一次打造他们心中的房子、辉煌的宫殿和神圣的庙宇。可是在这之前，还有一件更加重要的事情，就是要建一个很大的木质的大剧院，在那里将会装满基督徒，让他们去那里接受审判。蒂贝留斯宫议事结束后，尼禄就命令各位贵族官员，让他们提供各种各样的野兽。蒂杰里奴斯将意大利所有城市兽苑里的野兽全部弄了

①赎罪的牺牲品。

过来，就连幼小的野兽也没有放过。

在非洲，人们被命令组成巨大的队伍去参加狩猎活动。从亚细亚那里弄来象与虎，从尼罗河那里弄来狼与熊，从爱尔兰那里弄来凶猛的狩猎犬，从伊鹿鲁斯那里弄来摩罗西亚狗，巨大的野牛也被人们从日耳曼那里运了过来。因为这次抓的人太多了，所以这次的竞技活动将会比以往的任何一次都要巨大。尼禄希望人们在这次竞技赛中忘掉那场大火引起的痛苦记忆，叫他们在竞技赛中喝个烂醉，筹备一场前所未有的流血盛宴。

有些人自告奋勇地组成纠察队和禁卫军，他们一起捉拿基督徒。由于之前有很多基督徒在他们的花园里和人们一起宿营，还公开谈论他们的信仰，所以捉拿他们并不是太难。所以他们被捉拿的时候，直接跪在地上，还唱着赞美的诗歌，没有一丝反抗。但是他们如此忍耐却换来了人民群众更强烈的愤怒，人民不了解他们，不知道这里面的道理，而是把这当作一种癫狂和再次犯罪。迫害基督徒的人们更加疯狂了。这类的事情常常发生：他们从士兵们的手上将基督徒带走，然后还自己动手将他们的身体弄得粉碎；他们扯着妇女们的头发，拉进牢狱中；他们还将小孩的头撞到石头上。上千万的人不停地在街上奔跑、乱叫，到处搜捕牺牲者，地窖里、大烟囱中，甚至是废墟里，哪里都搜。监狱门口，火堆燃烧着，人们围着酒桶，举行酒会跟舞会，并尽情欢呼着。晚上，人们快乐的喊叫声就像打雷一般响遍整个罗马。而里边却已堆满了人，那些禁卫军还有暴徒们还是每天都抓来许多新的牺牲者。他们早已经没有了悲悯的良心。人们已经不知道怎样来讲话，在他们的凶残疯癫中，只记得“让狮子吃掉基督徒”这一句话。天气是前所未有的热，夜里也是从来没有过的闷，空气中好像也充满了血腥味，那么罪恶、那么疯癫。

这样令人难以承受的残忍，基督徒们用他们为教牺牲的热情来回报它。那些基督徒们很乐意为基督去死，甚至说是在渴望着死，直到长老们禁止他们这种行为，他们才按照教长的训教，聚集在城外，聚集在阿皮亚大道的不远处的一个地窖里，聚集在贵族基督徒们的葡萄庄园之中，那些贵族们到现在一个也没有被抓进牢狱里。皇帝早就知道维尼裘斯、多米蒂拉、柯奈留斯·普登斯、傅拉乌斯跟庞波尼雅·戈莱齐娜都是基督徒，但是，他担心人们不会相信是这些人放火烧了城市，并且目前最主要的是怎样让群众相信，最好能安抚他们，所以现在，他们那些人就算要处罚和报仇也只有等到以后了。不知情的人以为是因为阿克台的权势，所以才活了下来。其实，这种猜测是不对的。因为，裴特洛纽斯和维尼裘斯分开后，就到过阿克台那儿，希望她可以帮助黎吉亚，但是她也没有办法，只能一个人流泪，人们早就把她忘掉，她也只能在没有见到皇帝和波佩雅的情况下，才敢出门。

她之前去过监狱，见过黎吉亚，给了她一些穿的和吃的东西，最紧要的是，不能让她在监狱里受到欺辱。并且，那些看门的人之前已经收过贿赂。

裴特洛纽斯总是想，如果不是他多管事，想了办法将黎吉亚从奥鲁斯的家里弄出来，这个时候她也不会被关在监狱了。并且，他还希望与蒂杰里奴斯的斗争能够取得胜利，因此他可以不在乎所有的时间和财力。在这段时间里，他与塞内加跟多米修斯·阿费尔见了面，还有克丽斯皮尼娜——有了她，他可以让她给波佩雅传些话。皮塔戈拉斯、狄奥多鲁斯和台尔普诺斯他也见了，最后他还见了一下帕里斯与阿里屠鲁斯，他知道尼禄在平时对于他们的要求一般都会答应的。瓦蒂纽斯的情妇是克丽索台米斯，他想通过她的帮助，得到一点瓦蒂纽斯的帮助，不论去求助多少次，他都不在乎承诺一些事或者是一些金钱给他。

但是没有收到什么成效。塞内加说他自保都已成问题了，还说就算基督徒没有放火，但是为了罗马这个城市的利益，只能牺牲这些基督徒，必须得将他们全部杀掉。他觉得站在政治的角度上，这场对基督徒的屠杀是有理的。而台尔普诺斯与狄奥多鲁斯拿了他的钱财，但是什么事情也没有做。瓦蒂纽斯对尼禄说有人给了他钱，要贿赂他。阿里屠鲁斯有些可怜基督徒，他在最初的时候，还和他们作对呢。他对尼禄说，那在监狱里关着的姑娘黎吉亚，是多么的无辜，但是除了下面的一些话语，什么收获也没有。

“你觉得我和布鲁图[①]相比，我的灵魂难道比他更低级吗？他也没有为保自己的孩子而不顾罗马的大局利益呢。”

裴特洛纽斯听到这话的时候，回道：“尼禄竟然将他和布鲁图相比，那么这件事已经没有什么好想的了。”

但是他还是很难受，他也感到害怕，他害怕维尼裘斯会不要自己的性命。“目前，”他嘀咕着，“他是那么尽力地去搭救黎吉亚，希望可以见到她，其实他自己也在承受着巨大的痛苦，现在还可以支撑下去，但是当所有的希望都破灭之后，就算对着卡斯托发誓，他也不会再想活了。他一定会摧残自己的。”裴特洛纽斯很了解维尼裘斯，知道他是那么爱黎吉亚，但是现在却又如此地痛苦，

---

①公元前85—前42的罗马贵族，刺杀恺撒的主谋者。

他很有可能就那样结束自己的生命。

维尼裘斯也想了许多办法去搭救黎吉亚。他求见了许多贵族大臣们——原本他是那么高傲的一个人，为了黎吉亚却在那里苦苦地求别人。他求见维太留斯了，希望他能向蒂杰里奴斯请求帮助，即使蒂杰里奴斯想要他在西西里所有的资产，还有其他的要求，他也会答应的。但是蒂杰里奴斯却不想和皇后对着干，就没有答应。就算他去会见尼禄，跪在皇帝面前，抱着他的腿哀求他，也可能不会有什么结果；维尼裘斯真的想那样做，但是裴特洛纽斯知道后，就问他："如果他不答应，如果他回你一句好似玩笑的话或者是一句可耻的言语，你将要怎么办？"

听到他这样说，维尼裘斯的脸因为痛苦和生气抖动了起来，他那紧紧咬着的牙齿都可以听到咔咔作响的声音。

"还有，"裴特洛纽斯又说道，"你要明白，现在不能那样做，不然也许真的什么希望也没有了。"

维尼裘斯尽量地控制自己，用手掌紧紧地箍住自己的脑袋，说道：

"不！我信奉着基督啊……"

"你必须忘掉你的那些想法，就像你刚刚那样，你可以毁了你自己，但是你不能毁了黎吉亚。你自己想一想，塞亚努斯的女儿临死的时候受过什么样的痛苦啊。"他说这些也是无奈之举，因为在他的心里，黎吉亚肯定是没有维尼裘斯重要的。但是现在也没有什么办法可以阻止维尼裘斯这位伟大的青年保民官实施这么危险的计划，只能对他说这样做会对黎吉亚造成怎样的毁灭。也是，他这样说也没有错，因为尼禄早就已经在这里设置了一些警戒，正在等待着维尼裘斯的到来呢。

可是现在，维尼裘斯早已承受着一般人所不能承受的痛苦了。黎吉亚被抓到现在，还有自从知道她会被殉教，他就更加爱她了，甚至比以前更爱千百倍，他的灵魂崇拜她到了一种超然的地步了。可是他即将要永远地离开这个自己又爱又崇拜的神圣的人，并且她可能不会直接地死亡，很有可能还会经历一些比死亡更可怕的事情。一想到这些，他的血液仿佛就静止了一般，他重重地叹了一口气，思绪已经完全混乱了，脑子无法进行思考。他觉得自己的脑袋里有一些燃烧着的东西，它快要将自己的脑袋烧坏了，或者将它烧爆一般。他不知道该怎样去理解过去，怎样去理解那个慈悲的、神圣的基督不来拯救这些信仰他的人们，那个污浊的帕拉修姆宫墙壁为什么不埋藏在地底下，还有尼禄、贵人大臣们、禁卫军们以及这个充满了罪恶的城市，为什么不一下子倒下去。他知道不会有那样的情况发生，他所希望看到的一切，使他心力交瘁的一切，也就是一场梦罢了。可是耳边充斥的猛兽的嘶吼声已经在告诉他事实了；还有那些正在造竞技场的斧头的砍伐声、人们的嘶喊声和监狱里堆满的基督徒，都在告诉他什么是现实。所以现在，他心中对基督徒的信仰不见了，他又有了新的痛苦，或许这是最深的痛苦了。

他又想起了裴特洛纽斯对他说的："你自己想一想，塞亚努斯的女儿临死的时候受过什么样的痛苦啊。"

53

各种办法都试过了。维尼裘斯已经做到这般有失身份的地步，去找尼禄和皇后的解放奴隶以及奴隶们来帮助自己，给他们很多钱或者很多值钱的东西去讨他们的欢喜。只是他们总是那么的不守信用，他找了波佩雅的第一个丈夫鲁辐斯·克利斯皮奴斯，就只收到了一封信；安修那边有一座别墅，他将它送给了皇后第一次婚姻所生的鲁福斯，但是皇帝不喜欢他，所以这件事，只是令皇帝更加厌恶他。他又让人给波佩雅的第二个夫君奥托（是一个西班牙人）送了一封信去，说是愿意将自己一切的财产，包括他自己都交给他，但是直到最后，他才明白，自己被人耍了。也许，他当初应该对于黎吉亚被抓的事情装作一点也不在乎，也许情况会更好一些，或许还能更早让她脱离危险。

裴特洛纽斯也明白这些。日子就那样慢慢地过去了，竞技场也要弄好了。开场的入场券已经开始分发了。由于来看表演的人太多了，所以这次的比赛，可能持续很长的时间，也许几天，也许几个星期，或者更长。人们不知道该将基督徒关押在什么地方。监狱里已经塞满了人，并且热症也开始了，“荒坟”——埋葬奴隶的地方也装不下了。人们都害怕热症会散布到整个城市，所以就加快速度进行准备工作。

维尼裘斯听到这些消息的时候，他觉得已经没有任何希望了。之前，他觉得只要还有时间，他就一定有办法去解救黎吉亚，但是现在已经没有机会了。这次的比赛是一定会进行的。黎吉亚总有一天会从那个竞技场的地下通道里走出来。维尼裘斯不知道这样不公的命运和残酷的现实会怎样在黎吉亚身上发生，全部的竞技场他都查了，想给一些钱贿赂那些守卫和训野兽的人，让他们帮些忙。但是最后他明白了，他所做的一切只不过是让她的死亡不要那么残忍罢了。目前，他感到自己的脑子里好像装满了烧得炙热的煤块。

现在他不想去救她了，他已经下定决心和她一起去面对死亡。但是他也担心自己会在那个残忍的时间到来之前，被悲痛折磨得死掉。他的那些玩伴们，还有裴特洛纽斯都相信那是完全有可能的。他的肤色异常黑，就像那些神坛上用蜡做的假面具一般。在他的脸上，现在的冷酷已经完全代替了以往的惊愕，现在的他就像不知道以前发生过什么、以后会发生什么一般。只要有人和他说话，他就用手紧紧地压在脑门上，脸上满是疑问和惊恐，然后一直注视着说话的人。他整个晚上都和乌尔苏斯一起待在黎吉亚的门口，如果她要他去睡觉，他就会回到裴特洛纽斯的住所，在前庭走来走去，一直到凌晨的到来。奴隶们常常看到他将自己的双手高高地举起，抑或是低下身子捂着脸长跪于地。他向基督祷告，这也许就是他唯一的希望了。已经没有办法了，也许只能祈祷奇迹出现，然后拯救黎吉亚，所以维尼裘斯用自己的额头重重地敲击着地板，希望可以看到一点希望。

他现在还有一个想法，就是他自己的祈祷也许没有彼得的祈祷有意义。彼得促成了他和黎吉亚，他还给他洗礼，他是可以创造奇迹的，所以还是请求他的帮助吧。

在一个夜晚，他去寻找彼得。现在没被抓的基督徒已经没多少了，现在他们彼此间都开始防范着，他们知道那些意志不坚强的人或许会在经意或者不经意间将他们出卖。维尼裘斯在之前那样慌乱和困难的时候，一直在想办法搭救黎吉亚，有好长时间没有见到彼得，从那次洗礼过后，他就只和彼得见过一次面。他起身到采石工人的小屋，他就是在那里让彼得给自己洗礼的。在萨拉里亚的屋子外边探听到，柯奈留斯·普登斯家的一个葡萄庄园里，将会有一场集会，基督徒在那里集中。那个采石工人答应带他去找彼得，他知道在那儿可以找到他。傍晚的时候，他们开始行动，出了城墙，越过长满芦苇的大坑洞，葡萄园就在一个很荒芜的地方。那里有一个榨酒的小房子，人们在那儿讨论问题。维尼裘斯到的时候，就听到一阵阵很小声的祈祷，他向前走近，就看到很多人跪拜在地上很诚心地祈祷着。他们口中念着祷告词；不停地有男女混合的声音在那里唱着："基督啊，救救我们吧！"那些深沉的声音，让人心里压抑，让人感觉悲伤。

彼得就在那里。小屋的墙上有一个十字架，彼得就跪在十字架的前边，他在所有人前边祈祷着。维尼裘斯最先看到的就是彼得，因为他的头发是显眼的白色，并且他的手举得最高。维尼裘斯看到他的第一反应就是迅速地越过所有人跑过去跪在彼得的脚下，对他叫道："基督，救救我！"可是，不知是因为在这样严肃的环境下，还是因为他太累了，他的双腿已经发软了，他呻吟着，紧紧地抓住自己的双手，口中还说着："基督啊，救救我们吧！"如果现在他的头脑是清晰的，他就会知道，现在不是他一个人祈祷的声音里有呻吟，不是他一个人有忧伤、悲痛和惊恐。这里的每个人都面临着失去亲人的痛苦，那么多诚实的、勇敢的人被逮捕，经常听到他们在监狱里受煎熬的消息，如今这场灾难已如此严重，没有被逮捕的基督徒只剩下很少了，没有哪一个人不对自己信奉了这么久的信仰感到恐惧，他们也会在那里追问，也会怀疑：基督到底在什么地方？为什么还能让这样残忍的人在这里陷害他们？

他们是多么的绝望，乞求着彼得的施恩，他们所有人的心里都还存在一丝希望，认为基督是会来的，然后将皇帝丢到深渊去，他将带领他们统治整个世界……这里的所有人都抬头看着天空，伸直了脖子听着，他们全身发着抖但是依旧在那里祈祷。维尼裘斯跟着他们念道："基督啊，救救我们吧！"他的心里有了一种就像是当初施洗的时候一般的兴奋。他们中弥漫着一种很沉重的忧伤，他们从不幸的深渊向基督呼叫，现在彼得也向他呼叫。不管什么时候天空都可能会裂开，大地将会颤动，他就会出现，那个时候就会有无限的光芒出现，他的脚底下是一片繁星，依旧慈悲但是那么令人敬畏，他将用自己的手托起有信仰的人，将那些迫害者投入到深渊里。

维尼裘斯把手敷在脸上，跪趴在地上，一下子他的周围什么声音也没有了，就好像发生了什么令人恐惧的事情，让人们害怕得屏住呼吸。他想，一定有什么事情快要来临了，奇迹降临了。他想，在他站起来睁开眼睛的那一刻，一定能够看到一些光明，就算肉眼凡胎，也可以听到一些声音，那样心脏也许就会停止跳动。

安静一直在持续着，来自女人的唏嘘声使这份安静消失殆尽。

维尼裘斯起来了，两只眼睛似乎在冒着金花，但是他仍旧执拗地看着前方。

在这个小屋里，有一丝模糊的灯光和从天窗里照射进来的明亮月光，代替了世界的荣光，这个小屋里此刻到处都是银白色的光芒。维尼裘斯旁边跪着的人们，静静地抬起他们满是泪水的眼睛，看着十字架，所有的人都唏嘘着，屋子外边有守护的人传来的哨子声。彼得猛地站了起来，转过身来，对着人们说：

"孩子们，对着救世主，你们可以将你们的胸脯挺起来，将你们的泪水洒出来。”

说完后他就没有再说话了。

这个时候，在群众中传出一个女人的声音，夹杂着无尽的痛苦和浓浓的哀伤：

“我的夫君不在了，我只有那一个孩子，他还要照顾我呢……主啊，将他送回到我的身边吧。”

之后就没有人发出声音了。老人们都非常忧愁，彼得就站在他们面前，在这种情况下，他们觉得彼得一下子是那样的孤助无援。

又一个人说话了：“他们强奸了我的孩子，但是基督徒却没有说什么。”

接着有人说道：“我的几个孩子都需要我的照顾，要是我不在了，他们怎么办？谁给他们水喝、给他们面包吃呢？”

下一个人说道：“主啊，黎努斯在开始的时候是没有被抓走的，后来他们也把他带走了，还让他受了重刑。”

第五个人说道：“我们现在连家都回不去了，只要我们出现，他们就会将我们抓起来，我们现在根本不知道应该待在哪里。”

“我们都这么可怜了，谁能来救救我们呢？”

漫漫长夜，人们的抱怨声一直不间断。老渔翁闭上他的眼睛，在这种悲痛与恐惧的环境里，抓着他的白头发。之后，大家沉默了一阵，也就只有守护的人在屋子外边，时而发出几声低沉的哨子声。

维尼裘斯跳了起来，他想再一次奔向彼得，向他请求帮助，但是一瞬间，他的眼前好像有了一座深深的沟壑，那险阻的景象使他的步伐有些不稳。要是彼得说出他的弱点，要是他说尼禄要比拿撒勒的基督还要厉害，又该怎么办呢？想到这些，他害怕得汗毛都竖起来了，那样的话他会觉得，自己仅剩的一丝希望也跌到了深不见底的沟壑里，而自己和黎吉亚，他们对基督的爱与信仰，甚至是他的生活，都会崩溃，剩下的也就只有无穷尽的黑暗与死亡。

正在这个时候，使徒说话了，他的声音是那么的轻弱，就仿若没有发声一般。

“我亲爱的孩子们，在各各他的时候，我见到那些残忍的人们将上帝钉在十字架上的过程。我听着锤子的敲击声，十字架被竖得很高，让人们都可以看到‘人子’是怎么死的……

“我就那样眼睁睁看着人们是怎样将他的骨头挑出来，他是怎样慢慢地停止了呼吸。我慢慢地远离十字架向回走的时候，我也像你们这样很悲痛地叫喊着：‘可悲呀！可悲呀！主呀！你是上帝！你怎么可以让这样的事情发生呢？你怎么能死呢？我们是那么相信你，你怎么忍心让我们这么伤心难过呢？’

“但是，我们的主啊，我们心中的上帝啊，在三天后，又活了过来，留在了我们的身边，一直光荣地到达他的王国里……

“所以我们的灵魂也变得顽强起来，也就是从那个时候起，我们开始播种他的种子……”

之后，他转过身体，朝着第一个向上帝诉苦的人，用坚强的声音说道：

“你们还在埋怨什么呢？上帝他自己也经历了惨烈的疼痛，也面对过死亡，你现在却想让他保护你不去经历那样的磨难？意志力就这么薄弱吗？你是否真正理解上帝的信仰？他答应给你生命，除此之外就什么也没有吗？他对你说过：‘跟着我走吧。’他将你带在自己的身旁，可是你却一直抓着地面不撒手，还边喊着：‘主呀，救救我吧！’我在上帝的面前就如同一个尘芥，可是在你们的面前，我就是上帝的使徒，还是他在人间的代表，我在此便用基督的名义和你说话：你现在所面临的是生而不是死，有着无尽的快乐而不是伤痛，可以唱歌但是却不要哭泣与呻吟，要做一个统治者而不是一个被奴役的人。

“我作为使徒，可以对你们说：没有丈夫的女人啊，你的孩子被抓了，他只是去了求生的光荣地，他还会回来和你重逢的！还有啊，老父亲啊，你那干净的女孩，被强奸了，我想对你说，她会比希伯仑的百合还要纯洁！我想对你们这些失去了父亲的人啊，经常抱怨的人啊，亲眼看到爱的人死掉的人啊，有那么多不幸的、悲哀的、胆小的人啊，还有那些快要死去的人啊——我可以利用基督的名义，对你们说，你们终将从睡梦中醒来，并且还会得到幸福的光环，还会度过黑夜迎接朝阳。以上帝的名义，让你们眼睛里的阴霾消失，让你们充满信心，重新燃烧起心中的圣火。”

说完这些话后，他将自己的双手高高举起，如同在发布什么号令一般，他们感觉身上的血液又开始沸腾了，他们的骨头又有力了，他们觉得站在自己面前的不是一个白发苍苍的悲伤的老人，而是一个领导者，他领导着他们的心灵，在这样浑浊和恐怖的世界里将他们举了起来。

“阿门！”有人大声地叫道。

彼得的眼睛里有着越来越强烈的光芒，他的周身散发着强者的气势，是那么的神圣，那么的令人折服，无数的人朝他跪拜。人们停止说“阿门”的时候，他又继续说道：

“你们现在虽然在哭泣，可那是为了以后的快乐。恶势力有什么值得你们害怕的？在这片大地上，在这个城市里，在城墙上，我们的主就一直存在着，他一直住在我们每个人的心里。泪水会将石头弄湿，鲜血也会将沙地染红，你们的尸体会出现在山谷的某一个角落，但是，你们是成功的！我们的主在前方，他会惩罚这个丑恶、残酷和蛮横的城市，你们就是他最好的臂膀。他牺牲自己，用自己的鲜血和惨痛来为这个罪恶的城市超度，所以他希望你们可以用这样的教训为这个缺乏正义的地方赎罪！他就是借我的嘴巴告诉你们这个教义。”

他伸长自己的手臂，眼睛看着上方，基督徒们突然静止不动，好似感觉到彼得的眼睛看见了什么，而那个东西他们这些凡夫俗子是无法亲眼见到的。

他的表情也有所改变，周围的环境也变得那么安静，他就那样看了好久，那样子就像是高兴得不知道说什么一样。过了好久，他才说道：

“主啊，你就在这儿，请为我们指路吧！对啊，基督！耶路撒冷不好吗？你为什么要在这个丑恶的罗马城居住下来呢？你自己的帝国呢？你想将你的教堂建立在人们痛苦的眼泪和血液上面吗？你想将你永久的帝国建立在尼禄曾经的统治区吗？基督啊，主啊！你那神圣的殿堂是否要铺满那些胆小之人的骨头呢？我是否可以管教这么多活着或者已经死掉的人们呢？懦弱的人受到你充满勇气的泉水，他们会坚强起来，我接受了你的命令，将你的羔羊在这片槐土地一直喂养下去……啊，主啊，你那让人得到成功的训谕应该得到荣耀啊，我主光荣！我主光荣！”

那些胆子小的人都站起来了，那些心中还摇摆不定的人，此时他们的心里流淌着信任的激流。还有一些人，跟着大声吼道："我主光荣！"又接着吼道："基督主啊！"之后人们又安静了一会儿。夏天的闪电很亮、很激烈，一下子屋子里边被照得更加明亮了，人们原本因为激动而有些发白的脸在这个时候更加苍白了。使徒的眼睛动也不动地看着一处，又自己祈祷了一会儿，然后他才清醒过来，他将自己满是光辉和接收到灵感的脸对着群众，说道：

"基督已经将你们的疑惑解开了，你们就带着他赐予的灵感去获得胜利吧。"

他明白这些人一定会胜利的，他也明白他们的泪水和血液将会得到什么，他用十字架给他们每个人祈福，他的声音是颤抖的，他说：

"我为你们祈福，亲爱的孩子们，苦刑等待着你们。从容面对吧，永恒就在前方。"

人们将他围了起来，对他喊道："我们可以出发了，但是，基督的使徒啊，你怎么办呢？保护好你自己吧。你还要执行基督的命令呢。"一边说着，一边将他的外衣抓在了手里。彼得将手停在他们头上，为他们祈福，就像在为将要远行的孩子祝福一样。

人们离开了小房子，他们还要赶快回家一次，然后还要去监狱和竞技场。他们的灵魂正在离开他们的躯体，即将到达天堂。他们就如同不在现实中一般，在梦境里奔跑，他们将尽自己的一切努力，去和野兽进行斗争和对抗。

彼得在普登斯的仆人奈惹斯的带领下，从一条隐秘的小道离开。维尼裘斯跟着他们，在明亮的月色中到了目的地——奈惹斯的小房子，他立马跪在了彼得的脚下。

彼得还记得他，对他说道：

“上帝的孩子，你还有什么请求？”

维尼衮斯经历过葡萄园的事后，也没有想要向他哀告了，只是手紧紧地抱着彼得的双腿，将头贴在他的腿上，轻轻地哭泣着，并没有说话求他可怜。

彼得说道：“我明白。黎吉亚被他们逮捕了对吗？祈祷吧，孩子！”

“主啊，”维尼衮斯更加用力了，凄惨地呻吟道，“主啊，我就是一只可有可无的卑贱的小虫，你是基督的使徒，你对他诉说吧，请他帮帮我吧！”

他无比痛苦，身体不停地颤抖着，并用头重重地撞击着地面，他看到过彼得的力量，只有彼得才能将黎吉亚还给自己。

彼得已经被他深深地感动了。他记起黎吉亚被克利斯责骂的时候，也是这个样子——跪在自己的面前，诚恳地哀求。他那个时候，将她扶起来，还安慰了她，现在他也在做同样的事情。

“亲爱的孩子，”彼得说，“我可以为黎吉亚祈祷，但是你还记得我在葡萄园对人们说的话吗？基督也经历过十字架的苦恼，只有在经历了这样的人生之后，才会有一种新的永恒。”

“我都明白！我也全听到了！”维尼衮斯嘴唇早已经发白了，接着说道，“但是，主啊，我怎么忍心看着她流血呢？要是必须有人流血，我可以代替她吗？我本身就是一个军人。把她即将要受到的惩罚全都让我承受吧，就算再痛苦，我也一定会挺过来的，求主宽容她！她还没有长大呢。我知道，基督的力量要比尼禄还要强大，还要厉害……你也爱她，你以前还给我祈祷过呢。她还没有长大呢。”

他又跪了下来，将自己的头紧紧地挨着使徒的膝盖，不停地说道：

“你是基督的信使！你和他很熟，他会听取你的意见！请你为她祷告吧！”

使徒闭上了眼睛，诚恳地做着祈祷。

夏夜的闪电又一次来了，照亮了天空。维尼裘斯在电光的照射下看着彼得的嘴巴，希望看到这两片嘴唇发出不管是死亡还是希望的判定。在这样寂静的夜晚，可以很清晰地听到鹌鹑双双对对的叫声和萨拉里亚路附近踏车的声音，不远不近地一直响着。

“我的孩子啊，”彼得最后一次问道，“现在你有信心了吗？”

“主啊，要是信心不足，我怎么会到这儿来？”维尼裘斯答道。

“好吧，一直坚信，信仰可以让山移动。要是你看到刽子手将要杀掉黎吉亚或者狮子将吃掉她的时候，你必须相信主可以拯救她。你要有信心，快向主祈祷吧，我们一起祈祷。”

之后，他对着天空喊道：“慈善的主啊，这个孩子是那样的痛心，你帮帮他吧！慈善的主啊，让风如羊毛一般的柔顺吧！慈善的主啊，你以前请求天父将你口边的苦难赶走，现在请你将它从你这个仆人的口边带走吧！阿门！”

维尼裘斯伸出双手，对着天空嘀咕着：

“主啊！我是你的，请让我代她受罚吧！”

清晨就要到来，不远处的地方已经有些微亮了。

54

维尼裘斯离开的时候，心中又有了新的希望，他往监狱的方向走去。在他心灵的最深处，其实还有很严重的绝望感和恐怖感，但是他生生地将这些感觉给压下了。他感觉既然彼得已经帮自己请命了，还有他自己也向主祷告了，主会帮助他的。他怕自己的希望丢失，他怕自己没有信心。“我应该信任主的慈悲，”他对自己说道，“就算我看到她在狮子的口中。”这样想着，他的身心都打了一个冷战，他的额头开始冒汗，但是他依旧有信心。当他的心跳动的时候，他就会跟着做一次祈祷。他真的体会到信仰可以将山移动，他觉得自己身上增加了一种以前从来没有过的力量。他觉得今天的自己，可以做好多以前自己没有力气做的事。他心里有一种感觉，就好像危险即将过去一般。如果他心里又泛起了绝望，他就会想到在葡萄园的那个夜晚，就会想到那个看着夜空祈祷的神圣脸孔。“不会的！主是不会让他的代理者和喂养他羊群的牧人失望的。他不会拒绝彼得的，我要相信他。”

他匆匆地向监狱走去，就像是传送喜悦消息的信徒一般。

但是那儿，等待他的却是一个令人失望的消息。

监狱里看守的人大都已经认识他了，在平时，也不会太为难他，但是今天，他们却没有放他进去。这时一个队长走了过来，对他说道：“请您原谅，尊贵的维尼裘斯大人，今天上边下达命令，不管是谁都不让进去。”

“命令？”维尼裘斯脸色依然那么苍白，问道。

那个队长看着他，有些同情，但还是回道：“对的，大人。陛下的命令。监狱中有很多人生了病，陛下害怕有人进去将病体带出来，传染到城市里。”

“这个命令只是今天吗？”

“到了中午，就会换一班人的。”

维尼裘斯没有说话，他拿下自己的帽子，这个时候他觉得帽子仿佛是铅做的一般。

那个队长走到他面前，对他说：“大人，没事的。有侍卫跟乌尔苏斯在守护着她呢。”

说完，他低下身子，一瞬间的工夫就用他那高卢人的宝剑在旁边的石头上画了一个像鱼一样的图形。

维尼裘斯带着一丝警告的意味看着他。

“你是禁卫军？”

“来这儿之前曾是。”那个队长说道。

“我对基督是信仰的。”

“基督是永远光荣的！大人，我知道。但是我还是不能让你进去，不过我可以让狱卒帮你带信进去。”

“朋友，谢谢你……”

他握了一下那个队长的手，就离开了那里。他头上的帽子好像也没有那么重了。早上的朝阳升了起来，在监狱的上方照射着，有一股信心就像阳光一样照进了维尼裘斯心里。那个队长，也是一个基督徒，他觉得他就是一个基督全能的新证据。一段时间过去了，他眼睛一眨不眨地看着卡皮托山顶上空那一片片的粉红色云朵和朱庇特神殿，自言自语道：“基督啊，就算今天我没能见到黎吉亚，但是我知道你一定会让我再见到她的。”

裴特洛纽斯还没有睡，在那儿等着他，和以往一样，白天和黑夜不规律，也是刚回到家。但是他已经洗过澡了，还擦了一些香油，准备去睡觉。

“我得告诉你一些事情，”他对维尼裘斯说，“屠留斯·塞内乔我今天见到了，尼禄也在那里。不过皇后也去了，还带上了小鲁福斯……也许是想要用他的美貌调和陛下的心情。可是，幸运的事情没有发生，小鲁福斯很令人厌烦，并且还总是容易困睡，就像之前在韦斯巴芗的那次一样。在诵读的时候，他又一次睡着了，尼禄看到了，很是生气，就顺手拿了一盏杯子丢了过去，那个孩子伤得不轻。皇后吓昏了过去。有人听到尼禄说‘小贱种，真是惹人厌烦’这样的话，可以说明小鲁福斯活不长久了！”

“波佩雅现在得到了上帝的惩罚，”维尼裘斯回答道，“但是现在，又能说明什么呢？为什么要告诉我？”

“我跟你说，是想让你知道，皇后之前还派人跟踪你们，但是现在，她有了自己的麻烦，这件事会使她不那么用心地关注你们，也许就不会再找你们报仇了，或许这时我可以更好地说服她。晚点我去见她，再和她交流一下。”

“谢谢你，让我听到一个好消息。”

“你这个样子真吓人，嘴唇都是乌青的，去洗个澡睡一觉吧。”

但是维尼裘斯却像没听到一般，说道：“你知道竞技赛的第一场是在什么时候举行吗？”

“就在最近十天。他们好像会先处置其他的监狱，对我们来说拖得越久越好。我们现在还不能绝望。”

虽然他这样说着，但是心里却没有什么办法，他知道，尼禄用了那样冠冕堂皇的话语来回复阿里屠鲁斯，并把自己和布鲁图作比较。那么现在，也没有办法去搭救黎吉亚了。但是现在，看着维尼裘斯，他还是不忍心将自己在塞内乔家里听到的事情说给他听：皇帝和蒂杰里奴斯商量将监狱中那些漂亮的女孩子们留给他们自己或者是那些贵族们，在竞技赛之前强奸了她们；还有其他的女孩子，就在竞技赛的时候，将她们赏给禁卫军和那些管理野兽的人。

他明白，要是黎吉亚死了，维尼裘斯说什么也不会再活下去的。但是出于同情，他没有打破维尼裘斯心中的希望；他是一个完美主义者，要是维尼裘斯一定要死的话，也该很漂亮地死，不该如此痛苦，整夜不睡觉，把自己折磨得憔悴不堪，脸上没有一点精神。“晚上我就会去见皇后，”他说，“我会这样对她说：‘要是你能保住黎吉亚，小鲁福斯我也可以帮你保住。’我将要好好地想一下有什么办法，找一个合适的时间对尼禄说一句好话，也许就能够决定一个人的生死。在这种坏得不能再坏的情况下，我们也只能多争取一点时间。”

维尼裘斯现在只能对他说谢谢了。

“你要是真想感谢我，那么就去吃点东西休息一下吧，对阿西娜发誓！在最困难的时刻，奥德修斯还会知道要吃东西和休息。你不是已经一夜没有休息了吗？”

“不用了，”维尼裘斯回答道，“今天我去看黎吉亚，但是监狱收到命令，所有人都不能进去。裴特洛纽斯，你去帮我问问，这个命令要到什么时候才截止呢？”

“晚上我就去打探一下，明天早上我再告诉你发生了什么事情。但是现在，就算是赫利俄斯[①]难过得要去其梅利[②]的领域，我也得去休息了，你向我学习吧。”

他们分开后，维尼裘斯去书房给黎吉亚写信。

把信写好了之后，他又赶去监狱，把信交给那个队长，他忙将信给了一个狱卒，让他送到黎吉亚那里去，不多时，那个狱卒出来了，还将黎吉亚的回话对维尼裘斯说了，并告诉他，就在今天他会将她的信带出来给他。

维尼裘斯没有回家去，他在一块大石板上坐下，开始等待她的回信。大大的太阳在天空中挂着，人们和平时一样，从阿根塔路斯的小山走过，到达市公所。卖东西的人在那里叫卖着，占卜的人到处吆喝着，还有很多人到讲坛那边听人讲当天的演讲，或者是互相交换着自己知道的新消息。温度越来越高了，那些没有事情可以做的人，跑到神殿的门檐下避着阳光。一群群的鸽子，不停地拍打着自己的翅膀，向天空飞去，在金色的阳光和蓝蓝的天空映衬下，洁白的羽毛闪着漂亮的光。

阳光炽烈，街上也很吵闹，天气让人有点闷热又有点虚弱，所以维尼裘斯感觉自己快要睡着了。小孩子们在那里猜拳，一个劲儿地在那里叫嚷着，还有士兵们整齐的脚步声，这些更加使他想睡觉了，但是他依旧不时地抬抬头，瞅一下监狱的方向。不多时，他把自己的头放到石头上，像一个刚刚睡醒但是还睁不开眼睛的孩子一般，呼了一口气，就睡着了。

他很快就进入了梦乡。在一个漆黑的夜晚，庞波尼雅·戈莱齐

①古希腊神话中的太阳神。

②古希腊神话中永远在黑暗中生活的族人。

娜打着灯笼走在前边，而他手中抱着黎吉亚跟着庞波尼雅走过一个以前没有去过的葡萄庄园。裴特洛纽斯在后边叫喊着让他回去，但是他没有听他的，继续朝前走着。最后他们看到了一个小房子，彼得就在那个房子的门口。他让彼得看黎吉亚，口中说道："使徒啊，我刚从竞技场将她救回来，但是她一直都没有醒过来，请求您将她叫醒吧。"彼得说："主会亲自将她叫醒的！"

后来的情景就慢慢地模糊了。他好像看到皇帝，还有皇后，波佩雅怀里抱着小鲁福斯，他的头还流着血，而裴特洛纽斯正在给他止血。好像还有蒂杰里奴斯，他在往一个摆了很多名贵的碗跟碟子的桌子上撒灰，以及在那里狂吃的维太留斯，还有其他人在桌子旁边坐着。他看到黎吉亚，当时自己好像靠着她，一个个凶猛的狮子在桌子周围慢慢地走着，毛茸茸的长毛上还在滴着血，很是令人害怕。黎吉亚想让自己带她离开，但是他发现自己连动一动的力气都没有。慢慢地他觉得这个梦越来越混乱了，到后来完全变黑了。

阳光太强烈了，还有周围有人在那里大声地叫着，致使维尼裘斯醒了过来，之后他发现那叫喊声就是从自己的身边发出的。他揉了一下眼睛，街上到处都是人，但是有两个人惹人注目，他们穿着一身黄色紧身衣在那里跑着，手中还拿着根长长的棍子，大声地叫喊着，赶着人群，为一座十分华丽的轿子让路，那个轿子用了四个很是强壮的埃及奴隶抬着。

一个穿着白色长袍的人坐在那个华丽的轿子里，由于那个人拿了一份纸莎草纸在看，所以并没有看清那个人的长相。

那两个穿黄色衣服的人大声叫道："快点给尊贵的大人让路。"

可是街上人太多了，轿子必须停下来。这时轿子里的人不免有些不高兴，所以放下自己正在看的东西，将头伸到轿子外边，高声呵斥着："将那些贱民赶走！快！"

当他看到维尼裘斯的时候，便不自觉地将自己的头往回缩了一下，又重新拿起莎草纸看了起来。

维尼裘斯敲了一下自己的脑门，觉得自己好像还没醒呢。

那是基罗。

由于轿子停了一会儿，所以，那两个人很快就开了一条道出来。奴隶们正准备前进呢，但是维尼裘斯却一下子想明白了他很久都没有明白的事情，所以他走到轿子旁边。

对着轿子里的人说道："你好啊，基罗！"

"保民官大人，"基罗很是傲慢，虽然心里很紧张，却装出一副平静的模样，对着维尼裘斯说道，"你好，年轻人，不要浪费我的时间，我还有事要去找我的朋友——尊贵的蒂杰里奴斯大人。"

维尼裘斯紧紧地抓住轿子，眼睛睁得大大的，看着基罗，低声询问道：

"你告的密吗？"

"对梅姆农[①]的巨像发誓！"基罗大声地叫了起来，他很是害怕。

但是维尼裘斯的眼睛里没有一丝的威胁，或者是令人惧怕的东西，所以基罗很快就平静下来。他想起还有蒂杰里奴斯和尼禄保护自己呢，他们是这个世界权力的中心，每个人都害怕他们，并且自己还有几个强壮的奴隶保护着，再看看维尼裘斯，他没有武器，还

①古希腊神话中黎明神之子。

因为操劳，没有休息好，脸色很是难看，并且背都有些驼了。

这样一对比，他的气势马上又足了，他用自己那双红红的眼睛瞪着维尼袭斯，声音不大，对他说道："你呢，在我饿得头发晕的时候，你居然还拿鞭子抽打我。"

一时间，他们谁都没有说话，过了一会儿，维尼袭斯才嘀咕道："基罗，对不起！"

这个时候，基罗抬起了头，把手指扭动着，还发出了声音——这个样子在这个时代是代表看不起和藐视的意思。之后，他用几乎所有人都听得到的声音说道：

"年轻人，你想递呈子吗？早上我洗完澡之后会有时间招待客人和需要帮助的人，那个时候你可以到埃斯奎里内的公馆来找我。"

然后奴隶们看到他挥手，就将轿子抬了起来，那两个穿黄色衣服的人一边挥着手中的棒子，一边叫喊道：

"让一让！让一让！给基罗大人的轿子让路啦！让一让啊……"

55

黎吉亚很快写好一封和维尼袭斯告别的信。她知道现在维尼袭斯不能到监狱看她，也许只有在竞技赛那天才能看见他。所以她想问问他他们出场是在什么时间，希望可以在那天能够见到他，也许在死前只能在那一天见到他了。她在信中没有表现出一点怨言和害怕。她说，她也和别人一样，都是那么希望那一天的到来，他们可以在那天获得自由。她想要庞波尼雅和奥鲁斯也在场，她祈求他们的到来。她的言语中带着快乐，她觉得那天一旦到来，这样被囚禁的日子就会结束，她的心中有一种不可代替的决心，他们相信在死掉之后，一切都可以实现。“不管主什么时候拯救我，我都记得他曾经让彼得将我给了你，那么我就是你的。”她劝告他不要因为她而伤心，那样的话痛苦会使他死掉的——婚约永远也不会终止，即使是死亡。她就像一个孩童那般有信心，她对维尼裘斯发誓说，竞技赛结束后，她就会见到基督，告诉他，她名义上的丈夫马库斯还待在这里，还在一心一意地想着她。也许，主会答应她再回到他的身旁，还会让他知道她还没有死，已经没有了烦恼，会一直幸福地活着。信的内容没有一丝的绝望，满满的都是快乐的感觉。信中与现实有关的只有一件事情：维尼裘斯要在她死后，在存放尸体的地方将她带走，把她当作自己的爱人，埋在他死后居住的墓穴里。

将信看完之后，维尼裘斯很是痛苦，但是他也相信黎吉亚是不会被野兽杀死的，主一定会救她。所以，他的心中还是充满希望和信念的。回到家里，他又到了书房，给黎吉亚写回信，告诉她，他会每天到监狱外，一直等到主将那面墙弄倒，将她还给他为止。他告诉她，要相信他，就算是到了竞技赛的那一天，基督也会将她还回来的，彼得已经向主请求过了，她马上就会获得自由的。隔天基督徒队长会将他的信送给黎吉亚的。

但是出现了意外。他去监狱的时候，那个基督徒队长来到他的身边，对他说：

“大人，我想要对你说。你经受了那么多的苦难，基督已经对你很仁慈了。就在昨晚，陛下和长官手下的人，将这里的女孩子们带出去奸污，他们问起你的黎吉亚，主救了她，使她害了这里现在最流行的热症，所以他们没有带走她。可是现在她已经失去了知觉。以主的名义祝福吧，她因为热症逃脱了这次侮辱，很有可能她会就此免于死亡呢。”

维尼裘斯将手臂搭在队长的身上，所以才避免自己瘫倒。

那个队长接着说：“主是仁慈的。黎努斯被他们抓住了，他们正要打他，但是见他已经快要死了，所以就把他放了。或许他们会将她送给你，然后主就会让她活过来呢。”

维尼裘斯低着头没有说话，过了一会儿，他才抬起头，小声地说：

“你是对的，队长。一旦主放过她，使她没有遭受屈辱，就一定会救她的。”

他待在监狱外边，直到傍晚。他回到家立刻叫人去将黎努斯带了出来，将他送到自己在郊外的另一个住处。

裴特洛纽斯听说了这件事后，也开始行动了。他之前见过波佩雅，他将再一次去见她。波佩雅就待在她孩子的床边。小鲁福斯因为脑袋受伤，到现在还在发高烧，一直昏迷着。皇后现在很害怕，并且正在尽力挽救他的命，但是又觉得现在救了他，在不久的将来也许他还会面对更加可怕的灾难。

她现在正在为小鲁福斯的事情伤神，一点儿也不想听关于黎吉亚的事情，不过裴特洛纽斯的话却使她更加害怕起来。“你已经得罪了另外一个神明，”他说，“皇后啊，你一直崇拜希伯来的耶和华，但是基督是他的儿子啊，基督徒是那么的信仰基督，你想一下，会不会是耶和华愤怒了，所以要让你受苦呢？也许就是他们在报复你呢，小鲁福斯是死是活那得他们说了算，你说该怎么办呢？”

“你要我做什么？”皇后害怕地问道。

“向神祈祷，让他宽恕你吧。”

“该怎么去做呢？”

“黎吉亚现在正在害热症，你去对皇帝和蒂杰里奴斯他们说，将她送给她的未婚夫。”

她听到后有些绝望：

“这件事，我怎么可能办到呢？”

“你可以再做一些事情。要是黎吉亚现在好了，她一定会死的。你去维斯太神殿的时候，就像一时兴起似的去监狱，让贞女长在临刑之前的一刻放了她，那个时候贞女长一定会答应的。”

“要是黎吉亚没有熬过热症呢？”

“主是有报应的，却也是公平的，他可能会因为你的真诚而原谅你。”

“祈祷他可以保佑小鲁福斯。”

裴特洛纽斯抖了一下肩膀。

“我来不是因为我是他的使徒，皇后啊，我只想告诉你：所有的神其实都一样，不论是这里的，还是别的地方的，都是需要和解的。”

“我可以去！”皇后的声音有些悲凉。

裴特洛纽斯轻轻地呼了一口气。

“这件事我做得应该是对的。”他自己在心里想着。

他回家找到了维尼裘斯，对他说：

“祈求主不要让热症害死黎吉亚，那样她就不会死了，贞女长会将她放了。波佩雅会亲自去办那件事的。”

维尼裘斯看着他，眼睛里充满了狂热的光芒，答道：

“主会解救她的！”

波佩雅为了自己的孩子，就算焚烧上百头牛来祭奠世界上所有存在的神明，她也会做的。那天晚上她就让公所的人去寻找贞女。波佩雅是西尔维雅老保姆养大的，她知道老保姆很忠心，所以皇后将小鲁福斯交给她看着。

可是尼禄已经判决了这个孩子的命运。在波佩雅的轿子消失在城门口时，陛下的人就已经到了那个孩子的房间，他们一个猛地抓住老保姆，捂住她的嘴巴，还有一个抓起后边的斯芬克斯雕像，将她砸昏在地。

之后他们走到床边。小鲁福斯因为热症已经没有什么知觉了，对发生的事情毫无知觉，还对着那两个解放奴隶微笑着，他那美丽的大眼睛对他们眨了一下，探询地看着他们。那两个人解下老西尔维雅身上的腰带，拴在小鲁福斯的脖子上，使了一下劲。小鲁福斯不一会儿就没有动静了，都没有发出过声音。之后他们用被单将他包住，骑到早已经准备好的马背上，去了奥斯恰港，把那孩子丢进了海里。

贞女长带着其他贞女们去了瓦蒂纽斯家，所以皇后没有见到她，就回皇宫了。看到老保姆冰凉的身体还有那空空的床铺，她一下子就昏死过去了。奴隶们将她弄醒了，她就开始大声地叫喊，整个晚上还有第二天，人们都可以听到她癫疯的吼叫声。

可是当第三天来到的时候，尼禄让她去参加宴会，她还是穿了一件紫色的紧身衣出席了。她的脸像木石一般，头发是金黄色的，一句话也没有说，很漂亮，却像死神般阴沉。

56

罗马以前的大剧场大都是用木料造成的，而之前的那场大火差不多已经将那儿烧没了。这次傅拉乌斯王朝建造的罗马大剧场，皇帝陛下为了进行这次竞技赛，早就下令多建几座竞技场，其中有一个是最大的，在那场大火结束之后，人们马上开始到阿特拉斯山去收集那些很大的树干，再经过海上还有台伯河运过来。这次比赛极其豪华且人数又多，所以场面将比以往任何一次都要盛大，必须能够容纳所有的人和野兽。上千个工匠们昼夜不分地在忙碌着这个工程。

人们不停地在那里建设着、装修着。他们传言，那里镶嵌着玳瑁、琥珀、珍珠母、青铜和从海外运来的象牙。有几注水流被引流到座席周围的水道里，那里的水很清凉，就算是再闷热的天气，依旧感到很凉爽。竞技场的顶部有一个很大的紫色的天幕，它遮住了照下来的阳光。每一排的座位旁边都会摆上一些从阿拉伯运来的香料，到时候会用器皿将这些香料燃烧着；观众席的上边会装一个喷水的工具，到时候会向人们喷洒马鞭草和红花露水。切莱尔与塞维路斯是很出名的建造家，他们耗尽心力地创建这个大剧场，不仅要使其天下第一，还要比以前所有的剧场的容量都要大。

在第一场开场的那天，天还没有大亮，就有无数的人在门外等候了，他们愉快地听着狼狗的嗥叫声、豹子闷哑的呜咽声、狮子的吼叫声。这些动物已经有几天没有吃东西了，并且那些人们还很无耻地拿血淋淋的肉类靠近它们，不断地刺激它们。

野兽的声音就像狂风暴雨般冲击着人们的心灵，所以竞技场外的人们就没有再说话的了，有些胆子小的脸色都变得惨白。日出的那一瞬间，从场里传来一阵阵美妙且祥和的赞美歌声，人们就那样惊奇地听着，他们的口中念着："基督！主啊！"实际上，在昨天晚上有好几拨基督徒被带到竞技场内，他们并不是从一个地方来的，而是从每个监狱里带出几个。人们都知道这次的竞技赛会持续很久，多则可能会是几个月，但是人们不知道被抓住的基督徒到底有多少，他们担心只一天的时间就能够将基督徒们全部消灭掉。听着赞歌，那些声音有男的有女的，还有孩子的声音，这些足以说明人数有多少了，有经验的人想到，就算是一次放进去上百个人，那些野兽也会累坏的，他们会吞不下东西，这样到了夜晚还是不能将全部的人杀掉。还有些人觉得，一下子放太多的基督徒进去，人们的注意力就会不集中，那样就不能专注地观赏那些精彩的表演了。在被叫作"沃米托里亚"的廊道里，人们更加兴奋和快乐了，他们都在争论关于这次比赛的一切事宜。

有的人甚至开始下起了赌注。有些人觉得狮子厉害，它可以撕毁尸体；有的觉得老虎强悍，它是那么的凶猛。还有人在那儿谈论最先出场的角斗士，有些喜欢特拉西亚人，有些喜欢米尔米隆人，有些喜欢萨姆尼特人，有些喜欢高卢人，还有一些喜欢撒网的角斗士。一大早的，角斗士们组成大大小小的队伍，在被他们叫作"训导"的老师的带领下，不断地走向圆剧场。因为他们想节省体力，所以都没有带兵器，有的光着身体，有的手里拿着绿枝条，或者在头上戴一个花冠，在早晨的阳光中显得年轻、漂亮而又有生机。

他们的身体上涂抹着光亮的橄榄油，那如大理石雕成的强壮身躯，让那些喜欢漂亮体格的人们不由兴奋地叫了起来。他们里边有好多人都是相互认识的，因此经常不时地会听到："你好啊，狄奥梅德！你好啊，马克西姆斯！你好啊，福尔纽斯！你好啊，莱欧！"漂亮的女孩子们用羡慕的眼神注视着他们，而这些角斗士也会找一些最漂亮的女孩子们开一些玩笑来回应，就像他们心里永远充满自由一般，他们会一边飞吻，一边大叫着："在死亡来临前来抱抱我吧！"之后他们就消失在人们的眼前，很多人可能再也不会有回来的一天了。这里不断地有新人来，那些观众不会总是记住哪一个。之后又来了几个监场员，他们手里拿着鞭子，主要是鞭打角斗士，让他们快点走。有一些骡子拉着许多车辆走向停放尸体的地方，车上是满满的棺材。这些东西使得那些观众更加喜悦了，从这些东西的数量上就可以看出这次比赛的壮观。又有一些人走进来了，他们是帮助那些受苦的人走向死亡的，所以他们会让自己看起来像墨丘利与卡隆①。接着就是一些维持秩序的人和排座位的人，后来还有一些奴隶在那里分发吃的和喝的，那些在圆剧场里一刻也不能离开的保卫皇帝陛下的禁卫军们也来了。

在人们的期待中，廊道的门开启了，一瞬间人们立马冲了进去。因为门口会集的人太多了，所以好长的时间里，人流还是没有停止，他们觉得这个竞技场居然可以容纳这么多的人，真是太不可思议了。浓重的气味使野兽们的叫声更加激烈了。那些看比赛的人们一边找座位坐，一边发出很大的叫喊声，一时间观众席上如同狂风暴雨之时的海浪一般。

市长在一些禁卫军的拥护下走过来了。在他之后，不断地有各种轿子出现，有元老院议员大人的，还有执政者的。将军之类的武官也来了，至于他们的亲属也是跟在后面。有一些轿子，是由一些执仗队带领着，手中全都拿着用一捆木头拴起来的锤矛。还有一些，有许多奴隶在前边带路。轿子上有的镶金边，达官贵人穿着各色各样的衣服，佩戴着名贵配饰以及钢铁的锤矛，在清晨的阳光下发着亮光。观众席上的人们很是热情地向那些达官贵人致敬，还发出高昂的欢呼声。禁卫军们不时地以一队一队的形式走来走去。

那些宗庙里的僧人来得很晚，跟着他们的，还有由执仗队领路、坐着轿子来的神圣的维斯太贞女们。尼禄也没有让人们等他太久，他也是想要尽快得到人民的好感。波佩雅和一些贵族们陪伴着尼禄来到的时刻，意味着比赛即将开始。

裴特洛纽斯也来了，他是和那些贵族们一起来的，维尼裘斯是和他乘一个轿子来的。维尼裘斯知道黎吉亚还在病着，并且还没有恢复意识，但是由于这段时间要求得很严格，不许任何人进出，换了一批新的看守的人，还不能和看守的人说话，更不能让那些看守的人传一些消息进去或者出来，因此，维尼裘斯不知道有一天黎吉亚会不会也出现在竞技场上。虽然她现在还没有意识，谁也说不准那些疯癫的人会不会将她丢给狮子。被赶上竞技场的基督徒们都穿着野兽皮缝制的衣服，他们又是被一伙一伙地赶上去的，因此谁也看不清每一次上去的都是谁。那些看守的人和竞技场上的人都得到了好处，还有他们已经和管理野兽的人商量好了，他们会把黎吉亚放在一个隐蔽的地方，到了晚上，将她交到维尼裘斯的亲信手中，然后维尼裘斯就可以将她带走，带到阿尔巴诺的某个丘陵去。裴特洛纽斯得知这个消息后，他让维尼裘斯和他一样待在竞技场，当人很拥挤的时候，悄悄地藏起来。再跑到地下室，要那里守护的人找出黎吉亚，因为怕出意外。

守护的人从一个有人出入的小洞口将维尼裘斯秘密地带了进去。那里有一个叫西鲁斯的侍卫，带他去看那些被抓的人，边走边说道：

“大人，人太多了，我们也不知道你可否找到你要的人。我们叫过她的名字，但是没有人回答。或许她对我们有所顾忌。”

“人很多吗？”维尼裘斯问道。

“大人，是非常非常多，还有好多人不得不排到明天。”

“难道里边就没有生病的人吗？”

“那些人都有行走的能力。”

西鲁斯边说着边将一扇门打开了，他们走进了一个类似大厅的地方，但是那里又矮又黑，就只有几道从竞技场外透射进来的光。刚开始的时候，维尼裘斯什么也看不见，只可以听到这里边有些像鸟叫的叽喳声，还有竞技场上人们的喧哗声。等到他适应了这种阴暗的环境后，他的眼前出现了一些像是狼或者熊一样的奇怪东西。之所以说他们奇怪，是因为其不是真正的野兽，而是穿着兽皮的基督徒。他们中有的站着一动不动，有的跪在地上做着祈祷。凭着从兽皮中露出来的长头发可以确认，他们不是男人。那些女人就像是母狼一般，怀里搂着和她们一样被兽皮包着的孩子们。

虽然是这样的情景，但是那一张张漂亮的脸蛋和一双双明亮的眼睛，在这样的黑暗里却露出了欣慰与狂热的神采。这些人中的大部分，其实是被一种排除了所有并且超越了现代的思想所支配着，使得她们淡然地面对现在遭遇的一切和她们即将遇到的不幸。维尼裘斯问她们是否听说过黎吉亚。她们有的看着他，就像刚睡醒般微张着眼睛，不说话；也有人看着他，对着他微笑，将自己的手指放在嘴巴上或者是指着阳光进来的入口。好多小孩子，他们被野兽的吼叫声、狗的狂吠声、人们的叫喊声以及他们此时看起来就像野兽一般的父母吓得直哭。维尼裘斯跟着西鲁斯走着，一个一个地看着人们的脸，一边找一边问，偶尔还会被昏倒在地的人们绊倒，他们可能是因为这里太拥堵或者太闷热了而昏倒的。之后他又继续向更深处找着，这间屋子恐怕有竞技场那般大吧。

突然，他一下子停了下来，他觉得自己听到了一个比较熟悉的声音。他又静静地听了一会儿，转过身去，向着那群人，走了过去。阳光打在那个说话人的身上，在这光的帮助下，维尼裘斯看到了克利斯普斯，他披了一件狼皮，他的脸很憔悴沧桑。

“忏悔吧，你们这些犯了罪的人，”克利斯普斯说道，“死亡的时间就要到来了。不要认为死亡能够赎清你们的罪恶，要是犯一次错，那么就会被丢进无边无尽的深渊里。就算你们和主一样，受同样的折磨，可是你们这一次的罪恶能和他所受的难相比吗？就在这一天，不管是公正的人还是罪恶的人都会受到同样的灾难，但是主会看出谁是真正的基督徒的。你们真是悲哀啊，那些野兽会撕坏你们的身体，却不会撕坏你们的罪孽，还有你们与上帝之间的决算。基督被钉在了十字架上，他是那么的慈悲，从那之后，他就只做一个判决，就是不会让有错误但是不受罚的事情存在。如果要想让受难消除自己的罪恶，那么他就是在亵渎主的判决，他将得到更大的报应。上帝发威了，意味着慈悲没有了。你们就快要被宣判了，在上帝的面前，就是那些仁慈的人也不容易被告知没有罪。地狱的大门已经开启了，你们即将会为你们的罪恶忏悔的。真可悲，丈夫和妻子们，真可悲，父母和孩子们！”他伸出他那骨瘦如柴的手，用它撑着自己低垂的头，他对于死亡已经不害怕了，对于那些即将要去面对死亡的人，也不会宽恕。在他说完后，很多人都说话了：“我们要为我们的罪孽哭泣！”之后众人又沉默了下来，只有孩子的哭声和有人用手打着胸膛的声音。维尼裘斯的血液都有些凝固了。他之前将所有的希望都寄托在主的慈悲上，却在此刻听到“就算是死在了赛场上也不能得到宽恕，愤怒的日子就要来临”这样的话。可是，在他的脑海里，忽然闪过一个很清晰的念头：彼得或许会对这些即将面对死亡的人讲出另一种话来。

但是克利斯普斯说出了这种严厉并且像狂言一般的话语，加上这里的黑暗，外边又是一个使人死亡的地方，时间又是这么的短暂，那么多的人已经准备好面临死亡，这就使他的心里充满了畏惧。维尼裘斯觉得，他以前参加过那么多的血腥战争，都没有这种情况让人感到害怕。屋里的闷热和臭味让他呼吸起来有些困难，他的额头上不断有冷汗冒出。他担心自己要是还继续找下去，就会像刚刚绊他的那些昏倒的人一样，但是转念他又想到，那个栅栏随时都有可能被打开，所以他还是提高自己的声音，叫喊着黎吉亚与她的仆人乌尔苏斯，也希望有认识他们的人来应一声。

这个时候，有一个穿着熊皮的人将他的衣服扯了一下，朝他说道：

“大人，他们还在里边。我在离开的时候看到她还躺在床上，我是最后被带走的人。”

“你是？”维尼裘斯问道。

“我是那个采石工人，使徒彼得是在我的房子里为你做洗礼的，大人。三天前，我被逮到了这儿，我就要死了。”

维尼裘斯吐了一口气。他进来，主要是寻找黎吉亚的，但是现在她不在这儿，他要感谢主了，他将这看成是对他的恩惠了。

采石工人又一次把他的衣服扯了一下，说道：

“大人，之前我带你去柯奈留斯的葡萄园，彼得在那里讲道，你还记得吗？”

“是，我记得。”维尼裘斯答道。

“在我到这里的前一天，我还见过他。他祝福我，他说他也会到竞技场来，给即将要面临死亡的人画十字祈福。我希望自己能在死亡之前再见他一次，看着十字架，我会死得更安详的。大人，要是你见到他，请告诉我他的位置吧。”

维尼裘斯声音放低，说道：

“裴特洛纽斯家的奴隶中有一个就是他。我不知道他会在哪个位置，回到竞技场上我会看清楚的。你进去了之后，看向我，我会面向他的方向，那样你就会看见他了。”

“大人，很感谢你，愿主与你同在！”

“愿主可以对你开恩！”

“阿门！”

维尼裘斯从下边出来了，回到场上，在贵族大臣们席位上裴特洛纽斯的旁边坐了下去。

“黎吉亚在那里吗？”裴特洛纽斯问道。

“没有，她还病着。”

“现在听我说，我把我知道的事情和你讲一下，你得听话，看着尼吉甲或者是其他人，这样可以让人觉得我们是在谈论她的装束……蒂杰里奴斯和基罗他们一直在看着我们呢……你听着，到了晚上你去把黎吉亚放到棺木中，把她从监狱里救出来；以后的事就顺利了……”

“好的。”

他们还想再说下去，可是屠留斯·塞内乔打扰了他们的谈话，他对他们低着身子问道：

“你们觉得会不会给他们武器？”他们说的是基督徒。

“不知道呢。”裴特洛纽斯对他回道。

“我希望他们带着兵器，”屠留斯说道，“不然的话，这场比赛会很快变成宰割场的。看上去这个大剧场是多么的宏伟啊！”

的确很宏伟，那场面是多么壮观啊。下边的座位挤满了像雪片一样的白色大袍。镀金的悬楼上皇帝坐在那里，头戴金灿灿的皇冠，脖子上戴着金刚钻项圈。波佩雅坐在他身旁，美丽却有些不高兴。两边是一些维斯太贞女、皇族权贵、穿着华丽长袍的议员们，还有手里拿着冰冷武器的将军。简单地说，他们就是这个世界的权力组成部分。骑士们坐在有些远的后几排座位上，越到上面就越能轻易地看到黑压压一片脑袋，像一片黑海。人们的头顶上，挂着的是位于圆柱之间的一盏盏的葡萄蔓、百合、玫瑰跟常春藤的结彩。

观众们在那里大声地说着话，亲热地打着招呼，抑或高兴地唱着歌，还有人不时地开着玩笑，笑声不时从这儿传到那儿，与此同时，他们还在那里蹦着脚，催着比赛开始。

蹦脚的声音像鞭炮一样，一直不停。市长带着随从们炫耀般地在场内转着，他用手帕发着信号，这个时候，整个剧场有好多人拍打着胸膛，口中“啊啊啊……”地叫着。

以前的比赛都是以猎取野兽开场的，这种技艺最出色的是一些地方的蛮族们，但是因为这次的节目很多，因此就决定用“瞎打”的方式开始，“瞎打”其实就是戴上一个头盔，但是那个头盔没有眼洞，人看不见外面，所以就乱打。一下子有几十个人一起走进场内，他们一进去就开始乱打。有的“看场者”故意用叉子逼他们往一起靠。有些比较讲究的人，很是冷漠地看着场中的人；还有些人，他们看到那些人在场中因为看不到别人互相撞击的样子，很是可笑，就在那里哈哈大笑起来。他们在那里叫着：“左边！”“右边！”“后边！”有时候还故意把他们引向相反的方向。那些人，要是感觉有对手来了，就互相厮杀，不一会儿就血淋淋的一片了。有些人很是勇敢，他们丢掉盾牌，用一只手紧紧地抓着对方，然后用另一只手和对方相互搏斗。要是有人倒下，并将手指举起来，这就表示他要求饶，但是在场上，人们更希望将那个受伤的人杀掉，特别是在这种场合，他们彼此都看不到对方，谁也不认识谁。人数越来越少了，直到还剩下两个人，他们两个人被“看场者”推到了一起，然后他们倒在了一起，将剑插进了对方的身体。结束比赛后，看场的人把尸体弄走，然后来一些年轻人将地上沾有血迹的沙翻一翻，再在那上边铺上番红花的叶子。

之后还有一场更加重要的比赛，不论是坐在哪里的观众，都对这个比赛很感兴趣。一般在这个比赛中，都会有很多年轻一点的贵族们在那里下赌注，并且经常将他们身上的钱全部输掉。他们会将他们认为会胜利的角斗士的名字和要赌的价钱记在一个标牌上，然后把它传来传去。有一些已经比赛过，并且已经取得过多次胜利的角斗士，人们称为“名角”，他们常常是被贵族们追捧的对象。可是，也有一些人，他们想冒险，愿意去赌那些没有什么名气的角斗士，要是他们可以取得胜利，那么就会得到很多的钱。不管是什么身份，人们都在赌，尼禄也是。普通群众将身上的钱输没了之后，经常会将自己卖给别人当作赌注。他们的心里很紧张，有些甚至还很害怕，他们期待着角斗士们出来，他们中的很多人都在那里向神祈祷，愿主让他们看中的斗士取得胜利。

大剧场里人们很安静地等待着，直到一阵尖锐的喇叭声响起来，成千上万的人马上将脑袋转向那个大门口，有一个很像卡隆的人走向那里，然后用一个大铁锤向大门闩敲了三次，那声音在这种安静的环境里显得格外刺耳，那声音就好像在吸引人去送死一般。在那个大门被打开之后，进入人们眼帘的是一个大黑洞，而那些角斗士们一群接着一群地往竞技场中间走去。大约有二十五队，高卢、萨姆尼特、特拉西亚、米尔米隆因为是不同族的人，所以被分开了，他们的身上都穿着很厚重的铠甲。还有一些角斗士专门负责撒网，他们的手里扯着一张网，另一只手里拿着一把三叉戟。那些席上的人看到他们这个样子，立刻就叫喊了起来，不多时，那些喝彩声就像一片无边际的狂风暴雨一般。观众们很是激动，手激烈地拍打着，嘴巴张得大大的，还拼命地叫喊着。

角斗士们迈着稳定而有力的步伐，绕着场地走了一圈，他们手中的兵器和身上穿的盔甲在阳光的照射下，闪着耀眼的光芒。对着尼禄，他们高高地举起右手，扬起脑袋，看着他，扯着嗓子，开始拼命地叫喊着，与其说是叫喊还不如说是在唱歌：

“皇帝陛下圣明！”

“将死之人向皇帝陛下敬礼！”

之后他们就很快地散开来，跑到为他们画定的区域去。他们需要把自己的队伍整理一下，这样才能更好地和对手交战。先出场的是两个很出名的剑客，两个人这样对打能够更好地欣赏对方的劲道、灵敏与勇敢。有一个叫拉尼欧的屠宰手从队伍中走出来，他是一个高卢人，之前取得过很多次的胜利。喜欢圆剧场的人们对他是比较熟悉的。只见他一身的盔甲，那厚实的胸腔和后背有两个很高的突起，头上还戴了一个大钢帽，在热烈的阳光的照射下，整个人看上去就如同一个超大号的甲壳虫。不多时，又有一个人上场了，他是一个撒网手，叫卡伦敦，和拉尼欧一样出名。

见有人上场了，赌博也开始进行了。

“高卢人！五百文。”

“五百！卡伦敦！”

“一千！对海格力斯发誓！”

“两千！”

这个时候，拉尼欧先来到竞技比赛场的中心，他拔出自己锋利的宝剑，将头低了下来，眼睛从头盔的小洞里认真地看着对手。卡伦敦的神色很放松，他的体形也很粗壮，有些像雕像，全身上下只有腰上有一些布条遮着重要部位。他就在他的对手高卢人的周围蹦来蹦去，他的动作很灵敏、很优美，他将自己的三叉戟上上下下不停地挥动，同时口中还唱着撒网手时常唱的歌谣：

我不会逮你，我只是逮鱼，
拉尼欧呀，你不要总是逃跑！

其实拉尼欧也没有逃避，不大一会儿他就停了下来，他就在那个地方站住，不再到处跑了，但是他还是在动着，只是那动作一般人看不出来而已，他在朝左或者朝右的方向摆动着，这样可以让对手一直在自己的前边。他的整个装束和他那常人不能相比的大头，一时间有点让人害怕。人们清楚地知道，那个装备中的厚重肉体又要开始一场猛烈的袭击，或许这一次就会使这次战斗结束。这个时候，卡伦敦迅速地蹦到他的前边，又立马跳开，用他的三叉戟做着让人无法看清的动作。好多次都能听到叉子和盾牌的撞击声，但是不见拉尼欧跑动，从这儿可以看出他的力气有多大。他必须一边防着三叉戟，一边注意着在自己头上转来转去的网，在他看来，那就如同一只代表着不幸的鸟儿。人们都暂停了呼吸，认真地看着他们高超的技艺。高卢人看好时机，立马冲向对手，而撒网手也不是吃素的，用一样的速度从对手的剑下越过去，甩起自己的胳膊，身子一缩就把手中的网撒了出去。

拉尼欧换了一个方向，用手中的盾牌将撒网手撒的网避开了，之后两个人都跳开了。大剧场出现一阵热烈的欢呼声，靠下边的观众又继续下一次的赌博。尼禄原本是在和贞女鲁布丽雅聊天，但是听到欢呼声也开始关注起来。

争斗的两个人再一次开始攻击了，你来我往，很有秩序，动作还是那么的仔细，看着他们，会让人觉得他们不是在比赛，而是在表演一项自己熟悉的技艺一般。高卢人差点儿又一次被网给罩住了，这时已经被迫靠近竞技场的边缘了。那些下了他的赌注的人，不想他输掉，想让他继续，于是大声地叫道："快点打！"拉尼欧也顾不上休息了，又继续开始进攻对手。卡伦敦的手臂瞬间被砍中，这时他的网也掉了下来。拉尼欧集中注意力，也用足了劲儿，往前方一冲，想给对手最终的一击。但也就是在那一眨眼的工夫，那个看起来已经撒不了网的撒网人，迅速地闪到了旁边，躲开了那高卢人的剑，用手里的三叉戟一下子扎在了对手的膝盖间，那高卢人就那样倒在了地上。

拉尼欧被那夺命的网给困住了，他觉得自己只要一动，这个网就会将他困得更紧，并且在这个时候卡伦敦的三叉戟又一次刺来。他想再一次逃开，用手臂撑着地，使尽全力想要站起来，但是没用！他将自己的手伸到头上，其实他的手已经软得拿不住剑了，于是他就那样仰面倒在了地上。之后他的脖子被对手的三叉戟给控制住了，卡伦敦紧紧地捏着自己的武器，转过身面向皇帝。人们的叫喊声仿佛使整个赛场都在振动。这个时候，赌卡伦敦赢的人高兴得只知道吼叫，也许因为这个原因，他们现在对失败的那一方也没什么敌意了，因为他输了，他们的口袋会被金钱填满。现在观众们被分成了两派，一派希望拉尼欧死，一派希望可以饶恕他，所以现在，卡伦敦只有看尼禄和贞女们的意思，等他们作决定。

但是，皇帝好像有些讨厌高卢人，在之前的几次比赛中，他每次都没有下赌注在高卢人的身上，而每次都让李齐奴斯赢了很多钱，所以他把大拇指伸出来向下按了一下，预示了高卢人的命运。

贞女们马上跟着做了这个手势。撒网人立马用腿顶在拉尼欧的胸口上，揭开他的盔帽，从腰上抽出一把短刀，就那样直接插进了高卢人的脖子里，一直将刀送至刀柄处。

大剧场一时间响起了结束的叫喊声。

高卢人像一只被宰杀的小牛犊一般，用脚后跟蹬着土地，不一会儿就变直了，然后死掉了。墨丘利这个时候已经不需要再用烙铁来检验他是否还活着了。高卢人很快就被弄走了，接着还有人上场。再之后就是一队的人马。人们把自己所有的一切都放在这儿了：他们叫喊、大笑、激动、欢呼，叫喊着角斗士，是那么的疯狂。场上的人被分成了两拨。他们像野兽一般，凶猛地对击着：他们不要命地互相撞击着对方的胸膛，紧紧地将对手抱住，他们交缠在一起，有些人的骨头都露了出来，剑刺进肉里边搅动着，从那青紫的嘴唇里吐出的血滴落在了沙地上。有些新手慢慢地有些害怕了，他们想要在这种混乱的场合下逃跑，可是“监场员”们没有给他们机会，他们甩着鞭子把想要逃跑的人又打回到场中。地上有一片片污黑的血迹，越来越多光着身子的人以及那些穿着盔甲的人，就像稻草一般一个紧接着一个倒下来。有些人还对着死了的人猛打，用自己手里的东西冲撞着，还有些人被破坏了的工具弄伤了自己，最后无奈地倒下去。人们开心得不得了，陶醉于这种死亡的场面，很高兴地呼吸着弥漫着血腥的空气。

这个时候场里几乎没有活着的人了。还有很少的一部分人，他们受了很重的伤，他们浑身发抖地跪在地上，他们希望得到众人的饶恕。赢的人得到了橄榄枝与月桂冠编制成的花环。之后尼禄下令，开始了一场如同宴会一般的中场休息活动。香料在香火钵里被点燃了，沾有番红花和堇花的细雨被到处喷洒着，吃的喝的都被端了上来。人们不顾形象地大吃大喝起来，嘴里还说着话，对着尼禄敬礼，期待着得到更多的好处。吃饱喝足之后，有一些装成丘比特的男孩子从奴隶们抬上来的筐子里边拿出各种各样的礼物，之后将它们丢给前后左右的人们。还有一场发彩票的活动，那也意味着又一场混乱来临了：人们你争我抢，互相撞击着，从这儿跳到那儿，又跳到这儿，就算踩死人也不管。抢到好的彩票，要是幸运的话，得到一座带庄园的住宅、一个强壮的奴隶、一件奢华的服装等都是有可能的。所以他们才会那么不要命地抢夺。因此每次有这样的事情，总会有一些人被踩死或者是被人闷死。

那些有钱有权的人，并没有参加这样的抢夺。他们开始开基罗的玩笑，他不能和别人一样专心地看比赛，他不忍心看那些角斗士流血，所以贵族大臣们一直嘲笑他。不幸的人啊，他想克制自己，尽管他尽量舒缓皱着的眉头，松开紧闭的嘴唇，藏住紧紧攥着的拳头，忽略手指紧扣着手心的痛意，可还是不行。他骨子里的天性和本身的懦弱，让他看不惯这样的场面。他的脸像纸一样苍白，冷汗直冒，嘴唇也开始变暗，眼睛深陷了进去，牙齿在打着战，浑身不停地哆嗦着。比赛结束后，他的意识慢慢地开始恢复了，所以当人们再一次嘲笑他的时候，他马上开始反击，脾气也上来了，和别人对着干。

“啊，希腊人！这样的场面，你好像有些撑不住啊！”瓦蒂纽斯扯着基罗的胡子说道。

基罗将他口中最后的两颗黄色牙齿露了出来，回道：

“我不知道怎么补皮子，我的父亲又不是臭皮匠。”

这时就有人开始起哄：“不错啊，会说话了！”

不过还是有人对他嘲笑道：

“他是没有过错的，他的胸口上只有一块奶酪，他的心不知道去哪里了。”塞内乔大叫道。

基罗回道：“哦，那也不是你的过错，你的头上长着一个膀胱，而不是一个脑袋。”

“你有可能变成他们中的一角呢！那样的话，到了场里，你可得看清楚网啊。”

“假如我逮着你，我就觉得自己是逮住了一只很臭却还洋洋得意的小鸟。”

“要是对付基督徒，你会怎么办呢？”费斯屠斯问道，他是来自里古里亚的，“你会如同一只疯狗一般地咬住他们吗？”

“我和你不是一路人。”

“你就是一个来自梅欧齐亚的癞子！”

“你是一只来自里古里亚的骡子！”

“你是知道的，你又开始发痒了，但我劝你还是不要请我帮你搔痒。”

“你还是帮你自己弄吧，但是不要将你身上的粉刺弄掉了，那可是你身上最好的东西了。”

人们就拿着他来取乐，而他也在不停地向大家回击着，同样的恶毒、同样的讽刺。尼禄在那里拍打着自己的手，口中还喊着：“加油啊！”裴特洛纽斯也过来凑热闹，拿起自己的手杖，他的手杖上面刻着象牙。他轻敲着基罗的肩膀，声音很冷地对基罗说道：

“哲学家，你现在可真厉害，但是有一点你还是错了，之前的你还是一个被众神所造的扒手，但是现在的你却将自己变成了一个魔鬼，所以现在你已经没有资格了。”

基罗睁着他那红红的小眼睛看着裴特洛纽斯，这样的话让基罗一时间想不出有什么话语可以回击他。所以他没有立马说话，之后仿若很费劲般地说道：

“我总会有资格的……”

这个时候，休息的时间结束了。过道里的人原本在一起聊天，现在也要回到原来的座位上。有些人因为自己原本的位置被人占了，所以开始吵起架来。那些贵族大臣们立马回到自己的座位上。吵闹声慢慢地停下了，整个剧场又恢复了秩序。这个时候一些人出现在场上，他们在那里将一些被血凝固住的沙块给弄松散。

马上就是基督徒们的比赛了。因为这是前所未有的，人们也不知道会有什么事情发生，所以大家都很期待。众人对于即将出场的基督徒们很是好奇，他们可以想象到将要发生的事情一定和以往的比赛不一样。那些基督徒之前还放火烧了他们的城市和他们珍藏的宝物。他们喝掉小孩子的鲜血、下毒害人，还对全人类施加诅咒，犯了这么多极端的罪恶，再重的处罚也不能使人们内心的仇恨消失。要是你说人们的心里还是有些惧怕的，那也只是因为害怕那些苦刑不能让那些即将上场的人得到他们应得的惩罚。

这个时候已经是大中午了，太阳放射着灼热的光芒，透过剧场上边的紫红色的天幕，整个场内似乎有一道道血红的线条。沙土也被照射得如同火焰一般。在这样的照射下，在人们的脸上，还有那些空场子里，有些地方确实让人有些害怕。一些死亡和害怕的气息飘荡在空中。一直很高兴的人们，在这个时候，由于对那些基督徒的仇恨，他们的脸变得非常阴沉，脸上也不是那么高兴了。

市长发了一个信号，之后那个装成卡隆的人再次出现了，那个老头之前召唤过角斗士们上场，他在人们的注视下缓缓地走到那个大门口，用大铁锤又一次做了之前的那个动作。

这个时候人们又开始吵闹了，口里叫着：

“基督徒！他们来了！”

那个铁闸门一直在那里“咯吱咯吱”地响着；从那个黑洞里可以听到有人在那里催促基督徒们快点上场。一会儿的工夫，刚刚还空着的地上，已经装满了人，他们都穿着兽皮，像萨特尔[1]一样。他们很快跑到场子的中心，似乎有点激动，之后他们把手高高地举起，跪在了那里。人们还以为是要求情，看到基督徒的动作，他们有些生气，不满地在那里跺脚、呼叫，还有的将喝完的酒瓶和啃过的骨头丢出去，嘴里大声地叫喊着：“看啊！野兽出来了！野兽……”但是令人们没有想到的是，那些穿着兽皮的基督徒们，开始扯着嗓子高唱赞美诗，这样的歌还是第一次在这样的情况下听到呢：

“基督来临了……”

人们被吓了一跳：那些即将要死亡的基督徒竟然在那里仰着头唱着歌！人们觉得那些人的脸虽然很苍白，但是像有着灵感一般。大家知道那些人不是在求饶，他们看不见竞技场、看不见人们、看不见贵族大臣们，甚至看不见尼禄。“基督来临了！”这样的声音一阵高过一阵，就连最上边的观众们都能听到，有很多人开始大叫：“怎么了啊，那些基督徒说的基督到底是谁啊？”就在这个时候，另外的一个铁栅门被打开了，好多只狗像疯了一般冲到了场地中间，胡乱地狂叫。那些狗来自各地，有的是从爱尔兰来的，有的是从比利牛斯山来的，还有来自佩罗普岛的，更有来自摩罗西亚的，它们都好几天没有吃过东西，眼睛红红的，两边的肋骨都露出来了，大大的剧场响起了激烈的狗吠声。场里边那些牺牲者已经将赞美诗唱好了，但还是跪在那里，像雕像一样一动不动，他们口里依旧反复吟唱着："主啊，一切为了主啊！"那些狗已经闻到了那些兽皮下面人的气味，但是看他们没有动静，也不敢上前。有些狗没有办法，还想跳到观众席那边，也有些围着赛场跑，就像在追逐什么一样。人们开始恼怒了，他们学着野兽吼叫，有的人甚至学狗叫，人们用各种声音来刺激那些狗。一时间整个剧场都在颤抖。那些狗好久没有吃东西了，加上又被刺激了，所以很恼怒地朝着基督徒们扑去，但还是有些怯意，磨着牙。一只摩罗西亚狗咬了一个女人，她跪在最前边，就那样轻易地被拖了出去。

之后那些狗就像得到了命令一般，疯狂地冲向人群。人们也不再吼叫了，生怕自己不能好好地观察比赛。在狗的狂叫中，还可以听到基督徒们那悲痛的话语："主啊，一切为了主啊！"狗撕咬着穿着兽皮的基督徒，他们之间不时地有身体在颤动。场地上血肉模糊，那些狗激烈地抢着人们血肉模糊的肢体。到处流出的肠子和血腥味比阿拉伯那里的香料还要浓，那味道充满了整个赛场。到了后来，只能看到几个人还在那里跪着，没过多久，那几个人只能倒在地上被恶狗撕碎。

维尼裘斯在基督徒们进场的时候，就站了起来，面朝着彼得所站的方向，彼得就站在裴特洛纽斯的随从们所在的位置，他要履行对采石工人的承诺。之后他便坐下了，那张脸上没有一丝生气，像死人一般，他的眼睛像玻璃一般，一动不动地看着那个鬼哭狼嚎的场面。开始的时候他还怕采石工人搞错了，他的未婚妻可能就在场上，他感觉自己已经没有知觉了，却依旧能听到基督徒们的叫喊声。基督徒们受到残酷的刑罚，可是在他们即将要死亡的时候，还是坚持信仰基督，信仰着上帝，他的心被另外一种感情占据着。他仿佛被最酷烈的惩罚折磨着，但是他不能逃离，就好像是，要是这个时候基督在苦难中死去，要是这个时候有很多人为他而死，要是这里已是一片血海，那么再多加一个人的血液又如何呢？就是求情也是一种罪恶。这样的想法就那样闯进了他的脑子里，竞技场上那些人的呻吟声和血液的味道冲击着他，他却依旧在那里坐着祷告，他那苍白干燥的嘴唇一张一合："主啊！主啊！他在被人祈祷着呢！"之后，他就像没有了知觉，他不知道自己是谁了，只感觉那基督徒们的血液已经慢慢地蔓延上来了，要把罗马给淹没一般。他听不到任何东西，听不到狗叫声，听不到人的叫喊声，听不到那些贵族们的说话声。突然，有个贵族叫道："那个希腊人昏倒了！"

"那个希腊人昏倒了！"裴特洛纽斯嘀咕了一句，看向基罗坐的地方。

基罗已经昏死过去，他就那样半躺在那里，脸上几乎没有一点血色，头朝后仰着，嘴巴张得很大，就像死了一般。

在这个时候，又有一批基督徒被赶上了赛场。

刚上场的人像之前那些牺牲者一样跪在那里，那些狗好像累了，就那样躺着不愿意起来去咬人了，它们的口中满满的都是血，肋骨一动一动的，感觉很累的样子。只有少数的狗，还有些力气去咬跪在它们旁边的人。

这个时候人们有些急躁了，他们已经被鲜血所诱惑，所以他们疯狂地用自己那沙哑的声音吼道："狮子！该让狮子出场了！狮子！"

狮子原本是在第二天上场的，但是现在，无论是皇帝还是贵族们，都必须满足人们的愿望，也许只有卡里古拉敢和他们作对，因为他是那么傲慢无礼，他有好几次让人打他们，但是在这个时候，他也必须做出让步。在大火之后，尼禄要做的就是要讨好市民，所以对于市民们的要求，他一般是不会拒绝的，他也希望人们可以将那次大火怪罪在基督徒的头上。

所以他遵从人们的意愿，打开存放野兽的门，人们明白这个动作的意义，于是马上停止了说话。在铁门响过之后，狮子一只接着一只从门里走出。那些狗看见它们，有些害怕，就灰溜溜地跑到另外的地方了。那么大的棕色毛狮子，它们摇头晃脑地低吼着。尼禄有些累，但还是用绿水晶对着眼睛看向狮子。贵族大臣们都在鼓掌，欢呼狮子的到来；观众们在那里数狮子的数量，他们想看看那些场里的人在狮子出现后有什么反应，但是那些人却依旧在那里叫道："主啊！一切为了主啊！"好多人听了很是厌烦，因为他们不懂基督徒们说的是什么意思。

狮子们没有马上去吃那些基督徒，因为场上的灯光使它们有些头晕眼花，它们不怎么想把眼睛睁开，有的懒洋洋地伸着脖子，有的像是在炫耀它们那令人胆寒的牙齿似的，张着大口，打着哈欠。可是不久之后，场上血腥的味道和那些被咬碎的肉体，似乎成功地诱惑到了它们。它们开始暴躁了，毛发竖起，鼻子里边喘着粗气。突然间，有一只狮子就那样迅速地扑向一个已经受了重伤的女人，用一只脚踩在女人的身上，舌头舔着那些快要凝固的血。还有一只快要逼近一对穿着兽皮的父子，那个孩子身体抖得很厉害，还在那儿哭着，将父亲的脖子抱得很紧。那个父亲希望自己的孩子可以多活一点时间，所以想把他往远的地方送一点。但是狮子似乎因为孩子的声音还有父亲那样的动作，发怒了，在发出了一声癫狂的叫声后，就用一只脚掌压死了那个孩子，还张开自己的大嘴，将那位父亲的头给吃了去，一瞬间的工夫头就没有了。

这样的情况发生后，那些狮子们像是在竞争一般，飞快地朝跪着的人们扑去。这个时候能够听到女人带有一丝害怕的叫喊声，可是群众的欢呼声使人们听不清楚那些叫喊声，不久，欢呼声没有了，因为人们想专心地观看那些疯狂的场景：那些场上的人，有的脑袋一下子就被狮子给吞掉了，有的胸口被扯开，还有一些人的心脏被吞食，狮子们还将他们有些人的骨头咬得粉碎。还有些人被狮子叼着到处跑，好像要找个隐蔽的地方慢慢享受一番；还有些狮子在那里对打着，就好像角斗士斗争一般，剧场里响起了它们的吼声。观众们希望自己可以看得更清楚一些，就站了起来，拼命地往前边挤；还有些人，就好像自己也在战斗、也在撕咬基督徒一般。场上各种声音夹杂，有吵闹声，有喝彩欢呼声，有狗叫声，有时候只能听到一些人的呻吟声。

尼禄现在还在那里拿着绿水晶，看着场上，裴特洛纽斯看着他，脸上满满的全是轻视和厌恶。那个希腊人已经被抬走了。

不断有基督徒被赶上圆剧场。

在圆剧场最上边一层，彼得就站在那里。由于人们太专注于场上，所以没有人看见他，他就像之前在葡萄园里维尼裘斯看到的那样，给场上的人祝福，给他们画十字，虽然他们在流血，并承受着痛苦，他们的身体变得不再完整，但是他们的灵魂将飞向天堂，奔向永恒。那些基督徒中有人看到他了，便微笑了起来，看着他们头上的十字架，他们的脸上焕发出光彩。但是彼得的心却很痛，他说："基督啊，我们按照你说的做了，在这样的考验里，你是那么的光荣，但是他们却将要死去！你让我饲养这些'羊儿们'，现在我将他们还给你，基督啊，你带领他们，好好照顾他们，将他们的伤口抹平，将他们的痛苦减弱，让他们享受比现在承受的痛苦还要多的幸福吧！"

彼得就那样一直给下边跪着的人们祈祷，那些就像是他自己的孩子一样，他是那么爱他们，他现在需要做的就是将他们送还给主。尼禄希望这次的屠杀场面前所未有的庞大，所以也不知道发了什么疯，让市长去将其他的野兽一起放出来。那些野兽有来自努米底亚的豹、鬣狗、黑熊、袋狼、野猪等，它们身上的皮毛有的是条纹的，有的是明黄色的，有的是花斑，有的是黑白的，还有的是亚麻色的，一时间，场上满满的全是皮毛在移动，就像一片海洋。场上实在太混乱了，除了野兽的脊背在转动外，人们的眼睛已经看不清东西了。场上的一切仿佛已经不再真实，就像是血祭、是噩梦，是一个令人疯癫的花花大世界。市民们看到这样的情景，好多妇女已经撑不住了，她们是如此害怕，以至于开始疯癫地大笑着。人们越来越害怕，他们的脸变得很黑，他们开始叫着："不要让野兽出来。"

但是现在，已经没有办法再将那些野兽赶回去了。可是尼禄又想出了另外的一个方法，他命令人叫来了努米底亚的黑人，那些人站满了座位间的通道，他们头上插着羽毛，戴着大耳环，手中拿着箭。人们明白这是要做什么了，很是高兴，开始热烈地欢迎黑人的到来。之后那些黑人靠近栏杆，开始向场里的野兽攻击。他们的动作是那么优雅，他们的身体是那么柔韧，向后边一仰，手上一使劲，就将弓箭给射出去了。弓箭射击的声音、野兽受痛的吼叫声和人们的欢呼声搅在一起。那些野兽还有基督徒们慢慢地都倒下了。有些没有被射中要害的狮子或者其他野兽，它们有的想要攻击射箭人，有的想要咬插在自己身上的箭，还有的因为受痛所以围着场地奔跑。在最后的时候，那些野兽，还有基督徒们，全部牺牲在努米底亚人的弓箭下。

大约有几百个人到了场中，他们推着水推车，手里拿着竹筐、铁锹、铲子等打扫的工具，一群接着一群地走向场中间，一时间那里充满了吵闹声。没过多久，那里就被处理干净了，那些人又将一些新的沙石撒在了翻掘过的泥土上。之后，那些打扮成丘比特的男孩子，将各种鲜花的花瓣撒在场地上，又添了一些新的香料。太阳落下了，顶上的天幕也被撤走了。

人们这个时候很是好奇，不知道明天还有什么样的奇迹会发生。

真的叫他们期盼到了，这也许真的是从来没有过的。尼禄早已离开了悬楼，他突然出现在那个布满花瓣的场地上，他的手中有一把银白色的琵琶。他的后边跟着的是十二个拿着三角竖琴的歌手。尼禄对着市民们鞠了好几个躬，眼睛看着天空，似乎是在等待灵感。

之后他开始唱歌：

> 啊，莱托[1]啊，你是那么的充满活力、充满魅力啊，
> 克利梭、吉奥、特奈多他们的领导者。

①古希腊神话中太阳神阿波罗之母。

伊里昂城是那么的神圣，
什么都由你掌握着，
希腊人将要来复仇了，你怎么可以不管？
殿堂是那么的神圣，不可玷污，
你的荣光不断地被礼拜着，
特洛伊人的污血怎么可以把它弄脏？
啊，银弓射手是那么的勇猛，
老人对你举起他们那颤抖的手，
母亲们的胸口是那么暖和，
她们流着泪对你大声地呼叫，
希望你可以可怜他们的孩子。
顽石都能被感动，
但是你依旧在受着痛苦，
斯敏修斯[2]呀，你真是比顽石还顽固、还没感情……

这首歌慢慢地变得很悲伤，变得很凄凉。一时间场上没有人发出一点声音。最后，尼禄好像也被自己感染了，继续唱道：

你那七弦琴所弹出的天籁之音，
将眼泪和哀叹淹没；
人们的眼里依旧有泪光，
就像花儿的蓓蕾一般；
可是现在有了这首歌曲，
谁会在大火后重生呢？

①古希腊神话中阿波罗之别名。

曾经谁度过大火的一天，逃开了火灾和死亡……

——斯敏修斯呀，你那时在何处？

唱到这里，他的声音有些不稳，眼睛里慢慢地盈满泪水。贞女们也是，人们就那样认真地听着，在结束后，响起了雷鸣般的掌声。

正在这时，剧场的大门前，经过几辆大车，“咯吱咯吱”地响，车上满满的全是血肉模糊的残骨，他们正被人们运往“荒坟”。

最高处有一个人紧紧地抱着他那颗灰白的头，在心里叫道：

“基督啊！基督啊！你看看这个世界是什么人在管理？为什么你要将你的首都建在这儿？”

57

傍晚的太阳，像一个蛋黄嵌在一片红色的光芒中似的，比赛结束了。观众们正从沃米托里亚廊道离开，回到城里。只有那些贵族大臣们一点也不急，他们到了悬楼旁边，等尼禄的到来。他们知道皇帝一定会重新回到这里，来听他们对他的赞美，他一定不会对人们刚才的喝彩声不满意的，他是如此期待能得到一种近乎疯狂的追捧。他对听到的赞美声都不怎么满意，即便当贞女们亲吻他那神圣的手的时候，还有鲁布丽雅在亲吻他的时候，身子压得那么低，使她那淡红色的头发都贴在了他的胸口上，他还是不满足。他并不隐瞒他的不满。而裴特洛纽斯，他没有说任何话，这让尼禄有些吃惊，还有些不安——如果他能说上几句，就是挑他的毛病，他也会很高兴的。所以他没有让他继续沉默，他让裴特洛纽斯到他的身边来，对他说："你说说吧……"

但是现在裴特洛纽斯的态度很冷漠，说道："因为我不知道说什么，所以我没有开口，您这次的成绩是从来没有过的。"

"我也是这样想的，但是他们会怎么想呢？"

"他们都是些无知的贱民，陛下希望听到什么样的答案呢？"

"可是，他们没有像我所想的那样，对我充满感激。"

"陛下在这个时候唱歌，是希望得到什么样的结果？"

"这是什么意思啊？"

"他们刚刚被野兽和基督徒的鲜血所感染，他们还能怎么思考呢？"

皇帝咬着牙道："啊，该死的人啊！他们惹恼了市民，现在又这样对我，我会让他们得到他们期待的惩罚。"

裴特洛纽斯知道自己说错了话，他必须得将尼禄的心思转到别处，所以他低下头对着尼禄说道：

"陛下的歌真是前无古人，但是我必须得说一句：第四行的第三个音阶，它的韵律上好像不是那么完美。"

皇帝有些慌张，也有些羞愧，感觉自己做了一件错事，他低声对裴特洛纽斯说道："真是什么也逃不过你的眼……我知道的！我会改正的！但是你能保证没有其他的人注意到吗？还有，你得发誓，你没有撒谎，还有你不能告诉其他人……要是……你还想活命的话……"

裴特洛纽斯因为他的话有些生气，眉毛皱成一团，有些恼火：

“陛下，要是我出卖了您，您就将我处死吧。但是不要威胁我，您去问问众神，我是一个怕死的人吗？”

边说着，边看着尼禄的眼睛。过了一会儿，尼禄说道：

“不要生气……我是那么爱你……”

“这样可不行！”裴特洛纽斯想到。

“就在今天，我还想让你参加一场晚会呢，”皇帝说道，“但是我却不得不关上自己的门，将这些问题给修改一下。我想除了你以外，或许塞内加，抑或塞恭杜斯·卡里那斯都发现了我的问题，所以我得想办法让他们离开这里。”

塞内加遵从尼禄的命令来见他，尼禄希望塞内加可以带领塞恭杜斯·卡里那斯与阿克拉屠斯去意大利以及其他地方，不管是什么地方，只要可以找到能搜索到金钱的地方。不管是掠夺还是盗取，必须弄来金钱。塞内加明白了他的意图之后，马上拒绝了。

他对尼禄说道：“陛下啊，我已经这么老了，我的精神也不怎么好了，我只想去乡下等死。”塞内加是伊贝里亚人，他们的神经一般是比常人要好的，也许没有什么大病。但是看他那越来越多的白头发，说明他的精神真的不太好。

皇帝看着他，心里想，也许他真的快死了，所以对着他说道：“既然这样，那么你就不去了，但是我是那么的爱你呢，只想你就待在我的身旁，你就不要到处跑了，在家里好好养着就是了。”

他接着说道：“卡里那斯跟阿克拉屠斯就是两头狼，我不能把这件事全交给他们，必须有个人来管着他们。”

“陛下，我去吧！”多米修斯·阿费尔回道。

“不！你的行为会让墨丘利恼火的，我可不想让他对罗马发怒。只有塞内加可以，他是一个禁欲主义者啊。对了，或许基罗也可以；他可是一位哲学家呢。”

说完后，他看向周围，问道：

“基罗在哪儿？”

基罗早就醒过来了，他还听到了尼禄唱的歌呢，这时听到尼禄叫他，就马上冒了出来，说道：

“陛下啊，您就是那太阳与月亮最明亮之时的子孙，我就在这儿呢。刚才您的歌声将我唤醒了呢。”

“我要你去阿凯亚，”皇帝说道，“那里什么地方有金钱你肯定是知道的。”

“啊，主啊，这样就好！众神一定会将他们私藏的东西交出来的。”

“我想是这样的，但我不想让你错过这几次的比赛。”

“巴尔呀！”基罗说。

那些贵族大臣们，看到陛下又恢复了正常，也开始开起了玩笑：

“陛下，您怎么可以这样做呢？可不能让基罗错过了之后的比赛啊，他是那么的勇敢啊！”

“陛下啊，我真的无法忍受那些在卡皮托神殿上吵闹的群鹅，他们的脑浆是那么的小，还装不下一个橡实果呢，”那个希腊人赶紧狡辩道，“阿波罗的大儿子呀，我在给陛下写一篇希腊的赞美诗，我想要神给我一些灵感，请让我去缪斯神殿待几天吧。”

“那怎么可以？”皇帝回道，“那是不可能的，你不能逃掉下几场比赛。”

“陛下，我敢发誓，我真的在写赞美诗。”

“夜晚的时候，你还是可以写的。狄安娜是阿波罗的姐妹，你去她那里找灵感吧。”

基罗顿时萎靡了下来，他狠狠地瞪着在场的人，当然除了尼禄，那些人又开始笑了。这个时候尼禄也转过身看向苏意留斯·涅鲁里奴斯跟塞内乔，说道：

“你们看看，今天要求出场的那些基督徒，还没有一半呢。”

这个时候老阿奎鲁斯·莱古卢斯（他在这里算得上是一个万事通）说道：“他们什么东西都没有带，上去了之后，什么趣味都没有。”

“那就让他们带上武器。”皇帝说道。

维斯蒂奴斯一向都很迷信，他一下冒出来了这样的话语：

“他们应该在死之前看到了什么，他们一直看着天，死的时候没有任何痛苦，似乎还很期待。我想他们一定是看到了什么……”

他看了看巨大的圆剧场，天色已经很暗了，只有几颗星星孤零零地挂在天空中。有些人还在那里说着玩笑话，他们在那里猜测基督徒在死之前看到了什么。尼禄带着那些手上拿着火把的奴隶走了，元老院议员们、贵族大臣们还有那些贞女们也跟着走了。夜色干净又素雅。竞技场外边还有很多市民没有回去，他们想看一看皇帝出发的样子。不时就从某个角落里，响起一片欢呼声。还有一些车辆在运着残骨剩骸，“咯吱咯吱”一直响。

裴特洛纽斯没有说话，维尼裘斯也没有说话，快到家的时候，裴特洛纽斯才问道：

“我告诉你的那些，你想过了吗？”

“嗯。”

“这件事对我也是非常重要的，不管尼禄还是蒂杰里奴斯他们怎么阻拦，我必须要尽我的全力救她出来。这次的斗争我必须要取得胜利，即使我会死掉，我也一定要赌赢这次游戏……今天我更有信心了。”

“愿主保佑您！”

“你等着吧！”

他们说话的工夫，已经到家门口了，他们下了轿子。这个时候有一个人向他们走来，对他们说道：“维尼裘斯大人是你们其中的哪位？”

“我是，你有何事？”维尼裘斯答道。

“我是拿扎留斯，我的母亲是米丽阿姆，我从监狱带来了你未婚妻的消息。”

维尼裘斯这个时候连说话的力气都没有了，他将手搭在拿扎留斯的肩头，在火把的照射下愣愣地看着对方的眼睛。这个时候，那个年轻人知道维尼裘斯想问又不敢问的话，于是说道：“她还在监狱里，是乌尔苏斯让我来找你的。保民官大人，她的热症使她意识开始不清，但是叫着你的名字。”

保民官答道：“主啊，请将她还给我吧。”

之后他们去了书房。没过多久，裴特洛纽斯也过来参与他们的谈话。

“她得了热症，也算是她的幸运了，那些刽子手也不敢动她，”拿扎留斯又说道，“乌尔苏斯和医生戈劳库斯一直陪着她。”

“守卫的人没有被换走吗？”

“还是之前的那些，他们就睡在之前的地方。关在那里的人差不多都死了，有的是害病死的，有的是因为里边污浊的空气窒息死的。”

“你到底是什么人啊？”

“大人，你应该认识我啊。我就是之前黎吉亚住过的那个寡妇家的孩子。”

“你是基督徒？”

拿扎留斯还以为维尼裘斯在怀疑他，但是看见他在祷告，就对着保民官回道：“对的，大人。”

“你可以在监狱里随便进出吗？”

“大人，我现在在那里做运尸工，我是故意那样做的，我的兄弟们需要我的帮助，因为我还要送消息给他们。”

这个年轻人一看就是那种很和善的人，他有一双蓝色的、漂亮的眼睛，还有一头乌黑的头发，裴特洛纽斯这样想着。

“拿扎留斯，你是哪里的人？”

“大人，我是加利利人。”

“你希望黎吉亚出来吗？”

那个年轻人眨了一下他那漂亮的眼睛，回道：“我不惜牺牲自己，也要救她。”

这个时候保民官没有再祈祷了，他对拿扎留斯说道：“你告诉那些守卫的人，把她放进棺材里。你就去找一些人把她运出来。在荒坟那里有人接应你们，那个时候你把人交给他们就好了。跟守卫的人讲清楚，他们的大衣可以容纳多少金钱，我就会给他们多少。”

他在说这些话的时候，这段时间的萎靡神情已经不见了，又恢复了他那军人的气势，也许不久他就会恢复到原来的样子呢。

拿扎留斯很是高兴，脸上都有了一些红潮，双手举起说道：

“愿主保佑她重获健康，那样她就自由了。”

“那些守卫会答应吗？”裴特洛纽斯问道。

“他们是很好解决的，只需要让他们知道不会受到什么刑罚就可以了。”

“没错！”维尼裘斯说，“那些人肯定是希望她离开的，更愿意她是被当作死人运走的。”

“还有一个人我们需要注意，”那个年轻人说道，“那些尸体他每个都会检查的，并且是用他手中拿着的那个烧得红红的铁块，很是吓人。但是你要是给他几个钱，他就不会烫尸体的脸部；要是能够给他一块金币，他就会不碰尸体的，只是烫一下棺材。”

“你回去告诉他，只要他不碰‘尸体’，他会得到很多金币的，”裴特洛纽斯回道，“你能找到人帮忙吗？”

“我可以找一些为了钱能出卖一切的人来帮忙，他们甚至愿意出卖自己的孩子和妻子。”

“他们这种人得去什么地方找呢？”

“城里和监狱里有很多那样的人。给守卫队一些钱，就算带人进去，他们也不会说什么的。”

“要是那样的话，我装扮一下，你带我一起去吧。”维尼裘斯说道。

裴特洛纽斯不允许他去，他的态度很坚决。就算他变了样，依旧有许多人认识他，那样就全完了。他让他去坟墓那边，他觉得就算让黎吉亚装死，尼禄和蒂杰里奴斯也不一定会相信，如果知道是假的，他们一定会追杀的，所以他一定不能去，并且还要将黎吉亚抬得越远越好，就是西西里也好啊。然后让维尼裘斯在家里装病两周，那时就请一个皇帝的医生过来看，然后让医生说他需要去山里养病。那样的话，他就可以和黎吉亚见面了。

之后，他又说道："以后还不知道怎么样呢。"

"主会保佑她的，"维尼裘斯回道，"西西里那么远，她还有热症呢，会很容易死掉的……"

"先不将她送到很远的地方。现在最重要的是将她从牢里弄出来，到时候她呼吸到了新鲜的空气，就会好起来的。山里你有什么可信的人吗？"

"有一个。"维尼裘斯赶紧回答道，"柯里奥里那边有一个人，从小对我就很好，现在他对我还是很好。"

裴特洛纽斯将一封信递到维尼裘斯手中。

"你给他写一封信，然后派个奴隶去告诉他，让他明天过来一下。"

写好之后，裴特洛纽斯叫来了前庭总管，把有些该注意的地方给他说清楚了。过了不久，在这样的夜色下，有个人悄悄地离开了裴特洛纽斯的家去往柯里奥里。

"我是那么希望，"维尼裘斯停顿了一下说道，"乌尔苏斯可以伴着她，那样或许会好很多……"

"保民官大人，"拿扎留斯说道，"乌尔苏斯是个奇人，他可以将栏杆弄折逃出去。有一处很陡峭的地方有块石头，在那个石头下边有一扇窗，那里不会有人看着的。我会给他一根绳子，那样他就知道该怎么办了。”

“对着海格力斯发誓，”裴特洛纽斯说，“让他在黎吉亚离开三四天之后，想什么时候走就什么时候走吧，不然可能会被人跟踪的。难道你不想见到她了吗？所以先不能和他说柯里奥里，之后你自己就看着办吧，我是不会再管了。”

其他人都认为他说得对，就没有说话了。拿扎留斯要走了，他会在明天早上再过来。

他想在晚上的时候就和守卫队的人联系好，那样的话，事情就好办多了。但是他又想起了那个一直想着自己的母亲，思索了一会儿后，他决定先去看看她。找帮手的事情等这之后再说，他想着在抬尸体的人里找一个就好了。

但是在走的时候，他又对维尼裘斯说道：

“大人，不要告诉任何人，他们不能知道我们的计划，但是彼得使徒会去我家，我会告诉他这一切的。”

“彼得在圆剧场那里，他就在裴特洛纽斯的家人里边坐着呢，我陪你一起去吧。”

维尼裘斯说完，叫人拿了一件奴隶的衣服，就和拿扎留斯一起走了。

裴特洛纽斯忍不住长叹一声。

“我真希望黎吉亚因热症而死，那么维尼裘斯就不会有那么多的灾难了。但是现在，我因为她，贡献了我的三脚祭坛给阿斯克勒庇俄斯，它可是黄金的啊……尼禄啊，你就那么想要折磨这一对儿恋人吗？波佩雅啊，你嫉妒黎吉亚的美丽，又因为你孩子的死，你就那么想要吞食了她吗？……蒂杰里奴斯啊，你这个死老头，你和我作对为何要毁了她？……你们就看着吧，你们不会再见到她，因为她要么是死了，要么就会被我们从你们的狼爪中将她救出去……并且还会做得没有一丝痕迹，你们一点都察觉不到，到时候，我看到你们，我就会对自己说：看啊，我还愚弄过他们……”

这样的想法使他很兴奋，他去了餐厅，与欧妮姬一块吃晚餐。有一个诵诗者为他们朗诵了一首提奥克立塔[①]的诗。在屋子外边，索拉克屠姆山那边刮起了很大的风，乌云密布，原本的安静消失不见了。外边雷声阵阵，但屋里却是一片温馨，他们依偎着对方，听着有关爱情的诗歌。他们的心里是那样平静，之后他们准备一起进入梦乡。

维尼裘斯是在他睡觉之前回来的。裴特洛纽斯知道了之后，就出去见他：

“怎么样了？……现在是什么情况了，他去过监狱了吗？”

“去了。”维尼裘斯一边回着话，一边弄他那湿淋淋的长发。

“他已经跟守卫队的人打过招呼了，彼得使徒也告诉我，一定要经常祈祷，还有要相信自己。”

“那样是最好不过了。要是没有什么意外发生的话，下一个夜晚我们将会见到她。”

“但是我一定要在天亮的时候见到佃户和奴隶们。”

“你先去休息一下吧，路不是很远的。”

之后，维尼裘斯没有睡觉，而是在自己的屋子里做祈祷。

当朝阳升起时，柯里奥里那边来了一个人，他叫尼盖尔，是维尼裘斯的仆人，他这次带来了维尼裘斯要求的东西——骡子和轿

---

①约公元前3世纪的古希腊诗人，牧歌的创始者。

子，因为不能让别人发现，所以就先放在苏布拉区那里的一间小旅馆里，并且还带了几个比较可靠的不列颠奴隶。

维尼裘斯一整晚都没有睡觉，知道他来了之后，马上出来迎接他。尼盖尔看到他，很难受，亲了亲维尼裘斯的眼睛和手背，对他说道：

“亲爱的主人，你是生病了吗？为何这么苍白呢？到底你有多大的忧伤啊，我都快认不出你了啊。”

维尼裘斯将他带到一个柱廊里边——那里被命名为“运动室”——把自己心里的话说给他听。尼盖尔听得很认真，他那饱经风霜的苍老面孔是那么的激动，而且他也没想过克制它。

“她是一个基督徒。”他大叫道。

他看着维尼裘斯的脸，维尼裘斯也在看着他，发现他的眼里有一些疑问，就对他说道：“我也是。”

那个老仆人的眼里闪烁着快乐的泪光，他有一段时间没有说话，之后，他举起自己的双手，大叫道：

“主啊，感谢你，我最亲爱的人维尼裘斯的眼里现在没有了翳障，这些全是你的功劳啊！”

然后他抱着主人的头，流着快乐的眼泪，亲吻着维尼裘斯的额头。

没过多久，裴特洛纽斯带着昨天晚上的那个人走了进来。

“情况好转了！”他大声地喊道。

他们带来了一个振奋人心的消息。尽管监狱里和土牢里每天都有人因为热症而死掉，但是戈劳库斯医生却拯救了她的性命。守卫的人和那个验尸的人已经被买通了，他们不会多说什么的，阿蒂斯也没问题了。

拿扎留斯说道："棺材我们之前已经弄了一个洞，这样黎吉亚可以通过那儿呼吸了。但是还有一点需要注意，就是她还在生病，就怕她在经过禁卫军的身边时会发出声响。她现在还是很虚弱的，经常昏睡着。之前已经从那个医生那里买了一些药材，让他制作了一些安眠药，让她吃下去，那样可能会好些。棺材的盖子我们没有将它封上，那样好方便你们将她抬上轿子，你们准备一些沙石装在袋子里，之后可以将它放在棺材里边。"

维尼裘斯听到这些，脸色有一些苍白，但是他依旧很认真地听着，就好像早已知道他所说的。

"监狱里还有其他死掉的人吗？"裴特洛纽斯问。

"昨天夜里只有二十几个人死了，但是在今天还会有更多的人死去，"那个年轻人说道，"我们一定要跟着他们大部队一起走，但好似还会有些耽搁，所以我们会靠后边。在最开始的时候我们里边有个人会在拐角处装作崴了脚，这样我们就会落后很多，你们就待在李比蒂娜小庙，我们到那里和你们会合。现在只希望明天夜里天空够黑。"

"主会保佑我们的，"老仆人说道，"看看昨天，明明那么好的天气，星星那么多，但还是突然一下子就来了一场大暴雨。今天也是一样的，空气还有些闷呢，到了晚上一定会有一场大雨的。"

"那么要拿火把吗？"维尼裘斯问道。

"火把只有前面的人拿。虽然我们总是到半夜才把尸体弄出去，但是一般走到李比蒂娜庙那里的时候，天总是比别处的要黑一些。"

这个时候没有人再说话，因此只能听到有人急促的呼吸声。

之后，裴特洛纽斯转过身对着维尼裘斯。

“之前我说我们最好还是待在家里，但是现在，我自己是不能再在这儿待着了……要是这次可以逃跑，就需要做到最小心，一定要很谨慎，如果我们只是把她的尸体抬出来，那样的话，不会轻易引起别人的注意。”

“对啊，对啊。”维尼裘斯回道，“我一定要亲自去那里，还要亲自将她抬出来……”

老仆人急忙说道：“只要她到了柯里奥里，我会好好照看的，我一定亲自照看好她。”

之后各自就要开始忙了。老仆人去旅馆找人去了。那个年轻人带了一袋子金子向监狱走去。

“我们计划得这么好，这次的事情一定不会出错的，”裴特洛纽斯说，“没有比这更好的了。现在你要表现得很伤心，还要穿上你的黑袍。最重要的是一定要出现在竞技场，让所有人看到你……安排得这么谨慎，一定没问题的。但是，尼盖尔你就那么相信他吗？”

“他、我、黎吉亚是一样的。”

裴特洛纽斯很是惊讶，之后耸了一下自己的肩膀，自言自语道：

“借着波卢克斯发誓！这个宗教已经发展得这么庞大了，已经掌握了这么多人的灵魂！在这么恐怖的情况下，人们是不会再相信希腊埃及和罗马还有其他诸神的。但那是不可能的……借着波卢克斯发誓……要是这个世界上还有不被神主宰的事情，我宁愿给他们每个人六只大白牛，卡皮托山上的朱庇特我就给他十二只……你千万不要拒绝向你的主许愿啊……”

“我的灵魂早已经属于他了。”年轻的保民官答道。

之后他们就分开了。裴特洛纽斯回去屋里，维尼裘斯走了。他远远地看着监狱的方向，然后朝着梵蒂冈的山坡去了，走向那个为他做洗礼的地方。他觉得这个地方是最好的祈祷地点，主能更清楚地听见他的祈祷，他到了那里，跪倒在地，然后用尽自己那伤痕累累的灵魂中的最后一丝力气，诚心地向主祈祷着。他是那么的认真、那么的用心，以至于忘了自己是谁和自己在干什么了。

下午的时候，竞技场方向传来的一阵一阵的喇叭声将他唤醒。他就像刚刚睡醒一般，走出小屋，看向那个声音的来源地。外边很温暖，那些喇叭声和虫子的叫声打扰了午间的寂静。空气里有种令人窒息的感觉，很闷，罗马城市的上面还是一片蔚蓝，但是萨比内山那边，水平线已经有很多乌云了。

维尼裘斯回去之后，到了前庭，看见裴特洛纽斯已经在那儿等着了。

“我去过帕拉修姆宫了，”他对维尼裘斯道，“我有意去那里，甚至还在那里赌了几把，就是要他们注意到我去了。安尼裘斯家今天晚上有宴会，我告诉他我们都会去的，我还说我需要先休息一下，只能到了半夜才去。我一定会去的，过后你也要去。”

“尼盖尔他们有什么新的情况？”维尼裘斯问道。

“还没有。我们到了半夜才能见到他们，一场风雨就要来了。”

“是的。”

“明天的基督徒将会被钉在十字架上，如果下雨很有可能就不会有表演了。”

他又凑近维尼裘斯，趴在他的肩膀上说：

“那你只会在柯里奥里的家里而不是十字架上见到黎吉亚。借着卡斯托发誓！就算是用整个城市的珍珠来交换，我也不会错过我们把她救出来的场面的——快要黄昏了呢。”

黄昏来临了，因为乌云遮住了地平线，所以天空比往常还要黑。天一黑，便下了一场很大的雨，石板因为被白天的太阳烤热，所以还冒着热气，整个罗马的街道上都有些朦胧了。大雨一会儿下一会儿停，但是很快就开始了一场更大的暴雨。

“我们走吧，”维尼裘斯说道，“雨这么大，他们很有可能会提前将尸体运出来的。”

“时间也差不多了。”

他们都戴了一个大风帽，身上穿着高卢人外衣，从后门到了大街上。裴特洛纽斯每次在晚上出去，都会带一把短刀，它的名字叫“西卡”，可以用它来保护自己。

因为这么大的雨，街道上的人并不是很多。闪电是蛮吓人的，那一道道白光照亮了旁边已经建好的或者正在建设的一些房屋，还有那些因为铺路需要的石板。他们借着闪电光走了好久，终于见到了一座山岗，李比蒂娜小庙就在那里，那里现在已经有一群人、骡子和马。

“尼盖尔！”维尼裘斯不是很大声地叫道。

“哎，老爷！”有人回应道。

“怎么样了？”

“已经准备好了。天黑的时候，我们就在这儿了。你到墙角等着吧，雨太大了，会让你的身上全湿透的。过一会儿，肯定会下冰雹的！”

过了一会儿，真的下起了冰雹。开始的时候还不是很大，到后来就变得又大又密了，温度一下子就降了许多。

他们站在墙角边，逃过冷风和冰雹的吹打，在那里小声交谈着。

“这个时候就算有人看见我们，也不会有什么想法的，因为我们现在就是在这儿避风雨的。就怕他们会等到早上才将尸体运出来。”尼盖尔说道。

“不会下太长时间的，”裴特洛纽斯说道，“不管怎么样都要等下去。”

他们就那样一直等着，认真地听着，看看是否有人过来。不多久，冰雹停了，却下起了大暴雨。还刮着狂风，那些死去的人的臭味一阵一阵地被吹过来，那些尸体就那样胡乱地埋在泥土里。

突然，老仆人声音急促地说道：

“快看啊，那边有亮光……好像有两三个火把呢！”

之后，他对后边的说道：“小心一点，别让那些骡子和马发出声音来。”

“来了！”裴特洛纽斯说道。

那亮光越来越近了，慢慢地可以看见那随风吹动的火把的火焰了。

尼盖尔画了一个十字架开始祈祷。那些人慢慢地靠近李比蒂娜小庙，最后停了下来。裴特洛纽斯他们紧紧地靠着墙壁，不知道这些人停下来干什么。却见那些人也没做什么，只是用布块儿将鼻子和嘴巴捂得更紧，以便阻挡那令人难以忍受的恶臭，再往那边，那种臭味已经不能忍受了。弄好了之后，他们又继续向前走去。

只有最后的一个棺材在小庙前停下就没有继续前进了。

维尼裘斯跑上前去，其他人也跟着到了棺材前边，还有两个奴隶抬着轿子跟着。

他们还没有靠近棺材，拿扎留斯就一脸痛苦地说道：

“大人，她和乌尔苏斯被他们送到埃斯奎里内监狱了……这个不是她，她在半夜就被送走了！”

裴特洛纽斯到家后，脸上已经像黑炭一样了，他已经没有心思去安慰维尼裘斯。他知道要再把黎吉亚从那里救出来肯定是不可能的。他想那些人把她带走肯定是不希望她因为热症而死掉，那样他们就能看到她在竞技场上的表演了。所以，就要对她更加严格地看管，不能让她逃跑。裴特洛纽斯很是为维尼裘斯难过，并且他自己也是有史以来第一次遇到这样的失败——第一次被别人打败，他的心里也很是难受。

“我似乎不再幸运了，”他嘀咕着，“可是，即使所有的神都觉得我就会被他那样打败，我也不会认输的。”

他看向维尼裘斯，而那人就那样面无表情地瞪着他。

“你怎么样了，生病了吗？”他问道。

维尼裘斯这个时候就像是一个生了病的孩童一般，发出一些模模糊糊、断断续续的声音：“我相信主会将她还给我的。”

暴风雨结束前的雷声一直在黑黑的空中回荡着。

58

暴风雨持续了三天，这样的情况在这个城市的夏天是很少见的，不管是白天还是晚上，一直下了好多冰雹，所以比赛就没有继续进行下去。人们都有些害怕了，这样的情况预示着今年的葡萄收成不会太好，就在某天下午，卡皮托色列斯[1]的铜像被一声巨雷给击毁了之后，上边就下令给救世主朱庇特神殿上供。色列斯殿的僧人们放出话来，说是因为惩罚基督徒的事情推迟的时间太久了，所以神发怒了，开始惩罚这个城市。人们发出不满的声音，他们强烈要求不管还下不下雨，比赛马上举行。随后就有布告发出来，说在三天之后，比赛就会开始，因此整个城市又活跃起来了。

就在那天，整个圆剧场堆满了人，尼禄带着贞女们还有那些贵族大臣们很早就到场了。在开始的时候，是基督徒们彼此的战斗，他们被装扮成角斗士的样子，拿着真正的角斗士们上场时候比赛所用的武器。但是他们的表现却让人很是恼火。场上的基督徒们，将那些武器全部丢在地上，他们互相拥抱着、鼓励着，在死亡和折磨面前，他们毫无畏惧。市民们的心里很是愤怒。他们骂那些基督徒胆小，有些人认为他们之所以不敢斗争是因为对人们憎恨，只为了不想让他们看到他们表演时的快乐。直到最后，尼禄下令，让真正的角斗士出场，一时间那些手中没有武器的基督徒全被剿灭。

在将那些杀死的基督徒弄走后，又开始了一场很是不可思议的表演，尼禄说是他自己想出来的。群众看到埃塔山冈上有很旺的火焰，海格力斯在燃烧着。维尼裘斯在看到这一幕的时候，一下子想到黎吉亚那个忠实的仆人，他的身体都在颤抖着，但是这一次乌尔苏斯的运气好像并不是那么差，因为他看到了另一个他不认识的基督徒在那个火堆里燃烧着。但是那个希腊人，尼禄说过他不能无

①谷物女神。

故不到场，所以他一直都在，在下一个比赛里他看到了自己认识的人。这个表演主要讲的是代达罗斯[①]和伊卡勒斯[②]的临终，欧里裘斯扮演的就是那个雕塑家，他以前将鱼形符号的含义说给基罗听，另一个扮演者是他的儿子——卡尔屠斯。为这次比赛而特意制作的东西将他们高挂在空中，然后又一下子将他们丢到场地上，那个年轻人落下的地方就在尼禄的面前，不光是外边的装潢，还有悬楼前边都沾满了鲜血。那个希腊人闭上了眼睛，所以他没有看到那个年轻人掉下来的样子，只听到落地的时候肉体破碎的声音。不久之后，当他睁开眼睛，看到自己身边的鲜血，他差一点又昏死过去。不过场面很快又换了一个。

一些穿得像野兽一般的角斗士们，在那里欺辱那些即将要死掉的女孩子们，那种不堪入目的场面，令那些暴徒们很是兴奋。他们看到了那些齐只勒和色列斯的尼姑们，看到了那个希腊神话中在婚嫁之夜杀死她丈夫五十个女儿的达娜伊德[④]，看到了被野牛分尸的底比斯王之妻狄尔西[⑤]，和那个半人半牛的怪物之母的帕西菲[⑥]，最后还看到了一些被疯马给分尸的还没有长成的小女孩子。人们一直称赞皇帝，因为是他想出这么好的法子，皇帝也为自己能想出这么好的主意而高兴。他都不舍得将他的绿水晶拿下，一直盯着场上那些画面，看那些雪白的身体被铁器摧毁，还有那些快要死掉的基督徒们颤抖的一瞬间。之后他又选了一些这个城市以往的历史故事为素

①希腊神话中的雕刻家。
②代达罗斯之子，因飞近太阳堕海而死。
③希腊神话中的人物，在婚嫁之夜杀死其夫的五十个女儿。
④被野牛分尸的底比斯王之妻。
⑤半人半牛的怪物之母。

材的表演。

所以人们又看到了穆衮斯·斯凯沃拉[①]——那个被大火烧的基督徒，很像斯凯沃拉本人。他站在那里没有发出一点声音，闭着眼睛，有些发黑的嘴唇一直在轻轻地做着祈祷，空气中弥漫着肉体燃烧的臭气。最后，他还是牺牲了，尸体被抬了出去。在那个时候，中午休息的时间也到了。尼禄大步离开了圆剧场，其他人马上跟上。他们到了一个很大的紫红色帐篷里，开始进行丰盛的午餐。大部分人都出去了，在帐篷的外边，几个一群，在那里放松他们坐久了的身体，然后开始享用奴隶们端上的食物。还有一些心思比较重的人，他们跑到场子里边，用手去摸那些被鲜血染红的沙土，有些懂的或者不懂的人，他们在那里讨论着即将要继续的场面。没过多久，就有人陆续地走开了，那样他们还能赶上宴会。还有一些人留下来了，他们不是因为自己的好奇心，而是对不久就要出场的基督徒们感到同情。

人们在走廊道里或者是比较低的座位间隐藏起来，还有些人把竞技场弄平，之后好多奴隶出现在场上，他们在地上弄了许多排成排的、一个接着一个的洞，有些离尼禄坐的悬楼很近。场外的人们叽叽喳喳的声音还有吵闹声不断地从外边传来，而场里的人却为另外一场虐杀做着准备。地下道的大门突然被打开，所有能通往场地的道口，都不断有一群群赤身裸体的、肩上负着十字架的人们被赶出来。整个场子不多时就被填满了。老年人在木架子的驱赶下跑了

①传说中古罗马的英雄，是谋刺围攻罗马的异族皇帝的三百个青年之一。抽签决定他首先行刺，未成被捕，他把右手伸入神龛前的烈火中，直到烧光为止，因此得以被释放。

上来，在他们的身边，有一些年轻的男人，还有一些披着头发遮挡着身体的女人，更有一些还没有长成的孩子和幼儿。他们中有许多人的十字架上都有一个花圈，跟已经死了的人一样。那些奴仆们手里拿着棒子打着场里的基督徒们，逼迫他们在之前挖好的洞里放好十字架，然后一个接着一个地站好。在表演的第一天还没有被赶出来、没有被狗和其他野兽吃掉的人就要这样死去。那些黑人奴隶抓起那些快要死掉的基督徒们，让他们躺在十字架上，之后有奴隶开始将他们的手钉在架子上，那样等午休时间过去后，人们就可以看到被竖起来的钉在十字架的人了。一时间整个场上都响起一阵铁锤钉木头的声音，从座席间发出，然后场地周围全是那种声音，还传到紫红色帐篷里。人们正在喝酒，开着基罗的玩笑，还有些人在和维斯太贞女们说着悄悄话。而在竞技场上，奴隶们正在忙碌着，他们正在将牺牲者们的双手双脚钉在架子上，然后又将那些架子放在早先挖好的坑里。

在那些基督徒中间，克利斯普斯也在那儿。那些狮子没有将他摧毁，所以现在他也将被钉在十字架上。他做好了牺牲的准备，在最后的时候他显得是那么开心，好像不是他自己一般，他那枯老的身体就那样完全地敞开着，只有腰上一条青藤带子和头上戴着的玫瑰花冠。但是他的眼睛却是那么精明，就像是永远不会死掉一般，他的脸也是那么的刚毅。他的心情还是和之前在监狱里一般，他之前利用上帝的愤怒恐吓和他一样被穿上兽皮的基督徒们，在今天，他依旧那样对他们怒吼，一点儿也不安慰其他的牺牲者。

“感谢主啊，”他说，“你们按照他死去时候的方式死掉。或许你们的罪恶会得到宽容，但是你们就颤抖吧，正义终将会成功的，无论是公正的人，还是邪恶的人，他们不会得到一样的报偿。”

他的话伴着铁锤敲击的声音，不时有十字架被竖起来，而他朝着那些已经被钉在十字架上的人喊道：

“天国的门已经开启了，但是我还看到一个大大的无底黑洞……我不知道自己该对主说些什么来解释我的这一生，我以前有过信仰，爱打抱不平，我不怕牺牲，但是害怕再重活一次，我不怕吃苦，但是害怕被判决，因为被上天惩罚的日子就要到了……”

正在这个时候，在最靠近座席的地方，出现了一个平静而祥和的声音：

“那不是被上天惩罚，而是一个得到宽恕的日子，是一个极其幸福的时刻，主会迎接你们所有人，会宽慰你们，你们会坐在他的右手边。要有信心，天国的大门已经为你们开放了。”

这些话传来，人们的眼神马上转向声音的来源处；就算是那些已经在十字架上的人，他们的脸上虽然布满了痛苦，但是依然看向正在说话的人。

那个人靠近围场的栏杆，画着十字给场里的人。

克利斯普斯张开自己的手臂，正要怒喝那个说话的人，却在见到那个人的时候，把手臂放了下来，跪了下来，轻轻地叫道：

“保罗使徒！……”

就在这个时候，场里所有还没有被钉在架子上的基督徒，都跪了下来，这种情况使那些奴隶们很是吃惊，但是在这个时候使徒只是面对着克利斯普斯，说道：

“别出言恐吓，克利斯普斯，他们和你一样，在今天都会进入天堂。你觉得他们会受到惩罚吗？谁又会来惩罚他们呢？上帝会来惩罚这些为了他而牺牲的孩子吗？还有主，他就是为了保护他们而死掉的，而他们也是以他的名义而牺牲的，他还会惩罚他们吗？他是爱大家的，又怎么会那样做呢？又有什么人会去控告这些被上帝挑选出来的人民呢？他们的血又怎么会是被诅咒的呢？”

“主啊，我最恨的就是邪恶了！”克利斯普斯说道。

“主要求人们不要邪恶，要有爱，基督教的教义就是爱，不是嫉恶……”

“我在临死之前又犯了错。”克利斯普斯捶打着自己的胸口说道。

有一个类似管理场地的人过来问道：“你是谁？和他说什么呢？”

“只是一个市民。”使徒平静地答道。

之后他又对着克利斯普斯说道：“一直要保持着信心，这是一个重要的时刻。上帝的奴仆，就这样静静地死去吧。”

这时有奴隶过来，将克利斯普斯放在了十字架上，他看了一眼周围，大声地喊道：“兄弟们，为我祝福吧！”

他的脸上没了以往的严肃，出现了一种从来没有过的平静和快乐。他自觉地打开自己的胳膊，那样可以使奴隶们做得方便一些，他看着天空，真诚地做着祈祷。他就像失去了知觉一般，就算奴隶们将钉子钉在他的胳膊上和脚踝上，他也没有颤抖一下，他的脸上也没有出现一丝的痛苦的表情；奴隶们将十字架竖起来的时候，他依然在祈祷着。直到圆剧场又出现了许多人的时候，也许是因为人们太吵了，打扰了他的祷告和享受最后的平静一般，他微微地皱了一下眉头。

不多时，那些十字架已经全部竖了起来，就像是一棵棵的树一样，但是树上没有叶子，全是一个一个的人。架子上人们的头，在阳光的照射下，闪耀着光芒。但是地面上却是一片阴暗，那些架子形成了一个一个交叉的格子，那些格子里的沙子闪着光，这样的场面使人们得到快乐，他们喜欢这种慢慢死亡的感觉。人们以前从来没有见过这么多的十字架。场子上排得实在是太满了，那些奴隶们费了好大劲才从里边挤出来。那些女人们被摆在最外边，由于克利斯普斯是一个领导者，所以他被摆在最靠近尼禄的地方，他被钉在一个很大的十字架上，下边有好多花圈。还没有人死掉，只是有一些人因为被钉得太久而昏过去了。没有人叫一声，没有人求情。有几个人像是昏死过去了一般，头低垂在胸前；有几个人好像在想什么事情；有几个人看着天空默默地祈祷着。整个竞技场被一种阴森的气息笼罩着。那些吃饱喝足的人，很是高兴地回到座位上，但是他们也没有说话，他们不知道该看谁，不知道该想些什么。那些女人们挺直了身体，但是座位上的人却一点都不感兴趣。人们也不再打赌谁会先死，这种事以前经常有，但是现在，就算场上只有几个人了，他们也没有什么行动。就是尼禄也有些烦了，他没精打采地玩弄着自己的项链。对面的克利斯普斯，就像是一个昏死过去或者是即将要死了的人一般，一直闭着眼睛，却在这时，突然睁开了眼睛，瞪着尼禄。

他的脸上是那么冷酷无情，眼里好像要喷出火一般，所以那些贵族大臣们就指着他，在那里说着悄悄话。没多久，就是尼禄也瞅向他，还把他的绿水晶戴在眼睛上。整个场上没有一点儿声音。座位上的人全都看着克利斯普斯，而他也不辜负大家的期望，尽力地转动着自己的右手，就好像要将它从架子上抽出来一般。

没过多长时间，他的胸口面对着悬楼鼓起，那些骨头可以很清晰地看到，他大声地叫道："那个杀了自己母亲的人啊，你会得到报应的！"

那些大臣们听到这样的话语，在这么多人面前，赤裸裸刺激着这个世界的统治者，此时尼禄已经吓得不敢出声了。那个希腊人也像要死掉了一样。尼禄的手抖了一下，他的绿水晶从手中掉了下来。

市民们都没有说话。克利斯普斯的声音越来越大了，整个场地或者更远的地方都能听到：

"你是一个凶手，你杀了自己的女人和兄弟，你会得到报应的！你反对基督，你会得到报应的！你的身后就是地狱，它已经张开了大口，等着你呢，死亡就要来临了！你会得到报应的，你是一个活着的僵尸，你待在恐惧中，总有一天你会死去的，你还会得到无法原谅的惩罚……"

克利斯普斯想将自己的手从架子上扯下来，但是没有成功，他很激动，就像一具活着的骷髅一般，让人害怕。他摆弄着自己长长的白色胡须。伴随他脑袋的晃动，头上的玫瑰花瓣也随之掉落。

"你是一个杀人犯，你会得到报应的！你是那么可恶，你的末日就快要到来了！"

他在做着最后的挣扎，就在那一眨眼的工夫，他的手好像是活动着的，并且能够伸到尼禄的头上威胁他一般，但是过后的一瞬间，他的身体像是失去了力气一般，头低垂了下来，已经停止了呼吸。

在那一排排的架子中，好多人也慢慢地失去了气息。

59

“陛下，”那个希腊人说道，“如橄榄油一般的海水啊，波浪就像在沉睡一般……去阿凯亚吧，阿波罗的光荣在那儿等着陛下呢，所有的荣誉在那里恭候陛下的到来，人们会很尊敬陛下的，他们会把陛下当作神明一般，把您当作贵宾，好好地招待您，但是在这儿，陛下啊……”

由于他的嘴唇已经颤抖得不行了，所以他没有再说下去。

“等比赛结束了再去吧！”皇帝说道，“我看到，现在有好多人都说那些基督徒是无罪的，如果我在这种时候离开，那么将会有更多的人说闲话。你这个烂人，还有什么好怕的！”

他的眉毛皱了一下，眼睛很是疑惑地看着那个老人，就像是在等着那个希腊人的回话一般，其实他自己也只是在强装镇定。在上一次，克利斯普斯说的那些话，已经使他心虚了。到家之后，他还是很恼怒和惭愧，还有一些恐惧，所以他没有睡着觉。维斯蒂奴斯最迷信，他只是静静地看着他们在那里谈话，之后看了一下周围，很轻地说道：

“陛下，您就听那个希腊人的话吧……那些死了的人还真是奇怪啊……主要他们平静地接受死亡，不然或许他还会报仇……”

听了这些话后，皇帝马上反驳道：

“是蒂杰里奴斯安排的这次比赛。”

“对，是我，”蒂杰里奴斯接下去说道，“我就是看不过那个基督徒们的主。维斯蒂奴斯只知道迷信，他就是一个脓包，那个基罗，看到母鸡抖着羽毛保护自己的孩子的时候，就害怕得要死。”

“你说得对极了，”皇帝说道，“以后，就将那些基督徒们的舌头全部割掉，还要把他们的嘴巴给封起来。”

“陛下啊，大火也可以让他们闭嘴。”

“我倒霉了！”基罗小声说道。

但是现在，尼禄好像被蒂杰里奴斯那种不可理喻的话语给说服了，他一下子又充满了信心，开口笑道：“你们瞧瞧那个希腊人成什么样了！”

这个时候，那个老希腊人看起来真的让人很害怕。他头上本来不多的几根头发已经全白了，脸上表现出一种什么也不怕的样子来，但是还有一种很慌乱的感觉。有时候他也经常发呆，就好像没有什么知觉一般。有时候有人和他说话，他也不说话，还大发脾气呢，有时候却是那么傲慢，所以其他人也不敢再刺激他。

眼下的情况就是这样。

“你们想怎么样就怎么样吧，我一定不要再参加这种比赛了。”他大声地叫道，按着自己的手指，是那样的轻蔑。

皇帝看了他一眼，之后回过头对蒂杰里奴斯说：

“看着他，到花园的时候，他要待在我身边。我要看看他会对我们的火炬有什么看法。”

尼禄的话其实是在威胁着那个希腊人。

“陛下啊，”基罗答道，“我有夜盲症，在晚上什么也看不见的！”

尼禄大笑道：“那天晚上，会像白天一样光明。”

之后他又看着那些贵族大臣们，和他们谈论着在这次的比赛之后要举办的战车比赛。

裴特洛纽斯走到那个希腊人身边，敲了几下他的肩膀，说道：

“我之前和你说了什么？你快要坚持不下去了？”

基罗回答道：“我会喝得什么也不知道的……”

边说着他边去拿身边的酒杯，实际上他的手已经抖得不行了，所以拿在手里的酒怎么也喝不到嘴里。维斯蒂奴斯看到他这样，就把他的杯子拿了下来，靠近他的耳边，露出很好奇的表情，问道：

“你看到复仇女神在你的背后了吗？”

基罗微张着嘴巴，眼神中充满了疑问，看着他，就像不明白他在说什么一样。

维斯蒂奴斯第二次说这句话：

“你看到复仇女神在你的背后了吗？”

“没有，”基罗回道，“我的眼前什么也没有。”

“什么？什么也没有？……愿主保佑你。怎么会什么也没有呢？”

“什么也看不到，真是令人害怕呢。又感觉有什么东西正在朝我跑来。我不知道那是什么，我真的很害怕。”

“我想一定有什么东西在你的梦里出现了，我一直都相信的。你没有看见什么吗？”

“没有，我什么也没有看到呢，我根本就没有睡觉。我想他们也不会得到什么惩罚的。”

“你担心他们吗？”

“为什么你们会流这么多的血啊？那个老人在十字架上说的那些话你们都忘了吗？我们会得到报应的。”

“我听到了，”维斯蒂奴斯的声音很小，“但是他们放火烧了罗马啊！”

“那是不对的！”

“是我们的敌人！”

“那是不对的！”

“还在水里放毒啊！”

“那是不对的！”

“他们还杀了那么多的幼儿！”

“那是不对……”

“那到底是怎么回事啊？”维斯蒂奴斯很是怀疑地问道：“你以前不是这样讲的啊，并且还是你让蒂杰里奴斯惩罚他们的。”

“我的眼前什么也没有，死亡就要来临了……我就快要死了，你们也是一样的。”

“不会的！我们还活着，死的是那些基督徒。但是现在你该告诉我，他们在死之前看到了什么？”

“他们的主啊……”

“那是他们的什么人啊？他如此强大吗？”

可是，基罗却问了另外一个问题：

“花园里会有什么样的事情发生呢？你听到陛下说什么了吗？”

“我早就知道是怎么回事了。那里会点燃火把，分别取名字为‘异端嫌疑犯’和‘火刑柱’……那些人给他们穿上那灌满沥青的紧身衣，他们会很痛苦，还会被绑在柱子上，之后会给他们点上火……只希望他们的主不要给罗马这个地方施加惩罚……‘火刑柱’！听着名字都让人害怕！”

“我还真想看看这个，那样的话我就不用看到血了，”那个希腊人说道，“叫一个奴隶过来，我要喝酒，我的年纪大了，手不听使唤，酒总是进不了我的嘴里，我要让人将酒倒进我的口中。”

其他的人们也都在那里说着基督徒。老多米修斯·阿费尔在那里大声地叫骂着。

“他们的人数是那么的多，”他说道，“他们真的可以引起一场战斗。你们知道吗？他们要是武装起来，是多么可怕，但是他们现在像绵羊一样。”

“他们还能有其他的死法！”蒂杰里奴斯说道。

裴特洛纽斯接着说道：“你们都错了，他们其实也是武装着的。”

“是什么样子的呢？”

“坚忍。”

“那真是一种新武装呢。”

“是的。但是他们的死却不是一般人那样的。他们那样的死法只能说明将他们处死的人才是犯罪了呢，也就是我们这些坐在这儿看他们牺牲的人。”

“你在说什么胡话呢？”蒂杰里奴斯说道。

“你就是一个稀有的大蠢货！”裴特洛纽斯答道。

其他的人听到他那样的话语，都很是奇怪地看着他，然后互相打量着，不住地说道：

“也许是的！那些人死的时候真的好奇怪、好特别呢。”

“我只是想告诉你们，他们看到了他们的主啊。”维斯蒂奴斯在旁边叫道。

这个时候，有几个贵族大人们，转头看着基罗。

“嗨，老头，你是个明白人，跟我们说说吧：他们看到了什么？”

基罗从口里喷了一些酒出来，流在自己的身上，回答道：

“复活！”

他又开始抖动起来，在他附近的人都看着他大笑着。

60

维尼裘斯有好几天没有回家休息了。裴特洛纽斯猜想他可能又想到了什么新的办法，想要将黎吉亚从监狱里救出来。但是现在他不想多问什么，他害怕因为他的参与，这次的事情又会失败。他现在也有些迷信了，自从上次没有将黎吉亚救出来，他就明白他再也不是一个幸运的人了。

现在他也知道维尼裘斯的搭救不会有什么好的结果。之前因为大火的原因，拆了一些房子，人们就利用起那些房子的地下室在这段时间盖了这座新的监狱，也就是埃斯奎里内监狱。它不像以往的监狱那么可怕、那么破旧，守卫也严了许多。裴特洛纽斯知道黎吉亚被移到这个监狱，其实就是他们不想她在别处死掉，不想让她错过表演，他知道，现在人们因为这个原因，会像看守着自己的眼珠子一样地看着她。

“很明显，”他自言自语道，“尼禄和蒂杰里奴斯把她安排在这儿，一定会有一场更可怕、更加令人难忘的表演在等着她。维尼裘斯也救不了她，或许还会将自己也搭进去。”

维尼裘斯也明白，不可能再将黎吉亚救出来了，或许只有基督可以做到。他现在也只希望能在监狱里和她见面了。

一直以来，他经常想起拿扎留斯那次救黎吉亚的情况，他还是希望能够再用这样的方法进去看看她。

新监狱监督的人收了很多的金钱，最后终于同意让他混在夜里进监狱抬尸体的一帮奴隶中。他是不担心会被认出来的，他穿着奴隶的衣服，并且监狱的灯光很微弱。也是，谁会想到他一个贵族——爷爷和父亲都是执政官的人，会不怕这里的浊气，混在那些奴隶中，去做那些贫困者和奴隶们才会做的事呢？他很高兴这样的夜晚到来，很乐意地在腰上绑了一个带子，用一个染了松油的布块裹着头，心里狂烈地跳动着，和其他人一起，开始行动了。

守卫的人没有说什么，因为他们都是按着要求进去的，他们有出入证。

没过多长时间，那个大门就开启了，他们走了进去。

维尼裘斯到了一个宽广的拱形地下室，那儿有许多一样的地下室。微弱的灯光照了下来，可以看到那儿堆满了人。有些人昏睡在地上，有些人好像早已去见上帝了。有些忍受着热症的折磨，趴在屋子中间的一个大水缸边，舀里边的水喝。还有一些，胡乱地坐在地上，手掌捧着脸支着腿；有些孩子窝在母亲的身旁熟睡着。监狱里到处都可以听到人们的呻吟声、害了病的人急促的呼吸声；有些在那里小声地哭着，有些在那里悄悄地祈祷着，有些在那里唱着赞美诗，还有些狱卒在那里乱骂着。这个监狱里满是臭味。在那些更加黑暗的地方，能看到一些黑压压的人头，在灯光可以照到的地方，可以看到一些脸色苍白、惊慌饥饿的人，他们的眼睛要么没有一丝亮光，要么是由于热症而上了火，嘴唇发乌，头发粘在一起，额头上不断地冒着汗珠。角落里有一些病人在那里大叫着，有人想喝水，有人希望可以出去送死。但是这里实际上要比之前的那个监狱好得多。维尼裘斯看到这样的情景，双腿都有些打战，胸口憋着一口气。他好像能想象到黎吉亚也受着那样的折磨，他的头皮都有些发麻了，他尽量地压制自己不要大叫。大剧场，野兽的爪子，十字架——无论什么，也比这个监狱要好一些，在这儿，每个墙角，都会有人在那里大叫着：

“让我出去送死吧！”

维尼裘斯将指甲扣紧，感觉身上一点儿力气都没有了，他的头脑已经混乱了。到目前为止，他一直忍受的一切，包括他的爱情、他的痛苦，现在也许就只剩下对死亡的期盼了。

正在此时，旁边监督的人问道：

“现在有多少死人？”

“不多，就十几个吧，”其中有一个狱卒答道，“天亮的时候会更多的，那边已经有几个睡着了呢。”

不多时，就听到狱卒在那里叫骂那些女人们，她们藏着已经死了的孩子，想多陪一会儿他们，所以不想把孩子交给狱卒让他们带走。人们只好利用死尸的气味来分辨那些死了的人，原本就不好的空气，现在更是臭气连天了。

“我宁愿到偏远地方监狱里当一个小奴隶，也比在这儿守着这些要死不活的狗好些。”一个狱卒说道。旁边监工劝说道：“其实我也不比你们好啊。”在这个时候，维尼裘斯才恢复点正常，开始在每个牢房里寻找，但是没有发现黎吉亚。他有时候就想，也许，在她还活着的时候，再也见不到她了。这里有好几间牢房，那些走道其实还是新开的，狱卒们只能走到有尸体的地方将尸体抬出来。他是那么害怕，他使尽各种办法，或许在最后还是什么也找不到。

幸好和他一起进来的那个人，为他做了件好事。

他说："这些死掉的人是最会传播疾病的，你们必须快点把他们抬出去，要不然下一个死的就是你们了。"

"我们几个还住在这几间地下室，但是我们必须得睡觉啊。"有一个狱卒说道。

"我可以留四个手下在这儿，今天晚上就让他们在这儿搜寻看哪里有死尸。"

"你那样做，真是太好的，明天请你喝酒去。每个死了的人都会被检查的，上边的人说了，那些死了的人他们的脖子会被全部割掉，之后才送走。"

"没问题，明天一起去喝酒吧！"那个监工说道。

那个监工让维尼裘斯也留下了，之后他就和其他人一起将尸体运了出去。

维尼裘斯有些开心，因为这样他就可以继续寻找黎吉亚了。

他很认真地在第一间牢房里寻找着，几乎找遍了所有的角落，即使那里很黑，他也不放过。他看到那些黑洞洞的地方，有的人昏睡着，有的人病得呻吟着，但是却没有黎吉亚，他找了好几间牢房也没有找到她。

这个时候已经不早了，所有死掉的人几乎都已经被运了出去。走廊里有些看守地下室的人已经进入了梦乡，哭久了的小孩子也没有再哭，除了那些得了病的和几个在那里做着祈祷的人发出一些轻微的声音外，就没有一点声音了。

保民官大人到了第四间牢房，那是最小的一间牢房，他举着灯在那里寻找着。

突然间，他好像看见了黎吉亚那个忠实仆人的身影，他的身体都抖动起来了。

他马上吹掉手里的灯，走了过去，叫了一声那仆人的名字。

那个壮汉转过身来，问道：

“你是？”

“你不知道我是谁吗？”

“你把灯灭了，我没有看见你。”

这时，维尼裘斯看见他的未婚妻靠在墙边，身体下边有一件大衣，所以他就没有再说话，直接走向她的身边，跪了下来。

乌尔苏斯看清楚他是谁了，说道：

“啊，主啊，但是大人，不要打扰到她。”

维尼裘斯跪在黎吉亚的身边，眼里充满了泪水。虽然没有灯光，但是他还是看到她的虚弱，那白得像石膏一样的脸色，还有瘦得不像样子的胳膊，都叫他心疼，他的心就像针扎了一般，那么的难受。他的内心深处，对黎吉亚是同情的，是尊敬的，而且是敬仰的，他捂着自己的脸，用嘴巴亲吻着她身下的大衣，他是那样的小心翼翼，因为她是他在这个世界上最珍贵的人。

那个忠实的仆人就那样静静地看着维尼裘斯，过了很久才拉了一下他的衣服。

“大人，”乌尔苏斯问道，“你有没有办法？你进来是有办法救她吗？”

维尼裘斯站了起来，见到黎吉亚的兴奋还在心中激荡着。

“你有什么想法呢？”

“大人，你有什么好主意呢？我的脑子不好使，只有那个……”

他边说边看着牢房里的一处格子窗户，然后悄声说道：

“那里或许可以，但是那里好像有很多守卫的人呢……”

“大约有一百个。”

“那就没有办法了吗？”

“没有了！”

乌尔苏斯敲了一下自己的脑袋，问道：

“你用什么办法进来的？”

“我得到了这里运尸体的出入证……”

他没有再说下去了，好像他想出了什么办法一般。

“向基督主发誓！”他的声音有些颤抖，“我待在这儿，黎吉亚用我的证件出去，将头包着，还有那件大衣裹着她，那样她就可以离开这儿。那些运尸体的人中，有几个不大的孩子，所以那些看守的人是不会怀疑的，只要让裴特洛纽斯见到她，她就会逃脱了。”

但是乌尔苏斯听到那些话，还是很沮丧，对维尼裘斯说道：

“大人，她是那么爱你，是不会允许你那么做的，还有啊，她现在还生着病，根本就没有力气走出去。”

没过多久，他又接着说：

“大人，现在你和裴特洛纽斯都没有办法救她出去，那么还有谁可以呢？谁能救得了她呢？”

“只有主才可以……”

之后两个人都沉默了下来。乌尔苏斯的头脑是简单的，他也明白：

“主可以救我们所有的人，但是他却没有，这就告诉我们死亡即将来临了。”他已经可以欣然接受死亡了，只是他真的很担心黎吉亚，她是自己看着长大的，他比爱自己还要爱她。

维尼裘斯又挨着黎吉亚跪下了。从格子窗户穿进来的月光比那门口挂的灯笼还要亮一些。

躺在大衣上的人儿忽然睁开了眼睛，将自己那很烫人的手放在未婚夫的手背上，说道：

“我看见你了，我始终都相信一定会再次看见你的！”

他紧紧地抓住她的手，放在自己的额头和心口上，然后小心翼翼地将她扶起来，紧紧地拥在怀里。

“亲爱的黎吉亚，是我，”他对她说道，“愿主保佑你，搭救你，我最亲爱的人……”

他没有再说什么，他的心已经为黎吉亚还有他们的爱情而痛得说不出话来，但是他不能让她看到。

“亲爱的维尼裘斯，我得了热症，”她说，“不管是在赛场上还是在这儿，等着我的只有死亡……但是我一直在祈祷着，在那之前可以再见你一面，可是你来了，说明主听到我的祈祷了！”

他还是没有说话，只是将她搂得更紧了，又听到她说：

“我在之前的监狱里从窗子口看见你，你想要进来，我明白的。现在我是清醒的，我们就好好地道个别吧。维尼裘斯，我快要到主的身边去了，但是那不影响我爱你，我对你的爱永远不会改变。”

保民官大人尽量将自己的声音放得平稳些，尽量克制着自己，对着黎吉亚说道：

“亲爱的，我不会让你离去的。我见过使徒彼得，他要我一定要有信心。他答应过我，他认识主，主是爱他的，不会拒绝他的要求……假如你会死掉，那么他就不会让我保持信心了，所以，你不会有事的！黎吉亚，主会搭救你的，他也不忍心叫你死的，他不能……我以主的名义发誓，你一定会没事的！主会保佑你的！”

之后他们都没有说话。门口那盏微弱的灯光熄灭了，但是从外边照射进来的月光依旧那么明亮。在对面牢房里的角落，有个孩子忽然哭了一会儿，然后就没声了。外边传来禁卫军的声音，他们总是喜欢值班的时候在外边的墙角边赌“十二点”。

“马库斯呀，”她接着说道，“主曾经自己向天父呼叫过：‘从我的嘴边将这苦杯拿走吧。’但是最后他还是承受了，主他也是死在十字架上，这个时候有这么多的基督徒为他殉身，我有什么理由来求得宽恕呢?马库斯，我是谁?使徒彼得也说过，他也会死于这样的虐杀中，和他相比，我又算什么？当时那些人来抓我，我怕得要死，我害怕受到惩罚，但是现在我再也不担心了。你瞧一瞧，这儿是多么恐怖啊，但是我就要离开这儿了。这里有尼禄这样的皇帝，而那里是宽容慈善的救世主。那里没有人会死亡。你那么爱我，怎么不想一想，我在那里会多么幸福？亲爱的维尼裘斯，你想一下，不久的将来你也会到那里和我相聚的。”

一下子说了那么多话，她有些吃不消了，急喘着气，之后将他的手拿起来放在嘴边亲吻着：

“马库斯!”

“怎么了，亲爱的？”

“不要因为我而哭泣，在不久的将来你一定会到那里找我的。尽管我不久就要死了，但是你的灵魂是属于我的。我会对主说，就算我死了，你看着我死，你一定会很伤心的，但是你始终没有违背他的旨意，你会永远爱他的。你可以看着我死掉还依旧爱他吗？那么到那个时候我们就会求得他的宽恕，他会允许我们在一起，我爱你，所以我会一直期待和你在一起……”

她的声音更小了，几乎不能听到：

“你会答应我的，对吗？维尼裘斯！”

维尼裘斯的手开始颤抖了，他紧紧地抱着她，答道：

“对着你这颗神圣的头颅发誓！我一定会应允你的！”

在惨白的月光下，她苍白的脸上焕发出了一些光彩，再一次将他的手送到嘴边亲吻着，轻轻地对他说：

“我将永远是你的爱人……”

墙外禁卫军的声音更大了，但是里边的两个人就好像不记得监狱、守卫和整个世界，因为他们从对方的心里感受到那如天使般干净的灵魂，他们一直做着祈祷。

61

大约有三天，或者说是三夜，他们待在一起，是那么平静，没有人去打扰他们。这儿的监狱中有一项工作，就是把那些死了的人、活着的人还有那些生病的人给分离开，每一次做这样的事情，工作劳累的狱卒们就会随意地躺在过道里睡觉，维尼裘斯就会在这个时候溜进来，和黎吉亚见面，一直到太阳出来的时候才离开。每次他都将黎吉亚抱在怀里，他们放低声音在那里互诉着衷肠，还有即将面临的死亡。

他们的想法和他们的希望都是一样的，就像要脱离人生一样，他们已经和其他人不一样了。两个人像是在海上航行，面前是无边无际的大海，他们在那里自在地游荡着。就像既爱着彼此、又爱着基督的精灵，他们将要飞向天堂。在维尼裘斯的心里，有时候会像旋风一样突然涌起一阵痛苦，有时候他的心里又像闪电一般飞过一丝希望，这是因为爱情和对于十字架上的主的信仰所生出的希望，但是他觉得自己离人世间的一切还遥远，现在他更倾向于死亡。当他离开监狱的时候，他看着就如同在梦里一般的罗马和以前很熟悉的人，还有和自己息息相关的事情，都觉得是那么不真实，太遥远、太虚幻了，就像一下子就会消失一般。现在他什么都不害怕，他觉得人在思考的时候，就是用眼睛也可以经历很多事情。在他们的眼里，永恒即将来临。他们什么都不想做，他们在那里谈论着他们的爱情，谈论他们将来会怎样相爱，会怎样一起生活，但那是在他们的坟墓中。有时候他们也会想现在的情况，但那也只是像那些准备出远门的人在出发前的闲聊罢了。

周围是如此安静，他们俩就像是沙漠中两根被人们丢弃的石柱一般，是那样的孤独。现在，他们只希望主可以将他们结合在一起，不要分离，他们一直在鼓舞着自己，希望可以一直在一起，他们爱着主，把主当作他们未来幸福的一条绳索。尽管他们还活着，但他们的身体已经脱离了现实的尘埃，他们的灵魂是干净纯洁的。

在这个监狱里，在死亡面前，在磨难和折磨中，他们过得就像是在天堂一般，她就像已经得到超度，变成了一个圣徒一样，正带领他一起奔向那个充满了生命泉源的地方。

裴特洛纽斯看着维尼裘斯，觉得他好像有什么不一样了，他脸上的平静和明朗让其吃惊。他觉得维尼裘斯一定又有了什么好的主意，但是不能说出来，所以很别扭。

他控制不住自己想知道的念头，就问道：

“你变了，有什么好主意吗？让我知道吧，我想我会对你有益处的。说说你的新计划！”

“已经弄好了，”维尼裘斯回答道，“你也是没有办法的。在她死后，我将会告诉那个‘青铜胡子’我也是一个基督徒，我会和她一起死的。”

“你是放弃了吗？”

“不，我没有放弃。我始终相信主会把她交给我，我们终将会相守的。”

裴特洛纽斯在那里走来走去，脸上的表情有些愤怒，接着说道：

“这种事你们的主是帮不了的，你们那样做，死神也可以成全你们。”

但是维尼裘斯有些生气了，不过他依旧微笑着说道：

“不，亲爱的，你不会明白的。”

“我不想明白，”裴特洛纽斯答道，“这个时候不是争论的时候，但是在我们之前搭救她没有成功的时候，你对我说了什么你还记得吗？那个时候我灰心丧气，回来的途中，你也说过：‘我相信主会将她送给我的。’那就让他将黎吉亚还给你。我把一个很贵重的酒杯丢进海里，我们所有的神中没有一个可以将我的酒杯还给我。若你们的神并不会比我们的神厉害，那么我为什么要对你们的神更加尊敬呢？”

“她会回到我身边的。”

裴特洛纽斯抖了一下自己的肩膀。

“你没有听说吗？”他问道，“就在明天，皇家花园里他们就会拿基督徒当成灯笼的。”

“这么快?”维尼裘斯又说道。

明天就要到来了，那也意味着那可怕的事实即将到来，他的心是那样难受，都在抖动。维尼裘斯觉得这个夜晚也许就是他和黎吉亚最后在一起的时间了。所以他和裴特洛纽斯分别后，迅速地跑向“荒坟坑”，因为监工在那里，维尼裘斯需要向他拿出入证。

但是他失败了，那个人没有将出入证给他。

“大人，原谅我，”他说道，“我已经做了我能够做的，但是现在我还不想死。就在今天，那些基督徒们将被送到皇家花园里去。晚上的时候，有很多军官会出现在那里。有人会认出你的，那样我的家人就会倒霉的。”

维尼裘斯也明白现在强求是不行的。但是他还是想进去。他想或许之前那些守卫们记得他，不要出入证也能把他放进去，所以在天黑后，他又像从前那样，准备去监狱。

但是，令他失望了，这次的检查比以前的每一次都要严格一些，并且，那个检查的队长是一个很古板的人，他叫斯切维奴斯，他的一切都属于皇帝，他很快就认出了维尼裘斯。

但是这一次他好像对维尼裘斯充满了同情，所以并没有用长枪敲打盾牌来报警，而是将他拉到一边，说道：

“大人，你还是离开吧，我知道你是谁，但是我不想告发你。我也不会答应你的请求，你走吧，愿主保佑你。”

“我不进去，你可以允许我站在这儿看看有哪些人被带走吗？”维尼裘斯知道，他没有告发自己已经很不错了，所以也没有再说些什么。

“上面没有说不可以。”那个军人答道。

维尼裘斯就站在那里等着。一直到午夜的时候，门才被打开，有好多男的女的，还有孩子从那里走出来，有一些武装好的守卫在旁边看守。这一夜的月光很好，所以可以看清楚出来的人。他们出来后，被安排成两个一排地站着走。这个夜晚是那样的静，只有那些守卫的人将他们的兵器不小心撞到什么东西的时候发出一些声音。一排排的人，队伍那么长，让人觉得那个监狱里已经没人了。

一直到最后，他也没有看到黎吉亚和乌尔苏斯，只是在队尾的时候，看到了那个医生——戈劳库斯。

62

夜幕还未降临，就有人开始往皇家花园走去。人们穿着漂亮的衣服，头上戴着花冠，很愉快地唱着歌，他们喝了很多酒，摇摇晃晃地朝着目的地走去。台克塔路上、埃米留斯桥上、台伯河对岸、凯旋路上、尼禄竞技场的四周围，一直到梵蒂冈小山，到处都能听到“火刑柱！极端嫌疑犯！”的叫喊声。在这个城市，他们很多都见过被烧死在柱子上的人，但是谁也没有见过一下子有这么多的人。尼禄和蒂杰里奴斯不希望疾病从监狱里传出来，蔓延整个城市，所以决定快速地解决这些基督徒们，只留了几十个人准备进行最后的压场比赛。所以当人们进入花园的时候，一下子吓呆了。在这个广场上，包括丛林间、草坪、灌木丛、池塘、田地，还有所有的大道、小路上，都插满了涂着沥青的柱子，上面绑着许多基督徒。有些地方，人们可以看见好多柱子和装饰着花朵、桃金娘、常春藤的人，凸凹不平的道路一直伸延到很远，在人们的眼里，那些近处的珠子就像船杆一样，而远处的柱子就像木杖那般的小了。数目是如此惊人，以至于超出人们的想象。这样的一个场面就像整个民族被绑在那里。有些人，或者是被一些人的形象或者是被某个女性引起了好奇心，就会走过去观看，瞅瞅他们的脸、花冠或者和他们有关的东西，之后又向更远的地方走去。他们有时候会自言自语：“罪犯的数量已经达到这种地步了吗？还有那么小的孩子，他们会点火吗？”他们很是奇怪，不久又忧心忡忡。

这个时候天慢慢地黑下来，天上点缀了一些星星。每一个柱子旁边都有一个奴隶拿着火把在那里站着，当他们听到开始点火的哨声时，就会将手中的火把丢在柱子底部。柱子底部有一些沾了沥青的晒干的草，所以很快就燃烧了起来，发出“噼噼啪啪”的声音，可见火势是多么猛烈。那些藤条一直缠着牺牲者的腿部，所以一时间，市民们都没有出声，只听得到那些牺牲者们痛苦的叫声和呻吟声。但是也有一些基督徒，他们看着天空，开始唱着赞美歌，人们就那样静静地听着。比较矮的柱子上，一些小孩子扯着嗓子在那里叫着妈妈。这个时候，就算是再心狠的人也在心里升起了一丝恐惧。那些喝多了的人，当他们看到那些孩子小小的脑袋，还有纯洁的面容痛苦地皱在一起不成样子的时候，或者是看见那些被浓烟呛得昏死过去的孩子的时候，他们的心里升起了一阵一阵的寒意。可是，火焰继续上升着，不时地燃烧着那些花冠上的花瓣。火焰照得整个花园就像白天一样，丛林、草地还有花卉是那样明亮，池塘里的水泛着光，树上的叶子已经变成了蔷薇色，所有的东西都能够很清楚地看到。当肉体烧焦的味道散发出来的时候，就有奴隶出来将准备好的香料和沉香撒在那些柱子周围。到处可以听到牺牲者的叫喊声，不知道人们是在同情他们呢，还是那样的情景取悦了他们，喊声不断地在增加。火焰继续燃烧着，都烧到那些基督徒的胸口了，他们的头发已经被点燃，使他们幽暗的脸上添上一层黑纱，之后又喷射得更高了，像是为了庆祝这次事件主使者的功绩一般。

比赛刚开始时，尼禄就乘着一辆极其豪华的双轮车，在皇家花园里行驶着。他穿着绿色骑士服，打扮得就像一个战车手一般，因为那衣服只有皇帝和宫廷里的人才能穿。他的车子后边跟着一些穿着很豪华的大臣、元老院的议员和僧人，还有一些巴克斯的信徒，他们都光着身体，戴着花冠，手里还拿着酒壶，其实有很多人已经喝得不像样了，他们在那里大叫着。在他们的身旁有许多乐师，打扮成畜牧神和萨特尔的样子，有的弹着琵琶，有的吹着竖琴，有的吹着笛子，还有的吹着号角。有一些战车上，一些贵妇人和女孩子们坐在里边，她们同样喝了很多酒，将自己的衣服扯得乱七八糟的，在战车的外边，有一些人甩着丝带跑着，有些人在那里敲着锣鼓，还有一些专门撒花的人。各种各样的人跟随着，在这条大道上，在烟雾和人体火炬中，那些喝多了的人在那里叫喊着，缓慢地行进着。蒂杰里奴斯和基罗留在尼禄的身边，尼禄想看见基罗害怕的样子，他自己驾着车子，看着那些被烧焦的基督徒，听着人们的叫喊声，就更放慢了行驶的速度。他高高地站在战车上，周围的人们显得是那么弱小，在明亮火光的照射下，加上他头上戴了一个很大的代表着胜利的皇冠，那样的他比别人高得更多了，就像一个巨人一般。他是如此壮实，那粗粗的胳膊向前方拉着缰绳，就像在给人们送祝福一般。他的脸上始终带着笑，就像太阳或者是神明一般照耀着下边的人，他有权又有势，但是同样的，他也如此令人害怕。

他就那样走一会儿停一会儿，有时候看见一个女孩子，看她的乳房在大火的燃烧下慢慢地变小，或者是那小孩子，看他那童真的脸孔被烧得不像人样。观看完后，他会继续前进，而他的身边是一群疯癫的人。有时候他会向人们鞠躬弯腰，有时候他会将身体往后弯，紧紧地扯着缰绳，和蒂杰里奴斯说上几句话。不久，他到了一个分岔口，就停了下来，那里有一个很大的喷泉，他跟身边的人说了一声，就跑到了人群中。

市民们对着他乱叫乱喊欢迎他。那些巴克斯信徒、山林女神、元老院议员、皇亲国戚、僧侣、畜牧神、萨特尔以及士兵们，马上就将他包围起来，整个圈子乱哄哄的。而蒂杰里奴斯和基罗依旧待在他的身边，他们沿着水池散步，水池边有很多的柱子，他对每个柱子都评价一番，但不是评价那些基督徒，而是想愚弄一下那个脸色极难看的基罗。不知不觉中，他们又停留在了一个柱子前面，那个柱子上装饰着桃金娘和常春藤，大火才烧到那个基督徒的膝盖，但是因为燃烧的烟雾遮住了他的脸，所以他们并未能看清那人的脸。但是不多时，微风将那些烟雾吹散，才看清那人的脸，那是一个老头，白白的胡子在他的胸前随风摇摆。

一看见那个人的脸，那个希腊人一下子像蛇一样蜷了起来，从他口中发出一些不像是人发出的叫喊声。

“戈劳库斯！戈劳库斯！”

那个从上边看着他的，正是医生戈劳库斯。

戈劳库斯还活着。他的脸上满满的全是痛苦，他正努力地低着头，想要看看那个将他害成这个样子的刽子手——他抢了他的妻子和孩子，还让人追杀他，当以主的名义宽容他之后，他又将他送上了死亡的道路。一直都没有人做过这样令人觉得可怕的伤害，他给他带来了这么深的仇恨。现在他在沥青柱子上被大火燃烧着，而那个出卖他的人就在下边，一直紧紧地盯着他的脸。就算偶尔有烟雾将他的双眼遮住了，那个希腊人也能感觉到他紧紧地盯着自己的眼睛。他想要站起来、想要逃跑，却没有力气。他觉得自己的双腿就像被灌了铅一般，又似一只无形的手将自己紧紧地按在那里不能动弹一般。他觉得他已经不是他自己了。他感觉自己的心里有什么东西快要吐出来了，有什么东西在慢慢地消失，他觉得自己的身上有了不一样的血液和疼痛，他觉得自己快要死了，尼禄、贵族和那些大臣们……都在慢慢地消失。他的眼里除了那个在上边受着火刑的老人外，什么也看不见，就像是一个令人害怕的无底黑洞一般。那个医生把自己的脑袋低得更低了，依然那样看着他。所有人都觉得他们俩之间一定有过什么交集，他们没有再笑，因为那个希腊人脸上的表情是那么令人害怕：就像是他自己被大火燃烧着一般，那样痛苦和害怕，他的脸已经扭曲得不成样子了。只见他猛地站了起来，向上伸展自己的胳膊，口中发出悲痛欲绝的声音，叫道：

“主啊，宽恕我吧！戈劳库斯！”

旁边的人都没有说话，就那样静静地看着他们，心里一片寒意。

戈劳库斯的头轻轻地动了动，之后人们可以从那高高的柱子顶部听到一阵近乎呻吟的声音：

“我宽恕你……”

那个希腊人的脸一下子低垂下来，之后他就那样猛地跪在地上，像受伤的野兽般嘶吼着，从地上抓起一些泥土撒在自己的脑袋上。这时柱子上的火烧得更加猛烈，已经烧到医生的胸口和脑袋，烧断了他头上的花冠，烧着柱子顶部的丝带，在下边的人看来就像是燃烧了一团易燃的物体一般。

之后不久，那个希腊人的脸就像变了一个人一般，至少在其他人看来是那样的。他眼睛里的光辉是以前从来没有过的，就连他的额头也带着一些喜悦：不久之前的基罗还是那么胆小、懦弱，但是现在他就像是被神附身了一般，或者说像是一个高僧，他马上就要揭露一个之前从未有过的骗局。

“到底是怎么回事，他已经神志不清了吗？”有人在那里大叫道。

但是他却不理他们，只是转过身面对大批群众站着，然后举起自己的右手，发出了响彻天地的吼声，那样的声音就算那些站在最后边的群众也能听到：

“罗马的居民们！你们被骗了！我可以用我的性命担保，这里所有牺牲的人都是无辜的，并且我知道纵火的人，他就是——”

他将自己的手指向皇帝。

之后很长一段时间，那些大臣们就那样呆呆地站在那里。那个希腊人一直站在那里用他那发着抖的胳膊，一直对着皇帝。没过多久，人们就像突然清醒了一般，迅速地奔到基罗的面前，他们想要更加认真地看清他的长相，看看他到底是个什么样的人。有一些人大叫着要把他抓起来，还有人在那里很痛苦地叫道："我们完了！"他们朝着尼禄的方向叫道："青铜胡子！他是一个杀了自己母亲的家伙！他是一个放火者！"场面越来越混乱，巴克斯信徒们不要命地叫着，之后迅速地跑进了战车。有几根被烧完的柱子倒了下来，火星四射，场面更加混乱了。那个希腊人顺着人流，进入了花园深处。

到处都是燃烧完的柱子，就那样随意地倒在地上，到处弥漫着烟雾的味道和人体被烧焦的臭味。慢慢地，有些火苗开始熄灭，花园也开始变暗了。人们是那么惊慌，他们心里害怕得要死，急急忙忙地朝着大门的方向奔去。人们谈论着刚才的事情，各种各样的说法。有的人说尼禄被吓昏了，有的说皇帝已经承认是他亲自下令火烧的罗马，还有人说皇帝生了很严重的病，最后还有人说他像一个死人一样被人抬上了战车。他们也谈论那些牺牲者："不是他们烧了我们的城市？那么他们为什么要流那么多的鲜血，还得到那样的冤情呢？那些神明会不会为他们报仇？要怎样做才能得到他们的宽恕呢？"人们一致认为那些牺牲的人是无罪的。女人们看到那么多的孩子被野兽撕碎、被钉在十字架上，或者是捆在柱子上被火烧，她们对其很是同情。之后，那些同情声转变为对尼禄和蒂杰里奴斯的诅咒。突然，有人停了下来，问了一个他自己或者旁人也不知道的问题："他们受了这么多的磨难，还那样勇敢地面对死亡，是什么样的神给他们的信心啊？"他们不能明白，所以只好不说话，各自慢慢地回家去了。

那个希腊老头在大花园里不知道该去何处，就那样漫无目的地走着。这个时候他觉得自己就像一个快死的人，是那样的虚弱不堪，没有什么可以救得了自己。有时他会因绊到那些没有烧完全的人而摔倒；有时他差点被那些掉下来的火星砸到；有时他会坐下来一脸迷茫地看着那些烧得破落不堪的景物。这个花园几乎没有什么火光了；那轮明月在支离破碎的树杈间移动着，从缝隙间照射到地面，道路上到处都是一些烧焦的尸体，他们就像一块木炭。但是在朦胧中，基罗好像看到那个医生的脸，那双眼睛还是那样定定地看着他，所以他不敢去明亮的地方。之后，他又从那些阴暗的地方走了出来，就像是有人在后边推他一般，使他朝着戈劳库斯死掉的那个地方走去。

突然有一只手猛地抓住他的肩膀。

他害怕地转过身来，就看见一个不认识的人站在自己的面前，他不由得大声地叫喊：

“啊，什么人？你是谁？”

“我是使徒保罗，塔尔苏斯的。”

“你要干什么？我是被诅咒的家伙！”

保罗答道：

“救你！”

那个希腊人靠着一个树干坐着。

他已经没有力气了，身子就那样瘫软着。

“我是一个无法被宽恕的人！”他的声音是凄惨的。

“上帝曾经在十字架上宽恕了一个有悔意的歹徒，你听过吗？”

“我做了很多错事！”

“你如此痛苦，我会给你做一个真理的见证。”

“啊，基督啊！”

“基督会在他自己临终和遭受惨痛的时候饶恕一个歹徒，那么又怎么会不宽恕你呢？”

那个希腊人像发疯了一样抓着自己的头发。

“宽恕我？怎么会宽恕我呢？”

“我们的主是慈悲的。”

“会吗？”希腊老头一直在说着这话。

他自己在那里喃喃地说着话，就像是一个不能控制自己痛苦的病人一般。

使徒见他那样，就对着他说道：

“来我的身边，我带你走。”

使徒带着基罗，朝着水池的方向走去，又转往岔路口。在这样寂静的夜晚，喷水池就像是在为那些牺牲者哭泣一般。

“我们的主是慈悲的，”保罗说道，“就好比你将石子丢向大海，你觉得那些石子能将大海填满吗？我会让你知道，主的恩惠就像这大海一般，所有的过错和罪过丢在里边，就像石子落在深渊一样。我会让你知道天空的宽阔，主的恩惠就像天空一般，它会笼罩山峰、大地和海洋，他是没有界限的，是人们控制不了的。你在医生旁边遭了罪，主也会看到。不管将来会发生什么，你大声地指出谁是放火的人，主会记住的。你所有的一切将会成为过去，包括你的罪恶和过错，现在你心里充满了无尽的烦恼……跟着我，认真地听我讲：之前我像你一样，仇恨他，残害他的人民。我不信任他，也不要他帮助，但是直到某天，他对我显了灵，他呼唤我。从那之后，我就爱上了他。你现在这样痛苦，只是因为他需要你回到他的身边而已。尽管你依然仇恨他，但是他还是那样爱你。你害他的信徒们去送死，但是现在他依旧会宽恕你、保佑你的。”

基罗的心里被浮现出来的东西所震撼，他觉得自己的灵魂就好像破碎了一般。可是使徒扶着他，将他控制着，带着他前进，就像是俘虏被士兵给牵制着似的。

没过多久，保罗又一次说话了：

“你跟着我，我会将你带到主的面前。我到你这儿来也是因为要带你去见他，他让我来用爱的名义收集灵魂，现在我正在执行他的命令。你觉得自己是被诅咒的，但是我必须告诉你，主是爱着你的。相信我，要是我不相信他，我的心里就会充满仇恨，那个时候我除了仇恨什么都没有，但是现在，他的爱在我的心里代替了一切，包括我对亲人的爱。在他那里，什么都可以被庇护。只有主可以看见你的忧伤，他会同情你、会解救你，所以他会允许你去他的身边。”

边走边说话，他们走过喷水池，那里静静的水流在月光的照射下闪着亮光，周围变得很安静、很空旷，奴隶们已经将那些残尸剩骸和烧毁的柱子搬走了。

希腊老头的双腿猛地跪了下来，他痛苦地用自己的双手捂着脸在那儿呻吟着；使徒看着天空，开始做着祷告：

“基督啊，你看看这个老人，他是那么痛苦，他在哭泣、在烦恼。慈悲的基督啊，我们的罪恶使你丢了性命，你也有那么多的苦难，请你用你的死亡和复活，宽恕他吧！”

之后他也没有再说话了，定定地看着天空，祈祷着。

希腊老头就那样倒在保罗的脚边呢喃道：

“主啊……主啊……宽恕我吧……”

使徒从池子中捧回一些水到基罗的身边：

“希腊人，站起来！我以父、子和圣灵的名义给你洗礼！主啊！”

那个倒在地上的老头儿，抬起头，将自己的双臂打开，一直那样僵硬地跪着，清冷的月光照在他那雪白的头发和胡子上，同样照射在他那苍白得如同石膏般的脸上。时间在不知不觉中流逝着，从花园的深处传来一阵阵鸡鸣声，但是他依旧那样跪着，就像一具穿着衣服的石膏一般。

之后他终于清醒过来，缓缓地站了起来，面对着保罗，说道：

“基督啊，在死亡来临之前，我要怎么弥补我的罪过呢？”

使徒正在想着主是万能的，就连这样顽固老头的灵魂也能收复，于是对着基罗说道：

“相信自己看到的，为真理做证人！”

他们朝着门口走去。分别的时候，保罗又为那个希腊老头做了祈祷。希腊老头明白，在昨天自己说出那些话之后，尼禄和蒂杰里奴斯一定不会放过自己的。

他的预料是准确的。他回到家的时候，就看见很多守卫在那里，他们抓了他，斯切维奴斯在那里指挥，他被送到了皇宫。

蒂杰里奴斯在那里等着他，因为尼禄已经休息了。基罗一出现，那个蒂杰里奴斯就露出一副要吃了他的表情，来和基罗打招呼。

“你个希腊狗，”他对着基罗叫道，“你会得到惩罚的。要是明天你可以在大剧场说你是喝多了酒才胡说的，承认那些死了的人就是纵火犯，那么你的惩罚或许会轻一些。”

“我不会那样做的，大人。”希腊老头回答道。

蒂杰里奴斯缓慢地走到他面前，声音是那样的清冷，让人不由得升起阵阵寒意：“你犯了极恶的罪行，你说你不能那样做。你要是没有疯掉，你会不清楚将会得到什么样的惩罚？你看看吧！”

边说着他边用手指了庭院的一个角落——那里有一排长木椅子，在它的旁边有四个特拉西亚奴隶在那儿站着，他们的手中都拿着很粗的绳子和一个大钳子。

但是那个希腊老头依旧回答，说自己不会那样做。

蒂杰里奴斯很想大发脾气，但是他忍住了。

“你看着吧，”他说道，“看看那些基督徒是怎样死的，你想和他们一样吗？”

基罗抬起他的头，他的脸是那样的苍白，一时间他并没有开口，过了一会儿，他才回答道：“我也是一个基督徒……”

蒂杰里奴斯很是惊奇地看着他，大声叫道：

“你这个不要命的家伙，你一定是发疯了！”

他的脾气坏透了，一下子跳到那个希腊老头的面前，扯着他的胡子，将他推倒在地上，用脚踹着他，嘴里还冒着白色的液体，不停地说着：

“你必须得改口！必须得改口！”

“我不会那样做的……”希腊人一直回答着。

“把他绑到台子上，好好拷问！”

那几个奴隶一听到蒂杰里奴斯的吩咐，马上动手捉住基罗，把他按在台子上，用那绳子将他紧紧地捆着，之后又用大钳子开始拧他那瘦弱的骨头。希腊老头也没有任何反抗，顺从地由着他们捆绑，还亲吻他们的手背，就像是早有准备一般闭上双眼。

蒂杰里奴斯低下身体，对着基罗问道：

“你还是不愿意改口吗？”

躺在台子上的老人已经很虚弱了，他的嘴唇像纸一样苍白，用只有蒂杰里奴斯才能听到的声音回答道：“我……不会……那样……做的……”

蒂杰里奴斯让人不用再行刑了，他在院子里走来走去，脸都快气歪了，但是依然毫无办法。突然，他的脑海里浮现了一个好主意，叫来几个奴隶，对他们说道：

“你们把他的舌头取出来！”

63

一般《月光》这部西区戏曲在开演的时候，总会将大剧场分开，那样就会感觉像是两个分开的舞台。但是自从那次花园事件发生后，就没有人按照以前那样做了。因为这次的表演是希望人们都能看到熊吃奴隶的时刻。一般都是由一些表演的人穿着熊皮扮成熊进行表演，但是这次却是一只真正的熊。这是蒂杰里奴斯搞出的主意。尼禄开始不太想出现在表演场地的，但是那些大臣们怂恿他，所以他还是参加了。蒂杰里奴斯对他说，自从上次的事件发生后，他更应该出现在群众眼前，还有，他可以保证不会再有人会像克利斯普斯那样当着那么多人的面嘲弄他。很多人对流血事件已经不怎么感兴趣了，所以就开始发新的彩票和礼物，还在黄昏的时候摆了很多好吃的招待他们，因为这次的表演是在傍晚时分才举行的。

太阳快要落下的时候，大剧场已经坐满了人，那些皇族大臣们也全都到场了，但不是所有的人都是为了来观看表演的，他们很想知道那次在花园发生的事情，到底谁说的是实话，整个城市都在谈论这件事情。

他们在那里猜测着，听说尼禄在回去之后，就像发了疯一样，都睡不好觉。他感觉自己在一个幻境中受折磨，那里很恐怖，所以他准备在天亮的时候就去阿凯亚旅行。但是有人反对说，他一定会更加残忍地对待基督徒。也有一些比较胆小的人，他们觉得皇帝也许会严惩那个希腊人。有一部分人，他们觉得良心不安，所以希望蒂杰里奴斯能够停止这场屠杀。

"不知道你会怎么办呢？"巴尔库斯·索拉奴斯说道，"原本只是不想让群众发怒，使他们相信那些纵火犯已经得到惩罚，但是现在却好像不是那样子。"

"是的，"安第斯修斯·维路斯也跟着说，"这个时候人们都在谈论说，那些人是没有罪的。你要是真的只有这一点聪明劲，那就正如那个希腊人所说，你的脑子里装不下一个橡果。"

但是蒂杰里奴斯面对着他们，说道：

"巴尔库斯，大家都在说，你们家那个女孩塞尔维丽雅的身边就有基督徒奴隶还没有得到惩罚。还有你，安第斯修斯，你老婆也是。"

"你说假话！"巴尔库斯大叫道。

“你老婆是离了婚的，她们想要败坏我老婆的品德。”安第斯修斯有些慌乱地答道。

还有些人在那里谈论那个希腊人。

“他是怎么了？”埃普留斯·马尔切卢斯说道。“他带人去将那些人抓了起来，交给蒂杰里奴斯；一转眼成了富翁，他是如此幸运，他完全可以很快乐地度过以后的日子，然后有一场华丽的葬礼，还有一个墓碑，谁能想到一下子就成了这个样子！他那样做，或许是疯掉了吧！”

“他很正常，他变得和那些死人一样了。”蒂杰里奴斯答道。

“不会吧！”维太留斯大叫道。

“我之前和你们说过，”维斯蒂奴斯插了一句，“不管你们怎样虐杀那些基督徒，只要不跟他们的主对着干就行了。这件事可没有开玩笑……你们自己看看，出事了吧！我不会火烧这个城市，但要是陛下答应的话，我会马上动身送他们的主一百头牛。我一直告诉你们，不要招惹他们的主！一定要记住我说的话。”

“我有另一种想法，”裴特洛纽斯说道，“我曾经说过，他们会武装起来，那个时候蒂杰里奴斯还嘲笑我，但是现在我要说：他们就要胜利了。”

“你说的是什么？是什么？”有几个人不约而同地问道。

“对着波卢克斯发誓！……基罗那样的人都不能抵抗他们，还有什么人可以呢？你们看到那些基督徒在慢慢地变少，但是你们再去铜匠或者是刮脸师傅那里看一下，你们就会明白人们的想法，罗马在发生着什么变化。”

“借着狄安娜那神圣的短裙发誓，他说的是真的。”维斯蒂奴斯跟着叫道。

但是巴尔库斯对裴特洛纽斯说道：

“你有什么样的结论呢？”

“我的结论就是你们想的：他们的血已经流得太多了！”

蒂杰里奴斯很瞧不起他，说道：

“还会流更多血的。”

“你头上的那个脑袋不够用的话，你的手杖上还有一个。”裴特洛纽斯答道。

尼禄来的时候，他们才没有再说话，皮塔戈拉斯和皇帝一起坐下。戏曲表演开始了，群众将注意力都放在基罗的身上，对表演的东西却表现得没有太大兴趣。他们看多了流血和虐杀，已经对那没什么兴趣了，他们在那里大声地叫喊着，对皇帝没有丝毫的尊敬，他们嚷着让熊出场，那才是他们感兴趣的。要不是为了看基罗快要被处死的场面和会得到的礼物，他们根本不想待在这里。

终于到了这个万众期待的时刻。场上有人搬来一个低矮的十字架，那样便于熊一扑就能够抓到架子上人的胸口。过了不多久，就有人拖着那个希腊人上来了，不是扶着，因为基罗的双腿已经废了，他自己不能独自行走。他们迅速地将他放在地上，又将他拉上十字架上钉起来，整个行动以非常快的速度进行着。等一切弄好之后，人们才看到钉在上边的是谁。但是很多人都不能认出那个全身赤裸的人就是那个希腊老头。在蒂杰里奴斯的吩咐下，他已经被打得不成样子了，脸上苍白一片，没有一点血色，这样就和他那雪白的胡子上因为割掉舌头而沾的血形成了很明显的对比。他的皮肤是那样的透明，就好像可以看见他的骨骼一般。他一夜之间苍老了很多，就像是快要死了一般。以前他的眼里总是充满了忧郁，并且还总是很累的样子，脸上也总会浮现出一些慌张和急躁。但是现在，他的脸上是一种沉痛的表情，就像睡着了一样或者是死了一般的平静。或许是因为他想到那天保罗对他说的那个歹徒被宽恕的事情又给了他一些希望，他可能就在自己的心里向那个慈善的主说道："基督啊，我是那么罪恶，就像是一条身上有剧毒的蛇一样，可是我也那么的不幸，我经常挨饿，人们打我、踢我，还捉弄我。我是那么的贫穷，现在我就被钉在这个架子上，主啊，在这个时候，你那么慈悲，是一定不会拒绝我的！"他的心是平和的。在场的人看到基罗那张平静的脸，他是那么的苍老，没有一点力气，人们都很同情他，所以没有一个人在那里嬉笑，他们问自己："如此虚弱的人，他可能随时会死掉的，为什么还这么折磨他，为什么将他钉在那个架子上？"人们都没有再说话。在前排的贵族大臣中，维斯蒂奴斯很是不安地坐在那里，他的声音是那样的恐怖："瞧着吧，他们死的时候会是什么样子的！"其他的人都在那里等着熊的出现，他们想要这次的表演早点结束。

终于熊上场了，它的脑袋低得很低，走路一摇一摆的，还在那里到处看，就像是在寻找什么似的。不久，它就看到了基罗，走了过去，用后腿支起来，向上爬去，但是它又将前腿放了下来，坐在了地上，在那里大叫着，就好像是为了表示自己很失望，它对那样一个快要死了的人没有兴趣，只是对那人有一点点同情而已。

竞技场的奴隶在那里大叫着，这样更加刺激着那只熊，但是人民还是没有说话。这个时候那个希腊人缓缓地抬起头，在观众席上到处寻找着，最后将目光停留在最高处的几排座位上，他的心跳加速了，就像是一下子又重回到年轻时一般。观众们看着他，很是奇怪，不知道发生了什么事情。他在微笑，就像是有一道光明来到他的面前，一双眼睛在死亡来临前高高地抬起。不多时，眼眶中流出了两滴眼泪，顺着脸颊慢慢地滑落。

之后他停止了呼吸。

就在这个时候，大大的天幕下，有人在最高处大叫道：

“安息吧，死亡者！”

圆剧场里是一片深沉的肃静。

64

在那次火炬的表演结束后，好多基督徒就被杀死了，监狱里已经没有多少人了。但是，他们还是会将一些有嫌疑的人抓进来，可被抓的人越来越少，已经没有太多的人来供应以后几场比赛了，尽管比赛快要结束了。人们对于基督徒们那样的死法已经不感兴趣了，还有些人对其已经厌烦了；还有就是因为基督徒们在这样的死亡面前所做的事情，使他们觉得很不安。像维斯蒂奴斯一样迷信的人，他们的做法已经使很多人的心里发生了变化，他们感到不安。在人民群众中间，现在流传基督主复仇的事情，传得越来越离奇。还有，从监狱里传出的疾病，已经使罗马好多人都染上了，那样的结局使人们更加害怕。人们经常看到有人下葬，那个时候很多人就会想着要向那法力无边的主求饶，那样必须献上更多的牺牲者。在各个庙宇间，有好多人在那里向朱庇特和李比蒂娜上了供。蒂杰里奴斯和他的帮凶们尽量扼杀这样的事情，但是人们还是会怀疑，还是在流传："基督徒是无罪的，纵火犯是尼禄。"

也是因为这个原因，皇帝和蒂杰里奴斯是不可能让人们如愿，他们还是在那里进行着虐杀。为了让人们放心，又颁发了新的命令，分发一些麦子、葡萄酒和橄榄；为了使那些产业主得到满足，又发了一些方便建造新房子的章程，并且还将街道的宽窄和建筑材料都又做了一些规定，那样可以预防未来的火灾。皇帝还去了元老院的会议，和元老们讨论了一下对人民和城市有好处的事情，却没有提那些已经被定罪的人会得到饶恕的事。这个统治罗马城市的人，现在最急切要做的事情就是要使人们知道，只有最残酷的惩罚才能打击到那些有罪的人。元老院里没有一个人为基督徒反驳，他们都不想得罪尼禄，而一些有远见的人，他们觉得和这样的一种新的信仰对抗，罗马的统治一定会遭到破坏的。

罗马有法律已经说明，不能向死人报仇，所以那些快要死的犯了罪的人和已经死了的人都会还给他们的亲人。维尼裘斯想到这里，有了一点欣慰，要是黎吉亚死了，他就将她葬在自己的坟地里，他会在她的身边躺下。他也不准备再去搭救她了，因为那是毫无希望的，再说他现在也只剩下半条命了，他一心一意地信奉主，只希望他们以后能够永远在一起，其他的什么也不想了。他的信仰是没有尽头的，他觉得，那样的永恒要比自己所有活过的日子都要实在，都要现实。他的心里全是热忱。虽然他现在活着，其实他已经是一个只有灵魂存在的人了，只是希望肉体可以早点解脱，那样就可以和另一个灵魂在一起了。他可以想到，他和黎吉亚一起死了之后，就会去往天堂，他们会手牵着手，上帝也会祝福他们的。他会和她生活在一片光明里，那里会是那样的平静、那样的自由。他现在只希望她不要出现在竞技场上受那些苦难，就让她在监狱里死掉，那样的话他就会和她一起去往天堂。看着眼前出现的那些死亡、那样的一片血，他觉得不应该只希望她一个人得到赦免。使徒也说过，他们自己也会作为殉道者死亡的。看到那个希腊人死亡的情景，他觉得他死亡的时候是一种解脱，也是甜蜜的，因此，他也希望他们可以将那些不好的命运转为快乐的、仁慈的、正义的命运。

有时候他觉得自己已经尝试过了那种死后的日子。以前紧紧跟随他的烦恼或者是忧伤，现在已经全部不在了，变成了一种世人无法体会到的平静。维尼裘斯不跟随潮流，他逆着前进，却受着那些折磨；现在他跟着潮流走，他想一定可以去往那平静的天堂。他知道，他的未婚妻现在正和他一起面对即将到来的死亡，就算现在他们被高高的围墙阻挡着不能在一起，但是他们的灵魂一直在一起。他每天想着这些，就像是在等待着幸福的那一时刻。

其实，他们一直都是那么的和谐，他们的思想就好像是好久之前就已经在一起了。黎吉亚现在也是什么都不再想了，她只想着死亡之后的日子。死亡不只是能够离开这座监狱，逃开尼禄和蒂杰里奴斯的控制，更是一种解脱，是一个她和自己的爱人结婚的时刻。现在事实已经无法改变了，那么什么都已经不重要了。死了之后她会比现在还要幸福，所以她在等待着那一时刻的到来，就像是准备出嫁的女孩子等待结婚那刻一般。

那股信仰的洪流，曾经把成千上万的信徒从他们原本的人生里卷走，运到坟墓的彼方去，同样也卷走了乌尔苏斯。从前在他的心里，也不能容忍黎吉亚的死亡，可是每天听到关于圆剧场和花园里发生的事情，死亡像是成了全部基督徒不可避免的结局，而且也像是成了他们的幸福，而且比一切凡人的幸福更高尚。所以他再不敢祈求基督去剥夺黎吉亚这种幸福，或是把它延迟到许多年以后。在他那野蛮人单纯的灵魂里，他又想，一个黎吉亚公主应该比一大群像他自己那样简单的人有更大权利享受那种神圣的快乐，而且在永恒的荣光中，她比别的人会坐在更靠近“羔羊”的地方。

他记得以前听别人说过，在上帝面前一切都是平等的，但是在他心里就有那样的一种信念，他觉得一个领袖——就像是黎吉亚的父亲那样的人，他的女儿也应该比其他人要特别，他还是希望在自己死后，主可以继续将他送给她，让自己继续待在她的身边。他有一个别人不知道的心愿，他想要自己能像“羔羊”一般在十字架上死去。可是，他又觉得那样的死法是那么的伟大，他不敢有那样的想法，尽管有很多极其可恶的人也是那样死的。他想，自己一定会死在野兽的口中的，这让他很是苦恼。他很小的时候，就是生活在那种没有人烟的森林里的，他每天都会打猎，他的力气是那么的大，所以在他还很年轻的时候，在那些黎吉亚人中已经很有名了。他很喜欢打猎，但是自从住在了这个城市，他就没有打过猎了，有时候他会跑到关野兽的地方和大剧场，只是为了看一眼他见过或者是没见过的野兽。看到那些野兽，他那打猎时候的心情又出来了，他有一种想要去和它们打斗、屠杀它们的心愿，他害怕自己一到了赛场，看到它们，会做出一些不合自己基督徒身份的事情，那样就不能虔诚和平静地死去。

但是现在，他也只能顺其自然了，所以他也就只能先找一些可以使自己快乐的想法来安慰自己。他听别人说过，“羔羊”以前和地狱里的那些鬼东西宣战过，基督教的信仰就是要将那些鬼东西和其他不一样的教的诸神联系在一起，那样的话，他觉得自己会为“羔羊”建功的，他会更加出力，他觉得自己比其他的基督徒的灵魂要强大一些。所以，他每天都在那里祈祷，帮助其他囚犯干活，帮助那些狱卒们，还安慰黎吉亚；她抱怨自己在活着的时候，没有像大比大[①]一样做很多的善事（这个故事是从彼得使徒的口中得知的）。监狱里的那些狱卒们，都很害怕乌尔苏斯的蛮力，因为监狱里的那些刑具也无法控制他，但是人们又喜欢他，因为他是那么的温顺。他的脾气是那么的好，使他们很是惊讶。他们倾听他讲自己的信念，他是那样平静地接受死亡，等待着死亡的来临，使他们觉得阳光虽然不能照射进来，但是这里却充满了幸福。他有时候也告诉大家，要相信“羔羊”，那个时候就有很多人认识到，他们虽然是奴隶，是不幸的，但他们的结局是一样的，是一样的悲惨，同样会死亡的。

可是他们还是会对死亡产生恐惧，他们觉得死了就没有希望了，就在这个时候，那个像花儿一样被丢进监狱的女孩和那个有着骇人蛮力的仆人，正很幸福地走向为他们敞开的永恒之门。

65

有一天夜里，元老院议员斯切维奴斯去访问裴特洛纽斯，他们谈了很久，谈他们现在生活的这个时代，生活在那时是那样的悲惨痛苦，还谈论他们的尼禄。他说得那样直白，就算裴特洛纽斯是他的朋友，也不得不防备。他在那里诉说自己的苦衷，说这个世界现

①参阅《新约 · 使徒行传》第九章第三十六至四十二节。

在已经疯癫了，再也没有正义了，任何人都会有一场比上次的大火还要可怕的劫难，人们都会在那样的灾难中死去。他还说，好多贵族大臣们都开始有些不高兴了，费纽斯·鲁福斯对蒂杰里奴斯发布的那些卑劣命令坚决反对，他是禁卫军的次官；还有，塞内加全体族人因为尼禄对他的老教师和对卢卡奴斯做的那些事情，已经和尼禄形成了水火不容的情况。之后，他说人们都开始不满了，还有很多禁卫军，他们好多都对费纽斯·鲁福斯有好的印象。

“你说这么多是什么意思？”

“我替陛下担心，”斯切维奴斯答道，“我有一个禁卫军亲戚，他也叫斯切维奴斯，从他那里我知道了一些军营里的情况……人们都在不满，并且日益严重……你知道的，以前卡里古拉发疯的时候，出现什么样的情况。所以有了卡修斯·凯莱阿……那是一个多么可怕的举动，我们是不会赞同那种做法的，但是世界也是他从怪兽手中解放的。”

“那么，用另一句话说，”裴特洛纽斯答道，“你是说：‘我不认可凯莱阿，但他是一个令人钦佩的家伙，希望诸神可以给我们很多这样的人。’”

但是斯切维奴斯没有继续刚才的话题，他开始称赞皮索，称赞他的家族，还有他的精神是多么的高贵，他和妻子的爱情是多么的真挚。之后他还夸奖自己是多么的聪明，他的淡定，还有他比别人更会讨人欢心的天赋。

“尼禄没有自己的孩子，”他接着说，“我们都知道皮索会是下一个皇帝。没有什么疑问，大家都在帮助他登上宝座。费纽斯·鲁福斯是那么爱他，安奈乌斯一族也对他很好。苦劳修斯·拉台拉奴斯和屠留斯·塞内乔效忠他。同样还有拿塔里斯、苏布留斯·傅拉乌斯、苏两皮裘斯·阿斯佩尔、阿夫拉纽斯·奎涅西阿奴斯，也许还有维斯蒂奴斯。”

“维斯蒂奴斯是一个连自己的影子都会害怕的人，或许对皮索来说，他的作用不大。”裴特洛纽斯答道。

“维斯蒂奴斯是那么胆小，”斯切维奴斯说，“但他是一个现实的人，大臣们都喜欢和他商量事情。他其实是反对皇帝的做法的，不要误会他，这样疯狂的行动需要结束，其实也和你有关呢。”

“和我有关？应该和维尼裘斯有关，”裴特洛纽斯说，“因为维尼裘斯，我们想搭救一个女孩，但是没有办法，我失去了皇帝的宠爱。”

“怎么能这样说呢？你没有发现陛下现在已经愿意靠近你了吗？他不是已经和你说话了吗？我想要告诉你原因。他想要去阿凯亚，去那里唱他的希腊歌曲。他急着去旅行，但是又顾虑到基罗对他的讽刺，他很害怕。他觉得他的人生中，要么是最伟大的胜利，要么就是最惨痛的失败。他想要一个人去帮助他，那个人就是你，他觉得你是最适合的人。也是这个原因，所以你会再次得到他的宠爱。”

“卢卡奴斯就可以替代我。”

“卢卡奴斯失去了青铜胡子的喜欢，他已经在心里被尼禄给定了死罪。那个青铜胡子是在找借口，他总是那样。卢卡奴斯也知道，所以他也在想办法。”

“对着卡斯脱发誓！”裴特洛纽斯说，“或许是那样吧，但是现在，我有另外的办法得到尼禄的宠爱。”

“什么？”

“把你刚刚告诉我的这些给皇帝再说一次就可以了。”

“我什么也没有告诉你！”斯切维奴斯惊慌地大叫起来。

裴特洛纽斯拍了拍斯切维奴斯的肩膀。

“你叫陛下是疯子，你已经知道皮索会是下一个皇帝，还说：‘卢卡奴斯也知道，所以他也在想办法。’我最亲爱的，你们在想什么?”

斯切维奴斯脸色有些苍白，两个人互相瞪着对方。

“你不会对其他人讲？”

“借着爱神发誓!你一点儿也不明白我是一个什么样的人！我是不会对其他人讲的！我没有听到你说什么，我也不希望自己听到了什么……你知道的，人生太仓促了！没有那么多的时间去找那些不必要的麻烦。我只希望你今天去蒂杰里奴斯那儿走走，像我们之间一样地谈话，你想谈什么都可以。”

“这是为何呢?”

“要是蒂杰里奴斯问起我：‘斯切维奴斯找过你啦？’我可以对他说：‘那天他也去看过你。’”

斯切维奴斯听了之后，忍不住将他手里的象牙手杖掰断，说道：

“就当他倒霉吧。待会儿，我去找蒂杰里奴斯，之后会到涅尔瓦参加宴会。你也会去那儿吧?无论如何，后天在大剧场，我们还是会见面的，最后一批牺牲者就要上场了……再见吧!”

“后天!”裴特洛纽斯在斯切维奴斯走后，自言自语道，“时间可不能再浪费了。尼禄要去阿凯亚，一定会带上我，所以我的要求他或许会考虑的。”

于是他决定尝试一番。

在涅尔瓦的宴会上，尼禄让裴特洛纽斯坐在他对面，他想和他说一下关于阿凯亚和那些城市，他最想要的是可以在这些城市的群众面前表演。他一直很看重希腊人，但是又害怕他们。其他的贵族大臣们很认真地听着他们说话，只是希望可以从裴特洛纽斯说的话中得到一点启发，然后用自己的话再说出来。

“我觉得自己还没有活够，或许在希腊我才得以重生。”尼禄说。

“陛下一定会在新的光辉下和不朽中得以诞生的。”裴特洛纽斯答道。

“我也希望那样，那样的话只希望阿波罗不会视我为仇敌。要是我可以凯旋，那么我将会给他所有神都没有享受过的几百头牛的大祭品。”

斯切维奴斯开始不断地念着贺拉斯的诗句：

但愿强大的塞浦路斯女神，
海伦的兄弟，闪烁的繁星，
风的父亲，与你同行……

“去那不勒斯的船随时可以出发了，”尼禄说，“我几乎就想在明天离开。”

这个时候裴特洛纽斯站了起来，看着皇帝的眼睛，说道：

“陛下，请让我举办一场婚礼，我诚恳地邀请陛下为主婚人。”

“一场婚礼？谁要结婚？”皇帝问道。

“维尼裘斯和陛下你的人质——黎吉亚公主。现在，她还在监狱里，但是第一，她是一个人质，不该将她关在监狱里，第二，陛下说过，允许他们结婚。陛下的玉言就如同宙斯的神谕一样不能更改，所以请求圣上让人将她从监狱里带出来，还给维尼裘斯。”

裴特洛纽斯说那些话的时候，是那样的淡定、平和，那种自以为是的表情，让尼禄都有些恐慌了——事实上无论谁用这样的表情和他说话，他都会有些不知所措。

“我想过，”他低下双眼答道，“我想过她和乌尔苏斯的事情。”

“这样的话，是说他们可以得救了。”裴特洛纽斯冷静地答道。

但是蒂杰里奴斯急忙出来搭腔：

“陛下让她进了监狱，裴特洛纽斯你也说了，陛下的玉言就如同宙斯的神谕一样不能更改。”

人们都知道维尼裘斯和黎吉亚的事情，也知道他们说的是什么，就没有说话，他们只是比较好奇这次的对话谁会胜出。

“她进了监狱是因为你的过错，是因为你对各国之间法律的不了解，你也违抗过陛下的命令，”裴特洛纽斯加强语气说，“蒂杰里奴斯，你这个天真的家伙，你敢说就是她放火烧了城市，就算你那样说，陛下也不会听你的。”

但是皇帝在这个时候醒了过来，他那近视的眼睛半眯着，眼神是那样的狠毒。

沉默一阵后，他才说：“裴特洛纽斯是对的。”

蒂杰里奴斯很紧张地看着他。

“裴特洛纽斯是对的，”尼禄又说了一遍，“监狱的大门明天就会为她打开，比赛过后，我们可以再来谈论他们的婚宴。”

“我又错了。”裴特洛纽斯暗暗说道。

之后他回到家，他知道黎吉亚这次是一定会死的。死亡即将来临。天亮了之后，他让一个可信的奴隶去找赛场的主管，他需要找出黎吉亚的尸体，所以得先将条件讲好，那样他可以将她还给维尼裘斯。

66

在尼禄当政的时期，不管是竞技场和大剧场，夜晚表演已经是一件很常见的事情了，这样的事情在以前不多见，那时只有一些特别的场合才会在晚上。贵族大臣们都喜欢在晚上摆宴，那样可以一直喝酒狂欢到第二天。人们已经不想看流血事件了，但是因为听说这次是最后一场压轴表演了，这一次那些基督徒们将会在夜晚全部死掉，所以群众还是出现在大剧场。贵族大臣们全部都到了，他们知道这次一定不会是一场寻常的表演，并且他们还知道尼禄会以维尼裘斯和黎吉亚的爱情惨剧来写一篇诗歌。蒂杰里奴斯一直没说出皇帝会用什么样的惩罚来处罚黎吉亚，这使人们更加好奇。一般在普劳修斯家里看过黎吉亚的人，都在那里谈论着她是多么的漂亮。很多人都在期待着，希望可以在竞技场看见她，他们中的很多人，那天在涅尔瓦的宴会上知道了尼禄和裴特洛纽斯说的话，他们对那些话有两种说法。有一部分人觉得皇帝应该把那个漂亮的女孩还给保民官，或者直接给他；但是她是一个人质，她信仰什么神，按照国与国之间的法律，那是她的自由，别人是不能惩罚她的。

群众的心里也充满了各种疑问和好奇。尼禄来得比以往都要早，群众立马讨论起来，他们觉得一定会有什么不一样的事情发生。因为除了蒂杰里奴斯和瓦蒂纽斯，皇帝的身边还跟着禁卫军队长卡修斯，他的力气很大、身材也很粗壮，就像巨人一样，他一般是保护皇帝的，比如说，皇帝晚上到苏布拉区游玩，看到女孩子们，就会把士兵的外衣脱了，把她们包住丢上丢下，娱乐时，才会把他带在身边。人们还看到圆剧场里边也有很多地方设了警戒。禁卫军的警卫一下子多了很多，并且这次不是那些队长在指挥，而是保民官苏布留斯·傅拉乌斯，人们都知道他对皇帝的忠心。人们都明白了，尼禄这次准备得那么充分，肯定是为了达到这样的目的：到时候要是维尼裘斯发狂的话，那些保镖可以保护自己。

人们都很认真地看着维尼裘斯。他的脸上一点儿血色都没有，额头上还冒着汗水。他和其他人一样都不知道等待黎吉亚的到底是什么，但是他的心里却因为尼禄的表现而浮现出深深的不安。裴特洛纽斯对于就要发生的事情也不太清楚，他什么话也没有说，那次宴会之后，他让维尼裘斯准备好了，还问他还去不去观看表演。维尼裘斯回答说去。但是他的身上早已寒冷一片了，他知道裴特洛纽斯肯定知道些什么，要不然不会那样问的。这么多天里，他都是半死不活的样子，他的精神早已经死掉了，之前他觉得他已经可以平静地面对黎吉亚的死亡了。但是现在，他觉得想象是一回事，真正要面对的时候又是另外一回事。他之前所忍受的痛苦又重新回到他的心里，已经死掉的绝望又在他的灵魂中呼叫，不管付出什么也要救回黎吉亚的心思又在控制着他了。

天还没全亮，他就想去赛场的地下通道，看看黎吉亚是否在那里，但是那里有很多禁卫军看守着，并且他们好像是得了什么命令，因为他找到他认识的那些士兵，按照以前的方法去贿赂他们，他们也没有一点儿松懈。维尼裘斯觉得光是自己所想的那些念头，也许就能在比赛开始之前使他死去。在他内心深处，还存在一点遐想：也许这次出场的并没有黎吉亚，其实一切是他自己在那儿胡思乱想呢？他觉得这是一个希望。他一直告诉自己，主会从监狱里把她还给自己，不会让她到竞技场上受苦的。以前他觉得自己什么事情都依从基督的，但是现在，他被地下通道的守卫拒绝，重新回到座位上，人们那样看着他，他就明白了，也许，他想的那些已经成为事实了，他的心里有一种想要威胁基督搭救黎吉亚的想法。他握紧自己的拳头，一直说着“你能做到的”！

以前他一直避免想到这样的场面，但是当这一切就要来临的时候，竟会是这样的可怕。这个时候，他觉得要是黎吉亚在他面前死掉，那么他一定会仇恨上帝的，这个时候他心里的信仰已经变成了绝望。这样的感觉使他自己也感到害怕，因为他还需要得到上帝的开恩，他怕自己会得罪他。他已经不再奢望她可以逃脱这次厄运了，他只希望她能够在上场之前死掉，他痛苦地说道：“这样的一点小小的要求，请一定要成全我，我会更加爱你的！”他的情绪很不稳定。在他内心里已经有了复仇和杀戮的想法。他有一种很疯狂的想法，就是冲到尼禄的面前，亲手掐死他，但是，他又觉得那样是在冒犯基督，所以他没有那样做。

他的脑子里，有时候也会浮现一些假想，觉得一双无形的、仁慈的手会将他摧毁，但是一瞬间之后，它就熄灭了，就像落进了一个无底深渊，他觉得只要一句话就能够毁掉整个剧场、还能够解救黎吉亚的主，已经放弃她了，虽然她一直用她那无比干净的灵魂爱着他，信赖着他。他一直在想，他在这儿什么也做不了，不知道这次的比赛会有什么样的惩罚，不知道自己将会看到什么，或许她现在无依无靠、很单薄地躺在那个又阴又冷的监牢里，那些守卫正在那里不知是故意还是有意地折磨她，她正在呼吸着最后的空气。最后，就像是在一个悬崖边上，不管是什么东西，只要能抓着就行一般，他紧紧地抓着这样一种思想，他觉得，信仰本身是可以拯救他的。这个时候也只有这样了。使徒彼得说过，大地的根基信仰都可以使它移动，所以，他要坚强起来，放掉他心里的疑惑，他的思想中就只剩下一个想法，那便是“我相信”，然后他就在那儿静静地期待着奇迹的发生。

就像是一根绳子绷得太紧就会折断一样，他那过度紧张的神经将他折断了。他的脸一片惨白，他的肉体开始僵硬。他在想，或许他刚刚的祈祷上帝已经看到了，因为他就快要死掉了。他想黎吉亚肯定已经死了，上帝是用这样的方式将他们结合。大剧场、华丽的长袍、无数的人们，还有那么多的灯光，他全都看不见了。

“你生病了，”裴特洛纽斯说，“我带你回家去吧。”

他不想听尼禄说话，执意要带走维尼裘斯。他是如此同情他，并且他也实在是恼火得很，因为这个时候尼禄正拿着他的绿水晶认真地看着维尼裘斯，很开心地研究着维尼裘斯的痛苦，以便于以后他将这样的一个场景用凄美的乐章表现出来，那样还可以得到别人的赞美。

维尼裘斯不断地摆着头，他不能走出竞技场，就算死在这儿也不走。并且，表演就快要开始了。事实上，也就是在那一瞬间，市长挥了一下手里的红色手帕，于是人们就看到悬楼对面的大门“吱呀”一声打开了，从那个黑洞洞的大门里，黎吉亚那个忠实的仆人走上了明晃晃的竞技场。

乌尔苏斯眨了一下眼睛，应该是一时间没有适应场上明亮的灯光，之后他跑到场子中间，到处观看，就好像在寻找自己将要和什么东西比赛一般。那些贵族大臣们还有一些群众都知道他就是掐死克洛托的那个巨人，所以，人们一看见他，就开始小声地讨论起来。这个城市中比一般人身形大得多的人太多了，但是他们还没有见过像眼前这样巨大的人。就是站在尼禄后边的卡修斯，和乌尔苏斯比起来，也显得弱小了。元老院的议员们、维斯太贞女们、尼禄、贵族大臣们，还有那些平民们，都露出了内行人的喜悦眼神，看着这个黎吉亚人那粗得像树干一样的大腿，大得像两块盾牌合在一起的胸脯，像海格力斯一般的胳膊，讨论的声音更大了。对于那些看多了流血事件的人们来说，这样壮的大汉进行肌肉搏斗实在是太令人兴奋了。讨论声渐渐地变成了呐喊声，他们在那里询问着：这样的一个巨人到底来自哪个种族啊？那个站在场中间的巨人，光着全身，就像是一个石柱子一样。他的脸上有一种野蛮民族独特的忧郁气质，他一边巡视着场上的一切，一边用他那幼儿般清澈的眼睛注视着，有时候看向群众，有时候看看尼禄，有时候也看看地下通道的大门，他觉得自己的对手也许就会从那里出来。

他在走进场子的时候，那纯洁的心里又产生了希望，他原本以为会有十字架在那里等着自己，却什么也没有看到，就连那些插十字架的洞口也没有，他想他是不是连这样的资格都没有，他大概会被野兽撕碎的。他什么武器都没有，所以他决定做好自己作为基督徒的身份——就那样平静坚强地死去。所以他跪在场子中间，准备再向主做一次祈祷。他拱着手，抬头看那天上闪烁的星星。

他的那些举动让在场的人很不高兴。人们已经看惯了基督徒们温顺的死法。他们觉得要是这个巨人不能起来反抗，那么这次的表演就不会有什么好看的。到处充满了人们的嘘声。有些人甚至开始呼叫那些专门驱打那些不愿意战斗的角斗士的打手们。可是不多时，场上又安静下来了，因为没有人知道乌尔苏斯会遭遇什么，他们不知道当他面对死亡的时候会不会起来反抗。

事实上，人们并没有等很久，尖锐的铜号角的声音响了起来，这个信号使悬楼对面的那个栅栏门再次开启，一头肥大的日耳曼野牛被一个管理野兽的人从里边驱赶了出来，它奔进了场子中央，并且它的头上有一个全身赤裸的女人。

“黎吉亚!黎吉亚!”维尼裘斯呼喊着。

他用力抓着自己的头发，就像是中了利剑一般，扭动着身子，声音沙哑：“主啊，我信仰！我信仰！……你就再创造一个奇迹吧……”

他一点儿也不知道在这个时候裴特洛纽斯用他的宽袍盖住了他的头。他好像觉得死亡和悲痛已将他的双眼紧紧封闭。他不想看见，也看不到，他的心里充满了空虚。他的脑子里什么想法也没有了，只能不断地说着：

“我信仰！我信仰！我信仰!”

大剧场一下子没有人再说话了。那些贵族大臣们就像约好了一般一起从座位上站了起来，因为这个时候场上发生了令人想不到的事情。那个温顺的已经做好准备接受死亡的乌尔苏斯，一看到他的公主在那只野牛头上，马上像打了鸡血一般，身子一弓，向那头野牛身上扑去。

看到这一幕，人们的心里是那么惊讶，以至于都发出了简短的一声叫声，之后又归于平静。只是一瞬间乌尔苏斯已经扑向了那头狂奔的野牛，并且还抓住了它的犄角。

“你看！”裴特洛纽斯将维尼裘斯头上的袍子弄走，叫道。

维尼裘斯站起来，抬起头，露出了他那苍白的面容，用他那呆滞并且空虚的眼神朝场子中间看去。

几乎所有人的呼吸一下子停止了。这么大的一个剧场几乎可以听到蚊子翅膀扇动的声音，人们几乎不能相信自己的眼睛。他们自从在罗马生活以来，还从来没有见过这样的场面。

乌尔苏斯一下子抓住了那只野牛的犄角，他的脚下边已经深深地陷进了泥沙里。他的背就像一张拉满的弓，头埋在青筋直冒的两臂之间，由于野牛的力气也不小，所以他的皮肤就好像要裂开一样，并且因为抓得太紧使得他不能移动。人牛对峙着，人们觉得自己正在欣赏一幅表现海格力斯或提修斯伟绩的图画，或是欣赏用石头凿成的一团人像一般。表面上是那样一幅宁静的画面，实际上，一人一兽正在殊死搏斗着。那头野牛就像乌尔苏斯一样，它的脚也深深地陷进了泥沙里，它那黑黝黝的身体弯曲得就像一个球一般。人们正在猜测他们谁会先倒下，那样就意味着谁就失败了。这个时刻对于他们来说，比他们自己的命运，甚至比整个罗马在这个世界的统治权还要重要。这个时候，在人们的心里，乌尔苏斯已经成为一个值得敬仰和应该为他立像的半个神仙了。尼禄也站了起来。他和蒂杰里奴斯已经知道乌尔苏斯是一个有很大力气的野蛮人，所以才想出了这样一场表演，他们还笑彼此：“我们选择一头野牛看看它能否战胜那个杀了克洛托的凶手。”但是现在，看到这样的场景，他们还是很惊奇的，有些不敢相信那是真的。有些人因为看得太入迷了，而忘了将他们高举的手放下来。还有一些人，就好像是他们自己在场上与野牛搏斗一样，满头都是汗水。整个赛场就只有灯盏中火苗的声音和从火炬上掉下来灰渣的声音，其他什么声音也没有了。语言只能卡在喉咙里，心脏都快要爆炸，胸腔绷得紧紧的，人们觉得这样的场面好像已经持续了好几百年。

这个时候，人和兽就像无法停下来一样，他们似乎直接长在了土里。

场上一下子响起了野牛悲鸣般的呻吟，在那一声之后，人们更加佩服乌尔苏斯。因为他们觉得就像在做梦一样，那个野牛的犄角已经被乌尔苏斯给弄弯了。

乌尔苏斯的上半身体已经变成了紫红色，他的脊背也弯得更狠了。人们都知道，恐怕他是在用自己最后的一点力气做最后的拼搏，这样卖命的战斗是不能长时间继续下去的。

野牛的呻吟声越来越粗重，越来越嘶哑，看得出它是多么的痛苦，和乌尔苏斯的叫喊声合在一起。野牛的头被扭得都快要变形了，它的口中流出大量的泡沫，那长长的大舌头也伸了出来，垂在两腮中间。过了不多时，坐在前边的人们都能听到骨头被折断的声音。又过了一会儿，乌尔苏斯折断了野牛的脖子，它颓然地倒在了地上。

乌尔苏斯一下子就从牛的犄角上将黎吉亚救了下来，抱在怀里，尽管他还喘着粗气。他的脸上一片苍白，他的头发已经被汗水湿透，浑身上下就像是在水里泡过一般，他站在那里一动不动。过了许久，他才抬起头看着对面的观众。

群众看到这样的场面，不禁有点怀疑自己是不是疯了！

人们在那里大吼着，使得四周的墙壁好像都在颤抖。这么多天以来，这样惊心动魄的场景还是第一次看见。位置较高的人纷纷从座位上跑下来，在过道里挤着，想到前边认真地看看那个强大的巨人。四周都有人在那里大叫着，为他的勇敢呐喊，还有人请求饶恕他，不久更多的人参与进去，呐喊声更加沸腾了。人们是那样迷恋乌尔苏斯那一身的体力，现在他成了人们心中的宝物，就快要成为罗马的第一人了。

他听到人们在祈求饶恕他，让他得到自由，但是他自己却并不关心这个。他到处看了一遍，最后走到尼禄的座位前边，将黎吉亚高高地举起，露出祈求的眼神，看着皇帝，就好像在说：

"可怜她吧！宽恕她吧！我这样做完全是因为她……"

人们知道他想表达什么。昏迷中的黎吉亚，和那个巨大的乌尔苏斯比起来，就像是一个孩子一样，所有的观众看到她的时候就已经被她那个样子感动了。她是那样纤细，身体像雪花一般。观众想象着刚刚那个黎吉亚人将她从野牛身上救出的危险时刻，觉得满心佩服，还有人们也被她的漂亮和那凄美的恋情所感动。有些人以为乌尔苏斯是黎吉亚的父亲，老父亲为自己孩子求情的场面也使人们感动。人们看多了流血、死亡和杀戮，现在这样的场面不禁使他们从心里想为场上的两个人求得宽恕。

这个时候那个黎吉亚人依旧托着黎吉亚，他在场子里转着圈圈，用他那忧伤的眼神，带着一些动作，乞求着她能重获新生。维尼奈斯一下子从座席上跳下来，越过那搁在座位和竞技场中间的栏杆，飞奔向那个昏迷的人，用自己的大长袍遮住了她光滑的身子。

之后他把自己的紧身衣拉开，让人们可以看到他在亚美尼亚战役中曾经受伤所留下的伤疤，对着群众伸出了自己的手。

这样的情况，人们在之前所有的竞技场上都没有看到过。人们跺着脚并且大叫着，之前还是开恩的声音现在已经变成了威胁。人们不再只是为了那个巨人求情，还要保护那个保民官和那昏迷中的姑娘以及他们的爱情。成千上万双眼睛就那样瞪着尼禄，从他们紧紧握着的拳头可以看出他们是多么愤怒。但是皇帝迟疑不定。他其实不讨厌维尼裘斯，黎吉亚怎么样他也不想管，但是他是多么想看到那个女孩子赤裸的身体被野牛的犄角摧毁或者是被野兽的爪牙撕裂的样子。他那内心深处残酷和畸形的本性，使他想在表演中得到肉体上的快感。但是现在人们不希望他得到那样的快感，所以他的脸上表现出很明显的愤怒。他一点也不想要人们的心愿得逞，但是他那天生的懦弱让他只能妥协。

这个时候他看了一下四周围的贵族大臣们，看看有谁能够支持他。但是他失望了，没有人将手指压下做一个处死的动作。裴特洛纽斯高高地举着自己的双手，脸上挑衅般地看着皇帝。维斯蒂奴斯那个迷信的家伙，是一个怕鬼不怕人的家伙，他也不认同自己。元老院的议员斯切维奴斯、涅尔瓦、屠留斯·塞内乔，很出名的老军人奥斯托留斯·斯卡普拉、安蒂斯修斯、皮索、维屠斯、克利斯皮奴斯、米努裘斯·台尔穆斯、庞修斯·台莱西奴斯，还有人们最尊敬的特拉塞阿，也都不认同自己，做出了开恩的表示。这样的情况，尼禄也没有办法，只有将绿水晶取下来，一脸的轻蔑和不乐意。但是在这个时候，总是和裴特洛纽斯对着干的蒂杰里奴斯，突然来到他的面前，对着他的耳朵说：

“陛下，这个时候不能退却，禁卫军会解决他们的。”

皇帝看向禁卫军的方向，这次指挥的是那个一直对自己很忠心、一点儿也不苟且的苏布留斯·傅拉乌斯，但是现在，他也是不一样的。他的脸上依旧是那么严肃，但是脸上却满是泪水，也和大家一样，做出了赦免他们的动作。

在这个时候，观众就像是已经疯癫，他们使劲跺着地面，灰尘都直往上飞，整个剧场都朦胧一片。在这样的呐喊声中，可以听到人们在那里叫道："青铜胡子！你这个杀死自己母亲的凶手！你这个纵火的家伙！"

皇帝开始害怕了，现在竞技场上的主人是人民。之前的皇帝，尤其是卡里古拉，他有时候会做一些不合人民意愿的事情，就总是会引起麻烦，或者是一场流血事件。但是，尼禄不一样。首先，他是一个滑稽演员和一个诗人，他必须得到人民的支持。第二，他需要人民和他站在一起，那样他才能够与元老院的议员和罗马贵族相抗衡。在那场大火之后，他用各种方法讨好人民，使他们能将愤怒发泄到基督徒的身上。并且他也明白要是再这样下去，就会出大问题的。在这里要是发起内战，然后再蔓延到整个城市，那样的结果就太不妙了。

他又看了一遍周围的贵族大臣还有禁卫军，见他们的眉头依旧高高地皱起，那激动的面容还有紧紧盯着他的眼神，就好像要吃了他一样，他只能妥协，做了一个开恩的动作。

一瞬间，从高处到低处，所有座位上都响起了雷鸣般的吼叫声和喝彩声。人们相信场上的人性命算是保住了，因为就在刚刚，他们已经被全部人所保护了，就算是尼禄也不能随意处罚他们。

67

黎吉亚被四个比西尼亚奴隶轻轻地朝着裴特洛纽斯家抬去。维尼裘斯和她忠实的仆人在旁边急匆匆地走着，想尽快把她送到希腊医生的手上，快点治疗她。他们一路上谁都没有说话，因为经过这一天的事情，他们已经疲惫得不想说话了。维尼裘斯觉得自己还没有完全清醒，只能不停地告诉自己，黎吉亚已经没事了，她不会再出现在监狱，再也不会受到那样的虐待，她自由了！他会带她回家，再也不和她分开了。他觉得真是不可思议，这将会是另一个好的开端。他不时地从那没有完全封闭的轿子缝里看看自己亲爱的人儿，在月光的照射下，她的面容是那样安详，他一直告诉自己："这是我的黎吉亚！主救了她！"他记得，就在不久前，他和乌尔苏斯从停尸所将她带出来的时候，那个不知道叫什么的医生说她还没有死，并且还能健康起来。一想到她可以活下来，他就非常高兴，高兴得连站立的力气也没有了，所以他总是依靠着乌尔苏斯的肩膀。而乌尔苏斯总是抬头看着天空，在心里做着祈祷。

他们在街道上快速地走着，街道旁边那些新建的房屋建筑在清亮的月光下闪着光。现在的街道还是比较空旷的。有极少的人头上戴着常春藤花冠，在门廊下边跟着不知从哪儿传来的笛声跳着唱着，这样美丽的夜晚和这样特殊的节日，人们总是尽情地享受着。快到家的时候，那个忠实的仆人停止了他的祈祷，就像是害怕吵到那个昏睡的人儿一般，降低声音道：

"大人，主将她从死亡面前救了回来。我在竞技场上看到她第一眼的时候，我的灵魂就告诉我要保护她！我知道这一定是'羔羊’对我说的。在监牢我的身体被损坏了，但是那一瞬间我的体力便恢复了，并且那么多的人都被感召了，他们一起来搭救她，希望你可以继续完成他的心愿！”

保民官大人回答道：

“主的名义是永远被赞扬的……”

他几乎没有劲儿再继续说下去，他觉得自己内心里集聚的那些激情使他很想跪下来大哭一场。就好像有一种不能被违抗的命令在控制着他，他要跪在地上，感谢主，感谢奇迹。

他们到了家门口，那里早已经有一群仆人在等着，因为提前有奴隶送了消息回来。那些仆人很多已经在安修姆被塔尔苏斯的保罗解救，开始信仰基督了。这位保民官大人的不幸遭遇，他们已经了解，所以当他们看到那个从竞技场上被救回来的基督徒时，他们是那么的开心。希腊医生台奥克莱斯给她诊治过之后，告诉大家，她的伤并不严重，只是在监狱的时候得了热症，所以现在很是虚弱，等休养一段时间，她就能够恢复。人们听到这些更加高兴。

就在晚上的时候，她醒了过来。屋子里点了许多哥林多样式的灯盏，还点了一些马鞭草和甘松香的熏香。她看着眼前的一切，不知道自己是在哪儿，也不清楚在这之前到底发生了什么。她在清醒的时候，只记得人们将她捆在一只野牛的犄角上，但是，现在她的眼前明明是维尼裘斯被灯光照射的柔和面容。她想自己一定是死了。本来就不是很清醒的脑袋现在更混乱了，她想应该是自己太累了、太虚弱了，在上天堂的路上，找到一个可以休息的地方。所以她并不是很伤心。于是她对维尼裘斯微笑着，她想问他自己现在在哪儿，但是只能发出一些很轻很小的声音，维尼裘斯只能听到她呼喊着自己的名字。

他挨着她跪下来，将手搭在她的头上，告诉她：

“主救了你，你现在和我在一起！”

她的嘴唇颤动了一下，发出让人听不清楚的声音，不多时，她就闭上了眼睛，她的胸口起伏着，然后可以听到她口中发出一声轻叹，之后就陷入了昏睡。那个希腊医生希望她昏睡过去，因为有助于她在醒过来之后更好地恢复。

维尼裘斯就跪在她的身边，诚心地祈祷着。他已经不知道自己是谁了，他觉得自己的灵魂已经融入到了他和黎吉亚的爱情中去。台奥克莱斯已经出去，有时候可以看到一头金发的欧妮姬在帷幕后走动。过了没多久，花园中的仙鹤开始叫唤，那也宣告着新的一天已经来到。但是，在维尼裘斯的内心里，他还抱着主的双脚，对于其他的事情完全不在意，完全没有感觉。他的心里对基督充满了感激，他是快乐的，就算他现在还在人间，其实他的灵魂已经去了那个永恒的天堂。

68

黎吉亚获得自由之后，裴特洛纽斯知道不能再刺激尼禄，所以就跟着其他的贵族大臣一起去了帕拉修姆宫。他想知道他们会说些什么，最重要的是要知道那个老和他作对的家伙又想做什么。尽管，黎吉亚和她的仆人已经得到人民的保护，只要不想再掀起一次暴动，谁也不敢对他们怎么样，可是蒂杰里奴斯那个家伙肯定是不会轻易放弃的，他一直对他恨得直咬牙，一直想打击自己，要是从自己这儿得不到好处，他肯定会再想办法找维尼裘斯的麻烦。

皇帝很恼火，也很暴躁，这样的结局和他希望的完全不一样。在开始的时候，他连看都不看裴特洛纽斯一眼，但是裴特洛纽斯也同样冷淡，还摆出了一副“风雅大师”的样子走到他面前，对他说：

“陛下，您知道我想到什么吗？您可以为那个姑娘作一首诗，在您一声命令下，她才从犄角上被救下来，还让她回到她爱人的身边。希腊人是那么敏感，他们一定会喜欢您的这首诗的。”

虽然皇帝很生气，但是听到这个消息他还是有些开心，原因有两个：一是他不再为诗歌的主题而苦恼了；二是他可以把自己比拟得光明正大，是那样的伟大。但是那样的话，是不是让人觉得他在自夸呢？所以他又看向裴特洛纽斯，说道：“你说的也有些道理！但是那样做会不会不符合我的身份啊？”

“不用将您的姓名说出来。在罗马，人们都知道作者是谁，然后这个消息会从罗马散发到全世界。”

“但是你能保证阿凯亚人民会开心吗？”

“对着波卢克斯发誓！”裴特洛纽斯大声说道。

之后他就很满足地离开，他知道尼禄是一个诗人，他总是喜欢将现实的东西转换为文艺，肯定不会错过这个题材的，这种办法也能使蒂杰里奴斯有所束缚。尽管这样，也不能使他的计划被打乱，他想等黎吉亚恢复差不多的时候，就让维尼裘斯带她走，离开这个城市。所以在他见到他的时候，就对他说：

“你带她到西西里吧。竞技场上发生了那样的事情，尼禄是不会轻易找你们麻烦的，但是那个执掌大权的禁卫军长官可不一定，不管他是恨我，还是对于你们仇恨，都不会轻易放过你们的。”

维尼裘斯听到他那样说，就微笑着回答道：

“她在那样的情况下，主都能救了她。”

“那样的话，你就为他奉献一百头野牛做献礼吧，”裴特洛纽斯回答说，言语中有些不耐烦，“你那样请求他，但是你还准备再求他一次吗？你是否还记得那个古代神话中的风神奥德修斯第二次回来求施风的时候，伊奥勒斯[①]是怎样接待他的？那些神是不会喜欢多管闲事的。”

“等她恢复得差不多了，我会将她还给庞波尼雅·戈莱齐娜。”

“庞波尼雅还生着病，所以你还是应该按着我说的去做。这件事情是安蒂斯跟我说的，他是奥鲁斯家的一个亲戚。你们离开之后，还会有其他事情发生，人们会慢慢把你们忘掉。这样的一个时刻，多么幸福。希望你们可以一直这样幸运，冬天有阳光，夏天有阴凉。”

之后他就离开了，让他们去享受他们的福分吧，而他去找医生问一下那个姑娘的健康和恢复情况。

黎吉亚已经脱离危险了。在监牢的时候，她得了热症，身体很虚，那里污浊的空气还有自己内心的苦闷，原本会要了她的性命。但是现在，她得到了最好的照顾，甚至都不能说安逸，应该说是奢侈。听医生说，她休息两天后，那些仆人们将她抬到外边的花园里，她在阳光下待了好久。她的轿子被维尼裘斯用秋牡丹装扮着，还有鸢尾花，这样让她回想到以前在奥鲁斯家前庭的样子。他们经常待在茂密的树枝下，两个人的手紧紧握着，谈论着他们经历的那些灾难和痛苦。她说，主是故意让你经历这些，让它们来改

①古代神话中的风神。

变你的灵魂，那样你就更加接近主。他觉得她是对的，以前他有贵族气息，他只知道自己的心情而忽视法律的存在，现在这些都不会了。

这些回忆，他并不觉得有什么悲伤的。他们感觉已经过去好多年了，那些痛苦的事情早已成为过去。他们之间是那样安静，是以前从来没有过的。他们觉得现在的生活就像在一种幸福的圈子里，一种新的生活已经到来了。在这个城市，尼禄或许会发疯，整个世界也许都会害怕，但是他们觉得自己是被保护的，而保护他们的主是比皇帝的权力还要大的，他们不害怕他的疯癫和凶残，在他们的心里，那个人已经不能主宰人的生死了。一天夜里，远处关野兽的地方传来一阵野兽的吼叫声，要是以前维尼裘斯听到一定会觉得它是一种不祥的预感。但是现在，他们看了彼此一眼，就像没事一样，抬起头看着黄昏的红光。黎吉亚还是很虚弱，还不能独自行走，有时候她在那安静的花园中睡着了，他就会待在她的身边，陪着她。看着她那安详的面容，他就会不自觉地想她已经不是自己最开始见到的那个姑娘了。监狱的日子使得她不再那么美丽。

他第一次在奥鲁斯家见到她，还有在米丽阿姆家抢她的时候，她是那样美丽，像雕像一般，像花儿一般。但是现在，她的脸是那样的苍白，就像是透明的一样，她的双肩瘦削，她的身体因为生病的缘故消瘦了好多，她的嘴唇发白，还有她的眼睛也不再像以前那样蓝。那个有着金色头发的欧妮婀，给她拿东西遮盖脚的时候，和黎吉亚一对比，宛若塞浦路斯的女神。而对于维尼裘斯来说，他的灵魂已经爱上她了，甚至比以前还要爱黎吉亚，在她睡觉的时候，他就会待在她的身边守着，就像守着全世界一样。

69

在那些脱离死亡的基督徒中，黎吉亚那奇迹般的被救，不多时就传开了。那些信徒们很快地来探望这个死里逃生的姑娘，她也很明确地表达了主的恩惠。先来看她的是拿扎留斯和米丽阿姆，彼得使徒到现在还藏在她家里。后来，还来了很多人。在场的所有人，包括维尼裘斯、黎吉亚和裴特洛纽斯家里的所有基督徒奴隶，他们认真地听着乌尔苏斯讲他在竞技场上的表现，他说他听到一个来自其灵魂的声音，让他跟野牛拼搏。离开的时候，每个人的心里都充满了新的期盼和信心，他们相信在主来到人世间做出最可怕的裁判之前，不会再有基督徒死亡了。他们有了这次的希望，更加有信心了，因为迫害基督徒的事情还没有停止呢。无论是谁，只要是大众说他是基督徒，那么他就会马上被城市的禁卫军抓到监狱里。事实上，现在牺牲的人已经少了很多，因为之前大部分的基督徒已被抓进监狱里处死；还有些基督徒，要么离开了这个城市，去比较远的城市躲避这次灾难，要么就很小心地躲藏起来，只有在城外的一个沙坑里才敢做一些大型的祷告。但是他们仍然会遭受迫害，就算比赛已经结束了，他们还是会被抓，被用于准备着下一次的比赛，也或者受到一些处罚。虽然现在，人们都知道基督徒没有放火，但是依然觉得他们是罗马人的敌人，所以他们还是应该得到惩罚。

彼得现在都不敢在裴特洛纽斯家出现，直到有一个黄昏，拿扎留斯告诉维尼裘斯说彼得使徒来了。黎吉亚现在不需要人扶也能自己走，就和维尼裘斯一起出去见他，牢牢地抱住他的腿。因为主让他帮忙看管的羊群已经不多了，所以他的内心里为那些牺牲的人悲伤。和他们见面时，他深深地被感动。维尼裘斯跟他说："主啊，你是那么伟大，因为你，所以基督将她还给了我。"他回答道："是你的信仰使她回到你的身边，所以我们每个人都应该张开自己的嘴巴来让世人知道他的圣名。"他的语气是那样的悲伤，他一定又想起了那些被野兽撕毁的、钉在十字架上的，还有那些在花园里充当野兽火柱的孩子们。维尼裘斯和黎吉亚注意到，他的头发已经看不到一点儿黑的了，他的整个身体已经佝偻了，整张脸上都布满了忧伤和悲痛，就好像尼禄做出的那些疯狂事情，他都一一体验过了一般。但是他们两个人都知道，要是基督要谁受什么样的罪或者要谁死亡，那么任谁都不能躲得过。可是，当他们看到彼得现在这样的苍老、这样的辛苦、这样的痛苦，他们还是很心痛。维尼裘斯准备过段时间就带着黎吉亚去那不勒斯，那样的话他们可以见到庞波尼雅，然后他们会去西西里，他们请求彼得和他们一起离开这个城市。

但是使徒把手放在他的头上，对他说道：

"在我的内心里，我一直记得主在蒂贝里亚湖上和我说的那些话：'在你还没有年老的时候，你可以放纵你自己，去你想去的地方。可是当你不再年轻，你要是伸出你的手，就会有人来束缚你，就会带你去你不想去的地方。'因此我还是应该跟着我的羊群走。"

他们不太明白他说那些话是什么意思，就没有应声，听到他接着说：

"我就快要结束我的使命了，所以只有待在基督的家里，我才能得到快乐和安息。”

之后他回过头对他们说：“你们要想着我，我以前是那样爱你们，就像爱自己的孩子一般，不管以后你们会遇到什么事情，都应该一切为了主的光荣。”

一边说，他一边举起他那颤抖的手，为他们祈祷。他们更加接近他，觉得或许这是最后一次见他了。

但是，上天注定他们还会见面。没过几天，裴特洛纽斯从帕拉修姆宫那里得到一个很可怕的消息。皇宫里有人发现了一个是基督徒的解放奴隶，从他那里找到有关使徒彼得和塔尔苏斯的保罗之间通信的物件，还有雅各布、犹大相约翰的信件。蒂杰里奴斯一直都知道彼得在罗马，他还以为他已经和其他的基督徒们一起死掉了。到目前才知道，彼得和保罗那两个基督的首脑，还都在罗马，他决定不管用什么办法都要将他们抓到。他知道，只要他们死了，这个教就没有了带领者。

维尼裘斯听裴特洛纽斯说是尼禄亲自下的命令，说是必须在三天之内将彼得和塔尔苏斯的保罗关进马梅蒂涅监狱里，所以他派了许多禁卫军到外台伯河区每家每户搜索。维尼裘斯知道后，觉得自己应该马上去通知彼得使徒。快到晚上的时候，他就和乌尔苏斯一起去找彼得，他们穿着高卢人的大衣，去米丽阿姆家，因为使徒在那里，她的房子在外台伯河区的尽头，亚尼库鲁姆的山脚下。在路上，他们看见许多不认识的人带着士兵包围了好几处人家。那一带的人们都是那么的惊慌，还有些人不知道发生了什么事情，感觉很好奇。许多被抓的人正在那里被军官询问是否知道西蒙·彼得和塔尔苏斯的保罗在哪里。乌尔苏斯和维尼裘斯避开禁卫军，安全到达目的地，在那里他们看见使徒彼得被一些信徒包围着。保罗的助手提摩西，还有黎努斯，都在那儿。

拿扎留斯得知那件事情之后，就带领所有的人从一条比较隐秘的通道越过花园的大门，之后他们去了比较荒芜的石坑，离亚尼库鲁姆城门没有多远。黎努斯以前受过苦刑，弄断过骨头，到现在还没有好，所以就由乌尔苏斯背着他走。一到石坑，他们就安全了，拿扎留斯点燃了一支火炬，在微弱的火光下，他们在那里商量着该怎样搭救他们伟大使徒的性命。

"导师啊，"维尼裘斯说道，"明天早上，拿扎留斯带你出城吧，到阿尔巴诺小山去。我们会去和你见面，之后我们去安修姆，等把船准备好，我们就可以坐船去那不勒斯和西西里。当你去我们家为我们祈祷的那一天、那一时刻，就是我们的福气。"

别人听到他说的话，很是高兴，就劝告着彼得，说：

"我们的牧羊人啊，您就和我们一起藏起来吧，不可以再留在罗马了。主的真理，我们应该保存下来，不能让它和我们一起毁灭啊。同意我们的主意吧，我们像对待自己的父亲一样对待您啊。"

"以主的名义吧，就这样好吗？"其他人举起他的白袍，在那里恳求他。

但是他回答道：

"我的孩子们啊，我们都不知道主他指定的生命会在何时终结。"

他也没有说他会待在罗马，他犹豫不决，不知道该怎么做，因为这么长时间以来，他的心一直不安，或许还有一些恐惧，那已经渗入到他的内心深处了。他所管理的羊群散开了，他的工作也不能进行下去了，在大火之前，教堂像一棵漂亮的大树那样茂盛，但是现在，在那个青铜胡子的摧残下，已经变成了尘埃。只剩下眼泪、虐杀和回忆，其他什么也没有了。原本已经有了那么多饱满的果实，现在却被那个魔王给践踏到了地下。上帝的大军从来没有想过要到人间来解救这些正在受磨难的人们，但是那个青铜胡子还存在，比以前任何人都要有势力，还更加可怕，他已经是这个世界的统治者。牧羊人有时候只能对着天，呼叫道："主啊，我应该怎么做呢？我要怎么支撑下去呢？我，只是一个快要死去的老人啊，我该做什么去和那个世界的统治者、那个恶势力做斗争呢？"

他是那样的痛苦，不由对着天呐喊："你交给我的这些羔羊都快要灭亡了，教堂也没有了，首都也是那样的荒芜和凄凉，现在你还有什么吩咐呢？我还需要留在这儿，还是带着那些不多的羊群去其他更远的地方继续宣扬你的圣名呢？"

他又犹豫了。他一直知道，真理是天经地义的，是不会被任何事物毁灭的，一定会取得胜利的，他觉得只是时间还没到，只能等到主发出比青铜胡子还要强大的能力、主亲自来到人世间时，才会好一些。

他经常想，要是他不在罗马，带走所有的信徒，带他们去很远的加利利荫凉的丛林里，去蒂贝里那平静的湖畔，去找那些像鸽子和羔羊一样和平的牧羊人，他们会在麝香草和甘松香中放牧。那种希望得到平静和安详的愿望，还有对加利利湖的渴望，是那样的强烈，它紧紧地抓住使徒的心田，他的双眼含满了比以前每一次都要多的泪水。

但是当他真的决定之后，他觉得自己是如此害怕和不安。在罗马，那么多的牺牲者在这里流光了他们的鲜血，用自己的言语为真理做了证人，他怎么可以离开呢？要是主知道了，问他：“那么多的信仰者牺牲了，你怎敢逃走？”那个时候他应该说什么呢？

他每天都在苦恼中度过。那些被野兽咬碎、被钉在架子上、被烧死在花园里的人在那一次折磨之后，就能够得到重生，永远地待在主的身边，但是他不能，他受到比他们那些牺牲者更大的折磨。每当早上太阳升起的时候，他的内心深处还是会发出呐喊：

“主啊，你让我在这个充满野兽的地方，建造你的首都？”

他的导师死后到现在已经有三十年了，他一直都没有休息。他的手里拿着拐杖，已经走遍了大千世界，到处传播他的福音。在那样的旅途中，他已经费尽了全部的力量，一直到最后，他来到这里，建立了他导师的功绩，但是它被焚毁了。他明白，斗争一定会重新开始的。但是会怎样继续？一方面有尼禄，有元老院的议员，有那么多的人民，有那么强大的军队，有无数的城市，有无数的乡村，还有其他自己都不知道的强大权势；而另一方面呢？他已经老了，遭受了多年的磨难，他的手已经不能握紧长期伴随他的拐杖了。

所以他只能对自己说，他的力量是如此弱小，或许只有主才能和尼禄作一次较量。

当他又一次听到那些信徒们请求自己离开时，他的脑海里将这些思想全部想了一遍，那些基督徒们将他紧紧地围住，声音是那样的哀伤：

“导师啊，你就藏起来吧，让我们和你一起离开这个吃人的地方吧！”

那个受尽了折磨的黎奴斯，也跪下来求他。

“导师啊，”他说，“主让你好好饲养他的羊群，可是他们都不在了或者是明天过后都不在了，你应该去他们还存在的地方找他们啊。在耶路撒冷，在安提阿，在以弗所，在其他城市，主的真理依旧存在。你还在这儿做什么呢？你要是被抓住了，那么就是如了青铜胡子的愿，那样他们就赢了。主没有告诉约翰，说出他生命的界限，保罗是一个罗马市民，要是没有审问他是没有罪的，可是你，要是他们抓到了你，要是有人问谁比皇帝伟大，你可是主教堂的奠基者啊。我们替你死吧，不能让他们如了愿，在上帝惩罚那个让那么多牺牲者流血的人之前，不要回来！”

“看看我们这些充满了眼泪的眼睛吧！”在场的所有基督徒说道。

彼得的脸上也满是泪水。不多时，他站了起来，向那些跪在地上的人伸出自己的双手，说道：“让我们赞美主吧，去完成他的旨意！”

70

在一个清晨，阿皮亚大道上出现了两个黑影，他们朝着坎巴尼亚原野方向走去。

他们是拿扎留斯和使徒彼得，正准备去跟在殉道的教友会合，他们就要离开这个城市了。

日出方向的天空出现了一种淡淡的绿色，天地交接的地方出现了一种像番红花的颜色。树叶是银色的，别墅的大理石是白色的，原野与城市连接的地方有一些水道拱门，随着天色慢慢地出现在人们的视线里。淡绿的天空慢慢变成了金黄色，又变成粉红色，整个阿巴诺小丘都被照亮了，它是那么漂亮，笼罩着淡淡的紫色，朦朦胧胧，就像是用干净的阳光的颜色所构成的一样。

那颤抖的树叶上，点滴的露珠将黎明反射了出来。雾气不是很多，平原上，原本就不是很多的房屋上，坟墓上，庙宇旁的白柱子上，树丛上，视线很是辽阔。

路上什么人都没有。那些要将自己家的蔬菜运到城里的农民还没有将他们的推车推出来。那一条石板路一眼望不到尽头，他们两个人穿着木鞋子在石板路上行走，格外地响。

太阳不久就升到了峰顶，可是在彼得的眼里，却出现了一个奇幻的景象。他觉得那个金黄色的圆盘没有向天上升去，相反的，还向下移动着，而且还在路上翻滚起来。

使徒停了下来，问拿扎留斯：

“那儿有一道光在向我们移动，你看见了吗？”

“导师啊，没有什么东西啊。”

使徒将手放在眼睛上遮了一会儿，说：

“在太阳的光辉下，有一个人正在向我们走过来。”

但是没有一点儿声音传来，周围的一切都是那么的安静。拿扎留斯注意到周围的树就像是有人在摇晃一样地颤抖着，阳光能照到的地方越来越大了。

他惊讶地看着彼得。

“导师啊，你怎么了？”他很是慌张地叫道。

使徒手里的拐杖掉了下来，他的双眼一眨也不眨地盯着前方，微张着嘴巴，脸上充满了激动、欢喜和惊奇的神情。

他“扑通”一声跪在地上，两只手臂向前方伸展着，嘴里很是开心地叫着：

“主啊！主啊！”

他将自己的脸贴在地面上，就像是在亲吻谁的脚趾一样。

然后好久都没有说话，过了一会儿才听到老人哭泣着断断续续地问道：

“主啊，你往何处去?”

拿扎留斯根本没有听到有人回答什么，但是彼得却听到了一个充满了悲伤但是很柔和的声音：“你就要离开这个城市，不再饲养我的羊群，那么我就得回去，让他们再一次将我钉在十字架上。”

彼得匍匐在地上，脸上全是灰尘，一句话都没有说，一动也不动。拿扎留斯看着他，觉得他应该是昏睡过去了或者是已经死了的样子，但是他站了起来，用他那抖动的双手拿起拐杖，什么也没有说，就朝着来时的方向走去。

拿扎留斯看见他那样的动作，就像是自言自语般地问道：

“主呀，你往何处去？”

“去罗马。”彼得很小声地回答道。

所以他回去了。

保罗、约翰、黎努斯还有其他的信徒很是惊奇地接待了他，因为在天刚刚亮的时候，他离开没多久，就有很多禁卫军包围了米丽阿姆的家，还到房间里搜查是否有使徒，所以他们都很是惊奇。不管别人问什么，他总是很愉快地说一句话：

“我见到基督了！”

在那天晚上，他去了奥斯恰墓地，在那里他给一些人进行了洗礼，他们希望在生命之水中得到重生。在那之后，他经常去那里，然后有更多的人跟着他，就像是从每一个牺牲者的眼泪中诞生了很多新的信仰者，并且在竞技场上人们的呐喊声在每一个人的心里找到了回应。尼禄正在享受那鲜血的沐浴，全世界除了基督教都在发着疯。可是那些讨厌罪恶和疯癫的人、那些被摧残的人、那些过着艰苦生活的人、那些饱受磨难的人、所有悲伤烦恼的人、所有不幸福的人，他们都来听使徒的说教，听主的奇妙福音，他是爱人类的，他能够舍弃自己的生命，被钉在十字架上，来偿还不属于自己的罪恶。

他们觉得令人尊敬的上帝要是被他们找到了，他们会认为那是一种因爱而生的幸福，那是在这个世界上谁都给不了的东西。

彼得想，不管是尼禄还是他的军队，都战胜不了主的真理，用再多的泪水和鲜血也不可能将它淹灭，他一定会取得最后的胜利。同时，他也明白主为何要将他从途中唤回，因为主知道，这个充满欺骗、骄傲、污浊和强权的城市已经快要变成他的首都了，还是一个双重的首都，从这儿，会发布一个能够支配肉体甚至是灵魂的号令，那样的号令将会遍布全世界。

71

使徒完成使命的时刻到来了。可就算是被抓进监狱，这位主的牧羊人还像是完成任务一样，抓住机会将另外两个灵魂收复了。那就是看守他的两个军人——普罗切苏斯和马蒂尼阿努斯，他们也接受了彼得的洗礼。之后他受苦的日子才来临。皇帝不在城里，他在走的时候将政府交给了黑留斯和波里台台斯掌管，他们是皇家的两个解放奴隶，因此这一次的判决也是由他们两个人签署的。法律上，彼得在城外的梵蒂冈小山被钉上十字架刑罚之前是要遭受鞭笞的。一天清晨，士兵们被挤在监狱门口的人吓了一跳，按照他们的想象，这样一个平常人，而且来自外地，是没有人会注意到他的，但是他们不知道的是，这些人不是因为好奇而来的，而是因为想护送他们令人尊敬的使徒去梵蒂冈小山的。中午过后不久，监狱的大门才开启，使徒由一些禁卫军带领着走了出来。今天的天气很好、很静谧，太阳已经开始偏向奥斯恰的方向。彼得的年龄太大了，那些禁卫军知道他抬不动十字架，就没有让他抬，也没有让他戴枷锁，那样好让他能够走得快一点。他走起路来很稳当，所以基督徒们很快就看见他。当人们在一群铁盔中看到他那一头的白发时，立马就有人哭了起来，但是很快就停止了，因为他们看见使徒的脸上是祥和的，还充满了快乐的色彩，人们就感觉到他不是一个即将要面临死亡的人，而是一个即将得胜而归的人。

情况倒也是这样。这个牧羊人平时总是很谦卑，身子也是弯曲着的，但是现在，他的身子是那样的笔直，看上去比那些士兵还要高大、还要威严，从来没有人见过他如此庄严的姿态。此时的他就像是被群众和军队拥护前进的君王，四周围到处是一种声音："使徒正向主走去呢。"没有人想到死亡正在等待着他，他的神色依旧是那样庄重、那样平静，就像是在说自他受难之后，还没有什么事情能够和它相比那样，那一次的死亡是为全世界赎罪，但是这一次，他是在给罗马赎罪。

从这里路过的人很是奇怪地看着彼得，都忘了继续前行。基督徒们将手搭在过路人的肩膀上，对着他们很平和地说道："你们看到的是一个多么公正的人啊，死亡正等待着他，但是他认识主，他在向这个世界宣扬基督教爱的教义。”他们思考着走了，还呢喃道：“他们说得对啊，那样的人是不会做出不合法的事情的。”

一路走来，街上一点儿声音都没有。他们从新建的房子前经过，从庙宇的白色石柱前走过，在庙宇顶上，天空是那样平静，是那样蔚蓝。他们很是严肃地走着，有时候可以听到士兵们的武器碰着什么东西发出的声音，或者是基督徒们的祈祷声。使徒听到他们的声音，感觉更加快乐，他觉得自己已经不能将他们全部收入眼底，因为那些信徒们是如此众多。他觉得自己已经完成了主交给他的任务，他想他这一辈子宣扬的那些真理就像无边无际的大海一般压倒了所有，没有什么可以阻挡。之后，他抬起头，看着天，说道：“基督啊，你交给我的任务我已经完成了！我已经征服了这个统治世界的城市，并且还在这个城市建立了你的首都。现在，它是你的了，我要回到你的身边了，死亡在召唤我！”

当他看到庙宇的时候，就会对它们说：“你们将会属于主。”看见人群，他会告诉他们：“你们的孩子将会是主的仆人。”他看到他所取得的成功，看到他的伟绩，感受到他的力量，一直向前方走着，他感到很欣慰。他们走过凯旋桥，那就像是在告诉他是多么成功一样，之后他们又继续朝着水战演剧场和竞技场走去。外伯台河的基督徒也来了，使这个队伍更加庞大，那个带领禁卫军的队长终于明白，眼前的这个老人是基督徒中很受拥护的权威教士，他因为所带的禁卫军太少而有些慌张。可是那些人并没有大喊大叫。他们的脸上是那样的严肃而又充满期待，他们知道这次事件是多么重大，他们想起当初主死亡的时候，大地都张开了嘴巴，在坟墓里的人活了过来，他们觉得有些比较鲜明的事件将还会在此时出现，之后，使徒的死亡也将永远被人们所记住。有些人还自言自语道：“或许主已经选好了使徒死亡的时间，那个时候，他就会来到人间，给这个世界作最后的判决。”他们觉得这样的念头使他们更加相信主是慈悲的。

周围的一切依旧那样平静，阳光下的小山丘暖洋洋地躺在那里。他们终于在竞技场和梵蒂冈的小山丘之间停了下来。士兵们开始挖插十字架的坑，还有一些人将十字架、大锤子和铁钉放在地上，那些信徒们还是一脸的平静和严肃，他们就跪在四周围。彼得将自己充满快乐色彩的脸和闪闪发光的脑袋，最后一次转向城市的方向。在那低洼的地方，可以看见发着光的台伯河，再往前就是战神操场，还有那个一半看得见、一半隐藏在其他建筑物后边的尤丽雅庭院和很多的长廊、庙堂、大石柱及高高的建筑。最后，在更远的地方，是一个丘陵，那里有很多房屋，是人们居住的地方，它被蓝色的雾气包围着，那里充满罪恶且又是强权的积聚地。它是疯狂的，且又是有秩序的；它是世界的统治者，且又是压迫者，它的法律和安宁是不可代替的，是不能抗拒的，是永恒的。

那个被士兵包围着的使徒看着这个城市，就像一个君王一样。他对他的城市说：“我们都赎清了罪。”那些正在挖洞的禁卫军，甚至说那些站在旁边的基督徒，他们都不曾预想到这个城市的真正统治者是他。尼禄将会消亡，这个蛮族也会灭亡，这个时代将永远不会回来，这里的主人将永远是眼前的这个老人。

在奥斯恰的上方，太阳开始下落，是那样的红、那样的大，太阳落山的地方是那样的亮。士兵们准备去脱彼得的衣服。

他正在祈祷，猛地将身体挺立了起来，同时还举起自己的双手。刽子手们被他的动作吓了一跳，就像失去勇气一般，基督徒们安静地听着他的教诲。

他站在高处，用一只手画了一个十字，在他即将死亡的时候，他要做最后的祝福："这个世界和这个城市啊！"

就在这个晚上，奥斯恰公路上，塔尔苏斯的保罗正被另外一群禁卫军带着去往"救命泉"。也有很多他的追随者，那些都是因为他而改变宗教的人，有时候他看到和他比较熟的人，就停下来和他们说话，因为他是罗马人，所以那些军官对他还比较客气。过了台尔杰米那的城门后，他看到一个地方长官傅拉乌斯·萨比奴斯的女儿普劳蒂拉，她那美丽的脸上满是泪痕，他对她说："美丽的姑娘，安心地回家去吧。但是请你给我一张面纱，那样在见到主的时候，我可以绑住我的眼睛。"之后，她给了他一张面纱，他又接着向前走，就像一个忙了一整天终于可以躺在床上休息的人一般，脸上充满了愉快的表情。他和彼得的思想是一样的，就像黄昏时分，天空是那样平静祥和。他那双充满了思想的眼睛一直看着出现在他眼前的一切，一直到阿尔巴诺山丘，整个原野都笼罩在光辉里。他想到他的旅程、他的劳苦、他的任务，他曾经在几次斗争中取得的胜利，他在每个城市所建立的教堂，他觉得他的诚实已经可以使他安息。他完成了他的任务。他觉得曾经播种的种子是不会被那歪风邪气所污染的。他就要离开人间，但是他始终相信这个世界的一切邪恶势力都将被主的真理征服，所以他的心是平静的。

到刑场的路是漫长的，黄昏来临了，紫红色的光弥漫整个山丘，山下开始变黑。牛羊正在被牧羊人赶回圈内。一群群的人把锄具扛在肩上往家里走去。家门口玩耍的孩子们，好奇地看着从这里经过禁卫军。在这样的黄昏，在这样的金黄干净的空气里，充满了祥和的气息，就像是要把人从人世间带往天堂一般。保罗感觉到了，他觉得自己为这一份和谐添加了一种世间没有的音符，缺少了这个，这个世界就像铜铃的铙钹。想到这些，他就觉得是那样快乐！

他想到他之前教人们什么是爱，他对他们说："尽管你们拿金钱去接济那些不富裕的人，尽管他们会说很多语言、很多秘诀和很多学问，但是没有爱，那就相当于什么也没有。爱是温暖的，是需要包容的，是有利于人的。爱可以忍受一切，还能信任一切，对什么都充满了信心和耐心。"

他的一生都伴随着这些真理，并用它们教导其他人。他在心里说道：没有什么能够与它相比，也没有什么能够将它征服，就算尼禄有比现在多两倍的军队，两个这样的城市，双倍的海洋、陆地和人民，也阻挡不住它。

所以他就像个胜利者一样得到他的回报。

他们终于转了个方向，上了一条小路，去往目的地。火红的太阳静静地躺在石南的灌木丛中，"救命泉"到了，那个指挥的人让士兵们停下。

保罗将普劳蒂拉的面纱搭在肩膀上，待会儿他会用它将自己的眼睛绑上，他将自己的头抬了起来，用自己那充满祥和的眼睛看着这个美丽的黄昏，开始祷告。是的！死亡就要来临，可是现在，在他的眼前，在光明里，他看到了一条通往天堂的道路，以前他写过一些话，是他觉得自己完成了任务以及快要死亡的时候写的，但是现在，他在心里默默地念着这句话："我曾经那样英勇、那样坚持，我已经完成主的任务，现在，我将会得到一顶光荣的桂冠。”

72

好长一段时间，罗马都呈现在一种疯狂的状态下，最后，它还是征服了这个世界，但是因为领导不好，它开始出现内战。彼得使徒的丧钟敲响的时候，皮索的战乱也开始了，所以罗马一些高级的领导者，遭受了很残忍的对待，就连那些原本将皇帝看成神明的人，现在也觉得他是一个死神。整个城市都笼罩在哀悼中，每家每户都感觉到那种从未有过的恐惧，因为不能给死人致哀，所以门廊前依旧铺着常春藤和花朵。人们早上醒来的时候，就会问自己，今天会有什么人死去。尼禄的身边死去的人越来越多。

皮索的叛乱，还是尼禄赢了。之后还有卢卡奴斯、塞内加、费纽斯·鲁福斯、傅拉乌斯·斯切维奴斯、普劳修斯·拉台拉奴斯、阿夫拉纽斯·奎内霞奴斯、尼禄疯狂放荡的朋友屠留斯·塞内乔、阿拉里库斯、普罗库路斯、屠古里奴斯、西拉奴斯、戈拉屠斯、一直都对尼禄很忠心的普罗克西穆斯，还有苏尔皮裘斯·阿斯佩尔，他们都丢掉了自己的脑袋。他们或许是因为卑劣而死，或许是因为胆小而死，或许是因为金钱而死，或许是因为勇敢而死。叛乱的人是那么多，连尼禄自己都感觉恐惧，他在城墙边安排了许多军队守护着，就像有敌人围攻的时候那般包围着，每天安排人给那些有叛乱之心的人送去死亡的指令。那些被定有罪的人，他们昧着良心给皇帝写了感谢的信，并写下遗言将自己的一些财产献给尼禄，以为那样可以留下一些给自己的孩子。但是，尼禄好像想要告诉世人他是如何的下贱和这样的血腥场面可以进行多久一般，就随自己的心意去做了。在那些人死后，他不仅将他们的家人全部处死，还处死他们的朋友，更甚者，还有那些和他们认识的人。在大火之后，那些住在新建的华丽住宅里的人们，每次一上街，就会看到一群群举办丧事的人。庞培乌斯、马霞利斯、柯奈留斯、斯塔修斯、多米修斯等，他们是因为被控告说对皇帝不够爱慕；诺乌斯·普里斯库斯被控告说是塞内加的朋友，也丢掉了脑袋；鲁福斯·克利斯普斯，波佩雅以前是他的妻子，尼禄不允许她吃熟食、喝水。特拉塞阿是伟大的，他因为自己的高贵品德而丢了脑袋。还有一些人是因为自己出身高贵而丢了脑袋，尼禄的一时愤怒使波佩雅也成了牺牲者。

元老院因为他的恐怖统治，而在他面前屈尊卑膝，还给他建了一座庙宇，用来纪念他，举行大赞礼，用来赞颂他创作的诗歌，还给他的雕像加冕，就像他是真神一般选了一些僧人供他差遣。那些元老院的人害怕得要死，他们去帕拉修姆宫违着心地称赞他的歌曲，还陪他在充满了酒、花朵和裸女的秘密宴会中放荡娱乐。

但是这个时候，在外边，那些充满鲜血和眼泪的花园里，使徒们撒下的种子正在慢慢地生长，随着时间的发展越来越茁壮。

73

维尼裘斯致信裴特洛纽斯：

我最亲爱的，罗马的事情我们也知道了一些，还有一些我们不知道的，您的信也告诉我们了。要是平静的水面被人丢了一块石头进去，就会有一圈一圈的水纹，那些水纹会越来越多的，和那一样，帕拉修姆官里的疯狂和残酷我们这里也是知道的。尼禄在去希腊的路上，命令卡里那斯到过这儿，搜刮城市和庙堂，那样所得的财产可以填入他本来就不富裕的国库。不管人民的心血和泪水，他在罗马建造着"金屋"。整个世界估计都没有见过那样的房子，也没有见过那样不道德的行为。您见过卡里那斯，他和那个到死才悔悟的希腊人很像。但是我们那附近他并没有去，或许是觉得那里没有他想要的东西吧。您想知道我们是不是有危险？我想对您说：没有人会记得我们。这个时候，在我写信的屋子外边，我可以看见那平静的海湾，乌尔苏斯在船上撒渔网。黎吉亚在我旁边织着羊毛，花园里，杏子树的树荫下，有我们的奴隶在那里唱歌。我最亲爱的，我们现在是多么安逸啊，以前发生的那些痛苦的事情，我们已经不再想起了！但是那也并不是幸运女神的杰作，并不是她将我们的生活编织得多么完美，而是我们的上帝和主给了我们祈祷。我们也会伤心，因为我们主的教义教我们要同情别人，那样是对人的一种安慰，当我们面对死亡的时候，我们才会找到那些为了真理而牺牲的人或者是正在牺牲的人。在我们的心里，两位使徒并没有死，他们诞生在光荣中。我们可以灵魂相见，当我们的眼中充满泪水的时候，我们的心依旧是快乐的。就是这样的，啊，我最亲爱的，我们在快乐中享受着一种幸福，那是什么力量也不能毁灭的。在您眼里一切事物终结的时候，我们只会觉得那会有一条大道，会通往更伟大的安静、爱情和快乐。

所以我们的心情是那么愉快，我们平静地生活着。我们身边的人都信奉我们的主，因为他教我们爱是什么，所以我们是爱着对方的。当太阳落下的时候或者是月亮的影子在水面上闪着光的时候，我和我的爱人经常谈论过去，那就像是一场梦。我还是会想到现在每天躺在我胸口的那个脑袋，她之前是如此接近死亡，所以我是用灵魂爱着我们的主，是他将她救了回来，使她永远属于我。裴特洛纽斯呀，那些教义给那些不幸福的人多么大的支持和安慰，它给那些就快要面对死亡的人多大的信心和勇气啊，所以希望您能够看到他在平常生活中给人的一种快乐。您看啊，到现在还有那么多人不知道有一个他们可以爱的上帝，所以他们不会互相爱着对方，他们也正因此而不幸福，就像太阳是光明的，那么爱情也是幸福的。

建立法律的人和那些哲学家并没有将这些真理告诉其他人，因此他不会出现在罗马和希腊，我说不会出现在罗马，其实意思就是不会出现在整个世界。禁欲派有那样枯燥和冰冷的教义，它只会吸引那些很有操守的人，将人心训练得像剑一样，所以人心不会那么善良，因为它早已经冰冷得没有感情了。但是我为何要对您说这些呢？您比我学的知识多、懂得的也多。您也知道塔尔苏斯的保罗，你们还经常在一起说很久的话，所以您应该知道很多。和他说的那些真理相比，那些哲学家和修辞学家们讲的那些真理，就像不久就会消失的泡沫和没有一点儿意义的空虚音响。您还记得他和您说的那个问题吗？“要是基督徒做了皇帝，你们就会更加安心，你们会觉得自己的财产是属于自己，不会再那样天天紧张地过日子，生活也会更加的平静。”您说，我们的主是和人生作对的，但是我要回答您：要是我在这封信的开头就告诉您"我快乐"几个字，那样就说明我不是那么快乐。或许您会说，我的这些快乐是来源于我的爱人！对，亲爱的！我早已经爱上了她的灵魂，因为我们已经在基督的祝福下相爱了，我们不会再分离，不会有欺骗，不会随着时间的推移而改变。当我们不再年轻，开始变老，我们的肉体会衰竭，死亡来临的时候，我们依然会相爱，因为我们的精神是保存着的。当我还在光明之前睁开眼睛的时候，因为黎吉亚我差点就烧了我自己的家，那是因为我还没有爱上她，因为只有主才能教我怎样去爱。

他是快乐和平静的根本。这是现实自己说的，而不是我说的。你们心里是那样的恐惧，但是依旧放纵自己去享乐，你们不知道明天会怎样，你们在那里秘密狂欢，去和我们的生活比一下吧，您就会有答案的。要是您希望得到更好的答案，就请您到我们这儿来吧，这儿有散发着麝香气的山坡，有可以遮阴的橄榄树丛，还有那布满常春藤的海岸。这里是那么和平，您肯定很久都没有体验过，有爱您的心在这儿等着您。您的灵魂是高贵善良的，您会得到幸福的。您那么聪明，应该会分辨出什么是真理。您了解他的时候，就会知道怎么爱了。尼禄和蒂杰里奴斯他们已经成了真理的敌人，可是别人是不会对它毫无感觉的。亲爱的裴特洛纽斯呀，我和我的爱人是那么希望能够和您见面。愿主保佑您幸福健康，还有，希望可以早点见到您。

裴特洛纽斯看到这封信的时候，正和其他的贵族大臣们跟着尼禄到了邱米。他和蒂杰里奴斯的争斗就快要结束了。裴特洛纽斯也明白他已经输了，这些其实他都懂的。因为尼禄继续堕落成一个滑稽的戏子、一个丑陋角色和一个战车手，他也在那种不健全的状态中继续猥亵和放荡，而他以前那个“风雅大师”的称呼却成了他的重担。要是裴特洛纽斯不说话，皇帝就会因为他的沉默而指责，但是当他拍马屁的时候，皇帝又会嘲笑他。他是那么高贵的一个人，尼禄和蒂杰里奴斯一直都在觊觎他的财产和他那独特的艺术品。现在之所以还没有杀掉他，是因为他的审美能力和对于希腊事物的了解。在阿凯亚的旅行中他还有些用处。但是蒂杰里奴斯永远不会让裴特洛纽斯如意，他对尼禄说，卡里那斯要比裴特洛纽斯强得多，不管是在趣味上还是对知识的了解方面，并且还能够在阿凯亚安排更好的比赛、招待会和凯旋仪式。从那个时候开始，裴特洛纽斯的死亡之期就已经明确了。但是不能在罗马给他下死刑状。皇帝和蒂杰里奴斯都知道这个“风雅大师”，这个把“昼夜颠倒”，好像只知道淫乐、艺术欣赏和宴会的美学家，以前在比西尼亚充当前任总督之后又充当京畿总督的时候，是那样的干练和气魄十足。他们知道他什么事情都能够做得出来，还有，在罗马，有那么多人尊敬他、拥护他，没有人知道他会出其不意地做出什么事情来，所以他们就想办法把他带出罗马城，再下毒手，这好像是一个不错的办法。

他和其他的贵族大臣们随皇帝到邱米就有其中的原因，他明白其中的阴谋，但他还是没有拒绝。他这样做，或许是因为不想做出公开反对尼禄的行为，或许是想最后一次在其他人面前表现他“风雅大师”的样子，而他也想在死之前可以再赢蒂杰里奴斯一次。

这个时候蒂杰里奴斯又控告他和皮索叛乱事情的中心人物——元老院的一个议员斯切维奴斯有过很亲密的联系。裴特洛纽斯待在罗马的家人被关进了监狱，禁卫军军队包围了他的家。他知道的时候，既没有表现得很惊奇，也没有表现得很担忧，在邱米他那美丽的住宅里，一起吃饭的是一些贵族大臣，当时他还是微笑着对他们说：

“尼禄不喜欢听直接的问话，所以当我问他是谁把我的家人关进监狱的时候，你们猜一下他会怎样的慌张？”

之后他就请他们出席“远途旅程前”的一场宴会。维尼裘斯的信到的时候，他正在为宴会准备。

裴特洛纽斯看到维尼裘斯的信，自己想了很多，但是没过多久，他就又恢复到原来的样子，在那天晚上就写了一封回信：

> 我亲爱的维尼裘斯，我为你们的快乐而高兴，为你们的那种心境而羡慕，我从来不知道你们还会想到远方的我。你们还记得我，还请我到西西里做客，希望我去和你们一起分享面包和你们的主，你信上说的那些，让我知道你们的主给了你们一个快乐的生活。
>
> 真是那样的话，你们就好好地信奉他吧。但是，维尼裘斯，你的爱人能够被救出，她那个忠心的仆人功劳很大，还有人民也给了很多的帮助。假使尼禄不是皇帝，我想凭着你和他的关系，他也会停止比赛的，那样你就应该谢谢蒂贝留斯帝当年娶了维尼裘斯家的外孙女儿，也就是你的母亲。但是你把这一切都归功于你们的主，我不想多说什么。是的！你不需要吝啬给他的供礼。普罗米修斯因为人类而牺牲了，但是，天啊！普罗米修期仅仅是人们的想象而已，可是有些我可以信任的人和我说他们见到过基督。我赞成你说的那些，他是一个令人尊敬的神。
>
> 塔尔苏斯的保罗所说的问题我没有忘记过，还有我觉得，要是尼禄可以按照基督的教义领导这个世界，那么我或许可能

会有时间去你们那儿一趟。要是真可以那样，我们就可以在泉水旁树荫下尽情地谈论希腊哲学家们以往讨论过的一切神明和一切真理。但是今天我只能够给你回一封不长的信。

我只承认皮浪和阿那克里翁两个哲学家，其他的连同希腊和罗马的所有禁欲派，我可以便宜卖给你。真理是那么遥远，那些神明们在奥林匹斯山顶上也不能看见他。最亲爱的，你觉得你的奥林匹斯山要比其他人的高吗？你站在那儿，呼唤着我："来吧，这儿的景色你以前从未见到过。"或许吧。但是我想说："最亲爱的，我已经走不了了！"要是你能看完这封信，我想你会觉得我说的是真的。

不！曙光公主幸福的配偶呀！基督教的教义不是因为我而设立的。我该更加爱那为我抬轿子的比西尾亚人，爱那个替我烧热洗澡水的埃及人，或者爱尼禄和蒂杰里奴斯吧？我借着美惠三女神那雪白的膝盖发誓，就算是我同意，也是不能够的。在这个城市，最少有十几万人，他们的肩胛骨是弯曲的，膝盖那么粗，小腿那么细，眼睛是滚圆的，或者脑袋很大。你想让我去爱那些人吗？我的心里没有那么多的爱，我需要到什么地方去找呢？要是你们的主要我爱那些人，那他为何不用他那无天的力量，比如说吧，把那些你曾经在帕拉修姆官见过的、尼俄柏的孩子们的模样给他们呢？一切爱美的人，他都不会去接受那些不完美的模样。信不信那些神是一回事，但是依旧可以爱他们。

就算是我同意你随意带我到什么地方，我也不可能办到，更何况是在我不同意的情况下，那是更加不可能了。你跟塔尔苏斯的保罗是一样的，你们都相信在未来的某个时候可以渡过斯蒂克斯[1]，那样就能够见到你们的主，那样挺好的！那个时候请他自己对你说，我拿着我的财产，我的米尔莱尼亚敞口杯，索齐为我出版的书籍，还有我的欧妮姬，他还能否招待我？维尼裘斯啊，一想到这些，我就会情不自禁地发笑。保罗也和我说过，为了主，一个人可以做很多事情，比如舍弃蔷薇花冠、宴会和放荡娱乐。他那样做，是告诉我另外的一种幸福。但是我想说的是，我已经老了，不想再去享受其他的幸福了，我还是喜欢蔷薇花，堇花的香味比苏布拉区那些脏兮兮的人民更加使我喜欢。

我不适应你的幸福，也是有这个原因的。还有一个原因，我想把它作为收尾的一部分。就是——我快要死了。但是对于你来说，你的生活才刚刚开始，而我的生活已经快要结束了。我的黄昏已经来临了，也就是说，我将永远地和你分别了。

这件事情已经没有谈下去的意义了。这是一个必然的结果。尼禄是什么样的一个人？所以这样的情况是可以理解的。蒂杰里奴斯和我的战争，他赢了。不，或者可以说我幸运的日子已经结束了。我按照我的心意活着，我还要按照我想的那样死去。

不用担心我。没有哪个神说过我可以永久活着，所以这样的情况我没觉得怎么样。还有，维尼裘斯啊，你要是觉得只有你们的主会教人怎样平静地死去，那你就错了。事实不是如此，在你之前，这个世界就已经知道，当一个人喝光了最后一杯的时候，他就该去休息了，还知道应该怎样安安静静地那样做。柏拉图说过，美德是音乐，圣人的生活是和声。要是那样的话，

①古希腊神话中的冥河。

我就会像我过去生活的那样，按照美德的方式安静地死去。

以前在奥鲁斯家里，我就对你那美如天仙的爱人致意，我还是想用一样的话语和她告别：“我见过的人何止千千万，可还是没有你这般风华绝代。”

要是人的灵魂比皮浪想的还要多一些的话，那么我希望我的灵魂在去往大海边际的路途中，能够到达你们住的那个地方，还要变成蝴蝶的模样，或者像埃及人相信的那样，变成鹞鹰的样子，降落在你们那里。

要不然我就不能来了。

愿你们在西西里拥有一座人间仙境般的花园，愿那里的女神可以给你们房子周围的小路边撒满花朵，愿那些白鸽在你们家的圆柱上雕刻的那些爵床叶上建筑它们自己的窝。

74

和裴特洛纽斯想的一样。两天过去之后，和他关系不错的，也比较老实的青年涅尔瓦，让他的一个解放奴隶到了邱米，传达从尼禄那里听来的消息。

裴特洛纽斯的死亡时间已经确定了。皇帝宫殿那边决定在第二天早上派一个队长带着皇帝的命令去让他待在邱米，过几天，再派人给他送一个死刑状。

裴特洛纽斯用一种泰山般的冷静态度，听着这个消息，之后说道：

“待会儿会有一个人在你离开之前给你一个花瓶，你把它带给你家主人。还有帮我对他说句话，说我是真心地感谢他，因为他让我早一点知道了我的判决。”

之后他大笑了起来，就像他想到了一个很好的主意一般，提前为它高兴。

就在那天晚上，他家里的奴隶们开始到处行走，邀请那些留在这儿的所有贵族大臣和那些贵妇小姐们，到他华丽的庄园里参加宴会。

在那天下午，他一个人在书房里写东西，之后洗了一个澡，又叫服装师给他穿好了衣服。他的样子是那样光彩和庄重，他去了摆宴的地方，用他那老练的眼神扫了一遍全场，之后又回到花园，看那些来自不同岛屿的男孩子和一些希腊女孩儿在那里编着蔷薇花冠。

他的脸上没有一点儿担忧。奴仆们知道这次的宴会不一般，所以他对他们说：要是工作比较用心，或者干得好的人，可以得到一大笔奖赏；那些不用心或者早就应该受处罚的人，将会得到一些轻微的责打。他先给了琴师和那些唱歌的人一些报酬，之后他在花园里一棵山毛榉下坐下。阳光从树缝中照射下来，在地上形成了许多亮点。他让人把他的金发美人儿找了来。

不久欧妮姬就来了，她全身上下都是白色的，头发间插了一枝桃金娘的嫩芽，漂亮得就像美惠三女神一样。她坐在他的身边，他用手指抚摩着她的头，就像是一个艺术鉴赏家正在观察雕塑大师塑造的神圣雕像一般，欣赏着他的金发美人儿。

“欧妮姬，”他对她说，“你是否知道你早已不是一个奴隶了？”

她的眼睛是那样的漂亮，天蓝色的，很纯净的感觉，她就那样看着他，头轻轻动了一下，表示自己不知道。

“老爷，我是你的奴隶，永远都是。”她回答道。

“或许你还不清楚，”裴特洛纽斯接着说，“这座庄园，还有那些正在编织花冠的孩子们，包括这儿所有的东西，还有田地和牲畜，从今天开始他们都属于你了。”

欧妮姬听他这么说，立马抽出身体，声音里满是惊慌，问道：

“老爷，你说这些做什么？”

之后她又靠近了他，眨着她那美丽的大眼睛看着他。没过多久，她就像是想到了什么一样，漂亮的脸蛋一下子变得苍白。他还是在微笑着，之后才说道：

“是的！”

之后他们谁也没有说话，只能听到头顶上树叶沙沙的声音。

裴特洛纽斯觉得这个时候的欧妮姬就像是一尊白色的大理石雕像。

“欧妮姬！”他说，“我愿安静地死亡。”

那美丽的姑娘用她那柔肠寸断的笑脸看着他，小声地说道：

“我知道了，老爷。”

傍晚过后，被邀请的人陆陆续续地到来了，裴特洛纽斯经常会在家里举办这样的宴会，也常常和他那高雅的趣味相投的朋友聚一下，就是皇帝宫殿里的宴会都没有在这儿的好，与这儿的相比真是天壤之别；但是所有的人都不会想到这会是最后一次宴会。很多人知道裴特洛纽斯最近被尼禄盯上了，但是对于这个“风雅大师”来说，一点儿也不少见，他们知道他可以用很多办法为自己脱身，有时候甚至是一句大胆的话语也能使皇帝平静下来，所以他们是不会想到这次是真的有危险了。

还有他脸上是那样快乐，没有一点儿忧愁的样子，更加让人相信他一定会没事的。他之前和他的金发美人儿说过愿意安静地死去，她听从他的话，就像是听着神谕一般，所以她的样子是那样平静，眼睛里有种奇妙的神色，人们都有种错觉，好像她依然那么快乐。在前庭的大门口，有一些头上罩着金网的男孩子为客人们佩戴蔷薇花冠，按照一般习俗告诉客人要先把右脚迈过门槛。大厅里飘着淡淡的堇花香，各色各样的亚历山大玻璃杯盏里灯火在发着光。站在卧杨旁的希腊少女们，在客人的脚上洒香水。竖琴师和雅典合唱班坐在墙边，时刻注意着指挥官做出演唱的动作。

桌上的餐具闪着华丽的光泽，但是很柔和，也没有让人感觉憋闷，就像正常开放的花朵一般。跟堇花的香味一起，大厅里散发着一种很柔和的气氛。在这里的客人们都不会感觉有约束感或者有什么威胁着他们，不像在尼禄的身边，说话要是一有不对劲的地方可能就会丢了小命。客人们看到那些灯盏，还有用常春藤缠绕的酒杯，那些在雪堆上冰冻着的葡萄酒，还有那些精致的菜肴，他们的心情立马就舒坦了。什么样的说话声都出现了，就像那些小蜜蜂在采花粉的时候发出的声音一般。还有的时候不知道有谁讲了什么，人群中突然爆发一阵快乐的笑声，还有赞美声，甚至有在别人雪白的肩膀上大声的亲吻声。

贵族们端起那美味的葡萄酒，洒几滴出来给那永恒的神明，祈求保佑和恩赐这里的主人。其实他们中间有很多人不是很相信神明，但是那又怎样呢？习俗要求要这样做的。裴特洛纽斯斜靠在欧妮姬身上，说着罗马最近发生的事情，说着那些离婚事件、爱情事件、战车比赛、竞技场上最近比较有名的斯皮库路斯，还讨论阿特拉克屠斯和索齐书店最近出了什么新书。他一边洒出几滴酒，一边说他是因为崇拜塞浦路斯的女神才洒酒的，他说她是一个最古老的伟大的神，她也是独一无二的、永恒的、君临天下的神。

他说话的语气就像阳光一般，总是把其他东西照得很亮，又像夏天的和风一般，吹拂着花园里的花草。然后他向那个音乐指挥官做了一个动作，之后，人们就能听到竖琴发出的很轻的响声，年轻人开始伴着竖琴声唱起歌儿来。不多久，一些来自他那金发美人儿诞生地可斯的女孩子们开始跳起舞来，她们的身体是蔷薇色的，在她们穿的那薄薄的丝纱袍子里若隐若现。之后，还有一个埃及的预言家将水晶盘中彩色霓虹转动起来为宾客算卦。

正在大家玩得很开心的时候，裴特洛纽斯从叙利亚制的靠枕上缓缓地扬起身子，以一种很轻松的口气说道：

“我的朋友们！请大家原谅，我想在这儿跟大家请求一件事：请你们把你们的酒洒在地上向神明致敬，然后你们盛酒的杯子承载着你们对我的祝福，我将它送给各位当作宴会的礼物吧。”

裴特洛纽斯珍藏的酒杯有黄金的，有宝石的，还有由大师雕刻、闪烁着异样光彩的，或许在这儿赠送礼品是一件很正常的事情，但是那些被邀请的人还是很高兴的。有些客人向他道谢，说些恭维的话语，还有人这样对他说：“就是在奥林匹斯山上朱庇特也没有给过谁这么贵重的礼物呢！”甚至还有些人不想接受，他们觉得这实在是太贵重了。

裴特洛纽斯将手中的米尔莱尼亚的敞口杯举得很高，这个杯子颜色光泽灿烂如霓虹，一看就知道是一件独一无二的宝贝，之后他说：

“这个酒杯是我用来向塞浦路斯女神敬酒的。所以谁也不能将自己的嘴巴碰到它，谁也不能用它来敬酒。”

他猛地将它丢在地上，那淡紫色番红花的拼花地板上瞬间铺满了那价值连城的宝贝的碎片，他看了一眼周围人们吃惊的样子，说道：

“我亲爱的朋友们，不要那个表情，开心起来吧。年老和死亡是每个人惨淡晚年的一个累赘。可是我可以做得不一样，还要给你们一些我的忠告：你们想一下，你们的身份高贵，但是不要等到年老了，你们应该像我一样，在它来临之前自动地离开。”

“你要做什么？”有几个客人很惊慌地问道。

“我想开心一点儿，喝点儿葡萄酒，听一些歌曲，看一下在我身边的这个——这是你们都看到的，之后戴上一顶花冠安静地死去。我早已和尼禄告别了：你们是否想听一下我给他的告别书呢？”

裴特洛纽斯边说边从紫红的坐垫下拿出一封信，开始朗读起来：

“皇帝呀，我相信你现在一定很不情愿等待我的到来，你用自己那真实的情感时刻盼着我。我想你一定给我准备了很大的一份礼物，你想把禁卫军长官的位置让我来当，还要让蒂杰里奴斯那个家伙回到他最初的身份上去，让他去你毒杀多米修斯之后抢过来的土地上去赶骡子。但是，请原谅我吧，我对着哈得斯[1]发誓，还对着你的母亲、妻子、弟兄和塞内加的魂魄发誓，我不会再到你的身边去了。亲爱的，人生就是一座巨大的宝藏，我知道该怎样从里边拿走最好的宝藏，但是这个人世间，我不想再忍受了。

“啊，求求你，不要觉得你杀了自己的母亲、妻子、兄弟，命人火烧了罗马，杀了在你的地盘上所有诚实的人，将他们送到埃莱伯斯[2]我就会不高兴了。不，你这个克洛诺斯[3]的后代啊，你就像他

①古希腊神话中的冥王。

②阳世与阴间中间的黑暗区域。

③台丹族的后代，夺取其父的王位又为其子所夺。

一样。死亡是每个人都会面临的，但是要求皇帝你去做除了杀人之外的事情，简直是不可能的。我的双耳因为听皇帝的歌唱已经坏掉了，看你那大大的肚子挺在那两条细腿上，还不时地跳着希腊式的战舞，还有你那不入流的诗歌，我都不能忍受，总是让我有种难以呼吸的感觉。

“你的歌声一响起，罗马就会闭上耳朵，整个世界都会咒骂你，我不想再替你蒙羞，我不想那样做。亲爱的，尽管你的声音和凯尔贝洛斯[①]声音很像，但是那并不使我难过，因为我和他不是朋友，我不需要因为他的吼叫声而惭愧。希望你健康吧，不要再唱了，做个杀人凶手，但是不要再写诗毒害那些人民了；不要再跳舞了，做个放火的凶手吧，但是不要再弹琴了。我希望你再听我一次，也是我对你最后的友好忠告——裴特洛纽斯敬上。”

客人们吓得腿都软了，他们知道要是尼禄看到这封信，对他一定会是一个巨大的打击。他们也知道，要是谁听了这封信的内容，都是会死的，所以他们的脸一下子没了血色。

但是裴特洛纽斯是那么真诚，还对他们微笑，就好像刚刚那一封信只是一个玩笑。他看了一眼周围的人，说道：

“不要害怕，开心起来吧。你也不要说自己听到过这封信的内容，或许当我随着卡隆[②]一起渡过冥河的时候，我会向他炫耀吧。”

之后他叫来一个希腊的医师，把自己的手臂递给他。那个希腊人是一个多年的医师，一瞬间的工夫就将他的手臂绑了起来，一会儿的工夫就割断了血管。血液射到靠枕上，欧妮姬身上全部都是，

---

①古希腊神话中守护冥府的三头狗。

②希腊神话中渡亡魂过冥河的舵手。

她托着裴特洛纽斯的头，低下身子对他说道：

“老爷，您觉得我会离开您吗?就算是我可以长存百世，就算我拥有这个世界的统治权，我还是会跟您在一起。”

裴特洛纽斯微笑着，微微动了一下身体，亲吻着她的额头，答道：

“那就和我一起吧！”

接着他又说：

“我的欧妮姬！你是那么爱我……”

她同样地伸出自己那粉粉的胳膊，没过多久，他们的血液到处都是，分不清是谁的。

他又对着音乐指挥的人做了一个手势，琴声和歌声又一次响起，先是《哈摩鸠斯之歌》，接着是阿那克里翁的歌曲——在这首歌曲里，说的是一个诗人抱怨自己在家门口看见阿弗洛狄忒的男孩，也就是丘比特，冻得直发抖，眼泪鼻涕混在一起，很可怜，就把他带进了家门，给他温暖，将他的翅膀烘干，但是那个孩子却不识好心，对着那个诗人的心脏射了一箭作为回报，就从那个时候起，诗人永远成为过去……

他们就那样互相依偎着，像神一样美丽，微笑地听着歌曲，脸色慢慢地开始变白。歌曲快要结束的时候，裴特洛纽斯叫奴仆端上来更多的葡萄酒和食物，他和离他比较近的人谈着一些无关紧要的话，但是依旧令人感到愉悦。最后，他要那个医师将他的血管绑住，他要睡一会儿，在坦塔罗斯[①]带走他之前，他需要去见一下希普诺斯[②]。

①希腊神话中宙斯之子，因泄露天机，被罚饥不得食、渴不得饮。

②睡神。

不久他就睡着了。他醒来的时候，欧妮姬的脑袋就像一朵白花一样躺在他的胸口。他将她的脑袋放在枕上，又看了她一眼，才让人将他的手弄开。

随着他的手势，音乐又响起来了，竖琴的声音轻轻的，那样可以让人听得见说话声。裴特洛纽斯的脸就快要失去颜色了，最后，当歌曲结束的时候，他又面对着宾客说道：

“我亲爱的朋友们，实话跟你们说吧，和我一起吧……”

还有的话他没有说完；之后，他的头低垂了下来，没了生息。

客人们看着眼前两个就像是雕像一样雪白的肉体，那一刻之前，世界其实还是有美好和诗歌存在的，但是以后或许就失去了美丽。

75

文戴克斯领导高卢军团的叛变刚开始好像不太引人注意。尼禄才三十一岁，谁都没有想过他的残酷政权会结束。人们知道像这种程度的军团叛变已经有好几次了，之前的朝代也是有过的，但是没过多长时间就会过去的，政府还是没有被推翻。在蒂贝留斯时代，潘诺尼亚省军团的叛乱曾经被德鲁苏斯镇压过，莱茵河区军团的叛乱曾经被日耳曼尼库斯镇压过。有些人说：“在尼禄统治期间，那些神圣的皇族都已经不存在了，以后还有什么人可以当政呢?”还有一些人，就像看那些巨大的雕像一般，把他想象成海格力斯，让人觉得没有谁可以镇压这样的强权。因为他任命在意大利与在罗马执政的波里台台斯与黑留斯，所做的事情与行为要比尼禄本人做的还要残酷，所以自从皇帝去旅游之后，有些人还是希望尼禄能够回来。

人们对自己拥有的东西都不是那么放心，法律是不会保护人的。人们的品德与尊严都消失不见了，家族之间也没什么信任可言了，他们的心里都很失落，甚至产生了一股绝望。当听到皇帝在希腊得到了前所未有的胜利，赢得了很多的荣冠，还战胜了很多的竞争者的时候，整个世界就像是一场滑稽的表演，或者说是一场用鲜血交流的秘密狂欢会，同样，人们已经相信，美德和尊严已经是没有的了，娱乐、疯癫、残酷的时代正在到来，从此之后，鲜血将是永远的主题。对于尼禄来说，这样的叛乱正好可以使他进行下一场的掠夺，他一点儿也不担心这样的叛乱，反而还很兴奋呢。他依然待在阿凯亚，一直到黑留斯告诉他，说要是他还不离开阿凯亚，他的统治可能会灭亡，他才开始动身。

到了那不勒斯，他依旧表演和唱歌，完全不把那些事情放在心上。尽管蒂杰里奴斯告诉他，前几次军团的叛乱是因为没有人带领，但是这一次不一样，这次是阿奎塔尼亚省世代相传的古老皇帝的子孙带领着，而且他还是一个声誉不错而且很干练的军人，但是他依旧不听。“在这儿，”尼禄说，“希腊人看我演唱，我只需要他们听，也只有他们有资格听我的演唱。”他对人们说他的第一个使命是艺术与荣誉。可还是有不如意的事情传到他的耳边，他听到文戴克斯在众人面前告诉大家，他是一个很糟糕的艺术家，因此很是生气，准备立刻回罗马。因裴特洛纽斯而留下的伤痕，在离开罗马的这段时间已经全好了，可是现在他的伤痕又复发了，他想要元老院的人为他被这样的诬告讨回一个公道。

在回来的路上，他看到了一幅用青铜雕刻的图像，是一个罗马的骑士打败了一个高卢战士，他觉得这是一个好的预兆，所以如果他依然在说关于叛乱的事情，那就意味着他的心里是在嘲弄他们。回到罗马的时候，迎接他的仪式空前壮观，他驾着奥古斯都帝在胜利的时候骑过的战车，还拆了竞技场的一个大拱门，那样可以让大部队一起行走。贵族大臣或者是群众，都出来欢迎他。“陛下万岁！海格力斯万岁！盛大无比的、奥林匹斯山的、皮西亚城的、永恒的神明万岁！”整个城门都好像快要被这欢呼声震倒了。在皇帝的后面，有很多被奴仆抬着的月桂冠和一些被他打败的城市名称，还有那些被他打败的人的名字。皇帝开心得快要死了，语无伦次地问着身边的那些贵族大臣们：恺撒的凯旋和这次的事情相比又有什么意思呢？他觉得再也没有人敢和他这个半神仙抗衡。他觉得他是属于奥林匹斯山上的，他觉得他是不可被战胜的。人们见到他是那样的欢快，这使得他更加疯狂了。在这一天，几乎所有的人都是那样疯癫，上自皇帝，下至群众。

谁也不知道在这样的欢悦之下，有一个无底的黑洞。在那天晚上，各个朝堂的石柱子上都贴满了关于皇帝的罪状，还用这次的叛乱吓唬他，还说他是一个无能的艺术家。人们在那里谈论着：“‘群鸡’高卢人被皇帝唱醒了……”这样的话语在城市各个地方传播着，速度快得让人吃惊，贵族大臣们害怕得每天都不能安心休息。不知道未来是什么样的人民，不敢乱说话，不知道自己应该有怎样的希望和心愿。

他依旧过着舒坦的日子，听听歌剧、唱唱歌。他一心钻研着乐器，在帕拉修姆宫内研究一种靠水力运行的风琴。他那还没有成熟的心智，不仅没有想到到底该怎么办，更没有具体实施的能力，他觉得完全可以让竞技和演剧来逃避这次危险。在他身边的人，没有谁看到他在那里想办法和整理军队，而是在那里想着该用一种什么样的语言来吓唬那些人。还有些人觉得，他是在用一些比较有名的话语来使自己或者是其他的人麻痹，其实他自己还是很恐惧的。但是他的行为却变得那么狂热，他的脑海里有着许许多多的计划。他有时候也想逃离这个危险的地方。他让人将他的乐器都装在箱子里，还把那个漂亮的女奴隶打扮成马逊族女战士的样子，将东方的军团叫到了一块儿。但是有时候他会想，可以不用战争，而是由歌唱来终结这次高卢军团的叛乱。当他想到那些士兵因为他的歌声而被打败的样子，他就又开心起来。他会被那些叛乱的士兵包围着，他们流着眼泪，听他唱凯歌，在那之后，这个时代还是属于他。有时候他也会大叫着杀人，有时候他又公开说，只在埃及当政，他也是非常高兴的。他想到以前那个预言家说他能够在耶路撒冷称王，或者是做一个流浪诗人，那样也可以养活自己，到那个时候，没有谁会把他看成一个皇帝，而是看作一个前无古人的诗人来崇拜。他就在那里疯癫着，挣扎着，狂欢着，不时地更换着他的想法，更换着那些好听的话语，把自己和这个世界弄得乱七八糟，用一些奇怪的话语、病痛和流血，描述成一次令人难以接受的冒险。

当听到加尔巴和西班牙一起参加叛乱时，他是如此生气，甚至接近于疯癫。在吃晚餐的时候，他摔了自己的酒杯，掀翻了桌子，还发出了一些连黑留斯和蒂杰里奴斯都不敢执行的命令。他自己觉得，杀光这里所有的高卢人，再放一把大火，将野兽从关着它们的地方放出来，将都城搬到亚历山大城，是一件很简单、很伟大的事情。现在他的统治已经结束了，就连他的同伴也不愿和他站在一起了。

但是，文戴克斯的逝世和叛乱军团之间的内战，好像又有了回转的迹象。这个消息传来之后，这个城市又开始了新的娱乐和宴会，还发出了一些新的死刑命令，一直到一天晚上，有一个信使从禁卫军的野营里骑着一头冒着热气的马飞奔而来，说这个城市的一些士兵也开始叛乱了，他们还拥护奉加尔巴成了新的皇帝。

当信使来的时候，皇帝正在休息，他睡醒之后，喊着晚上帮他守夜的人，但是没有人回答他。整个宫殿已经没人了。只有一些奴仆藏在角落里争抢东西。皇帝来的时候，他们就到处逃窜，于是只有皇帝一个人在那里独自行走，口中发出凄惨的叫喊声。

最后他的解放奴隶法翁、斯波鲁斯和埃帕夫洛狄屠斯来到他的身边和他说话。他们想让他逃跑，因为没有其他办法了，但是他不想。他想，要是他穿着白色的丧服，去元老院发表演说，元老院的长老们怎么抗拒得了他的眼泪和辩才？他觉得要是自己能够施展他那口若悬河、言辞华丽和演技精湛的才能，没有谁可以抵抗他吧？至少埃及总督的位置是一定会给他的，不是吗？

总是喜欢奉承他的那些奴隶们不敢直接说出一些顶撞他的话，却带着警告对他说，他要是还不走，那些人民就会在他到达市公所之前将他杀死，还威胁他说，要是他再不走，他们就自己走，不管他了。

法翁建议他到诺门塔那的城门外，那里有一个庄园可供他避难。没过多久他们便出发了，他们用一件外袍将皇帝的脑袋裹住，骑着马飞快地逃离帕拉修姆宫。今天的月亮照得地面有些苍白。大街上到处都是混乱一片，这样的情景使人感觉十分的诡异。那些士兵有的一个人走着，有的三两个一起走着，在这个城里到处乱转。在野营不远处，尼禄骑的那匹马看见一个死人躺在那里，就跳了起来越过他。那件裹在他头上的外袍便掉了下来，这个时候正好有一个士兵从这里经过，认出来是尼禄，他一下子呆住了，还依照惯性给他行了一个礼。他们从禁卫军军营旁路过的时候，可以听见那里传来很响亮的叫喊声，禁卫军们大声地叫着加尔巴的名字。在这一刻，尼禄觉得自己是真的快要死了。

他是那么害怕，他还觉得自己的内心是那样的痛苦。他对身边的几个人说，他的眼前已经是一片漆黑，就像是被乌云遮住了一般，从那乌云里他看见了一些人的脸，他的母亲、妻子还有他的兄弟们。他的牙齿都在颤抖，但是他骨子里的那种本性，使他从那些恐惧当中看到了一些新的魅力。他觉得，他是这个世界的统治者，虽然不久他就要失去拥有的一切了，但是这也算是一种悲壮了。他觉得他应该做些什么，使他的人生取得好的结果。他应该写点儿什么，那样的话他就可以出名了，他可以让这几个奴隶将它们留给后人。他经常说他想死，口中叫着斯皮库路斯的名字——所有的角斗士中最习惯杀人伎俩的人。有时候尼禄也会大叫："我的父母亲啊，我的妻子啊，你们在叫我吗？"但是他的心里有时候还会出现一点儿希望——那种没有一点意义的、让人觉得愚蠢的希望。他明白死亡就在向他靠近，但是他不愿意接受。

他们看见诺门塔那的城门是开着的。他们继续向前走着，走过了使徒彼得之前传教和给别人施洗的奥斯特里阿努。黑夜过去的时候，他们终于到达了目的地。

那几个带他过来的奴隶也不想再对他隐瞒下去了，他们让他准备好，等会儿就要下地狱了。他让人给他挖了一个洞，他还躺在地上叫那些人把他墓地的尺度量得准确一点。但是当看到地上挖的那个洞时他就开始害怕了。他那满是油脂的脸一下子变得很苍白，额头上满是汗水，就像早上的露珠一般。他尽量让时间过得慢一点。他的声音颤抖着，就像在演戏一样，并在那里一直说着还没到时间，他有点胡言乱语了。之后他求他们在其死后把他烧毁。他还是如此不可置信，他一直对他们说："你们正在摧毁一个多么伟大的艺术家啊！"

正在这个时候，有一个使者来了，他是法翁派出去询问元老院意见的，他说，元老院给的判定是按照以前惯用的方法办理的。

"什么方法？"尼禄脸上没有一点儿颜色了。

"我们会将你的脖子插在一把尖叉子上，还会用鞭子抽打你，你死了之后，还会将你的尸体丢到台伯河。"埃帕夫洛狄屠斯的语气很差。

然后，他们便看着尼禄将衣服扒开，露出他的胸膛。

"我的时候到了！"他看着天空说道。然后又一遍接着一遍地说："你们正在摧毁一个如此伟大的艺术家啊！"

这个时候，一阵马蹄声传来。是一个禁卫军队长带着一些士兵来拿皇帝的人头。

"赶紧行动吧！"法翁他们几个催着。

尼禄用叉子刺着自己的脖子，因为害怕得发抖，所以只蹭掉了一点皮，其他的人都知道他自己是没那个勇气插进去的，所以，埃帕夫洛狄屠斯悄悄地推了他的手臂一下，那把叉子便一下子进入到他脖子的深处，他的眼睛瞪得又圆又大，眼神是那样的慌乱，充满了恐惧，他立刻倒在地上滚来滚去。

"我来拯救你！"那个队长看到他那样就朝他喊道。

“晚了。”尼禄已经没有力气了。

之后他又说道：“这样才是对的！”

不一会儿，他的意识已经被疼痛取代了。他那肥胖的脖子上，冒出一股浓浓的鲜血，洒在旁边的花草上。他的四肢颤抖了一下，便停止了。

就在天亮的时候，对他忠实的阿克台用很珍贵的席子将他的尸体卷起来，放在一堆撒满香料的木柴上，之后点燃了柴火。

就这样，皇帝就像闪电、像阵雨、像狂风、像战役或者像疾病那样迅速地消失了。与他相反，彼得的灵魂从梵蒂冈的山冈上统治着罗马和这个世界，直到永远。

离卡丕门不远的地方，有一个一直存在的面积不大的教堂，上面的字迹已经有些模糊了：“主啊，你往何处去？”

附录一　显克微支年表

1846年　5月，显克微支生于华沙附近的伏拉·奥克热雅小镇的一个地主家庭。

1866年　显克微支中学毕业，考入华沙大学，在华沙大学就读。

1869年　创作了喜剧《我们的亲友》。

1871年　沙皇政府悍然下令将华沙大学改名为华沙帝国大学。为了反抗这一侮辱性的命令，显克微支毅然放弃即将获得的学位，愤然离校。

1872年　开始用李特沃斯的笔名发表文章。第一部长篇小说《徒然》在华沙《战争报》连载，成为波兰知名的通俗作家；出版了包括《谁也不是预言家》和《两条道路》的《伏尔希沃皮包里的幽默故事》。

1875年　发表短篇小说《老仆》（“自然与人生”之一）。

1876年　发表自传色彩浓厚的小说《哈尼亚》（“自然与人生”之二）。任某报驻美特派员，前往美国，游历两年，之后从事《旅美书简》的系列创作，创作短篇小说《为了面包》《奥尔索》等。

1877年　完成《炭画》和《雪利姆·米札》（“自然与人生”之三）。

1878年　完成《错误的喜剧》。

1879年　赴意大利以及法国旅居两年，结识许多作家，风格有所转变。发表《音乐家扬科》《家庭教师的回忆》。

1881年　完成中篇小说《黄金国》；同年完成独幕剧《谁之罪》《天使》《鞑靼的奴役》；完成五幕剧《一张纸牌》。

1882年　返回波兰，主编华沙的《斯多瓦日报》，发表《灯塔看守人》《胜利者巴尔泰克》。

1883年　完成《沙黑姆》。

1884年　完成《火与剑》。

1886年　完成《洪流》。

1888年　完成《第三个女人》。

1889年　完成《火与剑》三部曲的最后一部《伏沃迪约夫斯基先生》，同年发表《斗牛》《萨巴瓦的故事》。

1890年　完成《毫无准则》。

1891年　完成《宙斯的审判》《黑暗中闪烁的光辉》。

1892年　完成《源》《让我们跟随他》。

1893年　完成《左拉的信》《在波尼夸做风琴的人》《祝福》。

1894年　完成《土地之子》。

1895年　发表《你往何处去》取得巨大成功，跻身国际知名作家之林。

1900年　显克微支文学创作二十五周年庆典在波兰人民的积极

推动下隆重举行。

1901 年　完成《十字军骑士》《奥林匹斯山》。

1903 年　完成《光荣的原野》。

1904 年　完成印度传说《两个牧场》。

1905 年　荣获诺贝尔文学奖，亲抵瑞典斯德哥尔摩接受颁奖。同年创作长篇历史小说《在光荣的战场上》。

1906 年　创作以雅典为背景的《戴奥克雷斯》。

1907 年　完成《西顿尼事件》《敲钟的人》。

1908 年　编译埃及古籍《欧西里斯的审判》。

1909 年　完成长篇小说《旋涡》的创作。

1910 年　完成《在荒原和沙漠中》。

1914 年　完成《军团》。同年，第一次世界大战爆发，显克微支迁至瑞士维威，为其祖国向各国呼吁、求援。

1916 年　11 月 15 日在瑞士病逝。

1924 年　遗骨由波兰政府运送回国，举行国葬，长眠于华沙教堂公墓。

附录二　诺贝尔文学奖大系书目

1901 年　苏利·普吕多姆（法国）　《孤独与沉思》
1902 年　特奥多尔·蒙森（德国）　《罗马史》
1903 年　比昂斯滕·比昂松（挪威）　《挑战的手套》
1904 年　何塞·埃切加赖（西班牙）　《伟大的牵线人》
1904 年　弗雷德里克·米斯特拉尔（法国）　《米赫尔》
1905 年　亨利克·显克微支（波兰）　《你往何处去》
1906 年　乔苏埃·卡尔杜齐（意大利）　《青春的诗》
1907 年　拉迪亚德·吉卜林（英国）　《丛林故事》
1908 年　鲁道夫·奥伊肯（德国）　《人生的意义与价值》
1909 年　拉格洛夫（瑞典）　《尼尔斯骑鹅旅行记》
1910 年　保尔·海泽（德国）　《骄傲的姑娘》
1911 年　梅特林克（比利时）　《青鸟》
1912 年　霍普特曼（德国）　《织工》
1913 年　泰戈尔（印度）　《新月集·飞鸟集》
1915 年　罗曼·罗兰（法国）　《约翰·克利斯朵夫》
1916 年　海顿斯坦姆（瑞典）　《查理国王的人马》
1917 年　彭托皮丹（丹麦）　《天国》
1917 年　耶勒鲁普（丹麦）　《明娜》
1919 年　卡尔·施皮特勒（瑞士）　《伊玛果》
1920 年　汉姆生（挪威）　《大地的成长》
1921 年　法朗士（法国）　《泰绮思》
1922 年　贝纳文特（西班牙）　《不该爱的女人》

1923 年　叶芝（爱尔兰）　《当你老了》
1924 年　莱蒙特（波兰）　《农夫》
1925 年　萧伯纳（爱尔兰）　《圣女贞德》
1926 年　黛莱达（意大利）　《邪恶之路》
1927 年　亨利 · 柏格森（法国）　《创造进化论》
1928 年　温塞特（挪威）　《新娘 · 女主人 · 十字架》
1929 年　托马斯 · 曼（德国）　《布登勃洛克一家》
1930 年　辛克莱 · 刘易斯（美国）　《巴比特》
1931 年　埃里克 · 卡尔费尔德（瑞典）　《荒原与爱情》
1932 年　约翰 · 高尔斯华绥（英国）　《福尔赛世家》
1933 年　伊凡 · 亚历克塞维奇 · 蒲宁（俄罗斯）　《阿尔谢尼耶夫的一生》
1934 年　路易吉 · 皮兰德娄（意大利）　《六个寻找剧作家的角色》
1936 年　尤金 · 奥尼尔（美国）　《进入黑夜的漫长旅程》
1937 年　马丁 · 杜 · 加尔（法国）　《蒂博一家》
1944 年　约翰内斯 · 延森（丹麦）　《希默兰的故事》
1945 年　加夫列拉 · 米斯特拉尔（智利）　《葡萄压榨机》
1946 年　赫尔曼 · 黑塞（瑞士）　《荒原狼》
1947 年　安德烈 · 纪德（法国）　《窄门》
1949 年　威廉 · 福克纳（美国）　《喧哗与骚动》
1954 年　海明威（美国）　《永别了，武器》
1956 年　希梅内斯（西班牙）　《小毛驴与我》
1957 年　加缪（法国）　《局外人》
1958 年　帕斯捷尔纳克（苏联）　《日瓦戈医生》